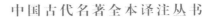

中国古代名著全本译注丛书

唐宋传奇集全译

鲁迅 校录　曹光甫 校点　杜东嫣 译

上海古籍出版社

图书在版编目(CIP)数据

唐宋传奇集全译／鲁迅校录；曹光甫校点；杜东嫣译．—上海：上海古籍出版社，2019．9（2024.3 重印）
（中国古代名著全本译注丛书）
ISBN 978－7－5325－9061－2

Ⅰ．①唐… Ⅱ．①鲁… ②曹… ③杜… Ⅲ．①传奇小说—小说集—中国—唐宋时期 Ⅳ．①I242．1

中国版本图书馆 CIP 数据核字(2018)第 277918 号

中国古代名著全本译注丛书
唐宋传奇集全译
鲁 迅 校录
曹光甫 校点 杜东嫣 译
上海古籍出版社出版发行
（上海市闵行区号景路159弄1-5号A座5F 邮政编码201101）
（1）网址：www．guji．com．cn
（2）E-mail：guji1@guji．com．cn
（3）易文网网址：www．ewen．co
江阴市机关印刷服务有限公司印刷
开本 890×1240 1/32 印张 15．875 插页 5 字数 388，000
2019 年 9 月第 1 版 2024 年 3 月第 5 次印刷
印数：7，201—8，700
ISBN 978－7－5325－9061－2
I·3344 定价：60．00 元
如有质量问题，请与承印公司联系

前　言

唐宋时期的文言短篇小说，通常被称为“传奇”。“传奇”一词，最早当出现在中唐，元稹的《莺莺传》，原题即为《传奇》。晚唐时，裴铏也将自己的小说集命名为《传奇》。此时的“传奇”，还没有成为一种小说体裁，不少小说取名“传奇”，用的是它的本义，“传示奇遇奇事”，标识着记载奇闻异事的内容，因而同名甚多。

“传奇”成为小说体裁的专称，是在宋代。宋人开始用“传奇”来指称文辞华艳、叙述委婉、情节曲折的文体。陈师道《后山诗话》记载，尹师鲁读范仲淹的《岳阳楼记》，因为他“用对语说时景”，语辞华美，不同于当时主流的韩柳古文，就评价它说：“传奇体尔！”尹师鲁用“传奇体”来形容《岳阳楼记》“对语说时景”的文辞特点，已经是一种有意识地将传奇区别于诗歌、古文的独立。

陈振孙《直斋书录解题》著录裴铏《传奇》时，把尹师鲁这句话批为“一时戏笑之谈”，说：“文体随时，理胜为贵。文正岂可与《传奇》同日而语哉！”这段话可见，传奇不仅已经是一种独立的文体，而且是当时甚为流行的。在尹师鲁的批评和陈振孙的辩驳中，也能看到当时传奇体的地位处境：作为娱玩之文，不登大雅之堂。

唐代传奇，承接六朝志怪小说的余风而起。虽然也“好设幻语”，描述多涉虚构，但相较于大多为片言只语，篇幅短小，主要目的是“发明神道之不诬”，情节梗概粗略的志怪小说，唐传奇的风貌已经跃然一变。它文词华美，叙述情节曲折婉转，结构首尾呼应，并且打破了志怪小说只注目于鬼神，“明因果”，纯属虚构的限制，将视线转回人间，大量描摹世态，塑造了众多性格鲜明的人物。

唐传奇已不再是《世说新语》式记录传闻轶事的丛残小语，而是文人有意识创作的传记式故事，“好为文辞”，篇章明显变长，作品中有深厚的现实生活感，常常集中笔墨描绘主人公的经历，能体现出人物的个性特点和思路历程。如果说六朝的志怪笔记，故事还梗概粗略，仿若骨架，那么唐传奇已经具有了足够的细节和性格，为它们成为真正的小说，添置了血肉。

唐传奇的出现，标志着中国短篇小说的成熟，是文言小说发展史上最重要、辉煌的时期。宋代传奇承唐代之余绪，虽不如唐人的华美彩艳，但崇尚实录，渐近自然人生、人情世态，文备众体，也颇可观。

然而由于传奇文一直以游艺娱玩的形象存在于正统文学史中，被文人视为“小道”，不受重视，在流传过程中大量散佚。至宋代，《太平广记》、《文苑英华》、《太平御览》、《类说》等类书笔记始见部分收录的传奇，保存了唐宋传奇的断章面貌。

但到了明代，书贾射利，为求谋取财利，往往剽窃抄袭各传奇，改头换面，粗制滥刻，如《说海》、《古今逸史》、《五朝小说》、《唐人说荟》等书。以讹传讹，往往流毒百年，直到徐松写《登科记考》、郑振铎编《中国短篇小说集》，仍然受前代误导，或引用了明人伪造的文章，或误著了撰人。

有感于明人这种做法，不仅有害于文学评论，对于考证历史也是飞来之灾，鲁迅“发意匡正”，决定辑录唐宋传奇，恢复其原貌，汇成一本足可凭信传世的传奇集。

本书即是鲁迅花费十余年心血而辑成的小说集。在辑录从汉到隋的小说，编成《古小说钩沉》之后，1927 年，鲁迅将在编纂过程中日积月累抄录的唐宋传奇资料，重新校勘考订，按照时代顺序，分为 8 卷。前 5 卷收唐传奇 32 篇，后 3 卷收宋传奇 13 篇。在取舍上，对唐人从宽，认为唐人“作意好奇，假小说以寄笔端”，而对宋人较严，认为“文采无足观”，故两代传奇的篇幅悬殊。

鲁迅选取明刊本《文苑英华》；清黄晟刊本《太平广记》，校以明许自昌刻本；涵芬楼影印宋本《资治通鉴考异》；董康刻士礼居本《青琐高议》，校以明张梦锡刊本及旧抄本；明翻宋本《百川学海》；明抄本原本《说郛》；明顾元庆刊本《文房小说》；清胡珽排印本《琳琅秘室丛书》等。以不同版本进行互校，字句有异，惟从其是，纠正了许多错误，剔除了妄造的材料，去伪存真，提供了完善的校本。

传奇的辑佚，使得很多小说失而复得，恢复原貌。通过《唐宋传奇集》，可以看到唐宋时期小说发展和演变的真正脉络，对于研究中国古代小说发展，具有重要意义。此集的文献价值极高，不仅治学的人可用作研究资料，爱好文辞的人也可以细细品玩词文。

本书所选，为当时之尤，这寥寥几十篇传奇文，体现了唐宋传奇的诸大主题。首先在爱情故事上，收录了一批成就斐然的代表作，如《李娃传》、《莺莺传》、《霍小玉传》、《长恨传》、《任氏传》、《柳毅传》、《飞烟传》等，一批美貌多情的女子命途各异，或喜或悲，栩栩如生，跃然纸上。《枕中记》、《南柯太守传》等篇章确立了梦幻主题，以寓言的形式，揭示人们营营汲汲所追求之物的虚幻。豪侠故事的代表是《虬髯客传》、《谢小娥传》、《无双传》、《柳氏传》，各式豪侠或卓尔不群，或隐居世间，拔刀相助，舍生忘死，豪迈超绝。宋代传奇还注目于中下层女子，如《谭意哥传》、《王幼玉记》、《流红记》等，饱含着对她们不幸生活的同情，使读者掩卷长嗟。而历史题材的诸篇，如《隋炀帝海山记》等三记，《隋遗录》、《杨太真外传》、《赵飞燕别传》、《李师师外传》等，是对历史的反思，也是对现实的曲折映射。

唐宋传奇，是我国古代文学的艺术珍宝，具有很高的思想和艺术价值，对后世各种形式的艺术创作影响巨大，不断被小说、话本、戏曲等取材。如：

《离魂记》被元郑光祖改编为杂剧《倩女离魂》。

成语“黄粱一梦”即来自《枕中记》，并被元马致远改编为杂剧《黄粱梦》，明汤显祖改编成传奇《邯郸记》。

《任氏传》在金代被改编为《郑子遇妖狐》诸宫调（已佚），

后来的《聊斋志异》中大量狐女故事，都能看出它的影响。

词调“章台柳”即来自《柳氏传》，并被明梅鼎祚改编为戏曲《玉合记》，清胡无闷改编为戏曲《章台柳》。

《柳毅传》，被元尚仲贤改编为《洞庭湖柳毅传书》，明黄说仲改编为《龙绡记》，清李渔改编为《蜃中楼》，乃至现代剧《龙女牧羊》。

《霍小玉传》被明汤显祖改编为戏曲《紫钗记》。

成语“南柯一梦”即来自《南柯太守传》，被明汤显祖改编为戏曲《南柯记》。

《谢小娥传》，明凌濛初敷衍而成《拍案惊奇》中的《李公佐巧解梦中言　谢小娥智擒船上盗》，清王夫之改编为杂剧《龙舟会》。

《李娃传》，元石君宝改编为杂剧《李亚仙花酒曲江池》，明薛近衮改编为传奇戏曲《绣襦记》。

《长恨传》，元关汉卿的杂剧《唐明皇哭香囊》、王伯成的《天宝遗事》诸宫调、明吴世美的传奇《惊鸿记》，乃至清代洪昇长达五十折的传奇《长生殿》，都是从此而来。即是所谓“三生影响陈鸿传”。

《莺莺传》，金董解元改编为《弦索西厢》诸宫调，元王实甫改编为杂剧《西厢记》，明李日华、陆采各改编为《南西厢记》等等。

《无双传》，明陆采改编为戏曲《明珠记》。

《虬髯客传》，明张凤翼改编为戏曲《红拂记》，凌濛初改编为杂剧《虬髯翁》。

《隋炀帝海山记》、《迷楼记》、《开河记》，内容被清褚人获采录入《隋唐演义》。

可以说，在今日今时能看到的小说影视艺术作品中，处处可见这些“传奇的宗祖们”的痕迹。如果你对这些故事足够熟悉的话，那么，就会时不时地在文本、剧场、屏幕中，咦然看到熟人熟事。此时，了然这些“名人名事”的来处，对照着新故事，这种知识储备会带来一种别样的体验。

本书原文由曹光甫据人民文学出版社 1973 年出版的《鲁迅全集》第十卷收录的《唐宋传奇集》校点。个别文字有疑，如《柳氏传》“偶于龙首冈见苍头以骏牛驾辎軿”之“骏”，于理欠通，则据汪辟疆《唐人小说》本改为“駮”，等等。译者杜东嫣。鲁迅在校勘中做的注，翻译时按原文以括号标示。小说中的诗歌、对话，往往涉及典故，包含隐语，这些不适合反映在正文中的故事以及知识点，以脚注的形式说明，便于读者理解。

此外，传奇小说虽然有多半是敷衍真人，但小说本身“多涉虚幻”和“假意寄托”的特性，使得它们往往在年代、地名等细节上，与主人公的实际履历不符。本书不作史实考证，但为避免误导读者，对某些重要差异也做了校注，如《隋炀帝海山记》中炀帝的生日等条目。

本次全译，严格遵从原文，基本做到对译。虽然严格对译其实比意译更难操作，并且会使行文不够简洁动人，但仍然选择这种方式，出于两种考虑：一是翻译本应当忠实于原文；二是希望能让有志于阅读文言原文的读者，省去检索之烦、推敲之累，做到对举原文与全译，即可按图索骥，一一对照。这是比较轻松愉悦地学习提升文言阅读能力的取巧法门，也是本书的一点私心。

目　录

卷四

卷五

卷六

卷七

卷八

卷　一

古　镜　记

王　度

隋汾阴侯生，天下奇士也。王度常以师礼事之。临终，赠度以古镜，曰："持此，则百邪远人。"度受而宝之。镜横径八寸，鼻作麒麟蹲伏之象。绕鼻列四方，龟龙凤虎，依方陈布。四方外又设八卦，卦外置十二辰位，而具畜焉。辰畜之外，又置二十四字，周绕轮廓，文体似隶，点画无缺，而非字书所有也。侯生云："二十四气之象形。"承日照之，则背上文画，墨入影内，纤毫无失。举而扣之，清音徐引，竟日方绝。嗟乎，此则非凡镜之所同也！宜其见赏高贤，自称灵物。侯生常云："昔者吾闻黄帝铸十五镜，其第一，横径一尺五寸，法满月之数也。以其相差各校一寸，此第八镜也。"虽岁祀攸远，图书寂寞，而高人所述，不可诬矣。

昔杨氏纳环，累代延庆；张公丧剑，其身亦终。今度遭世扰攘，居常郁怏，王室如毁，生涯何地，宝镜复去，哀哉！今具其异迹，列之于后，数千载之下，倘有得者，知其所由耳。

大业七年五月，度自御史罢归河东，适遇侯生卒，而得此镜。至其年六月，度归长安，至长乐坡，宿于主人程雄家。雄新受寄一婢，颇甚端丽，名曰鹦鹉。度既税驾，将整冠履，引镜自照。鹦鹉遥见，即便叩首流血，云："不敢住。"度因召主人问其故。雄云："两月前，有一客携此婢从东来。时婢病甚，客便寄留，云：'还日当取。'比不复来，不知其婢之由也。"度疑精魅，引镜逼之。便云："乞命，即变形。"度即掩镜，曰："汝先自叙，然后变形，当舍汝命。"婢再拜自陈云："某是华山府君庙前长松下千岁老狸，大行变惑，罪合至死。遂为府君捕逐，逃于河渭之间，为下邽陈思恭义女，蒙养甚厚。嫁鹦鹉与同乡人柴华。鹦鹉与华意不相惬，逃而东；出韩城县，为行人李无傲所执。无傲，粗暴丈夫也，遂将鹦鹉游行数岁，昨随至此，忽尔见留。不意遭逢天镜，隐形无路。"

度又谓曰："汝本老狐，变形为人，岂不害人也？"婢曰："变形事人，非有害也。但逃匿幻惑，神道所恶，自当至死耳。"度又谓曰："欲舍汝，可乎？"鹦鹉曰："辱公厚赐，岂敢忘德。然天镜一照，不可逃形。但久为人形，羞复故体。愿缄于匣，许尽醉而终。"度又谓曰："缄镜于匣，汝不逃乎？"鹦鹉笑曰："公适有美言，尚许相舍。缄镜而走，岂不终恩？但天镜一临，窜迹无路，惟希数刻之命，以尽一生之欢耳。"度登时为匣镜，又为致酒，悉召雄家邻里，与宴谑。婢顷大醉，奋衣起舞而歌曰："宝镜宝镜！哀哉予命！自我离形，于今几姓？生虽可乐，死必不伤。何为眷恋，守此一方！"歌讫，再拜，化为老狸而死。一座惊叹。

大业八年四月一日，太阳亏。度时在台直，昼卧厅阁，觉日渐昏。诸吏告度以日蚀甚。整衣时，引镜出，自觉镜亦昏昧，无复光色。度以宝镜之作，合于阴阳光景之妙。不然，岂合以太阳失曜而宝镜亦无光乎？叹怪未已。俄而光彩出，日亦渐明。比及日复，镜亦精朗如故。自此之后，每日月薄蚀，镜亦昏昧。

其年八月十五日，友人薛侠者，获一铜剑，长四尺。剑连于靶；靶盘龙凤之状，左文如火焰，右文如水波，光彩灼烁，非常物也。侠持过度，曰："此剑侠常试之，每月十五日，天地清朗，置之暗室，自然有光，傍照数丈。侠持之有日月矣。明公好奇爱古，如饥如渴，愿与君今夕一试。"度喜甚。其夜，果遇天地清霁。密闭一室，无复脱隙，与侠同宿。度亦出宝镜，置于座侧。俄而镜上吐光，明照一室，相视如昼。剑横其侧，无复光彩。侠大惊，曰："请内镜于匣。"度从其言，然后剑乃吐光，不过一二尺耳。侠抚剑叹曰："天下神物，亦有相伏之理也。"是后每至月望，则出镜于暗室，光尝照数丈。若月影入室，则无光也。岂太阳太阴之耀，不可敌也乎？

其年冬，兼著作郎，奉诏撰国史，欲为苏绰立传。度家有奴曰豹生，年七十矣。本苏氏部曲，颇涉史传，略解属文。见度传草，因悲不自胜。度问其故。谓度曰："豹生常受苏公厚遇，今见苏公言验，是以悲耳。郎君所有宝镜，是苏公友人河南苗季子所遗苏公者。苏公爱之甚。苏公临亡之岁，戚戚不乐，常召苗生谓曰：‘自度死日不久，不知此镜当入谁手？今欲以蓍筮一卦，先生幸观之也。’便顾豹生取蓍，苏公自揲布卦。卦讫，苏公曰：‘我死十余年，我家当失此镜，不知所在。然天地神物，动静有征。今河汾之间往往有宝气，与卦兆相合，镜其往彼乎？’季子曰：‘亦为人所得乎？’苏公又详其卦，云：‘先入侯家，复归王氏。过此以往，莫知所之也。’”豹生言讫涕泣。度问苏氏，果云旧有此镜，苏公薨后，亦失所在，如豹生之言。故度为苏公传，亦具言其事于末篇，论苏公蓍筮绝伦，默而独用，谓此也。

大业九年正月朔旦，有一胡僧，行乞而至度家。弟绩出见之。觉其神彩不俗，更邀入室，而为具食，坐语良久。胡僧谓绩曰：“檀越家似有绝世宝镜也。可得见耶？”绩曰：“法师何以得知之？”僧曰：“贫道受明录秘术，颇识宝气。檀越宅上，每日常有碧光连日，绛气属月，此宝镜气也。贫道见之两年矣。今择良日，故欲一观。”绩出之。僧跪捧欣跃，又谓绩曰：“此镜有数种灵相，皆当未见。但以金膏涂之，珠粉拭之，举以照日，必影彻墙壁。”僧又叹息曰：“更作法试，应照见腑脏。所恨卒无药耳。但以金烟薰之，玉水洗之，复以金膏珠粉如法拭之，藏之泥中，亦不晦矣。”遂留金烟玉水等法，行之无不获验。而胡僧遂不复见。

其年秋，度出兼芮城令。令厅前有一枣树，围可数丈，不知几百年矣。前后令至，皆祠谒此树，否则殃祸立及也。度以为妖由人兴，淫祀宜绝。县吏皆叩头请度。

度不得已，为之以祀。然阴念此树当有精魅所托，人不能除，养成其势。乃密悬此镜于树之间。其夜二鼓许，闻其厅前磊落有声，若雷霆者。遂起视之，则风雨晦暝，缠绕此树，电光晃耀，忽上忽下。至明，有一大蛇，紫鳞赤尾，绿头白角，额上有王字，身被数创，死于树。度便下收镜。命吏出蛇，焚于县门外。仍掘树，树心有一穴，于地渐大，有巨蛇蟠泊之迹。既而坟之，妖怪遂绝。

其年冬，度以御史带芮城令，持节河北道，开仓粮赈给陕东。时天下大饥，百姓疾病，蒲陕之间，疠疫尤甚。有河北人张龙驹，为度下小吏。其家良贱数十口，一时遇疾。度悯之，赍此入其家，使龙驹持镜夜照。诸病者见镜，皆惊起，云："见龙驹持一月来相照。光阴所及，如冰着体，冷彻腑脏。"即时热定，至晚并愈。以为无害于镜，而所济于众，令密持此镜，遍巡百姓。其夜，镜于匣中泠然自鸣，声甚彻远，良久乃止。度心独怪。明早，龙驹来谓度曰："龙驹昨忽梦一人，龙头蛇身，朱冠紫服，谓龙驹：'我即镜精也，名曰紫珍。常有德于君家，故来相托。为我谢王公，百姓有罪，天与之疾，奈何使我反天救物！且病至后月，当渐愈，无为我苦。'"度感其灵怪，因此志之。至后月，病果渐愈，如其言也。

大业十年，度弟绩自六合丞弃官归，又将遍游山水，以为长往之策。度止之曰："今天下向乱，盗贼充斥，欲安之乎？且吾与汝同气，未尝远别。此行也，似将高蹈。昔尚子平游五岳，不知所之。汝若追踵前贤，吾所不堪也。”便涕泣对绩。绩曰：“意已决矣，必不可留。兄今之达人，当无所不体。孔子曰：‘匹夫不夺其志矣。’人生百年，忽同过隙，得情则乐，失志则悲，安遂其欲，圣人之义也。”度不得已，与之决别。绩曰：“此别也，亦有所求。兄所宝镜，非尘俗物也。绩将抗志云路，栖踪烟霞，欲兄以此为赠。”度曰：“吾何惜于汝也。”即以与之。绩得镜，遂行，不言所适。

至大业十三年夏六月，始归长安。以镜归，谓度曰：“此镜真宝物也！辞兄之后，先游嵩山少室，降石梁，坐玉坛。属日暮，遇一嵌岩，有一石堂，可容三五人，绩栖息止焉。月夜二更后，有两人：一貌胡，须眉皓而瘦，称山公；一面阔，白须，眉长，黑而矮，称毛生。谓绩曰：‘何人斯居也？’绩曰：‘寻幽探穴访奇者。’二人坐与绩谈久，往往有异义出于言外。绩疑其精怪，引手潜后，开匣取镜。镜光出而二人失声俯伏。矮者化为龟，胡者化为猿。悬镜至晓，二身俱殒。龟身带绿毛，猿身带白毛。

“即入箕山，渡颍水，历太和，视玉井。井傍有池，水湛然绿色。问樵夫。曰：‘此灵湫耳。村闾每八节祭之，以祈福祐。若一祭有阙，即池水出黑云，大雹浸堤坏阜。’绩引镜照之，池水沸涌，有雷如震。忽尔池水腾出池中，不遗涓滴。可行二百余步，水落于地。有一鱼，可长丈余，粗细大于臂，首红额白，身作青黄间色，无鳞有涎，龙形蛇角，嘴尖，状如鲟鱼，动而有光，在于泥水，困而不能远去。绩谓鲛也，失水而无能为耳。刃而为炙，甚膏，有味，以充数朝口腹。遂出于宋汴。

“汴主人张珂家有女子患，入夜，哀痛之声，实不堪忍。绩问其故。病来已经年岁，白日即安，夜常如此。绩停一宿，及闻女子声，遂开镜照之。病者曰：‘戴冠郎被杀！’其病者床下，有大雄鸡，死矣，乃是主人七八岁老鸡也。

“游江南，将渡广陵扬子江。忽暗云覆水，黑风波涌，舟子失容，虑有覆没。绩携镜上舟，照江中数步，明朗彻底，风云四敛，波涛遂息，须臾之间，达济天堑。跻摄山麹芳岭，或攀绝顶，或入深洞，逢其群鸟环人而噪，数熊当路而蹲，以镜挥之，熊鸟奔骇。是时利涉浙江，遇潮出海，涛声振吼，数百里而闻。舟人曰：‘涛既近，未可渡南。若不回舟，吾辈必葬鱼腹。’绩出镜照，江波不进，屹如云立。四面江水豁开五十余步，水渐清浅，鼋鼍散走。举帆翩翩，直入南浦。然后却视，涛波洪涌，高数十丈。而至所渡之所也，遂登天台，周览洞壑。夜行佩之山谷，去身百步，四面光彻，纤微皆见。林间宿鸟，惊而乱飞。还履会稽，逢异人张始鸾，授绩《周髀》《九章》及明堂六甲之事。与陈永同归。

“更游豫章，见道士许藏秘，云是旌阳七代孙，有咒登刀履火之术。说妖怪之次，更言丰城县仓督李敬慎家有三女，遭魅病，人莫能识。藏秘疗之无效。绩故人曰赵丹，有才器，任丰城县尉。绩因过之。丹命祗承人指绩停处。绩谓曰：‘欲得仓督李敬慎家居止。’丹遽命敬为主，礼绩。因问其故。敬曰：‘三女同居堂内阁子，每至日晚，即靓妆炫服。黄昏后，即归所居阁子，灭灯烛。听之，窃与人言笑声。及至晓眠，非唤不觉。日日渐瘦，不能下食。制之不令妆梳，即欲自缢投井。无奈之何。'

绩谓敬曰：'引示阁子之处。'其阁东有窗。恐其门闭固而难启，遂昼日先刻断窗棂四条，却以物支柱之，如旧。至日暮，敬报绩曰：'妆梳入阁矣。'至一更，听之，言笑自然。绩拔窗棂子，持镜入阁，照之。三女叫云：'杀我婿也！'初不见一物。悬镜至明。有一鼠狼，首尾长一尺三四寸，身无毛齿；有一老鼠，亦无毛齿，其肥大可重五斤；又有守宫，大如人手，身披鳞甲，焕烂五色，头上有两角，长可半寸，尾长五寸已上，尾头一寸色白：并于壁孔前死矣。从此疾愈。

"其后寻真至庐山，婆娑数月，或栖息长林，或露宿草莽，虎豹接尾，豺狼连迹，举镜视之，莫不窜伏。庐山处士苏宾，奇识之士也，洞明《易》道，藏往知来，谓绩曰：'天下神物，必不久居人间。今宇宙丧乱，他乡未必可止。吾子此镜尚在，足下卫，幸速归家乡也。'绩然其言，即时北归。便游河北，夜梦镜谓绩曰：'我蒙卿兄厚礼，今当舍人间远去，欲得一别，卿请早归长安也。'绩梦中许之。及晓，独居思之，恍恍发悸，即时西首秦路。今既见兄，绩不负诺矣。终恐此灵物亦非兄所有。"数月，绩还河东。

大业十三年七月十五日，匣中悲鸣，其声纤远，俄而渐大，若龙咆虎吼，良久乃定。开匣视之，即失镜矣。

【译文】

隋朝时，汾阴人侯生，是人世间的神异人士。王度经常以对待老师的礼节来侍奉他。侯生临终前，赠送给王度一面古镜，说："只要拿着这面镜子，各种妖邪都会远远躲开。"王度接受了古镜，将它珍藏起来。古镜直径八寸，背面的镜鼻是蹲伏的麒麟的形象。镜鼻的东南西北四方，依次排列着龟、龙、凤、虎的形象。这四方之外，又设置了八卦，八卦之外，设置了天干的十二个时辰的方位，并且都有相配的牲畜之形来对应。在天干的牲畜形象之外，又设置了二十四个字，环绕着镜边，字体像隶书，一点一划都不缺，但是并不是字书上有的字。侯生说："这是二十四节气的象形。"将镜子对着日光一照，则镜背面的文字和图形，会像笔墨所画的那样映入影子内，纤毫不差。拿起镜子来轻轻一叩，清脆的声音慢慢响起，要过一整天才会停止。哎，这就是跟普通的镜子不一样的地方啊！确实应该被高人贤者所称赏，自称灵物也是应该的。侯生经常说："从前，我听说过黄帝铸造了十五面镜子，其中的第一面，直径一尺五寸，这个数字是效仿满月的日子。其余各面镜子，各相差一寸，所以这是第八面镜子。"虽然时间久远，书籍记载稀少，但是高人所说的话，不可能是假的。

从前杨宝得到了黄雀报恩衔来的白环，子孙得以累代延续福祚；张华丢失了宝剑，自己也丧失了性命。现在王度遭逢世事骚乱，起居时常常郁郁不乐，王室就像已被摧毁，人生不知可去何处，宝镜也丢了，多么悲哀啊！现在详细地记载下这面镜子的奇异事迹，列在后面。数千年之后，如果有得到镜子的人，就能知道它的来由了。

唐代大业七年五月，王度从御史的官位上卸职，回去河东。正好碰到侯生去世，因此得到了宝镜。到这一年的六月，王度回长安，到长乐坡时，住在房主程雄的家里。程雄刚受托让一名婢女住下，这个婢女长得很是端丽，名字叫鹦鹉。王度已经停车归宿，就打算整理一下自己的服饰，拿出镜子来自照。鹦鹉远远地看见了，马上叩头直到流血，说："我不敢住在这里。"王度因此叫来主人，问他原因。程雄说："两个月之前，有一位客人带着这个婢女从东边来。当时她病得很重，客人就将她留下寄宿在我这里，说：'回来的时候来带走她。'到现在还没有来，我不知道这个婢女为何这样。"王度怀疑她是精怪妖魅，拿着镜子逼照她。婢女说："祈求您留下我的命，我就变回原形。"王度就盖住镜子，说："你先把自己的来历交代清楚，再变回原形，这样我就饶了你的性命。"婢女拜了两拜，讲述自己的经历："我是华山府君庙前大松树下的千年老狐狸，经常变幻形体迷惑人，论罪应当被处死。所以被府君追逐捉捕，逃到了黄河和渭水之间，成为下邽陈思恭的干女儿。他抚养我，让我过得很富裕，把我嫁给了同乡人柴华。我跟柴华情义不和，向东出逃，过了韩城县，被过路人李无傲抓到。李无傲是个粗暴的男人，胁迫我跟着他游荡了好几年。不久前来到这儿，突然被留下。没想到竟然碰到了天镜，没有办法藏匿行迹了。"

王度又说道："你本来是老狐，变形为人，又怎么会不害人呢?"婢女说："变成人形来服侍人，并不是有害的。但是逃脱府君监管来隐匿，变幻迷惑人，是神道所厌恶的，自然应该死去。"王度说："我想饶了你，怎么样?"鹦鹉说："承蒙您厚爱，我不敢忘记您的恩德。只是被天镜一照，不能再逃脱了。但我长久都以人形出现，变回原形，感到很羞愧。希望您能将镜子封在盒子里，让我尽兴地大醉一通之后死去。"王度又说："把镜子封到盒子里了，你不会趁机逃吗?"鹦鹉笑着说："您刚才还说得那么动听，想放了我。您一把镜子收起来我就逃走，岂不是正好让您的恩德得以实现？但是天镜一照，就无路窜逃了。我只希望能延续一会儿生命，能尽情地享受一下一生的欢乐。"王度马上把镜子放进盒子里，又为她叫来酒菜，把程雄的家里人和邻居都招呼来，一起饮宴欢笑。婢女一会儿就喝得大醉，摆动衣服起身跳舞，歌唱道："宝镜啊宝镜，悲哀啊我命！自从我化形，蹉跎到如今。活着虽可乐，死亦不伤悲。何故多留连，恋恋不肯行。"唱完，拜了两拜，化形为老狐而死去。在座的人都惊叹不已。

大业八年四月一日这一天发生了日蚀。王度此时正在御史台当值，白天睡在厅阁里，发觉日光渐渐昏暗。下面的吏员向他报告说日全食了。王度起来整理衣帽，拿出镜子照，自己觉得镜子也昏暗了，不再有光彩。王度以为，宝镜的制作，与阴阳光影的玄妙相吻合。不然，怎么会正好太阳失去光辉，而宝镜也无光了呢？他不停地赞叹奇怪着。过了一会儿，镜子的光彩又出现了，而太阳也渐渐地明亮起来。等到太阳完全复原，镜子也像平常那样精光明朗了。从此之后，每当日月蚀时，镜子也会昏暗不明。

这一年的八月十五日，王度的友人薛侠得到了一把铜剑，长四尺，剑身连着剑柄，剑柄做成龙凤盘旋的样子。左边的花纹好像火焰，右边的花纹犹如水波。光彩闪烁，不是寻常的东西。薛侠拿着它来拜访王度，说："这把剑我常常做试验，每月的十五，如果天地清净明亮，把它放到暗室里，就会自然发出光亮，光照周围数丈。我得到它有段时间了，您爱好珍奇古玩，如饥似渴，我愿意与您今天晚上一起试一试。"王度非常高兴。这天晚上，果然碰到天地清朗明亮。王度就密闭一个房间，让它没有缝隙，跟薛侠一起睡在里面。他把宝镜也拿出来了，放在座位旁。没一会儿，镜子上放出光芒，光照了一整个房间，互相对看就像白天那样清楚。而宝剑横放在镜子的旁边，不再有光彩了。薛侠大惊，说："请把镜子放回到盒子里去。"王度按照他的话把镜子放回去，然后宝剑才发出光亮，光照不过一二尺的距离而已。薛侠抚摸着宝剑，叹息说："天下的神物，也已经有弱者降伏于强者的道理了。"于是后来每到一个月的十五日，就把镜子拿出来放在暗室里，光芒都能照耀数丈远。如果月光投入屋子里，镜子就没有光华了。难道不是因为太阳月亮的光辉，是难以匹敌的吗？

这年冬天，王度兼任著作郎，奉皇帝的命令，撰修国史，想要为苏绰写传记。王度家里有个奴仆，叫豹生，年纪已经七十了。他本来是苏绰的部下，经常读历史传记方面的书，稍微懂一点儿写文章的方法。他看见王度起草的传记，便悲哀得难以自控。王度问他原因。他对王度说："苏公曾经待我非常优厚，现在看见苏公的话应验了，所以感到悲哀啊。您所有的宝镜，是苏公的朋友河南人苗季子送给苏公的。苏公非常喜爱它。他临去世那年，郁郁不快乐。曾经叫来苗季子，对他说：'我估计距离临死之日不远了，不知道这面镜子会到谁的手里。现在想要用蓍草占卜一卦，请您在旁观看。'就回头让我取来蓍草，他自己分蓍草的份数来布卦。卜卦完了，苏公说：'我死之后十年，我家里会失去这面镜子，不知道它的去向。然而天地间的神物，动静变化都是有征兆的。现在黄河、汾水之间经常有宝气出现，跟卦象的预兆相吻合，镜子怕是要往那边去了。’苗季子说：‘镜子也会被别人得到吗？’苏公又详细地研究了卦象，说：‘先到侯家，然后归王氏。在这之后，就不能推测出它去哪里了。’”豹生说完，涕泪交加。王度询问了苏家人，果然说曾经有过这面镜子，但苏公死了之后，就不知道去哪里了，跟豹生说的一样。因此王度为苏绰写传记，也把这件事详细地写在了篇末。说苏绰用蓍草占卜的本领无人可比，默默地独自运用着，就是指这件事。

大业九年正月初一，有一个西域来的僧人，行乞到了王度的家。王度的弟弟王绩出来接见他，觉得这个僧人神采不俗，就邀请他进房间，为他准备食物，坐下来交谈了很久。僧人对王绩说：“施主您家里好像有绝世的宝镜，我能看一下吗？”王绩问道：“法师您怎么知道的？”僧人回答说：“贫道学过符咒的秘术，很能辨识宝气。施主您家屋子上每天都有碧绿的光芒与日光连接，红色的气与月光相属，这是宝镜的气。贫道已经看了两年了。今天选了个好日子，想看一看宝物。”王绩把镜子拿出来，僧人跪着接过去，欢欣雀跃，对王绩说：“这个镜子有几种灵异的现象，应该都还没见过。只要把黄金膏涂在上面，用珍珠粉擦拭，拿起来对着太阳，它的光芒就能透过墙壁。”僧人又叹息着说：“换个方法来做试验，应该能照见人的肺腑。只是遗憾没有所需的药物啊。只要用炼金的烟雾来熏它，用磨玉的水来清洗，然后用黄金膏和珍珠粉，按照上面的方法来涂拭，就算把它藏在泥土里，也不会昏暗不明了。”于是留下了金烟玉水等方法。按照这个方法实施，没有不应验的时候。然后再也没有见到过这个西域来的僧人了。

这年的秋天，王度出京兼任芮城的县令。当时官署前有一棵枣树，树围可以达到数丈，不知道活了几百年了。历任县令到任，都会祭祀这棵树，不然就会立刻有灾祸降临。王度认为妖异都是由人而引发的，不合礼制的祭祀应该断绝。县府的衙吏都磕头求他，他不得已，只能祭祀了这棵树。但是他暗中想这棵树应该有精怪妖魅托身，人们不能除掉它，才养成了它的势头。于是就偷偷地把镜子挂在了树枝间。这天晚上二更的时候，听到厅前有像雷霆一样巨大的声音，起来一看，则风雨昏暗，缠绕着这棵树，电光闪烁明亮，忽上忽下。到了天亮，有一条大蛇，紫色鳞片、红色尾巴、绿色蛇头、白色的角，额头有个“王”字，身上受了几处创伤，死在树那儿。王度就把镜子取下收好，命令府吏把蛇拿出去，在县门外焚烧。仍然把树给挖掉了，在树心发现有一个洞，到地下渐渐变大，有巨蛇盘踞的痕迹。随后把这个洞填了，妖怪于是绝迹不再出现。

这年冬天，王度以御史的身份兼任芮城县令，掌管河北道，打开官仓向陕东放粮赈灾。当时天下大乱，百姓得疾病的很多，蒲陕之间的疫病尤其严重。有一个河北人张龙驹，是王度属下的小吏，他家主仆十几口人，一时间都得了病。王度怜悯他，差人送镜子到他家，让张龙驹在晚上拿着镜子照。那些生病的人看见镜子，都惊讶地立身而起床，说：“看见龙驹拿了一个月亮来照耀我，光华照到的地方，就好像冰块贴到身上，五脏六腑都冷透了。”热度马上就退下去，到了晚上病都痊愈了。王度认为这样使用对镜子没有损害，而能周济百姓，就派人秘密拿着镜子，到处巡视百姓。这天晚上，镜子在盒子里自动鸣叫起来，声音清彻悠远，很久之后才停止。王度心里只觉得非常奇怪。第二天早上，张龙驹来对王度说：“我昨天晚上突然梦到一个人，龙头蛇身，戴着朱冠，穿着紫服，对我说：‘我就是镜子的精灵，名字叫紫珍。曾经对你家有恩德，因此来拜托你一件事。替我向王公道歉，百姓有罪，天降疾病，怎么能让我违反天意来救人呢？而且这场疾病到了后月，就会逐渐痊愈。不要使我受苦啊！’”王度感叹它的灵异，因此将这件事写了下来。到了后月，百姓们的疾病果然像紫珍说的那样渐渐痊愈了。

大业十年，王度的弟弟王绩从六合县县丞的职位上辞职回乡，又打算游遍各地山水，把这个当作长期计划。王度制止他说：“现在天下一直动荡不安，到处充斥着盗贼，你想要去哪里呢？况且我跟你是同胞血亲，从来没有长久地别离过。这次你一走，看样子是要远别。从前尚子平游览五岳，最后不知去了哪里。你要是学他一样，我可承受不了。”说完，对着王绩落下了泪。王绩说：“我的心意已决，必定不会留下来。兄长你是当今之世的通达之人，应当没有什么事是不能体谅的。孔子说过：‘即使只是一个普通人，也不能随意改变他的志向。’人生不过短短一百年，快得就像白马奔跑着掠过一条细缝，如意时就快乐，失意时就悲伤，使自己的欲望有所安置满足，这是圣人的道理啊!”王度不得已，只能跟王绩诀别。王绩说:“这次别离，也有所求。兄长你珍爱的宝镜，不是凡俗的东西。我将要在远离俗世的地方坚持我的志向，栖身在烟霞弥漫的山水胜景处，希望你能把它送给我。”王度说:“我怎么会舍不得给你呢?”就把宝镜给了他。王绩得到宝镜就动身出发了，没有交代去哪里。

到了大业十三年夏六月，王绩才回到长安。他把镜子还给王度，对他说:“这个镜子真的是个宝物啊!辞别兄长之后，我先去游览嵩山少室，下山经过石梁，坐在玉坛边休息。当时是傍晚，碰到了一块凹进去的岩壁，里面是一个石堂，可以容纳三五人，我就在那边住宿歇息了。那夜月明，二更之后，出现了两个人:一个长得像胡人，胡须眉毛洁白而形体清瘦，被称作山公;一个大脸盘，白胡须，眉毛长，人黑又矮，被称作毛生。他们对我说:‘什么人在这里?’我回答说:‘是寻访幽境、探寻奇穴、追求奇遇的人。’他们坐下来跟我聊了很久，言谈之间常常有着不一般的见解。我怀疑他们是精怪，就偷偷把手伸到背后，打开盒子取出宝镜。镜光一出，两人惊叫着趴在地上，矮个子的化身成为乌龟，长得像胡人的化身为猿猴。把镜子挂到天亮，两个都死了。乌龟身上带着绿毛，猿猴身上带着白毛。

“随后我进入箕山，渡过颍水，经过太和，去看玉井。井边有个池子，池水清澈碧绿。询问樵夫，他说:‘这是灵湫。乡村闾里每逢八个大节都会祭拜它，以祈求神灵赐福保佑。如果有一个节没有祭祀，池水就立刻冒出黑云，会下大冰雹，摧垮堤坝土山。’我拿出镜子来照灵湫，池水涌腾如沸，有雷声震响。忽然间，池水全从池中升腾而出，点滴不遗。在二百余步外，水落到地上，有一条鱼，长约一丈多，比人的手臂还粗，红头白额，鱼身青黄两色相间，没有鱼鳞，却有鱼涎，好像龙而又有蛇的额角，嘴尖，形状如鲟鱼，摆动时闪闪有光。它被困在泥水中，不能远去。我认为这是鲛，没有水所以无能为力了。于是把它宰了烤着吃，很肥腴，有滋味，当了好几天的口粮。随后我离开那里来到宋地汴州。

“汴州住处的主人张珂，他家里有女子患病。一到夜间，哀号痛呼的声音，实在令人不忍听。我询问原因，得知她得病已有年头，白天平安，夜间就经常这样。我在他家留宿一晚，等听到女子的叫声时，就打开镜子去照。病人说：‘戴冠郎被杀了！’她床底下有一只大雄鸡，已死，是主人家七八岁的老鸡。

“游江南，我将要在广陵一带渡扬子江。忽然乌云覆盖水面，黑风掀起波涛，船夫大惊失色，担心船要覆没。我带着镜子上船，照向江中几步外的水面，江水明净见底，四面风云收敛，波涛立刻平息。片刻之间，就渡过了天堑。登摄山麴芳岭，有时攀援绝顶，有时潜入深洞，遇见一群群飞鸟环绕着人鸣噪，好几只熊在路中蹲踞，一挥镜子，熊鸟都惊骇奔逃了。那时又乘船渡浙江，正遇到海潮，涛声震耳怒吼，几百里外都听得见。船夫说：‘海涛已经接近，不可再南渡了。如果不赶快调头回去，我们都必定葬身鱼腹。’我拿出镜子来照，波涛便不再前进，像云头那样屹立着。四面江水豁然分开五十多步，水渐清浅，龟鳖之类四散而走。于是扬帆轻疾，直入南浦。然后回头再看，波涛汹涌，高达数十丈。到了渡江的目的地，就去登天台山，四处游览洞穴沟壑。夜间佩戴着镜子在山谷中行走，离身百步都光亮照彻，连最细微的东西都很清楚。林中的夜宿之鸟都被惊起乱飞。返回会稽时，遇见有异术的奇人张始鸾，他传授给我《周髀》《九章》和明堂六甲中的事。与陈永一道回来。

“然后又游历豫章，见到道士许藏秘，他说他是许旌阳的七代孙，有念咒踩刀踏火的本领。在谈到妖怪时，又说起丰城县仓督李敬慎家里有三个女儿，遭鬼魅迷惑而病，没有人能知道是怎么回事。藏秘去治疗也没有效验。我的老朋友赵丹，颇有才能，任丰城县尉。我就去拜访他。赵丹叫衙役给我准备歇脚之处，我说：‘我想要在仓督李敬慎家里留宿。’赵丹就命敬慎作东道主，以礼相待。于是我问他女儿得病的缘故，敬慎说：‘三个女儿一起住在堂内楼里，每天傍晚，就浓妆艳服地打扮好。黄昏以后，就回到所住的房间里，熄灭灯烛。只能听见有偷偷跟人谈笑的声音。到了天亮才睡，不叫她们就不会醒。一天比一天消瘦，吃不下东西。制止她们不让梳妆打扮，便要上吊投井。对她们实在毫无办法了。’

“我对李敬慎说：‘请把她们住的房间指给我看。’这房间东面有窗。担心房门紧闭，临时难以打开，白天就把四根窗户上的木条刻断，用别的东西支撑窗户，恢复成原来那样。到傍晚，李敬慎向我报告说：‘她们已经梳妆打扮完，进房间去了。’到了一更，听动静，房内有自然的谈笑声。我拔去窗棂子，拿着镜子闯入房中，用它一照，三个姑娘叫道：‘杀了我的夫婿了！’起初看不见任何东西，将镜子悬挂到天亮，发现一只黄鼠狼，从头到尾长一尺三四寸，身上没毛和牙；一只老鼠，也没有毛和齿，肥大得约有五斤重；又有一条壁虎，有人的手那么大，身上覆盖着鳞甲，五彩斑斓，头上有两只角，长约半寸，尾巴超过五寸，尾端有一寸是白色的。它们都死在墙壁洞前。从此三个女儿的病就好了。

“这之后我寻找仙人踪迹到了庐山，徘徊了好几个月，有时栖息在深林之中，有时露宿在草莽。虎豹接连，豺狼不断，举着镜子一看，它们没有不畏服逃窜的。庐山处士苏宾，是个见识奇异的人，熟知《易经》的奥妙，知晓过去未来的事情。他对我说：‘天下的神奇之物，必定不能久留人间。如今全国丧乱，他乡未必可以定居。这面镜子还在，足以保护你，赶快回家乡去吧！’我觉得他说得有理，就马上向北回家了。顺道游河北，夜里梦见镜子来对我说：‘我蒙受你哥哥厚礼相待，现在就要离开人间远去了，想要跟他告别一下，请你及早回长安吧。’我在梦中答应它了。到第二天天明，独自回想梦境，恍惚不安，心里发悸，立即向西往长安来。现在见到了哥哥你，我终于没有辜负对镜子的许诺。只恐怕这灵物最终也不能为哥哥所有。”几个月后，王绩就回河东去了。

大业十三年七月十五日，镜匣中发出悲鸣声，声音一开始细而悠远，一会儿后渐渐宏大，好像龙咆虎啸，响了很久才停息。开匣一看，镜子已经不见了。

补江总白猿传

缺 名

梁大同末，遣平南将军蔺钦南征，至桂林，破李师古、陈彻。别将欧阳纥略地至长乐，悉平诸洞，罙入深阻。纥妻纤白，甚美。其部人曰：“将军何为挈丽人经此？地有神，善窃少女，而美者尤所难免。宜谨护之。”纥甚疑惧，夜勒兵环其庐，匿妇密室中，谨闭甚固，而以女奴十余伺守之。尔夕阴风晦黑，至五更，寂然无闻。守者怠而假寐。忽若有物惊悟者，即已失妻矣。关扃如故，莫知所出。出门山险，咫尺迷闷，不可寻逐。迨明，终无其迹。

纥大愤痛，誓不徒还。因辞疾，驻其军，日往四遐，即深陵险以索之。既逾月，忽于百里之外丛篠上，得其妻绣履一只，虽侵雨濡，犹可辨识。纥尤凄悼，求之益坚。选壮士三十人，持兵负粮，岩栖野食。又旬余，远所舍约二百里，南望一山，葱秀迥出。至其下，有深溪环之，乃编木以度。绝岩翠竹之间，时见红彩，闻笑语音。扪萝引组而陟其上，则嘉树列植，间以名花，其下绿芜，丰软如毯。清迥岑寂，杳然殊境。东向石门有妇人数十，帔服鲜泽，嬉游歌笑，出入其中。见人皆慢视迟立，至则问曰：“何因来此?”纥具以对。相视叹曰：“贤妻至此月余矣。今病在床，宜遣视之。”入其门，以木为扉。中宽辟若堂者三。四壁设床，悉施锦荐。其妻卧石榻上，重茵累席，珍食盈前。

纥就视之。回眸一睇，即疾挥手令去。诸妇人曰：“我等与公之妻，比来久者十年。此神物所居，力能杀人，虽百夫操兵，不能制也。幸其未返，宜速避之。但求美酒两斛，食犬十头，麻数十斤，当相与谋杀之。其来必以正午后，慎勿太早。以十日为期。”因促之去。纥亦遽退。

遂求醇醪与麻犬，如期而往。妇人曰：“彼好酒，往往致醉。醉必骋力，俾吾等以彩练缚手足于床，一踊皆断。尝纫三幅，则力尽不解。今麻隐帛中束之，度不能矣。遍体皆如铁，唯脐下数寸，常护蔽之，此必不能御兵刃。”指其旁一岩曰：“此其食廪。当隐于是，静而伺之。酒置花下，犬散林中，待吾计成，招之即出。”如其言，屏气以俟。

日晡，有物如匹练，自他山下，透至若飞，径入洞中。少选，有美髯丈夫长六尺余，白衣曳杖，拥诸妇人而出。见犬惊视，腾身执之，披裂吮咀，食之致饱。妇人竞以玉杯进酒，谐笑甚欢。既饮数斗，则扶之而去。又闻嬉笑之音。良久，妇人出招之，乃持兵而入。见大白猿，缚四足于床头，顾人蹙缩，求脱不得，目光如电。竞兵之，如中铁石。刺其脐下，即饮刃，血射如注。乃大叹咤曰："此天杀我，岂尔之能！然尔妇已孕，勿杀其子，将逢圣帝，必大其宗。"言绝乃死。

搜其藏，宝器丰积，珍羞盈品，罗列几案。凡人世所珍，靡不充备。名香数斛，宝剑一双。妇人三十辈，皆绝其色。久者至十年。云："色衰必被提去，莫知所置。又捕采唯止其身，更无党类。旦盥洗，着帽，加白袷，被素罗衣，不知寒暑。遍身白毛，长数寸。所居常读木简，字若符篆，了不可识；已，则置石磴下。晴昼或舞双剑，环身电飞，光圆若月。其饮食无常，喜啖果栗，尤嗜犬，咀而饮其血。日始逾午，即欻然而逝。半昼往返数千里，及晚必归，此其常也。所须无不立得。夜就诸床嬲戏，一夕皆周，未尝寐。言语淹详，华旨会利。然其状，即猳玃类也。今岁木落之初，忽怆然曰：'吾为山神所诉，将得死罪。亦求护之于众灵，庶几可免。'前月哉生魄，石磴生火，焚其简书。怅然自失曰：'吾已千岁，而无子。今有子，死期至矣。'因顾诸女，汍澜者久，且曰：'此山复绝，未尝有人至。上高而望，绝不见樵者。下多虎狼怪兽。今能至者，非天假之，何耶？'"

纥即取宝玉珍丽及诸妇人以归，犹有知其家者。纥妻周岁生一子，厥状肖焉。后纥为陈武帝所诛。素与江总善。爱其子聪悟绝人，常留养之，故免于难。及长，果文学善书，知名于时。

【译文】

南朝梁大同末年，朝廷派遣平南将军蔺钦南征，到桂林打败了李师古、陈彻。别将欧阳纥一路攻城略地，直到长乐，平定了所有南蛮，贸然深入到了荒僻险阻的地方。欧阳纥的妻子苗条白皙，非常美丽。他的部下说：“将军为什么带着美人经过这里？此地有神怪，擅长偷走女子，而美貌的更难幸免，您得小心保护才行。”欧阳纥十分惊疑畏惧，夜间命令士兵们围绕住处，将妻子藏在密室里，小心地紧闭加固门窗，用十几个女奴来伺候守卫她。一天晚上，起了阴风，天色昏黑，到五更时，寂静无声。守卫们倦怠了，打着瞌睡。忽然，好像有东西经过，把大家惊醒，即刻发现欧阳纥的妻子已经不见了。门窗都像之前那样紧紧地关着，不知道她是从哪里出去的。门外山势险峻，几尺之外就迷茫难辨，无法追逐寻找。到了天亮，她的踪迹一点也没有找到。

欧阳纥十分愤恨悲痛，发誓找不到妻子就不回去。于是他推说生病了，把军队驻扎下来，自己天天向四周遥远的地方进发，深入到险峻的地方去寻找。过了一个月，忽然在百里之外的细竹丛上，找到了他妻子的一只绣鞋，虽然被雨水浸泡了，但还能辨认出来。欧阳纥更加悲痛怀念，也更加坚定了找到妻子的决心。他挑选了三十名强健的士兵去搜寻，带着兵器、背着粮食，在山岩间露宿，野地里吃饭。又过了十几天，他们已经远离驻地约二百里了，望见南面有一座山，碧绿秀丽，高高耸立。来到山脚下，有一条很深的溪水环绕着山，于是他们伐木编木筏来渡河。在陡峭的岩壁和翠绿的竹林之间，时时能看见红色绸子，听到嬉笑说话声。在攀援着葛藤、拉着长绳登上去后，就看见佳树成行排列，中间夹杂着名花，树下是一片碧绿的草地，茂盛柔软，好像毛毯。这儿清幽旷远而寂静，是一个与众不同的幽深之处。东边山崖的石门边，有数十名妇人，穿着鲜艳亮泽的衣服，嬉戏游玩，歌唱欢笑，在石门处进出。她们看见欧阳纥等人，都停下来漫不经心地看着他们。等人走到她们面前，就问：“你们为什么事到这儿来？”欧阳纥就将事由全部告诉了她们，她们互相看着叹息说：“你的夫人到这儿已经有一个多月了，如今生病躺在床上，最好去看看她。”进入石门后，门扇是木头做的，其中宽敞得像厅堂的石室有三间，四面靠墙铺设着床，都放着锦缎做的垫褥。欧阳纥的妻子睡在石榻上，垫着层层锦褥，面前放满了美味佳肴。

欧阳纥走近了去看她，她回头看了一眼，马上就拼命挥手叫他离开。那些妇人说："我们与您夫人来到这里，时间长的人已经有十年了。这里是一个神怪的住所，它能力强会杀人，即使有一百个士兵拿着兵器，也不能制伏它。幸好它现在还没有回来，你们最好赶快回避。只希望有两斛美酒，十条供食用的狗，几十斤麻，我们就能和你一起谋划杀了它。它来的时间一定是正午之后，你们小心不要来得太早。我们就约定十天后那天。"她们就催促他离去。欧阳纥连忙回去了。

于是欧阳纥准备好陈年美酒和麻、狗，按约定的日子到了那里。那些妇人说："那家伙喜欢喝酒，经常到喝醉为止。醉了就一定会炫耀力气大，让我们用彩绸把它的手脚绑在床上，它一跳就都挣断了。我们曾试过用三幅绸帛来捆绑，则它的力气用尽了还没挣脱开。现在将麻藏在绸帛中去绑它，估计它是不能挣脱的。它全身都坚硬如铁，只有肚脐下数寸，常常保护遮盖着，那一定是不能抵御刀剑的地方。"她们指着旁边一个岩洞说："这是它存食的仓库，你就藏在这里，静静地等着。把酒放到花丛下，把狗散布到林子里，等到我们的计策成功了，招呼你，你就马上出来。"欧阳纥按照她们的话，屏住气息等待着。

到了申时（下午三点至五点），有一样东西，像一道白绸似的从别的山头下来，如飞一般直接进入石洞之中。过了一会儿，一个身高六尺、美须飘飘的男子，穿着白衣，拿着手杖，被一群妇女簇拥着走出来。他一见到狗，惊讶地看着，飞身抓住它们，撕裂了吮血嚼肉，吃到饱为止。妇人们争相用玉杯进酒，说笑着，非常欢乐。已经喝了好几斗后，就被她们扶进洞里，又能听见嬉笑的声音。过了很久，妇人出来召唤欧阳纥他们，大家就拿着刀剑进入洞中，看见一头大白猿，四肢都被绑在床上，见了人就蜷缩身体，想要挣脱，却又脱不出来，目光炯炯，犹如闪电。大家争相用兵器砍它，就像砍中铁石一样。刺它肚脐下面，才能刺入，血流如注。白猿愤激地大声慨叹："这是天要杀我，哪里是你的本事！不过你的妻子已经怀孕了，请不要杀死这个儿子，他将来会遇到圣明的皇帝，一定能为你光宗耀祖。"说完就死了。

大家搜检它的收藏，宝器积贮丰裕，名贵的美食装满了器皿，罗列着放满了案桌。凡人世间珍奇的东西，无所不有。名贵的香料就有数斛，还有一对宝剑。妇女三十多人，都是绝色，来得久的，已有十年了。她们说："如果容颜衰老难看了，一定会被它带走，不知道弄到哪里去了。此外捕捉和享用女子，都只有它自己，没有同党。它每天早上起来洗漱，戴好帽子，穿一件白色夹衣，披上件白色罗衣，从来不知道冷热变化。它全身长着白毛，有数寸长。在居住的地方常常读木简书，字都像符篆，一点也认不得。读完后，就放在石阶下。晴朗的白天，有时会舞双剑，剑光环绕着身体，如同闪电飞舞，形成的光圈像圆月。它饮食没有一定的时间，喜欢吃水果和栗子，特别喜欢吃狗，嚼肉而喝狗血。日头刚过中午，就飞快地离开，半天之内能往返好几千里。到了傍晚必定回家，这是它平常的习惯。它想要的东西，都能立刻到手。夜里就到各张床上去亲近戏弄妇女，一夜之间都能玩遍，从来不睡觉。它说话渊博周密，言语意思流畅。但它的样子却是猿猴一类。今年秋天树叶刚落时，它忽然伤感地说：'我被山神告到了天帝那里，将会得死罪。也只有求助众神灵的保护，或许可以幸免于祸。'上月初，它在石级上生了一堆火，把木简书都烧掉了，怅然若失地说：'我已经活了千岁，然而没有儿子。现在马上要有儿子了，死期却要到了。'于是环顾众女子，长时间地流着眼泪，并且说：'这座山重岚叠嶂没有路途，从来没有人到过。登高远望，看不到砍柴人，山下又多虎狼怪兽。现在能到达这儿的人，不是老天借助他来惩罚我，又是什么呢？'"

欧阳纥就带着宝玉珍奇之类和女子们回去了，妇女中还有人知道自己家乡的。欧阳纥的妻子一年后生了一个儿子，模样非常像大白猿。后来欧阳纥被陈武帝诛杀。他平素和江总交好，江总喜爱他儿子的聪明绝顶，经常将他留养在自己家里，因此免于遭难。孩子长大后，果然很有学问，善于书法，闻名于当时。

离　魂　记

陈玄祐

天授三年，清河张镒，因官家于衡州。性简静，寡知友。无子，有女二人。其长早亡。幼女倩娘，端妍绝伦。镒外甥太原王宙，幼聪悟，美容范。镒常器重，每曰："他时当以倩娘妻之。"后各长成，宙与倩娘常私感想于寤寐，家人莫知其状。后有宾寮之选者求之，镒许焉。女闻而郁抑。宙亦深恚恨，托以当调，请赴京。止之不可，遂厚遣之。

宙阴恨悲恸，决别上船。日暮，至山郭数里。夜方半，宙不寐。忽闻岸上有一人行声甚速，须臾至船。问之，乃倩娘徒行跣足而至。宙惊喜发狂，执手问其从来。泣曰："君厚意如此，寝梦相感。今将夺我此志，又知君深情不易，思将杀身奉报，是以亡命来奔。"宙非意所望，欣跃特甚。遂匿倩娘于船，连夜遁去。倍道兼行，数月至蜀。凡五年，生两子，与镒绝信。其妻常思父母，涕泣言曰："吾曩日不能相负，弃大义而来奔君。向今五年，恩慈间阻。覆载之下，胡颜独存也？"宙哀之，曰："将归，无苦。"遂俱归衡州。既至，宙独身先至镒家，首谢其事。镒曰："倩娘病在闺中数年，何其诡说也！"宙曰："见在舟中！"镒大惊，促使人验之。果见倩娘在船中，颜色怡畅。讯使者曰："大人安否?"家人异之，疾走报镒。室中女闻，喜而起，饰妆更衣，笑而不语，出与相迎，翕然而合为一体，其衣裳皆重。其家以事不正，秘之。惟亲戚间有潜知之者。后四十年间，夫妻皆丧。二男并孝廉擢第，至丞尉。

玄祐少常闻此说，而多异同，或谓其虚。大历末，遇莱芜县令张仲規，因备述其本末。镒则仲規堂叔，而说极备悉，故记之。

【译文】

唐朝天授三年，清河人张镒因为在衡州做官的缘故，在那里安了家。张镒性情平和安静，少有知心朋友，没有儿子，只有两个女儿。他的大女儿早亡，小女儿叫倩娘，端庄美丽，无人能及。张镒有个外甥叫王宙，太原人，从小聪明伶俐，容貌举止很出众。张镒一直器重他，经常说以后要把倩娘嫁给他。王宙与倩娘各自长大成人之后，常常私下里在睡梦中彼此想念，家里人都不知道这个情况。后来，张镒的幕僚里有个要去吏部选官的人上门求婚，张镒答应了。倩娘听说后很抑郁，王宙也非常恼恨这桩婚事，推说应当调动官职，请求去京城。张镒留不住他，就备了厚礼送他走了。

王宙心里愤恨悲痛，与家人告别上船。到傍晚，船已离山城好几里路了。刚到半夜时，王宙没睡，忽然听见岸上有一个人快速行走的声音，没一会儿就到了船上。王宙问是谁，才知道是倩娘赤脚徒步赶来。王宙惊喜得要发狂，拉着倩娘的手问她从哪里来。倩娘流着眼泪说："你对我的情意这么深厚，我在睡梦中都能感应到。现在父亲要强迫我改变意愿，又知道你对我的深情不会改变，我想舍命回报你，因此冒险前来投奔。"王宙出乎意料，高兴得不停欢跃。于是把倩娘藏在船上，连夜逃去，加倍赶路，几个月后就到了四川。过了五年，夫妇俩生了两个孩子，这段时间内，与张镒断绝了书信往来。倩娘经常思念父母，哭着说："以前我不能对不起你，所以抛弃礼节前来投奔。至今五年了，与父母不能相见。天地之间，我哪有脸面独自活下去呢？"王宙同情她，说："我们马上回去，你别难过了。"于是就一同回到衡州。到达衡州以后，王宙先独自一人到张镒家，为两人私自成亲之事磕头谢罪。张镒说："倩娘在家里病了好几年了，你为什么要胡说呢！"王宙说："她现在就在船上。"张镒大惊，连忙派仆人去核实。果然看见倩娘在船上，神情和悦欢畅，问仆人说："父母安好吗？"仆人很奇怪，急忙跑回来向张镒报告。闺房中的女儿听说后，高兴地起了床，梳妆打扮，笑而不说话，出门迎接。两个倩娘一下子合为一体，她们穿的衣裳也都重叠在一起了。家里人认为这事不正常，隐瞒着不对外人说。只有亲戚中有私下知道此事的。又过了四十年，王宙夫妇二人都去世了。两个儿子都以孝廉的资格考取了进士，官做到县丞、县尉。

玄祐小时候曾经听说过这件事，但说法差别很大，有人说这是编造的。大历末年，玄祐遇到莱芜县令张仲规，听他详细地讲述了这件事的起始与结果。张镒是张仲规的堂叔祖，所以能说得十分详尽。因此玄祐把它记述下来。

枕 中 记

沈既济

开元七年，道士有吕翁者，得神仙术。行邯郸道中，息邸舍，摄帽弛带，隐囊而坐。俄见旅中少年，乃卢生也。衣短褐，乘青驹，将适于田。亦止于邸中，与翁共席而坐，言笑殊畅。久之，卢生顾其衣装敝亵，乃长叹息曰："大丈夫生世不谐，困如是也！"翁曰："观子形体，无苦无恙，谈谐方适，而叹其困者，何也？"生曰："吾此苟生耳。何适之谓？"翁曰："此不谓适，而何谓适？"答曰："士之生世，当建功树名，出将入相，列鼎而食，选声而听，使族益昌而家益肥，然后可以言适乎！吾尝志于学，富于游艺，自惟当年，青紫可拾。今已适壮，犹勤畎亩，非困而何？"言讫，而目昏思寐。时主人方蒸黍。翁乃探囊中枕以授之，曰："子枕吾枕，当令子荣适如志。"其枕青瓷，而窍其两端。

生俯首就之，见其窍渐大，明朗。乃举身而入，遂至其家。数月，娶清河崔氏女。女容甚丽，生资愈厚。生大悦，由是衣装服驭，日益鲜盛。明年，举进士，登第；释褐秘校；应制，转渭南尉；俄迁监察御史；转起居舍人，知制诰。三载，出典同州，迁陕牧。生性好土功，自陕西凿河八十里，以济不通。邦人利之，刻石纪德。移节汴州，领河南道采访使，征为京兆尹。是岁，神武皇帝方事戎狄，恢宏土宇。会吐蕃悉抹逻及烛龙莽布支攻陷瓜沙，而节度使王君㚟新被杀，河湟震动。帝思将帅之才，遂除生御史中丞，河西道节度。大破戎虏，斩首七千级，开地九百里，筑三大城以遮要害。边人立石于居延山以颂之。归朝册勋，恩礼极盛。转吏部侍郎，迁户部尚书兼御史大夫。

时望清重，群情翕习。大为时宰所忌，以飞语中之，贬为端州刺史。三年，征为常侍。未几，同中书门下平章事。与萧中令嵩、裴侍中光庭同执大政十余年，嘉谟密命，一日三接，献替启沃，号为贤相。同列害之，复诬与边将交结，所图不轨。下制狱。府吏引从至其门而急收之。生惶骇不测，谓妻子曰："吾家山东，有良田五顷，足以御寒馁，何苦求禄？而今及此，思衣短褐，乘青驹，行邯郸道中，不可得也！"引刃自刎。其妻救之，获免。其罹者皆死，独生为中官保之，减罪死，投驩州。数年，帝知冤，复追为中书令，封燕国公，恩旨殊异。生五子：曰俭，曰传，曰位，曰倜，曰倚，皆有才器。俭进士登第，为考功员外；传为侍御史；位为太常丞；倜为万年尉；倚最贤，年二十八，为左襄。其姻媾皆天下望族。有孙十余人。两窜荒徼，再登台铉，出入中外，徊翔台阁，五十余年，崇盛赫奕。性颇奢荡，甚好佚乐，后庭声色，皆第一绮丽。前后赐良田、甲第、佳人、名马，不可胜数。

后年渐衰迈，屡乞骸骨，不许。病，中人候问，相踵于道，名医上药，无不至焉。将殁，上疏曰：“臣本山东诸生，以田圃为娱。偶逢圣运，得列官叙。过蒙殊奖，特秩鸿私，出拥节旌，入升台辅。周旋中外，绵历岁时。有忝天恩，无裨圣化。负乘贻寇，履薄增忧，日惧一日，不知老至。今年逾八十，位极三事，钟漏并歇，筋骸俱耄，弥留沉顿，待时益尽。顾无成效，上答休明，空负深恩，永辞圣代。无任感恋之至。谨奉表陈谢。”诏曰：“卿以俊德，作朕元辅。出拥藩翰，入赞雍熙，升平二纪，实卿所赖。比婴疾疹，日谓痊平。岂斯沉痼，良用悯恻。今令骠骑大将军高力士就第候省。其勉加针石，为予自爱。犹冀无妄，期于有瘳。”是夕，薨。

卢生欠伸而悟，见其身方偃于邸舍，吕翁坐其傍，主人蒸黍未熟，触类如故。生蹶然而兴，曰：“岂其梦寐也?”翁谓生曰：“人生之适，亦如是矣。”生怃然良久，谢曰：“夫宠辱之道，穷达之运，得丧之理，死生之情，尽知之矣。此先生所以窒吾欲也，敢不受教!”稽首再拜而去。

【译文】

唐朝开元七年，有个道士叫吕翁，懂得神仙法术。他行路经过邯郸县境，在一家客店休息，脱下帽子，松开衣带，倚着靠枕坐着。一会儿，看见路上来了个年轻人，是一位姓卢的书生，穿着粗布短衣，骑着青色小马，正要到田里去。他也在旅店停下歇息，和吕翁坐在一起，言谈说笑，十分欢快。过了好一会儿，卢生看自己的衣服破旧肮脏，就长叹着说："大丈夫活在世上不得志，困顿到这个地步了！"吕翁说："看你的样子，没苦难没病痛，谈笑正快活呢，却感叹自己的困顿，为什么呢？"卢生说："我这是苟且偷生罢了，哪里能说得上是快活？"吕翁说："这不算快活的话，那怎么才叫快活？"卢生回答说："男子汉生在人世间，应当建功立业，树立名声，出外成为将领，入内则是宰相，吃饭有丰盛的菜肴，听曲有美妙的乐声，使宗族更加昌盛，家庭更加富裕。这之后才可说得上快活。我曾经立志苦学，想要学识广博，认为自己风华正茂，高官显爵唾手可得。现在我已经到了壮年，还在田地里辛苦耕作，这不是困顿，又是什么呢？"说完，两眼朦胧想要睡觉。这时，旅店主人正在蒸黄米饭。吕翁就伸手到袋中取出一个枕头，递给卢生说："你枕着我这枕头睡，就能让你像你希望的那样富贵快活。"那枕头是青瓷的，两端有孔。

卢生低头靠近它，看见枕头两端的孔洞逐渐变大，里面非常明亮，于是就纵身跳进那孔洞里，从洞中回到了家。几个月以后，卢生娶了清河大族崔家的姑娘。崔氏容貌非常美丽，嫁妆丰厚。卢生非常高兴，从此他的穿戴和车马日益盛美有排场。第二年，卢生被选送参加进士科考试，一举得中，于是脱下布衣，换上官服，担任秘书省校书郎。又参加制科考试，转调为渭南尉，不久升迁为监察御史，再升为起居舍人，掌管起草皇帝的命令，担任知制诰这个官职。三年后，外放担任同州刺史，转任陕州刺史。卢生天性喜欢土木工程，从陕州开凿八十里运河来畅通堵塞的水道。当地百姓觉得非常便利，刻石立碑来纪念他的功德。他调任汴州，担任河南道采访使，又被征召担任京城最高长官京兆尹。这一年，神武皇帝（唐玄宗）正跟西北的少数民族开战，扩张疆土。恰好碰上吐蕃的将领悉抹逻和烛龙的莽布支攻陷了瓜州、沙州，河西节度使王君㚟刚被杀害，河湟地区人心惶惶。皇帝期望得到将帅类的人才，于是就任命卢生为御史中丞，兼任河西道节度使。卢生率兵大破敌军，斩首七千多人，拓展疆土九百里，修筑了三座大城来防守边疆的要害地区。边疆的百姓在居延山上刻立石碑，歌颂他的功德。回到京城后，皇帝册封勋位，恩宠礼遇十分深厚。他转任吏部侍郎，升迁为户部尚书兼御史大夫。

卢生当时的声誉清正高贵，大家一致赞美他。因此当权的宰相忌恨卢生，散布流言蜚语中伤他，于是他被贬为端州刺史。三年后，重新被召回担任散骑常侍。不久，担任同中书门下平章事一职，与中书令萧嵩、侍中裴光庭共同执掌朝政十多年。重大的谋略和秘密的使命，一天要接到好几次，竭诚辅佐君王，劝善规过，被称为贤相。相同职位的其他宰相嫉恨他，又诬陷他与边关的将领私下里交结，图谋不轨。皇帝下诏将他关入监狱，府吏带领随从到他家来紧急逮捕他。卢生惊惶，害怕遭遇不测，对妻子说："我家在山东，有五顷良田，足够维持温饱，何苦要出来追求利禄？现在到了这个地步，再想穿着粗布短衣，骑着青色小马，走在邯郸路上，也没机会了。"于是拿起刀来自杀。他的妻子急忙把他救下来，才保住性命。那些与他有牵连的人都被处死了，只有他因为宫中太监的保护，才免去死罪，被流放驩州。几年后，皇上知道了他的冤情，重新任命他为中书令，封燕国公，受到特别优厚的恩宠。卢生有五个儿子，分别叫卢俭、卢传、卢位、卢倜、卢倚，都有才干。卢俭考中了进士，担任考工员外；卢传官任侍御史；卢位官任太常寺卿；卢倜官任万年县尉；卢倚在兄弟中最贤能，才二十八岁就担任左补阙。和卢家通婚的都是国内的望族。卢生有十几个孙子。卢生一生两次被流放边荒地区，两次登上宰相的高位，历任中央和地方的重要职位，往来于尚书等机要中枢机构，长达五十多年，地位崇高显赫。卢生生性十分奢侈放纵，特别喜欢游乐享受，家里的歌妓侍妾都是最漂亮的。朝廷前前后后赏赐的良田、房宅、美女、名马，多得数不清。

卢生后来渐渐年老体衰，多次请求准予辞官回乡，皇帝不准。后来卢生生了病，宫里来探望病情的太监络绎不绝，名医和上等的药物都送来给他。卢生临死的时候，给皇帝上疏说：

> 我原本是山东的一个书生，以种田耕植为乐。偶然遇到圣上，能够成为官吏。承蒙皇上破格的赏识，给予特别的恩宠，在地方上担任独当一面的节度使，回到京城荣升宰相之位。里外应酬，经历了漫长的岁月。对皇上的圣明教化没有什么帮助，实在对不起皇上的恩宠。才能与职位不相称，招来了祸患，做事如履薄冰，心中多有忧虑，一天比一天恐惧，不知不

觉就老了。现在我已经八十多岁了，官职已经做到了最高位，生命之钟将要停止，筋骨已经衰朽，濒临死亡，精气疲惫，只在等着时间到罢了。回顾一生，没有什么功绩可以报答圣明的皇上，只能辜负了您的深恩，向您永远告别。我的心里无限伤感留恋，恭敬地奉上这份表表示谢意。

皇帝下诏书抚慰他说：

你凭借着杰出的品德才干，担任我的宰相。在外是捍卫疆土的重臣，在朝能佐助盛世，国家太平无事二十四年，实在是靠了你。这次你不幸生病，我每天都盼着你痊愈。没料到病情恶化，实在让我伤心痛惜。现在我派了骠骑大将军高力士到你家探视。希望你努力配合针灸药石的治疗，为我保重自己的身体。我也希望有意外奇迹，期望你病愈。

当天晚上，卢生去世了。

卢生打着呵欠伸着懒腰醒来，发现自己正躺在旅店里，吕翁坐在他的身边，旅店主人的黄米饭还没有蒸熟，眼前看到的都和睡前一样。卢生吃惊地坐起来说："难道我在做梦吗？"吕翁对卢生说："人生的快活，也就是这样了。"卢生失望难受了很久，向吕翁跪拜表示感谢，说："对于荣宠与耻辱的规律，穷困与发达的运数，得到和失去的规律，死亡和生存的情态，我已经完全了解了。先生这是来抑制我的欲望啊！我怎么敢不接受您的教诲呢？"于是叩头，拜了两拜离开了。

任 氏 传

沈既济

任氏，女妖也。有韦使君者，名崟，第九，信安王祎之外孙。少落拓，好饮酒。其从父妹婿曰郑六，不记其名。早习武艺，亦好酒色，贫无家，托身于妻族。与崟相得，游处不间。

天宝九年夏六月，崟与郑子偕行于长安陌中，将会饮于新昌里。至宣平之南，郑子辞有故，请间去，继至饮所。崟乘白马而东。郑子乘驴而南，入升平之北门。偶值三妇人行于道中，中有白衣者，容色姝丽。郑子见之惊悦，策其驴，忽先之，忽后之，将挑而未敢。白衣时时盼睐，意有所受。郑子戏之曰："美艳若此，而徒行，何也？"白衣笑曰："有乘不解相假，不徒行何为？"郑子曰："劣乘不足以代佳人之步，今辄以相奉。某得步从，足矣。"相视大笑。同行者更相眩诱，稍已狎昵。郑子随之东，至乐游园，已昏黑矣。见一宅，土垣车门，室宇甚严。白衣将入，顾曰："愿少踟蹰。"而入。女奴从者一人，留于门屏间，问其姓第。郑子既告，亦问之。对曰："姓任氏，第二十。"少顷，延入。郑系驴于门，置帽于鞍。始见妇人年三十余，与之承迎，即任氏姊也。列烛置膳，举酒数觞。任氏更妆而出，酣饮极欢。夜久而寝，其妍姿美质，歌笑态度，举措皆艳，殆非人世所有。将晓，任氏曰："可去矣。某兄弟名系教坊，职属南衙，晨兴将出，不可淹留。"乃约后期而去。

既行，及里门，门扃未发。门旁有故人鬻饼之舍，方张灯炽炉。郑子憩其帘下，坐以候鼓，因与主人言。郑子指宿所以问之曰："自此东转，有门者，谁氏之宅？"主人曰："此隤墉弃地，无第宅也。"郑子曰："适过之，曷以云无？"与之固争。主人适悟，乃曰："吁！我知之矣。此中有一狐，多诱男子偶宿，尝三见矣。今子亦遇乎？"郑子赧而隐曰："无。"质明，复视其所，见土垣车门如故。窥其中，皆蓁荒及废圃耳。既归，见崟。崟责以失期。郑子不泄，以他事对。然想其艳冶，愿复一见之，心尝存之不忘。

经十许日，郑子游，入西市衣肆，瞥然见之，曩女奴从。郑子遽呼之。任氏侧身周旋于稠人中以避焉。郑子连呼前迫，方背立，以扇障其后，曰："公知之，何相近焉？"郑子曰："虽知之，何患？"对曰："事可愧耻，难施面目。"郑子曰："勤想如是，忍相弃乎？"对曰："安敢弃也。惧公之见恶耳。"郑子发誓，词旨益切。任氏乃回眸去扇，光彩艳丽如初，谓郑子曰："人间如某之比者非一，公自不识耳，无独怪也。"郑子请之与叙欢。对曰："凡某之流，为人恶忌者，非他，为其伤人耳。某则不然。若公未见恶，愿终己以奉巾栉。"郑子许与谋栖止。任氏曰："从此而东，大树出于栋间者，门巷幽静，可税以居。前时自宣平之南，乘白马而东者，非君妻之昆弟乎？其家多什器，可以假用。"是时崟伯叔从役于四方，三院什器，皆贮藏之。郑子如言访其舍，而诣崟假什器。问其所用。郑子曰："新获一丽人，已税得其舍，假其以备用。"崟笑曰："观子之貌，必获诡陋，何丽之绝也？"

崟乃悉假帷帐榻席之具，使家僮之惠黠者，随以觇之。俄而奔走返命，气吁汗洽。崟迎问之："有乎？"又问："容若何？"曰："奇怪也！天下未尝见之矣。"崟姻族广茂，且夙从逸游，多识美丽。乃问曰："孰若某美？"僮曰："非其伦也！"崟遍比其佳者四五人，皆曰"非其伦"。是时吴王之女有第六者，则崟之内妹，秾艳如神仙，中表素推第一。崟问曰："孰与吴王家第六女美？"又曰："非其伦也。"崟抚手大骇曰："天下岂有斯人乎？"遽命汲水澡颈，巾首膏唇而往。

既至，郑子适出。崟入门，见小僮拥篲方扫，有一女奴在其门，他无所见。征于小僮。小僮笑曰："无之。"崟周视室内，见红裳出于户下。迫而察焉，见任氏戢身匿于扇间。崟引出就明而观之，殆过于所传矣。崟爱之发狂，乃拥而凌之，不服。崟以力制之，方急，则曰："服矣。请少回旋。"既缓，则捍御如初，如是者数四。崟乃悉力急持之。任氏力竭，汗若濡雨。自度不免，乃纵体不复拒抗，而神色惨变。崟问曰："何色之不悦？"任氏长叹息曰："郑六之可哀也！"崟曰："何谓？"

对曰："郑生有六尺之躯，而不能庇一妇人，岂丈夫哉！且公少豪侈，多获佳丽，遇某之比者众矣。而郑生，穷贱耳。所称惬者，唯某而已。忍以有余之心，而夺人之不足乎？哀其穷馁不能自立，衣公之衣，食公之食，故为公所系耳。若糠糗可给，不当至是。"崟豪俊有义烈，闻其言，遽置之。敛衽而谢曰："不敢。"俄而郑子至，与崟相视咍乐。自是，凡任氏之薪粒牲饩，皆崟给焉。任氏时有经过，出入或车马舆步，不常所止。崟日与之游，甚欢。每相狎昵，无所不至，唯不及乱而已。是以崟爱之重之，无所吝惜；一食一饮，未尝忘焉。

任氏知其爱己，因言以谢曰："愧公之见爱甚矣。顾以陋质，不足以答厚意，且不能负郑生，故不得遂公欢。某，秦人也，生长秦城。家本伶伦，中表姻族，多为人宠媵，以是长安狭斜，悉与之通。或有姝丽，悦而不得者，为公致之可矣。愿持此以报德。"崟曰："幸甚！"鄽中有鬻衣之妇曰张十五娘者，肌体凝洁，崟常悦之，因问任氏识之乎。对曰："是某表娣妹，致之易耳。"旬余，果致之。数月厌罢。任氏曰："市人易致，不足以展效。或有幽绝之难谋者，试言之，愿得尽智力焉。"崟曰："昨者寒食，与二三子游于千福寺。见刁将军缅张乐于殿堂。有善吹笙者，年二八，双鬟垂耳，娇姿艳绝。当识之乎？"任氏曰："此宠奴也。其母即妾之内姊也。求之可也。"崟拜于席下。任氏许之。乃出入刁家。月余，崟促问其计。任氏愿得双缣以为赂。崟依给焉。后二日，任氏与崟方食，而缅使苍头控青骊以迓任氏。任氏闻召，笑谓崟曰："谐矣。"

初，任氏加宠奴以病，针饵莫减。其母与缅忧之方甚，将征诸巫。任氏密赂巫者，指其所居，使言从就为吉。及视疾，巫曰："不利在家，宜出居东南某所，以取生气。"缅与其母详某地，则任氏之第在焉。缅遂请居。任氏谬辞以逼狭，勤请而后许。乃辇服玩，并其母偕送于任氏。至，则疾愈。未数日，任氏密引崟以通之，经月乃孕。其母惧，遽归以就缅，由是遂绝。

他日，任氏谓郑子曰："公能致钱五六千乎？将为谋利。"郑子曰："可。"遂假求于人，获钱六千。任氏曰："鬻马于市者，马之股有疵，可买以居之。"郑子如市，果见一人牵马求售者，眚在左股。郑子买以归。其妻昆弟皆嗤之，曰："是弃物也。买将何为？"无何，任氏曰："马可鬻矣。当获三万。"郑子乃卖之。有酬二万，郑子不与。一市尽曰："彼何苦而贵买，此何爱而不鬻？"郑子乘之以归。买者随至其门，累增其估，至二万五千也。不与，曰："非三万不鬻。"其妻昆弟聚而诟之。郑子不获已，遂卖，卒不登三万。既而密伺买者，征其由。乃昭应县之御马疵股者，死三岁矣，斯吏不时除籍。官征其估，计钱六万。设其以半买之，所获尚多矣。若有马以备数，则三年刍粟之估，皆吏得之。且所偿盖寡，是以买耳。

任氏又以衣服故敝，乞衣于崟。崟将买全采与之。任氏不欲，曰："愿得成制者。"崟召市人张大为买之，使见任氏，问所欲。张大见之，惊谓崟曰："此必天人贵戚，为郎所窃。且非人间所宜有者，愿速归之，无及于祸。”其容色之动人也如此。竟买衣之成者而不自纫缝也，不晓其意。

后岁余，郑子武调，授槐里府果毅尉，在金城县。时郑子方有妻室，虽昼游于外，而夜寝于内，多恨不得专其夕。将之官，邀与任氏俱去。任氏不欲往，曰：“旬月同行，不足以为欢。请计给粮饩，端居以迟归。”郑子恳请，任氏愈不可。郑子乃求崟资助。崟与更劝勉，且诘其故。任氏良久，曰：“有巫者言某是岁不利西行，故不欲耳。”郑子甚惑也，不思其他，与崟大笑曰：“明智若此，而为妖惑，何哉！”固请之。任氏曰：“倘巫者言可征，徒为公死，何益？”二子曰：“岂有斯理乎？”恳请如初。任氏不得已，遂行。崟以马借之，出祖于临皋，挥袂别去。信宿，至马嵬。任氏乘马居其前，郑子乘驴居其后，女奴别乘，又在其后。是时西门圉人教猎狗于洛川，已旬日矣。适值于道，苍犬腾出于草间。郑子见任氏欻然坠于地，复本形而南驰。苍犬逐之。郑子随走叫呼，不能止。里余，为犬所获。郑子衔涕出囊中钱，赎以瘗之，削木为记。回睹其马，啮草于路隅，衣服悉委于鞍上，履袜犹悬于镫间，若蝉蜕然。唯首饰坠地，余无所见。女奴亦逝矣。

旬余，郑子还城。崟见之喜，迎问曰：“任子无恙乎？”郑子泫然对曰：“殁矣。”崟闻之亦恸，相持于室，尽哀。徐问疾故。答曰：“为犬所害。”崟曰：“犬虽猛，安能害人？”答曰：“非人。”崟骇曰：“非人，何者？”

郑子方述本末。崟惊讶叹息不能已。明日，命驾与郑子俱适马嵬，发瘗视之，长恸而归。追思前事，唯衣不自制，与人颇异焉。其后郑子为总监使，家甚富，有枥马十余匹。年六十五，卒。大历中，沈既济居钟陵，尝与崟游，屡言其事，故最详悉。后崟为殿中侍御史，兼陇州刺史，遂殁而不返。

嗟乎，异物之情也有人焉！遇暴不失节，徇人以至死，虽今妇人，有不如者矣。惜郑生非精人，徒悦其色而不征其情性。向使渊识之士，必能揉变化之理，察神人之际，著文章之美，传要妙之情，不止于赏玩风态而已。惜哉！

建中二年，既济自左拾遗于金吾将军裴冀、京兆少尹孙成、户部郎中崔需、右拾遗陆淳，皆适居东南，自秦徂吴，水陆同道。时前拾遗朱放，因旅游而随焉。浮颍涉淮，方舟沿流，昼宴夜话，各征其异说。众君子闻任氏之事，共深叹骇，因请既济传之，以志异云。沈既济撰。

【译文】

任氏是一个女妖怪。有个姓韦的州郡长官，名崟，排行第九，是信安王李祎的外孙。他少年时放浪不羁，喜欢饮酒。有个堂妹夫叫郑六，这里不记载他的名字了。这人早年学习武艺，也喜欢美酒和女色，因为贫穷没有家，寄住在岳父家里。他与韦崟很要好，出游和家居总在一起。

天宝九年夏六月的一天，韦崟与郑六在长安街市中行走，打算一同去新昌里喝酒。到了宣平里的南边时，郑六因有事告别，请求暂时离开，等会儿再到喝酒的地方去。韦崟骑着白马往东面走。郑六骑着驴往南面去，进入升平里的北门。恰好碰到三位女子在街上行走，其中一位穿白色衣服的，容貌十分美丽。郑六见了她很惊喜，鞭打着他的驴，一会儿走在白衣女子前，一会儿跟在白衣女子后，想要挑逗她，又不敢。白衣女子也不停地看他，好像领会了他的情意。郑六向她开玩笑说："这么美艳的人，却步行，这是为什么？"白衣女子笑着说："有坐骑的不借我骑，不步行又怎么办？"郑六说："我的坐骑太差，不配给像你这样的美人代步，现在把它送给你，我能够步行跟随就知足了。"两人互相看着，大笑起来。一路上郑六与同行的三位女子互相以目光相引诱，一会儿就很亲热了。郑六跟着她们往东走，到了乐游园，天色已经昏暗了。看见一座住宅，土墙车门，房屋整齐。白衣女子准备进去，回头说："请稍等一会儿。"就进去了。一个跟随的女仆留在大门和照壁之间，问郑六的姓名、排行，郑六告诉她后，也问了白衣女子的情况，女仆回答说："姓任，排行第二十。"过了一会儿，请郑六进去。郑六把驴拴在门上，把帽子放在鞍上。先看见一位妇人，年纪有三十多岁，出面迎接郑六，她就是任氏的姐姐。她点上蜡烛，摆好饭菜，再三举杯劝酒。任氏换衣梳妆出来，大家一同畅饮，非常欢快。夜深后睡觉，任氏那娇美的容貌体态，欢歌笑语的神态气度，一举一动都美艳动人，几乎不是人世间所能有的。天快亮时，任氏说："你可以离开了。我的兄弟名籍列在教坊，在南衙任职，天亮时就要出门，你不可逗留太久。"郑六于是约定了再见面的日期后就离开了。

出来走到里门，门锁着还没有开。门旁边有胡人卖饼的屋子，正点灯生炉子。郑六就在那屋檐帘下休息，坐着等待敲晨鼓，顺便与主人说话。他指着昨天过夜的地方问主人说："从这里向东拐，有个门的，那是谁家的房宅？"主人说："这是断墙荒地，并没有什么房宅。"郑六说："我刚才经过那里，怎么说没有呢？"固执地与主人争论。主人突然明白过来，就说："噢！我知道了。那里有一只狐狸，经常引诱男子一块儿过夜，我曾经见过三次了。今天你也遇到了吗？"郑六不好意思地掩饰说："没有。"天亮了，郑六又回去看那个地方，那土墙车门还是老样子。往里面窥视，都是杂草丛生的荒地及废弃的园子。郑六回来后，见到韦崟。韦崟责怪他失约。郑六没有泄露这件事，用别的话搪塞过去了。但是想起任氏妖艳美丽的样子，非常希望再见她一面，心中常常怀着这个念头，不能忘怀。

过了十几天，郑六在外游逛，走进西市一家衣店时，一眼就看见了那女子，先前的那个女仆跟随在后。郑六急忙叫她，任氏转身躲进密集的人群中来避开他。郑六连声呼喊往前靠近她，任氏才背对着他站住，用扇子遮着背面，说："公子已经知道我的真实情况，为什么还要靠近我呢？"郑六说："虽然知道了，又有什么关系？"任氏回答说："这让我羞愧耻辱，没脸再见了。"郑六说："我不停地思念你，你就忍心抛弃我吗？"任氏回答说："我怎么敢厌弃公子，是怕公子厌恶我罢了。"郑六起誓，言语非常恳切。任氏这才放下扇子回头，光彩艳丽，和当初一样。她对郑六说："人世间像我这样一类的，不止一个，公子自己不知道罢了，不要单单认为我很怪异。"郑六请求跟她再叙欢爱之情。任氏回答说："凡是像我们这类的，被人类憎恶的原因，不是其他，就是因为它们会伤害人罢了。我却不是这样。如果公子不讨厌我，我愿终身服侍你。"郑六答应为她找一处住所。任氏说："从这里往东，有间大树从屋间伸出来的房子，门巷幽静，可以租来住。前些日子从宣平里的南边，骑白马往东走的那人，不是你妻子的兄弟吗？他家有很多家具器物，可以借来用。"当时韦崟的伯叔们正在各地做官，好几座宅院的家具器物，都存放在韦崟那里。郑六按照任氏的话租到了那处房舍，又去韦崟那里借东西。韦崟问他有什么用。郑六说："最近得到了一位美人，已经租了房子，借点东西备用。"韦崟笑着说："看你的样子，一定只能找到丑女人，哪来绝色美人呢？"

韦崟就把帷帐榻席之类的器具全部借给郑六，让一位聪明伶俐的家僮跟着去看。不一会儿家僮跑回来复命，气喘吁吁，汗湿全身。韦崟迎上去问道："有这事吗？"又问："容貌怎么样？"家僮回答说："奇怪啊！是世间没有见过的美貌女子。"韦崟亲戚众多，而且一向喜欢四处游逛，见识过许多美丽的女子，就问道："她同某女比，哪个美？"家僮说："根本比不上。"韦崟一共列举了四五个美人，家僮都回答说："比不上她。"当时吴王的第六个女儿，是韦崟的表妹，美艳如同神仙，在表姊妹中向来被认为第一。韦崟问："她与吴王家的六女儿谁更美？"家僮又回答说："比不上她。"韦崟拍着手惊异地说："天下难道有这样的人吗？"急忙叫人打水来洗脖子，戴好头巾，抹上唇膏，就往任氏那里去。

到了那里，郑六恰好外出。韦崟进入门内，看见一个小僮正拿着扫帚扫地，有一个女仆在门口，没看见其他什么东西。韦崟向小僮询问，小僮笑着说："没有这个人。"韦崟向屋内四处打量，看见门下面露出红裙子来。走近细看，见任氏躲在门扇后。韦崟把她拉出来到明亮的地方打量，觉得比回报说的还要美丽。韦崟爱她爱得几乎发狂，抱着她强行求欢，任氏不顺从。韦崟用强力来压制服她，她这才急了，就说："我顺从你了，请让我能稍微转动一下身子。"等韦崟松手，她又像刚才一样抵抗起来。如此这般好几次，韦崟用力按紧她。任氏没力气了，汗如雨下，自己估摸无法避免，就放松身体不再抗拒了，但神色很凄惨。韦崟问道："你为什么这样不高兴？"任氏长长地叹息道："郑六真是可怜啊！"韦崟说："为什么这么说？"任氏回答说："郑六身高六尺，却不能保护一个妇人，怎么能算是大丈夫呢？况且公子年少豪富，得到过许多美人，碰到像我这样的多得去了。而郑生贫穷卑微，能称得上惬意的，只有我一人而已。你怎么忍心以自己本来就多余的，来抢夺别人本来就不足的东西呢？我可怜他穷困饥饿，不能自力更生，穿你给他的衣服，吃你给他的饭食，所以被你摆布。如果他自己能挣碗饭吃，就不会到这个地步。"韦崟为人豪迈有义气，听到这些话，马上放开任氏，整理衣襟，向她道歉说："我再也不敢了。"不一会儿郑六到家，与韦崟见面，一起嬉笑寻欢。从这以后，凡是任氏需要的柴米肉食，都由韦崟供给。任氏时常来拜访，进出或乘车，或骑马，或坐轿，或步行，不常留下来。韦崟每日跟她一起出游，十分开心。经常相互亲热，毫无顾忌，只是不做淫乱的事。因此韦崟爱护她、尊重她，对她从不吝惜，有好吃的好喝的，从不会忘记她。

任氏知道他爱自己，于是说了感谢的话："公子对我爱护太多了，我很惭愧。看看我自己低劣的容貌，不足以报答你的厚意。况且我也不能对不起郑生，所以不能满足你的愿望。我是秦人，生长在秦城，家里本来是优伶艺人，堂表亲戚中，有很多是别人的爱妾，因此，凡是长安的妓院，都有些交往。如果有美丽的女子，是你喜欢而得不到的，我可以为你弄来。希望以此来报答你的恩德。”韦崟说：“那太好了！”市场上有位卖衣服的女子，叫张十五娘，皮肤洁白光滑，韦崟一直喜欢她，于是就问任氏是否认识她。任氏回答说：“她是我的表妹，叫她来很容易。”过了十来天，果然就弄来了。几个月后，韦崟就厌倦了，停止了往来。任氏说：“做买卖的人容易到手，不足以展现我的手段。如果有住在深闺难以追求的女子，你说说看，我愿意为此竭尽我的才智。”韦崟说：“昨天是寒食节，我同两三个朋友到千福寺游玩，看见刁缅将军在殿堂里奏乐。其中有个擅长吹笙的女子，大概十六岁，两个发髻垂在耳边，娇柔美艳绝伦。你应当认识她吧？”任氏说：“她是刁家的宠奴，她的母亲就是我的表姐，想办法可以得到她。”韦崟在席下跪拜请求，任氏答应了他。于是任氏就进出刁家拜访。过了一个多月，韦崟催问她有什么好办法。任氏想要两匹细绢用作贿赂，韦崟就照她说的给了。过了两天，任氏正跟韦崟一起吃饭，刁缅派仆人驾着青黑色的骏马来迎接任氏。任氏听说请她，笑着对韦崟说：“事情成了。”

开始，任氏让那个宠奴生病，针灸吃药都不能减轻病症。宠奴的母亲与刁缅非常担忧，准备去找巫师。任氏秘密地贿赂巫师，指着她自己的居所，让巫师对他们说搬过去病情就会好转。等到巫师看病的时候，他就说：“在家里对病人不好，最好住到东南方的某所房子里去，可以取得生气。”刁缅与宠奴的母亲查看那地方，就是任氏的房子所在的地方。于是刁缅请求让病人搬过去住。任氏假意说住房太狭窄而拒绝，经一再请求后才同意。刁缅用车装了衣服用具，将宠奴连同她的母亲一起送到任氏那里。刚到任氏家，宠奴的病就好了。没过几天，任氏偷偷地领着韦崟来与宠奴私通，过了一个月宠奴就怀孕了。宠奴的母亲害怕了，急忙带着宠奴回到刁缅那里，从此就断绝了来往。

有一天，任氏对郑六说：“你能弄到五六千钱吗？我打算为你赚钱。”郑六说：“可以。”于是向别人借，得到六千钱。任氏说：“有人在市场上卖马，马的屁股上有毛病，可以把它买来留着。”郑六到市场上，果然看见有个人牵着马在卖，马的左屁股上有黑斑。郑六把它买回来，他妻子的兄弟们都讥笑他，说：“这是废物，买来干什么？”没多久，任氏说：“马可以卖了，能卖三万钱。”郑六就去卖它，有人出两万钱，郑六不卖。整个市场的人都说："你当初那么贵何苦要买，现在又为什么爱惜不肯卖掉？"郑六骑上马回家，买马的人尾随他到家门口，一再加价，一直加到两万五千钱。郑六还是不肯卖，说："不到三万钱不卖。"他妻子的兄弟们聚在一起骂他，郑六不得已，只好卖了，到底没卖到三万钱。过后他悄悄找到买主，问他买这匹马的原因。原来昭应县有一匹屁股上有黑斑的御马，死了三年了，这个养马的官吏马上就要被解职。官府向他征收赔偿马匹的折价，共计六万钱。如果他能以半价买到这匹马，获得的利润还有很多；如果有这匹马来充数，那么三年来的养马的饲料钱，都是他的了。何况这样他赔偿的很少，所以买了它。

任氏又因为衣服破旧，向韦崟要衣服。韦崟准备买整匹的丝缎给她，任氏不要，说："我想要做好的衣服。"韦崟就叫来买卖人张大去替她买，让他去见任氏，问她想要什么样的。张大见了任氏后，惊讶地对韦崟说："这一定是天上神仙的亲戚，被你偷来了。而且不是人间应该有的，希望你赶紧把她送回去，不要惹祸。"她的容貌美色动人到了这样的地步。至于一定要买做好的衣服，而不自己缝纫，就不知道其中的原因了。

过了一年多，郑六调任武官，被任命为槐里府的果毅尉，住在金城县。那时郑六刚有妻子，虽然白天在外面游乐，但晚上要回家睡觉，经常遗憾不能每夜与任氏欢度。郑六准备赴任时，邀请任氏与他一道去。任氏不想去，说："同行只有十天半月，不能尽情欢会。你算算日子给我留点吃的，让我安心地住着等你回来。"郑六恳请她同去，任氏更加不肯。郑六就请求韦崟帮忙。韦崟与郑六一再劝导，并问她拒绝的原因。任氏过了很久才说："有位巫师说我这一年西行会发生不好的事，所以不想去。"郑六十分疑惑，没想到别的方面，与韦崟一道大笑着说："像你这样聪明智慧的人，却被妖言迷惑，这是为什么呀！"坚持要请她同去。任氏说："如果巫师的话是可信的，我白白地为你送了命，有什么好处？"两个人说："哪有这样的道理呢？"还是和原来一样恳求。任氏没办法，只好一同去了。韦崟把马借给她，在临皋为他俩送行饯别，互相挥手道别而去。连过了两夜，到了马嵬。任氏骑马走在前面，郑六骑驴在后面，女奴另外乘着坐骑，又在他俩的后面。那时候西门养马的人在洛川训练猎狗，已经有十几天了。正好在路上碰到，猎狗从草丛中跳出来。郑六看见任氏忽然从马背坠到地上，显出原形向南奔逃。猎狗追赶她，郑六跟在后面一面跑一面呼叫，不能制止它。跑了一里多路，就被猎狗咬死了。郑六含泪掏出口袋里的钱，把她买回来安葬了，削了一根木头插着作为标记。回头看任氏的马，正在路边吃草，衣服全都堆在马鞍上，鞋袜还悬挂在马镫之间，就像蝉蜕下的壳一样。只有首饰掉在地上，其他的什么也看不见，女奴也不见了。

过了十几天，郑六回城了。韦崟见到他很高兴，迎上来问："任氏还好吗？"郑六流着泪回答道："死了。"韦崟听说后也很悲痛，两人在房中互相扶持着，尽情地宣泄哀痛之情。韦崟慢慢地问起任氏生病死亡的原因，郑六回答说："是被狗害死的。"韦崟说："狗虽然凶猛，怎么能害人？"郑六回答说："她不是人。"韦崟惊骇地问道："不是人，是什么？"郑六这才讲述了事情原委。韦崟惊讶叹息不已。第二天，叫人驾车，韦崟与郑六一起到马嵬，挖开坟墓看她，悲痛得过了很久才回家。追思任氏过去的事，只有衣服不自己缝制这点，和人很不相同。这以后郑六担任总监使，家里很富有，马棚里有十几匹马。活到六十五岁去世。大历年间，沈既济住在钟陵，曾经与韦崟交往，屡次说到这件事，所以知道得非常详细。韦崟后来做殿中侍御史，兼任陇州刺史，直到死也没回来。

唉，动物的心理情感里也有人的品格啊！遇到暴力不失贞节，为了心爱的人而牺牲自己的生命，就算是今天的妇女，也有不如她的。可惜郑六不是精细明理的人，只是喜欢她的美色而不了解她的情感性格；如果是见识深刻的人遇见她，一定能够掌握变化的道理，考察神灵和人的关系，写出华美的文章，传达出精微奇妙的感情，而不仅仅是欣赏她的风情仪态而已。真是可惜啊！

建中二年，沈既济担任左拾遗，与金吾将军裴冀、京兆少尹孙成、户部郎中崔需、右拾遗陆淳，都被贬官到东南，从秦地到吴地，水路陆路都一起走。当时前拾遗朱放，因为旅行出游也跟随我们一起。客船经过颍水和淮水，顺流而下，白天饮宴，晚上闲谈，各自讲述奇异的见闻。众人听了任氏的事，都深深地惊异叹息，于是请沈既济为她作传，来记下这奇异的事情。沈既济撰写了这篇传记。

卷　二

编次郑钦悦辨大同古铭论

李吉甫

天宝中，有商洛隐者任升之，尝贻右补阙郑钦悦书，曰："升之白。顷退居商洛，久阙披陈，山林独往，交亲两绝。意有所问，别日垂访。升之五代祖仕梁为太常。初任南阳王帐下，于钟山悬岸圮圹之中得古铭，不言姓氏。小篆文云：'龟言土，蓍言水，甸服黄钟启灵址。瘗在三上庚，堕遇七中巳，六千三百浹辰交，二九重三四百圮。'文虽剥落，仍且分明。大雨之后，才堕而获。即梁武大同四年。数日，遇盂兰大会，从驾同泰寺。录示史官姚訾并诸学官，详议数月，无能知者。筐笥之内，遗文尚在。足下学乃天生而知，计舍运筹而会，前贤所不及，近古所未闻。愿采其旨要，会其归趣，著之遗简，以成先祖之志。深所望焉。乐安任升之白。"

数日，钦悦即复书曰："使至，忽辱简翰，用浣襟怀。不遗旧情，俯见推访。又示以大同古铭。前贤未达，仆非远识，安敢轻言，良增怀愧也。属在途路，无所披求，据鞍运思，颇有所得。

"发圹者未知谁氏之子，卜宅者实为绝代之贤，藏往知来，有若指掌，契终论始，不差锱铢，隗炤之预识龚使，无以过也。不说葬者之岁月，先识圮时之日辰，以圮之日，却求初兆，事可知矣。姚史官亦为当世达识，复与诸儒详之，沉吟月余，竟不知其指趣，岂止于是哉？原卜者之意，隐其事，微其言，当待仆为龚使耳。不然，何忽见顾访也？

“谨稽诸历术，测以微词，试一探言，庶会微旨。当梁武帝大同四年，岁次戊午。言‘甸服’者，五百也；‘黄钟’者，十一也。五百一十一年而圮。从大同四年，上求五百一十一年，得汉光武帝建武四年戊子岁也。‘三上庚’，三月上旬之庚也。其年三月辛巳朔，十日得庚寅，是三月初葬于钟山也。‘七中巳’，乃七月戊午朔，十二日得己巳，是初圮堕之日，是日己巳可知矣。‘浃辰’，十二也。从建武四年三月至大同四年七月，总六千三百一十二月，每月一交，故云‘六千三百浃辰交’也。‘二九’为十八，‘重三’为六。末言‘四百’，则六为千，十八为万可知。从建武四年三月十日庚寅初葬，至大同四年七月十二日己巳初圮，计一十八万六千四百日，故云‘二九重三四百圮’也。其所言者，但说年月日数耳。据年，则五百一十一，会于甸服黄钟；言月，则六千三百一十二，会于六千三百浃辰交；论日，则一十八万六千四百，会于二九重三四百圮。从三上庚至于七中巳，据历计之，无所差也。所言年则月日，但差一数，则不相照会矣。原卜者之意，当待仆言之。吾子之问，契使然也。从吏已久，艺业荒芜，古人之意，复难远测。足下更询能者，时报焉。使还，不代。郑钦悦白记。”

贞元中，李吉甫任尚书屯田员外郎，兼太常博士。时宗人巽为户部郎中。于南宫暇日，语及近代儒术之士，谓吉甫曰：“故右补阙集贤殿直学士郑钦悦，于术数研精，思通玄奥，盖僧一行所不逮。以其夭阏，当世名不甚闻。子知之乎？”吉甫对曰：“兄何以核诸？”巽曰：“天宝中，商洛隐者任升之，自言五代祖仕梁为太常。大同四年，于钟山下获古铭。其文隐秘，博求时儒，莫晓其旨。因缄其铭，诫诸子曰：‘我代代子孙，以此铭访于通人。倘有知者，吾无所恨。’至升之，颇耽道博雅。闻钦悦之名，即告以先祖之意。钦悦曰：‘子当录以示我。我试思之。’升之书遗其铭。会钦悦适奉朝使，方授驾于长乐驿。得铭而绎之，行及滋水，凡二十里，则释然悟矣。故其书曰：‘据鞍运思，颇有所得。’不亦异乎？”

辛未岁，吉甫转驾部员外郎，钦悦子克钧自京兆府司录授司门员外郎，吉甫数以巽之说质焉。虽且符其言，然克钧自云亡其草。每想其微言至赜，而不获见，吉甫甚惜之。

壬申岁，吉甫贬明州长史。海岛之中，有隐者姓张氏，名玄阳，以明《易经》为州将所重，召置阁下。因讲《周易》卜筮之事，即以钦悦之书示吉甫。吉甫喜得其书，抃逾获宝，即编次之。仍为著论，曰：“夫一丘之土，无情也。遇雨而圮，偶然也。穷象数者，已悬定于十八万六千四百日之前。矧于理乱之运，穷达之命，圣贤不逢，君臣偶合。则姜牙得璜而尚父，仲尼无凤而旅人，傅说梦达于岩野，子房神授于圯上，亦必定之符也。然而孔不暇暖其席，墨不俟黔其突，何经营如彼？孟去齐而接淅，贾造湘而投吊，又眷恋如此。岂大圣大贤，犹惑于性命之理欤？将浼身存教，示人道之不可废欤？余不可得而知也。”

钦悦寻自右补阙历殿中侍御史，为时宰李林甫所恶，斥摈于外，不显其身。故余叙其所闻，系于二篇之后，以著蓍筮之神明，聪哲之悬解，奇偶之有数。贻诸好事，为后学之奇玩焉。时贞元九年十一月二十八日，赵郡李吉甫记。

【译文】

唐代天宝年间，有一位隐居在商洛的隐士，叫任升之，曾经写信给右补阙郑钦悦。信里说：

> 升之禀告：过去我引退住到商洛，很久没有向您陈述近况了，独自去往山林之间，亲朋好友都断交了。心里有需要向您请教的，改天前来拜访。我的五代先祖曾在梁朝担任太常之职，早先在南阳王手下任职的时候，在钟山悬崖边坍塌的墓穴中，得到一块刻着古代铭文的石头。上面没有署姓名，有小篆写着：龟言土，蓍言水，甸服黄钟启灵址。瘗在三上庚，堕遇七中巳，六千三百浃辰交，二九重三四百圮。文字虽然已经有些剥落，但是还能看清楚。一场大雨之后，铭石才刚塌落，就得到了它。这时是梁武帝大同四年。几天以后，恰逢七月十五日盂兰盆大会，先祖跟随上司到同泰寺。他将铭文抄录下来给史官姚訾和诸位学官看，大家仔细地讨论了几个月，还是没有能知道它是什么意思的人。这张先祖遗留下来的铭文，现在还保存在放书的竹箧里。您的学问是浑然天成的境界，计谋是不

必筹划就会的水平，前代的贤人比不上您，近代没听过与您相似的。我希望您能帮助我这古铭的主要意义，归纳它的要旨意趣，将前代散失的文字翻译出来，以完成先祖的遗愿。这是我深切盼望的。

乐安任升之陈述。

过了几天，郑钦悦就回信说：

使者到来，忽然收到您的信，荡涤了我的胸怀。您没有遗忘往日的交情，要来拜访我，又把大同年间的古铭给我看。前代的贤人都没能做到的事，我并非有高深见识的人，哪里敢轻易乱说？这实在是增加了我内心的惭愧感。我现正在旅途之中，没有书籍可供翻检查阅。坐在马鞍上思索，很有一些收获。

发掘墓葬的人不知是谁，占卜选择此地做墓穴的人却实在是绝代的贤者。他详知过去，能预见未来，对所有的事了若指掌。所说事情的起始和终结，分毫不差。隗炤能预先知道他死后有龚使者能帮助其妻解惑，但也比不上这个人。他不说入墓埋葬的年月，而先说墓穴坍塌的日期。从坍塌之日，再回头去推求始葬之时，事情就清楚了。姚史官也是当世有见识的达人，又跟一群儒生揣摩推断铭文，思考了一个多月，竟然不知道它的主要内容。这种事又哪里只这一件呢？推究作古铭的筮者的意图，隐匿事实，语言含蓄隐晦，看来就是在等待我来当龚使者，来解开这个谜了。要不然，您怎么会突然找上我呢？

我核查历书，揣测隐语的意思，试着来解说，差不多能符合它的要义。梁武帝大同四年的干支为戊午。铭文提到“甸服”，离王城五百里的区域叫“甸服”，所以是指代五百；“黄钟”是十二律之一，和冬至相应，在十一月，所以指十一。这句是说墓穴经过五百一十一年后坍塌。从大同四年向前推五百一十一年，是汉光武帝建武四年戊子年。“三上庚”，指三月上旬的庚日。那年的三月初一是辛巳，到十日是庚寅，于是是三月初旬葬在钟山的。“七中巳”，大同四年的七月初一是戊午，到中旬十二日是己巳，是墓刚坍毁的日子，可知那天就是己巳。"浃辰"，古代以干支纪日，自子至亥一周十二日为"浃辰"，所以是指十二。从建武四年三月到大同四年七月，总计六千三百一十二个月。每过一月有一交替，所以说"六千三百浃辰交"。"二九"是十八，"重三"是六。因为末句说"四百"，那么可知六是千数，十八是万数。从建武四年三月十日庚寅初葬，到大同四年七月十二日己巳初塌，计一十八万六千四百日，所以说"二九重三四百圮"。铭文上所说的，只说年、月、日之数罢了。根据年，是五百一十一，与"甸服黄钟"相合；说到月，是六千三百一十二，与"六千三百浃辰交"相合；论日，是一十八万六千四百，与"二九重三四百圮"相合。从"三上庚"到："七中巳"，根据历书计算，没有差错。它所说的年月日，只要相差一个数字，就不能互相参照呼应了。探求卜筮者的意思，一定是等我来解说。您向我询问，恰好让这件事如此。我做官很久了，技艺学业都已荒废了，古人的用意，又难远隔时代去推测。您再向能人询问的话，到时给我通个消息。使者回去时，不再代我说了。郑钦悦述记。

贞元年间，李吉甫担任尚书屯田员外郎，兼太常博士。当时，族人李巽任户部郎中，在公务空闲的日子，谈起近代精通儒学的人士，对吉甫说："已经去世的右补阙集贤殿直学士郑钦悦，对推测人的气数和命运的术数之学钻研精深，思维能进入玄妙奥秘的境地，是那个叫一行的和尚所比不上的。因为他死得早，所以当世不太知名。您知道他吗？"吉甫回答说："您怎么来证实呢？"李巽说："天宝年间，商洛的隐士任升之自己说他的五代祖在梁朝担任太常的职位。大同四年，在钟山下获得古铭。古铭的文义隐秘，广泛地向当时的学者征询，没有人知道是什么意思。于是将铭石封存起来，告诫他几个儿子说：'我的子孙后代，要拿这铭文去拜访询问学识广博的人，如果有谁知道它的意思，我就不会有遗憾了。'到了升之，他对那些渊博古雅的学问很感兴趣，听说了钦悦的名声，就把先祖的心愿告诉了他。钦悦说：'你把它抄下来给我看，我试着想想。'升之抄录了铭文给他。恰好钦悦奉朝廷的派遣，正驾马到长乐驿。得到铭文后，就思索如何解释它。直到走到滋水，共二十里地，就忽然领悟了其中的奥妙。所以他的信里说：'在马鞍上思索，很有收获。’这不是很奇异吗？”

辛未年，吉甫转任驾部员外郎。钦悦的儿子克钧由京兆府司录，改任职为司门员外郎。吉甫几次用李巽所说的话向他对证核实。虽然李巽说的话是符合实情的，但克钧自己说已经弄丢了那些当时写的东西。吉甫每次想到古铭中的言辞含蓄精微，含意深奥微妙，但是他却不能见到，就深深地惋惜。

壬申年，吉甫被贬官为明州长史。东海的岛屿上有个隐士，姓张，叫玄阳，因为懂《易经》，得到明州的将领器重，把他召到官署中。因为讲到《周易》卜筮方面的事，他就把钦悦写的信拿给吉甫看。吉甫得到这两封信十分欢喜，比获得珍宝都要兴奋，立即将它编排次序，又加点评，说：“一堆土丘上的泥土，是没有感情的。碰到一场雨而塌下来，也是偶然。精通研究卦象术数这方面学问的人，竟能在十八万六千四百天之前就推测预定了这件事，更何况国家治理与动乱的气运变化，人们穷困与发达的命运不同，圣贤生不逢时，君臣偶然投合之类的事呢？那么姜子牙得到璜玉而成为辅助周室的尚父，孔子被楚狂讥讽无凤凰之德性而四处奔波，傅说被殷王梦见于傅岩之野而成为宰相，张良在圯桥上受到神人黄石公传授《太公兵法》，也都是命中注定的了。然而，孔子忙得连座位上的席子都没有时间坐暖，墨子没等烟囱烧黑就得搬家，为什么他们要那么辛苦地经营呢？孟子说孔子离开齐国时行色匆忙，贾谊被贬到长沙而做赋怀念屈原，他们又像这样地有所眷恋。难道说大圣人大贤者还对人性天命的道理有迷惑吗？还是他们想借玷污自己，来给人们留下教训，展示为人的道理不可以废弃吗？我无法知道了。”

不久，钦悦就从右补阙再任殿中侍御史，被当时的宰相李林甫忌恨，排斥出京城，没有显身扬名。所以我记载我的所见所闻，放在这两封信之后，来表明蓍草筮卜的神奇，智慧的先哲能预知未来，命运的坎坷与顺利都有定数。把这篇文章留给爱好这些的人，让后来的人们好奇赏玩。这一天是贞元九年十一月二十八日。赵郡李吉甫记。

柳氏传

许尧佐

天宝中，昌黎韩翊有诗名，性颇落托，羁滞贫甚。有李生者，与翊友善，家累千金，负气爱才。其幸姬曰柳氏，艳绝一时，喜谈谑，善讴咏。李生居之别第，与翊为宴歌之地。而馆翊于其侧。翊素知名，其所候问，皆当时之彦。柳氏自门窥之，谓其侍者曰："韩夫子岂长贫贱者乎！"遂属意焉。李生素重翊，无所吝惜。后知其意，乃具膳请翊饮。酒酣，李生曰："柳夫人容色非常，韩秀才文章特异，欲以柳荐枕于韩君，可乎？"翊惊栗，避席曰："蒙君之恩，解衣辍食久之，岂宜夺所爱乎？"李坚请之。柳氏知其意诚，乃再拜，引衣接席。李坐翊于客位，引满极欢。李生又以资三十万，佐翊之费。翊仰柳氏之色，柳氏慕翊之才，两情皆获，喜可知也。

明年，礼部侍郎杨度擢翊上第，屏居间岁。柳氏谓翊曰："荣名及亲，昔人所尚。岂宜以濯浣之贱，稽采兰之美乎？且用器资物，足以待君之来也。"翊于是省家于清池。岁余，乏食，鬻妆具以自给。

天宝末，盗覆二京，士女奔骇。柳氏以艳独异，且惧不免，乃剪发毁形，寄迹法灵寺。是时侯希逸自平卢节度淄青，素藉翃名，请为书记。洎宣皇帝以神武返正，翃乃遣使间行求柳氏，以练囊盛麸金，题之曰："章台柳，章台柳，昔日青青今在否？纵使长条似旧垂，亦应攀折他人手。"柳氏捧金呜咽，左右凄悯，答之曰："杨柳枝，芳菲节，所恨年年赠离别。一叶随风忽报秋，纵使君来岂堪折！"

无何，有蕃将沙吒利者，初立功，窃知柳氏之色，劫以归第，宠之专房。及希逸除左仆射，入觐，翃得从行。至京师，已失柳氏所止，叹想不已。偶于龙首冈见苍头以駮牛驾辎軿，从两女奴。翃偶随之，自车中问曰："得非韩员外乎？某乃柳氏也。"使女奴窃言失身沙吒利，阻同车者，请诘旦幸相待于道政里门。及期而往，以轻素结玉合，实以香膏，自车中授之，曰："当遂永诀，愿置诚念。"乃回车，以手挥之，轻袖摇摇，香车辚辚，目断意迷，失于惊尘。翃大不胜情。

会淄青诸将合乐酒楼，使人请翃。翃强应之，然意色皆丧，音韵凄咽。有虞候许俊者，以材力自负，抚剑言曰："必有故。愿一效用。"翃不得已，具以告之。俊曰："请足下数字，当立致之。"乃衣缦胡，佩双鞬，从一骑，径造沙吒利之第。候其出行里余，乃被衽执辔，犯关排闼，急趋而呼曰："将军中恶，使召夫人！"仆侍辟易，无敢仰视。遂升堂，出翃札示柳氏，挟之跨鞍马，逸尘断鞅，倏忽乃至。引裾而前曰："幸不辱命。"四座惊叹。柳氏与翃执手涕泣，相与罢酒。

是时沙吒利恩宠殊等，翊、俊惧祸，乃诣希逸。希逸大惊曰："吾平生所为事，俊乃能尔乎？"遂献状曰："检校尚书金部员外郎兼御史韩翊，久列参佐，累彰勋效，顷从乡赋。有妾柳氏，阻绝凶寇，依止名尼。今文明抚运，遐迩率化。将军沙吒利凶恣挠法，凭恃微功，驱有志之妾，干无为之政。臣部将兼御史中丞许俊，族本幽蓟，雄心勇决，却夺柳氏，归于韩翊。义切中抱，虽昭感激之诚；事不先闻，固乏训齐之令。"寻有诏，柳氏宜还韩翊，沙吒利赐钱二百万。柳氏归翊。翊后累迁至中书舍人。

然即柳氏，志防闲而不克者；许俊，慕感激而不达者也。向使柳氏以色选，则当熊辞辇之诚可继；许俊以才举，则曹柯渑池之功可建。夫事由迹彰，功待事立。惜郁堙不偶，义勇徒激，皆不入于正。斯岂变之正乎？盖所遇然也。

【译文】

唐朝的天宝年间，昌黎人韩翊有会作诗的才名。他的生性很是豪放，不拘小节，飘泊在外乡，生活很贫困。有个李生，与韩翊的关系很好，他家有千金的积蓄，做事只凭意气，并且爱惜人才。他有一个宠妾叫柳氏，美貌绝伦，喜欢说笑，擅长唱歌吟诗。李生让她住在别墅，把那里作为他和韩翊宴饮歌咏的地方，让韩翊住在那旁边。韩翊一向有名声，前来拜访问候他的，都是当时才学出众的人物。柳氏从门后偷看他们，对她的女仆说："韩先生哪会是长时间贫贱的人呢？"于是对韩翊产生了爱慕之意。李生一向很敬重韩翊，对他从不小气。后来他知道了柳氏的心意，就准备了酒菜请韩翊喝酒，喝到痛快的时候，李生说："柳夫人容貌不同寻常，韩秀才文章特别出彩，我想让柳夫人来做韩公子的侍妾，怎么样?”韩翊又惊又怕，离开座位说：“承蒙你的恩德，衣食上得到你的恩惠已经很久了，怎么能夺走你的爱人呢?”李生坚持请求韩翊答应他。柳氏知道李生是真心诚意的，就拜了两拜，提起裙子坐到了韩翊旁边。李生请韩翊坐在客位上，倒满酒杯干杯，十分尽兴。他又拿出三十万钱，作为资助韩翊的费用。韩翊仰慕柳氏的美色，柳氏爱慕韩翊的文才，两人的情感都得到了满足，心中的喜悦可想而知。

第二年，礼部侍郎杨度选拔韩翊为科举考试的第一等。韩翊在家隐居了一年，柳氏对韩翊说：“有了荣誉的名声，应当能让亲人分享，这是古人所推崇的。怎么能为了我这个干粗活的女人，耽误了你美好的前程呢？况且家里的器具财物，足够用到你回来。”于是韩翊回清池老家探亲。过了一年多，柳氏生活有了困难，就卖掉妆饰用品来养活自己。

天宝末年，叛贼安禄山攻陷两京，士子妇人都惊慌地奔逃。柳氏因为美貌太显眼，又怕免不了受到侮辱，就剪去头发，把模样弄丑，寄居在法灵寺。这时，侯希逸从平卢节度使兼任淄青节度使，他久仰韩翊的名声，请他担任自己的书记。直到肃宗皇帝凭着他的神明英武返回长安，韩翊才派人悄悄地寻找柳氏，装了一绢袋的碎薄金子，写了一首诗说：

章台的杨柳啊章台的杨柳，
从前青青的枝叶，现在是否依旧存留？
就算长长的柳条依旧低垂着，
也恐怕已被别人攀折在手。

柳氏捧着那袋碎金子低声悲泣，旁边的人都感到凄凉和可怜。她答复了一首诗说：

杨柳的枝条，生长在花草胜美时节，
可恨的是，年年都被摘下寄托离别。
一片叶子随风飘来，忽然报信秋天已到，
就算郎君归来，又有什么还能攀折！

不久，有一个蕃将，叫沙吒利，刚立了战功，私下里知道了柳氏的美貌，就把她抢回自己家，特别宠爱她。等到侯希逸官拜左仆射，去京城拜见皇帝时，韩翊得到机会随从同行。到了京城，已找不到柳氏的住所了，韩翊叹息想念不止。一天，韩翊偶然在龙首冈看见一个老奴驾着一辆挂着车帘的牛车，后面跟着两个女仆。他碰巧跟在车后，从车里传来问话声说："这不是韩员外吗？我是柳氏呀。"她让女仆悄悄地告诉韩翊，她已经失身给了沙吒利，碍于车上有其他人，希望韩翊第二天早上在道政里的门口等她。韩翊按时去了那里，柳氏用白色的薄绸拴在玉盒上，里面装满香膏，从车上递给韩翊，说："就要永远分别了，希望你收下它作为纪念。"然后调转车头，向韩翊挥手，只见轻薄的袖子飘动，华美的车子车轮声辚辚。柳氏在车中一直望着韩翊，心中意乱情迷，韩翊眼见香车渐渐消失在飞扬的尘土中，几乎承受不住沉痛的心情。

正好淄青的将领们聚在酒楼上饮酒作乐，派人来邀请韩翊。韩翊勉强答应了，但情绪和脸色都很沮丧，说话的声音也凄楚哽咽。有一个虞候叫许俊，一向以自己的勇气和体力自负，他按着宝剑对韩翊说："你这样一定有原因，我愿为你效劳。"韩翊没有办法，就把事情全部告诉了他。许俊说："请你写几个字给我，我能立刻把她带来。"于是就穿上军服，佩上两个弓箭袋，让一个骑兵跟着，一直来到沙吒利的府第。等到沙吒利出门走了一里多远时，许俊就散开衣襟，拉着马缰绳，冲进大门，又闯进里面的小门，一边快走一边高喊说："将军得了急病，派我来叫夫人！"那些仆人侍从都吓得避开，没有敢仰视他的。许俊于是进了厅堂，拿出韩翊的信给柳氏看，扶着柳氏跨上马，飞奔而去，转眼间就到了韩翊那里。许俊拉着韩翊的前襟向前迎接柳氏，说："幸亏完成了使命，没有丢脸。"四座的人都为之惊叹。柳氏与韩翊彼此拉着手哭泣，大家一起都停杯不喝了。

这时候沙吒利正得到朝廷的特殊恩宠，韩翊、许俊怕惹祸，就去拜见侯希逸，说明了情况。侯希逸大惊说："行侠仗义是我平生在做的事，许俊你竟然也能做得到？"于是上奏给皇帝说："检校尚书金部员外郎兼御史韩翊，长期担任幕僚下属的职位，屡次立下功勋受到表彰，不久前从科举登第。他有个妾柳氏，在叛贼作乱时被阻隔不能团聚，投靠有声望的尼姑来存活。现在国家文教昌明，顺应时运，远近相率归顺。将军沙吒利凶暴放肆，扰乱国法，凭借一点功劳，强逼有节操的女子，破坏无为而治的政策。我的部将兼御史中丞许俊，是幽蓟之地的人，志向远大勇敢果断，夺回了柳氏，归还韩翊。他内心的仗义之情非常激烈，虽然表现出了激于义愤的忠诚，但做事前没有事先报告，自然是因为我对部下缺乏教化整治的法令。”不久，皇帝就有诏书下达，柳氏应该归还给韩翊，赐钱二百万给沙吒利。柳氏于是回到了韩翊身边。韩翊后来屡次升迁到中书舍人为止。

但就柳氏来说，她是打算防范阻止非礼的行为而没能成功的人；就许俊来说，他是向往那激于义愤的侠义行为却没能做到的人。假如让柳氏凭借美貌被选入宫中，那么，像挡在熊面前保护汉元帝的冯婕妤，或者维护汉成帝威望拒绝同车游园的班婕妤那样的忠诚人士，就后继有人了。假如让许俊凭借他的勇气才干被选拔重用，那么，像曹沫在柯地会盟时用匕首逼使齐桓公退还所侵占的土地，或者像蔺相如在渑池时不畏强秦，维护赵国的尊严那样的功勋，也是可以建立的。事业要靠事迹才能彰显，功勋要靠事业的成功才能建立。可惜他们命运不好，被埋没而不得志，白白地激起仗义勇敢之心，却都不能进入正道。这或许也可算作是权衡应变中的正道吧？那是由他们所处的环境和遭遇造成的。

柳毅传

李朝威

仪凤中，有儒生柳毅者，应举下第，将还湘滨。念乡人有客于泾阳者，遂往告别。至六七里，鸟起马惊，疾逸道左。又六七里，乃止。见有妇人，牧羊于道畔。毅怪视之，乃殊色也。然而蛾脸不舒，巾袖无光，凝听翔立，若有所伺。毅诘之曰："子何苦而自辱如是?"妇始楚而谢，终泣而对曰："贱妾不幸，今日见辱问于长者。然而恨贯肌骨，亦何能愧避，幸一闻焉。妾，洞庭龙君小女也。父母配嫁泾川次子，而夫婿乐逸，为婢仆所惑，日以厌薄。既而将诉于舅姑，舅姑爱其子，不能御。迨诉频切，又得罪舅姑。舅姑毁黜，以至此。"言讫，歔欷流涕，悲不自胜。又曰："洞庭于兹，相远不知其几多也？长天茫茫，信耗莫通。心目断尽，无所知哀。闻君将还吴，密通洞庭。或以尺书，寄托侍者，未卜将以为可乎?"毅曰："吾义夫也。闻子之说，气血俱动，恨无毛羽，不能奋飞。是何可否之谓乎！然而洞庭，深水也。吾行尘间，宁可致意耶？唯恐道途显晦，不相通达，致负诚托，又乖恳愿。子有何术，可导我邪?"女悲泣且谢，曰："负载珍重，不复言矣。脱获回耗，虽死必谢。君不许，何敢言。既许而问，则洞庭之与京邑，不足为异也。"

毅请闻之。女曰："洞庭之阴，有大橘树焉，乡人谓之社橘。君当解去兹带，束以他物。然后叩树三发，当有应者。因而随之，无有碍矣。幸君子书叙之外，悉以心诚之话倚托，千万无渝！"毅曰："敬闻命矣。"

女遂于襦间解书，再拜以进，东望愁泣，若不自胜。毅深为之戚。乃置书囊中，因复问曰："吾不知子之牧羊，何所用哉？神祇岂宰杀乎？"女曰："非羊也，雨工也。""何为雨工？"曰："雷霆之类也。"毅顾视之，则皆矫顾怒步，饮龁甚异。而大小毛角，则无别羊焉。毅又曰："吾为使者，他日归洞庭，幸勿相避。"女曰："宁止不避，当如亲戚耳。"语竟，引别东去。不数十步，回望女与羊，俱亡所见矣。

其夕，至邑而别其友。月余到乡。还家，乃访于洞庭。洞庭之阴，果有社橘。遂易带向树，三击而止。俄有武夫出于波间，再拜请曰："贵客将自何所至也？"毅不告其实，曰："走谒大王耳。"武夫揭水指路，引毅以进。谓毅曰："当闭目，数息可达矣。"毅如其言，遂至其宫。始见台阁相向，门户千万，奇草珍木，无所不有。夫乃止毅，停于大室之隅，曰："客当居此以伺焉。"毅曰："此何所也？"夫曰："此灵虚殿也。"谛视之，则人间珍宝，毕尽于此。柱以白璧，砌以青玉，床以珊瑚，帘以水精，雕琉璃于翠楣，饰琥珀于虹栋。奇秀深杳，不可殚言。然而王久不至。毅谓夫曰："洞庭君安在哉？"曰："吾君方幸玄珠阁，与太阳道士讲《火经》，少选当毕。"毅曰："何谓《火经》？"夫曰："吾君，龙也。龙以水为神，举一滴可包陵谷。道士，乃人也。人以火为神圣，发一灯可燎阿房。然而灵用不同，玄化各异。太阳道士精于人理，吾君邀以听焉。"

语毕而宫门辟。景从云合，而见一人，披紫衣，执青玉。夫跃曰："此吾君也！"乃至前以告之。君望毅而问曰："岂非人间之人乎？"毅对曰："然。"毅遂设拜，君亦拜，命坐于灵虚之下。谓毅曰："水府幽深，寡人暗昧。夫子不远千里，将有为乎？"毅曰："毅，大王之乡人也。长于楚，游学于秦。昨下第，闲驱泾水之涘，见大王爱女牧羊于野，风环雨鬓，所不忍视。毅因诘之。谓毅曰：'为夫婿所薄，舅姑不念，以至于此。'悲泗淋漓，诚怛人心。遂托书于毅。毅许之，今以至此。"因取书进之。洞庭君览毕，以袖掩面而泣曰："老父之罪，不诊坚听，坐贻聋瞽，使闺窗孺弱，远罹构害。公，乃陌上人也，而能急之。幸被齿发，何敢负德！"词毕，又哀咤良久。左右皆流涕。

时有宦人密视君者，君以书授之，令达宫中。须臾，宫中皆恸哭。君惊谓左右曰："疾告宫中，无使有声。恐钱塘所知。"毅曰："钱塘，何人也？"曰："寡人之爱弟。昔为钱塘长，今则致政矣。"毅曰："何故不使知？"曰："以其勇过人耳。昔尧遭洪水九年者，乃此子一怒也。近与天将失意，塞其五山。上帝以寡人有薄德于古今，遂宽其同气之罪。然犹縻系于此，故钱塘之人，日日候焉。”语未毕，而大声忽发，天拆地裂，宫殿摆簸，云烟沸涌。俄有赤龙长千余尺，电目血舌，朱鳞火鬣，项掣金锁，锁牵玉柱，千雷万霆，激绕其身，霰雪雨雹，一时皆下。乃擘青天而飞去。毅恐蹶仆地。君亲起持之曰：“无惧。固无害。”毅良久稍安，乃获自定。因告辞曰：“愿得生归，以避复来。”君曰：“必不如此。其去则然，其来则不然。幸为少尽缱绻。”因命酌互举，以款人事。

俄而祥风庆云，融融怡怡，幢节玲珑，箫韶以随。红妆千万，笑语熙熙，后有一人，自然蛾眉，明珰满身，绡縠参差。迫而视之，乃前寄辞者。然若喜若悲，零泪如丝。须臾，红烟蔽其左，紫气舒其右，香气环旋，入于宫中。君笑谓毅曰：“泾水之囚人至矣。”君乃辞归宫中。须臾，又闻怨苦，久而不已。有顷，君复出，与毅饮食。又有一人，披紫裳，执青玉，貌耸神溢，立于君左。君谓毅曰：“此钱塘也。”毅起，趋拜之。钱塘亦尽礼相接，谓毅曰：“女侄不幸，为顽童所辱。赖明君子信义昭彰，致达远冤。不然者，是为泾陵之土矣。飨德怀恩，词不悉心。”毅抙退辞谢，俯仰唯唯。

然后回告兄曰：“向者辰发灵虚，巳至泾阳，午战于彼，未还于此。中间驰至九天，以告上帝。帝知其冤，而宥其失。前所遣责，因而获免。然而刚肠激发，不遑辞候。惊扰宫中，复忤宾客。愧惕惭惧，不知所失。”因退而再拜。君曰：“所杀几何？”曰：“六十万。”“伤稼乎?”曰:“八百里。”“无情郎安在?”曰:“食之矣。”君怃然曰:“顽童之为是心也,诚不可忍。然汝亦太草草。赖上帝显圣,谅其至冤。不然者,吾何辞焉。从此已去,勿复如是。”钱塘复再拜。是夕,遂宿毅于凝光殿。

明日,又宴毅于凝碧宫。会友戚,张广乐,具以醪醴,罗以甘洁。初,笳角鼙鼓,旌旗剑戟,舞万夫于其右。中有一夫前曰:“此《钱塘破阵乐》。”旌铓杰气,顾骤悍栗,坐客视之,毛发皆竖。复有金石丝竹,罗绮珠翠,舞千女于其左。中有一女前进曰:“此《贵主还宫乐》。”清音宛转,如诉如慕,坐客听之,不觉泪下。二舞既毕,龙君大悦,锡以纨绮,颁于舞人。然后密席贯坐,纵酒极娱。

酒酣,洞庭君乃击席而歌曰:“大天苍苍兮,大地茫茫。人各有志兮,何可思量。狐神鼠圣兮,薄社依墙。雷霆一发兮,其孰敢当。荷贞人兮信义长,令骨肉兮还故乡。齐言惭愧兮何时忘!”洞庭君歌罢,钱塘君再拜而歌曰:“上天配合兮,生死有途。此不当妇兮,彼不当夫。腹心辛苦兮,泾水之隅。风霜满鬓兮,雨雪罗襦。赖明公兮引素书,令骨肉兮家如初。永言珍重兮无时无。”钱塘君歌阕,洞庭君俱起,奉觞于毅。毅踧踖而受爵,饮讫,复以二觞奉二君。乃歌曰:“碧云悠悠兮,泾水东流。伤美人兮,雨泣花愁。尺书远达兮,以解君忧。哀冤果雪兮,还处其休。荷和雅兮感甘羞。山家寂寞兮难久留。欲将辞去兮悲绸缪。”歌罢,皆呼万岁。洞庭君因出碧玉箱，贮以开水犀；钱塘君复出红珀盘，贮以照夜玑：皆起进毅。毅辞谢而受。然后宫中之人，咸以绡彩珠璧，投于毅侧。重叠焕赫，须臾埋没前后。毅笑语四顾，愧揖不暇。洎酒阑欢极，毅辞起，复宿于凝光殿。

翌日，又宴毅于清光阁。钱塘因酒，作色，踞谓毅曰："不闻猛石可裂不可卷，义士可杀不可羞邪？愚有衷曲，欲一陈于公。如可，则俱在云霄；如不可，则皆夷粪壤。足下以为何如哉？"毅曰："请闻之。"钱塘曰："泾阳之妻，则洞庭君之爱女也。淑性茂质，为九姻所重。不幸见辱于匪人。今则绝矣。将欲求托高义，世为亲戚。使受恩者知其所归，怀爱者知其所付，岂不为君子始终之道者？"

毅肃然而作，欻然而笑曰："诚不知钱塘君孱困如是！毅始闻跨九州，怀五岳，泄其愤怒；复见断金锁，掣玉柱，赴其急难。毅以为刚决明直，无如君者。盖犯之者不避其死，感之者不爱其生，此真丈夫之志。奈何箫管方洽，亲宾正和，不顾其道，以威加人？岂仆之素望哉！若遇公于洪波之中，玄山之间，鼓以鳞须，被以云雨，将迫毅以死，毅则以禽兽视之，亦何恨哉！今体被衣冠，坐谈礼义，尽五常之志性，负百行之微旨，虽人世贤杰，有不如者，况江河灵类乎？而欲以蠢然之躯，悍然之性，乘酒假气，将迫于人，岂近直哉！且毅之质，不足以藏王一甲之间。然而敢以不伏之心，胜王不道之气。惟王筹之！"钱塘乃逡巡致谢曰："寡人生长宫房，不闻正论。向者词述疏狂，妄突高明。退自循顾，戾不容责。幸君子不为此乖间可也。”其夕，复欢宴，其乐如旧。毅与钱塘，遂为知心友。

明日，毅辞归。洞庭君夫人别宴毅于潜景殿。男女仆妾等，悉出预会。夫人泣谓毅曰：“骨肉受君子深恩，恨不得展愧戴，遂至睽别。”使前泾阳女当席拜毅以致谢。夫人又曰：“此别岂有复相遇之日乎？”毅其始虽不诺钱塘之请，然当此席，殊有叹恨之色。宴罢，辞别，满宫凄然。赠遗珍宝，怪不可述。

毅于是复循途出江岸，见从者十余人，担囊以随，至其家而辞去。毅因适广陵宝肆，鬻其所得。百未发一，财以盈兆。故淮右富族，咸以为莫如。遂娶于张氏。亡，又娶韩氏。数月，韩氏又亡。徙家金陵。常以鳏旷多感，或谋新匹。有媒氏告之曰：“有卢氏女，范阳人也。父名曰浩，尝为清流宰。晚岁好道，独游云泉，今则不知所在矣。母曰郑氏。前年适清河张氏，不幸而张夫早亡。母怜其少，惜其慧美，欲择德以配焉。不识何如？”毅乃卜日就礼。既而男女二姓，俱为豪族，法用礼物，尽其丰盛。金陵之士，莫不健仰。居月余，毅因晚入户，视其妻，深觉类于龙女，而逸艳丰厚，则又过之。因与话昔事。妻谓毅曰：“人世岂有如是之理乎？然君与余有一子。”毅益重之。

既产，逾月，乃秾饰换服，召亲戚。相会之间，笑谓毅曰：“君不忆余之于昔也？”毅曰：“夙为洞庭君女传书，至今为忆。”妻曰：“余即洞庭君之女也。泾川之冤，君使得白。衔君之恩，誓心求报。洎钱塘季父论亲不从，遂至睽违，天各一方，不能相问。父母欲配嫁于濯锦小儿某。惟以心誓难移，亲命难背，既为君子弃绝，分无见期。而当初之冤，虽得以告诸父母，而誓报不得其志，复欲驰白于君子。值君子累娶，当娶于张，已而又娶于韩。迨张、韩继卒，君卜居于兹，故余之父母乃喜余得遂报君之意。今日获奉君子，咸善终世，死无恨矣。”因呜咽，泣涕交下。对毅曰：“始不言者，知君无重色之心。今乃言者，知君有感余之意。妇人匪薄，不足以确厚永心。故因君爱子，以托相生。未知君意如何？愁惧兼心，不能自解。君附书之日，笑谓妾曰：‘他日归洞庭，慎无相避。’诚不知当此之际，君岂有意于今日之事乎？其后季父请于君，君固不许。君乃诚将不可邪，抑忿然邪？君其话之！”

毅曰：“似有命者。仆始见君子，长泾之隅，枉抑憔悴，诚有不平之志。然自约其心者，达君之冤，余无及也。以言慎勿相避者，偶然耳，岂有意哉？洎钱塘逼迫之际，唯理有不可直，乃激人之怒耳。夫始以义行为之志，宁有杀其婿而纳其妻者邪？一不可也。善素以操真为志尚，宁有屈于己而伏于心者乎？二不可也。且以率肆胸臆，酬酢纷纶，唯直是图，不遑避害。然而将别之日，见君有依然之容，心甚恨之。终以人事扼束，无由报谢。吁！今日，君，卢氏也，又家于人间。则吾始心未为惑矣。从此以往，永奉欢好，心无纤虑也。”妻因深感娇泣，良久不已。有顷，谓毅曰：“勿以他类，遂为无心，固当知报耳。夫龙寿万岁，今与君同之。水陆无往不适。君不以为妄也。”毅嘉之曰：“吾不知国客乃复为神仙之饵。”乃相与觐洞庭。既至，而宾主盛礼，不可具纪。

后居南海，仅四十年，其邸第舆马珍鲜服玩，虽侯伯之室，无以加也。毅之族咸遂濡泽。以其春秋积序，容状不衰，南海之人，靡不惊异。洎开元中，上方属意于神仙之事，精索道术。毅不得安，遂相与归洞庭。凡十余岁，莫知其迹。

至开元末，毅之表弟薛嘏为京畿令，谪官东南。经洞庭，晴昼长望，俄见碧山出于远波。舟人皆侧立，曰：“此本无山，恐水怪耳。”指顾之际，山与舟相逼，乃有彩船自山驰来，迎问于嘏。其中有一人呼之曰：“柳公来候耳。”嘏省然记之，乃促至山下，摄衣疾上。山有宫阙如人世，见毅立于宫室之中，前列丝竹，后罗珠翠，物玩之盛，殊倍人间。毅词理益玄，容颜益少。初迎嘏于砌，持嘏手曰：“别来瞬息，而发毛已黄。”嘏笑曰：“兄为神仙，弟为枯骨，命也。”毅因出药五十丸遗嘏，曰：“此药一丸可增一岁耳。岁满复来，无久居人世，以自苦也。”欢宴毕，嘏乃辞行。自是已后，遂绝影响。嘏常以是事告于人世。殆四纪，嘏亦不知所在。

陇西李朝威叙而叹曰：五虫之长，必以灵者，别斯见矣。人，裸也，移信鳞虫。洞庭含纳大直，钱塘迅疾磊落，宜有承焉。嘏咏而不载，独可邻其境。愚义之，为斯文。

【译文】

唐代仪凤年间，有个读书人叫柳毅，参加科举考试名落孙山，准备回到湘水地区的老家去。想到有同乡住在泾阳，就到那里去告别。走了六七里，群鸟飞起，马匹受惊，他赶忙躲避到路旁。又走了六七里，才又恢复正常。看见有个妇女，在路边放羊。柳毅觉得很奇怪，看着那位女子，却是个极美艳的美女。只是她皱着眉头，衣衫黯淡，没有光泽，回转头站着，专注地听着动静，好像在等待什么。柳毅问她说："你何苦这样委屈自己？"那位妇女先是面容痛苦地对他的询问表示感谢，最后哭着回答说："我很不幸，今天折辱先生来向我问话，只是仇恨已经浸透了我的肌肤骨髓，又怎么能因为羞愧而逃避呢，请您来听听我的遭遇吧。我是洞庭湖龙王的小女儿，父母把我嫁给泾川龙王的二儿子。我的丈夫贪图玩乐，被婢女和仆人迷惑，渐渐地看不上我，厌恶起我来了。这以后我向公婆诉苦，公婆疼爱儿子，不能管教他。我还是频繁地诉苦，又得罪了公婆，公婆责怪我，把我赶了出来，所以我才会在这里。"她说完，又是叹气又是流泪，简直无法承受心中的悲伤。又说："洞庭湖距离这里，不知道有多远啊。辽阔的天地阻隔着，没办法知道对方的消息，就算眼睛望断了，心思用尽了，也不能让父母知道我的痛苦。听说先生你要回到吴地去，那里离洞庭湖很近，或者可以让我写封书信，拜托您的随从带过去，不知道您觉得可以吗？"柳毅说："我是个讲义气的人，听了你那番话，气愤地热血沸腾，只恨自己没有翅膀，不能飞到洞庭去传信，还说什么可以不可以的话呢！只是那洞庭湖的水很深，我是陆地上行动的人，怎么能帮你传信呢？我只怕我们属于不同的世界，不能够相互通达，这会让我辜负你诚恳的托付，无法完成你真诚的愿望。你有什么法术，可以引导我进入你们的世界吗？"那女子伤心地哭着道谢，说道："您接受我的托付，那么此去多加珍重的话，我就不再说了。如果能够收到回音，我就算是死也要感谢您的大恩。您不答应，我哪里敢说。您既然答应了，问我怎么去，那么去洞庭湖和去京城，也就没有什么两样了。"

柳毅请她说下去。她说："洞庭湖的南面，有一株大橘树，乡里的人把它叫做社橘。您得解去衣带，用别的物件来束腰，然后用衣带来敲击树木，敲击三次，就会有人答应的。您就跟着他走，那进入水府就没有阻碍了。希望您传递书信的时候，也要说些诚心的话来拜托那人，您千万要这样做！”柳毅说：“我一定按照你说的话去做。”

那女子于是从短衣中把书信取出来，下拜两次，然后将信交给柳毅。她向东面望去，忧愁地哭泣，好像无法承受心中的悲痛，柳毅深深地为她觉得伤悲。他于是把信放进书袋里，又问道：“我不明白你放羊是有什么用？神仙难道也会宰杀牲畜吗？”女子说：“这些不是羊，是雨工。”“雨工是什么？”女子说：“就是雷电一类的神灵。”

柳毅回头去看那些羊，都高昂着头颅看人，蹬着雄赳赳的步子，吃草喝水的样子很不一样，只是大小、毛皮和角，跟普通羊没有区别。柳毅又说：“我当了你的信使，以后你回到洞庭湖，见到我可不要躲避。”女子说：“我非但不会躲避，还会把您当亲戚看待。”说完话，柳毅就赶着马往东边去了。没走几十步，回头去看那女子和羊群，已经都不见了。

这天晚上，柳毅来到城里，同朋友告别。过了一个多月，回到了家乡。回家之后，就到洞庭湖去探访。洞庭湖的南面，真有一株社橘。柳毅于是换下衣带，把树敲击了三次，然后停下。过了一会儿，有个武士从水波里现身，下拜两次，恭敬地问道：“尊贵的客人是从哪里来的？”柳毅没有把实情告诉他，说道：“我要去拜见大王。”武士分开水流，指出一条路，带着柳毅往前走去。他对柳毅说：“你要闭上眼睛，呼吸几下的工夫就到了。”柳毅按照他的话去做了，于是就来到了龙宫。这才看到相对矗立的台观楼阁，几千几万户人家，奇异珍贵的花草树木，都应有尽有。武士让柳毅停步，停在一间大房子的角落里，说：“客人你要待在这里等着。”柳毅说：“这是哪里？”武士说：“这里是灵虚殿。”仔细地看去，发现凡是能够找到的宝贝，都聚集在这里。柱子是白色的玉石，台阶是青色的玉石，床榻是珊瑚做成的，帘子是水晶串成的，翡翠的门楣上镶嵌着雕镂的琉璃，彩色如虹的屋梁上装饰着琥珀。这屋子奇异秀美，自然就不消说了。可是大王却过了很长时间都不出现。柳毅对武士说：“洞庭龙王到哪里去了？”武士说：“我们大王刚刚去了玄珠阁，同太阳道士谈说《火经》，过一会儿就会结束了。”柳毅说：“什么是《火经》?”武士说：“我们大王是龙，龙是靠水来显示神通的，只需要一滴就可以流遍山谷。道士是人，人是靠火来显示神通的，一盏灯的火光就可以烧毁整座阿房宫。只是神通作用的方式不同，玄妙的变化也各不相同。太阳道士对于人间的道理很精通，我们大王就请他过来，听他讲讲。”

他说完，宫门打开了。在众人的簇拥下，看到一个人，穿着紫色衣服，手里拿着青色玉版。武士跳起来说：“这是我们大王!”于是他上前为柳毅通报。龙王看着柳毅，问他说：“你难道不是人间的人吗?”柳毅说：“是的。”柳毅于是行下拜之礼，龙王也行了礼，并让他在灵虚殿的台阶下面坐下。他对柳毅说：“我的宫殿深藏水中，我自己又无人知道，先生你从遥远的地方来到这里，有什么意图吗?”柳毅说：“我柳毅是大王你的同乡，在楚地长大，在秦地游历学习。前些日子考试失败，空闲时间骑着马路过泾水边，看到大王你的女儿在郊野放羊，形容憔悴，让人不忍心看。我就问她怎么回事，她告诉我说：‘遭到丈夫厌弃，公婆又不体恤，所以到了这种地步。’她伤心地哭着，泪流满面，实在是让人心里很不安，然后把送信的事拜托给我。我答应了，所以今天会来到这里。”柳毅于是拿出信来，呈给龙王。洞庭龙王看完信，用袖子遮住脸，哭着说：“是老父亲我的罪过，事先没有调查清楚，听信了别人的话，使自己像聋子盲人那样被蒙蔽，让自己幼弱的女儿嫁到遥远的地方去遭受伤害。先生你是一个路人，却能够热心地帮助我们解决困难，我们荣幸地得到了你的帮助，怎么敢辜负你的恩德呢!”说完，他又悲哀地叹了很长时间的气，身边的人也都流下了眼泪。

当时有个贴身服侍龙王的太监，龙王就把信交给他，让他传达到宫里。过了一会儿，宫里的人都痛哭起来。龙王紧张地对身边服侍的人说：“赶紧去告诉宫里的人，不要发出声音，我担心钱塘龙王会知道。”柳毅说：“钱塘龙王是谁?”龙王说：“是我亲爱的弟弟。他从前是钱塘江的首领，现在已经辞职了。”柳毅说：“为什么不能让他知道呢?”龙王说：“因为他非常喜欢动武。从前尧遭受九年的洪水灾害，就是他一怒之下造成的。最近他跟天将起了争执，用水把五岳的山峰给堵起来了。上帝看我以前还有些功德，就宽大处理了我兄弟的罪过，不过还是把他绑起来，拘禁在了这里，所以钱塘江的人天天到这里来看望他。”话还没有说完，忽然听到巨大的声响，仿佛天崩地裂，宫殿都摇摆颠簸起来，云气和烟雾也腾涌起来。过了一会儿，出现了一条一千多尺的赤龙，闪电般的眼睛，血红的舌头，朱红的鳞甲，火焰般的鱼鳍，身上拴着的铁锁那头带着根玉柱，千万根雷电飞溅着围绕在它身旁，雨雪和冰珠，一时间都落了下来。跟着，赤龙就划破青天飞走了。柳毅害怕地跌倒在地，龙王亲自起身，把他扶起来，说道：“不用害怕，它是不会害人的。”过了很长时间，柳毅的情绪才稍稍平复，不再惊慌了。他就告辞说：“请让我活着回去吧，免得它回来的时候就走不了了。”龙王说：“肯定不会的。它出去的时候是这样，回来的时候就不会了。请你再稍微多留会儿吧。”于是让人端上酒，两人举起酒杯喝酒，互相说说笑笑。

过了一会儿，祥和的风吹来祥瑞的云，一派和乐愉快的气氛，华美的仪仗队伍来了，清雅的音乐也随之而来。千万个美女，热闹地说说笑笑，后面的那个人，天生丽质，满身装点着明亮的宝玉，丝织的衣裙飘逸错落。柳毅凑近一看，原来是之前那个拜托他送信的人。她又是欢喜又是悲伤，眼泪接连不断地落下。没过一会儿，她左边弥漫起红色的烟雾，右边展开紫色的云气，她在香气的环绕中就进入了宫殿。龙王笑着对柳毅说：“泾水那个受罪的人来了。”龙王于是向柳毅告辞，回到宫中。过了一会儿，又听到哀怨悲苦的声音，久久没有停息。过了一段时间，龙王又出来了，同柳毅一起吃饭。又有一个人，穿着紫色衣裳，手里拿着青色玉版，样貌伟岸，精神奕奕，站在龙王左边。龙王对柳毅说：“这是钱塘龙王。”柳毅起身，快步走上前下拜行礼。钱塘龙王也很周到地回礼，对柳毅说：“我侄女很不幸，被那坏小子欺负，多亏贤明的先生你德行高超，诚信有气节，将她在远方受的苦传达给我们知晓。要不是这样，她已经成了泾川山里的泥土了。我们感念向慕你的恩德，言语无法表达出这种心情。”柳毅谦逊地后退，称说不敢当，恭敬地应承着。

钱塘龙王回过身去对他哥哥说：“刚刚我辰时从灵虚殿出发，巳时到达泾阳，午时在那里打斗，未时回到了这里。中间还跑到九天之上，把这件事报告了上帝，上帝知道了我们受的委屈，就原谅了我的过失。从前我所受到的责罚，也因此被免除了。只是我的火爆脾气一犯起来，就没来得及向哥哥告辞交代，让宫里的人受到了惊吓，也触犯了客人，我真是惭愧害怕，也不知道闯了多大的祸。”他于是后退，两次下拜。龙王说：“杀了多少？”他说：“六十万。”“祸害庄稼了吗？”他说：“祸害了八百里。”“那个无情无义的人在哪里？”他说：“被我吃了。”龙王失望地说：“那个坏小子心思这样荒唐，确实让人无法忍受，但是你做事也太草率了。亏得上帝圣明，原谅我们受了大冤的人，要不然，我该怎么替你请罪呢。从今以后，你不要再这样鲁莽了。”钱塘龙王又下拜了两次。这天晚上，他们就让柳毅住在了凝光殿里。

第二天，他们又在凝碧宫里为柳毅摆宴。宴会上亲戚朋友会聚，音乐盛大隆重，好酒好菜具备。开始的时候，胡笳、号角和战鼓奏响，万名男子手持旌旗和剑戟在观众右边起舞，其中有一名男子上前说道：“这是《钱塘破阵乐》。”旌旗和箭头的那种英烈之气，让人看一眼就颤栗起来，宴席中的客人都汗毛直竖了。又有编钟和管弦乐器演奏的音乐，千名女子穿着华丽的绢衣、戴着珍珠翡翠，在观众左边起舞，其中有一名女子上前说道：“这是《贵主还宫乐》。”清越的音乐高低曲折，好像在向人倾诉，客人们听了，不知不觉就流下了眼泪。这两支舞跳完，龙王非常高兴，把丝织品赏赐给那些跳舞的人。之后宾客们将座席靠近，紧挨着坐着，开怀喝酒，享受快乐。

喝到痛快的时候，洞庭龙王敲打着座席，唱起了歌：

青苍色的天空啊，
茫茫无边的大地。
每人志向不同啊，
怎么能够想得及。
狐狸和老鼠猖狂啊，
是靠着大树有权势。
雷霆震怒一旦爆发，
又有谁能担当得起？
感念好人啊诚信重义，

让我的女儿回到家里。
齐声致谢啊恩德永远不会忘记！

洞庭龙王唱完，钱塘龙王两次下拜，唱道：

上天匹配婚姻啊，
生死也有命数。
这个不该做妻子啊，
那个不该做丈夫。
心里满是悲苦啊，
在泾水边放牧。
风把冰霜吹满发鬓啊，
雨雪又打湿了衣服。
多亏先生啊送信至湖，
让孩子啊回归父母。
长久地向您道珍重啊，
我时刻为您祈福。

钱塘龙王唱完，和洞庭龙王一起站起来，拿着酒杯向柳毅敬酒。柳毅恭敬不安地接过酒杯，喝完酒，又用这两个酒杯敬两位龙王。他也唱起歌来，道：

碧空中的云朵飘啊，
泾川的水向东流。
为美人伤感啊，
她哭得这样悲愁。
给你送一封远地的信啊，
为你排难解忧。
冤屈果然洗雪啊，
回家来乐悠悠。
承蒙你们款待啊，
给我好菜好酒。
山野家里寂寞啊，
我不能长久逗留。

想要告别离开啊，
心里真是难受。

唱完，大家一起高呼万岁。洞庭龙王就拿出碧玉做成的箱子，里面放进可以把水分开的犀牛角。钱塘龙王也拿出红色琥珀做成的盘子，里面放上夜明珠。他们一起站起来将礼物送给柳毅，柳毅推辞了一下，就接受了。然后宫里的人都将彩色丝织品、珍珠玉石之类，扔到柳毅身边，东西多得都叠起来了，光彩四射，没一会儿就把前后的人给遮住了。柳毅环顾四周，跟大家说笑着，心里觉得不敢当，忙不迭地作揖。到了酒喝得差不多的时候，玩闹得也够了，柳毅站起身来告辞，又在凝光殿住了一晚。

第二天，又在清光阁为柳毅摆宴。钱塘龙王趁着酒醉，沉下脸来，傲慢地对柳毅说："你没听说过这两句话吗，大石头就算碎裂也不可能卷折，忠义之士就算被杀死也不可以受羞辱？我有句心里话，想要说给先生你听。要是你觉得可以，那么我们就一起享福，如果你不答应，那就都没好日子过。你觉得怎么样？"柳毅说："请你说来听听。"钱塘龙王说："泾阳小子的老婆，就是洞庭龙王心爱的女儿。她性格贤淑，样貌丰美，远近的亲戚都很看重她，她却不幸地嫁给了品行不端的丈夫，遭受侮辱。现在她丈夫已经死了，我想把她托付给品德高尚的您，我们世世代代做亲戚，这样接受恩德、怀着爱慕的人就知道自己的归属和寄托了，这难道不是君子有始有终的行为吗？"

柳毅一下子站起身来，态度严正地笑着说："我真不知道钱塘龙王是这样的渺小不堪！柳毅我刚开始听说的是跨越九州、吞噬五岳来发泄愤怒的人物，后来见到的是扯断金锁、牵动玉柱来救人危难的豪杰。我以为说到刚烈果断、智慧正直的人物，再没有比得上您的了。不管是触犯了您，还是让您震动的事件，您都豁出性命来对待，不会顾及自己的生死，这是真正的大丈夫才有的志气。谁知道在这样融洽的音乐声中，在和睦的亲戚宾客中，您却不讲道理，用武力威胁来强迫我！这难道是我平日里景仰的人吗？如果我是在波涛大浪中，在传说中的山间遇到您，您张开鳞片，鼓动胡须，用云雨来对付我，要拿死来威胁我，我就会把您当作禽兽对待，那又有什么好遗憾的呢！如今您身上穿戴衣帽，坐着谈说礼义道德，通晓并履行仁、义、礼、智、信和各种品行道德，就算是人世间的贤人豪杰，也有人比不上您，何况是江河里的神仙精怪呢。而您却听凭您那蠕动的庞大身躯，使出强悍的性子，借着喝酒之后的气性，想要逼迫我，这难道是正当的吗？再说我这样的体形，还不够填满您一片鳞甲中的空隙呢，可我却胆敢用自己不肯屈服的心灵，要战胜龙王您那不合道德的气性。请您好好想想吧！”钱塘龙王于是局促不安地道歉说：“我在宫中长大，没有听到过这样刚正不阿的言谈。刚才我说话太轻狂，荒唐地唐突了您这样崇高睿智的人。我自己回过头想想，刚才暴戾的言语就算再怎么责罚都无法抵罪，请先生不要为了这件事影响了我们之间的感情。”这天晚上的酒宴又办得很愉快，就像之前几次那样其乐融融。柳毅同钱塘龙王，也因此成了知心的朋友。

第二天，柳毅告辞回家。洞庭龙王的夫人在潜景殿摆宴，为柳毅送行。宫里的男男女女，仆人侍妾，都出来参加了酒宴。夫人哭着对柳毅说：“我的孩子受到先生您很深的恩德，没能报答您，我们既遗憾又惭愧，竟然就这样要分别了。”她让从前那个泾阳的女子在酒席上当面向柳毅下拜，以此来感谢他。夫人又说：“这次离别之后，难道还有再相见的日子吗？”柳毅虽然开始没有答应钱塘龙王的请求，但是在这次的酒席上，他显出了格外遗憾的神色。酒宴结束后，柳毅就告辞离开了，整座龙宫都笼罩着悲伤的气氛。宫里的人送给他的珍宝，怪异得都无法表述出来。

柳毅于是又按原路从水边走出来，发现有十几个仆从挑着担子跟着他，将东西送到他家里就走了。柳毅就去了广陵郡的珠宝店，把自己得到的宝贝卖掉。还没有拿出百分之一，得到的钱财就已经超过一兆了。从前淮西一带的富豪，都觉得比不上他的财富。他后来就娶了姓张的女子。张氏死以后，他又娶了姓韩的女子。几个月之后，韩氏也死了。柳毅把家搬到了金陵。鳏夫寂寞的生活总是让他伤感，有时就想着要找一位新的伴侣。有位媒人来告诉他说：“有位姓卢的女子，是范阳人。她的父亲叫做卢浩，从前是做官的，政治清明，晚年爱好道学，一个人去山水间游历了，现在不知道人在哪里。她的母亲姓郑。她前年嫁到了清河张家，不幸的是，姓张的丈夫年纪轻轻就过世了。她母亲可怜她年轻守寡，人又聪明漂亮，想要选择有德行的人，将女儿嫁了。不知道你觉得怎么样?”柳毅就选了个好日子，跟卢氏结婚了。男家和女家都是富豪人家，结婚用的礼器装饰，非常隆重华丽。金陵城的百姓，没有不感到深深羡慕的。过了一个多月，柳毅晚上才回到家，看到妻子，觉得同龙王女儿非常相像，可是艳丽和丰腴又超过她。于是就同妻子说起从前的事，妻子对柳毅说：“人世间难道会有这样的事吗？不过我们就要有一个孩子了。”柳毅就更加看重她了。

卢氏生产之后，过了一个月，她换了衣服，打扮得艳丽非常，把亲戚们都召集起来。在这次聚会上，她笑着对柳毅说：“你不记得从前的我了吗?”柳毅说：“从前我为洞庭龙王的女儿送过信，到现在还记得。”他妻子说：“我就是洞庭龙王的女儿。我在泾川受到的冤屈，是你帮忙洗雪的。我记着你的恩德，发誓要报答你。直到钱塘叔叔向你提亲，你不答应，就和你分别了。隔着遥远的距离，我们无法联络。父母要把我嫁给濯锦江的某个小子，只是我发过誓的心难以动摇，父母的命令又不能违背，既然已经被你丢开，自然没有再相见的时候，只是当初我受到的冤屈，虽说已经报告给父母知道，可是我发誓报答你的心意并没有实现，很想快马加鞭来到你身边，告诉你知道。那时你娶了几任太太，正在那时候你娶的张氏，后来又娶了韩氏。直到张氏和韩氏相继去世，你住到了这里，我父母为我高兴，我终于可以完成自己报答你的心愿了。现在能够侍奉你，两个人好好的直到生命的终点，我就算是死也没有遗憾了。”于是低声哭起来，眼泪流个不住，对柳毅说：“我开始不说自己的身份，是因为知道你并不看重美色，现在说出来，是因为知道你心里对我有感情了。女人是微不足道的，不足以保证你永远不变心，所以凭借你对孩子的爱，我将自己依托在这份爱上。不知道你心里怎么想？我心里又是忧愁又是害怕，无法自己宽解。你帮我送信的那天，笑着对我说：‘以后回到洞庭湖，见到我请不要躲避。’我真不知道那个时候，你难道就想着今天做夫妻的事吗？后来叔叔向你求婚，你却没有答应。你是真的不愿意呢，还是说的气话呢？你告诉我吧。”

柳毅说：“好像真是命运安排。我第一次见你是在长长的泾川岸边，你受了委屈，心情抑郁，容颜憔悴，我是真的为你的遭遇感到愤慨。可我约束自己的内心，只帮你传达冤屈，其他不会多想，跟你说请不要躲避的话，那只是偶然，怎么会是有心的呢？到钱塘龙王逼迫我的时候，我只是觉得他说的话很没道理，这样只能让人发火而已。你说，刚开始做好事心里装的是道义，现在难道有杀死丈夫而把他妻子娶回家的道理吗？这是我不能答应的第一条理由。我们平常所说的善，应该是崇尚真实表达自身意愿的，难道说我能够因为受到威胁而屈服，就不顾自己心里的感受了吗？这是我不能答应的第二条理由。于是我就不加掩饰地说出自己的心里话，洋洋洒洒地辩说起来，心里只想着真理和公义，顾不上是否会受到伤害。然而分别的那天，看到你神色间对我依依不舍，我才觉得很遗憾，终于还是因为人情的束缚，没办法报答你的钟情。哎！今天，你是卢氏了，而且还住到了人间，那么我当初拒绝你的理由也就不成立了。从今以后，我们要永远相亲相爱，心里不要有半点顾虑。”他妻子深深地被感动了，娇声哭泣起来，过了很久也停不下来。又过了一会儿，她对柳毅说：“请不要因为我不是人类，就认为我没有感恩之心，我是知道报答的。龙的寿命有一万年，现在我愿意与你同享长寿，不管是水里还是陆地，你都可以自由行走。你可不要认为这是骗人的。”柳毅赞美说：“我不知道成为你们的客人，还能够让自己做上神仙呢。”他们俩就一起去拜望了洞庭湖的亲戚。到那里之后，宾客和主人之间盛大的礼仪排场，根本无法一一记载下来。

他们后来住到了南海，只不过四十年的时间，宅邸、车马、珍奇鲜美的食物、服饰和赏玩之物，就算是王侯伯爵家里，也没法超过他们。柳毅的家族都受到了他们的恩惠。因为时间过去，年岁增长，他们的容貌却没有衰老，南海的人都觉得很惊奇。到了开元年间，皇上开始关注成仙这回事，挖空心思寻找成仙的法术。柳毅担心找到自己，心神不定，就和妻子一起回到了洞庭湖里。十几年过去，没人知道他们去了哪里。

到了开元末年，柳毅的表弟薛嘏本是京城一带某个县的县令，被贬官到东南地方。他赴任的路上经过洞庭湖，晴朗的白天在船上远望，忽然看见远处的波涛中出现了一座碧绿的山峰。水手们因为恐惧而站在边上，说：“这里本来没有山的，恐怕是山怪吧。”正在指点议论的时候，船已经和那座山峰靠近了，有一条装饰华美的船从山峰那边驶来，向薛嘏表示迎接和问候。船上有一个人喊着薛嘏的名字，说："柳先生来问候你了。"薛嘏就明白了，想起了柳毅，于是马上来到山下，提起衣襟，快步登上山峰。

山上有座宫殿，就跟山间的宫殿一样。薛嘏看到柳毅站在宫殿里，前面排列着乐队人员，身后有许多衣着华丽的女子在侍奉。房间里的物件和摆设，又精致又丰盛，远远超过人间所能有的。柳毅说的话比从前更加玄奥了，他的容貌比从前更加年轻了。刚见面时，柳毅走下台阶来迎接薛嘏，拉着薛嘏的手说："跟你分别才那么短的时间，你的头发倒已经花白了。"薛嘏笑着说："哥哥你是神仙，弟弟我不过是一副即将朽烂的骨架而已，这是命啊。"柳毅就拿出五十枚药丸，送给薛嘏，说："这种药一枚可以延长一年的寿命。你寿命到了就再回来，不要长住人间，让自己那么辛苦。"愉快的酒宴过后，薛嘏就告辞离开了。从那以后，就再也没有听说过柳毅的消息。薛嘏常常把这件事告诉世人。大概四十八年后，薛嘏也不知道去了哪里。

陇西人李朝威记下这件事，感叹说：龙是所有动物里排在首位的，肯定神通广大，在别的地方就已经看到过这种记载了。人是五类动物中的裸虫，却能够将诚信的道德传递到作为鳞甲类动物的鳞虫身上。洞庭龙王心中充满正气，钱塘龙王动作迅速，为人磊落，这些品行应该是从人那里承接到的。薛嘏只是口头传播，却没有将这件事记录下来，也只有他一个人到过神仙居住的地界边。我觉得柳毅的行为很高尚，就写了这篇文章。

李章武传

李景亮

李章武，字飞，其先中山人。生而敏博，遇事便了。工文学，皆得极至。虽弘道自高，恶为洁饰，而容貌闲美，即之温然。与清河崔信友善。信亦雅士，多聚古物。以章武精敏，每访辨论，皆洞达玄微，研究原本，时人比晋之张华。

贞元三年，崔信任华州别驾，章武自长安诣之。数日，出行，于市北街见一妇人，甚美。因绐信云："须州外与亲故知闻。"遂赁舍于美人之家。主人姓王，此则其子妇也。乃悦而私焉。居月余日所，计用直三万余，子妇所供费倍之。既而两心克谐，情好弥切。无何，章武系事，告归长安，殷勤叙别。章武留交颈鸳鸯绮一端，仍赠诗曰："鸳鸯绮，知结几千丝。别后寻交颈，应伤未别时。"子妇答白玉指环一，又赠诗曰："捻指环相思，见环重相忆。愿君永持玩，循环无终极。"章武有仆杨果者，子妇赍钱一千，以奖其敬事之勤。既别，积八九年。章武家长安，亦无从与之相闻。

至贞元十一年，因友人张元宗寓居下邽县，章武又自京师与元会。忽思曩好，乃回车涉渭而访之。日暝，达华州，将舍于王氏之室。至其门，则阒无行迹，但外有宾榻而已。章武以为下里或废业即农，暂居郊野，或亲宾邀聚，未始归复。但休止其门，将别适他舍。见东邻之妇，就而访之。乃云："王氏之长老，皆舍业而出游，其子妇殁已再周矣。"又详与之谈，即云："某姓杨，第六，为东邻妻。"复访郎何姓。章武具语之。又云："曩曾有傔姓杨名果乎?"曰："有之。"因泣告曰："某为里中妇五年，与王氏相善。尝云：'我夫室犹如传舍，阅人多矣。其于往来见调者，皆殚财穷产，甘辞厚誓，未尝动心。顷岁有李十八郎，曾舍于我家。我初见之，不觉自失。后遂私侍枕席，实蒙欢爱。今与之别累年矣。思慕之心，或竟日不食，终夜无寝。我家人故不可托。复被彼夫东西，不时会遇。脱有至者，愿以物色名氏求之。如不参差，相托祗奉，并语深意。但有仆夫杨果，即是。'不二三年，子妇寝疾。临终，复见托曰：'我本寒微，曾辱君子厚顾，心常感念。久以成疾，自料不治。曩所奉托，万一至此，愿申九泉衔恨，千古睽离之叹。仍乞留止此，冀神会于仿佛之中。'"章武乃求邻妇为开门，命从者市薪刍食物。

方将具绸席，忽有一妇人，持帚，出房扫地。邻妇亦不之识。章武因访所从者，云是舍中人。又逼而诘之，即徐曰："王家亡妇感郎恩情深，将见会。恐生怪怖，故使相闻。"章武许诺，云："章武所由来者，正为此也。虽显晦殊途，人皆忌惮，而思念情至，实所不疑。"言毕，执帚人欣然而去，逡巡映门，即不复见。乃具饮馔，呼祭。自食饮毕，安寝。

至二更许，灯在床之东南，忽尔稍暗，如此再三。章武心知有变，因命移烛背墙，置室东西隅。旋闻室北角悉窣有声，如有人形，冉冉而至。五六步，即可辨其状。视衣服，乃主人子妇也。与昔见不异，但举止浮急，音调轻清耳。

章武下床，迎拥携手，款若平生之欢。自云："在冥录以来，都忘亲戚。但思君子之心，如平昔耳。"章武倍与狎昵，亦无他异。但数请令人视明星，若出，当须还，不可久住。每交欢之暇，即恳托在邻妇杨氏，云："非此人，谁达幽恨？"至五更，有人告可还。子妇泣下床，与章武连臂出门，仰望天汉，遂呜咽悲怨。

却入室，自于裙带上解锦囊，囊中取一物以赠之。其色绀碧，质又坚密，似玉而冷，状如小叶。章武不之识也。子妇曰："此所谓'靺鞨宝'，出昆仑玄圃中。彼亦不可得。妾近于西岳与玉京夫人戏，见此物在众宝珰上，爱而访之。夫人遂假以相授，云：'洞天群仙，每得此一宝，皆为光荣。'以郎奉玄道，有精识，故以投献。常愿宝之，此非人间之有。"遂赠诗曰："河汉已倾斜，神魂欲超越。愿郎更回抱，终天从此诀。"章武取白玉宝簪一以酬之，并答诗曰："分从幽显隔，岂谓有佳期。宁辞重重别，所叹去何之。"因相持泣。良久，子妇又赠诗曰："昔辞怀后会，今别便终天。新悲与旧恨，千古闭穷泉。"章武答曰："后期杳无约，前恨已相寻。别路无行信，何因得寄心。”款曲叙别讫，遂却赴西北隅。行数步，犹回顾拭泪云：“李郎无舍，念此泉下人。”复哽咽伫立，视天欲明，急趋至角，即不复见。但空室窅然，寒灯半灭而已。

章武乃促装，却自下邽归长安武定堡。下邽郡官与张元宗携酒宴饮，既酣，章武怀念，因即事赋诗曰：“水不西归月暂圆，令人惆怅古城边。萧条明早分岐路，知更相逢何岁年。”吟毕，与郡官别。独行数里，又自讽诵。忽闻空中有叹赏，音调凄恻。更审听之，乃王氏子妇也。自云：“冥中各有地分。今于此别，无日交会。知郎思眷，故冒阴司之责，远来奉送。千万自爱！”章武愈感之。及至长安，与道友陇西李助话，亦感其诚而赋曰：“石沉辽海阔，剑别楚天长。会合知无日，离心满夕阳。”

章武既事东平丞相府，因闲，召玉工视所得靺鞨宝，工亦不知，不敢雕刻。后奉使大梁，又召玉工，粗能辨，乃因其形，雕作槲叶象。奉使上京，每以此物贮怀中。至市东街，偶见一胡僧，忽近马叩头云：“君有宝玉在怀，乞一见尔。”乃引于静处开视。僧捧玩移时，云：“此天上至物，非人间有也。”

章武后往来华州，访遗杨六娘，至今不绝。

【译文】

李章武，字飞，祖先是中山人。他生来就聪明博学，很多事情看看就明白了。擅长文学，在各方面都相当有造诣。他虽然立意要弘扬道法，为此而自负，讨厌把自己弄得干净和装饰自己的行为，但是他容貌娴雅美好，让靠近他的人都觉得很温和可亲。他和清河人崔信关系很好。崔信也是爱好风雅的人，收藏了许多古代的器物。因为章武精细聪敏，崔信经常找他辩论学问，章武每次都敏锐地看到了问题的深奥和细微之处，并且推究研讨事物的本源。当时的人将他比作晋代的张华。

唐代贞元三年，崔信担任华州别驾，章武从长安过来拜访他。几天后，章武在外面走着，在市集北面的街道上见到一位妇人，长得很美。于是他就骗崔信说："我得到州外，去跟亲戚朋友联络一下。"接着，他就租下了美女家的房间来住。这家人姓王，那位美女是主人儿子的老婆。章武喜欢她，就跟她有了私情。他住了一个多月，一共花掉了三万多钱，那位媳妇供养他的花费比这还多一倍。这以后，两人心心相印，感情更好了。没过多久，章武有事缠身，要回到长安去，两个人情深意切地道别。章武留下织有交颈鸳鸯图案的丝织品一端，并送给她一首诗，道是：

绣出了鸳鸯的彩色丝绸啊，
不知道是几千根丝线织成。
分别之后再要找寻那恩爱，
就该感伤没分别时的情景。

那位媳妇回赠他一枚白玉指环，还送他一首诗，道：

揉搓手指见到代表相思的指环，
见到指环又回忆起和你的过往。
希望你永远放在身边持弄赏玩，
指环首尾相连代表情意无尽长。

章武有个仆人名叫杨果，媳妇赏赐他一千钱，奖励他做事情勤劳认真。分开之后，过了八九年。章武家住在长安，也没办法打听到那位媳妇的消息。

到了贞元十一年，因为朋友张元宗住到了下邽县，章武又从京城过来，与张元宗见面，忽然想到从前这个相好的女人，就调转车头，渡过渭水，去找她。傍晚的时候，他到了华州，打算住到王家。来到王家门口，却静悄悄地，人影都看不见，只有屋外供宾客休息的屋子还在而已。章武以为这家人家是下地去了，或者抛下这里的产业去经营农业，暂时住到郊外的田野里，又或者是亲戚朋友请他们出去会面，还没回来。他就先到宾客休息的地方安顿，准备找别的房子住。看到东面邻居家的媳妇，就走过去打听情况。她就说："王家年纪大的长辈，都抛下产业出门游历了。他们家的儿媳妇，过世已经有十天了。"章武又详细地同她交谈起来，她于是就说："我姓杨，排行第六，是东边邻居的妻子。"又问先生你姓什么，章武就都告诉了她。她又说："你从前有个仆人名叫杨果的吗?"章武说："有的。"杨六娘于是哭着告诉他说："我到这里做主妇有五年了，同王家的媳妇关系很好。她曾经说：'我夫家的房子就好像驿站一样，我见过的人多了。我对那些在我家来往、跟我调情的人，就算他们倾家荡产，说好听的话，发重誓来取悦我，我也没有动过心。近些年，有个李十八郎曾经住在我家。我第一次见他，就不知不觉被迷住了。后来和他发生私情，有了男欢女爱。现在，和他分别已经好几年了。我心里想念他，有时候一整天都吃不下饭，整个晚上都睡不着觉。这件事终归不能托付给我家里的人，而我又老是被丈夫叫到别处去，也许就错过了同他相会。如果有天他回来，希望你看他样貌，问他姓名，确认就是他没错的话，我拜托你好好招待他，把我心里的话告诉他。只要身边有个仆人叫杨果的，那就是他了。'没过两三年，这位媳妇生了病。临死之前，她又拜托我说：'我出身贫寒微贱的人家，承蒙那位先生对我如此厚爱，我心里常常觉得感激怀念，日子久了就得了病，自己知道是好不了了。以前拜托过你这件事情，他万一来到这里，希望你能告诉他，我是怀着遗憾离开人世的，永永远远不能再与他相见，只能叹息而已。请他还是住在这里，希望我们能够通过精魂在似有若无中相会。'"章武于是请邻居妻子把王家的门打开，让随从去买柴草和食物。

他正准备要铺床的时候，忽然看见一位妇人，拿着扫把，走出房门扫地。邻居妻子也不认识她。章武就问那位妇人的随从，说是这屋子里的人。再逼问她，才慢慢地说："王家死去的媳妇感念郎君的深情厚意，要跟你相会，担心你会害怕，把她当作妖怪，所以让我们先来通知你。”章武答应不介意，说：“章武之所以到这里来，就是为了见她。虽然人和鬼属于不同的世界，别人都忌讳害怕这种事，但是我真的很想她，心里绝对不会有顾虑。”他说完这话，拿扫把的人就高兴地离开了，在门口停留了一会，就不见了。章武于是准备酒菜，呼叫亡灵来进行祭祀，然后自己吃喝完，就睡觉了。

到了大约二更时候，灯放在床的东南面，忽然暗了下来，像这样暗了好几次。章武心里明白有事要发生，就让仆人把蜡烛转向背对墙壁的方向，放到房间的东西面。马上就听到房间的北角发出窸窸窣窣的声音，好像有个人影，慢悠悠地走过来了。走了五六步，就能看清样貌了。看那衣服，原来是这家主人的儿媳妇。她和从前的样子并没有差别，只是行动轻飘急促，声音轻细而已。

章武下床，迎上前抱住她，拉着她的手，两个人像从前一样的要好。王家媳妇自己说：“去阴间以后，我把亲戚都给忘了，只有思念你的心，像从前一样。”章武加倍热烈地同她亲热，感觉她跟活着时并没什么两样。只是她好几次派人出去察看启明星，要是启明星出现了，就得回去，不能停留太长时间。两个人欢爱之余，王家媳妇诚恳地托付章武照顾邻居妻子杨氏，她说：“没有这个人，谁来传达我这没人知道的遗憾之情？”到了五更时候，有人报告可以回去了。王家媳妇哭着下床，同章武手挽手走出门，仰望天上银河，悲伤地流下了眼泪。

他们退回房间，王家媳妇从裙带上解下一个丝缎做成的荷包，从荷包里拿出一块东西来送给章武。那东西颜色青绿带红，质地坚实紧密，像是玉，但是比玉更冷，形状像是一张小叶子。章武不知道这是什么。王家媳妇说：“这就是所谓的‘靺鞨宝’，产自昆仑山顶神仙所在的玄圃。这东西很不容易得到。我最近在西岳华山同玉京夫人玩闹，看见这东西放在她众多的耳饰之中，觉得很喜欢，就问她是什么。夫人就把它给了我，说：‘仙界的众位仙人，如果得到这件宝物，都会觉得非常光荣。’因为你信奉道教，具有卓越的见识，所以拿来献给你。希望你好好收藏，这东西不是人间能找到的。”于是就写了首诗送给章武，诗是这样的：

银河已经倾斜天要亮了，

我的魂魄将要离开人间。
希望郎君再次回身拥抱，
就此诀别终身不再相见。

章武拿出一支白玉簪子送给她，写了首答诗道：

分开之后生死相隔，
哪里还有相聚时候。
怎能不要远远分离，
感叹分别无处可走。

两个人拉着手就哭了起来。过了很长时间，王家媳妇又作诗送给章武，诗是这样的：

从前分别还想着会再见面，
今日分别就是永远难相见。
以前的伤悲和如今的遗憾，
从今往后只能在地下孤单。

章武答诗说：

再约后会已经不能相会，
从前的遗憾又增加一层。
你离去的路上不能收信，
怎么才能寄给你我的心。

两人深情告别之后，王家媳妇就退往房间的西北角。走了几步，还回头看着章武，擦着眼泪说："李郎不要丢开我，想着地下还有我这个人。"然后哭着站在那里，看到天快亮了，连忙快步走到角落里，就不见了。只剩下静悄悄的空房间里一盏半明半灭的灯而已。

章武于是急忙整理行装，退回到下邽县，然后从那里返回长安武定堡。下邽县的郡长官和张元宗一同带着酒来，找章武摆宴喝酒。喝到痛快的时候，章武想念王家媳妇，就为这件事写了首诗，道：

河水不往西流月亮暂时团圆，

让人在这古城边上惆怅欲绝。
冷清清地明天早上分道扬镳，
再要相见又不知道哪年哪月。

他念完诗，同郡长官告别，一个人走了几里，又独自念起诗来。忽然听到天空中传来赞叹的声音，音调凄凉悲痛。他再仔细听去，原来是王家媳妇。那媳妇说："阴间也划分地区。今天我们在这里分别，就没有相会的日子了。我知道郎君想念我，所以冒着被阴间长官责罚的危险，赶远路来送你。你千万要爱惜自己！"章武更加感动了。到了长安，他跟修道的朋友陇西人李助说起这件事，还因为被王家媳妇的真诚感动而写了首诗，道：

石沉大海般失去她的消息，
雌雄剑分别只剩空旷楚天。
要想再见心里明白不可能，
夕阳中都是我们分别的遗憾。

章武到东平丞相府做事之后，在闲暇的时候，请玉工来看他得到的那块靺鞨宝，玉工也不认得是什么，不敢雕刻。后来，章武奉命到大梁办事，又把当地的玉工找来，那玉工还大致能辨认出这件宝贝，就按照宝贝的形状，把它雕刻成槲树叶的样子。章武奉命到京城办事，总是把这件东西放在怀中。来到集市东边的街道，偶然碰到一个外族和尚，那人忽然走到他的马边，叩头说："先生您怀里有宝玉，我请求看一眼。"于是章武把他带到僻静的地方，拿出来给他看。和尚捧在手里，赏玩了很长时间，说："这是天上的好东西，不是人间能找到的。"

章武后来路过华州的时候，都会去拜访杨六娘，送些财物给她，到现在还是这样呢。

霍小玉传

蒋 防

大历中，陇西李生名益，年二十，以进士擢第。其明年，拔萃，俟试于天官。夏六月，至长安，舍于新昌里。生门族清华，少有才思，丽词嘉句，时谓无双。先达丈人，翕然推伏。每自矜风调，思得佳偶，博求名妓，久而未谐。长安有媒鲍十一娘者，故薛驸马家青衣也，折券从良，十余年矣。性便辟，巧言语，豪家戚里，无不经过，追风挟策，推为渠帅。常受生诚托厚赂，意颇德之。

经数月，李方闲居舍之南亭。申未间，忽闻扣门甚急，云是鲍十一娘至。摄衣从之，迎问曰："鲍卿，今日何故忽然而来？"鲍笑曰："苏姑子作好梦也未？有一仙人，谪在下界，不邀财货，但慕风流。如此色目，共十郎相当矣。"生闻之惊跃，神飞体轻，引鲍手且拜且谢曰："一生作奴，死亦不惮。"因问其名居。鲍具说曰："故霍王小女，字小玉，王甚爱之。母曰净持。净持即王之宠婢也。王之初薨，诸弟兄以其出自贱庶，不甚收录。因分与资财，遣居于外，易姓为郑氏，人亦不知其王女。

姿质秾艳，一生未见，高情逸态，事事过人，音乐诗书，无不通解。昨遣某求一好儿郎，格调相称者。某具说十郎。他亦知有李十郎名字，非常欢惬。住在胜业坊古寺曲，甫上车门宅是也。已与他作期约。明日午时，但至曲头觅桂子，即得矣。”

鲍既去，生便备行计。遂令家僮秋鸿，于从兄京兆参军尚公处假青骊驹，黄金勒。其夕，生浣衣沐浴，修饰容仪，喜跃交并，通夕不寐。迟明，巾帻，引镜自照，惟惧不谐也。徘徊之间，至于亭午。遂命驾疾驱，直抵胜业。

至约之所，果见青衣立候，迎问曰：“莫是李十郎否？”即下马，令牵入屋底，急急锁门。见鲍果从内出来，遥笑曰：“何等儿郎，造次入此？”生调诮未毕，引入中门。庭间有四樱桃树。西北悬一鹦鹉笼，见生入来，即语曰：“有人入来，急下帘者！”生本性雅淡，心犹疑惧，忽见鸟语，愕然不敢进。逡巡，鲍引净持下阶相迎，延入对坐。

年可四十余，绰约多姿，谈笑甚媚。因谓生曰：“素闻十郎才调风流，今又见容仪雅秀，名下固无虚士。某有一女子，虽拙教训，颜色不至丑陋，得配君子，颇为相宜。频见鲍十一娘说意旨，今亦便令永奉箕帚。”生谢曰：“鄙拙庸愚，不意顾盼，倘垂采录，生死为荣。”遂命酒馔，即令小玉自堂东阁子中而出。生即拜迎。但觉一室之中，若琼林玉树，互相照曜，转盼精彩射人。既而遂坐母侧。母谓曰：“汝尝爱念‘开帘风动竹，疑是故人来。'即此十郎诗也。尔终日吟想，何如一见。"玉乃低鬟微笑，细语曰："见面不如闻名。才子岂能无貌？"生遂连起拜曰："小娘子爱才，鄙夫重色。两好相映，才貌相兼。"母女相顾而笑，遂举酒数巡。生起，请玉唱歌。初不肯，母固强之。发声清亮，曲度精奇。

酒阑，及暝，鲍引生就西院憩息。闲庭邃宇，帘幕甚华。鲍令侍儿桂子、浣沙与生脱靴解带。须臾，玉至，言叙温和，辞气宛媚。解罗衣之际，态有余妍。低帏昵枕，极其欢爱，生自以为巫山、洛浦不过也。中宵之夜，玉忽流涕观生曰："妾本倡家，自知非匹。今以色爱，托其仁贤。但虑一旦色衰，恩移情替，使女萝无托，秋扇见捐。极欢之际，不觉悲至。"生闻之，不胜感叹，乃引臂替枕，徐谓玉曰："平生志愿，今日获从，粉骨碎身，誓不相舍。夫人何发此言！请以素缣，著之盟约。"玉因收泪，命侍儿樱桃褰幄执烛，授生笔研。

玉管弦之暇，雅好诗书，筐箱笔研，皆王家之旧物。遂取绣囊，出越姬乌丝栏素缣三尺以授生。生素多才思，援笔成章，引谕山河，指诚日月，句句恳切，闻之动人。染毕，命藏于宝箧之内。自尔婉娈相得，若翡翠之在云路也。如此二岁，日夜相从。

其后年春，生以书判拔萃登科，授郑县主簿。至四月，将之官，便拜庆于东洛。长安亲戚，多就筵饯。时春物尚余，夏景初丽，酒阑宾散，离思萦怀。玉谓生曰："以君才地名声，人多景慕，愿结婚媾，固亦众矣。况堂有严亲，室无冢妇，君之此去，必就佳姻。盟约之言，徒虚语耳。然妾有短愿，欲辄指陈。永委君心，复能听否？”生惊怪曰：“有何罪过，忽发此辞？试说所言，必当敬奉。”

玉曰：“妾年始十八，君才二十有二，迨君壮室之秋。犹有八岁。一生欢爱，愿毕此期。然后妙选高门，以谐秦晋，亦未为晚。妾便舍弃人事，剪发披缁，夙昔之愿，于此足矣。”生且愧且感，不觉涕流。因谓玉曰：“皎日之誓，死生以之。与卿偕老，犹恐未惬素志，岂敢辄有二三？固请不疑，但端居相待。至八月，必当却到华州，寻使奉迎，相见非远。”更数日，生遂诀别东去。

到任旬日，求假往东都觐亲。未至家日，太夫人已与商量表妹卢氏，言约已定。太夫人素严毅，生逡巡不敢辞让，遂就礼谢，便有近期。卢亦甲族也，嫁女于他门，聘财必以百万为约，不满此数，义在不行。生家素贫，事须求贷，便托假故，远投亲知，涉历江淮，自秋及夏。生自以孤负盟约，大愆回期。寂不知闻，欲断其望。遥托亲故，不遣漏言。

玉自生逾期，数访音信。虚词诡说，日日不同。博求师巫，遍询卜筮，怀忧抱恨，周岁有余。羸卧空闺，遂成沉疾。虽生之书题竟绝，而玉之想望不移，赂遗亲知，使通消息。寻求既切，资用屡空，往往私令侍婢潜卖箧中服玩之物，多托于西市寄附铺侯景先家货卖。

曾令侍婢浣沙将紫玉钗一只，诣景先家货之。路逢内作老玉工，见浣沙所执，前来认之曰：“此钗，吾所作也。昔岁霍王小女将欲上鬟，令我作此，酬我万钱。我尝不忘。汝是何人，从何而得？”浣沙曰：“我小娘子，即霍王女也。家事破散，失身于人。夫婿昨向东都，更无消息。悒怏成疾，今欲二年。令我卖此，赂遗于人，使求音信。”玉工凄然下泣曰：“贵人男女，失机落节，一至于此。我残年向尽，见此盛衰，不胜伤感。”遂引至延先公主宅，具言前事。公主亦为之悲叹良久，给钱十二万焉。

时生所定卢氏女在长安，生既毕于聘财，还归郑县。其年腊月，又请假入城就亲。潜卜静居，不令人知。有明经崔允明者，生之中表弟也。性甚长厚，昔岁常与生同欢于郑氏之室，杯盘笑语，曾不相间。每得生信，必诚告于玉。玉常以薪刍衣服，资给于崔。崔颇感之。生既至，崔具以诚告玉。玉恨叹曰：“天下岂有是事乎！”遍请亲朋，多方召致。生自以愆期负约，又知玉疾候沉绵，惭耻忍割，终不肯往。晨出暮归，欲以回避。玉日夜涕泣，都忘寝食，期一相见，竟无因由。冤愤益深，委顿床枕。自是长安中稍有知者。风流之士，共感玉之多情；豪侠之伦，皆怒生之薄行。

时已三月，人多春游。生与同辈五六人，诣崇敬寺玩牡丹花，步于西廊，递吟诗句。有京兆韦夏卿者，生之密友，时亦同行。谓生曰：“风光甚丽，草木荣华。伤哉郑卿，衔冤空室！足下终能弃置，实是忍人。丈夫之心，不宜如此。足下宜为思之！”

叹让之际，忽有一豪士，衣轻黄纻衫，挟弓弹，丰神隽美，衣服轻华，唯有一剪头胡雏从后，潜行而听之。

俄而前揖生曰："公非李十郎者乎！某族本山东，姻连外戚。虽乏文藻，心尝乐贤。仰公声华，常思觏止。今日幸会，得睹清扬。某之敝居，去此不远，亦有声乐，足以娱情。妖姬八九人，骏马十数匹，唯公所欲。但愿一过。"生之侪辈，共聆斯语，更相叹美。因与豪士策马同行，疾转数坊，遂至胜业。生以近郑之所止，意不欲过，便托事故，欲回马首。豪士曰："敝居咫尺，忍相弃乎？"乃挽挟其马，牵引而行。迁延之间，已及郑曲。生神情恍惚，鞭马欲回。豪士遽命奴仆数人，抱持而进。疾走推入车门，便令锁却，报云："李十郎至也！"一家惊喜，声闻于外。

先此一夕，玉梦黄衫丈夫抱生来，至席，使玉脱鞋。惊寤而告母。因自解曰："鞋者，谐也。夫妇再合。脱者，解也。既合而解，亦当永诀。由此征之，必遂相见，相见之后，当死矣。"凌晨，请母妆梳。母以其久病，心意惑乱，不甚信之。黾勉之间，强为妆梳。妆梳才毕，而生果至。玉沉绵日久，转侧须人。忽闻生来，欻然自起，更衣而出，恍若有神。遂与生相见，含怒凝视，不复有言。羸质娇姿，如不胜致，时复掩袂，返顾李生。感物伤人，坐皆欷歔。顷之，有酒肴数十盘，自外而来。一座惊视，遽问其故，悉是豪士之所致也。因遂陈设，相就而坐。玉乃侧身转面，斜视生良久，遂举杯酒，酬地曰："我为女子，薄命如斯。君是丈夫，负心若此。韶颜稚齿，饮恨而终。慈母在堂，不能供养。绮罗弦管，从此永休。征痛黄泉，皆君所致。李君李君，今当永诀！

我死之后，必为厉鬼，使君妻妾，终日不安！”乃引左手握生臂，掷杯于地，长恸号哭数声而绝。母乃举尸，置于生怀，令唤之，遂不复苏矣。

生为之缟素，旦夕哭泣甚哀。将葬之夕，生忽见玉繐帷之中，容貌妍丽，宛若平生。着石榴裙，紫裓裆，红绿帔子。斜身倚帷，手引绣带，顾谓生曰：“愧君相送，尚有余情。幽冥之中，能不感叹。”言毕，遂不复见。明日，葬于长安御宿原。生至墓所，尽哀而返。

后月余，就礼于卢氏。伤情感物，郁郁不乐。夏五月，与卢氏偕行，归于郑县。至县旬日，生方与卢氏寝，忽帐外叱叱作声。生惊视之，则见一男子，年可二十余，姿状温美，藏身映幔，连招卢氏。生惶遽走起，绕幔数匝，倏然不见。生自此心怀疑恶，猜忌万端，夫妻之间，无聊生矣。或有亲情，曲相劝喻。生意稍解。

后旬日，生复自外归。卢氏方鼓琴于床，忽见自门抛一斑犀钿花合子，方圆一寸余，中有轻绢，作同心结，坠于卢氏怀中。生开而视之，见相思子二，叩头虫一，发杀觜一，驴驹媚少许。生当时愤怒叫吼，声如豺虎，引琴撞击其妻，诘令实告。卢氏亦终不自明。尔后往往暴加捶楚，备诸毒虐，竟讼于公庭而遣之。

卢氏既出，生或侍婢媵妾之属，暂同枕席，便加妒忌。或有因而杀之者。生尝游广陵，得名姬曰营十一娘者，容态润媚，生甚悦之。每相对坐，尝谓营曰：“我尝于某处得某姬，犯某事，我以某法杀之。”日日陈说，欲令惧己，以肃清闺门。出则以浴斛覆营于床，周回封署，归必详视，然后乃开。又畜一短剑，甚利，顾谓侍婢曰："此信州葛溪铁，唯断作罪过头！"大凡生所见妇人，辄加猜忌，至于三娶，率皆如初焉。

【译文】

大历年间，陇西人李益，二十岁，就考中了进士。第二年，将要参加拔萃科考试，到吏部等待应试。六月的夏天，他来到长安，住到了新昌里。李益出身于清高显贵的门第家族，从小就很有才华，他写的那些华丽的词句，当时人认为无人能比。有德行学问的前辈，一致赞许佩服他。他也常常觉得自己品格情调不凡，想要找一位好伴侣，广泛地在那些著名的妓女中寻找，过了很长时间也没能找到。长安有个媒人叫鲍十一娘，是从前薛驸马家的侍女，主人家毁弃契约，让她脱离奴籍成了平民百姓，已经有十几年了。她能说会道，善于逢迎，权贵和外戚家里，没有她不曾走过的，追逐风情，胸怀智谋，大家都认为她是这方面的首领。李益曾经给过她很多钱，诚恳地拜托她，她也很记着这份情。

过了几个月，李益正在住处南边的亭子里休闲，下午申未时分（约三四点），忽然听到有人急促地敲门，说是鲍十一娘来了。李益提起衣襟，跟着开门的仆人，见到鲍十一娘劈头就问："鲍小姐今天为什么突然来这里呀？"鲍十一娘笑着说："书呆子做了好梦没有？有一位仙女，受罚来到人间，不要你钱财物品，只爱慕风流才学。这样的人品，同十郎相当般配。"李益听到这话，开心地突然跳起来，感到心神飞扬、四肢松快，抓住鲍十一娘的手，一边下拜一边道谢说："一辈子当你的奴仆，死也不怕。"于是就问那位姑娘的姓名和住址。鲍十一娘和盘托出，说："是已故霍王的小女儿，名字叫小玉，王爷从前很疼爱她。她母亲叫做净持，这净持就是王爷一个宠爱的婢女。王爷刚刚去世的时候，小玉的几个兄弟因为她的母亲身份低微卑贱，不怎么愿意收留她，就分给她一些钱财，让她住到外面去，改姓郑，别人也就不知道她是王爷的女儿。她姿容艳丽，那样的美貌我这一辈子都没见过，情趣高雅超脱，在各种才艺上都超过他人，音乐和典籍，她没有不精通的。昨天她让我找一个好男人，品格情调都要相称的。我就详详细细地把十郎你说给她听，她也知道李十郎的名字，很是满意和喜欢。她住在胜业坊古寺庙的那条巷子里，行车的大门边第一间宅子就是。我已经跟她约好了，明天中午十二点，你就到那条巷子口找侍女桂子，就能跟她碰面啦。”

鲍十一娘走了以后，李益就开始计划明天的出行。他让家童秋鸿到堂兄京兆参军尚先生那里，借来一匹毛色青黑相间的骏马，以及黄金制成的衔勒。那天晚上，李益又是洗衣服，又是洗头洗澡，修饰自己的容貌仪表，又是欢喜又是兴奋，整个晚上都没有睡着。天亮之后，他戴上头巾，拿着镜子照来照去，唯恐跟霍小玉交往不能成功。这样捯饬着，就到了中午。他连忙命人备马，一路奔驰来到胜业坊。

到了约定的地方，果然看见一位婢女站在那里等着，她走上前来问道：“你就是李十郎吧?”李益随即下了马。婢女让他把马牵到屋子里，就急急忙忙地把门给锁了。只见鲍十一娘果然从里面走出来，远远地笑着说：“什么人，随随便便跑到这里来了?”李益跟她说笑两句，俏皮话还没说完，就被带到了第二重门里。庭院里种着四棵樱桃树。西北面挂着一只鹦鹉笼子，鹦鹉看见李益走进来，马上说道：“有人进来了，快把帘子放下来!”李益本性恬静文雅，这时候心里还有些怀疑和害怕，突然听到鸟说话，给吓住了，不敢往前走。正在迟疑的时候，鲍十一娘带着净持，走下台阶来迎接他，请他进去，面对面坐下。

净持年纪大概四十多岁，体态柔美，说说笑笑的，样子很妩媚。她对李益说：“一直听说十郎才学和格调不凡，今天又见到你文雅秀丽的仪表，真是名不虚传。我有个女孩子，虽然缺少教养，但是长得还不算丑陋，可以与先生相配，还是挺合适的。老是听鲍十一娘说起撮合的事，今天起就让我女儿帮你主持家事吧。”李益道谢说：“我这个人鄙陋拙笨，想不到您能看得起我，如果能够做您的女婿，就算是死了我也会觉得很荣幸。”净持于是让人把酒菜端上来，随即让小玉出来见客。小玉从堂屋东边的阁子里走出来，李益马上行礼迎接。只觉得整间房间里，就好像有了美玉做成的树木，把周围都照亮了，小玉的眼眸闪转之间，美丽的光彩照射到人身上。走过来之后，她就坐到了母亲身边。母亲对她说："你以前喜欢念'开帘风动竹，疑是故人来'这两句诗，就是这位十郎的作品。你整天嘴里念着，心里想着，怎么比得上见这一面。"小玉就低下头微笑，轻声说道："见他的面还不如就听名字呢，才子怎么可以没有好容貌?"李益于是站起身来连番行礼说："小娘子喜爱文采，我看重美色，我们两个在一起，才和貌就都有了。"小玉母女俩看着对方笑了，然后就举起酒杯来喝酒。喝了几轮，李益站起身来，请小玉唱歌。小玉开始不肯，她母亲硬要她唱。她的声音清脆响亮，对旋律的把握精妙出众。

喝完酒之后，天也晚了，鲍十一娘带李益到宅子西边的院落休息。那里庭院闲敞，屋室深广，帘子和帐幕都很华丽。鲍十一娘让侍女桂子、浣纱给李益脱掉靴子，解开衣带。不一会儿，小玉来了，说话温柔和婉，语气很是娇媚。解开衣服的时候，她的姿态美艳极了。放下帏幔，和她睡在枕上，亲昵欢爱，李益觉得就算是巫山神女和洛神，也比不上她。夜半时分，小玉忽然流下眼泪，看着李益说："我本来是个妓女，自己知道配不上你。今天因为你爱我的美色，所以能够把自己托付给你这贤德之人。我只是担心，有一天美色衰减，你对我的感情就会转移到别人身上，那时候我就像离枝的松萝一样没有人可以依靠，像秋天的扇子一样被你抛弃了。快乐到极点的时候，我因此不知不觉地悲伤起来。"李益听到这番话，很是感慨，就伸出手臂来，给小玉当枕头靠着，缓缓地对她说："我这辈子的理想，今天算是实现了，就算粉身碎骨，也不会辜负你，夫人你为什么说出这样的话？请让我在白色的丝绢上写下对你的誓言。"小玉于是止住眼泪，让侍女樱桃拉开帐幔，拿着蜡烛，然后把笔和砚台交给李益。

小玉平时摆弄乐器之余，喜欢写写诗文，文具笔墨，都是王府从前的东西。她拿出一只绣花小包，从里面取出三尺长的一段越女织就的白色黑格绢丝，交给了李益。李益从来才思敏捷，拿过笔来就写了一篇文章，说自己对小玉的感情就和山河一样恒久不变，像日月一样明亮真诚，每一句话都写得诚恳极了，听了都让人感动。写完之后，让人收藏到精美的盒子里。从此以后，两个人感情好极了，就好像飞在云层中的翠鸟那么欢快和谐。就这样过了两年，他们每天每晚都在一起。

后年的春天，李益凭借书判文章获得了拔萃科考试的优胜，被授予了郑县主簿的官职。到了四月份，马上要到地方去当官了，正好可以顺便去东都洛阳看望家人。长安的亲戚大部分都来参加为他送别的酒宴，那一天，春天的景物还没有完全消退，夏天的景色也才刚刚繁盛起来，酒席吃完，宾客散去，两人心中充满离别的愁思。小玉对李益说："像你这样的才华、地位和名声，别人都很景仰你，希望跟你缔结婚姻的，肯定也是非常多的。再说家里还有父母，却没有主持祭祀的媳妇。你这次回去，肯定能成就一门好亲事，你为我写下的誓言，不过是空话而已。只是我有个小小的愿望，现在就想跟你说，希望你一直放在心里，你还能听我说说吗？"李益讶异地说："我做错了什么，你忽然说这样的话？你来说说看吧，我一定会遵照你的意思去做。"

小玉说："我今年刚满十八岁，你也才二十二岁，到你壮年，还有八年时间。我一辈子想要得到的男欢女爱，只要能在这段时间里拥有就可以了。以后你好好地挑一位名门闺秀，跟你成亲，也还不晚。我就抛开人世间的事，剪掉头发，穿上僧衣。曾经的心愿，这样也就满足了。"李益又惭愧又感慨，不知不觉流下了眼泪，就对小玉说："对着大太阳发的誓，是生是死我都要遵守的。和你相伴到老，我还觉得没能完全满足自己平日里的愿望，怎么敢有其他的想法？还是请你不要怀疑我，就好好守在家里等我，到八月份，我一定回到华州，找人去接你，我们相见的日子不会很遥远的。"又过了几天，李益就与小玉告别，往东去了。

李益到任十天，请了假去东都洛阳看望父母亲。他人还没到家，他的母亲太夫人已经帮他物色了表妹卢氏，说是已经订下婚约了。太夫人一向严厉果断，李益畏畏缩缩，不敢推辞，就行了定亲的礼数，把婚期定在临近的日子。卢家也是世家大族，女儿嫁到别人家，聘礼的礼金一定要有一百万钱，要是不够这个数字，女儿是不会嫁的。李益家里本来就很穷，这钱必须要问人借才行，于是他就借着借钱的名头，跑到长江和淮水住一带的亲戚朋友家里去借钱，从这一年的秋天一直忙到了第二年的夏天。李益知道自己背叛了与小玉的约定，大大延误了回去的时间，就故意不和小玉有一点联系，好让她断了见他的念头，还拜托远在长安的亲戚朋友，让他们不要说漏了嘴。

小玉自从李益延误回来的时间之后，多次打听他的消息，而亲戚朋友告诉她的都是假话谎言，每天听到的都是不一样的。她请过许多巫师，一次次地算卦求签，心里怀着忧愁和怨恨，度过了一年多的时间。她人瘦了许多，躺在冷清的闺房中，就得了很严重的病。虽说李益再也没有寄信来，小玉对他的想念和希望却没有变化。她送钱给李益的亲戚朋友，让他们告诉她一点李益的消息。她是那么急切地想要得到他的消息，因此钱款上总是短缺的，她常常偷偷地让侍女把箱子里用来佩戴玩赏的物件卖掉，多数时候是寄放在西市的寄售商店侯景先家售卖的。

她曾经让侍女浣纱拿着一只紫玉钗，到侯景先家去售卖。浣纱在路上遇见在宫廷内手工作坊工作的一个老玉工，他看到浣纱手里拿的东西，走上前来辨认说："这只玉钗是我做的。从前，霍王的小女儿成年了，要梳起发髻，下令让我做了这个，给了我一万钱作为酬劳。我一直没有忘记这件事。你是什么人，从哪里得到这只玉钗的？"浣纱说："我家的小娘子，就是霍王的女儿。同家人分开居住之后，委身给了一个人。她的这个夫君之前到东都洛阳去了，后来就再也没有消息。她愁闷得得了病，到现在都快两年了。她让我把这只玉钗卖掉，好拿钱送给别人，让别人为她打听夫君的消息。"玉工哀伤地掉下了眼泪，说道："身份尊贵的男子和女子，失去机遇丢失身份，沦落到了这种地步。我年纪大了，在这世上没有多少日子，见到人生的这种盛衰变化，心里伤感极了。"于是玉工把浣纱带到延先公主家里，把整件事原原本本地说给公主听。公主也悲伤感叹了很长时间，给了浣纱十二万钱。

那时候，同李益订婚的卢氏就在长安。李益筹够了聘金，回到郑县。那一年的十二月，他又请假，来到长安城结婚。他静悄悄地找房子住下，不打算让人知道自己回来了。有一位考中明经科的读书人叫做崔久明，是李益的表弟，性格老实厚道，从前曾经和李益一起在郑家玩乐过，他们喝酒吃菜，说说笑笑，关系非常亲密。他每次得到李益的消息，都会将实情告诉小玉。小玉也经常拿些柴草和衣物来送给他，他心里觉得很感激。李益回来之后，崔久明就把这件事老实告诉了小玉。小玉气愤地叹着气说："天底下怎么会有这样的事！"她把所有的亲戚朋友都拜托了一遍，想尽办法要把李益叫过来。李益知道自己延误了回来的时间，背叛了和她的约定，又知道小玉病势沉重，觉得惭愧羞耻，于是狠心割舍，最终还是不肯过去。他早晨出门，天晚了才回来，希望这样就能够逃避掉责任。小玉每天每晚哭泣，都忘记了吃饭和睡觉，希望能够和李益见一面，却没有什么办法，心里的委屈和愤怒越来越深重，整个人病得躺在床上起不来了。这以后，长安城里的人就渐渐知道了这件事。喜好风流韵事的人，都感叹小玉真是情深意重，而喜爱打抱不平的人，就都因为李益卑劣的行为而感到愤慨。

那时候已经是三月份了，大家都跑出去春游。李益和辈分资历相同的五六个人，一起到崇敬寺去赏玩牡丹花，在西边的走廊上走动，挨个吟诵诗句。有位京兆人韦夏卿，是李益很要好的朋友，当时也在一起游玩。他对李益说："风景这样美好，草木都开出花来了。而可怜的郑小姐，却一个人在房间里受折磨！你能够完全把她抛到脑后，还真是个狠心的人。大丈夫的心肠，不应该像你这样，你还是好好想想吧！"

正在大家为小玉感叹，责备李益的时候，忽然来了一位豪放任侠之人，他穿着苎麻料子的黄色轻软衣衫，手里拿着弹弓，神情风貌英俊秀美，衣物服饰轻软华丽，跟在他身后的只有一个剪了头发的外邦小孩。他悄悄地走过来听着，过了一会儿，走上前向李益作揖，说道："先生就是李十郎吧！我家里本住在山东，跟皇帝的亲家算得上是亲戚。我自己虽然没什么文采，却喜欢同有德行的人交往，景仰先生的声誉和才华，常常想着要见您一面，今天很荣幸，能够瞻仰您的风采。我家离这里不远，家里也有些歌舞音乐的班子，可以让您开心一下。还有八九个美艳的女人，十几匹好马，先生喜欢就送给你，只希望您能到我家里走一趟。"李益的同伴们都听到了这番话，更是一同感叹竟有这样的好事。于是李益就同这位豪士一起骑着马走了，豪士带着他飞快地转过几个街坊，就来到了胜业坊。李益因为这里离郑家很近，心里不想过去了，就借口还有事情，想要掉转马头离开。豪士说："我家就几步路了，你难道忍心就这样离开吗？"于是拉住李益的马缰绳，牵着他的马往前走。

李益想要离开却无法离开，这时候他们已经来到郑家的巷子里了。李益心神不定，想要挥鞭，让马回转离开。豪士连忙叫来好几个仆人，将李益抱起来，抬着往前走。豪士带着他们快步走进郑家行走车辆的大门，让人赶快把门锁起来，通报说："李十郎来了！"郑家一家都惊喜极了，那欢乐的声音门外都听得到。

前一天晚上，小玉梦见穿着黄色衣衫的男子将李益抱来，那男子走到座位边，让小玉脱掉鞋子。小玉惊醒过来，把这件事告诉了母亲，然后自己破解说："'鞋'，就是'谐'，是说夫妻再度会合。'脱'，就是分开。会合之后分开，也就是永远不会再见了。这样看来，我跟他一定会相见，相见之后，我就会死去。"第二天早上，让母亲为她梳洗打扮。母亲觉得她病了很久，神志不清了，不太相信她说的话，在她再三要求之下，才勉强为她梳妆。刚刚梳妆完毕，李益果然就来了。小玉病倒在床上，已经有很长时间，连转个身都要人帮忙。忽然听说李益来了，她一下子站起身来，换了衣服走出去，好像有精神了似的。接着就同李益见面了，她愤怒地凝视着他，再也说不出话来。那孱弱的身体和娇弱的姿态，好像无法支撑着站立似的。她不断地用袖子遮住脸，转过头去看李益。曾经的一对佳偶现在却成了这样，在座的人都叹息起来。过了一会儿，外面来人，送来了几十盘菜肴和酒，大家惊讶地看着这些，忙问是怎么回事，原来都是豪士送来的。于是大家就把菜肴摆放在桌上，挨着彼此坐下了。小玉就侧过身子，转过脸来，斜眼看了李益很长时间，然后举起酒杯，将酒倒在地上，说道："我这样一个女人，运气糟糕到这种地步；你这样一个男人，背弃情义到了这种程度。我年纪轻轻，就要怀着怨恨死去。家里还有母亲，我不能赡养；美丽的衣服，我再也穿不了；弦管乐器，我再也演奏不了。到地下去受煎熬，都是你害的。李先生啊李先生，今天就要跟你永别了，我死以后，肯定会变成恶鬼，让你的妻子和小妾，天天都不得安宁！"她于是伸出左手抓住李益的手臂，将酒杯扔到地上，极度痛苦地哭叫了好几声，然后就死了。她母亲将尸体抱起来，放到李益怀里，让他呼唤小玉的名字，然而小玉再也没有醒来。

李益穿上白色丧服，日夜为小玉哭泣，哭得很伤心。下葬之前的那个晚上，李益忽然在灵柩前的帏帐里看到了小玉，容貌艳丽，就跟活着时一样。她穿着石榴裙，罩着紫色的背心，披着红绿两色的披肩，斜着身子依靠在帏帐边，手里拉着绣花衣带，看着李益，对他说："你来送我上路，我很惭愧，可见你对我还是有感情的。我人在冥界，怎么能不感慨呢。"说完，就不见了。第二天，小玉被葬在了长安的御宿原。李益来到坟墓旁哭她，哭得很伤心，然后才回去。

一个多月以后，李益和卢氏举行了婚礼。他心里感伤，闷闷不乐。五月的夏天，和卢氏一起回到了郑县。到郑县十天后，李益正和卢氏睡在床上，忽然听到床帐外面有叱叱的声音。李益觉得很奇怪，一看，却发现一个男人，年纪大概二十多岁，容貌温和美丽，躲在帐幔之中，连连向卢氏招手。李益慌忙起身，绕着帐幔找了好几遍，那男人却一眨眼就不见了。从此以后，李益开始怀疑妻子，老是猜疑这个猜疑那个，夫妻的感情凭空出现了裂痕。几个亲戚尽力劝解开导，李益心里的疑猜才稍稍化解了些。

又过了十天，李益从外面回来，卢氏正在床榻上弹琴，忽然看见从门外扔进来一只斑纹犀牛角做成、嵌有花钿的盒子。盒子有一寸多长宽，里面装有一条轻纱手帕，打了一个同心结。这盒子就扔到了卢氏的怀里。李益把盒子打开，发现两粒寄托思念之意的相思豆，一只表示祈求如愿的叩头虫，一些春药发杀觜和让女人增媚的媚药驴驹媚。李益当时就发起火来，狂吼乱叫，声音好像豺狼虎豹，拿起琴来砸他妻子，质问她，让她快把实情告诉他。卢氏最终也没有把这件事说清楚。这以后，李益对妻子常常大打出手，各种虐待的手段都使出来了，最后还告到官府，把妻子给休了。

卢氏被休掉以后，李益的那些侍女和小妾，只要跟他发生了关系，哪怕只有一次，他都会犯妒忌，开始猜疑她，还有因此而被他杀掉的呢。李益曾经到广陵游历，得到一位出名的美女叫做营十一娘的，长得细腻水嫩，姿态娇媚，李益非常喜欢她。每次面对面坐着的时候，他就会对营十一娘说："我曾经在哪里哪里得到了哪个女人，她做错了某件事，我用某种方法把她杀掉了。"他每天都这么说，想让营十一娘害怕自己，彻底杜绝她干出什么不干净的事情来的想法。他出门的时候，就把浴盆倒过来放在床上，将营十一娘扣在里面，浴盆边上四周都贴上封条，写上名字，回来一定要仔细察看，然后才把浴盆打开。他还藏着一把短剑，非常锋利，当面对侍女们说："这是信州葛溪出产的铁剑，只会砍断做错事的人头！"只要是李益看上的女人，都会受到他的猜忌，甚至于他娶了三任夫人，都还是和第一位一样的下场。

卷　三

古岳渎经

李公佐

贞元丁丑岁，陇西李公佐泛潇湘苍梧。偶遇征南从事弘农杨衡，泊舟古岸，淹留佛寺，江空月浮，征异话奇。杨告公佐云："永泰中，李汤任楚州刺史时，有渔人，夜钓于龟山之下。其钓因物所制，不复出。渔者健水，疾沉于下五十丈。见大铁锁，盘绕山足，寻不知极。遂告汤。汤命渔人及能水者数十，获其锁，力莫能制。加以牛五十余头。锁乃振动，稍稍就岸。时无风涛，惊浪翻涌。观者大骇。锁之末见一兽，状有如猿，白首长鬐，雪牙金爪，闯然上岸，高五丈许。蹲踞之状若猿猴。但两目不能开，兀若昏昧。目鼻水流如泉，涎沫腥秽，人不可近。久，乃引颈伸欠，双目忽开，光彩若电。顾视人焉，欲发狂怒。观者奔走。兽亦徐徐引锁拽牛，入水去，竟不复出。时楚多知名士，与汤相顾愕栗，不知其由尔。乃渔者时知锁所，其兽竟不复见。"

公佐至元和八年冬，自常州饯送给事中孟简至朱方，廉使薛公苹馆待礼备。时扶风马植、范阳卢简能、河东裴蘧，皆同馆之，环炉会语终夕焉。公佐复说前事，如杨所言。

至九年春，公佐访古东吴，从太守元公锡泛洞庭，登包山，宿道者周焦君庐。入灵洞，探仙书。石穴间得古《岳渎经》第八卷，文字古奇，编次蠹毁，不能解。公佐与焦君共详读之："禹理水，三至桐柏山，惊风走雷，石号木鸣，五伯拥川，天老肃兵，不能兴。禹怒，召集百灵，搜命夔龙。桐柏千君长稽首请命。禹因囚鸿蒙氏、章商氏、兜卢氏、犁娄氏。乃获淮涡水神，名无支祁，善应对言语，辨江淮之浅深，原隰之远近。形若猿猴，缩鼻高额，青躯白首，金目雪牙。颈伸百尺，力逾九象，搏击腾踔疾奔，轻利倏忽，闻视不可久。禹授之章律，不能制；授之鸟木由，不能制；授之庚辰，能制。鸱脾桓木魅水灵山袄石怪，奔号聚绕，以数千载。庚辰以战逐去。颈锁大索，鼻穿金铃，徙淮阴之龟山之足下。俾淮水永安流注海也。庚辰之后，皆图此形者，免淮涛风雨之难。"即李汤之见，与杨衡之说，与《岳渎经》符矣。

【译文】

贞元年间的丁丑年（唐贞元十三年），陇西人李公佐乘船游历潇湘水域和苍梧地区，偶然碰到征南府从事弘农人杨衡。我们把船停靠在年代久远的岸边，在佛寺里停留了一段时间。晚上对着空茫的江水和浮在水面上的月亮，说起了奇闻逸事。杨衡告诉公佐说："永泰年间，李汤担任楚州刺史的时候，有位渔夫，晚上在龟山下的水里钓鱼。钓鱼钩不知被什么东西勾住，提不起来了。这位渔夫水性很好，连忙下水潜到五十丈深的地方，看见一根大铁链，盘绕在山脚上，他找了半天，不知道铁链的头上有什么。他就把这件事报告了李汤。李汤下令，派了几十个渔夫和擅长潜水的人，找到了那根铁链，但是众人的力气没办法拉动它。又加上五十几头牛，铁链才动了起来，稍稍向岸边靠过来。当时并没有什么风浪，突然大浪翻滚，看到的人都吓了一跳。铁链头上出现了一头野兽，样子像是猿猴，白色的头颅长着长长的鬃毛，雪白的牙齿，金色的爪子，横冲直撞跑上岸来。它身高有五丈多，蹲坐着的样子就像猿猴，然而两只眼睛却无法睁开，迷迷糊糊看不见东西的样子。从它的眼睛和鼻子里流出水来，像泉涌一样，唾沫腥臭肮脏，人都无法靠近它。过了很长时间，它才伸长脖子打哈欠，两只眼睛忽然张开了，目光闪亮像闪电一般。它看着身边的人，像要爆发狂怒似的，旁观的人连忙都跑开了，它就慢悠悠地拉着铁链拽那些牛，然后走到水里，终于就不再出来了。当时楚地有许多著名的人物，他们和李汤一起看着彼此，惊诧恐惧，不知道这怪物是从哪里来的。而渔夫常常会发现铁锁所在的地方，只是那头怪兽就再也没人见过了。”

李公佐到了元和八年的冬天，从常州一路送给事中孟简到了丹阳，观察使薛苹先生招待食宿，礼节周到。那时扶风人马植、范阳人卢简能、河东人裴蘧，都一起住在薛先生那里，大家围着炉子，聊了一整个晚上。公佐又说起前面那件事，就好像杨衡说起时那样。

到了元和九年的春天，公佐探访东吴古迹，跟随太守元锡先生坐船游览洞庭湖，然后登上包山，住在道士周焦君家里。又走进灵异的洞穴，找寻仙人留下的书籍。在石洞里找到了一本古时候的《岳渎经》第八卷，文字古老奇特，书本被蠹虫蛀坏，次序都混乱了，没办法理清楚。公佐和焦君一同完整地读完了这本书：“大禹治理洪水，三次来到桐柏山，那里刮着疾风，雷电交加，树木和石头都被吹得发出巨大的响声，五方首领齐聚水边，三公宰辅率领军队，也没法叫作乱的水怪出来现身。大禹发火了，召集百神，让夔龙把水怪找出来。桐柏山的几千名首领向他叩首，请求帮忙搜寻水怪。大禹于是囚禁了鸿蒙氏、章商氏、兜卢氏和犁娄氏，最后才找到淮水漩涡里的水神，叫做无支祁的。这水神擅长应答回话，能够分辨江水的深浅，知道原野的远近。它样子长得像猿猴，塌鼻子，高额头，青色的身躯，白色的头颅，金色的眼睛，雪白的牙齿。它的头颈可以伸长到百尺之外，力气比九头大象还要大，搏击、跳跃和快跑起来，身形灵巧轻便，速度快极了，一眨眼的工夫就不见了。大禹把它交给章律，章律不能制服它。把它交给乌木由，乌木由不能制服它。把它交给庚辰，庚辰总算制服了它。水神手下的鸱脾、桓胡、木精、水怪、山妖和石怪叫喊着跑来将庚辰团团围住，总有好几千个妖精，庚辰把它们都打跑了。水神的头颈被锁上大铁链，鼻子被穿上金铃，然后被带到了淮阴地方的龟山脚下。这是为了让淮水能够永远安定地流注到大海里去。庚辰之后，人们都画他的形象，使自己免受淮水波涛风雨的侵害。”也就是说，李汤见到的怪兽，杨衡讲述的事件，跟《岳渎经》的记载都是吻合的。

南柯太守传

李公佐

东平淳于棼，吴楚游侠之士。嗜酒使气，不守细行。累巨产，养豪客。曾以武艺补淮南军裨将，因使酒忤帅，斥逐落魄，纵诞饮酒为事。家住广陵郡东十里。所居宅南有大古槐一株，枝干修密，清阴数亩。淳于生日与群豪，大饮其下。

贞元七年九月，因沉醉致疾。时二友人于坐扶生归家，卧于堂东庑之下。二友谓生曰："子其寝矣！余将秣马濯足，俟子小愈而去。"生解巾就枕，昏然忽忽，仿佛若梦。见二紫衣使者，跪拜生曰："槐安国王遣小臣致命奉邀。"生不觉下榻整衣，随二使至门。见青油小车，驾以四牡。左右从者七八，扶生上车，出大户，指古槐穴而去。使者即驱入穴中。生意颇甚异之，不敢致问。忽见山川风候草木道路，与人世甚殊。前行数十里，有郛郭城堞。车舆人物，不绝于路。生左右传车者传呼甚严，行者亦争辟于左右。又入大城，朱门重楼。楼上有金书，题曰"大槐安国"。执门者趋拜奔走。旋有一骑传呼曰："王以驸马远降，令且息东华馆。"因前导而去。

俄见一门洞开，生降车而入。彩槛雕楹。华木珍果，列植于庭下；几案茵褥，帘帏肴膳，陈设于庭上。生心甚自悦。复有呼曰："右相且至。"生降阶祇奉。有一人紫衣象简前趋，宾主之仪敬尽焉。右相曰："寡君不以敝国远僻，奉迎君子，托以姻亲。"生曰："某以贱劣之躯，岂敢是望?"右相因请生同诣其所。行可百步，入朱门。矛戟斧钺，布列左右，军吏数百，辟易道侧。生有平生酒徒周弁者，亦趋其中。生私心悦之，不敢前问。右相引生升广殿，御卫严肃，若至尊之所。见一人长大端严，居正位，衣素练服，簪朱华冠。生战栗，不敢仰视。左右侍者令生拜。王曰："前奉贤尊命，不弃小国，许令次女瑶芳，奉事君子。"生但俯伏而已，不敢致词。王曰："且就宾宇，续造仪式。"有旨，右相亦与生偕还馆舍。生思念之，意以为父在边将，因殁虏中，不知存亡。将谓父北蕃交逊，而致兹事。心甚迷惑，不知其由。

是夕，羔雁币帛，威容仪度，妓乐丝竹，肴膳灯烛，车骑礼物之用，无不咸备。有群女，或称华阳姑，或称青溪姑，或称上仙子，或称下仙子，若是者数辈。皆侍从数十，冠翠凤冠，衣金霞帔，彩碧金钿，目不可视。遨游戏乐，往来其门，争以淳于郎为戏弄。风态妖丽，言词巧艳，生莫能对。复有一女谓生曰："昨上巳日，吾从灵芝夫人过禅智寺，于天竺院观石延舞《婆罗门》。吾与诸女坐北牖石榻上，时君少年，亦解骑来看。君独强来亲洽，言调笑谑。吾与穷英妹结绛巾，挂于竹枝上，君独不忆念之乎？又七月十六日，吾于孝感寺侍上真子，听契玄法师讲《观音经》。吾于讲下舍金凤钗两只，上真子舍水犀合子一枚。时君亦讲筵中于师处请钗合视之，赏叹再三，嗟异良久。顾余辈曰：‘人之与物，皆非世间所有。’或问吾氏，或访吾里。吾亦不答。情意恋恋，瞩盼不舍。君岂不思念之乎？”生曰：“中心藏之，何日忘之。”群女曰：“不意今日与君为眷属。”复有三人，冠带甚伟，前拜生曰：“奉命为驸马相者。”中一人与生且故。生指曰：“子非冯翊田子华乎？”田曰：“然。”生前，执手叙旧久之。生谓曰：“子何以居此？”子华曰：“吾放游，获受知于右相武成侯段公，因以栖托。”生复问曰：“周弁在此，知之乎？”子华曰：“周生，贵人也。职为司隶，权势甚盛。吾数蒙庇护。”言笑甚欢。

俄传声曰：“驸马可进矣。”三子取剑佩冕服，更衣之。子华曰：“不意今日获睹盛礼，无以相忘也。”有仙姬数十，奏诸异乐，婉转清亮，曲调凄悲，非人间之所闻听。有执烛引导者，亦数十。左右见金翠步障，彩碧玲珑，不断数里。生端坐车中，心意恍惚，甚不自安。田子华数言笑以解之。向者群女姑娣，各乘凤翼辇，亦往来其间。至一门，号“修仪宫”。群仙姑姊亦纷然在侧，令生降车辇拜，揖让升降，一如人间。撤障去扇，见一女子，云号金枝公主。年可十四五，俨若神仙。交欢之礼，颇亦明显。生自尔情义日洽，荣曜日盛。出入车服，游宴宾御，次于王者。

王命生与群寮备武卫，大猎于国西灵龟山。山阜峻秀，川泽广远，林树丰茂，飞禽走兽，无不蓄之。师徒大获，竟夕而还。

生因他日，启王曰："臣顷结好之日，大王云奉臣父之命。臣父顷佐边将，用兵失利，陷没胡中。尔来绝书信十七八岁矣。王既知所在，臣请一往拜观。"王遽谓曰："亲家翁职守北土，信问不绝。卿但具书状知闻，未用便去。"遂命妻致馈贺之礼，一以遣之。数夕还答。生验书本意，皆父平生之迹。书中忆念教诲，情意委曲，皆如昔年。复问生亲戚存亡，闾里兴废。复言路道乖远，风烟阻绝。词意悲苦，言语哀伤。又不令生来觐，云："岁在丁丑，当与女相见。"生捧书悲咽，情不自堪。

他日，妻谓生曰："子岂不思为政乎？"生曰："我放荡不习政事。"妻曰："卿但为之。余当奉赞。"妻遂白于王。累日，谓生曰："吾南柯政事不理，太守黜废。欲藉卿才，可曲屈之。便与小女同行。"生敦授教命。王遂敕有司备太守行李。因出金玉锦绣、箱奁仆妾车马，列于广衢，以饯公主之行。生少游侠，曾不敢有望，至是甚悦。因上表曰："臣将门余子，素无艺术，猥当大任，必败朝章。自悲负乘，坐致覆悚。今欲广求贤哲，以赞不逮。伏见司隶颍川周弁，忠亮刚直，守法不回，有毗佐之器。处士冯翊田子华，清慎通变，达政化之源。二人与臣有十年之旧，备知才用，可托政事。周请署南柯司宪，田请署司农。庶使臣政绩有闻，宪章不紊也。"王并依表以遣之。

其夕，王与夫人饯于国南。王谓生曰："南柯，国之大郡，土地丰壤，人物豪盛，非惠政不能以治之。况有周、田二赞。卿其勉之，以副国念。”夫人戒公主曰：“淳于郎性刚好酒，加之少年。为妇之道，贵乎柔顺。尔善事之，吾无忧矣。南柯虽封境不遥，晨昏有间。今日睽别，宁不沾巾。”生与妻拜首南去，登车拥骑，言笑甚欢。

累夕达郡。郡有官吏、僧道、耆老、音乐、车舆、武卫、銮铃，争来迎奉。人物阗咽，钟鼓喧哗，不绝十数里。见雉堞台观，佳气郁郁。入大城门，门亦有大榜，题以金字，曰“南柯郡城”。见朱轩棨户，森然深邃。生下车，省风俗，疗病苦，政事委以周、田，郡中大理。自守郡二十载，风化广被，百姓歌谣，建功德碑，立生祠宇。王甚重之。赐食邑，锡爵位，居台辅。周、田皆以政治著闻，递迁大位。生有五男二女，男以门荫授官，女亦聘于王族。荣耀显赫，一时之盛，代莫比之。

是岁，有檀萝国者，来伐是郡。王命生练将训师以征之。乃表周弁将兵三万，以拒贼之众于瑶台城。弁刚勇轻敌，师徒败绩。弁单骑裸身潜遁，夜归城。贼亦收辎重铠甲而还。生因囚弁以请罪。王并舍之。是月，司宪周弁疽发背，卒。生妻公主遘疾，旬日又薨。生因请罢郡，护丧赴国。王许之。便以司农田子华行南柯太守事。生哀恸发引，威仪在途，男女叫号，人吏奠馔，攀辕遮道者不可胜数。遂达于国。王与夫人素衣哭于郊，候灵舆之至。谥公主曰“顺仪公主”。备仪仗羽葆鼓吹，葬于国东十里盘龙冈。是月，故司宪子荣信，亦护丧赴国。

生久镇外藩，结好中国，贵门豪族，靡不是洽。自罢郡还国，出入无恒，交游宾从，威福日盛。王意疑惮之。时有国人上表云："玄象谪见，国有大恐。都邑迁徙，宗庙崩坏。衅起他族，事在萧墙。"时议以生侈僭之应也。遂夺生侍卫，禁生游从，处之私第。生自恃守郡多年，曾无败政，流言怨悖，郁郁不乐。王亦知之。因命生曰："姻亲二十余年，不幸小女夭枉，不得与君子偕老，良用痛伤。"夫人因留孙自鞠育之。又谓生曰："卿离家多时，可暂归本里，一见亲族。诸孙留此，无以为念。后三年，当令迎卿。"生曰："此乃家矣，何更归焉？"王笑曰："卿本人间，家非在此。"生忽若昏睡，瞢然久之，方乃发悟前事，遂流涕请还。

王顾左右以送生。生再拜而去，复见前二紫衣使者从焉。至大户外，见所乘车甚劣，左右亲使御仆，遂无一人，心甚叹异。生上车，行可数里，复出大城。宛是昔年东来之途，山川原野，依然如旧。所送二使者，甚无威势。生逾怏怏。生问使者曰："广陵郡何时可到？"二使讴歌自若，久乃答曰："少顷即至。"俄出一穴，见本里闾巷，不改往日，潸然自悲，不觉流涕。二使者引生下车，入其门，升其阶，己身卧于堂东庑之下。生甚惊畏，不敢前近。二使因大呼生之姓名数声，生遂发寤如初。见家之僮仆拥篲于庭，二客濯足于榻，斜日未隐于西垣，余樽尚湛于东牖。梦中倏忽，若度一世矣。

生感念嗟叹，遂呼二客而语之。惊骇，因与生出外，寻槐下穴。生指曰："此即梦中所经入处。"二客将谓狐狸木媚之所为祟。遂命仆夫荷斤斧，断拥肿，折查枿，寻穴究源。旁可袤丈。有大穴，根洞然明朗，可容一榻。上有积土壤以为城郭台殿之状。有蚁数斛，隐聚其中。中有小台，其色若丹。二大蚁处之，素翼朱首，长可三寸。左右大蚁数十辅之，诸蚁不敢近。此其王矣。即槐安国都也。又穷一穴，直上南枝，可四丈，宛转方中，亦有土城小楼，群蚁亦处其中，即生所领南柯郡也。又一穴，西去二丈，磅礴空圬，嵌窞异状。中有一腐龟壳，大如斗。积雨浸润，小草丛生，繁茂翳荟，掩映振壳，即生所猎灵龟山也。又穷一穴，东去丈余，古根盘屈，若龙虺之状。中有小土壤，高尺余，即生所葬妻盘龙冈之墓也。追想前事，感叹于怀，披阅穷迹，皆符所梦。不欲二客坏之，遽令掩塞如旧。是夕，风雨暴发。旦视其穴，遂失群蚁，莫知所去。故先言“国有大恐，都邑迁徙”，此其验矣。复念檀萝征伐之事，又请二客访迹于外。宅东一里有古涸涧，侧有大檀树一株，藤萝拥织，上不见日。旁有小穴，亦有群蚁隐聚其间。檀萝之国，岂非此耶？嗟乎！蚁之灵异，犹不可穷，况山藏木伏之大者所变化乎？

时生酒徒周弁、田子华并居六合县，不与生过从旬日矣。生遽遣家僮疾往候之。周生暴疾已逝，田子华亦寝疾于床。生感南柯之浮虚，悟人世之倏忽，遂栖心道门，绝弃酒色。后三年，岁在丁丑，亦终于家。时年四十七，将符宿契之限矣。

公佐贞元十八年秋八月，自吴之洛，暂泊淮浦，偶觌淳于生棼，询访遗迹，翻覆再三，事皆摭实，辄编录成传，以资好事。虽稽神语怪，事涉非经，而窃位著生，冀将为戒。后之君子，幸以南柯为偶然，无以名位骄于天壤间云。

前华州参军李肇赞曰：

贵极禄位，权倾国都。达人视此，蚁聚何殊。

【译文】

东平人淳于棼是吴楚地区崇尚侠义的人士，喜欢喝酒，意气任性，做人处事不太在意小节。他积攒了一大笔财产，豢养了一批豪杰侠客。他曾经凭借武术技艺候补缺额，做过淮南军的副将，因为喝酒之后使性子，顶撞了元帅，被开除赶走，从此沉迷不得志，整天恣肆任性，把喝酒当作正事。淳于棼家住在广陵郡往东十里的地方，住所的南边有一棵年代久远的大槐树，枝干修长，枝叶浓密，清凉的树荫足有好几亩地那么大。淳于棼生日的时候，就同一帮豪侠在大树底下痛快喝酒。

贞元七年九月，淳于棼因为醉得厉害而发起病来。当时两位朋友把他从酒席中搀扶回家，让他睡在堂屋东边的走廊里。两位朋友对他说："你睡吧！我们要去给马喂食，然后洗洗脚，等你稍微好些，我们再走。"淳于棼解开头巾，躺倒在枕头上，昏昏沉沉，迷迷糊糊的，好像就做起了梦来。他看到两个穿着紫色衣服的使者，向他跪下行礼，说道："槐安国王派小臣来传达邀请您的命令。"淳于棼不知不觉就下了床榻，整理完衣服，跟随两位使者来到门口，看到一辆青油漆涂的小车，用四匹公马驾着。身边跟从的七八个人把淳于棼搀扶上车，出了大门，指着那棵老槐树上树洞的方向而去。使者就把马车赶到了树洞里。淳于棼心里也觉得挺奇怪的，只是不敢发问。忽然看见周围的山川、景物、草木和道路，跟人世上的很不一样。往前走了几十里，眼前出现了外城的城墙。路上的车辆和行人很多，都没有间断过。淳于棼身边为车辆喝道的人呼喝的声音很急促，行人也都纷纷闪到路旁躲避。接着又进入大城，朱红色的大门后面是一重又一重的城楼。城楼上用金色的大字写着“大槐安国”。看门的人快步跑来下拜，又奔走赶去通报。马上就有人骑着一匹马跑来传话说：“国王想着驸马从远方降临，让他先去东华馆休息吧。”于是就在前面导引，带着车辆向前走去。

过了一会儿，就看见一扇大门开启，淳于棼下了车，走了进去。这宅子有彩绘的门窗框和雕镂的梁柱。珍奇华美的花果树木，整齐地种植在庭院下方，铺设垫子的几案、帘幕帷幔和菜肴吃食，放置在庭院之中。淳于棼心里感到非常愉悦。又有人传呼通报说：“右丞相要来了。”淳于棼走下台阶，恭敬地迎接对方。有一个人穿着紫色衣服，手里拿着象牙笏板，往前走过来，作为主人同作为客人的淳于棼恭敬地互相行礼。右丞相说：“我们国王不顾本国偏远，迎接先生你到这里来，想要与你缔结亲事。”淳于棼说：“像我这样低贱鄙陋的人，怎么敢奢望这样的事？”右丞相于是请他一同前往宫中。走了大概有一百步左右，走进了一扇朱红色的大门，矛、戟、斧、钺等兵器分排在左右两边，几百个军士差吏，退到路边躲避。淳于棼有个平日里一同喝酒的朋友周弁，也快步跟从在人群中。淳于棼心里暗暗觉得高兴，却不敢上前问他。右丞相带着淳于棼走上大殿，大殿守卫森严，兵士整肃，好像是皇帝居住的地方。看到一个人身材高大，仪容端正严肃，坐在正中的位置，穿着白色布衣，戴着荷花冠。淳于棼瑟瑟发抖，不敢抬起头看他。身边服侍的人让他下拜行礼。国王说：“从前承蒙你父亲发话，不嫌弃我们这小国家，要让我的第二个女儿瑶芳来侍奉先生你。”淳于棼只是伏在地上而已，不敢说什么话。国王说：“先到客舍里住着吧，接下来再办婚礼。”为婚礼的事还下了一道旨。右丞相也就同淳于棼一起回到了东华馆。淳于棼想着父亲许婚的事，觉得父亲在边地领兵作战，就这样流落到了其他民族那里，也不知道是生是死，心想父亲大概是同北方少数民族有了交情，所以才会发生现在的这件事。他心里感到很迷惑，不知道这件事的缘由。

这天晚上，结婚的礼品、婚礼的仪式和排场、音乐歌舞、菜肴和照明的灯烛，还有车马用具等，都准备得非常齐全。来了许多女子，有的叫华阳姑，有的叫清溪姑，有的叫上仙子，有的叫下仙子，像这样的人有好几个。她们身边都跟着几十个侍从，戴着翡翠的头饰和凤冠，穿着五彩披肩的金色衣衫，插着镶嵌彩珠和翡翠的金钿，简直让人不敢直视。她们四处游荡，玩乐笑闹，在新房里走出走进，争相拿淳于棼开心玩闹。众女子姿态妖娆艳丽，言语巧妙风趣，淳于棼根本答不上来。又有一位女子对淳于棼说："昨天是三月初三上巳节，我跟着灵芝夫人到禅智寺去，在天竺院里观看石延跳《婆罗门》舞。我和姐妹们坐在北面窗边的石头座椅上，那时你还是少年，也跳下马来观看舞蹈。你自顾自跑来，硬要跟我们亲热，开玩笑逗乐。我和穷英妹妹将深红色的手帕扎起来，挂在竹枝上，你难道已经不记得了吗？还有七月十六日的时候，我在孝感寺侍奉上真子。听契玄法师讲解《观音经》的时候，我在讲台下捐了两只金凤钗，上真子捐了一只水犀牛角做的盒子。当时你也在讲坛中，你到法师那里请求看看金钗和盒子，拿着观赏了很久，不停地赞叹，觉得是极为罕见的东西。然后你看着我们几个人说：'人和物件，都不是人间可以见到的。'一会儿问我的姓名，一会儿问我住在哪里。我也不回答。你倒是情意绵绵，不肯把眼光从我身上挪开。你难道都想不起来了吗？"淳于棼说："中心藏之，何日忘之。"① 众女子说："想不到今天和你成了亲戚。"又有三个人，衣饰相当体面，上前向淳于棼下拜，说道："我们接受命令，担任驸马您的傧相。"其中有个人还是淳于棼的老朋友。淳于棼指着他说："你不是冯翊的田子华吗？"田子华说："是啊。"淳于棼走上前，拉着他的手，聊从前的事，聊了很长时间。淳于棼对他说："你怎么在这里？"子华说："我四处游历，碰到了右丞相武成侯段公，受到了他的器重，因此在他手下做事。"淳于棼又问他说："周弁在这里，你知道吗？"子华说："周生是显贵了。他的官职是禁军里的司隶，权势很大，我好几次承蒙他的照顾保护。"两人一边说一边笑着，谈得很愉快。

过了一会儿，听人传话说："驸马可以进来了。"那三个人把佩剑、玉佩、冠冕和礼服拿来，为淳于棼更换了衣服。子华说："想不到今天可以看到盛大的典礼，我是不会忘记的了。"有几十位仙

① 这两句出自《诗经·隰桑》，意思是心里觉得好，没有一天忘得了。

人般的女子，演奏起奇妙的音乐，音调婉转清越，曲子凄凉悲哀，不是人世间所能够听到的。前面拿着蜡烛在前面引路的人，也有几十个。只见身旁张设着金玉和翠鸟羽毛装饰的屏幕，制作精巧，颜色缤纷，绵延好几里不断。淳于棼挺直身板坐在车里，思绪迷茫，心神不定。田子华多次说笑来帮他缓解这种情绪。之前的那帮女亲戚，各自乘坐凤翅宫车，也在他们车旁来去。终于来到一扇门里，那地方叫做“修仪宫”。那些仙人般的姑姑妹妹也挤在边上，让淳于棼下车叩拜，与新娘交拜，前进后退的礼数同人间一样。撤去遮挡面容的扇子，他看见一位女子，说是名号叫做金枝公主，年纪大概十四五岁，美得简直就跟神仙似的。婚礼的各项礼节都进行得有条不紊，非常隆重。成婚以后，淳于棼与公主的感情越来越好，受到的荣宠也越来越优厚。出入所穿的服饰，乘坐的车辆，宴会和宾朋的档次，都仅次于国王。

国王让淳于棼和其他官员准备护卫的武装力量，在国家西边的灵龟山举行盛大的狩猎活动。那里山岭崇高秀丽，水流深长悠远，树木茂盛，各种飞禽走兽，都在那里找得到。出猎的部属们打到的猎物多极了，他们过了整个晚上才回来。

淳于棼找了个日子，禀报国王说：“不久之前，我与皇家结亲的日子，大王说这桩婚事是遵照我父亲的意思。我父亲之前担任边地将领的副手，带兵作战失败，沦陷在北方少数民族当中。那以后一直没有收到过他的书信，已经有十七八年了。大王既然知道我父亲在哪里，我请求让我去那里看望他。”国王接口说道：“亲家公担负着守卫北边国土的职责，并没有断过音信，你只要写好信寄给他看看，用不着自己马上就过去。”淳于棼就让妻子准备了慰问恭贺的礼品，同信件一起捎了过去。几天之后收到了回信。淳于棼察看信的内容，说到的都是父亲这一辈子的经历。信里回忆往昔、训诫教导，感情委婉曲折，就跟父亲当年一样。又问他亲戚们是不是都还健在，乡里的情况是热闹了还是冷清了，又说到路途遥远，阻隔了彼此的消息。话说得悲凉凄苦，感慨忧伤。他又不让淳于棼过去拜见，说：“丁丑那年，我会跟你相见。”淳于棼手里拿着信，悲伤地哭了起来，简直无法承受心中的感情。

有一天，妻子对淳于棼说：“你难道不想做官吗？”淳于棼说：

“我这个人放荡不羁，不熟悉政事。”妻子说：“你去做就是了，我会帮助你的。”他妻子就把他想要做官的意思说给了国王听。几天之后，国王对淳于棼说：“我的南柯郡，政事没有人管理，原来的太守被撤职了。希望能够依靠你的才华，你就委屈一下去那里任职吧。马上就跟我女儿一起出发吧。”淳于棼诚恳地接受了这个任命。国王就让有关部门准备太守的行李物品，还拿出金器、玉器、丝织品、梳妆用的镜匣、奴仆和车马，摆列在大街上，用来给公主送行。淳于棼从小游荡行侠，从来没有指望过会有这一天，这时候心里格外欢喜。于是向国王呈上奏章，文中说：“我是将领的儿子，从来就没有什么学问技艺，不恰当地担负这样重大的责任，肯定会败坏朝廷的典章。我自己都为承担重任而悲伤，总会因为力不胜任而坏事的。现在我想要广泛地征求有才能的人，我做不到的，让他们来帮助我。我发现担任司隶的颍川人周弁，忠诚正直，严守法令，决不妥协，具备辅佐别人的才能。没有官职的冯翊人田子华，思路明晰，做事稳重，擅于应变，通晓政策风化的本源。这两个人跟我有十年的交情，我很清楚他们的才干，可以把政事托付给他们。请让周弁担任南柯郡的司宪，让田子华担任司农，或许就可以让我在政事上做出一些业绩来，也能够让法令制度有条不紊。”国王都按他表文里说的派人给他了。

这天晚上，国王和夫人在国都南面为他们送行。国王对淳于棼说：“南柯郡是我国的大郡，土地肥沃，人口众多，不用仁德是不能治理得好的。再说你还有周弁和田子华两人辅佐。你要好好干，不要辜负国家对你的希望。”夫人告诫公主说：“淳于郎性格刚烈，喜欢喝酒，加上年纪又轻，你做妻子的，最要紧就是温柔和顺。你好好侍奉夫君，我就没什么可担忧的了。南柯郡的地界虽说离这里不远，但是没办法早晚都能同父母相见。今天跟你分别，怎能教我不落泪。”淳于棼和妻子向他们下拜叩头，就往南去了。他们登上车，骑上马，有说有笑，很是快活。

几天后，他们抵达南柯郡。郡里的官吏、和尚道士、老人、乐队、车队、武装警卫和掌管皇室车辆铃铛的人，争相赶来迎接侍奉。一路上都挤满了人，钟鼓的声音闹腾极了，十几里外都听得到。眼前是城墙和楼台，环绕着一种祥和的气息。进入大城的城门，门上也有大幅的匾额，用金字写着“南柯郡城”。只见一座朱红色的屋宇，门户旁设有棨戟，便是太守宅邸，屋子很深邃严整。淳于棼到任之后，体察当地的风俗，救治百姓的疾苦，把政务都交给周弁和田子华办理，南柯郡被治理得秩序井然。自从掌管南柯郡以来，已经过了二十年，淳于棼的教化深入人心，被普遍推行，百姓编歌谣赞颂他的功绩，为他建歌颂功德的功德碑，在他生时就为他建立祠堂祈福。国王非常器重他，赏赐封地和爵位给他，让他成为三公和宰相中的一员。周弁和田子华也因为管理政事杰出，几次升职，做了高官。淳于棼一共生了五个儿子和两个女儿，儿子因为父亲的功勋循例被授予官职，女儿也都与皇族子弟结亲。家族荣耀显赫，成为当时的盛事，一个时代里都没有能够及得上的。

这一年，有个檀萝国来攻打南柯郡。国王命令淳于棼训练将领兵士，去征讨敌人。淳于棼于是举荐周弁，让他率领三万兵士，到瑶台城去抗击敌军。周弁刚强勇猛，小看了敌人，军队吃了败仗。他一个人丢盔卸甲，骑着马偷偷地逃出来，夜里回到了城中。敌军也收拾起盔甲、粮草和军械回营了。淳于棼就把周弁关了起来，向国王请罪。国王饶过了他们两个人。这个月里，司宪周弁背上长出毒疮，死了。淳于棼的妻子公主也得了病，过了十天也去世了。淳于棼于是向国王请求，罢免自己郡太守的职务，让他护送公主的灵柩回到都城。国王答应了他。就让司农田子华负责南柯郡太守的事务。淳于棼哀伤悲痛地将灵车启行，灵车和仪仗队走在路上，男男女女都跑来哭喊，百姓和差官都拿食品来祭奠，拉住车辕、挡住道路来挽留淳于棼的人多得数不清楚。就这样来到了都城。国王和夫人穿着白衣服，站在郊外哭泣，等待灵车的到来。公主的谥号被定为“顺仪公主”。国王让人准备了仪仗队、柄头扎束鸟羽如盖的仪仗和鼓吹乐队，把公主葬在了都城东面十里处的盘龙冈。这个月里，已故司宪的儿子周荣信，也护卫父亲的灵车来到了都城里。

淳于棼在地方镇守多年，努力同中央保持好关系，无论是皇族还是高官，都跟他关系很融洽。自从罢免郡太守之职、回到都城以来，他经常出门，在外面待上很长时间，结交朋友，联络感情，他的威望一天天地增长起来。国王心里怀疑忌惮他。当时国中有人上奏章说：“天象有变异，国家有大难。都城迁到别处，国家政权败坏。祸患来自别族，祸事源自内部。”当时人议论，都觉得是淳于棼越过自己的身份做了不该做的事，天象才会有这样的反应。国王就免去了他的侍卫，禁止他出去交际，让他待在自己的宅子里。淳于棼自认为管理南柯郡那么多年，没有出现过政策失误的情况，现在因为荒谬的流言而获罪，感到闷闷不乐。国王也知道他心里的想法，就对他说：“我们两家结亲二十多年了，不幸的是我女儿年纪轻轻过世，不能同先生你相伴到老，实在让人悲痛感伤。”夫人就把孙子留在身边自己抚养，又对淳于棼说：“你离开家有很长时间了，可以先回家乡，看看亲戚们。几个孙子就留在这里，不用记挂在心上。三年之后，我们会派人去接你的。”淳于棼说：“这里就是我家，为什么还要回家呢?”国王笑着说：“你本来住在人间，你的家不在这里。”淳于棼忽然感到昏昏沉沉的，好像在睡梦中，就这样迷糊了很长时间，这才想起从前的事，于是流下眼泪，请求回家。

国王示意身边的人送他回去。淳于棼下拜两次，就离开了。又看见从前那两个穿着紫色衣服的人跟着他。来到大门外，看到自己要乘坐的车辆很低劣，身边竟然没有一个跟班随从，他心里觉得很意外，也很感慨。淳于棼上了车，走了大概有几里路，又出了大城。面前仿佛就是当年从东边过来时的道路，山水和原野都跟从前没有两样。送他的那两个使者完全没有威风派头，淳于棼就更加闷闷不乐了。他问使者说：“广陵郡什么时候能到?”两个使者自顾自唱着歌，过了很长时间才回答说：“一会儿就到了。”过了一会儿，车子开出了一个洞穴，淳于棼看到自己乡里的街道，还和从前一样，心中悲叹，不知不觉就流下了眼泪。两位使者带着他下车来，走进家门，走上堂屋的台阶，发现自己正睡在堂屋东面的走廊里。淳于棼非常惊讶，也很害怕，不敢再往前走。两位使者于是大声呼喊淳于棼的名字，喊了好几声，淳于棼才苏醒过来。看到家里的仆人正拿着扫把在庭院里扫地，两位来客正坐在床榻边洗脚，倾斜的太阳还没有完全消失在西墙之上，东窗下的酒杯里，还有没喝完的酒在悠悠地晃动。只是做了一会儿的梦，却好像已经度过了一生的时光。

淳于棼回想梦中事，感慨叹息，就把两位来客叫过来，把事情说给他们听。他们惊讶极了，就跟淳于棼一起走到外面，找到了槐树下面的洞穴。淳于棼指着那里说："这就是我梦里钻进去的地方。"两位朋友觉得可能是狐狸精或者树精在作怪。他们就让仆人拿着斧头，砍掉肿大的树桩，折断旁出的小枝，找寻这个洞穴的源头。在树旁大概一丈远的地方，连着一个大洞，树根还可以看得清清楚楚，大小大概放得下一张床榻。洞里堆积土壤，做成了城市、台观、殿堂的样子，有蚂蚁隐藏聚集在这些建筑物里，数量大概能装满几只斛。城中有座小台，颜色似乎是赤红色的。两只大蚂蚁住在那上面，长着白色的翅膀和朱红的头颅，身长大概三寸。边上有几十只大蚂蚁陪伴，其他蚂蚁都不敢靠近它们。这就是国王啊。这里就是槐安国的都城了。接着又挖到一个洞穴，一直通到南面的枝干里，大概隔了四丈远，曲曲折折的，洞穴正中也有土堆成的城墙和小楼，大群蚂蚁住在里面，这就是淳于棼掌管的南柯郡了。还有一个洞穴，往西有两丈的距离，体积庞大，空旷低洼，坑坑洼洼，形状奇特。洞里有一块腐坏的龟壳，有斗那么大，在积蓄的雨水浸润下，长出了一蓬蓬的小草，茂盛极了，遮蔽住了底下的龟壳，这就是淳于棼曾经打过猎的灵龟山了。又找到一个洞穴，往东有一丈远的距离，那里老根曲折盘绕，好像蟠龙的形状。其中有座小土堆，高一丈多，就是淳于棼埋葬妻子的盘龙冈上的坟墓了。淳于棼回想从前的事情，心中感慨，察看蚁穴的情况，都跟梦中一样。他不希望蚁穴被两位朋友破坏，马上命令仆人按照原来的样子遮盖填塞起来。这天晚上，突然刮起大风，下起大雨。早上再看蚁穴，那群蚂蚁已经不见了，不知道到哪里去了。所以说之前那句话"国家有大难，都城迁到别处"，就这样应验了。淳于棼又想到檀萝国来攻打的事情，再请两位朋友到屋外找找蛛丝马迹。屋子东面有个小洞，也有一群蚂蚁隐藏聚集在洞里。所谓的檀萝国，难道不就是这里吗？哎呀！蚂蚁的神奇怪诞，尚且无法让人完全明白，何况是隐藏在山岭和树木之中的大妖怪所能变化出的神异景象呢？

当时，淳于棼一同喝酒的朋友周弁和田子华都住在六合县，有十天没有跟淳于棼来往了。淳于棼马上派家童赶过去问候情况。周弁突然间得了病，已经过世了。田子华也生了病，躺在床上。淳于棼感悟到南柯郡做官的虚幻不实，以及人生的短暂，就专心修道，不再沾染酒和女色。三年之后的丁丑年，他也死在了自己家里，那一年他四十七岁，正好跟国王和他父亲信中的期限一致。

公佐在贞元十八年八月的秋天从吴地到洛阳去，在淮水岸边短暂停泊，偶然见到了淳于棼，向他询问曾经发生的事，将这件事来回听了许多遍。文中的所有内容都是真实的，我当时就将这件事写下来，做成一篇传，给那些喜欢奇闻逸事的人看。虽说文中涉及神异鬼怪，并不是正经学问，但是记下淳于棼这样才德不相称而窃取名位的人的故事，也是对其他人的警示。后来的人啊，最好把南柯郡这样的事当作是转瞬即逝的，不要因为声望高、官爵大就觉得自己是天底下最了不起的人。

曾经的华州参军李肇为这篇传写了赞，说是：

爬到最高位，权力无边大。
通达人看着，蚂蚁扮家家。

庐江冯媪传

李公佐

冯媪者，庐江里中啬夫之妇，穷寡无子，为乡民贱弃。元和四年，淮楚大歉。媪逐食于舒，途经牧犊墅。暝值风雨，止于桑下。忽见路隅一室，灯烛荧荧。媪因诣求宿。见一女子，年二十余，容服美丽，携三岁儿，倚门悲泣。前，又见老叟与媪，据床而坐。神气惨戚，言语呫嗫，有若征索财物，追逐之状。见冯媪至，叟媪默然舍去。女久乃止泣，入户备饩食，理床榻，邀媪食息焉。媪问其故。女复泣曰："此儿父，我之夫也。明日别娶。"媪曰："向者二老人，何人也？于汝何求，而发怒？"女曰："我舅姑也。今嗣子别娶，征我筐筥刀尺祭祀旧物，以授新人。我不忍与，是有斯责。"媪曰："汝前夫何在？"女曰："我淮阴令梁倩女，适董氏七年。有二男一女。男皆随父，女即此也。今前邑中董江，即其人也。江官为酂丞，家累巨产。"发言不胜呜咽。媪不之异。又久困寒饿，得美食甘寝，不复言。女泣至晓。

媪辞去，行二十里，至桐城县。县东有甲第，张帘帷，具羔雁，人物纷然，云今夕有官家礼事。媪问其郎，即董江也。媪曰："董有妻，何更娶焉？"邑人曰："董妻及女亡矣。"媪曰："昨宵我遇雨，寄宿董妻梁氏舍，何得言亡？"邑人询其处，即董妻墓也。询其二老容貌，即董江之先父母也。董江本舒州人，里中之人皆得详之。有告董江者，董以妖妄罪之，令部者迫逐媪去。媪言于邑人，邑人皆为感叹。是夕，董竟就婚焉。

元和六年夏五月，江淮从事李公佐使至京，回次汉南，与渤海高钺、天水赵儹、河南宇文鼎会于传舍。宵话征异，各尽见闻。钺具道其事，公佐为之传。

【译文】

冯媪是庐江里中农夫的妻子，守寡穷困，没有孩子，受到乡里百姓的轻贱和厌弃。元和四年，淮地和楚地庄稼歉收严重。冯媪到舒州去乞讨食物，路上经过牧犊墅。黄昏时分遇上风雨，就在桑树下歇息。忽然看见路边有一间屋子，灯烛的光芒闪闪烁烁的。冯媪于是走过去借宿。看到一个女子，年纪二十多岁，容貌和服装都很美丽，带着三岁的孩子，靠在门边伤心地哭泣。再走上前，又看见一个老头和老妇人，高坐在床榻上，神色忧伤惨淡，嘴里絮絮叨叨地说着什么，好像是索要财物，追讨得很紧的样子。看到冯媪来了，老头和老妇人不再作声，默默地走了。那女子过了好久才止住哭泣，进屋来准备食物，整理床榻，邀请冯媪一同吃完饭，然后躺下休息。冯媪问她为什么哭泣。女子又哭了起来，说："是孩子她爹，我的丈夫，他明天要娶别人了。"冯媪说："刚刚那两个老人是谁啊？要问你讨什么东西，才发火的呢？"女子说："是我的公公和婆婆。现在长子要娶别人，他们问我要竹器、剪刀、尺和祭祀祖先的旧物件，准备交给新娶的媳妇。我不愿意交出去，所以他们会责骂我。"冯媪说："你的前夫在哪里？"女子说："我是淮阴县的县令梁倩的女儿，嫁到董家七年了。有两个儿子和一个女儿，儿子都跟了父亲，女儿就是我身边这个。现在前面城中的董江就是我前夫。董江的官职是鄮县县丞，家里积攒了庞大的财产。”她说话的时候还不住地在抽泣。冯媪没有觉察出什么异样，加上长久以来又冷又饿，现在能够吃得好睡得好，就不再说什么话了。那女子倒是一直哭到了早晨。

冯媪告辞离开之后，走了二十里路，来到桐城县。县的东面有座豪门贵族的宅邸，张着帘幕帷幔，摆着各式礼品，形形色色的人物来来去去，说是今晚有官员要举行婚礼。冯媪问人家新郎是谁，原来就是董江。冯媪说：“董江有妻子，为什么还要娶别人呢？”城里的百姓说：“董江的妻子和女儿都过世了。”冯媪说：“昨天晚上我碰上下雨，寄住在董江的妻子梁氏家里，为什么说她已经过世了呢？”城里百姓问她是在什么地方，原来那里就是董江妻子墓地所在。又问她，她说的那两位老人是怎样的容貌，原来那两位就是董江已经过世的父母。董江本来是舒州人，乡里的人都对他了解得很清楚。有人把这件事告诉给董江，董江觉得荒诞怪异，怪罪下来，让部下把冯媪赶走。冯媪把自己遇到的事说给城中百姓听，城中百姓都很感慨。这天晚上，董江终于还是结婚了。

元和六年五月的夏天，江淮从事李公佐被派到京城办事，回来的时候在汉南逗留，与渤海人高钺、天水人赵儹和河南人宇文鼎在驿站的客房里聚会。晚上聊天，要说神异的事情，大家都把自己听到和看到的说出来。高钺就把冯媪这件事原原本本地说了出来，公佐就写了这篇传。

谢小娥传

李公佐

小娥，姓谢氏，豫章人，估客女也。生八岁，丧母，嫁历阳侠士段居贞。居贞负气重义，交游豪俊。小娥父畜巨产，隐名商贾间，常与段婿同舟货，往来江湖。时小娥年十四，始及笄。父与夫俱为盗所杀，尽掠金帛。段之弟兄，谢之生侄，与童仆辈数十，悉沉于江。小娥亦伤胸折足，漂流水中，为他船所获，经夕而活。因流转乞食至上元县，依妙果寺尼净悟之室。初，父之死也，小娥梦父谓曰："杀我者，车中猴，门东草。"又数日，复梦其夫谓曰："杀我者，禾中走，一日夫。"小娥不自解悟，常书此语，广求智者辨之，历年不能得。

元和八年春，余罢江西从事，扁舟东下，淹泊建业，登瓦官寺阁。有僧齐物者，重贤好学，与余善。因告余曰："有孀妇名小娥者，每来寺中，示我十二字谜语，某不能辨。"余遂请齐公书于纸，乃凭槛书空，凝思默虑。坐客未倦，予悟其文。令寺童疾召小娥前至，询访其由。小娥呜咽良久，乃曰："我父及夫，皆为贼所杀。迩后尝梦父告曰：'杀我者，车中猴，门东草。'又梦夫告曰：

‘杀我者，禾中走，一日夫。’岁久无人悟之。”余曰：“若然者，吾审详矣。杀汝父是申兰，杀汝夫是申春。且车中猴，车字去上下各一画，是申字；又申属猴，故曰车中猴。草下有门，门中有东，乃兰字也。又，禾中走是穿田过，亦是申字也。一日夫者，夫上更一画，下有日，是春字也。杀汝父是申兰，杀汝夫是申春，足可明矣。”小娥恸哭再拜，书申兰申春四字于衣中，誓将访杀二贼，以复其冤。娥因问余姓氏官族，垂涕而去。

尔后小娥便为男子服，佣保于江湖间。岁余，至浔阳郡，见竹户上有纸榜子，云“召佣者”。小娥乃应召诣门，问其主，乃申兰也。兰引归，娥心愤貌顺，在兰左右，甚见亲爱。金帛出入之数，无不委娥。已二岁余，竟不知娥之女人也。先是谢氏之金宝锦绣衣物器具，悉掠在兰家，小娥每执旧物，未尝不暗泣移时。兰与春，宗昆弟也。时春一家住大江北独树浦，与兰往来密洽。兰与春同去经月，多获财帛而归。每留娥与兰妻兰氏同守家室，酒肉衣服，给娥甚丰。或一日，春携文鲤兼酒诣兰，娥私叹曰：“李君精悟玄鉴，皆符梦言。此乃天启其心，志将就矣。”

是夕，兰与春会群贼，毕至酣饮。暨诸凶既去，春沉醉，卧于内室，兰亦露寝于庭。小娥潜锁春于内，抽佩刀先断兰首，呼号邻人并至。春擒于内，兰死于外，获赃收货，数至千万。初，兰、春有党数十，暗记其名，悉擒就戮。时浔阳太守张公，善其志行，为具其事上旌表，乃得免死。时元和十二年夏岁也。

复父夫之仇毕，归本里，见亲属。里中豪族争求聘，娥誓心不嫁。遂剪发披褐，访道于牛头山，师事大士尼将律师。娥志坚行苦，霜春雨薪，不倦筋力。十三年四月，始受具戒于泗州开元寺，竟以小娥为法号，不忘本也。

其年夏月，余始归长安，途经泗滨，过善义寺谒大德尼令。操戒新见者数十，净发鲜帔，威仪雍容，列侍师之左右。中有一尼问师曰："此官岂非洪州李判官二十三郎者乎？"师曰："然。"曰："使我获报家仇，得雪冤耻，是判官恩德也。"顾余悲泣。余不之识，询访其由。娥对曰："某名小娥，顷乞食孀妇也。判官时为辨申兰、申春二贼名字，岂不忆念乎？"余曰："初不相记，今即悟也。"娥因泣，具写记申兰申春，复父夫之仇，志愿相毕，经营终始艰苦之状。小娥又谓余曰："报判官恩，当有日矣。"岂徒然哉！嗟乎！余能辨二盗之姓名，小娥又能竟复父夫之仇冤，神道不昧，昭然可知。小娥厚貌深辞，聪敏端特，炼指跛足，誓求真如。爰自入道，衣无絮帛，斋无盐酪，非律仪禅理，口无所言。后数日，告我归牛头山，扁舟泛淮，云游南国，不复再遇。

君子曰："誓志不舍，复父夫之仇，节也。佣保杂处，不知女人，贞也。女子之行，唯贞与节能终始全之而已。如小娥，足以儆天下逆道乱常之心，足以观天下贞夫孝妇之节。"余备详前事，发明隐文，暗与冥会，符于人心。知善不录，非《春秋》之义也。故作传以旌美之。

【译文】

小娥，姓谢，豫章人，是行商的女儿。长到八岁的时候，母亲去世了，她嫁给了历阳的侠士段居贞。居贞为人讲义气重情义，结交的都是有本事、任侠的朋友。小娥的父亲拥有数额庞大的财产，以商人的身份掩藏自己，经常同女婿一起，用船载着货物在四方各地来往。那一年小娥十四岁，才刚刚梳起头发表示成年，父亲和丈夫却一同被强盗杀害，金钱财物都被抢去。段家的兄弟和谢家的侄儿，还有几十个做事的家童仆人，都掉到水里淹死了。小娥胸口也受了伤，腿也断了，在水里漂着的时候被其他船上的人看到，救了上来，挨过一个晚上，活了下来。后来她乞讨为生，流浪到了上元县，妙果寺的尼姑净悟收留了她，让她住在了寺庙中。开始，父亲刚死的时候，小娥梦见父亲对她说："杀我的人，是车中猴，门东草。"过了几天，又梦见她的丈夫对她说："杀我的人，是禾中走，一日夫。"小娥自己无法明白其中的含义，经常将这两句话写下来，求很多聪明的人破解，过了一年多也没能找到答案。

元和八年的春天，我被免去了江南西道观察使判官的官职，乘着小船往东走，将船停泊在建业的水边，我登上了瓦官寺的楼阁。那里有个叫齐物的和尚，看重贤才，爱好学问，跟我关系很好。他对我说："有个寡妇叫小娥，每次到寺里来，都会拿十二字的谜语给我看，可我破解不了。"我于是让齐物和尚把谜语写在纸上，靠着栏杆，用手指在空中虚划字形，精神专注地沉思默想。坐在我身边的人还没有厌烦，我已经明白这些文字的意思了。于是让寺里的小孩赶紧去把小娥找来，向她询问这件事的缘由。小娥伤心地哭泣了很长时间，才说："我的父亲和丈夫都被坏人杀害了。后来我曾经梦见父亲告诉我说：'杀我的人，是车中猴，门东草。'又梦见丈夫告诉我说：'杀我的人，是禾中走，一日夫。'一年多了也没人能够想明白这些话的意思。"我说："这两句话，我思考得很充分了。杀死你父亲的人是申兰，杀死你丈夫的人是申春。这'车中猴'，'車'字上下各去一横，是个'申'字；又因为'申'这个地支对应的属相就是猴，所以说是'车中猴'。'草'下有'门'，'门'里有'东'，就是个'蘭'字。还有，在禾中走就是穿田过，也是个'申'字。'一日夫'呢，是'夫'上加一横，下面有'日'，就是‘春’字。杀死你父亲的人是申兰，杀死你丈夫的人是申春，就很明白了。”小娥放声痛哭，两次向我下拜，然后将“申兰”、“申春”四个字写在衣服上，发誓要将这两个坏人找出来杀掉，以平复自己的冤屈。小娥接着就问我的姓名、官职和家族，流着眼泪离开了。

后来小娥就改换了男子的服装，在各地帮佣做活。一年多以后，她来到浔阳郡，见到一户人家竹编的门上贴着纸榜，说是“招帮佣”。小娥就上前敲门应招，询问对方受雇之后的主人是谁，原来就是申兰。申兰将她带回了家，小娥心中愤恨，表面装得很柔顺。她在申兰身边做事，申兰对她很是亲近和喜爱，金银财物上收入支出的数额，都交给小娥来管理。两年多过去了，他竟然不知道小娥是个女人。从前谢家被抢走的贵重财物、丝织品、衣物和器具都在申兰家里，小娥每次手里拿着这些从前的物件，都会偷偷地哭很长时间。申兰和申春是族兄弟，那时候申春一家子住在长江北面的独树浦，跟申兰的来往很密切。申兰和申春会一起离开家一整个月，大多数时候都能带着钱财物品回来。他们每次出去，就留下小娥和申兰的妻子兰氏两个人看守家门。吃的和用的东西，像是酒、肉和衣服，对小娥的供应总是非常丰厚。有一天，申春提着鲤鱼和酒来拜访申兰，小娥暗自叹息说：“李先生悟性高超，洞察细微，一切都和梦中听到的话没有两样。这是上天开启了他的智慧，我报仇的心愿就要实现了。”

这天晚上，申兰、申春跟强盗们聚会，所有的强盗都来了，喝酒喝得很痛快。等到凶徒们都走了，申春醉得很厉害，睡倒在里屋里，申兰也在露天的庭院里睡着了。小娥偷偷地把申春锁在屋里，抽出随身携带的刀，先把申兰的头给砍了下来，然后大声呼喊，把邻居们都召集到这里。申春在屋里被抓住，申兰已经死在了屋外，找到的赃物价值达到了千万之多。起先，申兰和申春的党羽有几十人，小娥暗暗记下了他们的名字，现在都被抓起来杀死了。当时的浔阳太守张公赞赏小娥的志气和行为，将这件事原原本本记录下来，写在请求表彰的报告里呈给了皇帝，小娥于是被免去了死刑。那是元和十二年的夏天。

为父亲和丈夫报完仇之后，小娥回到家乡，与亲戚们相见。乡里的豪门贵家争相向她求婚，小娥却在心里发誓，不再嫁人。于是她剪掉头发，穿上粗布衣服，到牛头山寻访修行的有道之士，拜供奉观音、修持戒律、年高道深的尼姑将律师为师。小娥意志坚定，刻苦修行，降霜天里舂米，冒着大雨砍柴，力气没有倦怠的时候。元和十三年四月，她才在泗州开元寺接受了完整的受戒仪式，出家做了尼姑，最终就用小娥这个名字作为自己的法号，这是为了不忘本。

这一年的夏天，我刚要回长安去，路上经过泗滨，去善义寺拜访了德行高超的令尼姑。有几十个尼姑刚刚开始修持戒律，我从前没有见过，干净的头发，崭新的披肩，仪容威严，温文大方，排列开侍奉在师父的身边。其中有个尼姑问师父说："这位官员难道不是洪州的李判官，排行第二十三的那位吗？"师父说："是的。"尼姑说："我能够为家人报仇，洗雪冤屈和耻辱，是判官你的恩德啊。"她看着我，伤心地哭了起来。我不认识她，询问她是怎么回事。她回答我说："我的名字叫小娥，从前那个讨饭的寡妇，判官您帮我想出申兰和申春这两个坏人的名字，难道您不记得了吗？"我说："刚刚没有想起来，现在已经记起来了。"小娥就哭了起来，详细地把从记下申兰、申春两人的名字，到为父亲和丈夫报仇，完成自己的志向和心愿的经历，以及从头到尾的艰辛历程，都说给我听了。小娥又对我说："总有一天我要报答判官您的恩德。"这难道都是平白无故的吗！哎呀！我能够猜出两名强盗的姓名，小娥又终于能够为父亲和丈夫报仇，神明的力量是不可能被愚弄的，从这里就可以明白看出来。小娥相貌忠厚，言辞诚挚，聪明机灵，端庄出众，灼烧手指，弄跛腿脚，也必定要找寻到佛学的真谛。自从她出家以来，从不穿棉袍和丝织品，从不吃调味的盐和奶酪，只要不是戒律、佛仪和禅理，一概都不言说。后来几天，她告诉我她要回牛头山，然后乘坐小船漂浮在淮河上，到南方各地游历，后来我就没有再见过她。

有道德的人说："立下誓言，始终不放弃，为父亲和丈夫报仇，这是节烈。同佣人杂役混住在一起，别人却不知道她是女人，这是贞洁。女人的品行，只要能够始终保持贞洁和节烈就可以了。像小娥这样的女子，完全可以让天下那些违背道德准则、祸乱纲常的人感到警醒，完全可以看到天下那些贞洁和有孝道的男人和女人的节操。”我详细地记录下整件事情，破解的那两句隐语，冥冥中与真实的情况相符，体现了天理人心。知道有善行却不记录，这不是《春秋》所秉持的原则，我因此写下这篇传，来表彰赞美小娥的行为。

李 娃 传

白行简

汧国夫人李娃，长安之倡女也。节行瑰奇，有足称者，故监察御史白行简为传述。

天宝中，有常州刺史荥阳公者，略其名氏，不书。时望甚崇，家徒甚殷。知命之年，有一子。始弱冠矣，俊朗有词藻，迥然不群，深为时辈推伏。其父爱而器之，曰："此吾家千里驹也。"应乡赋秀才举。将行，乃盛其服玩车马之饰，计其京师薪储之费，谓之曰："吾观尔之才，当一战而霸。今备二载之用，且丰尔之给，将为其志也。"生亦自负，视上第如指掌。

自毗陵发，月余抵长安，居于布政里。尝游东市还，自平康东门入，将访友于西南。至鸣珂曲，见一宅，门庭不甚广，而室宇严邃。阖一扉，有娃方凭一双鬟青衣立，妖姿要妙，绝代未有。生忽见之，不觉停骖久之，徘徊不能去。乃诈坠鞭于地，候其从者，敕取之。累眄于娃。娃回眸凝睇，情甚相慕。竟不敢措辞而去。生自尔意若有失，乃密征其友游长安之熟者，以讯之。友曰："此狭邪女李氏宅也。"曰："娃可求乎？"对曰："李氏颇赡。前与通之者多贵戚豪族，所得甚广。非累百万，不能动其志也。”生曰：“苟患其不谐，虽百万，何惜。”

他日，乃洁其衣服，盛宾从，而往扣其门。俄有侍儿启扃。生曰：“此谁之第耶？”侍儿不答，驰走大呼曰：“前时遗策郎也！”娃大悦曰：“尔姑止之。吾当整妆易服而出。”生闻之私喜。乃引至萧墙间，见一姥垂白上偻，即娃母也。生跪拜前致词曰：“闻兹地有隙院，愿税以居，信乎？”姥曰：“惧其浅陋湫隘，不足以辱长者所处，安敢言直耶。”延生于迟宾之馆，馆宇甚丽。与生偶坐，因曰：“某有女娇小，技艺薄劣，欣见宾客，愿将见之。”乃命娃出。明眸皓腕，举步艳冶。生遽惊起，莫敢仰视。与之拜毕，叙寒燠，触类妍媚，目所未睹。复坐，烹茶斟酒，器用甚洁。

久之，日暮，鼓声四动。姥访其居远近。生绐之曰：“在延平门外数里。”冀其远而见留也。姥曰：“鼓已发矣。当速归，无犯禁。”生曰：“幸接欢笑，不知日之云夕。道里辽阔，城内又无亲戚，将若之何？”娃曰：“不见责僻陋，方将居之，宿何害焉。”生数目姥。姥曰：“唯唯。”生乃召其家僮，持双缣，请以备一宵之馔。娃笑而止曰：“宾主之仪，且不然也。今夕之费，愿以贫窭之家随其粗粝以进之。其余以俟他辰。”固辞，终不许。

俄徙坐西堂，帷幕帘榻，焕然夺目；妆奁衾枕，亦皆侈丽。乃张烛进馔，品味甚盛。撤馔，姥起。生娃谈话方切，诙谐调笑，无所不至。生曰：“前偶过卿门，遇卿适在屏间。厥后心常勤念，虽寝与食，未尝或舍。”娃答曰："我心亦如之。"生曰："今之来，非直求居而已，愿偿平生之志。但未知命也若何？"言未终，姥至，询其故，具以告。姥笑曰："男女之际，大欲存焉。情苟相得，虽父母之命，不能制也。女子固陋，曷足以荐君子之枕席？"生遂下阶，拜而谢之曰："愿以己为厮养。"姥遂目之为郎，饮酣而散。及旦，尽徙其囊橐，因家于李之第。自是生屏迹戢身，不复与亲知相闻。日会倡优侪类，狎戏游宴。囊中尽空，乃鬻骏乘，及其家童。

岁余，资财仆马荡然。迩来姥意渐怠，娃情弥笃。他日，娃谓生曰："与郎相知一年，尚无孕嗣。常闻竹林神者，报应如响，将致荐酹求之，可乎？"生不知其计，大喜。乃质衣于肆，以备牢醴，与娃同谒祠宇而祷祝焉，信宿而返。策驴而后，至里北门，娃谓生曰："此东转小曲中，某之姨宅也。将憩而觐之，可乎？"生如其言，前行不逾百步，果见一车门。窥其际，甚弘敞。其青衣自车后止之曰："至矣。"生下。适有一人出访曰："谁？"曰："李娃也。"乃入告。俄有一妪至，年可四十余，与生相迎，曰："吾甥来否？"娃下车，妪逆访之曰："何久疏绝？"相视而笑。娃引生拜之。既见，遂偕入西戟门偏院。中有山亭，竹树葱蒨，池榭幽绝。生谓娃曰："此姨之私第耶？"笑而不答，以他语对。俄献茶果，甚珍奇。

食顷，有一人控大宛，汗流驰至，曰："姥遇暴疾颇甚，殆不识人。宜速归。"娃谓姨曰："方寸乱矣！某骑而前去，当令返乘，便与郎偕来。"生拟随之。其姨与侍儿偶语，以手挥之，令生止于户外，曰：“姥且殁矣。当与某议丧事以济其急。奈何遽相随而去？”乃止，共计其凶仪斋祭之用。日晚，乘不至。姨言曰：“无覆命，何也？郎骤往觇之，某当继至。”生遂往，至旧宅，门扃钥甚密，以泥缄之。生大骇，诘其邻人。邻人曰：“李本税此而居，约已周矣。第主自收。姥徙居，而且再宿矣。”征“徙何处？”曰：“不详其所。”生将驰赴宣阳，以诘其姨，日已晚矣，计程不能达。乃弛其装服，质馔而食，赁榻而寝。生恚怒方甚，自昏达旦，目不交睫。

质明，乃策蹇而去。既至，连扣其扉，食顷无人应。生大呼数四，有宦者徐出。生遽访之：“姨氏在乎？”曰：“无之。”生曰：“昨暮在此，何故匿之？”访其谁氏之第。曰：“此崔尚书宅。昨者有一人税此院，云迟中表之远至者。未暮去矣。”

生惶惑发狂，罔知所措，因返访布政旧邸。邸主哀而进膳。生怨懑，绝食三日，遘疾甚笃，旬余愈甚。邸主惧其不起，徙之于凶肆之中。绵缀移时，合肆之人共伤叹而互饲之。后稍愈，杖而能起。由是凶肆日假之，令执繐帷，获其直以自给。累月，渐复壮，每听其哀歌，自叹不及逝者，辄呜咽流涕，不能自止。归则效之。生，聪敏者也。无何，曲尽其妙，虽长安无有伦比。

初，二肆之佣凶器者，互争胜负。其东肆，车舆皆奇丽，殆不敌，唯哀挽劣焉。其东肆长知生妙绝，乃醵钱二万索顾焉。其党耆旧，共较其所能者，阴教生新声，而相赞和。累旬，人莫知之。其二肆长相谓曰：“我欲各阅所佣之器于天门街，以较优劣。不胜者罚直五万，以备酒馔之用，可乎？”二肆许诺。乃邀立符契，署以保证，然后阅之。士女大和会，聚至数万。于是里胥告于贼曹，贼曹闻于京尹。四方之士，尽赴趋焉，巷无居人。自旦阅之，及亭午，历举辇舆威仪之具，西肆皆不胜，师有惭色。乃置层榻于南隅，有长髯者拥铎而进，翊卫数人。于是奋髯扬眉，扼腕顿颡而登，乃歌《白马》之词。恃其夙胜，顾眄左右，旁若无人。齐声赞扬之，自以为独步一时，不可得而屈也。有顷，东肆长于北隅上设连榻，有乌巾少年，左右五六人，秉翣而至，即生也。整衣服，俯仰甚徐，申喉发调，容若不胜。乃歌《薤露》之章，举声清越，响振林木。曲度未终，闻者歔欷掩泣。西肆长为众所诮，益惭耻。密置所输之直于前，乃潜遁焉。四座愕眙，莫之测也。

先是，天子方下诏，俾外方之牧，岁一至阙下，谓之入计。时也适遇生之父在京师，与同列者易服章窃往观焉。有老竖，即生乳母婿也，见生之举措辞气，将认之而未敢，乃泫然流涕。生父惊而诘之。因告曰：“歌者之貌，酷似郎之亡子。”父曰：“吾子以多财为盗所害，奚至是耶？”言讫，亦泣。及归，竖间驰往，访于同党曰：“向歌者谁？若斯之妙欤？”皆曰：“某氏之子。”征其名，且易之矣。竖凛然大惊。徐往，追而察之。生见竖色动，回翔将匿于众中。竖遂持其袂曰：“岂非某乎？”相持而泣，遂载以归。

至其室，父责曰：“志行若此，污辱吾门。何施面目，复相见也?”乃徒行出，至曲江西杏园东，去其衣服，以马鞭鞭之数百。生不胜其苦而毙。父弃之而去。其师命相狎昵者阴随之，归告同党，共加伤叹。令二人赍苇席瘗焉。至，则心下微温。举之，良久，气稍通。因共荷而归，以苇筒灌勺饮，经宿乃活。月余，手足不能自举。其楚挞之处皆溃烂，秽甚。同辈患之。一夕，弃于道周。行路咸伤之，往往投其余食，得以充肠。十旬，方杖策而起。被布裘，裘有百结，褴褛如悬鹑。持一破瓯，巡于闾里，以乞食为事。自秋徂冬，夜入于粪壤窟室，昼则周游廛肆。

一旦大雪，生为冻馁所驱，冒雪而出，乞食之声甚苦。闻见者莫不凄恻。时雪方甚，人家外户多不发。至安邑东门，循里垣北转第七八，有一门独启左扉，即娃之第也。生不知之，遂连声疾呼:“饥冻之甚。”音响凄切，所不忍听。娃自阁中闻之，谓侍儿曰:“此必生也。我辨其音矣。”连步而出。见生枯瘠疥厉，殆非人状。娃意感焉，乃谓曰:“岂非某郎也?”生愤懑绝倒，口不能言，颔颐而已。娃前抱其颈，以绣襦拥而归于西厢。失声长恸曰:“令子一朝及此，我之罪也!”绝而复苏。姥大骇，奔至，曰:“何也?”娃曰:“某郎。”姥遽曰:“当逐之。奈何令至此?”娃敛容却睇曰:“不然。此良家子也。当昔驱高车，持金装，至某之室，不逾期而荡尽。且互设诡计，舍而逐之，殆非人。令其失志，不得齿于人伦。父子之道，天性也。使其情绝，杀而弃之。又困踬若此。天下之人尽知为某也。生亲戚满朝，一旦当权者熟察其本末，祸将及矣。况欺天负人，鬼神不祐，无自贻其殃也。某为姥子，迨今有二十岁矣。计其赀，不啻直千金。今姥年六十余，愿计二十年衣食之用以赎身，当与此子别卜所诣。所诣非遥，晨昏得以温凊。某愿足矣。”姥度其志不可夺，因许之。

给姥之余，有百金。北隅四五家税一隙院。乃与生沐浴，易其衣服；为汤粥，通其肠；次以酥乳润其脏。旬余，方荐水陆之馔。头巾履袜，皆取珍异者衣之。未数月，肌肤稍腴；卒岁，平愈如初。异时，娃谓生曰：“体已康矣，志已壮矣，渊思寂虑，默想曩昔之艺业，可温习乎?”生思之，曰：“十得二三耳。”娃命车出游，生骑而从。至旗亭南偏门鬻坟典之肆，令生拣而市之，计费百金，尽载以归。因令生斥弃百虑以志学，俾夜作昼，孜孜矻矻。娃常偶坐，宵分乃寐。伺其疲倦，即谕之缀诗赋。

二岁而业大就，海内文籍，莫不该览。生谓娃曰：“可策名试艺矣。”娃曰：“未也。且令精熟，以俟百战。”更一年，曰：“可行矣。”于是遂一上登甲科，声振礼闱。虽前辈见其文，罔不敛衽敬羡，愿友之而不可得。娃曰：“未也。今秀士苟获擢一科第，则自谓可以取中朝之显职，擅天下之美名。子行秽迹鄙，不侔于他士。当砻淬利器，以求再捷，方可以连衡多士，争霸群英。”生由是益自勤苦，声价弥甚。

其年，遇大比，诏征四方之俊。生应直言极谏科，策名第一，授成都府参军。三事以降，皆其友也。将之官，娃谓生曰：“今之复子本躯，某不相负也。愿以残年，归养老姥。君当结媛鼎族，以奉蒸尝。中外婚媾，无自黩也。勉思自爱。某从此去矣。”生泣曰：“子若弃我，当自刭以就死。”娃固辞不从，生勤请弥恳。娃曰：“送子涉江，至于剑门，当令我回。”生许诺。

月余，至剑门。未及发而除书至，生父由常州诏入，拜成都尹，兼剑南采访使。浃辰，父到。生因投刺，谒于邮亭。父不敢认，见其祖父官讳，方大惊，命登阶。抚背恸哭移时，曰：“吾与尔父子如初。”因诘其由，具陈其本末。大奇之，诘娃安在。曰：“送某至此，当令复还。”父曰：“不可。”翌日，命驾与生先之成都，留娃于剑门，筑别馆以处之。明日，命媒氏通二姓之好，备六礼以迎之，遂如秦晋之偶。娃既备礼，岁时伏腊，妇道甚修，治家严整，极为亲所眷。向后数岁，生父母偕殁，持孝甚至。有灵芝产于倚庐，一穗三秀。本道上闻。又有白燕数十，巢其层甍。天子异之，宠锡加等。终制，累迁清显之任。十年间，至数郡。娃封汧国夫人。有四子，皆为大官，其卑者犹为太原尹。弟兄姻媾皆甲门，内外隆盛，莫之与京。

嗟乎！倡荡之姬，节行如是，虽古先烈女，不能逾也。焉得不为之叹息哉！

予伯祖尝牧晋州，转户部，为水陆运使。三任皆与生为代，故谙详其事。贞元中，予与陇西公佐话妇人操烈之品格，因遂述汧国之事。公佐拊掌竦听，命予为传。乃握管濡翰，疏而存之。时乙亥岁秋八月，太原白行简云。

【译文】

汧国夫人李娃是长安城里的妓女。她的节操品行美好出众，有值得称道的地方，因此监察御史白行简为她作传记述。

天宝年间，有常州刺史荥阳公这样一个人，我省去了他的姓名，就不写出来了。当时他的声望很高，家里人丁兴旺，很富有。五十岁的时候，生了一个儿子。那时候他儿子刚满二十岁，长得英俊清秀，很有文学才华，跟其他人完全不同，当时有名的人物对他都非常赞许佩服。他父亲十分喜爱他，将他当作难得的人才，说："这是我家的千里马。"他被乡里推荐到京城参加考试，临行之前，父亲为他准备了精美的马车、服饰和用具，帮他计算在京城生活需要的开销，对他说："我看以你的才华，应该可以一次成功，登上榜首。现在我帮你准备了两年的花销，而且让你的日子过得非常充裕，都是为了帮助你完成自己的志向。"荥阳公的这位公子也很自负，觉得考试成功就像活动手指手掌那么简单。

他从毗陵出发，一个多月后到了长安，住在了布政里。有一次，他从东市游玩回来，走进了平康里的东门，准备往西南方向去拜访朋友。来到鸣珂巷，看见一座宅子，门墙并不怎么高大，房屋倒是很深广。这宅子的一扇门关着，李娃正倚着一个梳着两个环形发髻的婢女站着，妖娆的姿态美妙极了，世上再也找不出第二个。公子一下子见到她，不知不觉停下马看了很长时间，在原地徘徊着，没办法离去。他假装不小心把鞭子掉到了地上，等着随从赶上来，叫他去捡，自己一个劲地看李娃。李娃也回望着他，那样子对他十分中意。公子最终也不敢跟她搭话，就这样离开了。从那以后，他心神恍惚，闷闷不乐。于是私底下向一个熟悉长安情况的朋友打听，问他那是什么人家。朋友说："那是妓女李娃的宅子。"他问："我能够得到李娃吗？"对方回答说："李家很有钱。李娃之前来往的大多数都是有权有势的富豪人家，赚到了很多钱。没有一百万钱是无法打动她的心的。"公子说："我只怕这件事不成功，只要能成功，就算花上一百万钱，我又怎么会吝惜呢。"

又一天，他穿戴得干净整洁，带了许多随从，来到李家门前敲门。过了一会儿，侍女把门打开了。公子说："这是谁家的房子?"侍女不答话，快步跑开去，大声叫喊说："先前掉了鞭子的公子来了!"李娃喜出望外地说："你先让他等等，让我换件衣服，补补妆再出去。"公子听了这话，心里很高兴。侍女就把他带到对门的小墙边，看到一个脊背弯曲的老婆婆，那就是李娃的母亲。公子跪拜行礼，上前陈说道："听说这里有个简陋的小院子，我希望能租住，不过这消息确实吗?"婆婆说："恐怕那地方狭窄、简陋又低湿，不值得先生您屈尊住进去，我怎么还敢跟您谈价钱呢。"她把公子请到宾客等待室里，这间屋子修筑得非常华丽。她跟公子两个人相对坐下，就说："我有个女儿，身材娇小，会的本事很少，也不精湛，很高兴见到你这位客人，我想让她来见见你。"于是把李娃叫了出来。李娃忽闪着明亮的眼眸，摆动着雪白的手腕，走起路来美艳妖娆极了。公子一下子惊呆了，忙不迭地从座位上站起来，简直不敢抬起头来看她。跟她互相行完礼，说了一些问候的话，她各种美妙的姿势表情，都是公子从未见过的。三人又坐了下来，煮茶倒酒来喝，器具都非常洁净。

过了很长时间，天晚了，四下里响起了报更的鼓声。婆婆问公子住得远不远，公子骗她说："住在延平门外几里路的地方。"心里想着，希望她能因为路远而让自己留下来。婆婆说："更鼓已经打起来了，你应该马上回去，不要触犯宵禁。"公子说："很荣幸能跟你们坐着说笑，不知不觉天就晚了。我家距离这里很远，城里又没有亲戚，教我怎么办好呢?"李娃说："你不嫌弃我们这里偏僻简陋，正打算要住在这里，睡一晚上有什么关系呢?"公子朝婆婆看了好几次，婆婆说："好吧，好吧。"公子于是把家僮叫来，拿出一匹双丝细绢，算是这一晚上饮食的花费。李娃笑着制止了他，说道："主人和客人之间的礼仪，不应该是这样的。今天晚上的花费，你就让我们这种贫苦人家随便弄些粗劣的食物来吃吃吧，其他的等以后再说吧。"公子再三要求让她收下东西，她最终也没有接受。

过了一会儿，三人又来到西边的堂屋坐下，这里的帷幕、帘子和座椅都极为豪华，光彩夺目，梳妆用的镜匣、床上的被子和枕头也都非常奢华。接着，屋里点起了蜡烛，饭菜给端上来了，菜肴很是丰盛。吃完饭，撤掉盘碗，婆婆站起来走开了。公子和李娃正谈到兴头上，趣味风生地说说笑笑，完全没有什么顾忌。公子说："先前我偶然经过你家门前，正好碰到你站在门里的小墙边，这以后我心里常常挂念你，就算是睡觉和吃饭的时候，也没办法不去想你。"李娃回答说："我的心里也一样想你。"公子说："我今天来，不是想找个住处那么简单，希望能够完成平生最大的心愿，只是不知道有没有这样的好命呢？"话还没说完，婆婆进来了，就问他说这句话的缘故，他把心里想的都说了出来。婆婆笑着说："男女之间存在着人最大的欲望，如果两个人情投意合，就算是父母的命令，也阻止不了。我这个女孩子实在不像样，怎么能够陪伴先生您睡觉呢？"公子听了这话，就走下台阶，下拜行礼，说道："我情愿给您当奴隶。"婆婆就把他看作是自己的女婿了。三个人喝到尽兴才散了。等到第二天天亮，公子把行李都搬过来了，就住到了李家的宅子里。这以后，公子绝少外出，不再跟亲朋好友联络，整天同歌妓戏子聚会，在酒宴上玩乐。兜里的钱都用光了，就开始卖马匹，然后又卖家僮。

过了一年多，钱财、马匹和仆人都被弄得精光。这以后，婆婆对他就渐渐地怠慢起来了，但是李娃对他的情意倒是越来越深厚了。有一天，李娃对公子说："跟郎君在一起有一年了，我还没能怀上孩子，曾经听说有竹林神这尊神，人们请求他什么事情，应验起来就好像回声一样迅速，我想要准备点祭品和酒去求他，好不好啊？"公子不知道这是她的诡计，高兴极了。于是他就将衣服拿到店铺里典当了，用这些钱来准备了祭品和酒，跟李娃一起来到庙里求神许愿，住了两个晚上才回去。回去的时候，李娃乘车在前，公子骑驴跟在后面。到了北边的里门口，李娃对公子说："这里往东，拐过弯去的小弄堂里，就是我姨妈的住处。我想去那里休息一下，顺便看望姨妈，好吗？"公子就按她说的办了。往前走了不到一百步的距离，果然看到一扇专供车马进出的门，从门外往里瞧，发现屋子非常宽敞。跟随的婢女来到车后，示意让公子停下，说："到了。"公子从驴上下来了，正赶上有个人出来问说："谁啊？"这边就回答说："是李娃。"那人就走进去通报了。过了一会儿，有位上了年纪的妇人走出来了，大概四十多岁，向公子走来欢迎他，说道："我的外甥女来了吗？"李娃下了车，妇人迎上去问她说："怎么这么久不来看我？"两人看着对方，都笑了。李娃把公子介绍给她认识，公子向她下拜行礼。都见过之后，三人一起来到房子西门旁的偏院里，那里有假山亭子，竹子和树木郁郁葱葱，池塘水阁幽静极了。公子对李娃说："这是姨妈自家的房子吗？"李娃笑了笑，没有回答，找了些其他的话来应答。过了一会儿，下人送上了茶和水果，都是非常珍稀少见的品种。

过了一顿饭的工夫，有一个人骑着一匹大宛马，汗流浃背地赶来了，说是："婆婆一下子得了大病，病得很厉害，都不大认识人了，最好快点回去吧。"李娃对姨妈说："真不知道该怎么办了！我跟这人骑马先回去，然后让他再骑回来，就可以带着郎君一起回去了。"公子想着要跟她一起走，她那位姨妈同侍女窃窃私语了几句，挥手示意，让他在门外停下了，对他说："婆婆快要过世了，你应该跟我一起讨论怎么办丧事，帮助李娃度过紧急出现的难关，为什么要忙着跟她回去呢？"公子就留下来，跟姨妈商量办丧事需要安排的仪式和祭品。天晚了，骑马的人还是没有回来。姨妈说："没有回来报告，这是为什么呢？郎君赶快过去看看吧，我待会也要过去的。"公子就出发回到了原来的那栋宅子前，发现门被锁得很严实，而且用粘土填住了锁眼。公子吃惊极了，就问邻居是怎么回事。邻居说："李家本来就是租的这所宅子住着的，租约已经到期了，宅子的主人自行把房子收回了。婆婆搬走了，而且已经有两个晚上了。"问他搬到哪里去了，邻居说："不清楚那地方。"公子正打算要骑驴赶回宣阳里，向她姨妈问清楚这件事，但是天已经晚了，算算路程是到不了的，只好脱下衣服典当了，拿这钱吃了饭，找了个住的地方。公子心中又气又恨得厉害，从晚上一直到早上，眼睛几乎没能闭上过。

天亮之后，他骑驴出发。到了昨天那所宅子前之后，一个劲地敲门，过了一顿饭的工夫都没有人应门。公子高声喊了好几次，终于有个太监慢吞吞地走出来了。公子连忙问他，姨妈在不在。那人说："没有这个人。"公子说："昨天傍晚还在这里的，你为什么要藏着掖着呢？"又问他这是谁的宅子，那人说："这是崔尚书的宅子。昨天有一个人租下了这个院子，说是要在这里等着远道而来的表亲，还没到晚上就走了。”

公子惶恐疑惑到了发狂的地步，不知道该怎么办，就回到原来住的布政里的房子看看。房子的主人可怜他，给他饭吃。公子满心怨恨，三天没有吃东西，生了很严重的病，十几天之后，病得更厉害了。房主人担心他就这样死了，把他抬到了出售丧葬用品的店铺里。他病势沉重，在死亡线上挣扎了许久，店铺里所有的人都为他伤心叹息，轮番喂他东西吃。后来他稍微好转，能够拄着拐杖起来活动。从此店里每天都会让他出点力，让他拿着灵柩前的帐幕，他就用干这活赚到的钱来养活自己。过了好几个月，他身体渐渐强壮起来，每次听到送葬的哀歌，感叹自己还不如死去的人，就伤心地哭起来，无法控制自己。回来之后，就学着唱这种歌。公子是个聪明机敏的人，没过多久，就把哀歌唱得婉转动人，全长安也找不到能够与他抗衡的人。

开始的时候，有两家帮人办丧事的丧葬用品店，互相争斗，较量胜负。东边的那家店，灵车什么的都华丽不凡，应该是没有敌手的，只是唱挽歌的那方面比较弱。东边店的掌柜知道公子的挽歌唱得好极了，就凑了两万钱来请他加入。东店的那些唱挽歌的老师傅，将自己擅长的技艺拿出来比较长短，偷偷地把新鲜的曲调教给公子，并且为他伴唱和声。过了几十天，外人还不知道他们的底细。两家店铺的掌柜互相知会对方说：“我们在天门街检阅各自店铺里的丧葬用品，比较一下双方的优劣，输的人罚钱五万，拿来准备酒菜，怎么样?”两家店铺都同意了。于是他们立下契约，签名画押作为凭证，然后就安排检阅。那天男男女女聚集在一起，都有好几万人。于是管理街坊的小吏将这件事报告了治安长官，治安长官又把这件事报告了京城首长。四面八方的人都赶来观看，巷子里都没人了。两家店铺从早晨开始检阅，一直到正午，依次较量的灵车、仪仗等丧葬用具，西边的店铺都没能取得胜利，他们的那班人马垂头丧气的。接着，他们在场地的南角将几张睡榻叠起来成了高台，有个长胡子的人拿着铎进来了，身边跟着好几个护卫。他振奋地吹胡子瞪眼，一只手握住另一只手腕部，屈膝下拜，额角点地，然后登上高台，开始演唱《白马》这首挽歌。仗着自己从来都是这方面的赢家，他左顾右盼，洋洋自得，并不把别人放在眼里。观众齐声赞扬，他自以为自己的歌喉在当时超群出众，没有人能够将他打败。过了一会儿，东边店铺的掌柜在场地的北角将几张睡榻连起来搭成台子，有个戴着黑色头巾的年轻人，身边跟着五六个人，拿着大扇子进场了，这个年轻人就是公子。他整理衣服，慢悠悠地酝酿了很长时间，然后张开嘴发出声音，那神情就好像无法承受心中的悲伤之情一般。他于是演唱了《薤露》这首歌，声音清脆悠扬，使得周围的树木都跟着颤动了。歌还没有唱完，听众就叹息着抹起了眼泪。西边店铺的掌柜遭到大家的讥诮，更加感到羞愧，偷偷地把赌输的钱款放到场地前面，静悄悄地溜走了。大家惊讶地睁大眼睛，不知道面前的这位歌手是从哪里冒出来的。

这之前，皇帝刚刚颁下法令，让京城以外的地方长官每年来京觐见一次，叫做入计。当时公子的父亲正巧也在京城，跟同级的官员们换了穿戴，偷偷过来观看。他身边带着个老仆人，就是公子奶妈的丈夫。老仆人看了公子的举止，听他说话的语气，想要与他相认又不敢相认，于是就流下了眼泪。公子的父亲吃惊地问他原因，他就告诉他说："那位歌手的容貌，跟老爷你死去的儿子十分相像。"公子的父亲说："我儿子因为身边带的钱太多，被强盗杀害，怎么可能在这里呢？"说完，他也哭了起来。回去的时候，仆人找了个机会，骑着马跑到公子的同伴那里，向他们询问说："这位歌手是谁啊，把歌唱得这样美妙？"同伴们都说："他是某姓氏的人。"询问他的名字，公子却已经改过名字了。仆人吃惊极了，慢慢地走到公子身边，靠近他，观察他的反应。公子看见这位仆人，表情发生了变化，回转身去，想要躲进人群当中，仆人于是抓住他的袖子说："你难道不是某人吗？"两个人拉着手，便流下了眼泪。仆人就骑马载着他回去了。

到了住处，他父亲责骂他说："像你这样的志气和行为，侮辱了我的家门，还有什么脸面再来见我？"于是带着他步行出门，走到曲江西岸的杏园东面，脱掉他的衣服，拿马鞭打了他几百下。公子难以承受这样的痛苦，倒在地上昏死过去。他父亲扔下他走了。公子的师父让和公子关系亲密的人暗地里跟着他，这人回去将情况说给同伴们听，大家都为公子的遭遇感到悲伤而叹息。他们派了两个人拿着芦苇席要将公子埋葬，到那里之后，发现公子心口下方还微微有些温度。他们把他抱起来，过了很长时间，他的呼吸才通畅起来。于是他们把他抬了回去，将芦苇管插进他嘴里，用勺子灌水进芦苇管给他喝。过了一个晚上，他才活了过来。一个多月以后，他还没法靠自己的力量抬起手脚，被鞭打的地方都溃烂了，身上肮脏极了。同伴们很苦恼，有一天晚上，就把他给扔到了路边。走过的人都可怜他，常常将吃剩下的东西扔给他，他才能够填饱肚子。一百天之后，他终于可以拄着拐杖站起来了。他身上披着件布袍，布袍上满是补丁，破烂极了。手里拿着一只破碗，在街坊里巷来回走动，讨饭为生。从秋天到冬天，他晚上到肮脏废弃的洞窟和房舍里过夜，白天就在街市上到处走。

一天早上下大雪，公子又冷又饿，不得已冒着大雪出来，向人讨饭时声音特别凄惨，听见的人没有不感到难过的。当时雪下得特别大，别人家外面的门大多没有开。走到安邑东门，顺着里巷的矮墙向北转弯走到第七、八间房子的时候，有一家人家单单开着左边那扇门，那就是李娃住的地方。公子并不知情，就急切地连声呼喊："冻死我啦，饿死我啦。"声音凄惨悲切，让人不忍心听。阁子里的李娃听到了，对侍女说："这肯定是公子，我听得出他的声音。"三步并作两步就跑出去了。看到公子瘦得皮包骨头，浑身长满恶疮，几乎没有人形了，李娃心里受到触动，就对他说："你难道不是某公子吗？"公子气愤地昏厥在地，嘴巴说不出话来，只是点头而已。李娃上前抱住他的头颈，用一件绣花短衣将他裹住，抱着他回到了西厢房里，失声痛哭道："让你沦落到今天这个地步，是我的罪过啊！"她哭得晕了过去，又醒过来。婆婆十分惊慌，跑过来说："怎么了？"李娃说："是某公子。"婆婆马上接口说："应该把他轰走的，为什么要把他带到这里呢？"李娃显出严肃的神色，端正目光说："不是这样的。他是好人家的儿子，当初他乘坐高大的马车，穿着华丽的服装，来到我的家里，没过一年就变得一无所有。我们却一起设下圈套，抛弃他，把他赶走，简直不是人能做出来的事。是我们让他失去志气，成为所有人都瞧不起的人。父与子之间的感情是人的天性，是我们让他父亲断绝对他的感情，把他打死了抛在路边。现在他又困苦潦倒成这副模样，天下的人都知道他是因为我才落到这步田地的。朝廷里公子的亲戚多得很，如果有一天掌权的人仔细调查起这件事的前因后果，那灾祸就要落到我们头上了。再说违背天理做出这种欺负人的事情，神灵鬼怪都不会保佑我们，我们就不要再自找灾祸了。我做婆婆你的女儿，到现在已经有二十年了。算算为你赚的钱，怎么说也有千两黄金了。婆婆你今年六十多岁，我情愿结算你二十年需要的吃穿花费，当作我赎身的钱款。我会和这个人搬出去另外找房子住，我们住的地方不会很远，早晚我都能过来看望您，这样我的心愿就满足了。”婆婆看她下定决心无法改变，就答应了她。

除去给婆婆的钱，李娃的积蓄还剩下一百两黄金，就在里巷北角四五家人家之间租了一个小院落。接下来，李娃就帮公子洗头洗澡，更换衣服，煮汤和粥给他喝，让他通畅肠胃，然后喂他乳制品来滋润他的脏腑。十几天后，才给他吃水中和陆地出产的食物。头巾、鞋子和袜子，李娃都拿珍奇罕有的给他穿。没过几个月，他的身材稍稍丰满起来，一年之后，他完全恢复了，跟从前一样。有一天，李娃对公子说：“你的身体已经康复了，志向也已经强大了，静下心来仔细想想，从前的学问功课，还能够记得起来吗？”公子想了想，说：“只记得十分之二、三。”李娃便让人备车出门，公子骑马跟随。来到市楼南偏门一家卖儒家典籍的商店，李娃让公子挑选，把选到的书都买下来，一共花费了一百两黄金。她把书都运回家，让公子摒弃一切顾虑，专心学问，夜晚也不休息，刻苦攻读。李娃经常陪伴他坐着，到夜半才去睡觉。看他读书读累了的时候，就提醒他做做诗词歌赋。

两年之后，公子的学问得到了极大的提升，天下所有的书籍，没有他不曾读过的。公子对李娃说：“可以报名去参加考试了。”李娃说：“还没到时候。再让你的学问精纯熟练一些，这样你就可以百战百胜了。”又过了一年，李娃对他说：“你可以去考试了。”于是公子第一次参加进士考试就考中了前几名，参加考试的人都很震惊。即使是前辈看到他的文章，没有不整理衣襟表示恭敬和羡慕，希望能够成为他的朋友而没法实现的。李娃说：“还没到时候呢。现在的秀才只要在某一门科举考试中考中了，就自以为可以在朝廷里当上显要的官职，得到天下人赞美的声望。你曾经做过下贱的事情，跟其他读书人不同，应该继续磨砺学问，使自己在以后的考试中再次得胜，这样才能不逊色于许多优秀的读书人。”公子从此以后更加勤奋刻苦，别人对他的赞誉就更高了。

那一年，碰上国家大考，朝廷征召全国各地的优秀人才前来应考。公子报考了直言极谏科，考试策论得了第一名，皇帝给了他成都府参军的官职。宰相以下的官员，已经都是他的朋友了。就要去地方做官了，李娃对他说：“今天让你回复本来的样子，我就算对得起你了。我希望能用自己剩下的日子，来奉养年老的婆婆。你应该找个豪门贵家的小姐做夫人，帮你担当祭祀祖先的责任。关乎家族内外的婚姻，你不可以辱没了自己。你要好好爱惜自己，从现在开始我要离开你了。”公子哭着说：“你要是抛下我，我就割断喉咙去死。”李娃坚持不肯跟他走，公子就更加真诚地请求她。李娃说：“我送你渡过嘉陵江，到剑门以后，你要让我回去。”公子答应了。

一个多月以后，他们来到剑门。还没来得及出发，朝廷任命官员的通告就到了。公子的父亲被皇帝从常州召到京城，任命为成都府的府尹，兼剑南采访使的官职。过了十二天，他父亲到了。公子于是投递名片，到驿馆去拜见他。他父亲不敢认他，看到他名片上祖父的官位和姓名，这才大惊失色，让他走上台阶来相见。他拍着儿子的背脊，大哭了很长时间，说道：“我和你还像从前一样是父子。”他于是问儿子这件事的缘由，公子把事情的来龙去脉原原本本地告诉了他。他感到非常惊奇，问公子李娃现在在哪里，公子说：“她送我到这里，我会让她回去的。”父亲说：“不可以。”第二天，父亲让人备马，跟公子一起先去了成都，把李娃留在剑门，修建房舍，让她住在里面。又一天，他让媒人上门提亲，纳采、问名等六礼齐备，把李娃接进了家门，跟公子成了正式的夫妻。李娃按照礼节成婚之后，逢到年节，总能很好地履行自己做妻子的职责，把家里治理得严谨整饬，亲戚们都对她极为赞赏。这以后的几年里，公子的父母一同过世了，李娃为他们守孝，各项礼节都做得到位。在她守孝的屋子里，长出了一株灵芝，一根花茎三次开花，本行政区的长官将这件事报告给了皇帝听。还有几十只白色的燕子，在她家屋檐下筑巢。皇帝觉得事情很神异，对他们家格外宠爱，赏赐也更多。一直到父母的丧期结束，公子已经升了好几次官，都是清要显达的官位。十年之内，担任了好几个郡的长官。李娃被封为汧国夫人。他们有四个儿子，都做了大官，官位最低的还是太原府府尹。弟兄几个的亲家都是豪富权贵之家。内家外家都兴隆昌盛，没有哪个家族能够与他们相比。

哎呀！放荡的妓女能够有这样的节操品行，即使是古时候的烈女，也不能比过她，怎么能够不为她感慨地叹息呢！

我的伯祖父曾经做过晋州的太守，转入户部任职，又做过水陆运使。这三任官职他都跟公子是上下任关系，所以对公子的这件事很了解。贞元年间，我同陇西李公佐讲起女人贞烈的节操品格，就说到了汧国夫人这件事。公佐拍着手掌，伸长脖子，听得很认真，让我给汧国夫人写个传。我于是拿起毛笔，蘸满墨水，将这件事记录并保存下来。这是乙亥年八月的秋天，太原白行简写的。

三　梦　记

白行简

人之梦，异于常者有之：或彼梦有所往而此遇之者，或此有所为而彼梦之者，或两相通梦者。

天后时，刘幽求为朝邑丞。常奉使，夜归。未及家十余里，适有佛堂院，路出其侧。闻寺中歌笑欢洽。寺垣短缺，尽得睹其中。刘俯身窥之，见十数人儿女杂坐，罗列盘馔，环绕之而共食。见其妻在坐中语笑。刘初愕然，不测其故。久之，且思其不当至此，复不能舍之。又熟视容止言笑，无异。将就察之，寺门闭不得入。刘掷瓦击之，中其罍洗，破迸走散，因忽不见。刘逾垣直入，与从者同视，殿庑皆无人，寺扃如故。刘讶益甚，遂驰归。比至其家，妻方寝。闻刘至，乃叙寒暄讫，妻笑曰："向梦中与数十人游一寺，皆不相识，会食于殿庭。有人自外以瓦砾投之，杯盘狼藉，因而遂觉。"刘亦具陈其见。盖所谓彼梦有所往而此遇之也。

元和四年，河南元微之为监察御史，奉使剑外。去逾旬，予与仲兄乐天、陇西李杓直同游曲江。诣慈恩佛舍，遍历僧院，淹留移时。日已晚，同诣杓直修行里第，命酒对酬，甚欢畅。兄停杯久之，曰："微之当达梁矣。"命题一篇于屋壁。其词曰："春来无计破春愁，醉折花枝作酒筹。忽忆故人天际去，计程今日到梁州。"实二十一日也。十许日，会梁州使适至，获微之书一函，后记《纪梦》诗一篇，其词曰："梦君兄弟曲江头，也入慈恩院里游。属吏唤人排马去，觉来身在古梁州。"日月与游寺题诗日月率同。盖所谓此有所为而彼梦之者矣。

贞元中，扶风窦质与京兆韦荀同自亳入秦，宿潼关逆旅。窦梦至华岳祠，见一女巫，黑而长，青裙素襦，迎路拜揖，请为之祝神。窦不获已，遂听之。问其姓，自称赵氏。及觉，具告于韦。明日，至祠下，有巫迎客，容质妆服，皆所梦也。顾谓韦曰："梦有征也。"乃命从者视囊中，得钱二镮，与之。巫抚掌大笑，谓同辈曰："如所梦矣！"韦惊问之。对曰："昨梦二人从东来，一髯而短者祝酹，获钱二镮焉。及旦，乃遍述于同辈。今则验矣。"窦因问巫之姓。同辈曰："赵氏。"自始及末，若合符契。盖所谓两相通梦者矣。

行简曰：《春秋》及子史，言梦者多，然未有载此三梦者也。世人之梦亦众矣，亦未有此三梦。岂偶然也，抑亦必前定也？予不能知。今备记其事，以存录焉。

【译文】

人做的梦，有时会存在不合于常理的情况：或者这个人梦见到哪里去，而另一个人在现实中遇见了他；或者这个人做了什么事，被另一个人梦到了；或者两个人互相梦到对方。

武则天时代，刘幽求是朝邑县的县丞。有一次奉命出去办事，到夜晚才回来。走到离家还有十几里的地方，正巧看到有一间供奉佛祖的堂屋院落，就在路的一边。他听到这佛寺里传出欢快融洽的歌声和笑声，而那寺院的墙壁低矮疏落，里面有什么都看得清清楚楚。刘幽求俯下身体偷偷地察看，只见里面有十几个人，男男女女混坐在一起，各式菜肴放在面前，他们环绕着坐着，一起吃着。刘幽求发现自己的妻子也在其中，一边说话一边笑着。乍一看见，他很吃惊，不知道妻子为什么在这里。过了很长时间，他还在想妻子不应该来这种地方，可是又不肯丢下她走开。他又仔细地观察妻子的容貌举止，说话和笑的样子，跟平常并没有什么不同。他准备走进去看看，那寺院的门关着，走不进去。刘幽求就拿了块瓦片朝里面扔去，打破了寺中人饭前洗手的器具，碎片四裂，人也都走散了，一下子就没了踪影。刘幽求翻墙进去，跟随从一起察看各处，大殿里和走廊上都没有人，寺院的门还是跟刚才一样锁着。他心里更加疑惑了，快马加鞭就往家里赶去。等他回到了家，他妻子却正在睡觉。听到他回来，他妻子就问候了他几句。说完这些，她又笑着说："刚刚梦见跟几十个人走到一间佛寺里，彼此都不认识，一起在大殿前面的空地上吃饭。寺院外面有人扔进来一块碎瓦片，杯子盘子碎得一塌糊涂，这么着我就醒了。"刘幽求也把自己碰到的事一五一十告诉了她。这就是所谓的这个人梦见到哪里去，而另一个人在现实中遇见了他的事例。

元和四年，河南元微之担任监察御史的官职，奉命到四川剑阁以南地区去办事。他走了有十几天的时候，我和二哥乐天、陇西李杓直一起到曲江边游玩。我们去了慈恩寺，将整个僧院都走遍了，待了很长时间。天色晚了，就一起来到杓直在修行里的家，喝着酒，吟诗对句，心情很是愉快舒畅。过了很长时间，哥哥都没有拿起酒杯喝酒，他说："微之应该到梁州了。"就在房间的墙壁上题写了一首诗，诗是这样的：

春天来了没有办法破解忧愁，
醉中折下花枝当作行令牌子。
忽然想念起去往远方的朋友，
算算路程今天应该到梁州地。

那天是二十一日。过了十几天，刚巧梁州来的使者到了，我们收到了微之的一封信，信的后面记着一首叫做《纪梦》的诗，诗是这样的：

梦见你们兄弟来到曲江边，
还到慈恩佛寺里各处游览。
手下差官让人马列队出发，
一觉醒来已经到了梁州段。

他写这首诗的日期跟我们游览寺院、乐天写诗的日期大致是相同的。这就是所谓的这个人做了什么事，被另一个人梦到了的事例。

贞元年间，扶风的窦质和京兆的韦荀一起从亳州出发，到秦地去，住到了潼关的旅店里。窦质梦见自己到了华岳祠里，见到一个女巫，长得很黑，个子很高，穿着白色的短衣和黑色的裙子，当路迎上来行礼，请求为他向神灵祝祷。窦质没能推辞掉，只好随她祝祷。问她姓什么，她说姓赵。醒过来之后，窦质将这个梦原原本本地说给了韦荀听。第二天，两人来到华岳祠前，有个女巫出来迎接客人，她的长相和穿着，就跟窦质梦里的女巫一样。窦质回头对韦荀说："我的梦应验了。"就让随从看看行李里有些什么，找到了两镮钱，给了那女巫。女巫拍手大笑，对她的同伴说："就跟梦里一样！"韦荀惊讶地问她原因，她回答说："昨天我梦见有两个人从东面来，其中一个矮个子、长胡子的人让我祝祷，我因此拿到了两镮钱。早上醒来，我把这个梦都说给同伴们听了。现在这个梦应验了。"窦质就问这个女巫姓什么，她的同伴说："姓赵。"两个人的梦和现实，从头到尾都完全符合。这就是所谓的两个人互相梦到对方了。

行简说：《春秋》、诸子论著和史书中说到梦的很多，但是没有记载过这样的三种梦。世上的人做的梦也形形色色，但也没有这样的三种梦。这难道是偶然的吗，还是前世注定的呢？我没办法知道。现在我将这些梦详细记录下来，以便保存下去。

长 恨 传

陈 鸿

开元中，泰阶平，四海无事。玄宗在位岁久，倦于旰食宵衣，政无大小，始委于右丞相，稍深居游宴，以声色自娱。先是，元献皇后、武淑妃皆有宠，相次即世。宫中虽良家子千数，无可悦目者。上心忽忽不乐。

时每岁十月，驾幸华清宫，内外命妇，熠耀景从。浴日余波，赐以汤沐，春风灵液，淡荡其间。上心油然，若有所遇，顾左右前后，粉色如土。诏高力士潜搜外宫，得弘农杨玄琰女于寿邸，既笄矣。鬒发腻理，纤秾中度，举止闲冶，如汉武帝李夫人。别疏汤泉，诏赐藻莹。既出水，体弱力微，若不任罗绮。光彩焕发，转动照人。上甚悦。进见之日，奏《霓裳羽衣曲》以导之；定情之夕，授金钗钿合以固之。又命戴步摇，垂金珰。明年，册为贵妃，半后服用。由是冶其容，敏其词，婉娈万态，以中上意。上益嬖焉。时省风九州，泥金五岳，骊山雪夜，上阳春朝，与上行同辇，居同室，宴专席，寝专房。虽有三夫人，九嫔，二十七世妇，八十一御妻，暨后宫才人，乐府妓女，使天子无顾盼意。自是六宫无复进幸者。非徒殊艳尤态致是，盖才智明慧，善巧便佞，先意希旨，有不可形容者。

叔父昆弟皆列位清贵，爵为通侯。姊妹封国夫人，富埒王宫，车服邸第，与大长公主侔矣。而恩泽势力，则又过之，出入禁门不问，京师长吏为之侧目。故当时谣咏有云："生女勿悲酸，生男勿喜欢。"又曰："男不封侯女作妃，看女却为门上楣。"其人心羡慕如此。

天宝末，兄国忠盗丞相位，愚弄国柄。及安禄山引兵向阙，以讨杨氏为词。潼关不守，翠华南幸，出咸阳，道次马嵬亭。六军徘徊，持戟不进。从官郎吏伏上马前，请诛晁错以谢天下。国忠奉氂缨盘水，死于道周。左右之意未快。上问之。当时敢言者，请以贵妃塞天下怨。上知不免，而不忍见其死，反袂掩面，使牵之而去。仓皇展转，竟就死于尺组之下。

既而玄宗狩成都，肃宗受禅灵武。明年，大赦改元，大驾还都。尊玄宗为太上皇，就养南宫。自南宫迁于西内。时移事去，乐尽悲来。每至春之日，冬之夜，池莲夏开，宫槐秋落，梨园弟子，玉琯发音。闻《霓裳羽衣》一声，则天颜不怡，左右歔欷。三载一意，其念不衰。求之梦魂，杳不能得。

适有道士自蜀来，知上皇心念杨妃如是，自言有李少君之术。玄宗大喜，命致其神。方士乃竭其术以索之，不至。又能游神驭气，出天界，没地府，以求之，不见。又旁求四虚上下，东极天海，跨蓬壶。见最高仙山，上多楼阙，西厢下有洞户，东向，阖其门，署曰"玉妃太真院”。方士抽簪叩扉，有双鬟童女，出应其门。方士造次未及言，而双鬟复入。俄有碧衣侍女又至，诘其所从。方士因称唐天子使者，且致其命。碧衣云：“玉妃方寝，请少待之。”于时云海沉沉，洞天日晓，琼户重阖，悄然无声。方士屏息敛足，拱手门下。

久之，而碧衣延入，且曰：“玉妃出。”见一人冠金莲，披紫绡，珮红玉，曳凤舄，左右侍者七八人。揖方士问皇帝安否，次问天宝十四载已还事。言讫悯然，指碧衣取金钗钿合，各折其半，授使者曰：“为我谢太上皇，谨献是物，寻旧好也。”方士受辞与信，将行，色有不足。玉妃固征其意。复前跪致词：“请当时一事，不为他人闻者，验于太上皇。不然，恐钿合金钗，负新垣平之诈也。”

玉妃茫然退立，若有所思，徐而言曰：“昔天宝十载，侍辇避暑于骊山宫。秋七月，牵牛织女相见之夕，秦人风俗，是夜张锦绣，陈饮食，树瓜华，焚香于庭，号为乞巧。宫掖间尤尚之。时夜殆半，休侍卫于东西厢，独侍上。上凭肩而立，因仰天感牛女事，密相誓心，愿世世为夫妇。言毕，执手各呜咽。此独君王知之耳。”因自悲曰：“由此一念，又不得居此。复堕下界，且结后缘。或为天，或为人，决再相见，好合如旧。”因言：“太上皇亦不久人间，幸惟自安，无自苦耳。”使者还奏太上皇，皇心震悼，日日不豫。其年夏四月，南宫宴驾。

元和元年冬十二月，太原白乐天自校书郎尉于盩厔，鸿与琅邪王质夫家于是邑。暇日相携游仙游寺，话及此事，相与感叹。质夫举酒于乐天前曰："夫希代之事，非遇出世之才润色之，则与时消没，不闻于世。乐天深于诗，多于情者也。试为歌之，如何？"乐天因为《长恨歌》。意者不但感其事，亦欲惩尤物，窒乱阶，垂于将来者也。歌既成，使鸿传焉。世所不闻者，予非开元遗民，不得知。世所知者，有《玄宗本纪》在。今但传《长恨歌》云尔。

汉皇重色思倾国，御宇多年求不得。杨家有女初长成，养在深闺人未识。天生丽质难自弃，一朝选在君王侧。回头一笑百媚生，六宫粉黛无颜色。春寒赐浴华清池，温泉水滑洗凝脂。侍儿扶起娇无力，始是新承恩泽时。云鬓花冠金步摇，芙蓉帐里暖春宵。春宵苦短日高起，从此君王不早朝。承欢侍寝无容暇，春从春游夜专夜。后宫佳丽三千人，三千宠爱在一身。金屋妆成娇侍夜，玉楼宴罢醉和春。姊妹弟兄皆列土，可怜光彩生门户。遂令天下父母心，不重生男重生女。

骊宫高处入青云，仙乐风飘处处闻。缓歌慢舞凝丝竹，尽日君王听不足。渔阳鼙鼓动地来，惊破《霓裳羽衣曲》。九重城阙烟尘生，千乘万骑西南行。翠华摇摇行复止，西出都门百余里。六军不发知奈何，宛转蛾眉马前死。花钿委地无人收，翠翘金雀玉搔头。君王掩面救不得，回看血泪相和流。

黄埃散漫风萧索，云栈萦回登剑阁。峨眉山下少行人，旌旗无光日色薄。蜀江水碧蜀山青，圣主朝朝暮暮情。行宫见月伤心色，夜雨闻铃肠断声。天旋地转回龙驭，到此踌躇不能去。马嵬坡下尘土中，不见玉颜空死处。君臣相顾尽沾衣，东望都门信马归。

归来池苑皆依旧，太液芙蓉未央柳。芙蓉如面柳如眉，对此如何不泪垂？春风桃李花开日，秋雨梧桐叶落时。西宫南内多秋草，落叶满阶红不扫。梨园弟子白发新，椒房阿监青娥老。夕殿萤飞思悄然，秋灯挑尽未成眠。迟迟钟漏初长夜，耿耿星河欲曙天。鸳鸯瓦冷霜华重，旧枕故衾谁与共？悠悠生死别经年，魂魄不曾来入梦。

临邛方士鸿都客，能以精神致魂魄。为感君王展转恩，遂教方士殷勤觅。排空驭气奔如电，升天入地求之遍。上穷碧落下黄泉，两处茫茫皆不见。忽闻海上有仙山，山在虚无缥渺间。楼殿玲珑五云起，其间绰约多仙子。中有一人名玉妃，雪肤花貌参差是。金阙西厢叩玉扃，转教小玉报双成。闻道汉家天子使，九华帐下梦中惊。揽衣推枕起徘徊，珠箔银钩迤逦开。云髻半偏新睡觉，花冠不整下堂来。风吹仙袂飘飘举，犹似《霓裳羽衣》舞。玉容寂寞泪阑干，梨花一枝春带雨。含情凝睇谢君王，一别音容两渺茫。昭阳殿里恩爱绝，蓬莱宫中日月长。回头下问人寰处，不见长安见尘雾。空持旧物表深情，钿合金钗寄将去。钗留一股合一扇，钗擘

黄金合分钿。但教心似金钿坚，天上人间会相见。临别殷勤重寄词，词中有誓两心知。七月七日长生殿，夜半无人私语时。在天愿为比翼鸟，在地愿为连理枝。天长地久有时尽，此恨绵绵无尽期。

【译文】

开元年间的时候，天下太平，国家无事。玄宗在皇位的日子长了，就厌倦了整日忙于政事的生活，不管事情大小，都委托右丞相处理，自己就开始躲在深宫里游嬉宴乐，用音乐和女色来取乐。在这之前，元献皇后和武淑妃都受到过皇上的宠爱，不过她们都相继过世了。宫里虽然有好几千好人家的女子，但是没有特别看得入眼的，皇上心里空落落的，总是闷闷不乐。

当时每年的十月份，皇上都要去一趟华清宫，那时皇城内外有封号的女人，都会随同前往，整个队伍光彩照人。皇上洗过澡以后，也让这些女人们沐浴，春风吹动水波，一切都显得舒缓恬静。皇上忽然心动，好像遇见了中意的人，再看自己身边的女子，涂抹的脂粉就好像尘土一般黯淡无光。他下令让高力士偷偷地到宫外调查，在寿王府里找到了弘农杨玄琰的女儿，已经十五岁了。她头发柔顺细滑，体态肥瘦合宜，举止闲散有风致，好像汉武帝的李夫人。于是另外为她开凿了一座温泉池，下诏赏赐给她洗澡。她从水里走出来，身体娇弱，气力全无，好像都无法承受身上丝织衣料的重量。她神采焕发，顾盼之间都能感染到他人。皇上非常高兴。杨氏觐见的日子，皇上让人演奏《霓裳羽衣曲》作为引导；两人定情的日子，他送她金钗和钿盒来巩固这段感情。又让她头戴步摇，耳挂金珰。第二年，册封她为贵妃，服饰和用度都参照皇后减半。从那以后，杨贵妃将自己打扮得格外妖娆，说话格外机敏，又百般和顺亲昵，来讨好皇上，皇上就更加宠爱她了。那时候，不管是到地方各州观察风化，还是乘坐泥金车驾去五岳游览，不管是在骊山宫观赏雪夜景致，还是在上阳宫度过春天的早晨，杨贵妃都与皇上在一起，他们行路的时候坐在一辆车里，止息的时候待在一间屋子里，宴饮的时候皇上专门要与她同席，睡觉的时候也专门要与她同房。虽说后宫有三位夫人、九位嫔、二十七位世妇、八十一位御妻，还有宫女才人，乐府歌妓，杨贵妃却能让皇上对她们全无兴趣。从那以后，宫里就再没有其他人能得到皇上的宠幸了。能够做到这些，并不仅仅是因为杨贵妃美艳出众，娇媚非常，也是因为她聪明机智，做人乖巧，善于阿谀奉承，能够预先猜测到皇上的心意，她这方面的才能真是无法用言语来形容的。

杨贵妃的叔父和兄弟都做上了高贵显要的官职，并且被加封为最高一等的爵位。姐妹被封为国夫人，富有可比皇宫，车马、服饰、宅第的奢华程度，都跟大长公主一样了，而她们受到的恩宠和拥有的势力，却又要超出公主之上，在宫门出入从来不会通报名字，京城里地位较高的官员看到她们，都畏惧得不敢正视。所以当时有歌谣这么说："生了女儿不要悲伤难过，生了儿子不要高兴过头。"又说："儿子封不了侯，女儿倒可以当妃子，女儿好比是门楣，光宗耀祖全凭此。"老百姓对杨家的富贵竟然羡慕到了这种程度。

天宝末年，杨贵妃的哥哥杨国忠不合理地取得了丞相的官位，肆意处理国事。安禄山带兵攻向皇城的时候，就把讨伐杨家作为起兵的借口。潼关没有能守住，皇帝在仪仗队伍护送下往南方逃去。从咸阳城里出来，走到了马嵬坡的驿站，军队不再前进，士兵们手拿兵器在原地徘徊。皇上身边的侍从郎官匍匐着来到皇上马前，请求诛杀祸乱朝政的罪臣，向天下人谢罪。杨国忠身为臣子获罪，按古时的惯例，拿着用牦牛尾做成的帽带，手捧一盘水，在路边被处死了。随行人员似乎还不满意。皇上询问原因，当时有个敢说话的人就请求皇上处死贵妃，这样才能平复天下人的怨恨之情。皇上知道保不住杨贵妃，又不忍心看着她死去，就用袖子遮住了脸，让别人把她带走。杨贵妃惊慌失措，忧惧不已，最后还是死在了白绫之下。

那以后，玄宗来到成都，在灵武把皇位禅让给了肃宗。第二年，变更年号，大赦天下，肃宗皇帝回到了京城，尊奉玄宗为太上皇，让他在南宫颐养天年。玄宗又从南宫搬到了皇城西面，时光流逝，往事只能回忆，生活开始变得没有滋味，渐渐觉得悲哀起来。

每到春天时节，或是冬季夜晚，或是夏日里池塘中的莲花盛开，或是秋天里宫中的槐叶坠落的时候，当梨园弟子弹拨乐器，当玉管发出声响，只要听到《霓裳羽衣》的一个音调，玄宗就马上沉下脸来，身边服侍的人也就跟着叹息起来。三年过去了，还是一个样子，玄宗对贵妃的思念并没有衰减。想要在梦中与她相聚，却也没办法实现。

当时正好有个道士从蜀地来，知道太上皇思念杨贵妃到了这种地步，自称能够施展李少君的那种法术。玄宗非常高兴，让他把杨贵妃的魂魄招引来。这个道士于是竭尽所能，施展法术招引杨妃的魂魄，却没能招来。他又能让自己的精神离开躯体，乘着云气飞行，上到天界，下到地府，像这样去寻找，也没能找到。他又向四方天地寻找，向东越过天海，跨过蓬壶仙山，看到一座极高的仙山，山上有许多高楼，西边房屋那里有一间深邃的大房子，朝东，关着门，门额上写着“玉妃太真院”。道士拔出发簪来敲门，有个梳着两个环形发髻的小姑娘出来应门。道士慌忙间没有说上话，那小姑娘又进去了。过了一会儿，有个绿色衣服的侍女出来，问他是从哪里来的。道士就说是唐朝天子的使者，并且把玄宗让他寻找杨妃的事情告诉了她。绿衣服的侍女说：“玉妃正在睡觉，请你稍等一会儿。”那时候屋子旁弥漫着深邃的云雾，早晨的太阳照进了幽深的住所，精美的门户一扇扇都关闭着，周围没有一点声响。道士屏住呼吸，停住脚步，恭敬地拱手等在门外。

过了很长时间，绿衣服的侍女请他进去，一边告诉他：“玉妃出来了。”只见一个人戴着金莲式样的帽子，披着紫色的薄纱衣衫，佩戴红色的玉佩，拖着凤头鞋，身边跟着七八个侍女。她向道士作揖，询问皇帝是否安好，接着又问天宝十四年以后的事情。说完话，她神情忧愁，指示绿衣侍女拿来金钗和钿盒，都折下一半交给使者说：“替我告诉太上皇：恭敬地献上这些东西，算是重温过去在一起的时光。”道士接下了口信和信物，就要走了，脸上却露出了不满足的神色。玉妃坚持要他把心里的想法说出来。道士又向前下跪，说道：“请告诉我一件当时的事情，别人都不知道的，这样太上皇才会相信我，要不然，我害怕手上的金钗和钿盒要跟汉代新垣平的玉杯一样，被别人说成骗人的玩意。”

玉妃惆怅地退后几步站着，好像在想些什么，然后慢慢地说道："天宝十年的时候，我陪伴皇上在骊山宫避暑。那是七月的秋天，牵牛星和织女星相会那天的晚上，按照秦地的风俗，那天晚上要在庭院地上铺开锦绣褥子，陈列食物饮料，摆放瓜果和鲜花，然后烧香祝祷，称作乞巧。宫廷里尤其推崇这种风俗。那时快半夜了，我让侍卫们退到东西厢房里，我一个人服侍皇上。皇上跟我并肩站着，抬头看着天空，为牛郎织女的故事而感慨起来，两个人私下里发誓，生生世世都要做夫妻。说完这个，拉着手都哭起来了。这件事是只有皇上知道的。"她说完又伤心地自言自语说："动了这个念头，我又不能待在这里了。大概要再次沦落到人间，或者可以成就后世的姻缘。不管是在天上，还是在人间，一定要和他再相见，像从前一样恩爱。"她于是接着说："太上皇在人间的日子也不会太长了，希望他保重身体，不要自寻烦恼。"道士回去报告太上皇，太上皇内心震动悲伤，天天闷闷不乐。这一年四月的夏天，太上皇在南宫宴饮的时候过世了。

元和元年十二月的冬天，太原白乐天由校书郎调任盩厔县尉，而我陈鸿和琅琊王质夫都住在这个地方。假日里，三个人一起来到仙游寺游玩，说到唐明皇与杨贵妃的故事，都感慨叹息起来。质夫举起酒杯，走到乐天面前说："一个时代难得发生的事情，如果没有这个时代杰出的人才写文章修饰润色，就会跟这个时代一起消亡淹没，后世的人再也不会知道。乐天你对诗歌的造诣很深，感情也很丰富，试着写一首歌行吧，怎么样？"于是乐天就写了《长恨歌》，他的用意不仅仅是抒发自己的感慨，也想让后世的人看看，过于美丽的女子会遭逢的下场，执政者也可以由此止住祸乱的苗头。他写完歌行，让我作传。世上的人不知道的事，我不是经历过开元年的人，也没法知道，世上的人所能知道的事，史书《玄宗本纪》里都会记载，我现在就只是为《长恨歌》作传而已。

汉代皇帝重视女色想找绝色女子，
皇宫大内找了许多年也没有找到。
杨家有个女儿也才刚刚长大成人，
抚养在幽深的闺房中没有人知道。
天生的美人坯子怎能嫁给寻常人，

终有一天被选中与君王相伴逍遥。
回头来那一笑百般妩媚难以言说，
宫中所有女人一时间都黯淡如草。
寒冷的春天皇上赐她华清宫沐浴，
柔滑的温泉水洗着那皮肤如脂膏。
侍女将她扶起她娇弱得没有力气，
这是她刚开始承受皇上宠爱关照。
乌云般的鬓发戴着花冠和金步摇，
华美的帐幔中共同度过春日夜晚。
可恨夜晚很快过去太阳高高升起，
从此君王不再早起上朝端坐大殿。
陪同皇上开宴入睡没有闲暇时间，
春天她伴着游玩夜晚只要她相陪。
后宫中美丽的女子总有三千多人，
三千人的宠爱都集中在她一个人。
金屋里梳妆完毕娇美地侍奉皇上，
玉楼上酒宴结束她的醉态更迷人。
她的兄弟姐妹都加官进爵享富贵，
整个家族蒙受荣耀实在让人羡慕。
于是全天下的父母都改变了心思，
不再看重生男孩而更看重生女儿。
骊山宫最高处已经插到了青云里，
到处都能听到里面传出美妙音乐。
慢悠悠地唱歌跳舞乐器之声迟缓，
整天整天地听这些皇帝也听不够。
范阳地区造反的军鼓汹汹地传来，
打断了《霓裳羽衣曲》让人惊惶失措。
皇城上下顿时乱了阵脚尘土飞扬，
成千上万人坐车骑马逃往西南方。
皇帝的仪仗摇曳着前进又停止了，
这才刚出城门往西走了一百多里。
军士们不肯前进能有什么办法呢，

美丽的贵妃含愁带恨死在了马前。
她的花钿掉落在地上没有人收拾，
还有那头上的翠翘、金雀和玉搔头。
皇上救不了她袖子遮住脸不忍看，
再回头时鲜血混在眼泪里往下流。
风呼啦啦地吹啊吹得黄沙漫天飞，
为登剑阁在云中栈道上曲折来回。
峨眉山下冷冷清清没有什么行人，
日光淡薄而军队的旌旗也无光辉。
四川那地方的山色青翠江水碧绿，
日日夜夜都触动皇上的相思愁绪。
下榻的行宫里看见月亮让他伤怀，
夜来风雨听见檐下铃声让他痛苦。
打败叛军后皇上终于能返回京城，
来到这里不能离去心中悲伤难忍。
仔细地看看马嵬坡下的尘埃泥土，
也找不到美人是在哪里受屈而尽。
君王臣子互相看着眼泪沾湿衣服，
向东望见城门就任马自行回了家。
回宫来园林的景致都还是老样子，
有太液池的芙蓉和未央宫的柳树，
芙蓉像她的面容柳叶就像她的眉，
看到这些怎么能不伤心地掉眼泪？
桃树李树在春风里开出花的日子，
梧桐树的叶子在秋雨中掉落之时。
西宫和南宫秋天来长了许多青草，
台阶上都是红色的落叶无人清扫。
梨园弟子的头上新长出了白头发，
后妃宫里的太监和宫女也都衰老。
傍晚时萤火虫飞过静悄悄的宫殿，
秋夜里将油灯挑尽仍然无法入睡。
钟漏声慢悠悠传来长夜刚刚开始，

银河闪闪发亮天色又将明亮起来。
鸳鸯瓦上积满厚重的冰霜冷极了，
翡翠鸟羽毛织成的被子冷了谁暖？
生死相隔转眼间分别了那么多年，
就连她的魂魄也没能在梦中出现。
有个四川临邛的道士客居在京城，
能够用精神的力量召唤亡人魂灵。
他因君王长久不息的思念而感动，
道士就施展法力要找到贵妃亡灵。
鼓动空气驾驭气流行动快如闪电，
飞到天上进入地下两处全要找遍。
找遍了天上又寻遍了地府和阴间，
天上地下两处都不能把贵妃找见。
忽然听说东边的海上有一座仙山，
山峰在一片迷茫云雾中若隐若现。
精巧的楼阁屋宇旁腾起五色彩云，
那里面住的都是丰姿柔美的仙人。
其中有一位仙女她的名字叫玉妃，
肌肤如雪样貌如花仿佛贵妃本人。
来到这华美屋宇的西厢房把门敲，
递相请两位侍女代为通禀她知晓。
玉妃听说是汉代皇帝派来的使者，
从那精美的帐幔里的睡梦中惊觉。
推开枕头穿上衣服起来来回走动，
侍女拉开珍珠镶嵌的帘子和屏风。
刚刚睡醒的她乌云般的发髻偏斜，
走下厅堂时头上的花帽也不平整。
她仙人的衣袖被风吹得飘扬飞舞，
好像跟从前一样跳起《霓裳羽衣》舞。
她美丽的脸上神情凄凉眼泪纵横，
就像春天里的一枝梨花蒙着雨雾。
她神情专注饱含真情地对君王说，

分别之后生死相隔声音容貌模糊。
昭阳殿里曾经恩爱无法延续下去，
蓬莱宫中过仙人岁月时间长难度。
转过头去看向下界凡人生活之处，
看不到长安只能看到尘世的迷雾。
徒劳地用从前的物件来表达深情，
把钿盒和金钗托使者给他带过去。
金钗留下一段钿盒也要留下一半，
折断金钗分开黄金钿盒变作两半。
只要我们的心像金钿那样的坚固，
不管是天上还是人间都会再相见。
临别时诚恳托付把口信再三交代，
口信中的誓言我们两个人都明白。
七月七日我们曾经在长生殿度过，
半夜里没人时候私下发誓永相爱。
若是在天上我们愿是一双比翼鸟，
若是在地下我们愿是一对连理枝。
天和地虽然长久也会有消亡那天，
不能在一起的遗憾却没有穷尽时。

东城老父传

陈　鸿

老父，姓贾名昌，长安宣阳里人。开元元年癸丑生。元和庚寅岁，九十八年矣。视听不衰，言甚安徐，心力不耗，语太平事历历可听。

父忠，长九尺，力能倒曳牛，以材官为中宫幕士。景龙四年，持幕竿随玄宗入大明宫，诛韦氏，奉睿宗朝群后，遂为景云功臣，以长刀备亲卫。诏徙家东云龙门。

昌生七岁，矫捷过人，能抟柱乘梁，善应对，解鸟语音。玄宗在藩邸时，乐民间清明节斗鸡戏。及即位，治鸡坊于两宫间。索长安雄鸡，金毫铁距高冠昂尾千数，养于鸡坊。选六军小儿五百人，使驯扰教饲。上之好之，民风尤甚。诸王子家，外戚家，贵主家，侯家，倾帑破产市鸡，以偿鸡直。都中男女，以弄鸡为事；贫者弄假鸡。帝出游，见昌弄木鸡于云龙门道旁，召入，为鸡坊小儿，衣食右龙武军。三尺童子，入鸡群，如狎群小，壮者，弱者，勇者，怯者，水谷之时，疾病之候，悉能知之。举二鸡，鸡畏而驯，使令如人。护鸡坊中谒者王承恩言于玄宗，召试殿庭，皆中玄宗意。即日为五百小儿长。加之以忠厚谨密，天子甚爱幸之。金帛之赐，日至其家。

开元十三年，笼鸡三百，从封东岳。父忠死太山下，得子礼奉尸归葬雍州。县官为葬器丧车，乘传洛阳道。十四年三月，衣斗鸡服，会玄宗于温泉。当时天下号为“神鸡童”。时人为之语曰：“生儿不用识文字，斗鸡走马胜读书。贾家小儿年十三，富贵荣华代不如。能令金距期胜负，白罗绣衫随软舆。父死长安千里外，差夫持道挽丧车。”

昭成皇后之在相王府，诞圣于八月五日。中兴之后，制为千秋节。赐天下民牛酒乐三日，命之曰酺，以为常也。大合乐于宫中，岁或酺于洛。元会与清明节，率皆在骊山。每至是日，万乐具举，六宫毕从。昌冠雕翠金华冠，锦袖绣襦袴，执铎拂道。群鸡叙立于广场，顾眄如神，指挥风生。树毛振翼，砺吻磨距，抑怒待胜。进退有期，随鞭指低昂，不失昌度。胜负既决，强者前，弱者后，随昌雁行，归于鸡坊。角觝万夫，跳剑寻橦，蹴毬踏绳，舞于竿颠者，索气沮色，逡巡不敢入。岂教猱扰龙之徒欤？二十三年，玄宗为娶梨园弟子潘大同女。男服珮玉，女服绣襦，皆出御府。昌男至信、至德。天宝中，妻潘氏以歌舞重幸于杨贵妃。夫妇席宠四十年，恩泽不渝，岂不敏于伎、谨于心乎？上生于乙酉鸡辰，使人朝服斗鸡，兆乱于太平矣。上心不悟。十四载，胡羯陷洛，潼关不守。大驾幸成都，奔卫乘舆。夜出便门，马踣道阱。伤足，不能进，杖入南山。每进鸡之日，则向西南大哭。

禄山往年朝于京师，识昌于横门外。及乱二京，以千金购昌长安、洛阳市。昌变姓名，依于佛舍，除地击钟，施力于佛。洎太上皇归兴庆宫，肃宗受命于别殿，昌还旧里。居室为兵掠，家无遗物。布衣憔悴，不复得入禁门矣。明日，复出长安南门，道见妻儿于招国里，菜色黯焉。儿荷薪，妻负故絮。昌聚哭，诀于道。遂长逝息长安佛寺，学大师佛旨。

大历元年，依资圣寺大德僧运平住东市海池，立陀罗尼石幢。书能纪姓名；读释氏经，亦能了其深义至道，以善心化市井人。建僧房佛舍，植美草甘木。昼把土拥根，汲水灌竹，夜正观于禅室。建中三年，僧运平人寿尽。服礼毕，奉舍利塔于长安东门外镇国寺东偏，手植松柏百株。构小舍，居于塔下，朝夕焚香洒扫，事师如生。顺宗在东宫，舍钱三十万，为昌立大师影堂及斋舍。又立外屋，居游民，取佣给。昌因日食粥一杯，浆水一升，卧草席，絮衣。过是，悉归于佛。妻潘氏后亦不知所往。贞元中，长子至信衣并州甲，随大司徒燧入觐，省昌于长寿里。昌如己不生，绝之使去。次子至德归，贩缯洛阳市，来往长安间，岁以金帛奉昌，皆绝之。遂俱去，不复来。

元和中，颍川陈鸿祖携友人出春明门，见竹柏森然，香烟闻于道，下马觐昌于塔下。听其言，忘日之暮。宿鸿祖于斋舍，话身之出处，皆有条贯。遂及王制。鸿祖问开元之理乱。昌曰："老人少时，以斗鸡求媚于上。上倡优畜之，家于外宫，安足以知朝廷之事。然有以为吾子言者。老人见黄门侍郎杜暹出为碛西节度，摄御史大夫，始假风宪以威远。见哥舒翰之镇凉州也，下石堡，戍青海城，出白龙，逾葱岭，界铁关，总管河左道，七命始摄御史大夫。见张说之领幽州也，每岁入关，辄长辕挽辐车，辇河间、蓟州佣调缯布，驾辖连轨，坌入关门。输于王府，江淮绮縠，巴蜀锦绣，后宫玩好而已。河州敦煌道岁屯田，实边食，余粟转输灵州，漕下黄河，入太原仓，备关中凶年。关中粟米，藏于百姓。天子幸五岳，从官千乘万骑，不食于民。老人岁时伏腊得归休，行都市间，见有卖白衫白叠布。行邻比鄽间，有人禳病，法用皂布一匹，持重价不克致，竟以幞头罗代之。近者，老人扶杖出门，阅街衢中，东西南北视之，见白衫者不满百。岂天下之人皆执兵乎？开元十二年，诏三省侍郎有缺，先求曾任刺史者。郎官缺，先求曾任县令者。及老人见四十三省郎吏，有理刑才名，大者出刺郡，小者镇县。自老人居大道旁，往往有郡太守休马于此，皆惨然不乐朝廷沙汰使治郡。开元取士，孝弟理人而已。不闻进士宏词拔萃之为其得人也。大略如此。”因泣下。

复言曰：“上皇北臣穹庐，东臣鸡林，南臣滇池，西臣昆夷，三岁一来会。朝觐之礼容，临照之恩泽，衣之锦絮，饲之酒食，使展事而去，都中无留外国宾。今北胡与京师杂处，娶妻生子。长安中少年，有胡心矣。吾子视首饰靴服之制，不与向同，得非物妖乎？”鸿祖默不敢应而去。

【译文】

老父，姓贾名昌，是长安宣阳里人。开元元年癸丑岁出生，到元和年庚寅岁，已经九十八岁了。他的视力和听力都没有衰退，讲起话来缓慢安详，并不耗费心力，说到太平年代的事情，一桩一件，也都可以听听。

他的父亲贾忠身高九尺，力气大得可以拖动一头牛，以低级武官的官职在宫里担任宫廷卫士。景龙四年，他拿着张帐幕用的长竿，跟随玄宗进入大明宫，诛杀韦氏，奉睿宗为皇帝，接受群臣的朝拜。他于是成了景云功臣，佩戴长刀担任近身保护皇帝的亲卫军士兵。睿宗下令让他把家搬到了东云龙门那里。

贾昌长到七岁的时候，动作灵敏矫健，超过常人，能够顺着柱子爬上屋梁，擅长问答，懂得鸟类的语言。玄宗还是王爷的时候，就喜欢民间清明节时候斗鸡的把戏，到他即位做皇帝，就在东西两宫之间建造了一座鸡场。找来长安城里的公鸡，那种长着金毛利爪，鸡冠很高，尾巴翘得高高的公鸡，找了有一千多只养在鸡场里。在皇城的军队里挑选了五百个孩子，让他们驯养饲喂这些鸡。皇上喜欢养鸡，老百姓那里这种风气就更厉害了。几位皇子家里，嫔妃娘家的家里，公主家里，公侯家里，为了买鸡把家底都掏出来了，简直弄到倾家荡产。京城里的男男女女把斗鸡当作正经事来做，穷人就玩假鸡。玄宗有次出游，看到贾昌在云龙门的路边玩木鸡，就把他召到宫里，在鸡场里当个养鸡的小孩，衣服和饮食都由右龙武军供给。这个身高才不过三尺的孩子，来到鸡群里，就好像大人在耍弄一群小孩一样，哪只鸡强壮，哪只鸡弱小，哪只鸡勇猛，哪只鸡怯懦，什么时候应该喂水，什么时候应该喂食，有没有生病，生的是什么病，他都能知道。他养的两只鸡，对他非常敬畏，很是驯顺，他指挥它们就好像指挥人一样。照管鸡场的宦官王承恩将这些告诉了玄宗，玄宗把贾昌叫到大殿里，试他的才能，他的表现完全符合玄宗的心意。当天他就成为了鸡场五百个小孩的头头。再加上贾昌为人忠诚温厚，谨慎仔细，玄宗非常喜欢他，赏赐的黄金和丝织品，每天都会送到他家去。

开元十三年，他带着三百只装在笼子里的鸡，跟着玄宗去泰山行封禅礼。他父亲贾忠在泰山下去世了，贾昌获准完成做儿子的责任，护送尸体回到长安所在的雍州埋葬。当地的县官为他准备了入葬所需的器具和运送尸体的丧车，由洛阳道上的驿站安排车马一路护送。十四年三月，贾昌穿着斗鸡时的服装，与玄宗在温泉相见。当时天下人称他为“神鸡童”。那时候的人为他编了段话，说是：“生了儿子不用让他读书识字，学会斗鸡和骑马比读书好得多。贾家这个小子年纪只有十三，荣华富贵几辈子人都比不过。他能决定利爪的斗鸡是胜是负，穿着丝绣白衫跟随皇帝轿后。父亲死在长安之外千里地方，朝廷派人拉着丧车送回家尸首。”

昭成皇后还在相王府的时候，在八月五日这天生下了玄宗。国家恢复太平富强之后，八月五日这天就被规定为千秋节，赏赐牛和酒给天下百姓，狂欢三天，这种庆祝活动被命名为酺，年年如此，成为常例。在宫里安排大型乐队演奏音乐，有时候也会在洛阳举行庆祝活动。元旦聚会和清明节的活动，大多都在骊山举行。每年到了这些日子，各种音乐都会演奏起来，宫里的所有人都会参与。贾昌头戴雕刻翡翠装饰金花的帽子，身穿五彩袖子的丝绣短衣和裤子，手里拿着铎，以拂尘开道，让鸡群按顺序站在广场上，他左顾右盼，神情自得，仿佛神仙一般，指挥起来雷厉风行。那些鸡毛发竖立，翅膀张开，摩擦着嘴和爪子，压制住心头的怒火等待胜利。不管前进和后退，鸡都听从命令，它们随着贾昌的鞭子和手指的指挥而行动，不会做出贾昌没有预料的举动。等到斗鸡决出了胜负，强壮的鸡就排在前面，弱小的鸡排在后面，一长排跟着贾昌回到了鸡场。跟一万个人角力的大力士，耍剑的，在别人头顶的长竿上爬竿表演的，踢球的，在悬空绳索上走动表演的，在长竿顶上跳舞的，这些人都垂头丧气，面色很难看，在广场外面徘徊，不敢进去。贾昌难道就是传说中教授猴子驯服龙的那种人吗？开元二十三年，玄宗为贾昌娶了梨园弟子潘大同的女儿。结婚那天，新郎佩戴的玉佩和新娘穿着的绣花短衣，都是皇家府库里的东西。贾昌有两个儿子，至信和至德。天宝年的时候，他的妻子潘氏因为擅长歌舞，受到了杨贵妃极大的爱宠。夫妻两个受宠四十年，主上的恩情始终没有改变，难道不是因为又有娴熟的技艺，又有细密的心思吗？皇上是乙酉鸡年出生的，让人穿着朝服斗鸡，这是在太平年代种下了祸乱的根由。皇上没有醒悟到这一点。天宝十四载，安禄山带兵攻陷洛阳，潼关也没能守住，皇上只好逃到成都去了。贾昌想追赶上去保护皇上，夜里从便门出去，他骑的马踩到地上的坑，跌了一跤，他摔下来弄伤了脚，不能再赶路，于是拄着拐杖跑到了南山上。每到从前进贡鸡的日子，他就朝着西南方向大哭。

前些年安禄山到京城朝见皇上的时候，在长安城北西头通向西域的横门那里见过贾昌，他攻占两座京城之后，就在长安和洛阳的集市张贴布告，悬赏千两黄金要找贾昌。贾昌换了名字，寄宿在寺庙里，扫地敲钟，为佛祖效力。直到玄宗当了太上皇，回到兴庆宫，肃宗在别殿即位，贾昌才回到原来的住处。发现家里已经被乱兵劫过，没什么剩下的东西了。他如今只是平民，形容憔悴，也不可能再进宫去了。第二天，他又从长安城的南门出城，在招国里的路边见到了妻子和儿子，他们脸色蜡黄灰暗，儿子正在担柴，妻子披着件破棉袄。贾昌和他们抱在一起痛哭，就在路边诀别了。他接着就远离世俗，长期居住在长安的佛寺里，向法师大家学习佛学禅理。

大历元年，贾昌跟随资圣寺有德行的大和尚运平住到了东市的海池，在那里树立起陀罗尼经文的石幢。那时候，贾昌读书识字，已经能够写出自己的名字，看佛家的经书，也能够明白其中深奥的含义和精深的道理，并且用自己的善心来感化街坊里的人，营造僧房和佛堂，种植美好的花草树木。白天他跟泥土和树根打交道，打水浇灌竹子，晚上在禅房里端正自己的见解。建中三年，运平和尚离开了人世。贾昌守丧完毕，将他的佛骨舍利在长安城东门外镇国寺东偏位置修塔供奉，亲手栽种一百棵松柏。还修造了一间小房子，住在塔边，早晚烧香，打扫卫生，侍奉师傅就好像对方还在世时一样。那时顺宗还是太子，捐出三十万钱，帮助贾昌建造了供奉运平大师画像的影堂和书房。又在这两间屋子边上造了间直通外面的房间，让流浪汉住在里面，收取一些租金。贾昌于是每天吃一杯粥，一升汤汁，睡草席，穿棉袄。超过这些用度的钱款，他都用在了侍奉佛祖上。他的妻子潘氏后来也不知去了哪里。贞元年间，他的大儿子贾至信穿着并州的铠甲，跟随大司徒马燧来京城面见皇上，到长寿里来见贾昌。贾昌就当自己没生过这个孩子，让他离开，不要再来找他。小儿子贾至德回来了，在洛阳市集贩卖丝织品，外出路过长安的时候，每年总是拿黄金和丝织品送给贾昌，贾昌也让他不要再来。两个儿子于是都走了，没有再回来。

元和年间，颍川人陈鸿祖带着朋友从春明门出来时，看到了繁茂的竹林和松柏，路上都弥漫着香烟。他们下马来，在舍利塔下会见了贾昌，听他说话，不知不觉天就晚了。贾昌让鸿祖在书房里过夜，向他说起了自己的人生经历，说得很有条理。就这样谈到了王朝的制度，鸿祖问他开元时候太平的景象和后来由盛转衰的情况。贾昌说："老汉我小时候是凭借斗鸡来讨好皇上的，皇上把我当成是取乐的歌妓演员一般对待，我住在宫外，怎么能够知道朝廷的政事呢？虽说这样，但是我还是可以跟你说说。老汉我见过黄门侍郎杜暹离开中央担任碛西节度使、兼任御史大夫，那时朝廷刚要用纠弹之官来威服远地；见过哥舒翰镇守凉州，攻下石堡，守卫青海城，在龙驹岛筑城时见到白龙，带兵越过葱岭，镇守潼关，总管河西事务，执行这七项任务之后才出任御史大夫；见过张说管理幽州事务，每年入关，就用那种架着长辕条的大车运载河间和蓟州执行租庸调法收来的丝织品，一大批车子满满当当地涌进关门。能够输入皇家府库的，也只有长江和淮河地区的绫绸绉纱、四川地方色彩花纹艳丽的丝织品和一些供后宫之人赏玩的物件而已。河州敦煌道每年耕种官田，充实边疆部队的口粮，多余的粮食转运到灵州，走水路沿黄河而下，放到太原仓库里储存，以备关中收成不好时使用。关中地区的粮食都收藏在百姓自己家里。皇上出行到五岳去，随行的官员成千上万，也都不需要征收百姓的粮食来吃。每年季节变换的时候，老汉我回家休假，走在都城的集市里，会看到有人卖平民穿的白色衣衫和白棉布。左邻右舍的住户里，有人生病了，要做法事消灾，规定是要用一匹黑布的，因为黑布价钱太贵，买不起，竟然用专门做头巾的纱罗来代替了。近来，老汉我拄着拐杖出门，到街道上查看，东西南北各个方向都看了，穿白色衣衫的人还不到一百个，难道天下的人都拿兵器去打仗了吗？开元十二年，皇上下旨，如果三省的侍郎有空缺的话，先从当过刺史的官员里选择合适的；如果六部的郎官有空缺的话，先从当过县令的官员里选择合适的。可老汉我现在看到过四十个三省的郎官，凡是掌理刑法才能出众的都被派到地方去了，好的做郡太守，差一点的做县令。自从老汉我住到了大路边，常常有郡太守在我这里下马休息，他们神情惨淡，很不满意朝廷将自己从中央官员里淘汰下来，让自己去治理州郡。开元时代朝廷选官，只是希望这个人能够以孝敬父母、友爱兄弟的道理去管理百姓而已，没听说过要考上进士和宏词、拔萃科才算是人才的。大概就是这样。”说着他就流下了眼泪。

他又说道：“当年太上皇降服北方的少数民族，东方的新罗，南方的滇池地区，西方的少数民族，这些民族成了唐朝的臣子，每隔三年朝会上贡一次。朝廷接待朝会使者的礼仪很隆重，对他们施予恩泽，给他们丝织品和棉服穿，给他们酒和食物吃，使者完成出使任务就会离开，京城里没有逗留的外国来宾。现在北方的少数民族的人跟京城百姓混杂相处，娶妻子生孩子，长安城里的年轻人都已经有少数民族的心思了。先生你看人们穿戴的首饰、服装和鞋子，跟以前不一样了，这难道不是一种怪异现象吗?”鸿祖沉默着不敢回答，就这样离开了。

开元升平源

吴　兢

姚元崇初拒太平得罪，上颇德之。既诛太平，方任元崇以相，进拜同州刺史。张说素不叶，命赵彦昭骤弹之，不许。居无何，上将猎于渭滨，密召元崇会于行所。初，元崇闻上讲武于骊山，谓所亲曰："准式，车驾行幸，三百里内刺史合朝覲。元崇必为权臣所挤，若何?"参军李景初进曰："某有儿母者，其父即教坊长，入内。相公倘致厚赂，使其冒法进状，可达。"公然之。辄效。燕公说使姜皎入曰："陛下久卜十河东总管，重难其人。臣有所得，何以见赏?"上曰："谁邪? 如惬，有万金之赐。"乃曰："冯翊太守姚元崇，文武全材，即其人也。"上曰："此张说意也。卿罔上，当诛。"皎首服万死。即诏中官追赴行在。

上方猎于渭滨。公至，拜首。上言："卿颇知猎乎?"元崇曰："臣少孤，居广成泽，目不知书，唯以射猎为事。四十年，方遇张憬藏，谓臣当以文学备位将相，无为自弃。尔来折节读书。今虽官位过忝，至于驰射，老而犹能。"于是呼鹰放犬，迟速称旨。上大悦。上曰：

"朕久不见卿，思有顾问，卿可于宰相行中行。"公行犹后。上纵辔久之，顾曰："卿行何后?"公曰："臣官疏贱，不合参宰相行。"上曰："可兵部尚书同平章事。"公不谢，上顾讶焉。

至顿，上命宰臣坐。公跪奏："臣适奉作粥之诏不谢者，欲以十事上献。有不可行，臣不敢奉诏。"上曰："悉数之！朕当量力而行，然后定可否。"公曰："自垂拱已来，朝廷以刑法理天下。臣请圣政先仁义，可乎?"上曰："朕深心有望于公也。"

又曰："圣朝自丧师青海，未有牵复之悔。臣请三数十年不求边功，可乎?"上曰："可。"

又曰："自太后临朝以来，喉舌之任，或出于阉人之口。臣请中官不预公事，可乎?"上曰："怀之久矣。"

又曰"自武氏诸亲，猥侵清切权要之地，继以韦庶人、安乐、太平用事，班序荒杂。臣请国亲不任台省官。凡有斜封待阙员外等官，悉请停罢，可乎?"上曰："朕素志也。"

又曰："比来近密佞幸之徒，冒犯宪纲者，皆以宠免。臣请行法，可乎?"上曰："朕切齿久矣。"又曰："比因豪家戚里贡献求媚，延及公卿方镇，亦为之。臣请除租庸、赋税之外，悉杜塞之，可乎?"上曰："愿行之。"

又曰："太后造福先寺，中宗造圣善寺，上皇造金仙玉真观，皆费巨百万，耗蠹生灵。凡寺观宫殿，臣请止绝建造，可乎?"上曰："朕每睹之，心即不安，而况敢为者哉!”

又曰:“先朝亵狎大臣，或亏君臣之敬。臣请陛下接之以礼，可乎?”上曰:“事诚当然。有何不可?”

又曰:“自燕钦融、韦月将献直得罪，由是谏臣沮色。臣请凡在臣子，皆得触龙鳞，犯忌讳，可乎?”上曰:“朕非唯能容之，亦能行之。”

又曰:“吕氏产、禄，几危西京，马、邓、阎、梁，亦乱东汉，万古寒心，国朝为甚。臣请陛下书之史册，永为殷鉴，作万代法，可乎?”上乃潸然良久曰:“此事真可为刻肌刻骨者也!”

公再拜曰:“此诚陛下致仁政之初，是臣千年一遇之日，臣敢当弼谐之地。天下幸甚，天下幸甚!”又再拜，蹈舞称万岁者三。从官千万，皆出涕。

上曰:“坐!”公坐于燕公之下。燕公让不敢坐。上问。对曰:“元崇是先朝旧臣，合首坐。”公曰:“张说是紫微宫使，今臣是客宰相，不合首坐。”上曰:“可。紫微宫使居首坐。”

【译文】

姚元崇当初因为不服从太平公主而被降罪，皇上就觉得很感动，等到处死太平公主之后，终于可以提拔元崇做宰相了，接着又封他为同州刺史。张说向来跟姚元崇不合，他让赵彦昭突然上书弹劾元崇，没有被皇上采纳。没过多久，皇上要到渭水边去打猎，秘密地将元崇召来，跟他在自己暂住的地方见面。当初元崇听说皇上要到骊山去观看军队演习，就对自己的亲信们说:“按照规定，皇上到宫外走动，所到之处三百里以内的州郡的刺史都要去面见皇上。我一定会被当权的大臣挤兑，该怎么办呢?”参军李景初向他进言说:“我身边有个女人,为我生过一个孩子,她父亲就是教坊长,可以进出大内。相公你要是多给他点钱,让他冒着犯法的危险为你呈递申诉书,那是可以做到的。”元崇采纳了这个办法。后来这个办法也奏效了。燕国公张说让姜皎来跟皇上说:“陛下一直在找可以担任河东总管这一职位的人,觉得非常难找,我找到了这样的人,陛下有什么可以赏赐给我呢?”皇上说:“是谁啊?如果这个人合适,我要赏赐你一千两黄金。”姜皎这才说:“冯翊太守姚元崇,文武双全,我说的人就是他。”皇上说:“这是张说的意思吧。你欺瞒皇帝,应当处死。”姜皎向皇上自首,承认有罪,甘愿受死。皇上当即下令,让宦官把元崇追回自己的住处。

皇上正在渭水边打猎,元崇到了,向皇上叩头。皇上说:“你还知道点打猎的事吗?”元崇说:“我从小失去父亲,住在广成泽那里,不认识字,只知道射箭打猎。四十岁的时候,才遇到张憬藏,他说我会因为文学才华而成为将相,不要就这样埋没了自己的才华。从那以后,我改变之前的志节行为,发奋读书。现在虽然承担了超过自己能力范围的官职,但是说到骑马射箭,我老是老了,不过水平还是可以的。”于是吹口哨指挥老鹰,放开猎狗寻找猎物,动作快慢都能根据皇上的命令来。皇上高兴极了。皇上说:“我很久没有见你,有些问题想要咨询你,你可以往前些,到宰相们的队伍里,跟他们一起走。”元崇还是远远地跟在后面。皇上放开缰绳,让马快跑了很久,回头说:“你为什么走在那么后面?”元崇说:“我的官职低微卑贱,不应当跟宰相们一起行走。”皇上说:“那你就做兵部尚书同平章事吧。”元崇并没有谢恩,皇上觉得很意外。

到了休息的时候,皇上让宰相们入座。元崇跪下禀报说:“我刚才接到皇上封我做宰相,让我辅助朝政的命令,之所以没有谢恩,是因为我想要就十件事情向皇上进言,如果皇上不能执行,那么我就不能接受做宰相的命令。”皇上说:“都说出来吧!我会看看自己的力量能不能做到,然后再决定是否执行。”元崇说:“从垂拱年到现在,朝廷都是用刑法来治理天下,我请求皇上在治理政事时将仁义放在前面,可以吗?”皇上说:“我真心希望你能帮我做到这件事情。”

元崇又说:“朝廷自从在青海打了败仗之后,并没有想要牵引自己的行为、使其回复正道的后悔之意，我请求皇上三四十年里都不要再去为了建立功勋而开拓边疆，可以吗?”皇上说：“可以。”

元崇又说：“自从太后掌管朝政到现在，举足轻重的官职，有时候听凭宦官任命，我希望宦官不要干预公事，可以吗?”皇上说：“我想这样做已经很长时间了。”

元崇又说：“自从武则天的那帮亲戚不合理地侵占清贵而接近皇上的重要官职，之后又有韦氏、安乐公主和太平公主把持朝政，朝廷的秩序变得杂乱无章，我希望后妃的亲戚不要担任中央机构的官职，凡是那些非朝廷正式任命的官职、等待补缺任命的闲官和正员以外的官员，一概罢免停止，可以吗?”皇上说：“这是我一直以来的心愿。”

元崇又说：“近来那些靠着阿谀奉承取得上头宠爱的近臣，有触犯宪法纲常的，都因为受宠而没有受到责罚。我请求皇上按照律法惩治他们，可以吗?”皇上说：“我痛恨这帮人已经很长时间了。”

元崇又说：“最近因为皇亲国戚和有权势的人家向皇上进贡财物，来讨皇上的欢心，大臣和镇守一方的军事长官之中也开始流行这种风气，进贡起财物来了。我请求皇上在免除各地的赋税和劳役之外，杜绝这种进贡的风气，可以吗?”皇上说：“我会这样做的。”

元崇又说：“太后建造了福先寺，中宗建造了圣善寺，太上皇造了金仙观和玉真观，都是耗费巨大的工程，还让不少百姓丧命。只要是佛寺、道观和宫殿，我请求皇上不要再修建了，可以吗?”皇上说：“我每次看到这些建筑物，心里就觉得不安，更何况是去修建新的啊!”

元崇又说：“前朝皇帝与大臣有不正当的关系，很多做法有损君臣之间相互敬重的道理。我请求皇上按照礼数来对待大臣，可以吗?”皇上说：“本来就是应该这样做的，有什么不可以呢?”

元崇又说：“自从燕钦融、韦月将直言进谏而被杀害之后，谏官都面有难色，不敢说话了。我请求皇上允许，所有在职的臣子都能批评皇上的过失，触犯皇上的忌讳也不在话下，可以吗?”皇上说：“我不单单能够容忍这些行为，我还要按照进谏者正确的建议去实行。”

元崇又说：“西汉吕后的亲戚吕产、吕禄受到重用，差点危害到中央朝廷；东汉明帝皇后马氏、和帝皇后邓绥、安帝皇后阎姬和顺帝皇后梁妠，这几代皇后的家族也祸乱了东汉的朝政，这样的事情无论哪个时代的人听了都会寒心，我朝却发生了比前代更为严重的情况。我请求陛下把武则天家族乱政的事情写进史书，永远当成历史的教训来看待，让后世的人不会重蹈覆辙，可以吗？”皇上听着流下了眼泪，过了很久才说：“这件事情真是应该牢牢刻在心里才是！”

姚元崇下拜两次，然后说道：“今天真算是陛下实现仁政的开端啊，也是我等待千年才能等到的难得的日子啊，我愿意承担重任，出任宰相辅佐你调和政事。全天下有福了，全天下有福了！”他又下拜了两次，按照礼仪挥动手足舞蹈，并且三次欢呼万岁。随行的官员有几千几万人，都感动地流下了眼泪。

皇上说：“坐下吧！”姚元崇坐到了燕国公下首的位子，燕国公推让，不敢这样就坐。皇上问他原因，燕国公回答说：“元崇是前朝的老臣，应该坐在首位。”元崇说：“张说是紫微宫使（中书令），是正宰相，现在我的官职是兵部尚书同平章事，不过是客宰相，不应该坐在首位。”皇上说：“好的，紫微宫使坐在首位吧。”

卷　四

莺　莺　传

元　稹

贞元中，有张生者，性温茂，美风容，内秉坚孤，非礼不可入。或朋从游宴，扰杂其间，他人皆汹汹拳拳，若将不及，张生容顺而已，终不能乱。以是年二十三未尝近女色。知者诘之。谢而言曰："登徒子非好色者，是有凶行。余真好色者，而适不我值。何以言之？大凡物之尤者，未尝不留连于心，是知其非忘情者也。"诘者识之。

无几何，张生游于蒲。蒲之东十余里，有僧舍曰普救寺，张生寓焉。适有崔氏孀妇，将归长安，路出于蒲，亦止兹寺。崔氏妇，郑女也。张出于郑，绪其亲，乃异派之从母。是岁，浑瑊薨于蒲。有中人丁文雅，不善于军，军人因丧而扰，大掠蒲人。崔氏之家，财产甚厚，多奴仆。旅寓惶骇，不知所托。先是，张与蒲将之党有善，请吏护之，遂不及于难。十余日，廉使杜确将天子命以总戎节，令于军，军由是戢。

郑厚张之德甚，因饰馔以命张，中堂宴之。复谓张曰："姨之孤嫠未亡，提携幼稚。不幸属师徒大溃，实不保其身。弱子幼女，犹君之生，岂可比常恩哉！今俾以仁兄礼奉见，冀所以报恩也。”命其子，曰欢郎，可十余岁，容甚温美。次命女：“出拜尔兄，尔兄活尔。”久之，辞疾。郑怒曰：“张兄保尔之命。不然，尔且掳矣。能复远嫌乎？”久之，乃至。常服睟容，不加新饰，垂鬟接黛，双脸销红而已。颜色艳异，光辉动人。张惊，为之礼。因坐郑旁，以郑之抑而见也，凝睇怨绝，若不胜其体者。问其年纪。郑曰：“今天子甲子岁之七月，终今贞元庚辰，生年十七矣。”张生稍以词导之，不对。终席而罢。

张自是惑之，愿致其情，无由得也。崔之婢曰红娘。生私为之礼者数四，乘间遂道其衷。婢果惊沮，腆然而奔。张生悔之。翼日，婢复至。张生乃羞而谢之，不复云所求矣。婢因谓张曰：“郎之言，所不敢言，亦不敢泄。然而崔之姻族，君所详也。何不因其德而求娶焉？”张曰：“余始自孩提，性不苟合。或时纨绮间居，曾莫流盼。不为当年，终有所蔽。昨日一席间，几不自持。数日来行忘止，食忘饱，恐不能逾旦暮。若因媒氏而娶，纳采问名，则三数月间，索我于枯鱼之肆矣。尔其谓我何？”婢曰：“崔之贞慎自保，虽所尊不可以非语犯之。下人之谋，固难入矣。然而善属文，往往沉吟章句，怨慕者久之。君试为喻情诗以乱之。不然，则无由也。”张大喜，立缀《春词》二首以授之。

是夕，红娘复至，持采笺以授张，曰：“崔所命也。”题其篇曰《明月三五夜》。其词曰：“待月西厢下，迎风户半开。拂墙花影动，疑是玉人来。”张亦微喻其旨。是夕，岁二月旬有四日矣。崔之东有杏花一株，攀援可逾。

既望之夕，张因梯其树而逾焉。达于西厢，则户半开矣。红娘寝于床。生因惊之。红娘骇曰：“郎何以至？”张因绐之曰：“崔氏之笺召我也。尔为我告之。”无几，红娘复来，连曰：“至矣，至矣！”张生且喜且骇，必谓获济。及崔至，则端服严容，大数张曰：“兄之恩，活我之家，厚矣！是以慈母以弱子幼女见托。奈何因不令之婢，致淫逸之词。始以护人之乱为义，而终掠乱以求之。是以乱易乱，其去几何？诚欲寝其词，则保人之奸，不义。明之于母，则背人之惠，不祥。将寄于婢仆，又惧不得发其真诚。是用托短章，愿自陈启。犹惧兄之见难，是用鄙靡之词，以求其必至。非礼之动，能不愧心？特愿以礼自持，无及于乱！”言毕，翻然而逝。张自失者久之。复逾而出，于是绝望。

数夕，张生临轩独寝，忽有人觉之。惊骇而起，则红娘敛衾携枕而至，抚张曰：“至矣，至矣！睡何为哉！”并枕重衾而去。张生拭目危坐久之，犹疑梦寐。然而修谨以俟。俄而红娘捧崔氏而至。至，则娇羞融冶，力不能运支体，曩时端庄，不复同矣。是夕，旬有八日也。斜月晶莹，幽辉半床。张生飘飘然，且疑神仙之徒，不谓从人间至矣。有顷，寺钟鸣，天将晓。红娘促去。崔氏娇啼宛转，红娘又捧之而去，终夕无一言。张生辨色而兴，自疑曰：“岂其梦邪？”及明，睹妆在臂，香在衣，泪光荧荧然，犹莹于茵席而已。是后又十余日，杳不复知。张生赋《会真诗》三十韵，未毕，而红娘适至，因授之，以贻崔氏。自是复容之。朝隐而出，暮隐而入，同安于曩所谓西厢者，几一月矣。张生常诘郑氏之情，则曰："我不可奈何矣。"因欲就成之。

无何，张生将之长安，先以情谕之。崔氏宛无难词，然而愁怨之容动人矣。将行之再夕，不可复见，而张生遂西下。数月，复游于蒲，会于崔氏者又累月。崔氏甚工刀札，善属文。求索再三，终不可见。往往张生自以文挑，亦不甚睹览。大略崔之出人者，艺必穷极，而貌若不知；言则敏辩，而寡于酬对。待张之意甚厚，然未尝以词继之。时愁艳幽邃，恒若不识，喜愠之容，亦罕形见。异时独夜操琴，愁弄凄恻。张窃听之。求之，则终不复鼓矣。以是愈惑之。

张生俄以文调及期，又当西去。当去之夕，不复自言其情，愁叹于崔氏之侧。崔已阴知将诀矣，恭貌怡声，徐谓张曰："始乱之，终弃之，固其宜矣。愚不敢恨。必也君乱之，君终之，君之惠也。则殁身之誓，其有终矣。又何必深感于此行？然而君既不怿，无以奉宁。君常谓我善鼓琴，向时羞颜，所不能及。今且往矣，既君此诚。"因命拂琴，鼓《霓裳羽衣序》，不数声，哀音怨乱，不复知其是曲也。左右皆歔欷。崔亦遽止之，投琴，泣下流连，趋归郑所，遂不复至。明旦而张行。

明年，文战不胜，张遂止于京。因贻书于崔，以广其意。崔氏缄报之词，粗载于此，曰：

捧览来问，抚爱过深，儿女之情，悲喜交集。兼惠花胜一合，口脂五寸，致耀首膏唇之饰。虽荷殊恩，谁复为容？睹物增怀，但积悲叹耳。伏承便于京中就业。进修之道，固在便安。但恨僻陋之人，永以遐弃。命也如此，知复何言！自去秋已来，常忽忽如有所失。于喧哗之下，或勉为语笑，闲宵自处，无不泪零。乃至梦寐之间，亦多感咽。离忧之思，绸缪缱绻，暂若寻常。幽会未终，惊魂已断。虽半衾如暖，而思之甚遥。一昨拜辞，倏逾旧岁。长安行乐之地，触绪牵情。何幸不忘幽微，眷念无斁。鄙薄之志，无以奉酬。至于终始之盟，则固不忒。

鄙昔中表相因，或同宴处。婢仆见诱，遂致私诚。儿女之心，不能自固，君子有援琴之挑，鄙人无投梭之拒。及荐寝席，义盛意深，愚陋之情，永谓终托。岂期既见君子，而不能定情，致有自献之羞，不复明侍巾帻。没身永恨，含叹何言！倘仁人用心，俯遂幽眇，虽死之日，犹生之年。如或达士略情，舍小从大，以先配为丑行，以要盟为可欺，则当骨化形销，丹诚不泯，因风委露，犹托清尘。存没之诚，言尽于此。临纸呜咽，情不能申。千万珍重，珍重千万！

玉环一枚，是儿婴年所弄，寄充君子下体所佩。玉取其坚润不渝，环取其终始不绝。兼乱丝一絇，文竹茶碾子一枚。此数物不足见珍。意者欲君子如玉之真，弊志如环不解。泪痕在竹，愁绪萦丝。因物达情，永以为好耳。心迩身遐，拜会无期。幽愤所钟，千里神合。千万珍重！春风多厉，强饭为嘉。慎言自保，无以鄙为深念。

张生发其书于所知，由是时人多闻之。所善杨巨源好属词，因为赋《崔娘诗》一绝云："清润潘郎玉不如，中庭蕙草雪销初。风流才子多春思，肠断萧娘一纸书。"河南元稹亦续生《会真诗》三十韵，诗曰：

微月透帘栊，萤光度碧空。遥天初缥缈，低树渐葱胧。龙吹过庭竹，鸾歌拂井桐。罗绡垂薄雾，环珮响轻风。绛节随金母，云心捧玉童。更深人悄悄，晨会雨蒙蒙。珠莹光文履，花明隐绣龙。瑶钗行彩凤，罗帔掩丹虹。言自瑶华浦，将朝碧玉宫。因游洛城北，偶向宋家东。戏调初微拒，柔情已暗通。低鬟蝉影动，回步玉尘蒙。转面流花雪，登床抱绮丛。鸳鸯交颈舞，翡翠合欢笼。眉黛羞偏聚，唇朱暖更融。气清兰蕊馥，肤润玉肌丰。无力慵移腕，多娇爱敛躬。汗流珠点点，发乱绿葱葱。方喜千年会，俄闻五夜穷。留连时有恨，缱绻意难终。慢脸含愁态，芳词誓素衷。赠环明运合，留结表心同。啼粉流宵镜，残灯远暗虫。华光犹苒苒，旭日渐曈曈。乘鹜还归洛，吹箫亦上嵩。衣香犹染麝，枕腻尚残红。幂幂临塘草，飘飘思渚蓬。素琴鸣怨鹤，清汉望归鸿。海阔诚难渡，天高不易冲。行云无处所，箫史在楼中。

张之友闻之者莫不耸异之，然而张志亦绝矣。稹特与张厚，因征其词。张曰："大凡天之所命尤物也，不妖其身，必妖于人。使崔氏子遇合富贵，乘宠娇，不为云，不为雨，为蛟为螭，吾不知其所变化矣。昔殷之辛、周之幽，据百万之国，其势甚厚。然而一女子败之。溃其众，屠其身，至今为天下僇笑。予之德不足以胜妖孽，是用忍情。"于时坐者皆为深叹。

后岁余，崔已委身于人，张亦有所娶。适经所居，乃因其夫言于崔，求以外兄见。夫语之，而崔终不为出。张怨念之诚，动于颜色。崔知之，潜赋一章，词曰："自从消瘦减容光，万转千回懒下床。不为旁人羞不起，为郎憔悴却羞郎。"竟不之见。后数日，张生将行，又赋一章以谢绝云："弃置今何道，当时且自亲。还将旧时意，怜取眼前人。"自是，绝不复知矣。时人多许张为善补过者。予常于朋会之中，往往及此意者，夫使知者不为，为之者不惑。

贞元岁九月，执事李公垂宿于予靖安里第，语及于是。公垂卓然称异，遂为《莺莺歌》以传之。崔氏小名莺莺，公垂以命篇。

【译文】

唐代贞元年间，有一位张生，性情温和美好，外表俊美有风姿，内心清高坚韧，不合于礼的事情是不会诱惑到他的。有时候他跟朋友一起喝酒游玩，周围一片喧腾，其他人都吵闹起哄，唯恐不能尽兴，张生面色和顺，只是不违背别人的意思而已，这些从来不能扰乱他的心志。因此年纪已经二十三岁了，还没有亲近过女人。知道这个情况的人责问他，他表示歉意，然后说：“登徒子并不算好色的人，只是行为淫乱而已。我才是真正好色的人，却没能碰到美丽的女子。为什么这样说呢？万事万物只要是出众的，都会让我心动不已，从这点就可以看出，我并不是不通情感的人。”责问他的人也就理解了他。

没过多久，张生到蒲州游历，距离蒲州东边十几里的地方，有一间叫做普救寺的和尚庙，张生便住到了那里。正巧有个崔家的寡妇，准备回到长安去，路过蒲州，也住到了这间寺庙里。崔家的这位妇人，本来是郑家的闺女，张生的母亲也是郑家人，攀起亲戚来，崔氏是他远房的表姨妈。这一年，浑瑊在蒲州过世，朝廷派来的宦官丁文雅不擅长治理军队，军士们趁着办丧事的时机作起乱来，大肆劫掠蒲州百姓。崔家有许多钱财，仆人也不少，离乡背井寄住在寺庙里，害怕极了，不知道应该去依靠谁。张生之前跟蒲州军队中的一些将领关系不错，请他们派人来保护，崔家人这才没有遭难。十几天后，观察使杜确领着皇上的命令来主管军事，号令全军，散乱的军队才又集合规整起来。

郑姨妈很感激张生的帮助，准备了酒菜，把张生叫来，在大厅里请他吃饭。又对张生说：“姨妈我是个寡妇，带着孩子，不幸碰到军队大乱，真是没办法保住自己的性命，年幼的儿子和女儿，等于是先生你让他们活下来的，这跟平常的小恩小惠怎么能相同呢？今天就让他们按照对哥哥的礼节来见你，希望能够报答你的恩德。”她把儿子叫来，孩子名叫欢郎，大概十几岁，相貌十分温和秀美。然后又叫她女儿：“出来拜见你哥哥，是你哥哥让你活下来的。”过了很长时间，女儿还是推辞说有病不出来，郑姨妈生气地说：“是张哥哥保住了你的命，要不然，你就被人家掳走了，还能在这里左推右躲地避嫌吗？”又过了很长时间，她女儿才出来，穿着日常衣服，脸色光润，并没有什么新奇的装饰，只是将青黑的长发梳成下垂的环形发髻，两颊绯红而已，看起来却是美丽非常，光彩照人。张生惊讶于她的美貌，忙与她见礼。她行礼之后，就坐到了郑姨妈身边，因为是在母亲责骂之后才出来相见的，所以无比委屈地瞪着眼睛发呆，娇弱得好像承受不了自己身体的重量。张生问那女孩的年纪，郑姨妈说："当今皇上甲子年七月出生的，到贞元庚辰年，十七岁了。"张生故意说了几句话，想要跟那女孩搭讪，她却并不回答，直到酒宴结束，就散去了。

从那以后，张生就被迷住了，希望可以让那女孩知道自己的情意，却没有办法做到。崔家有个婢女叫红娘，张生好几次私底下跟她行过礼，找机会就把自己的心事告诉了她。婢女果然被他吓得哭起来，红着脸跑开了。张生觉得很后悔。第二天，婢女又来了，张生感到很不好意思，向她道歉，不再提向崔小姐传达情意的事情。婢女于是对张生说："公子说的那些话，我是不敢说出口，也不敢泄露半句的。可是崔家的亲戚，都是你认识的，为什么不凭借你对他们家的恩德，求崔家把女儿嫁给你呢？"张生说："我从孩童时代起，就不随便与人交往。有的时候同女子们待在一起，也没有拿眼睛去瞟过谁。不是因为没有到男欢女爱的年纪，说到底还是没有碰到中意的人。昨天的酒席上，我几乎没办法控制自己的感情。几天来，走路走着走着就忘了停下，吃饭吃着吃着竟然连已经吃饱都忘了，像这样下去，恐怕一两天内就会死去。如果托媒人说亲，一步步地走纳采、问名的礼节流程，那么三个月或者更长时间之后，我早就没命了。你说我能怎么办呢？"婢女说："崔小姐为人坚贞谨慎，努力保全自己的清白，就算是地位尊崇的人，也不可以说不合适的话冒犯到她，下人跟她说这样的事，她肯定听不进去。不过她擅长撰写文辞，经常吟诵诗句，长时间沉浸在诗中描述的情感中，感到忧伤和向往。你试着写几首抒写爱情的诗歌，看能不能勾引到她，除此之外就没有别的办法了。"张生非常高兴，马上写了两首情诗交给她。

这天晚上，红娘又来了，手里拿着彩色的信笺，交给张生说："崔小姐叫我给你的。"崔小姐为她写的诗取名叫《明月三五夜》，诗句是这样的：

在西边的厢房等待月光的照拂，
房门被风吹得略略打开了些。
花枝的影子颤动着掠过墙头，
心里想着可是爱人来了么。

张生也略略知道了她的意思。这天是二月十四日。崔家住所的东边有一棵杏花树，爬到树上便可以翻过墙头。

十六日的晚上，张生把梯子架到了杏树上，就这样爬过了墙头。来到宅子西边的厢房，房门半开着，红娘正躺在床上睡觉。张生于是发出声息来弄醒了她，红娘惊讶地问："公子怎么到这里来了？"张生骗她说："就是崔小姐的那封信让我来的，你替我去通报一声。"没过多久，红娘回来了，连声说："来了，来了！"张生又是欢喜，又是惊慌，想着自己的相思病终于能得救了。等崔小姐出现，却见她穿着稳重的衣服，神情严肃，对张生大声斥责："靠着哥哥你的恩德，我们全家人的性命保住了，你对我们有大恩大德，所以我母亲将年幼的儿子和女儿托付给你。谁知道你让这个坏心眼的婢女帮你传递淫乱的词句！开始的时候，你保护我们免受叛乱波及，最后自己却以淫乱的行为想要得到我，这是用一种乱来代替另一种乱，两者之间又有什么差别呢？我也很想闭口不谈你写的那些淫词，可这就是包庇别人的罪恶，不合于义；将事情原原本本说给母亲听，那就是背弃你的恩德，也不吉祥。想要让婢女或下人传话，又害怕他们不能把我的想法传达清楚。所以我会写短诗，希望把我的意思告诉你，这样还怕哥哥你又来为难我，我才故意写些放荡下流的诗句，这样你就肯定会来了。做出不合于礼的行为，心里怎么可能没有愧疚之情，我真心希望大家都能用礼来规范自己的行为，不要沦落到乱的地步！"说完，她一闪身就不见了。张生独自惆怅了好久，又爬过墙头出来了。从此以后，张生绝望了。

过了几天，张生一个人睡在窗下，忽然有人叫他，他惊讶地坐起身来，原来是红娘捧着被子和枕头来了。她拍拍张生说："来了，来了！还睡什么呢！"将两只枕头并排放在一起，一条被子叠在另一条上面，然后就走了。张生揉揉眼睛，挺直身体坐了很久，虽然心里怀疑是不是在做梦，还是认认真真地等着。过了一会儿，红娘扶着崔小姐来了。崔小姐到了之后，样子娇弱羞涩，温柔妖娆，力气小得简直无法活动肢体，从前是那样一副端庄的样子，现在是完全不相同了。这天晚上是十八日。那明亮澄澈的月亮挂在天边，照得半张床都是清幽的光辉。张生整个人飘飘然的，还疑心对方是天上来的神仙，不可能是从人世间来的。过了一段时间，寺里的钟敲响了，天快要亮了。红娘催促崔小姐离开，崔小姐娇滴滴地哭着，依依不舍的样子，红娘又扶着她离开了，整个晚上她都没有同张生说过一句话。张生摸黑坐起身来，暗自疑心说："这难道是梦吗？"直到天亮之后，才看到手臂上还有脂粉痕迹，衣服上还留有香气，那晶莹闪烁的泪光还在被褥上闪动呢。这之后又过了十几天，崔小姐那边一点音讯也没有。张生正在写一首三十句的《会真诗》，还没写完，红娘正巧来了，就把这首诗交给了她，让她送给崔小姐。从这以后，崔小姐又开始与他相会了。他晚上偷偷地过去，早晨偷偷地离开，跟崔小姐一起待在从前说的那间西厢房里，大概有一个月的光景。张生曾经质问过她郑姨妈的态度，她只是说："我是没办法让她按照我的想法行事的。"于是张生就想着，事情已经这样了，成亲的事可以因此成功。

没过多久，张生要到长安去了。离开之前，他把自己对崔小姐的感情说给她听，让她明白。崔小姐也没有说什么为难的话，可脸上那种悲伤哀怨的表情让人心疼。张生出发之前的第二个晚上开始，他没能再见到崔小姐，于是他就这样往西去了。几个月之后，张生又来到蒲州，跟崔小姐又幽会了好几个月。崔小姐写信写得很好，也擅长写文章，张生求了她好几次，她都不肯为他写点什么。大致说来，崔小姐与人不同的地方在于，她对各种技艺都极为娴熟，却表现出一副不懂不会的样子；言谈其实敏捷流利，却懒得同别人对答。她对张生的感情其实很深，但从来不用言语去表达。那时候的她静默冷艳，总是好像无知无识的样子，欢喜还是恼怒的表情，也很少在她脸上看到。有一次，她独自在夜里弹琴，悲哀的曲调让人伤怀。张生躲在一边偷听。等到去求她弹奏的时候，她却怎么也不肯再弹了。从那以后，张生对她就更痴迷了。

忽然到了需要赴京应试的日子，张生又要往西去了。离开之前的晚上，张生不再陈述自己的感情，他睡在崔小姐的身边，发愁地叹着气。崔小姐心里知道就要别离了，她态度很恭敬，和颜悦色，慢悠悠地对张生说："开始被勾引，最后被抛弃，这本来就是应该的，我不敢有什么怨恨。如果你勾引了我，你最终还能与我在一起，那就是你的恩德了，那么你对我说的相伴终生的誓言，也就可以完成了，又为什么要对这次出行这么感慨呢？虽然如此，但是你这样不快，我也没有什么办法可以让你高兴。你曾经说我很会弹琴，我以前觉得害羞，没能让你好好听听我弹琴，从今往后就要分开了，那就了却你这桩心愿吧。”接着就让人准备琴，弹起了《霓裳羽衣序》的曲子，没弹几声，悲怨的音调错杂而出，再也听不出弹的是这首曲子了。身边服侍的人也都感到惋惜而叹着气。崔小姐也就突然间停住手不再弹，丢下琴哭了起来，然后快步回到郑姨妈的住处去了，之后就没再回来。第二天早上，张生就出发了。

第二年，应试落第，张生就在京城住下了。他给崔小姐写了封信，让她知道自己的心意。崔小姐回信的内容大致记载在这里，是这样的：

看着你写来的信，你对我是那样地关怀体贴，因为自己心里的这种儿女私情，我又是欢喜又是悲伤。还要谢谢你送我一盒发饰和五寸口红，让我能够装点头脸，润泽嘴唇。虽说承受你这种格外深厚的恩德，又叫我去为谁打扮自己呢？看到这些东西只能增加我对你的思念，让我更频繁地发愁叹息而已。听你说，你为了方便要呆在京城攻读学业，读书进修这种事，确实是要方便安稳才好。只是很遗憾，像我这样偏远地方的人，就要因为相隔遥远而被永远抛弃了。这就是我的命，我又有什么好说的呢。从去年秋天到现在，我常常心神恍惚，好像失落了什么。在热闹的环境里，有的时候也勉强跟人说笑，到了晚上一个人独处，没有不伤心落泪的。甚至是睡觉做梦的时候，也总是感伤哽咽。与你分离而忧伤的心情，让我梦见与你缠绵的情景，短时间里就好像是真实发生的事情一般，我们的幽会还没有结束，我就从梦境中惊醒，虽说半张床铺感觉还好像是温热的，只是想到你，却是在那么遥远的地方。自从上次你离开，一转眼已经又是新的一年到来了。长安是个享乐的地方，到处都可能牵绊人的感情。你没有忘记微不足道的我，一直都那么挂念我，我是多么荣幸啊。可是凭我这样浅薄鄙陋的心志，也无法报答你，至于说到对你始终如一的盟誓，我当然是不会违背的。

从前我们因为是亲戚，有时会在一起参加酒宴，婢女帮助你来诱惑我，你才能把心里的情意告诉我，对于情爱的渴望让我也不能坚决地拒绝你。你弹奏琴曲来挑动我的情思，而我也没能像古人高氏女那样投梭来拒绝。直到跟你同床共枕，你对我情深意重，我这样没有见识的人，总以为是找到了终身的依靠。谁知道跟你在一起之后，却不能将我们的关系确定下来，好像是我不顾廉耻地把自己献给了你，从此后也就不能光明正大地服侍你左右。这件事，除非我死，就是我永远的遗憾，只能叹息而已，又有什么话好说呢！如果你讲究仁义，能够用心体会我低微的心情，那么我即使是到了死去的那天，也会像活着一般快活。如果你心思旷达，打算为了前程学业舍弃儿女私情，觉得我在婚前同你发生关系是可耻的行为，觉得我们的山盟海誓是可以违背的，那么我就算是人死了，骨头化尽了，我对你的赤诚之心也不会消亡，它会随风飘扬，会凝聚在露水之中，掉落下来也会依托在尘埃之上。我对你的至诚心意连生死都可以置之度外，我的话就说到这里了。这样给你写着信，我忍不住悲伤啼哭，无法将自己的感情表达出来。你千万要保重自己，千万要保重自己！

这一枚玉环，是我还很小的时候在手里把玩的，现在寄给你，充当先生您腰间佩带的物件。玉的好处是坚定润泽，历久不变；环的好处是始终如一，没有断绝。一同寄给你的还有五两乱丝和一个文竹做的茶碾子，这两件东西并不值得珍惜。我只是希望先生你能像玉一样真诚待我，而我对你也会像环一样情深难解，竹具的斑纹就好像洒上了我的泪痕一般，而我忧愁的心思也像乱丝一般千丝万缕。我凭借这些物件来传达感情，希望永远和你在一起。心虽然在一起，人却相隔两地，似乎没有相见的日子了。心中深藏的愤恨汇聚起来，纵是隔着几千里的距离也能用精神交会。你千万要保重！春日里的风还很强烈，你要多吃点饭才好，小心说话，保护好自己，不用太过记挂着我。

张生把她的信拿给认识的人看，于是当时很多人都听说了这件事。好朋友杨巨源喜欢写作诗词，就为他写了首题为《崔娘诗》的绝句，诗是这样的：

情郎清丽温润美玉也比不上，
庭院里蕙草上的雪刚刚融化。
风流才子总有许多情思绮想，
意中人的一封书信让他心伤。

河南的元稹也按照张生的《会真诗三十韵》写作了续诗，诗是这样的：

幽微的月光透过窗帘，
萤火虫飞越碧蓝天空。
遥远的天际隐约起来，
低矮的树木渐渐朦胧。
竹叶扫过庭院像龙啸，
梧桐拂过井边像鸾歌。
绢丝好像轻薄的雾气，
环佩被轻风吹动作响。
仙人仪仗跟随西王母，
高空云雾围绕着玉童。
夜深静悄悄没有人声，
清晨相会见烟雨蒙蒙。
珍珠的光照亮绣花鞋，
花朵艳丽藏起袖间龙。
玉钗上彩凤像在行动，
丝质披肩比虹霓更红。
说是从仙境瑶华浦来，
要到碧玉宫朝见仙长。
顺道在洛阳北面游览，
偶然来到了宋家之东。
与她调情开始还抗拒，
私心里早已有了情动。
低头蝉翼般发髻颤动，
回转脚步花瓣蒙住身。
转过脸来花瓣如雪飘，

登上床榻抱住丝绸被。
恩爱好似鸳鸯摩颈舞，
又像翡翠鸟笼中交欢。
黛绿眉峰因羞而聚拢，
朱红嘴唇被暖气烘软。
气息清香好比兰花蕊，
皮肤润泽又洁白丰满。
没力气懒得挪动手腕，
太娇羞老爱遮挡身体。
汗流得身上汗珠点点，
发髻弄乱了头发蓬松。
正欢喜千年难得相会，
却听说夜尽就要天亮。
依依难舍心中带愁怨，
互相爱恋情意难收束。
细嫩美丽的脸有悲愁，
优美的文词表白盟誓。
送玉环表明命运结合，
留同心结愿心意相同。
晚上照镜眼泪混粉流，
灯光微弱远处虫不见。
面前的灯火依然柔和，
早晨的阳光渐渐明亮。
她乘坐野凫返回洛阳，
吹着箫还登上了嵩山。
衣衫芬芳还染有麝香，
枕巾滑腻还留有胭红。
水塘边覆盖浓密青草，
思绪像水边蓬草飘荡。
弹琴声悲怨好似鹤鸣，
隔着汉江望鸿雁归来。
海水辽阔实在难渡过，

天空高远不容易冲上。
云朵游走没有落脚点，
弄玉夫君箫史在楼中。

张生的朋友中听说这件事的没有不惊讶，觉得这件事很奇异的，然而张生却没有心思跟崔小姐继续下去了。元稹同张生关系特别好，就问他这么做的原因。张生说："大多数情况下，上天给过于美丽的女子安排的命运，不是祸害自身，就是祸害他人。如果崔家的这个女子嫁入富贵之家，受到丈夫的宠爱娇惯，她就算不翻云覆雨，也会兴风作浪，我就是不知道会用哪种方式罢了。从前殷商的帝辛也就是纣王，姬周的幽王，都是拥有百万人口的大国君主，势力强大，却因为一个女人而败落了，部队和百姓溃散，领导者自己被杀死，到现在还被天下人耻笑。我的道德还不足以战胜这种妖孽，所以我忍住了自己的感情。"当时在场的人都为他而深深地叹息。

一年多以后，崔小姐已经嫁人了，张生也娶了别的女人。刚巧经过崔小姐的住处，张生请她的丈夫跟她说，希望能以表兄的身份见她。她丈夫对她说了，但是崔小姐终于还是不肯出来。张生心中着实悲怨失望，都反映在脸上了。崔小姐知道了，自己偷偷写了首诗，诗是这样的：

自从消瘦脸上少了容光后，
翻来覆去也懒得下床活动。
不是因为别人而羞于起身，
为你憔悴却还羞于见你。

最终也没有见他。几天之后，张生要走了，崔小姐又写了首诗表示不愿见他，诗是这样的：

丢开手去现在又说什么呢，
当时两人倒是非常亲近的。
还是将从前对彼此的情意，
来爱怜眼前自己身边的人吧。

从这以后，就再也没有她的消息。当时的人都称赞张生，认为他是能够补救自己的过错的人。我经常在朋友聚会的时候，会说到张生对于过于美丽的女子的理论，是想让知道的人不做这样的事，做了这样的事的人不会沉迷不醒。

贞元年的九月份，李公垂先生住在我靖安里的房子里，我跟他说到了这件事。公垂觉得非常奇异，就写了首《莺莺歌》来记录这件事。崔小姐的小名叫莺莺，公垂就用这个名字作为诗篇的题目。

周秦行纪

牛僧孺

余贞元中举进士，落第，归宛、叶间。至伊阙南道鸣皋山下，将宿大安民舍。会暮，失道，不至。更十余里，行一道，甚易。夜月始出，忽闻有异香气，因趋进行，不知近远。见火明，意谓庄家。更前驱，至一大宅。门庭若富豪家。有黄衣阍人曰："郎君何至？"余答曰："僧孺，姓牛，应进士落第往家。本往大安民舍，误道来此。直乞宿，无他。"中有小髻青衣出，责黄衣曰："门外谁何？"黄衣曰："有客。"黄衣入告。少时，出曰："请郎君入。"余问谁氏宅。黄衣曰："第进，无须问。"

入十余门，至大殿。殿蔽以珠帘，有朱衣紫衣人百数，立阶陛间。左右曰："拜殿下。"帘中语曰："妾汉文帝母薄太后。此是庙，郎不当来。何辱至？"余曰："臣家宛下，将归，失道。恐死豺虎，敢托命乞宿。太后幸听受。"太后遣轴帘，避席曰："妾故汉文君母，君唐朝名士，不相君臣，幸希简敬，便上殿来见。"太后着练衣，状貌瑰伟，不甚妆饰。劳余曰："行役无苦乎？"召坐。

食顷间，殿内庖厨声。太后曰：“今夜风月甚佳，偶有二女伴相寻。况又遇嘉宾，不可不成一会。”呼左右：“屈两个娘子出见秀才。”良久，有女二人从中至，从者数百。前立者一人，狭腰长面，多发不妆，衣青衣，仅可二十余。太后曰：“此高祖戚夫人。”余下拜，夫人亦拜。更有一人，圆题柔脸稳身，貌舒态逸，光彩射远近，时时好瞑，多服花绣，年低薄后。后顾指曰：“此元帝王嫱。”余拜如戚夫人，王嫱复拜。各就坐。坐定，太后使紫衣中贵人曰：“迎杨家潘家来。”

久之，空中见五色云下，闻笑语声寖近。太后曰：“杨、潘至矣。”忽车音马迹相杂。罗绮焕耀，旁视不给。有二女子从云中下，余起立于侧。见前一人纤腰身修，睟容，甚闲暇，衣黄衣，冠玉冠，年三十以来。太后顾指曰：“此是唐朝太真妃子。”予即伏谒，肃拜如臣礼。太真曰：“妾得罪先帝（先帝谓肃宗也），皇朝不置妾在后妃数中。设此礼，岂不虚乎？不敢受。”却答拜。更一人厚肌敏视，身小，材质洁白，齿极卑，被宽博衣。太后顾而指曰：“此齐潘淑妃。”余拜如王昭君，妃复拜。

既而太后命进馔。少时，馔至，芳洁万端，皆不得名字。粗欲充腹，不能足食。已，更具酒。其器尽宝玉。太后语太真曰：“何久不来相看？”太真谨容对曰：“三郎（天宝中，宫人称玄宗多曰三郎）数幸华清宫，扈从不暇至。”太后又谓潘妃曰：“子亦不来，何也？”潘妃匿笑不禁，不成对。太真乃视潘妃而对曰：“潘妃向玉奴

（太真名也）说，懊恼东昏侯疏狂，终日出猎，故不得时谒耳。”太后问余：“今天子为谁?”余对曰：“今皇帝名适，代宗皇帝长子。”太真笑曰：“沈婆儿作天子也，大奇!”太后曰：“何如主?”余对曰：“小臣不足以知君德。”太后曰：“然无嫌，但言之。”余曰：“民间传英明圣武。”太后首肯三四。

太后命进酒加乐，乐妓皆年少女子。酒环行数周，乐亦随辍。太后请戚夫人鼓琴。夫人约指以玉环，光照于手，（《西京杂记》云：高祖与夫人百炼金环，照见指骨也。）引琴而鼓，声甚怨。太后曰：“牛秀才邂逅逆旅到此，诸娘子又偶相访，今无以尽平生欢。牛秀才固才士。盍各赋诗言志，不亦善乎?”遂各授与笺笔，逡巡诗成。太后诗曰：“月寝花宫得奉君，至今犹愧管夫人。汉家旧日笙歌地，烟草几经秋又春。”王嫱诗曰：“雪里穹庐不见春，汉衣虽旧泪长新。如今犹恨毛延寿，爱把丹青错画人。”戚夫人诗曰：“自别汉宫休楚舞，不能妆粉恨君王。无金岂得迎商叟，吕氏何曾畏木强。”太真诗曰：“金钗堕地别君王，红泪流珠满御床。云雨马嵬分散后，骊宫无复听《霓裳》。”潘妃诗曰：“秋月春风几度归，江山犹是邺宫非。东昏旧作莲花地，空想曾拖金缕衣。”再三趣余作诗。余不得辞，遂应教作诗曰：“香风引到大罗天，月地云阶拜洞仙。共道人间惆怅事，不知今夕是何年。”

别有善笛女子，短鬟，衫吴带，貌甚美，多媚，潘妃偕来。太后以接坐居之。时令吹笛，往往亦及酒。太后顾而谓曰："识此否？石家绿珠也。潘妃养作妹，故潘妃与俱来。"太后因曰："绿珠岂能无诗乎？"绿珠拜谢，作诗曰："此地原非昔日人，笛声空怨赵王伦。红残绿碎花楼下，金谷千年更不春。"

诗毕，酒既至。太后曰："牛秀才远来，今夕谁人与伴？"戚夫人先起辞曰："如意儿长成，固不可。且不宜如此。况实为非乎？"潘妃辞曰："东昏以玉儿（妃名）身死国除，玉儿不拟负他。"绿珠辞曰："石卫尉性严忌，今有死，不可及乱。"太后曰："太真今朝先帝贵妃，不可言其他。"乃顾谓王嫱曰："昭君始嫁呼韩单于，复为株累若鞮单于妇，固自用。且苦寒地胡鬼何能为？昭君幸无辞。"昭君不对，低眉羞恨。俄各归休。余为左右送入昭君院。

会将旦，侍人告起得也。昭君泣以持别。忽闻外有太后命，余遂出见太后。太后曰："此非郎君久留地，宜及还。便别矣。幸无忘向来欢。"更索酒。酒再行，戚夫人、潘妃、绿珠皆泣下，竟辞去。太后使朱衣人送往大安，抵西道，旋失使人所在，时始明矣。

余就大安里，问其里人。里人云："去此十余里有薄后庙。"余却回望庙宇，荒毁不可入，非向者所见矣。余衣上香经十余日不歇，竟不知其如何。

【译文】

我贞元年间去应考进士的科举，没有能考中，回到了宛县、叶县一带。路上从伊阙南边走到鸣皋山下，想要到大安的百姓家里过夜。那时正赶上天色晚了下来，我迷路了，没能走到大安。又往前走了十几里，走到另一条路上，那条路走起来竟一点也不累。月亮这时候才出来，我突然闻到一种奇异的香气，于是就快步往前走去，也不知道走了多远。看到有火光，心里以为来到了一户农户人家。再往前走，就走到了一所大房子前面，看那门口的排场似乎是有钱人家的住处。有个穿黄衣服的看门人问我说："郎君从哪里来?"我回答说："我叫僧孺，姓牛，应进士考没有考中要回家去。本来我是想到大安百姓家里过夜的，走错了路才来到这里。现在只想借宿一晚，没有别的。"有位梳着小发髻的黑衣婢女从屋里出来，厉声对黄衣服的人说："门外是谁?"黄衣服的人说："来了客人。"他走进去通报，过了不大一会儿，出来说："请郎君进去。"我问他这是谁家的房子，黄衣服的人说："进去就是了，不用问了。"

走过十几道门，来到了大殿前。大殿外挂着珍珠帘子作为遮挡，有一百多个穿着朱红衣服和紫色衣服的人站在台阶上。有侍从说："来参拜殿下。"帘子里面有人说："我是汉文帝的母亲薄太后。这里是庙，先生不应该来的，怎么会到了这里呢?"我说："我家住在宛县，我正要回家，迷了路，担心被豺狼虎豹咬死，想把自己的命托付给您，请求您让我在这里住一晚。但愿太后您能同意。"太后派人卷起珠帘，离开坐席起立说："我是已故的汉文帝的母亲，先生您是唐代有名的读书人，我们并不是君王和臣民的关系，请您不必如此客气，省掉些礼数，就请你到大殿上来相见吧。"太后穿着白色布衣，身材魁梧，容貌美好，也没怎么化妆打扮，慰劳我说："这一路上没有很辛苦吧?"又让我坐下说话。

过了一顿饭的工夫，大殿内部传来做饭的声音。太后说："今天晚上天气晴朗，有清风明月，正好有两个女伴来这里找我，而且又碰到了您这位嘉宾，我们不能不在一起聚会一下。"她把侍从叫来说："麻烦两位娘子出来和牛秀才见见面。"过了很长时间，有两位女子从里面出来，身后跟随的人有好几百。走在前面的一个，长着张长脸，细细的腰肢，头发很多，没有梳妆，穿着件黑衣服，才只有二十多岁。太后说："这是高祖的戚夫人。"我下拜行礼，夫人也回拜了。还有一个，长着圆圆的额头和娇嫩的脸蛋，身材匀称，容貌开舒，神情安逸，光彩四射，时常会皱起眉头，身上穿的都是些绣花的衣物，年纪比薄太后小些。太后看着她，指点说："这是元帝时的王嫱。"我像拜戚夫人那样下拜行礼，王嫱也回拜了。大家都各自入座。坐下之后，太后吩咐穿紫衣的宦官说："请杨家、潘家的过来。"

过了很长时间，看到天空中降下五色的云彩，听到欢笑说话的声音渐渐近了。太后说："杨、潘到了。"忽然听到车轮声夹杂着马蹄的声音，华丽的丝绸衣衫光艳闪烁，让人简直无法将目光移开。有两位女子从云彩上走下来，我站起身来，立在一旁。只见走在前面的那个身材修长，腰身细小，面色润泽，神情很是闲适，穿着黄衣服，戴着道士的帽子，三十多岁的年纪。太后看着她，指点说："这是唐朝的太真妃子。"我马上伏地拜见，就像臣子拜见君主一般严谨。太真说："我得罪了先帝（先帝说的是肃宗），皇朝不把我算在后妃的行列里，你对我行这样的礼，不是没有名分依据的吗？我不敢接受。"退后几步向我答礼。还有一人，肌肤丰满，眼神机敏，身材娇小，皮肤洁白，年龄很小，穿着宽大的衣服。太后看着她，指点说："这是齐代的潘淑妃。"我像拜见王昭君那样拜见了她，潘淑妃也回拜了。

不久，太后命人上菜。不一会儿，菜上来了，芳香清洁极了，只是都不知道名字。我只是想把肚子填饱，没能样样都尝遍。吃完饭，又上酒，饮酒的器具都是宝玉制成的。太后对太真说："为什么那么久不来看我？"太真一脸认真地回答说："三郎（天宝年间，宫里的人大多称呼玄宗为三郎）到华清宫来了好几次，我没有时间来陪伴你。"太后又对潘妃说："你也不过来，为什么呀？"潘妃忍不住暗自偷笑，没有回答。太真就看着潘妃回答说："潘妃跟玉奴（太真的名字）说过，受不了东昏侯的放纵任性，整天到外面去打猎，所以就没办法经常来拜访你了。"

太后问我说："现在的皇帝是谁？"我回答说："当今皇帝名叫李适，是代宗皇帝的大儿子。"太真笑着说："沈婆子的儿子当了皇帝了，真稀罕啊！"太后说："当今皇帝怎么样呢？"我回答说："我这样的人不足以了解君主的德行。"太后说："不用避讳，说出来好了。"我说："民间的百姓都传说皇上英明圣武。"太后再三再四地表示同意。

太后让人端上酒来，并且开始奏乐，演奏音乐的都是年轻的女子。大家轮着喝酒，喝了几圈之后，音乐也跟着停止了。太后请戚夫人弹琴，夫人用玉指环圈住手指，玉的光芒照在手上，(《西京杂记》里说：高祖送给戚夫人一枚百炼金做的指环，光芒可以照见指骨。)两手放在琴上弹奏起来，琴声很哀怨。太后说："牛秀才偶然寄住在这里，各位娘子又刚巧来拜访我，现在没什么可以让大家好好地快活一下，牛秀才自然是有才学的人，我们为什么不各写一首诗，来表达自己的志向，这不是挺有意思的吗？"于是把纸笔发给大家，没一会儿诗就写好了。太后的诗是这样的：

有花有月的寝宫里我得以侍奉君主，
不履行盟约的管姬至今羞愧不住。
汉代宫廷从前时候吹笙歌舞的地方，
烟气中的野草春天来了秋天又过去。

王嫱的诗是这样的：

住在这雪地中的帐篷里见不到春天，
汉家衣服虽然旧了泪痕倒总是崭新。
到现在我心里还在怨恨那个毛延寿，
怎么能够随意描画将美女画成丑人。

戚夫人的诗是这样的：

自从离开汉宫我就不再跳楚地的舞蹈，
也不涂脂抹粉梳妆打扮心里怨恨君王。
太子刘盈没用钱怎么能请来商山四皓，
吕后又什么时候怕过质直刚强的周昌。

太真的诗是这样的：

金钗落地之后我就与君王分别，
皇上的御床洒满泪珠都是鲜血。
马嵬坡风波云里雨里分散之后，
骊山宫里再也听不到《霓裳》之歌。

潘妃的诗是这样的：

春风和秋月有多少次来了又去，
江山还是一样只是建业宫改换。
东昏侯从前在地上贴放金莲花，
徒然怀想拖着金丝编织的长衫。

她们再三催促我作诗，我推辞不了，就遵命写了首诗，说是：

香风把我带到天界最高层，
月是地云是阶拜见众仙人。
一起谈说人间感慨的事情，
不知道现在到底是何年份。

我们这些人之外，还有个擅长吹笛的女子，梳着短小的环形发髻，腰间绑着吴地样式的衣带，容貌很美，姿态非常娇媚，是潘妃带来的。太后让她坐在自己身边，不时让她吹奏笛子，常常还会跟她喝一杯。太后看着我，对我说："认识她吗？这是石家的绿珠。潘妃把她养在家里当妹妹，所以潘妃带着她一起来了。"太后接着就说："绿珠怎么能不作诗呢？"绿珠下拜道歉，写了首诗说：

这里的宾客原也不是当年的故人，
笛声里徒劳表达对赵王伦的怨恨。
花楼之下红花绿叶般的身体残破，
金谷园千年中再也不见春天来临。

作诗完毕，酒已经上来了。太后说："牛秀才从很远的地方来到这里，今天晚上谁来和他作伴呢？"戚夫人第一个站起来推辞说："如意这孩子已经长大成人了，我肯定不能做这样的事，再说也不应该，何况这件事本来就是错的呢？"潘妃推辞说："东昏侯为了玉儿我失去了国家和生命，我不想背叛他。"绿珠推辞说："石卫尉为人苛严爱猜忌，我今天就算是死，也不可以同别人发生不正当关系。"太后说："太真是现今朝代已故皇帝的贵妃，谈不到这上头去。"她于是看着王嫱说："昭君你开始时嫁给呼韩邪单于，又嫁给复株累若鞮单于，当然是可以自己决定这种事的，再说严寒地方的野蛮人有什么能耐？昭君你就不要推辞了。"昭君没有回答，低着头，既羞涩又懊恼。没一会儿，大家都各自去休息了。我被身边的人送到了昭君住的院子里。

没过多久，天就要亮了，仆人来说该起床了，昭君哭着拉着我的手，与我告别。忽然听到外面太后叫我，我就出来见太后。太后说：“这不是郎君你可以长时间停留的地方，还是应该早点回去。我们就这样分别吧，但愿你不要忘记之前的欢乐。”又让人端上酒来。大家又喝了一轮，戚夫人、潘妃、绿珠都掉下了眼泪，我终于还是告辞离去。太后让一个穿朱红衣服的人送我去大安，走到西道上，那个人一转眼就不见了，那时候天刚刚亮起来。

我来到大安里，向住在那里的人打听情况，那里的人说：“离开这里十几里的地方有一座祭奠薄太后的庙宇。”我又折返回去，望见了那座庙宇，破败废弃，根本没法走进去。我衣服上沾染的香气过了十几天都无法消散，我最终还是弄不明白，自己碰到的是怎么一回事。

湘中怨辞并序

沈亚之

《湘中怨》者，事本怪媚，为学者未尝有述。然而淫溺之人，往往不寤。今欲概其论，以著诫而已。从生韦敖，善撰乐府，故牵而广之，以应其咏。

垂拱年中，驾幸上阳宫。大学进士郑生，晨发铜驼里，乘晓月度洛桥。闻桥下有哭声，甚哀。生下马，循声索之。见有艳女，翳然蒙袖曰："我孤，养于兄。嫂恶，常苦我。今欲赴水，故留哀须臾。"生曰："能遂我归之乎？"女应曰："婢御无悔！"遂与居，号曰汜人。能诵楚人《九歌》《招魂》《九辩》之书，亦尝拟其调，赋为怨句，其词丽绝，世莫有属者。因撰《光风词》，曰："隆佳秀兮昭盛时，播薰绿兮淑华归。愿室荑与处萼兮，潜重房以饰姿。见雅态之韶羞兮，蒙长霭以为帏。醉融光兮渺弥。迷千里兮涵洇湄，晨陶陶兮暮熙熙。舞婑娜之秾条兮，娉盈盈以披迟。酡游颜兮倡蔓卉，縠流电兮石发髓施。"生居贫，汜人尝解箧，出轻缯一端，与卖，胡人酬之千金。

居数岁，生游长安。是夕，谓生曰："我湘中蛟宫之娣也，谪而从君。今岁满，无以久留君所，欲为诀耳。"即相持啼泣。生留之，不能，竟去。

后十余年，生之兄为岳州刺史。会上巳日，与家徒登岳阳楼，望鄂渚，张宴。乐酣，生愁吟曰："情无垠兮荡洋洋，怀佳期兮属三湘。"声未终，有画舻浮漾而来。中为彩楼，高百尺余，其上施帏帐，栏笼画饰。帷褰，有弹弦鼓吹者，皆神仙蛾眉，被服烟霓，裾袖皆广长。其中一人起舞，含颦凄怨，形类氾人，舞而歌曰："泝青山兮江之隅，拖湘波兮袅绿裾。荷卷卷兮未舒，匪同归兮将焉如！"舞毕，敛袖，翔然凝望。楼中纵观方怡，须臾，风涛崩怒，遂迷所往。

元和十三年，余闻之于朋中，因悉补其词，题之曰《湘中怨》，盖欲使南昭嗣《烟中之志》，为偶倡也。

【译文】

《湘中怨》这个故事，情节本来是很离奇低俗的，做学问的人从没有讲述过。然而那些思想不正派而沉湎无节制的人，往往是没办法醒悟到这点的。现在我想要把这个故事大概写出来，只是为了要凸显故事中的诚意而已。门生韦敖擅长写作乐府诗，我就生发开来写成文章，来应和他的诗歌。

垂拱年间，皇上去了上阳宫暂时居住。太学院的进士郑生，早晨在铜驼里出发启程，借着月光在洛水上过桥，听到桥下传来哭泣的声音，那声音非常哀伤。郑生从马上下来，顺着声音传来的方向找去，发现了一位美丽的女子。那女子叹息着用袖子蒙住脸说："我父亲死了，靠我哥哥养活我。嫂子很凶，常常虐待我。我现在想要跳水自杀，死之前先在这里哭一会。"郑生说："你愿意跟我回家吗？"那女子回答说："就算是给你做婢女，我也绝不后悔！"郑生就和她住在了一起，给她起了个名号叫做泛人。泛人能够背诵楚地人写的《九歌》、《招魂》、《九辩》等作品，还曾经仿照那种调式，写成哀怨的句子，文词华丽极了，世上简直没有人能够写得出来。又创作了一首《光风词》，内容是这样的：

尽力表现美好啊让青春更为华美，
播种绿色香草收获芬芳的花朵。
希望同草木的嫩芽和花萼一同生活，
藏身在深闺之中装点自己的姿容。
被人瞧见我美好的体态不由地羞涩啊，
且用弥漫的雾霭当作帏幔遮挡。
在融和的日光里沉醉啊看那旷远的水流，
绵延不尽的河流滋润着水边的陆地。
早晨乐陶陶啊傍晚心情好。
轻柔地舞动那繁茂的枝条啊，
身姿美好如枝条迎风悠然飞扬。
浮浪的脸孔因为酒醉而泛红啊为那花朵歌唱，
丝缎般的水流好似霞光啊石块也旖旎可爱。

郑生日子过得很贫苦，泛人曾经打开箱子，拿出一块轻薄的丝织品，交给郑生去变卖，有个外族人给了他千两黄金。

过了几年时间，郑生到长安来游学。那天晚上，泛人对郑生说："我是湘水龙宫里的随嫁小妾，因为犯错被驱逐所以跟了你，现在驱逐的时限到了，不能再留在你的住处，打算要跟你告别。"两人于是拉着手哭起来。郑生让她留下来，她没办法，终于还是走了。

十几年以后，郑生的哥哥做了岳州的刺史。那天正好是三月三日上巳节，他哥哥带着家里人登上岳阳楼，面对着鄂渚，摆开宴席。正喝得痛快的时候，郑生却忧伤地吟诵道："情意无穷尽啊像湖水汹涌激荡，想起在一起的日子啊心在湘水一方。"他还没有念完，水上就有一条精美的船只飘飘荡荡地驶来了。船的中央是一座几百尺高的华美楼阁，楼上挂着帐幔，栏杆和窗框都是雕刻过的。帏幔被拉开了，里面有人弹琴有人击鼓吹打，都是些美若天仙的女子，穿着烟霞虹霓般华丽的衣服，裙摆和袖子都宽而长。其中有一个女子跳起舞来，皱着眉头，神情哀怨，长得很像泛人，她一边跳舞，一边唱着：

> 面对青山啊人在江边，
> 长裙飘逸啊好似绿波。
> 荷苞皱缩啊还未开花，
> 不能在一起啊又将如何！

她跳完舞，收紧衣袖，回过头来凝望着这里。楼上的人们一直仔细地观赏，看得正高兴呢，一眨眼的工夫，忽然狂风大作，波浪滔天，就不知道那艘船去了哪里了。

元和十三年，我在朋友群里听说了这个故事，就把故事的内容都补齐了写出来，题名叫做《湘中怨》，这是为了让南昭嗣那篇《烟中之志》可以有个姊妹篇。

异梦录

沈亚之

元和十年，亚之以记室从陇西公军泾州。而长安中贤士，皆来客之。五月十八日，陇西公与客期，宴于东池便馆。既坐，陇西公曰：“余少从邢凤游，得记其异，请语之。”客曰：“愿备听。”陇西公曰：“凤帅家子，无他能。后寓居长安平康里南，以钱百万质得故豪家洞门曲房之第，即其寝而昼偃。梦一美人，自西楹来，环步从容，执卷且吟。为古妆，而高鬟长眉，衣方领，绣带修绅，被广袖之襦。凤大说曰：‘丽者何自而临我哉？’美人笑曰：‘此妾家也。而君容妾宇下，焉有自邪？’凤曰：‘愿示其书之目。’美人曰：‘妾好诗，而常缀此。’凤曰：‘丽人幸少留，得观览。’于是美人授诗，坐西床。凤发卷，示其首篇，题之曰《春阳曲》，才四句。其后他篇，皆累数十句。美人曰：‘君必欲传之，无令过一篇。’凤即起，从东庑下几上取彩笺，传《春阳曲》。其词曰：‘长安少女踏春阳，何处春阳不断肠。舞袖弓弯浑忘却，罗衣空换九秋霜。’凤卒诗，谓曰：‘何谓弓弯？’曰：‘昔年父母使妾学此舞。’美人乃起，整衣张袖，舞数拍，为弓弯以示凤。既罢，美人泫然良久，即辞去。凤曰：‘愿复少留。’须臾间，竟去。”

凤亦觉，昏然忘有所记。及更衣，于襟袖得其词，惊视，复省所梦。事在贞元中。后凤为余言如是。”是日，监军使与宾府郡佐，及宴客陇西独孤铉、范阳卢简辞、常山张又新、武功苏涤，皆叹息曰：“可记。”故亚之退而著录。

明日，客有后至者，渤海高允中、京兆韦谅、晋昌唐炎、广汉李瑀、吴兴姚合，洎亚之，复集于明玉泉，因出所著以示之。于是姚合曰：“吾友王炎者，元和初，夕梦游吴，侍吴王久。闻宫中出辇，鸣笳箫击鼓，言葬西施。王悼悲不止，立诏词客作挽歌。炎遂应教，诗曰：‘西望吴王国，云书凤字牌。连江起珠帐，择水葬金钗。满地红心草，三层碧玉阶。春风无处所，凄恨不胜怀。’词进，王甚嘉之。及寤，能记其事。炎，本太原人也。”

【译文】

元和十年，亚之以记室身份跟从泾原节度使陇西公李汇到泾州治理军队。于是长安城里才德出众的读书人都到泾州来做陇西公的门客了。五月十八日那天，陇西公跟门客们约好了，在东池便馆举办酒宴。大家都坐下之后，陇西公说：“我少年时代跟着邢凤游历，还记得他那段神奇的经历，请允许我说给大家听。”门客们说：“希望能听到此事的来龙去脉。”陇西公说：“邢凤是将帅家的儿子，没有什么别的才能。长大后住在长安平康里的南边，花了一百万钱，买下了从前富豪人家宏伟的宅第。那天白天，他在这宅子的卧房里睡觉，梦见一个美貌女子从屋子西面的柱子边慢悠悠地走来，环佩叮当，手里拿着诗卷，正在吟诵篇章。她化的是古时的妆容，发辫梳得很高，眉毛细长，穿着方领的衣衫，腰间系着精致的长带，身上披着的短衣袖子宽大。邢凤非常高兴地说：‘美丽的人儿，你是从哪里来看我的呀?’美人笑着说：‘这是我家，是先生你住在了我家的屋檐下，怎么问我从哪里来呢?’邢凤说：‘请让我看看你拿的是本什么书。’美人说：‘我喜欢诗歌，经常会写上几笔。’邢凤说：‘请美人多留一会吧，我想看看你写的诗。’于是美人将诗卷递给他，自己坐在了西面的坐榻上。邢凤翻开那本书，看到了第一篇，名字叫做《春阳曲》，只有四句。后面其他的诗篇都有几十句之多。美人说：‘先生一定要记下来，这些诗篇就会流传出去，最多只能让你记一篇。’邢凤站起身来，从屋子东面几案上拿来彩色的纸笺，将《春阳曲》抄录了下来。这首诗是这样的：

长安少女在春日的阳光中游玩，
可是哪里的春日阳光不让人心酸?
歌舞弓弯中飞动的袖子令人忘却，
只是衣衫改换中时光也在变换。

邢凤抄完诗，对她说：‘什么是“弓弯”?’她说：‘从前父母让我学过这支舞。’美人站起身来，整理衣服，甩开袖子，跳了几拍舞蹈，向邢凤展示了‘弓弯’这种舞。跳完之后，美人流下了眼泪，哭了很久，然后向邢凤告辞。邢凤说：‘请你再待一会吧。’一眨眼的工夫，她竟然已经走了。”

“邢凤也从睡梦中醒来，昏昏沉沉的，忘了自己曾经记下过诗篇。直到换衣服的时候，才在袖管里发现了记着那首诗的纸笺。他吃惊地看着那首诗，接着就想起了梦里的情景。事情发生在贞元年间。后来邢凤就是像这样告诉我的。”这天，监军使、节度使府中和各郡的官员幕僚，以及在座的宾客陇西的独孤铉、范阳的卢简辞、常山的张又新和武功的苏涤都叹息着说：“这件事可以记录下来。”因此亚之就从宴席上告退，把这件事记录了下来。

第二天，几个晚来的客人，渤海的高允中、京兆的韦谅、晋昌的唐炎、广汉的李瑀和吴兴的姚合，同亚之一起，又在明玉泉聚会。亚之就把自己记录下来的文字拿出来给大家看。接着姚合就说：“我的朋友王炎，元和初年的晚上做梦，梦见自己来到了吴国，在吴王的身边服侍了很长时间。他听到过从宫里抬出轿子，一边有人吹着笳、箫等乐器，敲着鼓的声音，说是要去把西施葬掉。吴王怀念西施，伤心不已，马上下令让文人们写作挽歌。王炎就接受了这个命令，写了首诗，诗是这样的：

从西面向吴王的国度望去，
看到写着篆字的殡葬仪仗。
江面上支起连绵不尽的珍珠帷幕，
人们选择水域将美丽的女子安葬。
红心草儿长得遍地都是，
碧玉砌成的台阶共有三层。
春风也不知该吹向哪里去，
心里满是凄凉和悲怨简直无法承当。

这首诗呈递上去，吴王非常赞赏。王炎醒来之后，还记得梦里发生的事。王炎原来是太原人。”

秦梦记

沈亚之

太和初，沈亚之将之邠，出长安城，客橐泉邸舍。春时，昼梦入秦，主内史廖家。内史廖举亚之。秦公召之殿，膝前席曰：“寡人欲强国，愿知其方。先生何以教寡人?”亚之以昆彭、齐桓对。公悦，遂试补中涓（秦官名），使佐西乞伐河西（晋秦郊也）。亚之帅将卒前，攻下五城。还报，公大悦，起劳曰：“大夫良苦，休矣。”居久之，公幼女弄玉婿萧史先死。公谓亚之曰：“微大夫，晋五城非寡人有。甚德大夫。寡人有爱女，而欲与大夫备洒扫，可乎?”亚之少自立，雅不欲幸臣蓄之。固辞，不得请，拜左庶长，尚公主，赐金二百斤。民间犹谓萧家公主。

其日，有黄衣中贵骑疾马来，迎亚之入，宫阙甚严。呼公主出，鬒发，着偏袖衣，装不多饰。其芳姝明媚，笔不可模样。侍女祗承，分立左右者数百人。召见亚之便馆，居亚之于宫。题其门曰“翠微宫”，宫人呼“沈郎院”。虽备位下大夫，由公主故，出入禁卫。

公主喜凤箫，每吹箫，必于翠微宫高楼上。声调远逸，能悲人，闻者莫不自废。公主七月七日生，亚之尝无贶寿。内史廖曾为秦以女乐遗西戎，戎主与廖水犀小合。亚之从廖得以献公主。主悦，尝爱重，结裙带之上。穆公遇亚之礼兼同列，恩赐相望于道。复一年春，秦公之始平，公主忽无疾卒。公追伤不已，将葬咸阳原。公命亚之作挽歌，应教而作曰："泣葬一枝红，生同死不同。金钿坠芳草，香绣满春风。旧日闻箫处，高楼当月中。梨花寒食夜，深闭翠微宫。"进公，公读词，善之。时宫中有出声若不忍者，公随泣下。又使亚之作墓志铭，独忆其铭，曰："白杨风哭兮石鬣髯莎，杂英满地兮春色烟和。珠愁粉瘦兮不生绮罗，深深埋玉兮其恨如何！"亚之亦送葬咸阳原，宫中十四人殉之。亚之以悼惆过戚，被病，卧在翠微宫。然处殿外室，不入宫中矣。

居月余，病良已。公谓亚之曰："本以小女相托久要，不谓不得周奉君子，而先物故。敝秦区区小国，不足辱大夫。然寡人每见子，即不能不悲悼。大夫盍适大国乎？"亚之对曰："臣无状，肺腑公室，待罪右庶长，不能从死公主。幸免罪戾，使得归骨父母国，臣不忘君恩，如今日。"将去，公命酒高会，声秦声，舞秦舞。舞者击髆拊髀呜呜，而音有不快，声甚怨。公执酒亚之前曰："予顾此声少善。愿沈郎赓扬歌以塞别。"公命遂进笔砚。亚之受命，立为歌，辞曰："击髆舞，恨满烟光无处所。泪如雨，欲拟著辞不成语。金凤衔红旧绣衣，几度宫中同看舞。人间春日正欢乐，日暮东风何处去？"歌卒，授舞者，杂其声而道之，四座皆泣。既，再拜辞去。

公复命至翠微宫，与公主侍人别。重入殿内时，见珠翠遗碎青阶下，窗纱檀点依然。宫人泣对亚之。亚之感咽良久，因题宫门，诗曰："君王多感放东归，从此秦宫不复期。春景自伤秦丧主，落花如雨泪胭脂。"竟别去。公命车驾送出函谷关。出关已，送吏曰："公命尽此。且去。"亚之与别，未卒，忽惊觉，卧邸舍。

明日，亚之与友人崔九万具道。九万，博陵人，谙古。谓余曰："《皇览》云：'秦穆公葬雍橐泉祈年宫下。'非其神灵凭乎？"亚之更求得秦时地志，说如九万云。呜呼！弄玉既仙矣，恶又死乎？

【译文】

太和初年的时候，沈亚之要到邠地去。出了长安城，住到了橐泉地方的旅舍里。那时候正是春天，他大白天睡觉，梦见自己到了秦国，为廖姓内史主持家事。廖内史举荐他，于是秦公就在大殿里召见了他。秦公将自己跪坐在座席上的膝盖向前挪动，殷切地问道："我很想让国家强大起来，希望能够知道其中的方法。先生有什么可以教导我吗？"亚之用春秋五霸中昆吾、大彭和齐桓公的霸业来回答他。秦公很高兴，就尝试着给了他个中涓的官衔，让他辅助西乞去攻打河西。亚之带领军队前去，攻下了五座城池。回来向秦公报告，秦公非常高兴，站起身来慰劳他说："大夫你真是辛苦了，去休息吧。"很长一段时间之后，秦公小女儿弄玉的丈夫萧史先她去世了。秦公对亚之说："如果没有大夫你，晋国的五座城池也不会属于我，大夫对我的恩德是多么深啊。我有个心爱的女儿，想要把她嫁给你，帮你料理家事，你觉得怎么样？"亚之从小性格独立，从来不愿意被当作皇帝身边的宠臣对待，他坚决地推辞这门婚事，没能得到秦公的许可，被封为左庶长，迎娶公主，得到了二百斤金子的赏赐。老百姓当时还将公主称作是萧家的公主。

结婚的那天，穿着黄衣服的宦官骑着快马过来，将亚之接进了宫，宫里守备森严。仆从们喊公主出来，她头发乌黑浓密，穿着偏袖的衣服，没有过多的装饰，那种明艳照人的美貌，无法用文笔描述出来。侍女们恭敬地分开站立在左右两边，听候差遣，有好几百人。秦公在便馆召见了亚之，让亚之住到了宫里，并且在他的宫门上题名叫做“翠微宫”。宫里的人把这座宫殿叫做“沈郎院”。虽说亚之的官职是属于下大夫的级别，不过因为公主的缘故，出入都有士兵保护。

公主喜欢凤箫，每次吹箫，一定要在翠微宫的高楼上。她的箫声清幽高远，能够使人悲伤，听到的人没有不惆怅失落的。公主是七月七日出生的，亚之那次竟找不到可以祝寿的礼物。廖内史曾经代表秦国将女乐赠送给西戎，西戎的首领就将一个水犀牛角制成的小盒子送给了他，亚之从廖内史那里得到了这个盒子，送给了公主。公主很高兴，当时对这个盒子非常喜爱和珍视，将它绑在自己的裙带上随身携带。秦穆公对待亚之，要比对待其他同级官员加倍礼遇，对他的赏赐不断，颁发赏赐的人在途中简直都可以互相望见。

又是一年春天，秦穆公离开京城去了始平，公主忽然无病而逝。秦穆公追念公主，伤心不已，准备将公主葬在咸阳城外的高地上。秦穆公让亚之写一首挽歌来悼念公主，亚之应命写了下面的诗句：

流着眼泪埋葬这枝美丽的花朵，
我们一起生活却没能一起死去。
她的金制发饰掉落在芳草之间，
染有香气的刺绣衣物被春风吹拂。
从前听她吹箫的地方，
现在正是当空明月照在楼高处。
等到梨花开放时那祭奠亡灵的寒食之夜，
我也只能把翠微宫的大门紧紧闭住。

亚之将挽歌呈献给穆公，穆公读完，觉得他写得很好。当时，宫里有人无法控制自己的情绪而发出了悲戚的声音，穆公便也跟着掉下泪来。他又让亚之写一篇墓志铭，现在只记得那首铭了，说是：

风吹白杨仿佛在哭泣啊墓石旁的松枝婆娑，
遍地都是五彩缤纷的落花啊春天的烟气迷蒙融和。
珠翠含愁香粉消减美丽的女子就这样不再存活，
我们将她深深埋葬啊心里是多么的哀伤痛心！

亚之也到咸阳城外的高地上去送葬了。宫里为公主陪葬的共有十四个人。亚之因为怀念公主，悲伤过度，得了病，在翠微宫里卧床养病。不过他住的是宫殿外的房子，没有再回到从前起居的正宫去。过了一个多月，他的病才终于完全好了。

秦穆公对亚之说："本来想让我女儿和你缔结长久的婚姻的，谁知道她不能侍奉先生你到老，就先去世了。我们秦国只是个小国，不值得浪费大夫你的时间，那是辱没了你，而且我每次看到你，就不能不感到悲伤难过。大夫为什么不到大国去呢？"亚之回答说："我没有什么功绩，与皇室结了亲，在右庶长的职位上等待犯错受罚，不能够跟随公主一同死去，这些大王都没有怪罪我，让我幸运地回到父母所在的国家终老，我永远忘不了您的恩德，太阳为我作证。"亚之就要离开之前，秦穆公让人准备酒席，举行盛大的宴会，在宴会上让人演唱秦地的歌曲，跳秦地的舞蹈。跳舞的人拍打着肩膀和大腿，发出呜呜的声音，那调子不太欢快，声音相当哀怨。秦公拿着酒杯，来到亚之面前说："我看这人唱得不怎么好，希望沈郎接下来能唱首歌，就当是离别前的纪念。"秦公马上让人拿来笔砚。亚之接受命令，当场就唱起歌来，词是这样的：

拍打肩膀舞蹈，烟气光影中满是无所羁绊的哀愁苦恼。
眼泪雨点般掉落，想要写点什么却写不出完整的句子。
她那件绣着金凤衔红花图案的衣服还在，
我和她曾经好几次在宫里一同观看舞蹈。
春天里的人们正是欢乐的时候，
被傍晚的东风吹着的我又该往哪里去呢？

亚之唱完，将这首歌教给那个跳舞的人，混杂着那人歌唱的音调来教导他，宾客们听到歌声都掉下泪来。唱完之后，亚之两次向秦公下拜，就要告辞。秦公又让他去翠微宫一趟，跟公主的侍女们告别。亚之再度走进翠微宫的宫殿时，看到公主的饰物掉落在青石台阶上，已经碎裂了，窗纱上还留着她的口红印子。宫女看到亚之，就流下泪来。亚之也受到触动，哽咽了很久，于是在宫门上题写了一首诗，诗是这样的：

君王极为伤感放我回到东边的故乡，
从此之后就没有再来到秦宫的日子。
公主去世使得春天的景物让人伤怀，
落花雨点般坠落而眼泪带血如胭脂。

终于还是告辞离去。秦公命人用马车把亚之送出函谷关。出关之后，送行的官吏说："秦公就让我送你到这里，你就走吧。"亚之就与他告别，还没说完话，忽然就醒了过来，发现自己正睡在旅舍里。

第二天，亚之把自己做的梦详详细细地说给朋友崔九万听。九万是博陵人，知道很多古时候的事，他对我说："《皇览》上说：秦穆公葬在雍地橐泉地方的祈年宫下面。这难道不是他的神灵在那里的凭证吗？"亚之还找到了秦代时候的地方志，那里的说法跟九万一样。哎呀！弄玉既然已经成仙了，怎么又会死掉呢？

无 双 传

薛 调

王仙客者，建中中朝臣刘震之甥也。初，仙客父亡，与母同归外氏。震有女曰无双，小仙客数岁，皆幼稚，戏弄相狎。震之妻常戏呼仙客为王郎子。如是者凡数岁，而震奉孀姊及抚仙客尤至。一旦，王氏姊疾，且重，召震约曰："我一子，念之可知也。恨不见其婚宦。无双端丽聪慧，我深念之。异日无令归他族。我以仙客为托。尔诚许我，瞑目无所恨也。"震曰："姊宜安静自颐养，无以他事自挠。"其姊竟不痊。

仙客护丧，归葬襄邓。服阕，思念："身世孤孑如此，宜求婚娶，以广后嗣。无双长成矣。我舅氏岂以位尊官显，而废旧约耶?"于是饰装抵京师。时震为尚书租庸使，门馆赫奕，冠盖填塞。仙客既觐，置于学舍，弟子为伍。舅甥之分，依然如故，但寂然不闻选取之议。又于窗隙间窥见无双，姿质明艳，若神仙中人。仙客发狂，唯恐姻亲之事不谐也。遂鬻囊橐，得钱数百万。舅氏舅母左右给使，达于厮养，皆厚遗之。又因复设酒馔，中门之内，皆得入之矣。诸表同处，悉敬事之。遇舅母生日，市新奇以献，雕镂犀玉，以为首饰。舅母大喜。

又旬日，仙客遣老妪，以求亲之事闻于舅母。舅母曰："是我所愿也，即当议其事。"又数夕，有青衣告仙客曰："娘子适以亲情事言于阿郎，阿郎云：'向前亦未许也。'模样云云，恐是参差也。"仙客闻之，心气俱丧，达旦不寐，恐舅氏之见弃也。然奉事不敢懈怠。

一日，震趋朝，至日初出，忽然走马入宅，汗流气促，唯言："锁却大门，锁却大门！"一家惶骇，不测其由。良久，乃言："泾原兵士反，姚令言领兵入含元殿，天子出苑北门，百官奔赴行在。我以妻女为念，略归部署。疾召仙客与我勾当家事。我嫁与尔无双。"仙客闻命，惊喜拜谢。乃装金银罗锦二十驮，谓仙客曰："汝易衣服，押领此物出开远门，觅一深隙店安下。我与汝舅母及无双出启夏门，绕城续至。"

仙客依所教。至日落，城外店中待久不至。城门自午后扃锁，南望目断。遂乘骢，秉烛绕城至启夏门。门亦锁。守门者不一，持白棓，或立，或坐。仙客下马，徐问曰："城中有何事如此？"又问："今日有何人出此？"门者曰："朱太尉已作天子。午后有一人重戴，领妇人四五辈，欲出此门。街中人皆识，云是租庸使刘尚书。门司不敢放出。近夜，追骑至，一时驱向北去矣。"仙客失声恸哭，却归店。三更向尽，城门忽开，见火炬如昼。兵士皆持兵挺刃，传呼斩斫使出城，搜城外朝官。仙客舍辎骑惊走，归襄阳，村居三年。

后知克复，京师重整，海内无事。乃入京，访舅氏消息。至新昌南街，立马彷徨之际，忽有一人马前拜。熟视之，乃旧使苍头塞鸿也。鸿本王家生，其舅常使得力，遂留之。握手垂涕。仙客谓鸿曰："阿舅、舅母安否？"鸿云："并在兴化宅。"仙客喜极云："我便过街去。"鸿曰："某已得从良，客户有一小宅子，贩缯为业。今日已夜，郎君且就客户一宿。来早同去未晚。"遂引至所居，饮馔甚备。至昏黑，乃闻报曰："尚书受伪命官，与夫人皆处极刑。无双已入掖庭矣。"仙客哀冤号绝，感动邻里。谓鸿曰："四海至广，举目无亲戚，未知托身之所。"又问曰："旧家人谁在？"鸿曰："唯无双所使婢采蘋者，今在金吾将军王遂中宅。"仙客曰："无双固无见期。得见采蘋，死亦足矣。"由是乃刺谒，以从侄礼见遂中，具道本末，愿纳厚价以赎采蘋。遂中深见相知，感其事而许之。仙客税屋，与采蘋居。塞鸿每言："郎君年渐长，合求官职。悒悒不乐，何以遣时？"仙客感其言，以情恳告遂中。遂中荐见仙客于京兆尹李齐运。齐运以仙客前衔，为富平县尹，知长乐驿。

累月，忽报有中使押领内家三十人往园陵，以备洒扫，宿长乐驿，毡车子十乘下讫。仙客谓塞鸿曰："我闻宫嫔选在掖庭，多是衣冠子女。我恐无双在焉。汝为我一窥，可乎？"鸿曰："宫嫔数千，岂便及无双？"仙客曰："汝但去，人事亦未可定。"因令塞鸿假为驿吏，烹茗于帘外。仍给钱三千，约曰："坚守茗具，无暂舍去。忽有所睹，即疾报来。"塞鸿唯唯而去。

宫人悉在帘下，不可得见之，但夜语喧哗而已。至夜深，群动皆息，塞鸿涤器构火，不敢辄寐，忽闻帘下语曰："塞鸿，塞鸿，汝争得知我在此耶？郎健否？"言讫呜咽。塞鸿曰："郎君见知此驿。今日疑娘子在此，令塞鸿问候。"又曰："我不久语。明日我去后，汝于东北舍阁子中紫褥下，取书送郎君。"言讫便去。忽闻帘下极闹，云："内家中恶。"中使索汤药甚急，乃无双也。塞鸿疾告仙客，仙客惊曰："我何得一见？"塞鸿曰："今方修渭桥。郎君可假作理桥官，车子过桥时，近车子立。无双若认得，必开帘子，当得瞥见耳。"仙客如其言。至第三车子，果开帘子，窥见，真无双也。仙客悲感怨慕，不胜其情。塞鸿于阁子中褥下得书送仙客。花笺五幅，皆无双真迹，词理哀切，叙述周尽，仙客览之，茹恨涕下。自此永诀矣。其书后云："常见敕使说富平县古押衙人间有心人。今能求之否？"

仙客遂申府，请解驿务，归本官。遂寻访古押衙，则居于村墅。仙客造谒，见古生。生所愿，必力致之，缯彩宝玉之赠，不可胜纪。一年未开口。秩满，闲居于县。古生忽来，谓仙客曰："洪一武夫，年且老，何所用？郎君于某竭分。察郎君之意，将有求于老夫。老夫乃一片有心人也。感郎君之深恩，愿粉身以答效。"仙客泣拜，以实告古生。古生仰天，以手拍脑数四，曰："此事大不易。然与郎君试求，不可朝夕便望。"仙客拜曰："但生前得见，岂敢以迟晚为限耶？"半岁无消息。

一日，扣门，乃古生送书。书云："茅山使者回。且来此。"仙客奔马去。见古生，生乃无一言。又启使者。

复云："杀却也。且吃茶。"夜深，谓仙客曰："宅中有女家人识无双否？"仙客以采蘋对。仙客立取而至。古生端相，且笑且喜云："借留三五日。郎君且归。"后累日，忽传说曰："有高品过，处置园陵宫人。"仙客心甚异之。令塞鸿探听所杀者，乃无双也。仙客号哭，乃叹曰："本望古生。今死矣，为之奈何！"流涕歔欷，不能自已。是夕更深，闻叩门甚急。及开门，乃古生也。领一篼子入，谓仙客曰："此无双也，今死矣。心头微暖，后日当活，微灌汤药，切须静密。"言讫，仙客抱入阁子中，独守之。至明，遍体有暖气。见仙客，哭一声遂绝。救疗至夜，方愈。

古生又曰："暂借塞鸿于舍后掘一坑。"坑稍深，抽刀断塞鸿头于坑中。仙客惊怕。古生曰："郎君莫怕。今日报郎君恩足矣。比闻茅山道士有药术。其药服之者立死，三日却活。某使人专求，得一丸。昨令采蘋假作中使，以无双逆党，赐此药令自尽。至陵下，托以亲故，百缣赎其尸。凡道路邮传，皆厚赂矣，必免漏泄。茅山使者及舁篼人，在野外处置讫。老夫为郎君，亦自刎。君不得更居此。门外有檐子一十人，马五匹，绢二百匹。五更挈无双便发，变姓名浪迹以避祸。"言讫，举刀。仙客救之，头已落矣。遂并尸盖覆讫。

未明发，历四蜀下峡，寓居于渚宫。悄不闻京兆之耗，乃挈家归襄邓别业，与无双偕老矣。男女成群。

噫！人生之契阔会合多矣，罕有若斯之比。常谓古今所无。无双遭乱世籍没，而仙客之志，死而不夺。卒遇古生之奇法取之，冤死者十余人。艰难走窜后，得归故乡，为夫妇五十年。何其异哉！

【译文】

王仙客是建中年间中央朝廷的臣子刘震的外甥。起先，仙客的父亲去世了，他跟着母亲回到娘家来住。刘震有个女儿叫无双，比仙客小几岁，当时还都是小孩子，亲热地在一起嬉戏玩耍。刘震的妻子经常开玩笑似的称呼仙客为王郎子。像这样过了好几年，刘震照顾寡居的姐姐，抚养仙客，格外体贴周到。有一天，这个嫁到王家的姐姐生了病，越来越严重了，她把刘震找来，与他约定说："我就这一个儿子，心里放不下他是可想而知的。没有看到他结婚和当官，真是遗憾。无双端庄美丽，聪明敏慧，我心里总是记挂着，以后不要让她嫁到别家去了。我把仙客托付给你，你要是真的答应了我，我死了就可以闭眼了，没有什么遗憾了。"刘震说："姐姐应该安心静养，保重身体，不要因为别的事情而自寻烦恼。"他姐姐竟然就没能痊愈。

仙客卫护母亲的灵柩，返回襄邓埋葬。守孝期限过了之后，他想着："我的身世这样孤单伶仃，应该早点结婚，多生子女，这样王家后代才能兴旺。无双已经长大成人了，我舅舅难道会因为自己官高，地位尊贵，就废弃从前订立的约定吗？"于是打点行装，来到了京城。那时候刘震担任尚书租庸使，家里招待门客的馆舍气派堂皇，来往的客人络绎不绝。仙客拜见了舅舅之后，被安置在家中的学堂里，跟家族中读书的年轻人待在一起。舅舅和外甥之间的情分，还是像从前一样，只不过择日成婚的事情，倒是完全没有听到提起。仙客又在窗缝里偷看到了无双，姿容艳丽，光彩照人，好像神仙一般。仙客爱慕地发了疯，唯恐与她的婚事不能成功。他于是将行李物品都变卖了，卖到了好几百万钱。但凡是在舅舅和舅妈身边服侍的人，连那些低贱的下人也不例外，他都送了一大笔钱。接下来又安排酒宴请他们吃饭，于是中门之内的各个地方，他都可以随意出入了。跟各位表兄弟相处的时候，他对别人都很恭敬。到了舅妈生日的那天，他买来新奇的礼物送给舅妈，那是雕刻精细的犀牛角和玉石做成的首饰，舅妈非常高兴。

又过了十几天，仙客派了一个老婆婆来，将自己求婚的事情说给舅妈听，舅妈说："这件事正合我的心意，我这就跟他们商量去。"又过了几天，有位婢女告诉仙客说："刚才夫人把求亲的事情说给老爷听，老爷说是：'从前也没答应他。'看样子，这件事恐怕有些难办。"仙客听了，伤心失望极了，整个晚上都睡不着觉，担心舅舅就这样把他抛到脑后了。虽然是这样，但他侍奉舅舅仍然不敢懈怠。

有一天，刘震上朝去了。到了太阳刚刚升起来的时候，他突然骑着马回到宅子里，大汗淋漓，呼吸急促，只是说着："把大门锁起来，把大门锁起来！"全家人都惊恐极了，不知道他为什么会这样。过了很长时间，刘震才说："泾原的部队造起反来了，姚令言带兵闯进了含元殿，皇上从宫苑的北门逃走了，文武百官都跟随他往临时落脚的地方赶去。我心里惦记着妻子和女儿，暂时回来料理家事。"他急忙让人把仙客找来，说："你帮我料理家事，我把无双嫁给你。"仙客听他这么说，又惊又喜地跪拜道谢。刘震就将家中的金银绸缎装到二十头牲口身上，对仙客说："你换身衣服，押送这些东西从开远门出城，找一间隐僻的客店安顿下来。我跟你舅妈和无双从启夏门出城，从城那头绕过来，会晚点到。"

仙客按他说的那样去做了。到了太阳落山的时候，他已经在城外的客店中等了很久，却不见他们过来。城门在午时以后就被锁上了，仙客不停地向南边张望，想要知道那里的情况，可是哪里望得到半点踪迹。他于是骑上马，举着烛火绕过城，来到启夏门外。城门也已经锁上了，守门的人不少，都拿着白木棒，有的站着，有的坐着。仙客跳下马来，兜兜转转地问道："城里发生了什么事，为什么戒备这样森严？"又问道："今天有什么人从这里出去吗？"看门的人说："朱太尉已经做皇帝了。午时过后，有个在头巾上再戴帽子的人，带着四五个女人，想要从这扇门里出去。街上的人都认识他，说是租庸使刘尚书。守门的长官不敢把他放出去。傍晚的时候，追捕的骑兵过来了，没一会就把他们赶到北边去了。"仙客不禁失声痛哭，又回到了那间客店。三更就快过去的时候，城门忽然开了，只见外面到处是火把，照得好像白昼一般，士兵们手里都握着兵刃，连声高呼斩斫使出城，搜查城外的朝廷官员。仙客大吃一惊，丢下几十头牲口逃走了，回到襄阳，在村庄里居住了三年。

后来听说京城被收复，重新恢复了秩序，天下太平了。仙客就来到京城，打听舅舅的消息。他到了新昌南街，正停下马来茫然无措的时候，有一个人忽然在他的马前下拜行礼。仙客仔细看那人，原来是从前使唤的家奴塞鸿。塞鸿本来是王家的家生奴才，因为舅舅常常命他做事，觉得他很得力，就把他留在了身边。两人握着手，不由地流下了眼泪。仙客对塞鸿说："舅舅、舅妈还好吗？"塞鸿说："都在兴化里的宅子里。"仙客高兴极了，说道："我现在就到对街去看看。"塞鸿说："我已经脱除家奴籍成为平民了，寄住的人家有一所小房子，我住在那里，靠贩卖丝织品生活。今天都已经是晚上了，公子就到我寄住的人家那里过一夜，明早我们再一起去拜望你舅舅也不晚。"塞鸿于是把仙客带到他住的地方，还准备了丰盛的饭菜供他享用。直到天黑之后，仙客才从塞鸿口中得知，尚书做过叛军的官员，跟夫人一起被处以死刑了，而无双已经被征入宫廷去了。仙客痛苦地大喊冤枉，喊得声嘶力竭，左邻右舍的人都被他的叫声打动了。他对塞鸿说："世界那么大，可我连一个亲人也没有，不知道哪里才是我的容身之地。"又问道："从前家里的人，还有谁在的？"塞鸿说："只有无双使唤的婢女叫采蘋的，她现在在金吾将军王遂中的家里做事。"仙客说："无双肯定是没有相见的时候了，能够见见采蘋，我死也甘心了。"于是仙客投递名片，以从侄的礼节拜见了王遂中，将整件事情原原本本地说给他听，希望能够出高价，将采蘋赎回来。王遂中很赏识仙客的为人，又被他的遭遇打动，就答应了他的请求。仙客租下了一间房子，跟采蘋一起生活。塞鸿常常对他说："公子的年纪慢慢大了，应该去求个官职，总是闷闷不乐的，要怎么过日子呢？"仙客觉得他说得有道理，诚恳地拜托王遂中帮忙。王遂中于是把仙客推荐给了京兆尹李齐运。李齐运按照仙客从前的资历，让他以富平县尹的官衔出任了长乐驿站的长官。

过了几个月，忽然有人来通报，说是有宫中的使者押送三十名宫人前往皇家墓地，担任清洁打扫的工作，晚上就住在长乐驿。来了十辆毡毛车子，车里的人下来之后，仙客对塞鸿说："我听说选入宫廷的宫女，大多是士人的后代。或许无双就在这些人当中，你帮我偷偷地去看一眼，行不行?”塞鸿说：“宫女有好几千人呢，怎么就会选到无双呢?”仙客说：“你去就是了，世上的事也是说不定的。”于是就让塞鸿假扮成驿站的执事人员，在宫人们住处的门帘外煮茶。又给了他三千钱，跟他说定：“好好地看着煮茶的器具，一会儿也不要离开，要是发现了什么，马上就来报告我。”塞鸿答应着，便走开了。

宫女们都在门帘后面，塞鸿没法看见她们，只能听到晚上叽叽喳喳的说话声。到了深夜，万籁俱寂，塞鸿洗涤茶具，堆柴生火，也不敢就这样睡去。忽然听到门帘后面有人说话：“塞鸿，塞鸿，你怎么知道我在这里呢？公子他身体还好吗?”说完就开始轻声哭起来。塞鸿说：“公子现在就主管这个驿站的事务。今天他疑心娘子在这些人当中，就让塞鸿来探问情况。”那人又说：“我不能跟你说话了。明天等我走后，你到东北面房舍的阁子里，取出紫色被褥下的一封信去交给公子。”说完，那人便离开了。忽然听到门帘后面吵闹起来，说是：“宫女生病了。”内廷使者急着找人要汤药，病倒的那个就是无双。塞鸿急忙把这件事告诉仙客，仙客也很意外，说道：“我怎么才能见她一面呢?”塞鸿说：“这阵子正在修理渭水上的桥梁，公子可以假扮成督理桥梁工程的官员，等宫人的车子过桥时，你就站在靠近车子的地方。无双如果认得出你，肯定会掀开窗帘，那时你就可以看到她了。”仙客按照他说的那样去做了。第三辆车子驶过的时候，窗帘果然被掀开了，仙客看到了里面的人，真的是无双。仙客伤心感慨，爱她却不能把她留下来，简直难以控制自己的感情。塞鸿从阁子里的被褥下面拿到书信，送来交给仙客。那里面有五张美丽的信笺，上面都是无双亲笔所写，语气悲哀而真切，将自己的遭遇说得细致详尽，仙客看完信之后，不由得落下了遗憾的眼泪。从今而后，就再也见不到面了。信的最后说道：“常常听到内廷使者说起富平县的古押衙是这世上的有心人，如今能够找到这个人吗?”

仙客于是向上一级的府尹打报告，请求解除自己管理驿站事务的差事，回到原来富平县尹的官位上。接着他就去寻访古押衙，这个人原来住在村里田野中的草房里。仙客过去拜访他，见到了古生。只要是这位古生想要的东西，仙客总是想尽办法满足他，送给他的丝织品和宝玉，多得数不过来。然而一年过去了，他也没有开口提让他帮忙的事。仙客的任期到了，赋闲住在县里。古生忽然来了，对仙客说："我古洪是个粗鲁的武夫，年纪又大了，有什么用处呢？公子对我真是仁至义尽。我看公子你的意思，是有事情要求我帮忙。我是个知恩图报的有心人，公子对我恩德深厚，我很感激，愿意粉身碎骨来报答你。"仙客哭着下拜，把实情告诉了古生。古生仰面朝天，用手连连拍打自己的脑门，说道："这件事很不容易，不过我会帮公子努力去争取，一天两天是不可能有结果的。"仙客下拜，说："只要我们活着能相见就好了，又怎么敢给你规定时间限制呢？"之后半年都没有古生的消息。

一天，有人来敲门，送来了古生的书信。信上说："茅山使者回来了。你先过来吧。"仙客骑着马赶过去，见到古生，他却一句话也不说。问他使者的事情，古生才说："杀掉了。我们喝茶吧。"到了深夜，他对仙客说："你家里有认得无双的女家人吗？"仙客告诉他有采蘋。仙客马上将采蘋带到这里。古生观察着采蘋的相貌，欣喜地笑着说："把她留在我这里，借我三五天，公子就先回去吧。"过了几天，忽然听到传言说："有高官路过这里，要处死皇家陵园的宫女。"仙客觉得这件事很蹊跷，就让塞鸿去打听那个将要被处死的宫女，原来是无双。仙客大声哭喊，叹着气说："本来还指望古生的，如今无双都要死了，该怎么办呢？"一边叹气一边流眼泪，无法控制自己的情绪。这天晚上，大半夜的，听到了急促的敲门声。打开门来，原来是古生。他带领一乘轿子走了进来，对仙客说："这里面就是无双，现在是死了，心头还有些热气，后天就能够活过来，你稍微给她灌些汤药，这件事绝不能声张出去。"等他说完，仙客就把无双抱到了阁子里，一个人守着她。到了天亮的时候，无双全身都有热气了，睁眼看到仙客，哭了一声，又昏死过去。仙客想尽办法救治她，直到晚上她才好起来。

古生又说："我要借塞鸿，帮我在房子后面挖个坑。"坑挖得有些深了的时候，古生拔出刀来，将塞鸿的头砍落在坑里。仙客惊讶极了，感到非常害怕。古生说："公子不要害怕，今天我做的事足够报答你的恩德了。之前听说茅山道士有种药，吃了药的人马上就会死，但是三天之后又会复活，我派人专门去求药，得到了一粒。昨天我让采蘋假扮成宫中的使者，说无双是反贼的同党，让她吃下这个药自尽。到了陵墓边上，我又假称是死者的亲戚，用百匹丝织品赎回了她的尸体。一路上落脚的驿站里的人，我都花大钱贿赂过了，免得他们泄露秘密。茅山使者和抬轿子的人，我已经在野外处理掉了。我为了公子，也是要自杀的。你不能再住在这里。门外有十个挑担的佣人、五匹马、二百匹绢。你到五更时候就带着无双出发，改变姓名，浪迹天涯，才可以避过灾祸。”说完，他就举起了刀。仙客想去救他，可是他的头已经落下了，于是连同他们的尸身都一起埋了。

天还没亮，仙客与无双就出发了。一路经过四川各地，沿着三峡而下，在湖北江陵住了下来。京城那边并没有传来抓捕的消息，仙客就举家搬到了襄邓的宅子里，同无双一起在那里住到老去，生了很多子女。

哎！人活在世上，分分合合的事情多了，但是很少有这样的事，我曾经认为，这样的事，无论是古代还是现代，都是没有的。无双遭遇动乱，全家财产被没收，可是仙客对她的心意，即使是在知道她死了之后都没有改变，最后终于凭借古生那奇妙的办法娶到了无双，因为这件事无辜而死的人有十多个。仙客和无双经过艰苦的逃亡生活，终于能够回到家乡，做了五十年的夫妻。这是多么不同一般的经历啊！

上 清 传

柳 珵

贞元壬申岁春三月，相国窦公居光福里第，月夜闲步于中庭。有常所宠青衣上清者，乃曰："今欲启事。郎须到堂前，方敢言之。"窦公亟上堂。上清曰："庭树上有人，恐惊郎，请谨避之。"窦公曰："陆贽久欲倾夺吾权位。今有人在庭树上，吾祸将至。且此事将奏与不奏皆受祸，必窜死于道路。汝在辈流中，不可多得。吾身死家破，汝定为宫婢。圣君若顾问，善为我辞焉。"上清泣曰："诚如是，死生以之！"

窦公下阶，大呼曰："树上君子，应是陆贽使来。能全老夫性命，敢不厚报！"树上应声而下，乃衣缞粗者也。曰："家有大丧。贫甚，不办葬礼。伏知相公推心济物，所以卜夜而来。幸相公无怪。"公曰："某罄所有，堂封绢千匹而已。方拟修私庙次。今且辍赠，可乎？"缞者拜谢。窦公答之，如礼。又曰："便辞相公。请左右赍所赐绢，掷于墙外。某先于街中俟之。"窦公依其请。命仆，使侦其绝踪且久，方敢归寝。

翼日，执金吾先奏其事。窦公得次，又奏之。德宗厉声曰："卿交通节将，蓄养侠刺。位崇台鼎，更欲何求?"窦公顿首曰："臣起自刀笔小才，官以至贵，皆陛下奖拔，实不由人。今不幸至此，抑乃仇家所为耳。陛下忽震雷霆之怒，臣便合万死。"中使下殿宣曰："卿且归私第，待候进止。"越月，贬郴州别驾。会宣武节度刘士宁通好于郴州，廉使条疏上闻。德宗曰："交通节将，信而有征。"流窦公于驩州，没入家资。一簪不着身，竟未达流所，诏自尽。上清果隶名掖庭。

后数年，以善应对，能煎茶，数得在帝左右。德宗谓曰："宫掖间人数不少。汝了事。从何得至此?"上清对曰："妾本故宰相窦参家女奴。窦某妻早亡，故妾得陪扫洒。及窦某家破，幸得填宫。既侍龙颜，如在天上。"德宗曰："窦某罪不止养侠刺，亦甚有赃污。前时纳官银器至多。"上清流涕而言曰："窦某自御史中丞，历度支、户部、盐铁三使，至宰相。首尾六年，月入数十万。前后非时赏赐，当亦不知纪极。乃者郴州所送纳官银物，皆是恩赐。当部录日，妾在郴州，亲见州县希陆贽意旨刮去。所进银器，上刻作藩镇官衔姓名，诬为赃物。伏乞陛下验之。"于是宣索窦某没官银器覆视，其刮字处，皆如上清言。时贞元十二年。德宗又问蓄养侠刺事。上清曰："本实无。悉是陆贽陷害，使人为之。"德宗怒陆贽曰："这獠奴！我脱却伊绿衫，便与紫衫着。又常唤伊作陆九。我任使窦参，方称意次，须教我枉杀却他。及至权入伊手，其为软弱，甚于泥团。"乃下诏雪窦参。

时裴延龄探知陆贽恩衰，得恣行媒孽。贽竟受谴不回。后上清特敕丹书度为女道士，终嫁为金忠义妻。世以陆贽门生名位多显达者，世不可传说，故此事绝无人知。

【译文】

贞元壬申年三月的春天，宰相窦公住在光福里的宅第，他在月夜中悠闲地在庭院里散步。有个他平常宠爱的婢女叫做上清的，这时候说："我现在有事想要报告，郎君一定要到厅堂里，我才敢说。"窦公急忙进入厅堂。上清说："庭院里的树上有人，我担心他惊吓到郎君，请您务必回避。"窦公说："陆贽想要完全夺走我的权力地位已经很长时间了。现在有人躲在庭院里的树上，我的灾祸就要到了。而且这件事向不向皇上报告，都会遭遇灾祸，我肯定会往别处奔逃，最后死在路上。同辈人当中，很少有你这样的人品才干，我人死家破之后，你肯定会成为宫里的婢女。皇上如果问起来，你好好替我说说吧。"上清哭着说："如果真是这样，是死是活我都会办成这件事！"

窦公走下台阶，大声喊道："树上的这位先生，应该是陆贽派来的吧。如果能保全老头子我的性命，怎么敢不重重报答！"他话音未落，树上的人就跳了下来，原来是个穿着粗麻丧服的人。他说："家里碰上重大的丧事，穷困潦倒，办不起葬礼，小人知道宰相大人能够推广一己的仁爱之心救济苍生，所以选择夜晚过来，希望宰相大人不要怪罪。"窦公说："我竭尽所有，也只有宰相所能得到的额外俸禄千匹绢丝而已。我正打算用这些绢丝换钱来修筑家庙，现在不修了，把这些都送给你，可以吗？"穿丧服的人下拜叩谢。窦公答拜，就像礼节要求的那样。那人又说："我这就向宰相大人告辞了。请您身边的人将赐给我的绢丝扔到围墙外面，我会先等在外面的街道上。"窦公按照他的请求来做了。又命令仆人偷偷看着他，等他走了好长时间之后，才敢进房去睡觉。

第二天，负责皇城巡逻工作的官员首先向皇上报告了这件事。轮到窦公说话的时候，他也报告了一遍。德宗厉声说："你跟担任节度使的将领相互勾结，在家中蓄养游侠刺客。你已经做到了宰相这样崇高的官位，还想要得到什么呢?”窦公叩头说：“我从掌管文书的小官做起，登上最为尊贵的官位，都是陛下对我的奖励和提拔，实在不是个人有愿望就可以达到的。如今不幸，落到这个地步，也是被仇家陷害，让陛下突然间发这么大的火，我真是罪该万死。”宦官走下大殿，宣布皇帝的命令说：“你暂且回到自己的宅第，等我的发落吧。”过了一个月，窦公被贬为郴州别驾。当时宣武节度使刘士宁正好与郴州官员往来交好，观察使将这件事写在陈事的条疏里告诉了德宗，德宗说：“与节度将领互相勾结，证据已有，确实无疑。”将窦公流放到了驩州，抄没家产，连一根簪子也不让他带在身上。居然还没等窦公到达流放的地方，就下令让他自尽。而上清的名字果然被写入了掖庭的名册，在妃嫔居住的皇宫旁舍做事。

几年之后，上清因为善于对答，懂得煎茶，经常能够在皇上身边伺候。德宗对她说：“皇宫里人数众多，你算是明白事理的，你是怎么来到这里的?”上清回答说：“我本来是已故的宰相窦参家的女奴，窦参的妻子死得早，我就能够在他身边侍奉。窦参被抄家之后，我有幸来到宫里做事。伺候皇上之后，感觉自己好像生活在天上一样。”德宗说：“窦参的罪过不只是蓄养游侠刺客，他也贪污受贿，前些时候抄家之后，上缴官府的银器非常多。”上清流着眼泪说：“窦参从当上御史中丞开始，做过度支、户部、盐铁三司的长官，最后当上宰相，前后六年，每月有几十万的俸禄。这段时间里也有并非按时发放的赏赐，后者的数目根本没办法算清楚。之前郴州官府送来的上缴国家的银器，都是皇上加恩赏赐的。他们记录抄家所得财物的时候，我就在郴州，亲眼看见州县长官按照陆贽的意思将银器上皇家的印记刮去。送报中央的银器，就在上面刻上藩镇长官的官衔姓名，诬陷成受贿而得的赃物。恳请陛下查验明白。”皇上于是下令重新审查窦参抄没官府的银器，那上面刮字的地方，都跟上清说的一样。当时是贞元十二年。德宗又问窦参蓄养游侠刺客的事情。上清说：“本来就没有的事。都是陆贽陷害，派人做的。”德宗对陆贽很生气，说道：“这狗奴才！我让他脱掉低级官员的绿色官服，穿上高级官员的紫色官服，还常常亲昵地称呼他为‘陆九’。我任用窦参为我办事，正是称心如意的时候，却叫我冤杀了他。现在大权到了这家伙手里，他做事情却软弱得很，比泥团还不如呢。”于是颁下诏书，为窦参昭雪。

那时候裴延龄侦查到皇上对陆贽的恩宠减少了，就任意挑拨是非，诬陷陆贽。陆贽竟然就领受惩罚而被贬官外乡，再也没能回到中央。后来皇上特别下令，颁赐丹书给上清，让她做女道士，她最后嫁给了金忠义。世人都以为陆贽的学生都做了大官，名望很高，这件事就没人传播说起，所以根本没什么人知道。

杨　娼　传

房千里

杨娼者，长安里中之殊色也。态度甚都，复以冶容自喜。王公钜人享客，竞邀致席上。虽不饮者，必为之引满尽欢。长安诸儿，一造其室，殆至亡生破产而不悔。由是娼之名冠诸籍中，大售于时矣。岭南帅甲，贵游子也。妻本戚里女，遇帅甚悍。先约：设有异志者，当取死白刃下。帅幼贵，喜淫，内苦其妻，莫之措意。乃阴出重赂，削去娼之籍，而挈之南海。馆之他舍，公余而同，夕隐而归。娼有慧性，事帅尤谨。平居以女职自守，非其理不妄发。复厚帅之左右，咸能得其欢心。故帅益嬖之。

会间岁，帅得病，且不起。思一见娼，而惮其妻。帅素与监军使厚，密遣导意，使为方略。监军乃绐其妻曰："将军病甚，思得善奉侍煎调者视之，瘳当速矣。某有善婢，久给事贵室，动得人意。请夫人听以婢安将军四体，如何？"妻曰："中贵人，信人也。果然，于吾无苦耳。可促召婢来。"监军即命娼冒为婢以见帅。计未行而事泄。帅之妻乃拥健婢数十，列白梃，炽膏镬于廷而伺之矣。须其至，当投之沸鬲。帅闻而大恐，促命止娼之至。且曰："此自我意，几累于渠。今幸吾之未死也，必使脱其虎喙。不然，且无及矣。"乃大遗其奇宝，命家僮榜轻舠，卫娼北归。自是，帅之愤益深，不逾旬而物故。娼之行，适及洪矣。问至，娼乃尽返帅之赂，设位而哭，曰："将军由妾而死。将军且死，妾安用生为？妾岂孤将军者耶?"即撤奠而死之。

夫娼，以色事人者也，非其利则不合矣。而杨能报帅以死，义也；却帅之赂，廉也。虽为娼，差足多乎！

【译文】

杨娼是长安里巷中一个绝色的妓女。她姿态风度出众，又因为自己的美艳而沾沾自喜。王公贵族或者大人物宴请宾客，争相邀请她到酒席上来助兴。即使是平时不喝酒的人，也肯定会为了她将杯中的酒倒满，开怀畅饮，极尽欢愉。长安城的年轻人到她房里走一趟，几乎要弄到倾家荡产，却也并不后悔。这以后，杨娼的名字成了妓女名册中的佼佼者，在当时炙手可热。岭南节度使某人，是权贵人家的儿子。他的妻子是皇帝妃嫔家眷的女儿，对待他非常强势粗暴，刚结婚时就跟他订约：如果有谁移情别恋，就要死在刀剑之下。节度使从小身份尊贵，喜欢女色，受到妻子的束缚，根本没有办法可想。于是他私底下拿出一大笔钱，在妓女名册中勾去了杨娼的名字，让她从良，把她带到了南海。让她居住在家门以外的房子里，工作之余和她相伴，晚上再若无其事地回家。杨娼秉性聪慧，侍奉节度使特别谨慎，平时居处的时候恪守妇道，不该她管的事情不会随意插手，而且对节度使身边的人非常好，能够得到所有人的欢心。因此节度使就更加宠爱她了。

隔了一年，节度使患病，看看就支持不下去了。他想要跟杨娼见一面，却畏惧自己的妻子。节度使向来同监军使关系很好，偷偷派人将自己的意思告诉他，拜托他帮自己想办法。监军使就骗节度使的妻子说："将军病得很厉害，想来如果有个擅长侍奉病人，懂得煎药调理的人来照看他，病一定很快就能好起来。我有个得力的婢女，长久以来一直在王公贵族家做事，一言一行都能切合主人的心意。请夫人允许这个婢女来照顾将军，让将军身体安舒，怎么样？"节度使的妻子说："公公你是信得过的人。如果真是这样，那对我又有什么妨害呢？你就快点让婢女过来吧。"监军使就让杨娼假扮婢女来与节度使见面。事情还没办呢，已经泄露了出去。节度使的妻子带着几十个健壮的婢女，在庭院里摆开白木棍，烧热油锅，等着杨娼来。等她来之后，就要把她扔到煮沸的开水里。节度使听说了，非常担心，赶紧派人让杨娼别来了。他还说："这都是因为我想见她，差点害了她。现在幸好我还没有死，那就一定要让她脱离虎口，要不然，事情就来不及了。"于是将自己的奇珍异宝都送给杨娼，派家中的小仆人摇着轻舟，保护杨娼回到北方的家。从此以后，节度使心中的愤恨更深了，没过十天就去世了。那时候杨娼一路行进，刚刚到达洪州。节度使去世的消息传来，杨娼于是将他送给自己的东西都还了回去，摆设灵位痛哭，说道："将军是因为我而死的，将军已经死了，那我还活着干嘛呢？我难道会让将军孤零零地一个人吗？"说完就撤走祭品，自杀了。

所谓娼妓，是用美色来侍奉别人的人，如果得不到她想要的好处，不会同别人结合。杨娼却能够用死来回报节度使，说明她很有情义；她能够送回节度使馈赠的财物，说明她很廉洁。她虽然是个娼妓，不也是很高尚的吗？

飞 烟 传

皇甫枚

临淮武公业，咸通中任河南府功曹参军。爱妾曰飞烟，姓步氏，容止纤丽，若不胜绮罗。善秦声，好文笔，尤工击瓯，其韵与丝竹合。公业甚嬖之。其比邻，天水赵氏第也，亦衣缨之族，不能斥言。其子曰象，秀端有文，才弱冠矣。时方居丧礼。忽一日，于南垣隙中窥见飞烟，神气俱丧，废食忘寐。乃厚赂公业之阍，以情告之。阍有难色，复为厚利所动。乃令其妻伺飞烟间处，具以象意言焉。飞烟闻之，但含笑凝睇而不答。

门媪尽以语象。象发狂心荡，不知所持，乃取薛涛笺，题绝句曰："一睹倾城貌，尘心只自猜。不随萧史去，拟学阿兰来。"以所题密缄之，祈门媪达飞烟。烟读毕，吁嗟良久，谓媪曰："我亦曾窥见赵郎，大好才貌。此生薄福，不得当之。"盖鄙武生粗悍，非良配耳。乃复酬篇，写于金凤笺，曰："绿惨双蛾不自持，只缘幽恨在新诗。郎心应似琴心怨，脉脉春情更拟谁？"封付门媪，令遗象。象启缄，吟讽数四，拊掌喜曰："吾事谐矣。"又以剡溪玉叶纸，赋诗以谢，曰："珍重佳人赠好音，彩笺芳翰两情深。薄于蝉翼难供恨，密似蝇头未写心。疑是落花迷碧洞，只思轻雨洒幽襟。百回消息千回梦，裁作长谣寄绿琴。”诗去旬日，门媪不复来。象尤恐事泄，或飞烟追悔。

春夕，于前庭独坐，赋诗曰：“绿暗红藏起暝烟，独将幽恨小庭前。沉沉良夜与谁语，星隔银河月半天。”明日，晨起吟际，而门媪来。传飞烟语曰：“勿讶旬日无信，盖以微有不安。”因授象以连蝉锦香囊并碧苔笺，诗曰：“强力严妆倚绣栊，暗题蝉锦思难穷。近来赢得伤春病，柳弱花欹怯晓风。”象结锦香囊于怀，细读小简，又恐飞烟幽思增疾，乃剪乌丝阑为回柀，曰：“春景迟迟，人心悄悄。自因窥觏，长役梦魂。虽羽驾尘襟，难于会合；而丹诚皎日，誓以周旋。昨日瑶台青鸟复来，殷勤寄语。蝉锦香囊之赠，芬馥盈怀，佩服徒增，翘恋弥切。况又闻乘春多感，芳履乖和，耗冰雪之妍姿，郁蕙兰之佳气。忧抑之极，恨不翻飞。企望宽情，无至憔悴。莫孤短愿，宁爽后期。惝恍寸心，书岂能尽？兼持菲什，仰继华篇。伏惟试赐凝睇。”诗曰：“应见伤情为九春，想封蝉锦绿蛾颦。叩头为报烟卿道，第一风流最损人。”阍媪既得回报，径赍诣飞烟阁中。

武生为府掾属，公务繁夥，或数夜一直，或竟日不归。此时恰值生入府曹。飞烟拆书，得以款曲寻绎。既而长太息曰：“丈夫之志，女子之情，心契魂交，视远如近也。”于是阖户垂幌，为书曰：“下妾不幸，垂髫而孤。中间为媒妁所欺，遂匹合于琐类。每至清风明月，移玉柱以增怀；秋帐冬钉，泛金徽而寄恨。岂谓公子，忽贻好音。发华缄而思飞．讽丽句而目断。所恨洛川波隔，贾午墙高。连云不及于秦台，荐梦尚遥于楚岫。犹望天从素恳，神假微机，一拜清光，九殒无恨。兼题短什，用寄幽怀。伏惟特赐吟讽也。”诗曰：“画帘春燕须同宿，兰浦双鸳肯独飞？长恨桃源诸女伴，等闲花里送郎归。”封讫，召阍媪，令达于象。象览书及诗，以飞烟意稍切，喜不自持，但静室焚香虔祷以俟息。

一日将夕，阍媪促步而至，笑且拜曰：“赵郎愿见神仙否？”象惊，连问之。传飞烟语曰：“值今夜功曹府直，可谓良时。妾家后庭，即君之前垣也。若不渝惠好，专望来仪。方寸万重，悉候晤语。”既曛黑，象乃乘梯而登，飞烟已令重榻于下。既下，见飞烟靓妆盛服，立于庭前。交拜讫，俱以喜极不能言。乃相携自后门入堂中，遂背钉解幌，尽缱绻之意焉。及晓钟初动，复送象于垣下。飞烟执象手曰：“今日相遇，乃前生姻缘耳。勿谓妾无玉洁松贞之志，放荡如斯。直以郎之风调，不能自顾。愿深鉴之。”象曰：“挹希世之貌，见出人之心。已誓幽庸，永奉欢洽。”言讫，象逾垣而归。明日，托阍媪赠飞烟诗曰：“十洞三清虽路阻，有心还得傍瑶台。瑞香风引思深夜，知是蕊宫仙驭来。”飞烟览诗微笑，复赠象诗曰：“相思只怕不相识，相见还愁却别君。愿得化为松上鹤，一双飞去入行云。”封付阍媪，仍令语象曰：“赖值儿家有小小篇咏。不然，君作几许大才面目？”兹不盈旬，常得一期于后庭矣。展幽微之思，罄宿昔之心。以为鬼鸟不知，人神相助。或景物寓目，歌咏寄情，来往便繁，不能悉载。如是者周岁。

无何，飞烟数以细过挞其女奴，奴阴衔之，乘间尽以告公业。公业曰："汝慎勿扬声！我当伺察之。"后至当赴直日，乃密陈状请假。迨夜，如常入直，遂潜于里门。街鼓既作，匍伏而归。循墙至后庭，见飞烟方倚户微吟，象则据垣斜睇。公业不胜其愤，挺前欲擒。象觉，跳去。业搏之，得其半襦。乃入室，呼飞烟诘之。飞烟色动声战，而不以实告。公业愈怒，缚之大柱，鞭楚血流。但云："生得相亲，死亦何恨。"深夜，公业怠而假寐。飞烟呼其所爱女仆曰："与我一杯水。"水至，饮尽而绝。公业起，将复笞之，已死矣。乃解缚，举置阁中，连呼之，声言飞烟暴疾致殒。数日，窆之北邙。而里巷间皆知其强死矣。象因变服，易名远，自窜于江浙间。

洛中才士有著《飞烟传》者，传中崔、李二生，常与武掾游处。崔诗末句云："恰似传花人饮散，空床抛下最繁枝。"其夕，梦飞烟谢曰："妾貌虽不迨桃李，而零落过之。捧君佳什，愧仰无已。"李生诗末句云："艳魄香魂如有在，还应羞见坠楼人。"其夕，梦飞烟戟手而詈曰："士有百行，君得全乎？何至务矜片言，苦相诋斥。当屈君于地下而证之。"数日，李生卒。时人异焉。远后调授汝州鲁山县主簿，陇西李垣代之。咸通末，予复代垣，而与远少相狎，故洛中秘事，亦知之。而垣复为手记，故得以传焉。

三水人曰：噫！艳冶之貌，则代有之矣；洁朗之操，则人鲜闻乎？故士矜才则德薄，女炫色则情私。若能如执盈，如临深，则皆为端士淑女矣。飞烟之罪虽不可逭，察其心，亦可悲矣。

【译文】

临淮人武公业，咸通年间出任河南府的功曹参军。他有个宠爱的小妾叫飞烟，姓步，容貌秀丽，举止纤柔，好像连丝织衣物的重量都承受不住。她善于演奏秦地的音乐，喜欢写诗作文，尤其擅长击打瓯这种乐器，击打出的韵律能够与弦乐器和管乐器合拍。公业非常宠爱她。公业家的隔壁是天水赵家的宅邸，赵家也是官宦世家，所以具体情况不方便说出来。那家的儿子叫赵象，其人秀雅庄重，有文采，年纪才二十岁，当时正在执行丧葬礼仪期限内。忽然有一天，他在南墙缝隙中偷看到了飞烟，从此失魂落魄，吃不下饭，睡不着觉。于是用重金贿赂公业家的看门人，将自己的情况告诉了他。看门人露出为难的神色，但是又被那一大笔钱所打动，于是让他的妻子看准飞烟单独待着的时候，将赵象的心意完完全全地告诉了她。飞烟听说，只是微笑着出神，并不答话。

看门人的老婆把这些都说给赵象听，赵象狂性大发，心志摇荡，不知道怎么控制自己，于是拿出薛涛笺，写了一首绝句，说是：

自从看到你倾国倾城的容貌，
我凡俗的心肠只知道猜想。
你不跟随吹箫的萧氏飞去，
大概是要像杜兰香那样飞降。

他将题写的诗句严密地封好，求看门人的老婆送到飞烟手里。飞烟读完，叹息了很长时间，对看门人的老婆说：“我也曾经偷偷地看到过赵郎，才华和相貌都好极了，我这辈子福分很薄，不能够与他相配。”这是因为她觉得武公业粗俗鄙陋，看不上他，认为他不是自己的好伴侣。于是又写了诗答复赵象，那诗写在金凤信笺上，说是：

黛绿双眉凄然皱紧我无法控制自己，
只因你的新诗引发不为人知的憾恨。
郎君的心意应当是像琴曲那样哀怨，
可我对你的脉脉情意又能比作什么？

封好之后交给看门老太，让她送交赵象。

赵象打开信封，将那首诗吟诵了好几遍，拍着手开心地说："我的这件事成了。"又用剡溪的玉叶纸，写了首诗来道谢，说是：

多谢佳人给我送来好消息，
彩色信笺和芳香笔墨情深宛在。
信笺比蝉翼还薄难以承受愁怨，
字迹比蝇头更密没能将心表白。
我或许是落花迷失在你碧绿的洞穴，
但愿你像轻雨洒落在我幽秘的心怀。
等你消息百次好梦做过千回，
写成长歌将情思伴琴声唱来。

诗送去有十天了，看门人的老婆不再过来，赵象特别害怕事情已经败露，或者飞烟后悔了。

春天的晚上，赵象独自坐在房前的庭院中，做了首诗：

绿叶暗去红花躲藏夜晚的烟雾腾起，
我一个人怀抱着忧愁坐在庭院的前端。
在这深沉的美好夜晚我有话跟谁说，
两颗星隔着银河月亮升到天空之半。

第二天，早晨起来吟诗的时候，看门人的老婆来了。她帮飞烟传话说："不要因为我十天没有回音而很讶异，这是因为我略微有些不舒服。"说完把连蝉锦香囊和碧苔笺交给赵象，信笺上的诗是这样的：

勉强花力气端整妆束倚靠雕花窗户，
偷偷在连蝉锦上题句思念无法停止。
最近我添上了这种伤春的毛病，
好像弱柳和歪花怕被晨风吹袭。

赵象把锦香囊系在怀里，仔细地阅读信笺，又担心飞烟相思过度使得病情加重，就剪下黑边框的信笺，写了回信，说：

> 春日的光景迟缓，我的心里满怀忧愁。自从窥见你的芳容，我的梦魂就没有安宁过。虽说神仙般的你和尘俗的我难以会合，而我一片赤诚比太阳还皎洁，发誓要坚持下去以求成功。昨天传信的青鸟又从你的瑶台飞来，殷勤地传来你的话语。你送我的连蝉锦香囊，芬芳的香气充满我的胸怀，增加了我对你的仰慕，爱你的心思更加真切了。何况又听说你因为春天而有许多感触，身体有些不舒服，冰雪般美丽的姿容遭到损耗，蕙兰般芳香的气息有所凝滞。我忧愁抑郁到了极点，恨不能飞到你身边。希望你能宽解心怀，不要弄得憔悴不堪。请不要辜负我这小小的心愿，我们以后会有相见的日子。我难过彷徨的心情，在信里又怎么能够说尽呢？附上我拙劣的作品，来承接你美好的诗篇，我恭敬地请求你试着看一眼吧。

他的诗是这样的：

> 我能够看见你因为春景而伤情，
> 想着你封住香囊时皱起了黛眉。
> 我叩头告诉飞烟我亲爱的人儿，
> 风流情事是最损伤人让人心累。

看门人的老婆得到回复之后，径直将信笺拿到了飞烟住的阁子里。

武公业是官府佐治的属官，公务繁多，有时候几个晚上都在值班，有时候整天都不回家。这天正好碰上武生到官府里去了，飞烟将书信拆开，就能够原原本本地仔细寻味信中的内容。看完之后，她长叹一声，说：“男人的志愿，女人的感情，已经达到心灵契合、神魂相交的地步，就算隔得很远也好像很接近。”于是关上房门，拉起布幔，给赵象写信说：

> 贱妾很不幸，童年时代就失去父亲。过去因为被媒人欺骗，同卑琐的男人配成夫妻。每到清风吹拂、明月相照的时候，拨动琴柱增加了我的感慨；在秋日的帐幕里、冬季的灯光

中，撩拨琴弦来寄托憾恨。谁想到公子你突然送来了好消息。我打开精美的信封，思绪翻飞；吟诵华丽的诗句，两眼望穿。只恨宓妃身处的洛川波涛阻隔，贾午家中的墙壁巍峨高峻。阁楼虽高，怎能有秦时凤凰台上弄玉的福气；楚地遥远，无法像巫山神女那样进入你的梦境。还是希望老天能够听从我诚心的恳求，神仙能够借给我一点点机会，让我可以同你见一面，就算九死也无遗憾。随信题写短诗一首，来寄托我幽秘的情怀，我诚恳地请求你念念这首诗吧。

诗是这样的：

精美帘子上的春燕应当成双成对栖宿，
香兰水岸的鸳鸯又怎么愿意单独飞翔。
长久地怨恨桃花源中我的那些女朋友，
随随便便就把郎君从花丛中送回故乡。

封好以后，把看门人的老婆找来，让她送到赵象那里去。赵象看了信和诗，感到飞烟的心意略微显得更加急切了，欢喜得无法克制自己，就在安静的房间里一边烧香，一边虔诚地祈祷，然后等待消息。

有一天，快到晚上的时候，看门人的老婆快步走来，笑着下拜说："赵郎想见神仙吗？"赵象很惊讶，连声问是怎么回事。看门人的老婆带来飞烟的话说："正好今天功曹参军到官府值班，可以说是好机会了。我家屋后的庭院就连着你家屋前的墙壁，要是你与我交好的心意没有变，我就专门等着你来。心里有千言万语，都等见了面再说吧。"天色昏黑以后，赵象就登上梯子，攀上围墙，飞烟已经命人在对面架设了几张床榻。他下地之后，看到飞烟妆饰艳丽，服装华美，站在庭院前面。两人相对行完礼，都开心得说不出话来。于是手拉手从后门走到厅堂里，就背着灯光解开布幔帐子，极意地缠绵悱恻。到了第二天早上，晨钟刚刚响起，飞烟又送赵象来到墙下。她拉着赵象的手说："今天我们能够相逢，是前世的姻缘。不要以为我就没有像白玉般洁净、像松柏般贞洁的志向，竟然放荡到这种地步。完全是因为郎君的风姿品格，所以我不能顾及自己的贞洁，希望你能够理解。"赵象说："你不仅有世所罕见的美貌，还有超出常人的见识。我已经对神灵发誓，永远要让你快乐。"

说完，赵象爬过墙头，回去了。第二天，赵象拜托看门人的老婆把写的诗送给飞烟，诗是这样的：

> 神仙居住的洞府虽然路途险阻，
> 有心的人还是可以来到瑶台上。
> 祥瑞的香风吹拂深夜想你的我，
> 我知道蕊珠宫的仙人在此下降。

飞烟看完诗，微笑了，又写诗送给赵象说：

> 相思只怕不能见面相识，
> 见了面又为别离而忧愁。
> 但愿变成松树上的仙鹤，
> 成双成对飞入流云周游。

封好之后，交给看门人的老婆，还让她告诉赵象说："总算我还能稍稍写两首小诗，要不然，又怎么对得起郎君那样大才写出的好诗佳作?"从此以后，不到十天，他们总会在屋后庭院里相会一次，交流幽秘的思绪，倾诉别来的衷肠。自以为神不知鬼不觉，老天爷都在帮助他们。有时候一起观赏景物，或者歌唱吟咏传达感情，交往就频繁了，不能一一地记载下来。像这样就过了一年时间。

没过多久，飞烟多次因为小过失责打自己的女奴，这个女奴暗暗怀恨在心，看四下无人的时候，把飞烟与赵象的事情都告诉了武公业。武公业对她说："你要谨慎，不要张扬此事，我自己会去查探清楚。"后来到了应该去官府值班的日子，他就偷偷地写条子请了假。到了晚上，武公业像往常一样去值班，暗暗躲在了里巷的大门周围。街上打更的鼓敲起来之后，他伏在地上爬行回家，摸着墙壁来到屋后庭院中，看见飞烟正倚着门轻轻地吟唱，而赵象就趴在墙头上斜眼看她。公业愤怒极了，无法抑制，挺身向前，想要把赵象抓住。赵象发现了他，跳开了。公业伸手去抓，只抓到了赵象穿的半件短袄。于是他走到房间里，把飞烟叫来责问。飞烟脸色大变，声音颤抖，却不肯告诉他实话。公业更加愤怒了，将她绑在一根大柱子上，鞭打到血都流了出来。飞烟只是说："活着的时候能够与他亲近，就算是死又有什么遗憾。"到了深夜，公业累了，就和衣而睡。飞烟把自己宠爱的女仆叫来，说："给我一杯水。"水端来了，她喝完就死了。公业起来之后，又要开始鞭打，发现飞烟已经死了。于是将她松绑，放置在阁子里，连声叫喊，对外人声称飞烟是突然死亡的。几天之后，将她埋葬在了北邙山上。然而里巷中的人家都知道飞烟是被公业施暴致死的。赵象后来就变更服饰，改名叫赵远，奔逃到了江浙一带。

洛阳地方有才子写了一篇《飞烟传》，传记里的崔生和李生，经常同武公业交游来往。崔生写的诗末尾一句说：

> 就好比击鼓传花而饮酒的客人已经散去，
> 在空空的床榻上抛下了花开得最盛的枝条。

写诗的当天晚上，崔生梦见飞烟向他道谢说："我的容貌虽然比不上桃李，但是最后飘零的惨状却更为凄惨。捧着先生的佳作，我惭愧极了，也仰慕极了。"

李生的诗末尾一句说：

> 如果这位佳人的魂魄还在的话，
> 应该没脸去见跳楼而亡的绿珠吧。

写诗的当天晚上，他梦见飞烟屈肘怒骂道："读书人的各种行为准则，先生都做到了吗？为什么一定要轻飘飘地说这种体面话来诋毁我、斥责我呢？只好委屈先生到地下来跟我说说清楚。"过了几天，李生就死了。当时人觉得很诡异。赵远后来调任汝州鲁山县主簿，接替他的是陇西人李垣。咸通末年，我又接替了李垣的官职，因而跟赵远关系还挺亲近，所以洛阳那件隐秘的事情，我也就知道了。而且李垣还亲手记录了详细经过，所以这件事现在就能够以文字的形式流传开来了。

三水人皇甫枚说：哎！美艳的女子，每个时代都有，而贞洁的操守，大概就没怎么听说过吧？所以说，读书人喜欢夸耀自己的才华，通常就不注重品德修养；女子喜爱炫耀自己的美色，通常就会发生不正当的关系。如果能够像拿着满盈的容器，或者面对深渊那样谨慎，那才都能成为品行端庄的读书人和女子。飞烟的罪过虽说是无法开脱的，但是推究她的心思，也是很可悲的。

虬髯客传

杜光庭

隋炀帝之幸江都也，命司空杨素守西京。素骄贵，又以时乱，天下之权重望崇者，莫我若也，奢贵自奉，礼异人臣。每公卿入言，宾客上谒，未尝不踞床而见，令美人捧出。侍婢罗列，颇僭于上。末年愈甚，无复知所负荷，有扶危持颠之心。

一日，卫公李靖以布衣上谒，献奇策。素亦踞见。公前揖曰："天下方乱，英雄竞起。公为帝室重臣，须以收罗豪杰为心，不宜踞见宾客。"素敛容而起，谢公。与语，大悦，收其策而退。当公之骋辩也，一妓有殊色，执红拂，立于前，独目公。公既去，而执拂者临轩指吏曰："问去者处士第几？住何处？"公具以对。妓诵而去。公归逆旅。

其夜五更初，忽闻叩门而声低者，公起问焉。乃紫衣戴帽人，杖揭一囊。公问谁。曰："妾，杨家之红拂妓也。"公遽延入。脱衣去帽，乃十八九佳丽人也。素面画衣而拜。公惊答拜。曰："妾侍杨司空久，阅天下之人多矣，无如公者。丝萝非独生，愿托乔木，故来奔耳。"公曰："杨司空权重京师，如何？"曰："彼尸居余气，不足畏也。诸妓知其无成，去者众矣。彼亦不甚逐也。计之详矣。幸无疑焉。"问其姓。曰："张。"问其伯仲之次。曰："最长。"观其肌肤、仪状、言词、气性，真天人也。公不自意获之，愈喜愈惧，瞬息万虑不安。而窥户者无停屦。数日，亦闻追访之声，意亦非峻。乃雄服乘马，排闼而去，将归太原。

行次灵石旅舍，既设床，炉中烹肉且熟。张氏以发长委地，立梳床前。公方刷马。忽有一人，中形，赤髯而虬，乘蹇驴而来。投革囊于炉前，取枕欹卧，看张梳头。公怒甚，未决，犹刷马。张熟视其面，一手握发，一手映身摇示公，令勿怒。急急梳头毕，敛衽前问其姓。卧客答曰："姓张。"对曰："妾亦姓张。合是妹。"遽拜之。问第几。曰："第三。"因问妹第几。曰："最长。"遂喜曰："今多幸逢一妹。"张氏遥呼："李郎且来见三兄！"公骤拜之。遂环坐。曰："煮者何肉？"曰："羊肉。计已熟矣。"客曰："饥。"公出市胡饼。客抽腰间匕首，切肉共食。食竟，余肉乱切送驴前食之，甚速。客曰："观李郎之行，贫士也。何以致斯异人？"曰："靖虽贫，亦有心者焉。他人见问，故不言。兄之问，则不隐耳。"具言其由。曰："然则将何之？"曰："将避地太原。"曰："然吾故非君所致也。"曰："有酒乎？"曰："主人西，则酒肆也。"

公取酒一斗。既巡，客曰："吾有少下酒物，李郎能同之乎？"曰："不敢。"于是开革囊，取一人头并心肝。

却头囊中，以匕首切心肝，共食之。曰："此人天下负心者，衔之十年，今始获之。吾憾释矣。"又曰："观李郎仪形器宇，真丈夫也。亦闻太原有异人乎？"曰："尝识一人，愚谓之真人也。其余，将帅而已。"曰："何姓？"曰："靖之同姓。"曰："年几？"曰："仅二十。"曰："今何为？"曰："州将之子。"曰："似矣。亦须见之。李郎能致吾一见乎？"曰："靖之友刘文静者，与之狎。因文静见之可也。然兄何为？"曰："望气者言太原有奇气，使访之。李郎明发，何日到太原？"靖计之日。曰："达之明日日方曙，候我于汾阳桥。"言讫，乘驴而去，其行若飞，回顾已失。公与张氏且惊且喜，久之，曰："烈士不欺人。固无畏。"促鞭而行。

及期，入太原。果复相见。大喜，偕诣刘氏。诈谓文静曰："以善相者思见郎君，请迎之。"文静素奇其人，一旦闻有客善相，遽致使迎之。使回而至，不衫不履，裼裘而来，神气扬扬，貌与常异。虬髯默居末坐，见之心死。饮数杯，招靖曰："真天子也！"公以告刘，刘益喜，自负。既出，而虬髯曰："吾得十八九矣。然须道兄见。李郎宜与一妹复入京，某日午时，访我于马行东酒楼下。下有此驴及瘦驴，即我与道兄俱在其上矣。到即登焉。"又别而去。

公与张氏复应之。及期访焉，宛见二乘。揽衣登楼。虬髯与一道士方对饮，见公惊喜，召坐。围饮十数巡，曰："楼下柜中有钱十万。择一深隐处驻一妹。某日复会我于汾阳桥。"如期至，则道士与虬髯已到矣。俱谒文静。时方弈棋，揖而话心焉。文静飞书迎文皇看棋。道士对弈，虬髯与公傍侍焉。俄而文皇到来，精采惊人，长揖而坐。神气清朗，满坐风生，顾盼炜如也。道士一见惨然，下棋子曰："此局全输矣！于此失却局哉！救无路矣！复奚言！"罢弈而请去。既出，谓虬髯曰："此世界非公世界。他方可也。勉之，勿以为念。"因共入京。虬髯曰："计李郎之程，某日方到。到之明日，可与一妹同诣某坊曲小宅相访。李郎相从一妹，悬然如磬。欲令新妇祇谒，兼议从容，无前却也。"言毕，吁嗟而去。

公策马而归。即到京，遂与张氏同往。乃一小版门子，叩之，有应者，拜曰："三郎令候李郎、一娘子久矣。"延入重门，门愈壮。婢四十人，罗列廷前。奴二十人，引公入东厅。厅之陈设，穷极珍异，箱中妆奁冠镜首饰之盛，非人间之物。巾栉妆饰毕，请更衣，衣又珍异。既毕，传云："三郎来！"乃虬髯纱帽裼裘而来，亦有龙虎之状，欢然相见。催其妻出拜，盖亦天人耳。遂延中堂，陈设盘筵之盛，虽王公家不侔也。四人对馔讫，陈女乐二十人，列奏于前，似从天降，非人间之曲。食毕，行酒。

家人自东堂舁出二十床，各以锦绣帕覆之。既陈，尽去其帕，乃文簿钥匙耳。虬髯曰："此尽宝货泉贝之数。吾之所有，悉以充赠。何者？欲于此世界求事，当龙战三二十载，建少功业。今既有主，住亦何为？太原李氏，真英主也。三五年内，即当太平。李郎以奇特之才，辅清平之主，竭心尽善，必极人臣。一妹以天人之姿，蕴不世之艺，从夫之贵，以盛轩裳。非一妹不能识李郎，非李郎不能荣一妹。起陆之贵，际会如期，虎啸风生，龙吟云萃，固非偶然也。持余之赠，以佐真主，赞功业也。勉之哉！此后十年，当东南数千里外有异事，是吾得事之秋也。一妹与李郎可沥酒东南相贺。”因命家童列拜，曰：“李郎一妹，是汝主也！”言讫，与其妻从一奴，乘马而去。数步，遂不复见。公据其宅，乃为豪家，得以助文皇缔构之资，遂匡天下。

贞观十年，公以左仆射平章事。适南蛮入奏曰：“有海船千艘，甲兵十万，入扶余国，杀其主自立。国已定矣。”公心知虬髯得事也。归告张氏，具衣拜贺，沥酒东南祝拜之。乃知真人之兴也，非英雄所冀，况非英雄乎！人臣之谬思乱者，乃螳臂之拒走轮耳。我皇家垂福万叶，岂虚然哉！或曰：“卫公之兵法，半乃虬髯所传耳。”

【译文】

隋炀帝去扬州游玩之后，命令司空杨素镇守西京长安。杨素为人傲慢骄横，又觉得当时局势很乱，天下位高权重又有威望的，除我之外没有别人，于是生活得极为奢侈华贵，规格制度都跟一般的臣子不一样。每次碰到公卿大臣上前说事，或者客人上门拜访，他没有一次不是屈膝坐在床榻上，与别人相见，还让美女们簇拥着自己出来。侍奉他的婢女环绕在房间里，气派已经超过了皇上。到他晚年，这种情况更加严重，他再也不知道自己身上的责任，没有将朝廷和国家从危难中拯救过来的心思。

有一天，当时还是平民的卫公李靖过来拜见，向他献上妙计。杨素还是屈膝坐着，与他相见。李靖上前行礼，说道：“天下正在动乱，英雄人物争相起兵。先生是皇族内手握大权的臣子，应该将网罗豪杰人物这件事放在心上，不应当屈膝坐着与客人相见。”杨素马上起身，面色恭敬地向李靖道歉。交谈之后，杨素非常高兴，将那条计策收下，让李靖走了。就在李靖滔滔不绝地阐述自己想法的时候，有个手拿红色拂尘的妓女，其美貌与众不同，站在靠前的地方，单单盯着李靖看。李靖离开之后，手拿拂尘的女子走到屋前平台上，指挥差役跑过来对李靖说：“问这位离开的先生排行第几？住在哪里？”李靖就详细地告诉了他。那个妓女将这些背了下来，就走开了。李靖于是回到了旅馆里。

这天晚上，刚刚敲过五更的时候，李靖忽然听到有人敲门，声音很轻，于是起来应门。原来是一个戴着帽子、穿着紫色衣服的人，拐杖上挂着行囊。李靖问对方是谁，那人说：“我是杨素家里手拿红色拂尘的妓女。”李靖急忙请她进来。她脱掉外衣和帽子，原来是位十八九岁的美女，没有化妆，穿着彩色衣服，向李靖下拜。李靖惊讶地回拜。她说：“我侍奉杨司空已经很长时间了，天下形形色色的人见得多了，没有比得上先生您的。我是藤蔓不能独生，希望能将自己托付给大树，所以就来投奔先生。”李靖说：“杨司空在京城的权力很大，怎么办呢？”那人说：“他已经离死不远，没必要害怕。家里的妓女们都知道他没什么指望，离开的人多极了，他也不怎么去追。我已经打算得非常周全，希望您不要有什么疑虑。”李靖问她姓什么，她说：“姓张。”问她在家里排行第几，她说：“我是最大的。”看她的肌肤和仪态，听她说出来的话和那种气魄个性，真像仙人一样。李靖没有想到能够得到这样的女子，越是欢喜就越是害怕失去，片刻之间就会生发出万种担心的念头，心神不定。门外老是有窥探的人，走来走去，从来没有停过。过了几天，也听说有人在追查寻找，感觉并不是很严重。两人于是穿着男装，骑上马，破门而去，准备投奔太原李氏。

他们来到灵石县的旅店歇脚。铺设好床铺，炉子里烧着的肉也快熟了。张氏的头发很长，直拖到地上，她就站在床前梳头。李靖正在刷洗马匹，忽然有一个中等身材的人，长着红色的胡子，胡子盘结得像虬龙一样，骑着一头跛脚的驴子来到店里。他将皮囊扔到火炉前，拿过枕头斜躺在床上，看张氏梳头。李靖生气极了，没有发作，还是刷洗马匹。张氏仔细察看那人的面容，一只手握着头发，一只手用身体掩饰着向李靖示意，让他不要发火。她急急忙忙梳完了头发，恭敬地上前询问那人的姓氏。躺着的人说："姓张。"张氏说："我也姓张，应该算是妹妹。"马上就向他下拜。问他排行第几，他说："第三。"于是他就问妹妹你排行第几，张氏说："我是最大的。"那人就高兴地说："今天真是幸运，碰到一个妹妹。"张氏远远地喊道："李郎快来见见三哥！"李靖赶忙过来拜见。于是三人围坐在一起。那人说："煮的是什么肉？"李靖和张氏说："羊肉，应该已经熟了。"那人说："饿得很。"李靖就出门去买来了烧饼。那人抽出挂在腰间的匕首，将肉切开一起吃。吃完了，将剩下的肉乱刀切碎了，送去给驴子吃，动作非常迅速。那人说："看李郎举止，是个贫穷的读书人，怎么弄到这样出众的女人？"李靖说："我虽然贫穷，却也是个有志向的人。别人问我，我肯定不说，哥哥你问我，我是不会隐瞒的。"就把来龙去脉都告诉了他。那人说："既然这样，那你们打算到哪里去？"李靖说："要到太原去避避风头。"那人说："不过我肯定不是你能够弄到的。"他又说："有酒吗？"李靖说："店主家的西面，就是一家酒店。"

李靖买来一斗酒。喝了一轮，那人说："我有点子下酒的东西，李郎能跟我一起吃吗？"李靖说："不敢。"那人就把皮囊打开，拿出一个人头和一副心肝，将头放回皮囊中，用匕首将心肝切开，跟李靖一起吃了。他说："这个人是天底下最背信弃义的人，这个仇我记了十年，今天才栽在我的手里，我总算不用再为此事感到不满意了。"他又说："看李郎的仪容风度，是个真正的大丈夫，你也听说太原有出众的人物吗？"李靖说："从前认识一个人，我觉得他是真命天子，其他的，也只是将帅之才罢了。"那人说："他姓什么？"李靖说："跟我同姓。"那人说："多大年纪？"李靖说："只有二十岁。"那人说："他现在做什么的？"李靖说："他是太原守将的儿子。"那人说："很可能啊。还是得见一面才知道，李郎能帮我见到他吗？"李靖说："我的朋友刘文静跟他很要好，可以通过文静来与他见面，不过哥哥为什么要见他呢？"那人说："通过望气预测未来的人说太原有奇气，让我过去探访。李郎明天出发，什么时候到太原?”李靖算了算日子。那人说:“你到那里的第二天,天刚刚亮的时候,到汾阳桥等我。”说完,他就骑着驴走了,行进起来就像在飞一样,一转头就不见了。李靖和张氏又惊又喜,过了很长时间,互相说道:“正义的侠士是不会骗人的,没有什么好害怕的。”于是加急鞭子,往前赶路。

到了约定的日子,他们进入了太原城,果然又见到了虬髯客。李靖非常高兴,陪着他去见刘文静,编谎话骗刘文静说:“因为这位擅长看相的人想见李公子,麻烦你把他请来。”文静向来觉得李世民这人很不一般,一听说有擅长看相的人,马上派人去请李世民。派去的人回来了,李世民跟着来了,衣衫不整,袒露内衣,神色洋洋自得,相貌跟平常人不一样。虬髯客坐在排位最后的位子上,不发一言,见到李世民之后,心都死了。喝了几杯酒,他摆手示意李靖过来,对他说:“这个人是真正的天子啊!”李靖把这话告诉了刘文静,刘文静更高兴了,觉得自己真是有眼力。出门之后,虬髯客说:“我刚刚看出来的情况,十之八九是成立的,不过还是得让我的道兄见见他。李郎最好同一妹再回趟京城,某天的午时①,到马行东边的酒楼来找我。你看到楼下有这头驴和一头瘦驴,那就说明我和道兄都在酒楼上。你来了就上楼来吧。”他又跟李靖告别离开了。

李靖和张氏又一次按照他说的去做。到了约定的日子,李靖果然看到两头驴子,就提起衣裳上楼。虬髯客正和一位道士面对面坐着喝酒,看到李靖非常高兴,让他过来坐。他们围坐着喝了十几轮,虬髯客说:“楼下的柜子里有十万钱。你找一个隐蔽的地方,让一妹留在那里,某天再到汾阳桥来跟我会面。”李靖按照约定的日子来到汾阳桥,道士和虬髯客已经到了。他们一起去拜见刘文静,那时候文静正在下棋,互相见礼之后就坐下谈心。刘文静派人火速送信给文皇②,请他来看下棋。道士与刘文静下棋,虬髯客和李靖站在旁边。过了一会儿,文皇来了,神采风度让人眼前一亮,长时间作揖后,才坐了下来。他神态清明开朗,在座的人都好像被

① 午时:在上午十一点到下午一点之间。
② 文皇:此处指李世民。

风吹拂一般，他看人的眼神也异常明亮。道士看到他就神色悲戚，扔掉棋子说："这盘完全输掉了！我在这里输掉了啊！想要解救也没法子了，还有什么好说的呢！"他不再继续下棋，就请求离开。出门之后，道士对虬髯客说："这里的世界不是你的世界，其他地方还可以。努力做吧，不要再想着这里了。"于是他们又要一起到京城去。虬髯客对李靖说："算算李郎的行程，要到某天才能到。你到达的第二天，可以同一妹到某坊某巷的一间小房子里来找我。李郎跟一妹在一起生活，穷困极了，我想让我的妻子拜见你们两位，顺便讨论一下解决的办法，你们就不要推辞了。"说完，叹着气就走了。

李靖骑马往回走。回到京城之后，就跟张氏一同去拜访虬髯客。那地方有一扇小小的木板门，敲门之后，有个应门的人行礼说："三郎让我等李郎和一娘子，已经等了很久了。"请他们走过了几道门，那门是越来越雄伟。有四十个婢女，分开站在庭院前面。二十个仆人带领李靖来到东面的厅子里。厅子里摆设的物品都极其珍贵奇异，箱子里的梳妆台、头饰、镜子和首饰华丽繁多，都不是人间所能看见的东西。仆人们给李靖和张氏梳完头，戴上头巾，装点了一番，又请他们换衣服，拿来的衣服也是珍贵奇异的。换完衣服，仆人们传话说："三郎来了！"虬髯客就走了过来，戴着纱帽，袒露内衣，神情相貌中有龙虎般的威严，愉快地同他们相见。他让自己的妻子赶快出来拜见，他妻子也像仙人一样。于是把李靖两人请到中堂，那里摆设着盛大的宴席，就算是王公贵族家里，也没法跟这种排场相比。四人相对吃完饭，有二十位女乐师排列在他们面前，开始演奏音乐，好像从天下降落下来一般，不是人间能够听到的。吃完了就开始喝酒。

家中的仆人从东面的堂屋里抬出二十张床榻，都用锦绣的巾帕覆盖着，陈列好之后，就把巾帕都揭去，上面放的原来是账簿和钥匙。虬髯客说："这都是宝物和钱款的数目。我把所有的财产都送给你们。为什么呢？我本来想在这个世界做点事情，花上二三十年跟群雄争夺天下，稍微建立点功业。现在既然天下已经有主了，我再留在这里干嘛呢？太原李世民是真正的英明天子，三五年之内，天下就可以太平了。李郎凭借出众的才干，辅助廉洁公正的皇帝，竭尽心力做到最好，肯定会做到非常高的官位。一妹凭借仙女的姿色，拥有罕见的技艺，跟从丈夫的尊贵身份，也会获得崇高的地位。除了一妹，没人能看出李郎的才华；除了李郎，又有谁能让一妹得到尊荣的地位。平步青云的尊崇，像约定好一样的会合，如同虎啸而风生，龙吟而云聚，本来就不是偶然的。拿着我送给你的东西，去辅佐真命天子，这些会帮助你建功立业。努力吧！十年以后，到了东南边几千里外的地方有非比寻常的事情发生的时候，那就是我成功的日子。一妹和李郎到时可以面向东南，洒酒在地，向我庆贺。”接着，他让家里年轻的仆人站成一排，向李靖两人下拜，说：“李郎和一妹，是你们的主人了。”说完，他跟妻子带着一个奴仆，骑着马走了。几步之后，就不见了踪影。李靖拥有了虬髯客的宅第，成了富贵人家，于是就用这些钱来资助文皇开创唐朝基业，因此就平定了天下。

贞观十年，李靖以左仆射的官职加平章事衔，成为宰相。正碰上南边的少数民族过来报告说：“有一千艘海船和十万士兵进入扶余国，将该国国王杀死，自立为王。现在国家已经平定了。”李靖心里知道，这是虬髯客举事成功了。回家来将这件事告诉张氏，两人穿上全套礼服，面向东南下拜，洒酒在地，祝贺虬髯客得胜。因此才知道，真命天子发迹开国，这种事并不是英雄想要做到就可以的，更何况那些不是英雄的人呢！做臣子的胡思乱想，想要谋反，那就是用螳螂的臂膀去抵挡奔走的车轮而已。我朝帝皇之家的福泽绵延到万代之下，这难道是凭空得来的吗！有人说：“李卫公用兵的技巧，一半是虬髯客传授的。”

卷　五

冥 音 录

缺　名

庐江尉李侃者，陇西人，家于洛之河南。太和初，卒于官。有外妇崔氏，本广陵倡家。生二女，既孤且幼，孀母抚之以道，近于成人。因寓家庐江。侃既死，虽侃之宗亲，居显要者，绝不相闻。庐江之人，咸哀其孤藐而能自强。崔氏性酷嗜音，虽贫苦求活，常以弦歌自娱。有女弟菃奴，风容不下，善鼓筝，为古今绝妙，知名于时。年十七，未嫁而卒。人多伤焉。

二女幼传其艺。长女适邑人丁玄夫，性识不甚聪慧。幼时，每教其艺，小有所未至，其母辄加鞭箠，终莫究其妙。每心念其姨，曰："我，姨之甥也。今乃死生殊途，恩爱久绝。姨之生乃聪明，死何蔑然，而不能以力祐助，使我心开目明，粗及流辈哉？"每至节朔，辄举觞酹地，哀咽流涕。如此者八岁。母亦哀而悯焉。

开成五年四月三日，因夜寐，惊起号泣，谓其母曰："向者梦姨执手泣曰：'我自辞人世，在阴司簿属教坊，授曲于博士李元凭。元凭屡荐我于宪宗皇帝。帝召居宫。一年，以我更直穆宗皇帝宫中，以筝导诸妃，出入一年。

上帝诛郑注，天下大酺。唐氏诸帝宫中互选妓乐，以进神尧、太宗二宫。我复得侍宪宗。每一月之中，五日一直长秋殿。余日得肆游观，但不得出宫禁耳。汝之情恳，我乃知也。但无由得来。近日襄阳公主以我为女，思念颇至，得出入主第，私许我归，成汝之愿。汝早图之！阴中法严，帝或闻之，当获大谴。亦上累于主。'”复与其母相持而泣。

翼日，乃洒扫一室，列虚筵，设酒果，仿佛如有所见。因执筝就坐，闭目弹之，随指有得。初，授人间之曲，十日不得一曲。此一日获十曲。曲之名品，殆非生人之意。声调哀怨，幽幽然鸮啼鬼啸，闻之者莫不歔欷。曲有《迎君乐》（正商调二十八叠）、《槲林叹》（分丝调四十四叠）、《秦王赏金歌》（小石调二十八叠）、《广陵散》（正商调二十八叠）、《行路难》（正商调二十八叠）、《上江虹》（正商调二十八叠）、《晋城仙》（小石调二十八叠）、《丝竹赏金歌》（小石调二十八叠）、《红窗影》（双柱调四十叠）。

十曲毕，惨然谓女曰：“此皆宫闱中新翻曲，帝尤所爱重。《槲林叹》《红窗影》等，每宴饮，即飞球舞盏，为佐酒长夜之欢。穆宗敕修文舍人元稹撰，其词数十首，甚美。宴酣，令宫人递歌之。帝亲执玉如意，击节而和之。帝秘其调极切，恐为诸国所得，故不敢泄。岁摄提，地府当有大变，得以流传人世。幽明路异，人鬼道殊。今者人事相接，亦万代一时，非偶然也。会以吾之十曲，献阳地天子，不可使无闻于明代。”

于是县白州，州白府。刺史崔玮亲召试之。则丝桐之音，铪钬可听。其差琴调不类秦声。乃以众乐合之，则宫商调殊不同矣。

母令小女再拜求传十曲，亦备得之。至暮，诀去。数日复来，曰：“闻扬州连帅欲取汝。恐有谬误，汝可一一弹之。”又留一曲曰《思归乐》。无何，州府果令送至扬州，一无差错。廉使故相李德裕议表其事。女寻卒。

【译文】

庐江县尉李侃，陇西人氏，家在洛阳洛水的南面。太和初年，他在任所去世。他有个小妾崔氏，原来是扬州的娼妓，为他生了两个女儿。孩子年纪幼小就失去了父亲，寡妇母亲用符合最高标准的规范方式来养育她们，直到她们快要成年的时候。因为当初李侃做庐江县尉，她们就住到了庐江来，李侃死了以后，虽说他宗族里的亲戚有做高官的显贵，但是根本没有人来关心过她们的生活。庐江县的人都很同情这对幼小的孤儿，觉得她们能够自力更生很不容易。崔氏酷爱音乐，虽然生活穷苦，挣扎在生存线上，却常常弹琴歌唱来自娱自乐。她有个妹妹叫蓰奴，丰姿容貌不差，擅长弹筝，能够奏出古往今来难得的美妙音乐，在当时很有名气。十七岁的时候，还没嫁人就死了，听说的人都为她感到难过。

崔氏的两个女儿从小就跟这位阿姨学习技艺。大女儿嫁给了本地的城里人丁玄夫，她的个性识见算不上是很聪慧。小时候，每次教授技艺的时候，她稍稍有些没有弹好，她的母亲就动手鞭打她，可她最终还是没能领悟到最高的境界。她常常在心里想着自己的阿姨，说道：“我是阿姨的外甥女，如今跟她分处在生人和死人的两个世界，早就断绝了曾经的情意。阿姨活着的时候那么聪明，却死得多么微不足道，就不能用神力来帮助我，让我能够开窍顿悟，变得聪明起来，勉强赶上身边的同龄人吗？”每到节庆日子或者每月的第一天，她就举起酒杯，将酒洒在地上祭奠阿姨，痛苦地流着眼泪。像这样过了八年，她母亲也觉得她很可怜，很同情她。

开成五年四月三日，大女儿晚上睡觉的时候，突然坐起身来大声哭泣，对她母亲说："我刚才梦见阿姨拉着我的手，哭着说：'我自从离开人世，在阴间隶属于教坊名册之中，负责将曲调教授给博士李元凭。元凭屡次向宪宗皇帝推荐我，皇帝就把我传召到宫里居住。一年以后，让我在穆宗皇帝宫里当班，教导各位妃子弹筝，在宫中出入有一年光景。上帝诛杀郑注①，天下欢宴饮酒。唐朝各位皇帝宫里互相挑选歌舞伎和乐师，进献到唐高祖神尧皇帝和太宗皇帝宫里。我又可以侍奉宪宗皇帝了。每个月里，有五天要去长秋殿值班。我每天都可以尽情地游玩观赏，只是不能走出皇宫罢了。你动情地恳求我，我是知道的，只是没有法子过来。最近襄阳公主认我做了女儿，我很想念你们，现在又可以在公主府里出入，公主私底下允许我回来，帮你达成心愿。你快点安排好学习的事，阴间的法度严谨，皇帝要是知道了，我肯定会受到严厉的处罚，也会连累到公主。'"说完，又跟她母亲一起握着彼此的手，哭了一阵。

第二天，大女儿就把一间房间打扫干净，摆下空置的席位，陈设美酒和果品。好像看见了什么，她就摆好筝坐下来，闭上眼睛开始弹奏，随着手指的拨动，音乐就流淌了出来。她刚开始学的时候，教给她的是世间习见的曲子，她用十天的时间也学不会一支，这一天就学会了十支曲子。这些曲子的名目品式，几乎都不是活人能够想到的。格调深远，音色哀怨，好像猫头鹰在鸣叫，鬼在哭喊，听到的人没有不叹息的。曲子有《迎君乐》（正商调二十八叠）、《槲林叹》（分丝调四十四叠）、《秦王赏金歌》（小石调二十八叠）、《广陵散》（正商调二十八叠）、《行路难》（正商调二十八叠）、《上江虹》（正商调二十八叠）、《晋城仙》（小石调二十八叠）、《丝竹赏金歌》（小石调二十八叠）、《红窗影》（双柱调四十叠）等。

十支曲子教完，阿姨面色凄惨地对她说："这都是宫里新创作的曲子，皇帝特别喜爱重视。像是《槲林叹》和《红窗影》等，

---

① 郑注是唐文宗时大臣，为人狡诈，得宠于襄阳节度使李愬，入朝担任工部尚书，助文宗杀王守澄。出任凤翔节度使，与李训密谋入京杀宦官，甘露之变李训败死，郑注后为监军张仲清所杀。

每次宴会饮酒的时候，就随着音乐抛球传杯，作为喝酒时的助兴娱乐活动，借以渡过漫漫长夜。穆宗下令让修文殿的舍人元稹撰写歌词，元稹写了几十首，都很优美。酒宴进行到高潮的时候，皇帝就命宫女们依次唱出这些歌曲，他亲自拿着玉如意打拍子，应和着音乐的节奏。皇帝对这些曲调的谱子严格保密，担心谱子被其他国家得到，所以我不敢泄露。今年是寅年，阴间会有大变化，所以曲调可以流传到人间。阴间和阳世的生活方式不同，人和鬼的行事规范有区别，如今能够联络沟通，也是几十万年里罕见的事，并不是随随便便可以做到的。你应该将我教你的十支曲子献给阳世的天子，不可以让它们在圣明的时代里湮没无闻。"

于是县里将这个情况通报到州里，州里通报到府里。刺史崔琦亲自将她召来，试她的琴艺。她弹筝奏出的音乐好像金玉撞击，非常动听，跟琴声的差别就是那声音不像当时秦地流行的音乐。接着就让其他乐师与她合奏，发现她弹奏的宫商调跟其他人很不一样。

母亲让小女儿也向阿姨跪拜，请求她再传授那十支曲子，她也都学会了。到了黄昏时分，阿姨坚决地离开了。过了几天，她又回来了，对大女儿说："听说扬州的观察使要叫你过去，我担心你弹的曲子还有错误的地方，你可以把所有曲子再弹给我听一遍。"她又留下了一支叫《思归乐》的曲子。没过多久，州府官员果然命人将她送到扬州去，跟阿姨说的完全没有差错。已故的丞相、观察使李德裕曾经评述过这件事。不久，这位大女儿就死了。

东阳夜怪录

缺 名

前进士王洙，字学源，其先琅琊人。元和十三年春擢第。尝居邹鲁间名山习业。洙自云，前四年时，因随籍入贡，暮次荥阳逆旅。值彭城客秀才成自虚者，以家事不得就举，言旋故里。遇洙，因话辛勤往复之意。自虚字致本，语及人间目睹之异。

是岁，自虚十有一月八日东还（乃元和八年也）。翼日，到渭南县，方属阴曀，不知时之早晚。县宰黎谓留饮数巡。自虚恃所乘壮，乃命僮仆辎重，悉令先于赤水店俟宿，聊踟蹰焉。东出县郭门，则阴风刮地，飞雪霧天，行未数里，迨将昏黑。自虚僮仆，既悉令前去，道上又行人已绝，无可问程。至是不知所届矣。路出东阳驿南，寻赤水谷口道。去驿不三四里，有下坞。林月依微，略辨佛庙，自虚启扉，投身突入。雪势愈甚。自虚窃意佛宇之居，有住僧，将求委焉，则策马入。其后才认北横数间空屋，寂无灯烛。

久之倾听，微似有人喘息声。遂系马于西面柱，连问："院主和尚，今夜慈悲相救。"徐闻人应："老病僧智高在此。适僮仆已出使村中教化，无从以致火烛。雪若是，复当深夜，客何为者？自何而来？四绝亲邻，何以取济？今夕脱不恶其病秽，且此相就，则免暴露。兼撤所藉刍藁分用，委质可矣。”自虚他计既穷，闻此内亦颇喜。乃问：“高公生缘何乡？何故栖此？又俗姓云何？既接恩容，当还审其出处。”曰：“贫道俗姓安（以本身肉鞍之故也），生在碛西。本因舍力，随缘来诣中国。到此未几，房院疏芜。秀才卒降，无以供待，不垂见怪为幸。”自虚如此问答，颇忘前倦。乃谓高公曰：“方知探宝化城，如来非妄立喻。今高公是我导师矣。高公本宗，固有如是降伏其心之教。”

俄则沓沓然若数人联步而至者。遂闻云：“极好雪。师丈在否？”高公未应间，闻一人云：“曹长先行。”或曰：“朱八丈合先行。”又闻人曰：“路甚宽，曹长不合苦让，偕行可也。”自虚窃谓人多，私心益壮。有顷，即似悉造座隅矣。内谓一人曰：“师丈，此有宿客乎？”高公对曰：“适有客来诣宿耳。”自虚昏昏然，莫审其形质。唯最前一人俯簷映雪，仿佛若见着皂裘者，背及肋有搭白补处。其人先发问自虚云：“客何故踽踽（丘主反）然犯雪昏夜至此？”自虚则具以实告。其人因请自虚姓名。对曰：“进士成自虚。”自虚亦从而语曰：“暗中不可悉揖清扬，他日无以为子孙之旧。请各称其官及名氏。”便闻一人云：“前河阴转运巡官，试左骁卫胄曹参军卢倚马。”次一人云：“桃林客，副轻车将军朱中正。”次一人曰：“去文，姓敬。”次一人曰：“锐金，姓奚。”此时则似周坐矣。

初，因成公应举，倚马旁及论文。倚马曰：“某儿童时，即闻人咏师丈《聚雪为山》诗，今犹记得。今夜景象宛在目中。师丈，有之乎？”高公曰：“其词谓何？试言之。”倚马曰：“所记云：谁家扫雪满庭前，万壑千峰在一拳。吾心不觉侵衣冷，曾向此中居几年。”自虚茫然如失，口呿眸眙，尤所不测。高公乃曰：“雪山是吾家山。往年偶见小儿聚雪，屹有峰峦山状，西望故国，怅然因作是诗。曹长大聪明，如何记得？贫道旧时恶句，不因曹长诚念在口，实亦遗忘。”

倚马曰：“师丈骋逸步于遐荒，脱尘机（机当为羁）于维絷，巍巍道德，可谓首出侪流。如小子之徒，望尘奔走，曷（曷当为褐，用毛色而讥之）敢窥其高远哉！倚马今春以公事到城，受性顽钝，阙下桂玉，煎迫不堪。旦夕羁（羁当为饥）旅，虽勤劳夙夜，料入况微，负荷非轻，常惧刑责。近蒙本院转一虚衔（谓空驱作替驴），意在苦求脱免。昨晚出长乐城下宿，自悲尘中劳役，慨然有山鹿野麋之志。因寄同侣，成两篇恶诗。对诸作者，辄欲口占，去就未敢。”自虚曰：“今夕何夕，得闻佳句。”倚马又谦曰：“不揆荒浅。况师丈文宗在此，敢呈丑拙邪？”自虚苦请曰：“愿闻，愿闻！”倚马因朗吟其诗曰：“长安城东洛阳道，车轮不息尘浩浩。争利贪前竞着鞭，相逢尽是尘中老。（其一）日晚长川不计程，离群独步不能鸣。赖有青青河畔草，春来犹得慰（慰当作喂）羁（羁当作饥）情。（其二）”合座咸曰：“大高作!”倚马谦曰:“拙恶,拙恶!”

中正谓高公曰:“比闻朔漠之士,吟讽师丈佳句绝多。今此是颍川,况侧聆卢曹长所念,开洗昏鄙,意爽神清。新制的多,满座渴咏。岂不能见示三两首,以沃群瞩。”高公请俟他日。中正又曰:“眷彼名公悉至,何惜兔园。雅论高谈,抑一时之盛事。今去市肆苦远,夜艾兴余,杯觞固不可求,炮炙无由而致。宾主礼阙,惭恧空多。吾辈方以观心朵颐(谓龁草之性与师丈同),而诸公通宵无以充腹,赧然何补。”

高公曰:“吾闻嘉话可以忘乎饥渴。只如八郎,力济生人,动循轨辙,攻城犒士,为己所长。但以十二因缘,皆从触起。茫茫苦海,烦恼随生。何地而可见菩提(提当为蹄),何门而得离火宅(亦用事讥之)?”中正对曰:“以愚所谓:覆辙相寻,轮回恶道,先后报应,事甚分明。引领修行,义归于此。”高公大笑,乃曰:“释氏尚其清净,道成则为正觉(觉当为角)。觉则佛也。如八郎向来之谈,深得之矣。”倚马大笑。

自虚又曰:“适来朱将军再三有请和尚新制。在小生下情,实愿观宝。和尚岂以自虚远客,非我法中而见鄙之乎?且和尚器识非凡,岸谷深峻,必当格韵才思,贯绝一时,妍妙清新,摆落俗态。岂终秘咳唾之余思,不吟一两篇以开耳目乎?”高公曰:“深荷秀才苦请,事则难于固违。况老僧残疾衰羸,习读久废,章句之道,本非所长。却是朱八无端挑抉吾短。然于病中,偶有两篇自述,匠石能听之乎?”曰:“愿闻。”其诗曰:“拥褐藏名无定踪，流沙千里度衰容。传得南宗心地后，此身应便老双峰。”“为有阎浮珍重因，远离西国越咸秦。自从无力休行道，且作头陀不系身。”又闻满座称好声，移时不定。

去文忽于座内云：“昔王子猷访戴安道于山阴，雪夜皎然，及门而返。遂传‘何必见戴’之论。当时皆重逸兴。今成君可谓以文会友，下视袁安、蒋诩。吾少年时颇负隽气，性好鹰鹯。曾于此时，畋游驰骋。吾故林在长安之巽维，御宿川之东畤（此处地名苟家嘴也）。咏雪有献曹州房一篇，不觉诗狂所攻，辄污泥高鉴耳。”因吟诗曰：“‘爱此飘摇六出公，轻琼洽絮舞长空。当时正逐秦丞相，腾踯川原喜北风。’献诗讫，曹州房颇甚赏仆此诗，因难云：‘呼雪为公，得无检束乎？’余遂征古人尚有呼竹为君，后贤以为名论，用以证之。曹州房结舌莫知所对。然曹州房素非知诗者。乌大尝谓吾曰：‘难得臭味同。’斯言不妄。今涉彼远官，参东州军事（义见《古今注》），相去数千。苗十（以五五之数故第十）气候哑吒，凭恃群亲，索人承事。鲁无君子者，斯焉取诸！”锐金曰：“安敢当。不见苗生几日？”曰：“涉旬矣。”“然则苗子何在？”去文曰：“亦应非远。知吾辈会于此，计合解来。”居无几，苗生遽至。去文伪为喜意，拊背曰：“适我愿兮！”去文遂引苗生与自虚相揖。自虚先称名氏。苗生曰：“介立姓苗。”宾主相谕之词，颇甚稠沓。

锐金居其侧，曰：“此时则苦吟之矣。诸公皆由老奚诗病又发，如何如何?”自虚曰：“向者承奚生眷与之分非浅，何为尚吝瑰宝，大失所望。”锐金退而逡巡曰：“敢不贻广席一噱乎?”辄念三篇近诗云：“舞镜争鸾彩，临场定鹘拳。正思仙仗日，翘首仰楼前。”“养斗形如木，迎春质似泥。信如风雨在，何惮迹卑栖。”“为脱田文难，常怀纪涓恩。欲知疏野态，霜晓叫荒村。”锐金吟讫，暗中亦大闻称赏声。

高公曰：“诸贤勿以武士见待朱将军。此公甚精名理，又善属文。而乃犹无所言。皮里臧否吾辈，抑将不可。况成君远客，一夕之聚，空门所谓多生有缘，宿鸟同树者也。得不因此留异时之谈端哉!”中正起曰：“师丈此言，乃与中正树荆棘耳。苟众情疑阻，敢不唯命是听。然虑探手作事，自贻伊戚，如何?”高公曰：“请诸贤静听。”中正诗曰：“乱鲁负虚名，游秦感宁生。候惊丞相喘，用识葛卢鸣。黍稷兹农兴，轩车乏道情。近来筋力退，一志在归耕。”高公叹曰：“朱八文华若此，未离散秩。引驾者又何人哉!屈甚，屈甚!”

倚马曰：“扶风二兄偶有所系（意属自虚所乘），吾家龟兹，苍文毙甚，乐喧厌静，好事挥霍，兴在结束，勇于前驱（谓般轻货首队头驴）。此会不至，恨可知也。”去文谓介立曰：“胃家兄弟，居处匪遥，莫往莫来，安用尚志。《诗》云‘朋友攸摄’，而使尚有遐心。必须折简见招，鄙意颇成其美。”介立曰：“某本欲访胃大去，方以论文兴酣，不觉迟迟耳。敬君命予。今且请诸公不起。介立略到胃家即回。不然，便拉胃氏昆季同至，可乎？”皆曰：“诺。”介立乃去。

无何，去文于众前窃是非介立曰：“蠢兹为人，有甚爪距，颇闻洁廉，善主仓库。其如蜡姑之丑，难以掩于物论何？”殊不知介立与胃氏相携而来。及门，瞥闻其说。介立攘袂大怒曰：“天生苗介立，鬭伯比之直下。得姓于楚远祖棼皇茹，分二十族，祀典配享，至于礼经（谓《郊特牲》八蜡迎虎迎猫也）。奈何一敬去文，盘瓠之余，长细无别，非人伦所齿，只合驯狎稚子，狞守酒旗，谄同妖狐，窃脂媚灶，安敢言人之长短！我若不呈薄艺，敬子谓我咸秩无文，使诸人异日藐我。今对师丈念一篇恶诗，且看如何？”诗曰：“为惭食肉主恩深，日晏蟠蜿卧锦衾。且学志人知白黑，那将好爵动吾心。”自虚颇甚佳叹。去文曰：“卿不详本末，厚加矫诬。我实春秋向戌之后。卿以我为盘瓠裔，如辰阳比房，于吾殊所乖阔。”中正深以两家献酬未绝为病，乃曰：“吾愿作宜僚以释二忿，可乎？昔我逄丑父实与向家棼皇，春秋时屡同盟会。今座上有名客，二子何乃互毁祖宗，语中忽有绽露。是取笑于成公齿冷也。且尽吟咏，固请息喧。”

于是介立即引胃氏昆仲与自虚相见。初襜襜然若白色。二人来前，长曰胃藏瓠，次曰藏立。自虚亦称姓名。藏瓠又巡座云：“令兄令弟。”介立乃于广众延誉胃氏昆弟：“潜迹草野，行着及于名族；上参列宿，亲密内达肝胆。况秦之八水，实贯天府，故林二十族，多是咸京。闻弟新有《题旧业》诗，时称甚美。如何，得闻乎？”藏瓠对曰：“小子谬厕宾筵，作者云集，欲出口吻，先增惭怍。今不得已，尘污诸贤耳目。”诗曰：“鸟鼠是家川，周王昔猎贤。一从离子卯（鼠兔皆变为猬也），应见海桑田。”介立称好：“弟他日必负重名，公道若存，斯文不朽。”藏瓠敛躬谢曰：“藏瓠幽蛰所宜，幸陪群彦。兄揄扬太过。小子谬当重言，若负芒刺。”座客皆笑。

时自虚方聆诸客嘉什，不暇自念己文。但曰：“诸公清才绮靡，皆是目牛游刃。”中正将谓有讥，潜然遁去。高公求之，不得，曰：“朱八不告而退，何也？”倚马对曰：“朱八世与炮氏为仇，恶闻发硎之说而去耳。”自虚谢不敏。此时去文独与自虚论诘，语自虚曰：“凡人行藏卷舒，君子尚其达节；摇尾求食，猛虎所以见几。或为知己吠鸣，不可以主人无德而废斯义也。去文不才，亦有两篇言志奉呈。”诗曰：“事君同乐义同忧，那校糟糠满志休。不是守株空待兔，终当逐鹿出林邱。”“少年尝负饥鹰用，内愿曾无宠鹤心。秋草驱除思去宇，平原毛血兴从禽。”自虚赏激无限，全忘一夕之苦。方欲自夸旧制，忽闻远寺撞钟，则比膊锔然声尽矣。注目略无所睹。但觉风雪透窗，臊秽扑鼻。唯窣飒如有动者，而厉声呼问，绝无由答。

自虚心神恍惚，未敢遽前扪摸。退寻所系之马，宛在屋之西隅。鞍鞯被雪，马则龁柱而立。迟疑间，晓色已将辨物矣。乃于屋壁之北，有橐驼一，咕腹跪足，儑耳齣口。自虚觉夜来之异，得以遍求之。室外北轩下，俄又见一瘁瘠乌驴，连脊有磨破三处，白毛茁然将满。

举视屋之北拱，微若振迅有物，乃见一老鸡蹲焉。前及设像佛宇塌座之北，东西有隙地数十步。牖下皆有彩画处，土人曾以麦麸之长者，积于其间。见一大驳猫儿眠于上。咫尺又有盛饷田浆破瓠一，次有牧童所弃破笠一。自虚因蹴之，果获二刺猬，蠕然而动。自虚周求四顾，悄未有人。又不胜一夕之冻乏，乃揽辔振雪，上马而去。周出村之北道，左经柴栏旧圃，睹一牛踣雪龁草。次此不百余步，合村悉犨粪幸此蕴崇。自虚过其下，群犬喧吠。中有一犬，毛悉齐髁，其状甚异，睥睨自虚。

自虚驱马久之，值一叟，辟荆扉，晨兴开径雪。自虚驻马讯焉。对曰："此故友右军彭特进庄也。郎君昨宵何止？行李间有似迷途者。"自虚语及夜来之见。叟倚篲惊讶曰："极差，极差！昨晚天气风雪，庄家先有一病橐驼，虑其为所毙，遂覆之佛宇之北，念佛社屋下。有数日前，河阴官脚过，有乏驴一头，不任前去。某哀其残命未舍，以粟斛易留之，亦不羁绊。彼栏中瘠牛，皆庄家所畜。适闻此说，不知何缘如此作怪。"自虚曰："昨夜已失鞍驮，今馁冻且甚。事有不可率话者。大略如斯，难于悉述。"遂策马奔去。至赤水店，见僮仆方讶其主之相失，始忙于求访。自虚慨然，如丧魂者数日。

【译文】

未授官的及第进士王洙，字学源，祖先是琅琊人，是元和十三年春应试考取的。他曾经住在山东地方的名山中修学。王洙自己说，四年前，他跟着原籍举送的贡士们一起到京城应考，晚上在荥阳的旅店里住宿，碰到了彭城人秀才成自虚。成自虚因为家中有事，不能参加考试，马上要回到家乡去。遇到王洙，就说到了为考试周转奔波的辛苦。自虚字致本，还说起了一件亲眼目睹的人间怪事。

这一年（是元和八年），自虚是十一月八日往东回家的。第二天，来到渭南县，正好碰上阴天，不知道那时候是早是晚。县令黎谓留他喝了几杯酒。自虚自以为自己乘坐的马匹很健壮，就让仆人们带着大件行李，先到赤水的旅店里等着，自己则在外面稍作逗留。从县城东面的门出来，只见大风猛烈地吹刮着地面，昏暗的天空中雪花纷飞，还没走出几里路，天色就几乎要完全暗下来了。自虚的仆人们既然已经全部被打发走了，路上又没有行人的踪迹，根本找不到人来问路，这时候就不知道走到哪里了。从东阳驿站南面的一条路上走过来，寻找赤水谷口的道路。离开驿站没有三四里地方有块低地，在树林间的月亮那微弱的光芒中，依稀可以看到一间佛庙。自虚打开庙门，急忙冲了进去，雪下得更大了。自虚心里想着，佛寺这种地方会有常住的僧侣，准备向人家请求在这里住宿，于是驾马进来了。后来才发现，这里只有几间空屋横在院子北面，也不点蜡烛，静悄悄地没有声音。

过了很长时间，他仔细听着，好像听到了有人在喘气的声音。于是将马拴在西面的柱子上，连声问道："院主和尚，今天晚上请您发发慈悲救救我。"过了好久才听到有人回答："又老又病的和尚智高在这里。刚巧仆人们都让我派去村里化缘了，没办法弄来烛火。雪下成这个样子，现在又是深夜，你是做什么的？从哪里来？周围也没有亲友邻居，要到哪里去寻求帮助呢？如果今晚你不嫌弃我有病污秽，那就在这里将就一下吧，免得在外面露宿，我把我铺床的干草分给你一些，就可以睡下了。"自虚既然已经没有别的办法可想，听到这话心里也很高兴，于是问道："高公在哪里长大？为什么住在这里？还有你出家之前的姓氏是什么？既然受到你礼遇收留，还应该弄清楚你的家世来历。"高公说："我出家前姓安（因为他身上有肉鞍的缘故），生长在沙漠西边，原本因为出家为佛祖效力，随缘来到中原。到这里没多长时间，房舍庭院就变得萧条荒芜。秀才你突然间来访，没什么可以招待你，希望你不要怪罪才好。"自虚像这样问答之后，有些忘掉之前的疲倦了，于是对高公说："我才知道佛寺就像一时幻化的城市，可以在其中探寻到宝贝，佛祖的比喻原来是有道理的①，现在高公就是我的导师了。高公本家吉藏大师②，本来就曾经这样使人心折地教诲过旁人。"

过了一会儿，传来了杂乱的脚步声，好像有几个人一起走进来了。接着便听到有人说："好一场雪！师丈在吗？"高公还没有回答的时候，只听见一个人说："曹长先走③。"另一个人说："朱八丈应该先走。"又听见有人说："路很宽啊，曹长不要谦让得那么厉害，并排走好了。"自虚暗想人还挺多，自己的胆子也大了起来。过了一会儿，这些人就好像都来到了座位旁边。其中一个人说："师丈，这里有住宿的人吗？"高公回答说："刚刚有人来投宿。"自虚昏昏沉沉的，也看不清他们的身材长相。只有最前面的一个人在屋檐下俯下身来，平台上的雪光微微照亮了他的样子，他好像穿着黑色的毛裘袍子，背部和两胁都打着白色的补丁。这个人首先向自虚发问说："你为什么黑夜里一个人冒着大雪来到这里呢？"自虚就把实情告诉了他。那人就问自虚的姓名，自虚回答："进士成自虚。"自虚也就顺着这个话头说道："黑暗中不能将诸位的风采尽收眼底，以后就没办法说给子孙辈听，让他们可以认出长辈的旧相识。请各位说出自己的官职和姓名吧。"然后就听到一个人说："前河阴转运巡官、试左骁卫胄曹参军卢倚马。"接着一个人说："桃林人④、副轻车将军朱中正。"接着一个人说："我叫去文，姓敬。"接着一个人说："我叫锐金，姓奚。"⑤ 这时候他们好像已经围着桌子坐了下来。

开始的时候，因为成自虚在应试，卢倚马就连带着评论起了诗

---

① 此句是说一时幻化的城市即化城，佛家指小乘境界，佛祖希望众生都得到大乘佛果，但是又害怕众生畏难，就先说小乘涅槃，犹如化城，大家可以暂时在其中休息，化城虽可探到宝物，不过要求取真正佛果，还需更加努力。

② 吉藏大师：六朝和唐朝初期的佛教僧侣，是汉传佛教三论宗的祖师和集大成者。出家之前姓安，西域安息人。

③ 曹长：唐代人爱用别名称呼他人的官职，郎官被称为曹长。

④ 桃林：古地名，在今河南灵宝以西，陕西潼关以东，传说周武王曾在这里放牛，因而作为这个嵌在"朱"字中的妖怪的出处。

⑤ 前三句，"卢倚马"，即"驴"之繁体（驢）；"朱中正"，即"牛"；"敬去文"，即"苟（狗）"；"奚锐金"，"锐金"者，锥也，"奚"与"锥"合，即是"鸡"之繁体（雞）。

文。倚马说："我还是小孩的时候，就听到人吟诵师丈的《聚雪为山》诗，现在还记得诗的内容，想起来，今天晚上的景象好像就在眼前。师丈，有这首诗吧？"高公说："诗是怎么说的？念来听听吧。"倚马说："我记得是：

谁家扫雪堆满了庭前，
尺寸之地有连绵群山。
心中没觉得寒冷透衣，
因曾在这里住过几年。"

自虚茫茫然若有所失，张着口，睁大眼睛，不知道这是什么意思。高公于是说："雪山是我家乡的山，前些年看见小孩子们堆雪，雪堆挺立，好像峰峦一般，我向西面的故乡望去，失意地写作了这首诗。曹长真是聪明，怎么还记得？贫道从前写的歪诗，如果不是曹长真心地念出来，也已经忘记了。"

倚马说："师丈以超逸的步伐驰骋在辽远的荒漠里，摆脱了尘世机心的羁绊束缚，道德品质相当崇高，可以说是高出同辈一头。像我们这些后辈，在您身后扬起的尘土中奔走，怎么敢指望能达到和您一样的水平呢！倚马今年春天因为公事去了京城，我秉性愚笨，那里物价高昂，生活得困苦不堪。整日羁縻在异乡，虽说天天辛勤劳动，收入微薄，负担却是不轻，经常害怕受到刑罚。最近由本部官署将我转到了一个带空头官衔的闲职任职，就是空身行走，做其他负重驴子的替补，这也是我想尽办法脱离苦海的结果。昨晚从长乐城里出来，就在城外住下，我为自己在尘泥中辛劳工作感到悲哀，慷慨地立下了像山鹿和野麋那样自由生活的志向，于是就写了两首歪诗，寄给同伴。现在跟各位擅长写诗的人在一起，就想随口念出来，心中犹豫，没有胆量。"自虚说："今夜是什么好日子，能够听到您的好诗。"倚马又谦虚地说："我学问荒疏，见识浅陋，自己还不自量力。再说师丈这个文坛宗师在这里，我怎么敢献丑呢？"自虚拼命求道："想听，想听！"倚马于是大声将他的诗吟诵出来：

长安城东面通往洛阳的道路，
车轮不停转动灰尘漫天飞舞。

争夺利益好居人前抢着挥鞭，
相逢的人都已在尘埃中老去。（其一）

长河边天色已晚算不清赶的路，
离群独行使我没办法鸣叫呼伴。
幸亏还有这青青的草长在河边，
春来还可抚慰旅途羁绊的愁怨。（其二）

在座的所有人都说："太高明了！"倚马谦虚地说："差极了！差极了！"

中正对高公说："每每听说，北方沙漠地带的读书人，吟诵师丈写的好诗的多极了。如今这里是颍川，再说侧耳倾听了卢曹长念的诗，真是打开了我的愚昧，洗净了我的鄙俗，我觉得神清气爽。师丈新作的诗必定很多，大家都希望能够吟诵，难道不能给我们欣赏个两三首，满足我们的期许吗？"高公提出等到以后再说。中正又说："看今天名士都到齐了，跟梁孝王的兔园比起来又有什么缺憾。高雅的谈话也是难得的盛事。现在这里距离市集非常远，深更半夜大家还很有兴致，酒自然是喝不到的，美味的食物也没办法吃到，主人待客的礼仪不周，心中只能是徒然地羞愧不已。我们这些人正在用探察内心的方式来大咬大嚼①，可是各位先生整个晚上都没有东西吃，就算我们羞愧不已又有什么用呢？"

高公说："我听说美妙的谈话可以让人忘记饥渴。就好比八郎吧，出大力来帮助世人，行动都依从规则和既定的轨道，攻下城池，犒赏将士，这是他本人的长处。只是十二因缘都是从身体各方面器官接触到外界开始的，于是有无边无际的苦难之海，烦恼也随之而生。哪里能够见到菩提？打开哪扇门才可以离开火宅②？"中正回答说："按照我愚笨的见解，前人走了错路，后人还要跟着走错，于是在恶道中轮回，接受因果报应，这是很明白的事情。

---

① 聚会中的牛、骆驼和驴都是反刍动物，可以将胃中的食物反刍，再次咀嚼，因此以此说双关。

② "火宅"为佛家语，比喻烦恼的俗界。《法华经》中将引导众生脱难的三乘比喻为引诱幼子离开火宅的羊车、鹿车和牛车，而幼子最终得到的大白牛车就是让众生得到解脱的大乘。"大白牛车"典暗指对方，语带讽刺。

伸长头颈望着彼岸苦苦修行，意义就在这里了。”高公大笑，接着说：“和尚看重的是修行的清净，修道成功就是正觉了。一旦觉悟，那就是佛。像八郎刚才那番话，真是谈到点子上了。”倚马大笑。

自虚又说：“刚才朱将军再三请求观赏和尚新近写的诗，就小生微不足道的心愿来说，确实希望欣赏到宝贝。和尚难道因为自虚是远来的人，并不是参研佛法的同仁就鄙视我吗？再说和尚器量与见识不同凡俗，胸怀高峻深广，格调韵律和作诗的才思必定是同时代里的佼佼者，诗作也必定美妙清新，脱却庸俗姿态，难道最终还是要将多余的妙论藏起来，不肯吟诵一两篇来开开我们的眼界吗？”高公说：“秀才那么诚恳地请求，我很感动，这件事就不好一再地拒绝了。可是老和尚体残身病，衰弱不堪，早就不再读书写作了，写诗这件事，本来就不是我所擅长的，就是朱八，无缘无故地挑起话头，要我显露自己的短处。不过我在病中，偶然写了两首叙述自己生平的诗，各位诗文大家要听吗？”大家说：“要听。”他的诗是这样的：

穿着兽毛短衣掩藏姓名来去无踪，
在西北广阔的沙漠地带老了容颜。
等到把佛教南宗心法传下去之后，
我就可以在两座山峰下老死无怨①。

为了在人世间普渡众生，
远远离开西域穿越长安。
自从没有力气再行道后②，
就当了个头陀免受羁绊。

又听见满座发出叫好声，过了很长时间都没有停息。

去文忽然坐在位子上说：“从前王子猷到山阴去拜访戴安道，夜里下着雪，白茫茫的一片，他到了戴安道家门口就掉头回去了，

① 两座山峰：作诗者暗指自己的两个驼峰。
② 行道：既指和尚施行大道，又可暗指骆驼行路。

于是何必见戴的话就流传了开来。当时人都看重超逸的情怀。现在成先生可以说得上是以文会友，大雪天困在家中的袁安和闭门不出的隐士蒋诩都比不上你。我年轻的时候很有几分俊逸之气，天性喜好鹰鹯这类猛禽，曾经在这个时候出外打猎，纵马驰骋。我的家乡在长安东南面，御宿川东边的高地上（这块地方叫做苟家嘴）。我咏雪的诗里有一首《献曹州房》，不自觉被作诗狂性折磨，只好念出来，有辱各位高明的鉴识了。”于是吟诗道：

喜爱这飘摇在空中的六出公①，
像是轻飘的美玉沾湿的棉絮。
那时候我正跟随秦丞相李斯，
纵跃在平川原野上喜好北风。

他接着说：“诗献上之后，曹州房还挺欣赏我这首诗的，就问我说：‘把雪称作“公”，还有没有规矩啦？’我于是举出古人还有将竹子叫做‘君’的例子，后来有见识的人认为是著名的言论，来印证我的写法。曹州房张口结舌，不知道应该怎样应对。不过曹州房从来就不是懂诗的人。乌大曾经对我说：‘难得跟你臭味相投。’这话没有说错。如今他到远方去当官，做了东州的参军②（含义参见《古今注》），跟我相隔几千里。苗十（因为符合“五五”这个数字，所以说是“十”）对人呼来喝去，依靠他的那班亲戚，要找人帮他做事。鲁地根本没有出众的人才，乌大这样的人是从哪里取来那种好品质的呢！”锐金说：“他怎么敢当。我们不见苗生几天啦？”去文说：“有十天了。”“那苗子去了哪里？”去文说：“应该也不远。知道我们在这里聚会，应该把他给抓来。”没过多久，苗生突然来了。去文装出很高兴的样子，拍着他的背脊说：“随了我的心愿啦。”去文接着就介绍苗生与自虚认识。自虚先说了姓名，苗生说：“我叫介立，姓苗。”与主人高公之间互相问候的话语，也很是纷杂周到。

锐金就在他们边上，说道：“这时候就要努力吟诗了，各位

---

① 六出：雪花的别名。

② 参军：原为官名，古时猪有“黑面郎”、“黑爷”和“乌鬼”的别称，“乌大”是个猪怪，所以跟狗臭味相投。《古今注》中说，猪一名“参军”。

先生都听任不管，我老奚的诗病又发作了，怎么办啊怎么办？”自虚说：“刚才承蒙奚生照顾我，情分不浅，为什么还如此吝啬，不肯展示自己的佳作，让我太失望了。”锐金离开座位，犹豫不决地说：“我怎么敢不拿出来供满座先生一笑呢？”于是念了三篇近体诗：

对镜起舞与鸾鸟争夺光彩，
校场比试将苍鹰挑落马下。
想到皇上仪仗驾临的日子，
我伸长头颈在楼前仰望他。

豢养的斗鸡形神如木，
迎春的祭品本质是泥。
真要能对抗风雨来袭，
怕什么栖息之处卑下。

曾经帮助孟尝君脱离危难①，
常常怀念纪渻子养育之恩②。
想知我不修边幅的粗野样，
就看我在霜晨时叫醒荒村。

锐金吟诵完，黑暗中也听到许多叫好声。

高公说：“各位贤才不要把朱将军看成是武士，这位先生非常精通辨名析理之学，又擅长撰写诗文，到现在却还没有贡献自己的诗篇，暗地里偷偷地褒贬我们，这样可不行。再说成先生是远来的客人，跟我们不过相聚一个晚上，这就是佛教说的轮回之中的缘分，像是偶然栖息在同一棵树上的鸟儿那样。难道不应该为了这个留下点材料作为各自以后的谈资吗？”中正站起来说：“师丈这话，

---

① 孟尝君为战国时齐国贵族，被扣留在秦国，逃归时关门没开，门客学鸡鸣，守门官吏以为天亮而开门，孟尝君得以逃回。

② 纪渻子为周宣王养斗鸡，《列子》及《庄子》都有记载，即上一首诗中“斗鸡形神如木”的出处，将斗鸡养到看上去像木鸡一样就算是成功了，其他的鸡看到这样的鸡都会吓得逃走。“纪渻子”，原文作“纪涓”，径改。

就是在中正和各位之间制造不和了。如果大家心里有什么疑虑，我怎么敢不听从命令，只是担心伸手揽过自己不擅长的事情来做，不过自寻烦恼，怎么办呢？”高公说：“请各位贤才静心聆听。”中正的诗是这样的：

竖牛祸乱鲁国使我们担上虚名①，
百里奚游历秦国感念宁戚教导②。
丞相见牛喘气而担心气候有变③，
葛卢的技能是听得懂牛的语言④。
播种粮食作物来帮助农业兴旺，
运载来往车辆却没有情理可言。
最近以来精力不济且力气衰退，
我的全部志向都在回乡种田了。

高公赞叹说：“朱八有这样的文采，却还没有脱离散职，在上面驾驭主管的又是什么人啊！太委屈你了，太委屈你了！”

倚马说：“扶风二哥偶然有事被牵绊住了（指的是自虚骑的那匹马），我家的龟兹，完全没有才华和品德，喜欢喧闹而讨厌安静，兴兴头头的，好管闲事，就爱打点行装出去走动，还老喜欢走在最前面（说的是搬运轻型货物的运输队首队打头的驴）。我们这次聚会他们没有来，真是遗憾。”去文对介立说：“胃家两兄弟住得并不远，如果不相来往，各自抱持高尚的志趣又有什么用呢。《诗经》说‘朋友互相辅助’，而我们却让对方有疏远的心思。一定要写请柬将他们请来，在下的意思就是想成全这桩美事。”介立说：“我本来打算去拜访胃大的，正好大家谈论文字兴致正酣，不知不觉就耽搁了。我诚恳地请您让我去吧。现在请各位先生不要起身，介立到胃家走一趟就回来。要不然，把胃家两兄弟都拉来，好吗？”大家都说：“好啊。”介立于是出去了。

没过多久，去文在大家面前偷偷地说起介立的坏话来：“这个

---

① 竖牛：春秋时鲁国叔孙豹的家臣，造成了鲁国的动乱。
② 百里奚：秦穆公大夫，据说得到过宁戚传授的《相牛经》，懂得养牛。
③ 丞相：指汉宣帝丞相丙吉。
④ 葛卢：春秋时东部一个少数民族小国介国的国君。

人为人蠢笨，有什么本事啊，听说还挺廉洁，把仓库看守得很好，可是长得像蜡姑这种昆虫一样丑陋，难以逃过众人的议论，要怎么办呢？”却不知道介立已经和胃家兄弟一道走过来了。介立来到门口，那一句半句话就溜进了他的耳朵。他气极了，捋起袖子说：“天生下我苗介立，是楚大夫斗伯比的直系后裔。姓氏来源于我们的远祖楚国的伯棼和贲皇的食邑①，分为二十族，祭祀礼仪的典籍中记载各族祖宗与始祖一同接受后辈祭奠，甚至是《礼记》中也有相关的记录（指的是《郊特牲》中“八蜡”的“迎虎”、“迎猫”②）。哪里想到你这个叫敬去文的家伙，盘瓠留下的余孽③，长幼没有分别，根本不符合社会规范的要求，只能做小伏低地讨主人孩子的喜欢，龇牙咧嘴地在酒招下为酒店看门，跟妖媚的狐狸一般谄媚，拍马逢迎，阿谀奉承，怎么敢来评论别人的长短优劣！我如果不小小地显示一下自己的才艺，敬先生就说我是死板做事的人，没有文化水平，将来大家都看不起我。现在我就对着师丈念一首歪诗，权且看看怎么样吧。”他的诗是这样的：

主人的恩德很深给我肉吃我心中惭愧，
太阳都快下山了我还蜷在锦被里睡觉。
要学习有志向节操的人懂得分辨好坏，
别人给的高官厚禄怎能教我动心分毫。

自虚觉得这诗写得很好，很是赞叹。去文却对介立说：“你不了解事情的来龙去脉，竟然这样颠倒黑白。我其实是春秋时候向戌的后代，你说我是盘瓠的后裔，好比将太阳比作房星，照我看来实在差得太远了。”中正看到这两个人你来我往说个没完，觉得很不好，就说：“我希望做古时候的宜僚来排解二位的怨忿，可以吗？

---

① 伯棼：又名斗越椒，原为斗姓，是若敖氏之后，也就是斗伯比的后代。在楚国的“若敖之乱”中，伯棼的儿子贲皇逃到晋国，受封食邑于苗，因而以地为姓，成为苗姓始祖。

② 《礼记·郊特牲》记录的“八蜡”是古时腊月祭祀的名称，祭的是八种对农事有益的神灵，第五种是猫虎。

③ 盘瓠：神话传说中的人物，生活在帝喾时代，有说是帝喾豢养的五色犬，有说是老妇人或皇后耳疾挑出之物，放在盘中，以瓠叶盖之，渐渐长成犬，后取下犬戎吴将军之头，娶到了帝喾的公主，成为苗、瑶等少数民族的始祖。

其实，从前我的祖先逢丑父跟向家人以及伯棼、贲皇，春秋的时候经常在一起参加盟会。今天在座的还有知名的来宾，你们两个人为什么互相诋毁祖先，在话语中还间或泄露了身份。这是在成先生面前出丑，让他笑话而已。我们还是专心吟诗吧，请你们一定不要再吵闹了。”

于是介立就介绍胃家兄弟跟自虚认识。起初，自虚远远地看到一团晃动着的白色物体，两人来到跟前之后，听说哥哥叫胃藏瓠，弟弟叫胃藏立。自虚也报出了自己的姓名。藏瓠又绕着桌子走了一圈，称呼其他人为好兄弟。介立跟着就在大家面前表扬胃家兄弟：“他们兄弟俩在草野之中隐藏行迹，所作所为却能引来名门望族的注意，还同朝中大官有联络，亲信之人遍布机要位置。再说秦地的八条河流确实贯穿国都①，他们家乡的二十个家族分支大部分都在长安。听说弟弟你最近有首《题旧业》诗，人们都说写得很好。怎么样，能让我们听听吗？”藏瓠回答说：“像我这样的后辈在这次聚会中占有一席之地已经是不合适的了，这么多擅长作诗的人聚集在一起，我还没把自己的作品念出来，先就感到惭愧不已了。现在没办法，只好弄脏各位贤才的耳朵了。”他的诗是这样的：

鸟鼠山是我们的家乡②，
周文王曾经广求贤才③。
自从脱离了子卯两字（鼠和兔都变成了刺猬），
沧海桑田又过了几代。

介立叫好说：“弟弟你以后肯定会出大名，如果公理还在，这首诗应该永不磨灭。”藏瓠做出恭敬的姿态，推辞说：“藏瓠本来就适合隐居蛰伏，能够陪同各位才俊吟诗感到很荣幸，哥哥你对我夸奖得太过分了，我承受不起这样高的赞誉，就好像有芒刺在背，很不舒服。”在座的人都笑了。

那时候自虚正聆听着各位来宾的佳作，还没有功夫吟诵自己的作品，只是说：“各位先生脱俗的文才华丽多彩，就好像庖丁解牛，

① 秦地的八条河流以渭水为首，“渭”与“胃”字音合。
② 鸟鼠山：渭水发源于鸟鼠山，在甘肃渭源。
③ 殷商时周领地在渭水之滨，西伯姬昌广求贤才，在磻溪遇见了姜子牙。

眼中无牛而心中有牛，刀在骨节间游走有很大的余裕。”中正以为他有讥讽自己的意思，偷偷地溜走了。高公去找他，没有找到，说：“朱八不说一声就离开了，为什么啊?”倚马回答说：“朱八家世代都跟做菜的厨子有仇，他不想听到庖丁用了很长时间的旧刀好像刚磨过的说法，所以就走了。”自虚赶忙道歉，说自己用词不当。这时候去文单独跟自虚讨论起来，对自虚说：“一个人是走出来建功立业，还是隐居起来修身养性，有道德的人看重的是他有没有达到节操的要求。摇着尾巴向自己的主人讨东西吃，这种事情连凶猛的老虎也可能会做，那是因为它从微小的迹象里看出了主人有道德，会成就伟业。也有为知己出力办事的，这时候就不可以因为主人没有道德而不顾仁义的要求，舍弃对自己有知遇之恩的主人。去文没什么文采，却也有两首表达自己志向的诗要念出来给大家听听。”诗是这样的：

侍奉君主要与他同乐也要义无反顾地与他同忧，
怎么会计较吃的是粗劣食物只要志向满足就行。
这不是守在一棵树下徒劳地等待兔子自投罗网，
最终还是要在山林之间追逐猎物报答主人恩情。

年轻时怀抱像饥饿的老鹰那样帮主人捕捉猎物的志向，
心中实在没有像仙鹤那样蒙受宠爱而悠闲度日的念头。
秋天能够在草丛里驱赶追逐猎物就老想着走出家门去，
在平原上茹毛饮血地大开杀戒我和鹰都有极好的兴头。

自虚兴致勃勃地赞叹不已，完全忘了自己这一晚上的疲惫。正想着要将自己从前的诗作拿出来夸耀一番，忽然听到远处寺庙里撞钟的声音，于是轰的一声，身边的那些人全没了声响。仔细看去，也根本看不到什么，只觉得风雪从窗户里透进来，腥臊的臭气扑鼻而来，四下里只有一种窸窣的声音，好像有什么在动，但是厉声叫喊问话，也根本没有人回答。

自虚神智恍惚，不敢直接上前去触碰那东西，于是就回身去寻找自己拴在柱子上的马，好像是在房屋的西边角落里。马鞍和衬托马鞍的垫子都积着雪，而马则站在那里咬着柱子。正在自虚犹疑停顿的时候，早晨的天光亮起来，很快就看得清四周的事物了。于是他在房子北面的墙边，发现了一头骆驼，四足跪地，腹部下垂，耳朵反应很迟钝，嘴里正在反刍食物。自虚感觉到昨夜经历的事情很诡异，于是找遍整座房子来搜寻可疑情况。过了一会儿，在屋外北面平台下又发现了一头又累又瘦的黑毛驴，整片脊背有三处磨破的地方，新长出来的白毛就快把秃毛处给填满了。抬头看到屋子北面的拱券，略微觉得有东西在迅疾地振动着，接着就看见一只老鸡在那里蹲着。向前走到供奉佛像的殿宇里，在坍塌的佛座北面有一块空地，东西向有几十步宽，每扇窗户下面都有绘有彩色壁画的地方，当地人把比较长的麦秆堆放在那里，只见一只大花猫睡在那上面。离得极近的地方又有一个给田间劳作者送饭食时盛饮料用的破葫芦，旁边还有一只被牧童丢弃的破笠帽。自虚就朝这两件物品踢了两脚，果然找到了两只刺猬，在地上爬动着。自虚找遍了周围各处，静悄悄地都还没有人，他这一晚上又冻又累，再也经受不住，于是拉过马缰绳，拍掉马身上的雪，骑上马就离开了。他绕道从村子北边的路上出来，往左骑行时经过一个围着木栏杆的废旧园子，看到一头牛跪伏在雪地里吃草。再往前行进一百多步不到，是个堆粪的地方，全村人把粪运到这里来。自虚从粪山下经过，有一群狗叫得很凶，其中有一只，毛都长到腿关节那里了，样子格外与众不同，斜着眼睛看着自虚。

自虚骑马走了很久，碰到了一个老头，他打开柴门，清早起来正在扫除门前的积雪。自虚停住马，向他询问情况。他回答说：“这是我的老朋友右军彭特进的庄园。郎君昨天晚上住在哪里？看你的样子好像是迷路了。”自虚将自己昨晚经历的事情说给他听，老头倚靠在扫帚上，惊讶地说：“太糟糕了，太糟糕了！昨晚刮风下雪，庄园主人本来有一头生病的骆驼，担心风雪让它送命，就把它带到了佛殿北面的屋檐下，也有个遮挡。念佛社的屋檐下有几天前，河阴官员的队伍经过这里，留下的一头劳累的毛驴。他们用不到那头驴了，我可怜它还有半条老命，就用几斛粟米跟他们交换，留下了它，也不再把它关着。那木栏杆围着的瘦牛也是庄园主人养的。刚刚听到您的这番话，不知道它们怎么会这样作怪。”自虚说：“昨天晚上我跟载运行李的车马分开了，现在又冷又饿，难受极了。

有些事情也不是完全能够讲清楚的。这件事大概就是这样，我没法详细告诉你了。”于是骑马奔驰而去了。来到赤水旅店，看到仆人们发现主人没能找过来，都觉得大吃一惊，正忙着要出去寻找呢。自虚感慨不已，好几天都像丢了魂似的。

灵 应 传

缺　名

泾州之东二十里，有故薛举城。城之隅有善女湫，广袤数里，蒹葭丛翠，古木萧疏。其水湛然而碧，莫有测其浅深者。水族灵怪，往往见焉。乡人立祠于旁，曰九娘子神。岁之水旱祓禳，皆得祈请焉。又州之西二百余里，朝那镇之北有湫神。因地而名，曰朝那神。其肸蚃灵应，则居善女之右矣。

乾符五年，节度使周宝在镇日，自仲夏之初，数数有云气，状如奇峰者，如美女者，如鼠，如虎者，由二湫而兴。至于激迅风，震雷电，发屋拔树，数刻而止。伤人害稼，其数甚多。宝责躬励己，谓为政之未敷，致阴灵之所谴也。

至六月五日，府中视事之暇，昏然思寐，因解巾就枕。寝犹未熟，见一武士，冠鍪被铠，持钺而立于阶下，曰："有女客在门，欲申参谒，故先听命。"宝曰："尔为谁乎？"曰："某即君之阍者，效役有年矣。"宝将诘其由，已见二青衣，历阶而升，长跪于前曰："九娘子自郊墅特来告谒，故先使下执事致命于明公。"宝曰："九娘子非吾通家亲戚，安敢造次相面乎？”言犹未终，而见祥云细雨，异香袭人。俄有一妇人，年可十七八，衣裙素淡，容质窈窕，凭空而下，立庭庑之间。容仪绰约，有绝世之貌。侍者十余辈，皆服饰鲜洁，有如妃主之仪。

顾步徊翔，渐及卧所。宝将少避之，以候其意。侍者趋进而言曰：“贵主以君之高义，可申诚信之托，故将冤抑之怀，诉诸明公。明公忍不救其急难乎？”宝遂命升阶相见。宾主之礼颇甚肃恭。登榻而坐，祥烟四合，紫气充庭，敛态低鬟，若有忧戚之貌。宝命酌醴设馔，厚礼以待之。

俄而敛袂离席，逡巡而言曰：“妾以寓止郊园，绵历多祀，醉酒饱德，蒙惠诚深。虽以孤枕寒床，甘心没齿，茕嫠有托，负荷逾多。但以显晦殊途，行止乖互。今乃迫于情礼，岂暇缄藏，倘鉴幽情，当敢披露。”宝曰：“愿闻其说。所冀识其宗系。苟可展分，安敢以幽显为辞。君子杀身以成仁，徇其毅烈，蹈赴汤火，旁雪不平，乃宝之志也。”

对曰：“妾家世会稽之鄮县，卜筑于东海之潭。桑榆坟陇，百有余代。其后遭世不造，瞰室贻灾。五百人皆遭庾氏焚炙之祸，纂绍几绝。不忍戴天，潜遁幽岩，沉冤莫雪。至梁天监中，武帝好奇，召人通龙宫，入枯桑岛，以烧燕奇味，结好于洞庭君宝藏主第七女，以求异宝。寻闻家仇庾毗罗自鄮县白水郎弃官解印，欲承命请行，阴怀不道，因使得入龙宫，假以求货，覆吾宗嗣。赖杰公敏鉴，知渠挟私请行，欲肆无辜之害。虑其反贻伊戚，辱君之命，言于武帝，武帝遂止。乃令合浦郡落黎县欧越罗子春代行。

“妾之先宗，羞共戴天，虑其后患，乃率其族，韬光灭迹，易姓变名，避仇于新平真宁县安村。披榛凿穴，筑室于兹。先人弊庐，殆成胡越。今三世卜居，先为灵应君，寻受封应圣侯。后以阴灵普济，功德及民，又封普济王。威德临人，为世所重。妾即王之第九女也。笄年配于象郡石龙之少子。良人以世袭猛烈，血气方刚，宪法不拘，严父不禁，残虐视事，礼教蔑闻。未及期年，果贻天谴，覆宗绝嗣，削迹除名。唯妾一身，仅以获免。父母抑遣再行，妾终违命。王侯致聘，接轸交辕。诚愿既坚，遂欲自劓。父母怒其刚烈，遂遣屏居于兹土之别邑。音问不通，于今三纪。虽慈颜未复，温凊久违，离群索居，甚为得志。

“近年为朝那小龙，以季弟未婚，潜行礼聘。甘言厚币，峻阻复来。灭性毁形，殆将不可。朝那遂通好于家君，欲成其事。遂使其季弟权徙于王畿之西，将货于我王，以成姻好。家君知妾之不可夺，乃令朝那纵兵相逼。妾亦率其家僮五十余人，付以兵仗，逆战郊原。众寡不敌，三战三北。师徒倦弊，犄角无怙。将欲收拾余烬，背城借一，而虑晋阳水急，台城火炎，一旦攻下，为顽童所辱。纵没于泉下，无面石氏之子。故《诗》云：‘泛彼柏舟，在彼中河。髧彼两髦，实维我仪。之死矢靡他。母也天只，不谅人只。’此卫世子孀妇自誓之词。又云：‘谁谓鼠无牙？何以穿我墉。谁谓女无家？何以速我讼。虽速我讼，亦不女从。’此邵伯听讼，衰乱之俗微，贞信之教兴，强暴之男，不能侵凌贞女也。

“今则公之教可以精通幽显，贻范古今。贞信之教，故不为姬、夔之下者。幸以君之余力，少假兵锋，挫彼凶狂，存其鳏寡。成贱妾终天之誓，彰明公赴难之心。辄具志诚，幸无见阻。”

宝心虽许之，讶其辨博，欲拒以他事，以观其词。乃曰：“边微事繁，烟尘在望。朝廷以西陲陷虏，芜没者三十余州。将议举戈，复其土壤。晓夕恭命，不敢自安。匪夕伊朝，前茅即举。空多愤悱，未暇承命。”

对曰：“昔者楚昭王以方城为城，汉水为池，尽有荆蛮之地。藉父兄之资，强国外连，三良内助。而吴兵一举，鸟迸云奔，不暇婴城，迫于走兔。宝玉迁徙，宗社凌夷。万乘之灵，不能庇先王之朽骨。至申胥乞师于嬴氏，血泪污于秦庭，七日长号，昼夜靡息。秦伯悯其祸败，竟为出师，复楚退吴，仅存亡国。况芈氏为春秋之强国，申胥乃衰楚之大夫，而以矢尽兵穷，委身折节，肝脑涂地，感动于强秦。矧妾一女子，父母斥其孤贞，狂童凌其寡弱，缀旒之急，安得不少动仁人之心乎？”

宝曰：“九娘子灵宗异派，呼吸风云，蠢尔黎元，固在掌握。又焉得示弱于世俗之人，而自困如是者哉？”对曰：“妾家族望，海内咸知。只如彭蠡、洞庭，皆外祖也。陵水、罗水，皆中表也。内外昆季，百有余人。散居吴越之间，各分地土。咸京八水，半是宗亲。若以遣一介之使，飞咫尺之书，告彭蠡、洞庭，召陵水、罗水，率维扬之轻锐，征八水之鹰扬。然后檄冯夷，说巨灵，鼓子胥之波涛，混阳侯之鬼怪，鞭驱列缺，指挥丰隆，扇疾风，翻暴浪，百道俱进，六师鼓行。一战而成功，则朝那一鳞，立为齑粉；泾城千里，坐变污潴。言下可观，安敢谬矣。顷者，泾阳君与洞庭外祖世为姻戚，后以琴瑟不调，弃掷少妇，遭钱塘之一怒，伤生害稼，怀山襄陵。泾水穷鳞，寻毙外祖之牙齿。今泾上车轮马迹犹在，史传具存，固非谬也。妾又以夫族得罪于天，未蒙上帝昭雪，所以销声避影，而自困如是。君若不悉诚款，终以多事为词，则向者之言，不敢避上帝之责也。”宝遂许诺。卒爵撤馔，再拜而去。宝及晡方寤，耳闻目览，恍然如在。翼日，遂遣兵士一千五百人，戍于湫庙之侧。

是月七日，鸡初鸣，宝将晨兴，疏牖尚暗。忽于帐前有一人，经行于帷幌之间，有若侍巾栉者。呼之命烛，竟无酬对。遂厉而叱之。乃言曰：“幽明有隔，幸不以灯烛见迫也。”宝潜知异，乃屏气息音，徐谓之曰：“得非九娘子乎？”对曰：“某即九娘子之执事者也。昨日蒙君假以师徒，救其危患。但以幽显事别，不能驱策。苟能存其始约，幸再思之。”俄而纱窗渐白，注目视之，悄无所见。宝良久思之，方达其义。遂呼吏，命按兵籍，选亡没者名，得马军五百人，步卒一千五百人；数内选押衙孟远，充行营都虞候，牒送善女湫神。

是月十一日，抽回戍庙之卒，见于厅事之前。转旋之际，有一甲士仆地，口动目瞬，问无所应，亦不似暴卒者。遂置于廊庑之间，天明方悟。遂使人诘之。对曰："某初见一人，衣青袍，自东而来，相见甚有礼。谓某曰：'贵主蒙相公莫大之恩，拯其焚溺。然亦未尽诚款。假尔明敏，再通幽情。幸无辞，勉也。'某急以他词拒之。遂以袂相牵，懵然颠仆。但觉与青衣者继踵偕行，俄至其庙。促呼连步，至于帷薄之前。见贵主谓某云：'昨蒙相公悯念孤危，俾尔戍于敝邑。往返途路，得无劳止？余蒙相公再借兵师，深惬诚愿。观其士马精强，衣甲铦利。然都虞候孟远才轻位下，甚无机略。今月九日，有游军三千余，来掠我近郊。遂令孟远领新到将士，邀击于平原之上。设伏不密，反为彼军所败。甚思一权谋之将。俾尔速归，达我情素。'言讫，拜辞而出，昏然似醉。余无所知矣。"

宝验其说，与梦相符。意欲质前事，遂差制胜关使郑承符以代孟远。是月十三日晚衙，于后球场，沥酒焚香，牒请九娘子神收管。至十六日，制胜关申云："今月十三日夜三更已来，关使暴卒。"宝惊叹息，使人驰视之。至则果卒。唯心背不冷，暑月停尸，亦不败坏。其家甚异之。

忽一夜，阴风惨冽，吹砂走石，发屋拔树，禾苗尽偃，及晓而止。云雾四布，连夕不解。至暮，有迅雷一声，划如天裂。承符忽呻吟数息，其家剖棺视之，良久复苏。是夕，亲邻咸聚，悲喜相仍。信宿如故，家人诘其由。乃曰："余初见一人，衣紫绶，乘骊驹，从者十余人。至门，下马，命吾相见。揖让周旋，手捧一牒授吾云：‘贵主得吹尘之梦。知君负命世之才，欲遵南阳故事，思殄邦仇。使下臣持兹礼币，聊展敬于君子，而冀再康国步。幸不以三顾为劳也。’余不暇他辞，唯称不敢。酬酢之际，已见聘币罗于阶下，鞍马器甲锦彩服橐鞬之属，咸布列于庭。吾辞不获免，遂再拜受之。即相促登车。所乘马异常骏伟，装饰鲜洁，仆御整肃。倏忽行百余里。有甲马三百骑已来，迎候驱殿，有大将军之行李，余亦颇以为得志。

“指顾间，望见一大城，其雉堞穹崇，沟洫深浚。余惚恍不知所自。俄于郊外备帐乐，设享。宴罢入城，观者如堵。传呼小吏，交错其间。所经之门，不记重数。及至一处，有如公署。左右使余下马易衣，趋见贵主。贵主使人传命，请以宾主之礼见。余自谓既受公文器甲临戎之具，即是臣也。遂坚辞，具戎服入见。贵主使人复命，请去橐鞬，宾主之间，降杀可也。余遂舍器仗而趋入，见贵主坐于厅上。余拜谒，一如君臣之礼。拜讫，连呼登阶。余乃再拜，升自西阶。见红妆翠眉，蟠龙髻凤而侍立者，数十余辈。弹弦握管，秾花异服而执役者，又数十辈。腰金拖紫，曳组攒簪而趋隅者，又非止一人也。轻裘大带，白玉横腰，而森罗于阶下者，其数甚多。次命女客五六人，各有侍者十数辈，差肩接迹，累累而进。余亦低视长揖，不敢施拜。坐定，有大校数人，皆令预坐。举乐进酒。

“酒至，贵主敛袂举觞，将欲兴词，叙向来征聘之意。俄闻烽燧四起，叫噪喧呼云：‘朝那贼步骑数万人，今日平明攻破堡塞，寻已入界。数道齐进，烟火不绝。请发兵救应。’侍坐者相顾失色。诸女不及叙别，狼狈而散。及诸校降阶拜谢，伫立听命。贵主临轩谓余曰：‘吾受相公非常之惠，悯其孤茕，继发师徒，拯其患难。然以车甲不利，权略是思。今不弃敝陋，所以命将军者，正为此危急也。幸不以幽僻为辞，少匡不逮。’遂别赐战马二疋，黄金甲一副，旌旗旄钺珍宝器用，充庭溢目，不可胜计。彩女二人，给以兵符，锡赉甚丰。

“余拜捧而出，传呼诸将，指挥部伍，内外响应。是夜，出城。相次探报，皆云：‘贼势渐雄。’余素谙其山川地里，形势孤虚。遂引军夜出，去城百余里，分布要害。明悬赏罚，号令三军。设三伏以待之。迟明，排布已毕。贼汰其前功，颇甚轻进，犹谓孟远之统众也。余自引轻骑，登高视之。见烟尘四合，行阵整肃。余先使轻兵搦战，示弱以诱之。接以短兵，且战且行。金革之声，天裂地坼。余引兵诈北，彼亦尽锐前趋。鼓噪一声，伏兵尽起。十里转战，四面夹攻。彼军败绩，死者如麻。再战再奔，朝那狡童，漏刃而去。从亡之卒，不过十余人。余选健马三十骑追之，果生置于麾下。由是血肉染草木，脂膏润原野，腥秽荡空，戈甲山积。

“贼帅以轻车驰送于贵主，贵主登平朔楼受之。举国士民，咸来会集，引于楼前，以礼责问。唯称‘死罪’，竟绝他词。遂令押赴都市腰斩。临刑，有一使乘传，来自王所，持急诏令，促赦之。曰：‘朝那之罪，吾之罪也。汝可赦之，以轻吾过。’贵主以父母再通音问，喜不自胜，谓诸将曰：'朝那妄动，即父之命也。今使赦之，亦父之命也。昔吾违命，乃贞节也。今若又违，是不祥也。'遂命解缚，使单骑送归。未及朝那，包羞而卒于路。

"余以克敌之功，大被宠锡。寻备礼拜平难大将军，食朔方一万三千户。别赐第宅、舆马、宝器、衣服、婢仆、园林、邸第、旌旛、铠甲。次及诸将，赏赉有差。明日，大宴，预坐者不过五六人。前者六七女皆来侍坐，风姿体态，愈更动人。竟夕酣饮，甚欢。酒至，贵主捧觞而言曰：'妾之不幸，少处空闺。天赋孤贞，不从严父之命，屏居于此三纪矣。蓬首灰心，未得其死。邻童迫胁，几至颠危。若非相公之殊恩，将军之雄武，则息国不言之妇，又为朝那之囚耳。永言斯惠，终天不忘。'遂以七宝钟酌酒，使人持送郑将军。余因避席再拜而饮。

"余自是颇动归心，词理恳切，遂许给假一月。宴罢，出。明日，辞谢讫，拥其麾下三十余人，返于来路。所经之处，但闻鸡犬，颇甚酸辛。俄顷到家，见家人聚泣，灵帐俨然。麾下一人，令余促入棺缝之中。余欲前，而为左右所耸。俄闻震雷一声，醒然而悟。"

承符自此不事家产，唯以后事付妻孥。果经一月，无疾而终。其初欲暴卒时，告其所亲曰："余本机钤入用，效节戎行。虽奇功蔑闻，而薄效粗立。洎遭衅累，谴谪于兹。平生志气，郁而未申。丈夫终当扇长风，摧巨浪，举太山以压卵，决东海以沃萤。奋其鹰犬之心，为人雪不平之事。吾朝夕当有所受。与子分襟，固不久矣。”其月十三日，有人自薛举城晨发十余里，天初平晓，忽见前有车尘竞起，旌旗焕赫，甲马数百人。中拥一人，气概洋洋然，逼而视之，郑承符也。此人惊讶移时，因伫于路左。见瞥如风云，抵善女湫。俄顷，悄无所见。

【译文】

泾州以东二十里，有座从前薛举占据的城市。城角有片善女湫，方圆有好几里地，水边长着芦苇和一丛丛的青草，年代久远的树木稀稀落落的。水很清澈，呈现出碧绿的颜色，没有人能测出水有多深。成了精怪的水族动物，常常在那里出现。乡人在水边建造了祠堂，供的是九娘子神。每年为了免除水灾旱灾，或者除去其他的灾难和邪祟，人们都会到这里来祷告和请求。另外，泾州以西二百多里，在朝那镇的北面，有位湫神。以地方而得名，被叫做朝那神。说到神灵感应，有求必应，那就要比善女湫的神灵更胜一筹了。

乾符五年，节度使周宝在这里镇守的时候，从刚刚进入仲夏开始，就常常有云气出现，形状有像奇特的山峰的，有像美女的，有像老鼠、老虎的，都是从两片水湫中腾起来的。以至于激起迅疾的大风，触发雷电震动，掀起房屋，将树木连根拔起，过了几刻钟就停息了。被弄伤的人和受到损害的庄稼，数量都非常多。周宝很自责，勉励自己要更努力，因为他觉得这是由于行政管理不到位，使得冥界的神灵怪罪下来的缘故。

到了六月五日，周宝在官府里处理事务，闲下来的时候昏沉沉地想要睡觉，于是解下头巾，靠在了枕头上。还没睡熟，看见一位武士，戴着头盔，穿着铠甲，手里拿着斧头，站在台阶下面，说：“有位女客人在门外，想要参见您，所以我先来听您的命令。”周宝说：“你是谁啊？”武士说：“我就是先生您的看门人，为您做事已经有些年头了。”周宝正要问他的来历，已经看到两位黑衣人沿着台阶走上来，直起身子跪在他面前说：“九娘子特地从郊外的房舍过来拜见，因此先让我们这些下人来给先生报信。”周宝说：“九娘子不是我的亲戚，也不是姻亲，我怎么敢随随便便与她见面呢?”话还没说完，只见飘来了五彩云朵和细雨，奇异的香气扑鼻而来。不久有一位妇女，年纪大概十七八岁，穿着朴素淡雅的衣裙，容貌美丽，从空中降落，站在堂下的廊屋之间。姿态柔美，有世所罕见的美貌。侍女有十几个，都穿着鲜明洁净的衣服，一派王妃公主的架势。

那位妇女徘徊回旋，慢慢地走到了周宝睡着的地方。周宝正要稍稍避开，来探测对方的意图，有位侍女快步走上前来，说道：“公主因为先生为人仗义，可以信任您，将事情托付您，所以要把满腹的委屈告诉先生，先生忍心看着她有难，情况危急，却不肯解救吗?”周宝于是请她走上台阶来相见。两人行了主客之礼，态度很是庄重恭敬。九娘子在坐榻上坐下，五彩的烟气便环绕四周，厅堂里都是紫气，她神态凝重，低着头，好像有忧伤难过的神色。周宝命人端上酒菜，礼仪周到地来接待她。

过了一会儿，九娘子恭敬地离开座位，迟疑着说道：“我因为在郊外住了下来，悠悠地过了好些年，享受老百姓的供奉得以饱足，大家对我的恩惠确实很深。虽说我觉得没有丈夫，一个人生活，过一辈子也是心甘情愿的，但是我这孤单的寡妇在这里有了依靠，实在受到了太多的恩德。只是我和你们，阴世和阳间的生活方式不同，彼此的行为方法也不一样。现在我在情志和礼法两方面都受到了他人的逼迫，又怎么能够闭口不言，隐瞒下去，如果您能够体会我这份难为人道的心情，我才敢将这件事告诉您。”周宝说：“请说出来让我听听。希望能够告诉我你的家世，如果有过往的情分可以讲，我怎么敢因为阴世阳间的分别而推辞呢。有道德的人为了成全仁义可以抛却性命，用生命去换取那份果敢壮烈，赴汤蹈火，为广大的人民洗雪不平之事，这是我周宝的志向。”

九娘子答道：“我家祖籍会稽的鄮县，居住在东海边上。祖祖辈辈的人在那里老去死亡，埋入坟墓，有一百多代了。后来世道不好，鬼神窥探显贵人家，带来灾祸破坏满盈，我家五百人都遭到了庚氏的焚烧烤炙，差点断绝了血脉。幸存者没有颜面立于天地之间，偷偷地来到隐秘的山岩间隐居，沉埋的冤屈没有能够昭雪。到了梁代天监年间，梁武帝爱好奇异事物，招募人来跟龙宫联络，进入枯桑岛，凭着烤熟的燕子肉这种奇特的食物，跟洞庭君这位宝藏主人的第七个女儿建立友好关系，希望能因此得到奇异的宝物。很快听说，我家的仇人庚毗罗在鄮县丢掉了白水郎的官职，打算接下皇帝的命令走一趟，心里暗暗地打着不好的主意，想要凭着使者的身份进入龙宫，借求宝物做幌子，来覆灭我们的宗族。亏得杰公机智敏锐，知道他是因为私仇而请求接下任务，想要肆意伤害无辜，担心他这样会坏事，有负皇帝的命令，于是将这些情况告诉了武帝，武帝就没有将任务派给他，而是让合浦郡落黎县的瓯越人罗子春代替他出行。

"我的祖先们觉得无法跟仇人生活在同一个地方，担心他以后还会来害我们，于是就率领族人偷偷地搬了家，变更姓名，在新平真宁县安村过着隐居的生活，来躲避仇人。劈开丛生的荆棘，挖掘洞穴，在这里盖房建屋，和祖先原先居住的地方已经是天南海北了。如今我们居住在这里已经有三代了，家长起先被封为灵应君，很快又受封为应圣侯。后来因为以阴界的神灵普渡众生，功德惠及百姓，又被封为普济王。普济王对待人民威严又有德行，受到世人的尊重。我就是他的第九个女儿。十五岁成年的那年，嫁给了象郡石龙的小儿子。我丈夫从祖先那里继承了凶猛暴烈的脾气，当时正值血气旺盛，既不服从宪法的约束，也不听从父亲的管教，以残暴的手段来处理事情，对于礼教的规定根本是置若罔闻。我嫁过去还没到一年，他果然受到上天的制裁，宗族覆灭，断子绝孙，所有官职爵位一概削除，只有我一个人，没有受到追究。父母逼迫我再嫁，我最终也没有顺从他们的命令。前来求亲的王侯贵族络绎不绝，后面的车子紧跟着前面的车子。我既然已经立下了守贞的志愿，于是打算把鼻子割掉。父母对于我的刚烈很生气，就打发我隐居到了本地另外的县城，不再跟我通消息，到现在三十六年了。虽说母亲脸上的怒容还没有平复，我也没有尽到子女对父母应尽的义务，不过离开同伴而孤独地生活，确实很符合我的志向。

"近几年来，朝那镇那条小龙因为他最小的弟弟没有婚配，偷偷地向我父母下聘礼求亲。又是甜言蜜语，又是金银财宝，在我严正地拒绝之后，还是不断地来纠缠。我就算残毁形体，牺牲生命，也不会答应。朝那于是和我父亲往来交好，想要达成他的目的。还让他的小弟弟暂且移居到王城西边，准备以财物来打动我的父王，成就这段婚姻。父亲知道我心意坚决，没办法强迫，就让朝那带兵过来攻打，逼迫我就范。我也带领着五十多个家仆出去，将武器交给他们，在郊外的原野上迎战对方。我们人少，他们人多，我们根本不是他们的对手，三次交战，三次都失败了。士兵们劳累困顿，甚至没办法分出小股兵力来牵制敌人。想要收拾起余下的力量，背对城池，与对方决一死战，可又担心像春秋时晋国赵家晋阳城池遭到智瑶水淹、南朝梁时建康台城被侯景火烧那样，一旦被攻下，我就会遭受那坏小子的欺辱，就算死去之后来到九泉之下，也没有脸面去见石家的儿子。所以《诗经》里说：‘乘着柏木船漂荡，在那河中央。垂着两条发辫的少年，实在与我好一双。就算死我也不作他想。天啊我的娘，你为什么不体谅。’这是当年卫国公子的寡妻立下的誓言。又说：‘谁说老鼠没有牙？为什么咬穿我家墙。谁说你自己没婆娘？为什么打官司把我抢。就算打官司把我抢，我也不会做你新娘。’这是邵伯审理的案子，衰世出现的混乱的风俗消亡了，贞洁诚信的礼教兴起了，蛮横的男子就无法欺凌贞洁的女子了。

“现在先生的教化可以穿越冥界和阳间的界线，成为古往今来的人行事的楷模，而对于贞洁诚信的礼教的讲究，肯定不在邵公、姬奭之下。希望能用您多余的力量，稍稍借我一些士兵，挫败那个凶蛮的狂徒，保护我这个弱小的寡妇，成全我终身的誓言，表明先生您仗义救难的志向。我满怀诚意地向您诉说了这一切，希望您不要拒绝我。”

周宝心里虽然已经答应了，却对她的博学和口才感到很吃惊，打算用其他的理由来拒绝，看看她会怎么说。于是他说：“边境上的情势很紧张，马上就要打起来了。朝廷因为西面的边境落到了敌人手里，陷没的有三十多个州，正在商议起兵宣战，将失去的土地收回来。我整天恭敬地等待命令，不敢掉以轻心。可能不是今天晚上就是明天早上，先头部队就会发起进攻。我对你这件事感到满腔愤怒，但是没办法，我没有时间来帮你。”

九娘子回应道：“从前楚昭王将修筑的长城方城作为城墙，将汉水作为护城河，完全占据了荆楚蛮荒之地，靠着父亲和兄长积累下的实力，在国外与强国联合，在国内有贤良的大臣辅佐，而吴国的军队一打来，就败得七零八落，根本顾不上保卫城池，就为了保命而出逃了。镇国的宝玉被转移，祖宗的祠堂被捣毁，神通广大的一国之君，却不能保护已故父王的尸骨。直到申包胥向秦国的君主请求援助，在秦国的王庭上流血流泪，大声哭叫了七天，白天和黑夜都没有停息，秦哀公可怜楚国的败亡，居然发出军队，打退了吴兵，恢复了楚国的土地，一个差点灭亡的国家才得以存活下来。再说楚国本就是春秋时的强国，申包胥也是破落之后的楚国的大夫，因为兵器短缺，士兵缺乏，就抛弃身份，放弃尊严，甚至于豁出自己的性命，这样就把强大的秦国给感动了。而我一个弱女子，孤独守寡的志向受到父母的训斥，因为孤立无援而被那狂妄的小子欺凌，教化的表率受到了挑战，这难道就丝毫没有能够打动先生您仁义的心吗？”

周宝说：“九娘子来自灵异的种族，呼吸就可以形成风云，我们这些蠢笨的芸芸众生，当然是在你的掌握之中，你又怎么会向凡俗的世人表现出柔弱，把自己弄到如此窘迫的境地呢？”九娘子答道：“我家族的情况，天下都知道。就说像是彭蠡和洞庭的主人好了，都是我的外祖辈，陵水和罗水的主人呢，都是我的堂表叔伯，亲的和疏的兄弟有一百多个，分散居住在吴越地区，各自领着土地。京城长安地区八条河流的主人，一半是我家族里的亲戚。如果我动动手指写封短信，随便找个人带过去，将事情告诉彭蠡和洞庭的主人，找来陵水和罗水的主人，让亲戚们派出扬州那里的精锐部队，调来京城八河的勇猛军队。然后征召黄河河神冯夷来帮忙，说服劈开华山的河神巨灵来相助，鼓起伍子胥阴魂激起的那种波涛，加上波涛之神阳侯的神怪的帮助，驾驭闪电，指挥惊雷，煽起狂风，翻腾巨浪，百路人马齐行，六部军队进发。一战就可以成功，那时朝那那条小龙，马上变成灰烬；泾州城千里地方，也会成为脏水滩。这些说出来就会成为现实，我怎么敢编瞎话。不久前的事，泾阳龙王与我外祖辈的洞庭龙王世代都结为姻亲，后来因为夫妻关系不和谐，他们家抛弃了我们家一位年轻的妇女，钱塘君发了大火，伤害生灵，毁坏庄稼，波涛汹涌，溢上山陵。泾水那条可怜的水虫，不久就被外祖父咬死了。如今泾水岸边车轮和马蹄的印迹还在，史传里也有详细的记载，绝对不是骗人的话。我又因为丈夫，被上天认为是有罪过的，还没获得上帝的昭雪，所以做事小心谨慎，不愿意大事声张，把自己弄到了这种窘迫的境地。先生如果不明白我的诚心，最终还是将战事较多作为借口来推辞，那我只好实践我之前所说的话，也不敢逃避上帝的责罚了。”周宝于是答应了她。喝完酒，撤去菜肴之后，九娘子下拜两次，然后走了。周宝一直睡到傍晚时分才醒过来，梦里听见的和看见的，恍恍惚惚好像就在眼前。第二天，他就派了一千五百个士兵，到善女湫祠堂边上去守卫。

这个月的七日，公鸡刚刚鸣叫，周宝正要起床，从关得不严的窗子望出去，外面天色还很暗。帐幕旁边忽然出现了一个人，在帐幔之前行走着，像是伺候梳洗的下人。周宝叫那个人点蜡烛，居然并不回答。周宝于是厉声呵斥，那个人方才说道：“阴世和阳间有分别，希望您不要用蜡烛的灯火来叫我难堪。”周宝心里知道这人不对劲，就屏住呼吸，不发出声音，慢慢地说：“难道是九娘子吗?”那人回答说：“我就是替九娘子办事的下人。昨天谢谢先生借我们士兵，来拯救我们的危难，只是阴世和阳间的行事方式不同，那些士兵我们无法调遣。如果您能坚持原来的约定，请再好好地想想。”过了一会儿，纱窗上渐渐露出了白色的天光，周宝仔细地盯着外面看，四周静悄悄地，那个人已经不见了。周宝想了很长时间，才想通了这件事情的关键。他叫来差役，让他照着士兵的名册，选出已经死去的人，最终选定了五百名骑兵和一千五百名步兵，在这些人里又选出侍卫官孟远，让他担任这支派遣部队的长官，然后将名单写成公文，投送给善女湫神。

这个月的十一日，周宝调回了驻守祠庙的士兵，在官厅前面接见他们。调动队形的时候，有个穿着铠甲的士兵扑倒在地，嘴巴抽动着，眼睛眨巴着，问他也不回答，也不像是突然过世的样子，就把他放到了堂下廊屋之间的空地上。天亮之后，这个士兵才清醒过来。周宝于是让人去问他，他说：“我刚开始的时候看见一个人，穿着黑袍，从东边走过来，看到我很有礼貌。他对我说：‘公主蒙受相公天大的恩德，要把她从水深火热之中解救出来，但是这件事并没有办得尽心尽力。凭借你的聪明机警，再度传达灵界之人的心意，希望你不要推辞，办好这件事。’我连忙说些别的话来拒绝，那人就用袖子牵住我，我糊里糊涂地就跌倒了。我只知道跟这个穿黑袍的人一前一后地紧挨着往前走，不久就走到了那座祠庙。他连声催促我，快步往前走，来到了帐幔前面。听到公主对我说：‘昨天承蒙相公怜悯我势力单薄、情况危急，让你们来到我简陋的城池边守护，来来往往走了那么多路，一定很辛苦吧？我承蒙相公再次借兵，说实话真的觉得非常满意，看这些将士和马匹强壮精锐，铠甲又这么光鲜。只是长官孟远职位低下，才能微薄，根本不具备作战的谋略。本月九日有三千多个分散作战的敌军士兵来侵袭我城池近郊，于是我让孟远带领新来的将士，在平原上面拦击他们。孟远设置的埋伏不够严密，反而被敌军打败。我很希望请来一位有谋略的将领。我要你赶快回去，传达我的意思。’她说完，我叩拜告辞，走了出来，昏沉沉像喝醉了酒似的。其他的我就不知道了。”

周宝想着他说的话，跟自己梦中的情形是一致的，他心中想要证明这件事，就打算派制胜关的关使郑承符去代替孟远。这个月十三日晚上，他在后球场设立官署，将酒浇洒在地上，并点燃香烛，献上公文，请九娘子神收下郑承符。到了十六日，制胜关送来报告说：“本月十三日晚上三更以后，关使突然死亡。”周宝吃了一惊，叹着气，派人骑马去那里察看。到了以后，发现郑承符果然已经死了，只是心口和背脊并没冷却，大热天里尸体这样停放着，也没有腐烂的情况。郑承符的家人都觉得很奇怪。

忽然有一天晚上，阴沉沉的风惨烈地吹着，砂土和石块都被吹了起来，房屋被掀起来，树木被连根拔起，禾苗都被吹倒了。到了天亮时分，风就停了。四处都是云雾，直到晚上也不散去。到了黄昏时分，出现了一声迅疾的雷声，划过天空，好像天裂开了一样。郑承符突然发出几声呻吟，他的家人把棺材撬开来看，过了很长时间，郑承符苏醒过来。这天晚上，亲戚和邻居都来到他们家里，又是悲伤又是欢喜。过了两个晚上，郑承符恢复得和原来一样了，家人问他这是怎么回事，他就说：“刚开始的时候，我看见一个人，戴着紫色的腰带，骑着纯黑色的马，身后跟从的人有十几个。他来到门前，下马，要求跟我见面。作揖寒暄之后，他手捧一道公文，交给我说：‘公主做了将要得到良将的梦，知道先生的才干足可以闻名于世，准备像刘备请诸葛亮出山那样请出先生，打算消灭国家的仇敌。派小臣带着这些礼物，权且向先生表示敬意，如果您能够重新振作我国的国运，我们又怎么会因为多次来请您出山而感到劳苦呢。’我顾不上说点别的，只是一味地说着‘不敢’。坐下喝酒的时候，就看见聘用的礼物已经摆到了台阶下面，是些鞍鞯、马匹、器皿、铠甲、丝织品、服用和玩赏的物品、箭囊和弓袋之类的东西，都陈列在庭院里。我推辞了一番，没有能推掉，于是叩拜两次，接受了。他们马上催促我上路。我所骑乘的马匹特别高大英武，装饰用品都光鲜洁净，仆从态度庄重，动作整齐。一转眼就走了一百多里地。三百个穿着铠甲的骑兵已经迎了上来，簇拥着我的车驾向大殿开去，其中还有大将军的仪仗队伍，我也觉得很得意。

“没多久，望见一座大城，城墙高大，护城河深广。我恍恍惚惚不知来到了哪里。过了一会儿，城中人在郊外设置了帐幕，其中有乐队和酒肴。参加完酒宴，进入城中，围观的人群将道路两边堵得水泄不通。每隔一段路就在前面吆喝的小差役也夹杂在人群当中。这一路经过的门，多得数不清。最后来到了一个像是官府衙门的地方。身边的人让我下马来换衣服，好赶快去见公主。公主派人来传达命令，要求以宾客和主人的礼仪来相见。我觉得既然接受了任职公文、器物铠甲和从军用具，就是臣子，于是态度坚决地拒绝了，穿着全副军装去拜见。公主又派人传命，要求我除去身上携带的箭囊和弓袋，将宾客和主人之间的礼仪，递减一级就可以了。我于是去掉武器装备，快步走进去，只见公主坐在大厅之上。我向她跪拜，就像臣子朝见君主一样。跪拜完毕，公主连声叫我登上台阶。我于是叩拜两次之后，从西边的台阶走了上去。看见几十位美丽的女子，精致的盘头上插着华丽的饰物，站在旁边伺候。又有几十位衣着奇异、头上插着浓艳的花朵的乐工，或者正在弹琴，或者正在吹奏管乐器。腰间挂着金印、拖着紫色绶带、用簪子和帽带束起官帽的人恭敬地守着臣礼，应答后站到角落里的也不止一个。穿着轻暖的皮裘、白玉简版横在腰间的人在台阶下面的空地上站得密密匝匝的，人数多极了。有五六个女客人依次被叫上来，各自带着十几个侍女，侍女们肩膀挨着肩膀，脚边贴着脚边，排成一列走上来。我也长久地作揖，眼睛看着地下，并不敢随意做出叩拜的姿势。我被安排坐下之后，在场的有几位大校，都被安排和我一起坐。音乐响了起来，命人送上酒菜。

“酒端上来之后，公主恭敬地举起酒杯，正要说些什么，说明一下之前派人来请我出山的意思，忽然听说外面烽火四起，有人吵嚷着说：‘朝那坏蛋带着几万步兵和骑兵，今天天亮的时候攻破了边塞的堡垒，很快就进入了国界，他们兵分几路齐头并进，烟尘炮火不断，请求派兵支援。’酒席中陪同的人们面面相觑，脸色大变。那几位女客人等不及告别，就狼狈地逃走了。等到几位校官走到台阶下叩拜谢恩，站着等候命令，公主在殿前平台上对我说：‘我受到相公非常大的恩惠，他怜悯我孤单无助，两次调来部队，要将我从危急情势中解救出来。可是因为交战结果不理想，就考虑到谋略的问题。现在尽管礼数怠慢，也要请将军出山，为的就是这次的危难。希望将军不要因为我国地方偏远而推辞，能够稍稍匡扶我们力有不及的地方。’说完另外赏赐了两匹战马，一副黄金铠甲，旗帜、牦牛尾装饰的旗、斧头和一些珍贵的器物用具，把庭院都放满了，眼睛看都看不过来，数量多得无法计数。有两个穿彩衣的女子，将兵符交给我，赏赐了很多东西。

“我叩拜之后，捧着兵符出来，号令各路将领，指挥部队与在外作战的军队响应，与他们合力杀敌。这天晚上出了城，几次派去的探子都回来报告说：‘敌军的势力越来越强大了。’我平时就对这一带的山川地理、形势险要很熟悉，于是带着军队夜间出动，在离开城池一百多里的地方，将兵士们安排到优势地带，明确地公布赏罚的原则，号令全体将士，设置重重埋伏来等待敌军。到天亮的时候，终于安排妥当了。敌军因为之前的胜利而骄傲自大，军队行进很是轻率，还以为是孟远在统率大军。我亲自带了一批轻骑兵，登上高处查看情况。只见四周都笼罩在烟雾尘土之中，而我军的队形整齐严正。我先让小股力量挑起战斗，向敌军示弱来引诱他们，之后用近身武器与他们打斗，一边作战一边转移。战斗的声音简直要让天地都裂开来了。我带着军队假装战败而逃，敌军精锐部队于是尽数跟来，只听得一声呐喊，埋伏的士兵都跳了出来。在十里地方流转作战，从四面夹击敌军。敌军战败，被杀死的人像乱麻一样，多得数不清。再次交战，敌军又再度奔逃，朝那这个狡猾的小子，侥幸从我们手里逃掉了，跟着他逃亡的士兵，不过十几个。我选出三十个马匹健壮的骑兵去追赶，果然将他生擒，带到了我面前。这一战打得草木被血肉染色，原野被膏油滋润，污秽的贼兵被清理干净，兵戈铠甲堆得山一样高。

“我派人驾驶小车将贼兵的首领送交公主，公主接收他的时候登上了平朔楼，全国的官绅百姓都在这里集合。公主命人将敌军头目带到楼前，用礼教的规则来责问他，他只是说自己是死罪，别的话竟然一句也不说。公主于是下令将他押到市集上执行腰斩。正要行刑，有个使者乘坐驿站用四匹下等马拉的应急马车来了，他是从普济王那里来的，带来了紧急诏书，要公主赶快放了朝那。诏书上说：‘朝那的罪，就是我的罪，你可以赦免他，就能减轻我的罪过了。’公主因为父母又跟她通信了，欢喜得不得了，对将领们说：‘朝那肆意逼迫，本来是父亲的命令；如今叫我赦免他，又是父亲的命令。以前我违抗命令，是贞洁自守。如今要是再违抗命令，就不好了。’于是命人将朝那松绑，派一个人骑马送他回去。还没到朝那镇，朝那就羞愧不已，死在了路上。

“我因为战胜敌人有功劳，受到丰厚的赏赐和优待。不久就礼数周全地受封为平难大将军，享受朔方地区一万三千户人家进献而得的俸禄。另外还赏赐了宅第、轿子和马匹、珍贵的器物、衣服、男女仆人、园林、别墅、旌旗、铠甲。之后轮到各位将领，也都有不同的赏赐。第二天，摆下了盛大的宴席，能够坐在里面的不过五六个人。以前看到过的那六七位女子也坐着陪伴，她们的风韵和姿态显得更加动人了。整个晚上我们都痛快饮酒，很开心。侍从端上酒，公主捧着酒杯说道：‘我很不幸，年纪轻轻就守寡了。天生的贞洁脾气，不听从父亲的命令，在这里隐居已经三十六年了。心灰意冷，不再梳洗打扮，只是没有死罢了。邻居小子用武力逼迫我，事情差点就危急了，如果不是相公格外施恩，不是将军英勇善战，那么息国不说话的女人就要成为朝那的囚徒了①。这样的大恩大

① 息国不说话的女人：指桃花夫人息妫，原为息侯的妻子，后来被楚文王掠去，三年不与文王说话，最后自杀。

德，我一辈子都不会忘记。’于是用七宝酒钟倒酒，让人拿过去‘给郑将军’。我就离开座位，叩拜两次，然后喝了这杯酒。

“我这个时候开始就很想回家，诚恳地说给公主听，她批准我一个月的假期。酒宴结束后，我就出来了。第二天，向公主告辞谢恩之后，我带着三十几个部下，沿着来时的路回去。路过的地方，只听见鸡叫狗吠，心里觉得很酸楚。过了一会了，回到了家，看到家人聚在一起哭泣，供奉着灵位的帐幕明明白白就在眼前。有一个部下让我赶快从棺材缝里钻进去，我想走向前去，却被身边的人提起。忽然听到一声雷响，我就清醒过来了。”

郑承符从此之后不再照管家里的生计，只是将自己死后要做的事托付给妻子儿女。过了一个月，没什么毛病的他果然就死了。那时候，就在他快要突然死亡之前，他对自己亲近的人说：“我本来就是因为智谋出众而被朝廷任用，在军队里效力，虽说没什么特别了不起的功劳，还是约略做出了一些成绩。到后来被事端连累，贬官到了这里。生平的志向和抱负，被压抑而无法伸展。男人就应该乘风破浪，举起泰山来压碎鸡蛋，踢决东海来浇灭萤火，振作起鹰犬一般助人缉凶的胸怀，帮助别人洗雪冤屈之事。我很快就会接到命令，跟你们分别，应该不会是很遥远的事了。”那个月的十三日，有人早晨从薛举城出发，走了十几里路，天刚刚开始亮起来，忽然看到前面有车子扬起的大片灰尘，旌旗光鲜明亮，几百个穿着铠甲的人骑在马上。这些人将一个人簇拥在当中，那人派头很大，得意洋洋。走过去一看，原来是郑承符。这个人吃了一惊，愣了很长时间，就一直在路旁站着，瞧见那群人像风云一般迅疾，一转眼就到了善女湫那里。过了一会儿，声息全无，已经不见了踪影。

卷　六

隋遗录卷上

颜师古

大业十二年，炀帝将幸江都，命越王侑留守东都。宫女半不随驾，争泣留帝。言辽东小国，不足以烦大驾，愿择将征之。攀车留借，指血染鞅。帝意不回，因戏以帛题二十字赐守宫女云："我梦江南好，征辽亦偶然。但存颜色在，离别只今年。"车驾既行，师徒百万前驱。大桥未就，别命云屯将军麻叔谋，浚黄河入汴堤，使胜巨舰。叔谋衔命，甚酷，以铁脚木鹅试彼浅深，鹅止，谓浚河之夫不忠，队伍死水下。至今儿啼，闻人言"麻胡来"，即止。其讹言畏人皆若是。

帝离都旬日，幸宋何妥所进牛车。车前只轮高广，疏钉为刃，后只轮庳（皮秘反）下，以柔榆为之，使滑劲不滞，使牛御焉（车名见《何妥传》）。自都抵汴郡，日进御车女。车幰（许偃反）垂鲛绡网，杂缀片玉鸣铃，行摇玲珑，以混车中笑语，冀左右不闻也。

长安贡御车女袁宝儿，年十五，腰肢纤堕，骙冶多态。帝宠爱之特厚。时洛阳进合蒂迎辇花，云得之嵩山坞中，人不知名。采者异而贡之。会帝驾适至，因以迎辇名之。花外殷紫，内素腻菲芬，粉蕊，心深红，跗争两花。枝干烘翠类通草，无刺，叶圆长薄。其香浓芬馥，或惹襟袖，移日不散，嗅之令人多不睡。帝命宝儿持之，号曰司花女。

时诏虞世南草《征辽指挥德音敕》于帝侧，宝儿注视久之。帝谓世南曰："昔传飞燕可掌上舞，朕常谓儒生饰于文字，岂人能若是乎？及今得宝儿，方昭前事。然多憨态。今注目于卿。卿才人，可便嘲之。"世南应诏为绝句曰："学画鸦黄半未成，垂肩亸袖太憨生。缘憨却得君王惜，长把花枝傍辇行。"上大悦。

至汴，上御龙舟，萧妃乘凤舸，锦帆彩缆，穷极侈靡。舟前为舞台，台上垂蔽日帘。帘即蒲择国所进，以负山蛟睫纫莲根丝，贯小珠，间睫编成，虽晓日激射，而光不能透。每舟择妍丽长白女子千人，执雕板镂金楫，号为殿脚女。

一日，帝将登凤舸，凭殿脚女吴绛仙肩。喜其柔丽，不与群辈齿，爱之甚，久不移步。绛仙善画长蛾眉。帝色不自禁，回辇召绛仙，将拜婕妤。适值绛仙下嫁为玉工万群妻，故不克谐。帝寝兴罢，擢为龙舟首楫，号曰崆峒夫人。由是殿脚女争效为长蛾眉。司宫吏日给螺子黛五斛，号为蛾绿。螺子黛出波斯国，每颗直十金。后征赋不足，杂以铜黛给之，独绛仙得赐螺黛不绝。帝每倚帘视绛仙，移时不去，顾内谒者云："古人言'秀色若可餐'。如绛仙，真可疗饥矣。"因吟《持楫篇》赐之，曰："旧曲歌桃叶，新妆艳落梅。将身倚轻楫，知是渡江来。”诏殿脚女千辈唱之。

时越溪进耀光绫，绫纹突起，时有光彩。越人乘樵风舟，泛于石帆山下，收野茧缲之。缲丝女夜梦神人告之曰：“禹穴三千年一开。汝所得茧，即江淹文集中壁鱼所化也。丝织为裳，必有奇文。”织成果符所梦，故进之。帝独赐司花女洎绛仙，他姬莫预。萧妃恚妒不怿，由是二姬稍稍不得亲幸。帝常醉游诸宫，偶戏宫婢罗罗者。罗罗畏萧妃，不敢迎帝，且辞以有程妃之疾，不可荐寝。帝乃嘲之曰：“个人无赖是横波，黛染隆颅簇小蛾。幸好留侬伴成梦，不留侬住意如何？”帝自达广陵，宫中多效吴言，因有侬语也。

帝昏湎滋深，往往为妖祟所惑。尝游吴公宅鸡台，恍惚间与陈后主相遇，尚唤帝为殿下。后主戴轻纱皂帻，青绰袖，长裾，绿锦纯缘紫纹方平履。舞女数十许，罗侍左右。中一人迥美，帝屡目之。后主云：“殿下不识此人耶？即丽华也。每忆桃叶山前乘战舰与此子北渡。尔时丽华最恨，方倚临春阁试东郭㕙紫毫笔，书小砑红绡作答江令‘璧月’句。诗词未终，见韩擒虎跃青骢驹，拥万甲直来冲人，都不存去就，便至今日。”俄以绿文测海蠡，酌红粱新醖劝帝。帝饮之甚欢，因请丽华舞《玉树后庭花》。丽华辞以抛掷岁久，自井中出来，腰肢依拒，无复往时姿态。帝再三索之，乃徐起，终一曲。后主问帝：“萧妃何如此人？”帝曰：“春兰秋菊，各一时之秀也。”后主复诗十数篇，帝不记之，独爱《小窗》诗及《寄侍儿碧玉》诗。《小窗》云：“午睡醒来晚，无人梦自惊。夕阳如有意，偏傍小窗明。”《寄碧玉》云：“离别肠犹断，相思骨合销。愁云若飞散，凭仗一相招。”

丽华拜帝，求一章。帝辞以不能。丽华笑曰：“尝闻‘此处不留侬，会有留侬处。’安可言不能？”帝强为之操觚曰：“见面无多事，闻名亦许时。坐来生百媚，实个好相知。”丽华捧诗，颦然不怿。后主问帝：“龙舟之游乐乎？始谓殿下致治在尧舜之上，今日复此逸游。大抵人生各图快乐，曩时何见罪之深耶？三十六封书，至今使人怏怏不悦。”帝忽悟，叱之云：“何今日尚目我为殿下，复以往事讯我邪？”随叱声恍然不见。

【译文】

大业十二年，隋炀帝要到江都郡去，留下越王杨侑管理东都洛阳。一半的宫女都不能跟着皇上去，流着泪争相挽留，说高丽是辽东小国，皇上没有必要费心亲自征讨，还是选位大将去带兵打仗吧①。宫女们攀住车子想让他留下，手指磨破流出来的血染红了马匹身上套着的皮带。皇上的心意没有改变，于是开玩笑似的在绢帛上写了一首诗，赐给留下来的宫女们，说是：

我梦见了江南之地的美好，
到辽地出征也是偶然为之。
你们只要留住自己的美貌，
我们分别不过到今年为止。

皇上的车子上了路，在前面开路的有百万兵士。大桥还没有造好，皇上另外命令云屯将军麻叔谋，将黄河通到汴郡堤岸的河道加

① 大业十二年七月，隋炀帝带领禁军到江都去，是为了镇压起义军，跟高丽并没有关系，当时只是同时将进攻高丽的军队调到山东、河北来镇压其他起义军。

深，这样大船就可以开得起来了。叔谋接到命令之后，执行得很是残酷，他用铁脚木鹅来测试水的深浅，要是木鹅停止，就说挖河道的工人不忠心，整个挖掘队的人都因此死在水里。直到现在，哭泣的小孩只要听到别人说“麻胡子来了”，就不敢哭了。关于他的那些吓人的传言就是这样让人害怕。

皇上离开洛阳十天的时候，坐进了南朝宋时何妥进献的牛车。这种车前面的单只轮子又高又大，轮子上稀疏分布着钉子作为御敌的武器，后面的单只轮子非常低矮，用柔软的榆木制成，这样轮子转起来滑溜不凝滞，然后用牛来驾车（这车的名字在《何妥传》里可以看到）。从京都到汴郡的这些天，每天都有女子到车里来服侍皇上。悬挂着的车幔是用轻薄的绢纱做成的丝网，其中夹杂缀连着玉片做成的响铃。车子前行，玉铃摇动而发出声音，车子里的笑语声就可以蒙混其中，这样皇上就觉得车外伺候的那些人听不到车里的声音了。

长安进贡到车里伺候皇上的女子叫袁宝儿，十五岁，腰肢纤细慵懒，傻呆呆的，又很美艳，变化多姿，皇上特别宠爱她。那时洛阳进贡来并蒂迎辇花，说是从嵩山的山谷里采到的，不知道叫什么名字，采到的人觉得很奇异就献给了政府，正好皇上的车驾到了，因此就把这花叫做迎辇花。这朵花的花瓣外面是红得发紫，里面又白又嫩，还发出阵阵香气，花蕊是粉红色的，花心是深红的，一个花萼房里偏偏长出了两朵花。枝干是较深的绿色，像通草，没有刺，叶子圆圆的，长而薄。花香浓郁，要是沾到了衣服的前襟或袖子上，好多天都不会散去，闻这种香常常会让人不想睡觉。皇上叫宝儿拿着这花，给她取了个名号叫做司花女。

那时候虞世南被皇上找来，正在他身边起草《征辽指挥德音敕》，宝儿盯着他看了很长时间。皇上对虞世南说：“以前的人传说飞燕可以在人的手掌上跳舞，我总是觉得读书人写东西就爱夸张，人难道能够像那样吗？直到现在有了宝儿，我才知道那是怎么一回事了。可她老是一副傻傻的样子，现在她盯着你不放，你是有才华的人，就嘲弄她一下吧。”虞世南按照皇上的命令，创作了一首绝句说：

学人家在额头上扑黄粉只扑了一半，

奄拉着肩膀的她袖子歪斜真是傻气。
却正因为傻气而得到了君王的爱惜，
总让她拿着花枝陪伴在皇上的车里。

皇上听了非常高兴。

到了汴郡，皇上乘坐龙舟，萧妃乘坐凤船，用彩色丝缎做帆，用五彩绳索做缆绳，奢侈到了极点。船的前部设置舞台，台上悬挂着遮蔽日光的帘子。帘子是蒲择国进贡的，是将可以背起大山的蚊子的睫毛与莲根丝捻成合股，再将小珠子穿在那些睫毛间而编成的，就算是天亮时的太阳光照射得非常猛烈，也是无法透过帘子的。每只船上挑选一千名美丽白净的高个女子，拿着雕刻镂金的船桨，叫做殿脚女。

有一天，皇上要到凤船上去，就靠着殿脚女吴绛仙的肩膀。他喜欢她身段柔软，长相美丽，对待她跟其他许多殿脚女不一样，对她爱极了，站在她身边很长时间都不离开。绛仙擅长画长长的蛾眉。皇上难以控制自己的情欲，回到车里要叫绛仙过来，想封她为婕妤。正好绛仙刚刚嫁给玉石工匠万群做老婆，因此这件事没能做成。皇上放弃了跟她睡觉的念头之后，就封她为龙舟首席执桨女，给了她个名号叫崆峒夫人。从此以后，殿脚女争相学画长长的蛾眉。管宫女的差役每天给她们五斛螺子黛画眉，这种化妆品被称作蛾绿。螺子黛产自波斯国，每颗价值十两金子。后来，因为收到的赋税不够，差役就在给她们的螺子黛里混杂了铜黛，只有绛仙还是可以持续不断地得到螺子黛的赏赐。皇上每次都靠在帘子上看绛仙，很长时间都不离开，回头对内廷侍臣说："古人说'美得就像可以吃一样'，像绛仙这样的美貌，确实可以填饱肚子啊。"于是吟诵了《持楫篇》送给她，诗是这样的：

旧时有人写诗歌唱自己的爱妾，
刚刚化成的妆容比落下的梅花还要艳丽。
她将身体靠在轻巧的船桨上，
我才知道她是渡江来到这里。

他下令让一千名殿脚女共同唱这首诗。

当时越溪进贡来耀光绫，这丝织料子上有突起的纹路，时常会闪出光彩。这是越地的人乘坐顺风的小船来到石帆山下，收集那里的野蚕茧然后缫丝制成的。缫丝的女子夜里梦见神仙对她说："禹穴每隔三千年开一次。你得到的这种茧就是江淹文集里的蠹虫变化而成的。你把它的丝织成衣料，一定会有奇特的纹理。"织成以后，真的像梦里神仙说的那样，就把布料进献给了朝廷。皇上只赏赐给了司花女和绛仙，其他女人都拿不到。萧妃因此嫉妒怨恨，很不开心，于是这两个女人从那以后也不太能亲近皇上了。皇上经常喝醉酒到各个宫殿游玩，有一次撞见宫里的婢女罗罗，调戏起她来。罗罗害怕萧妃，不敢迎合皇上，又推辞说自己来了月经，不能够陪皇上睡觉。皇上于是作诗嘲笑她说：

这个人水汪汪的眼睛真是美得不讲道理，
高高的额头上簇着小小的黛绿色的蛾眉。
最好能把侬留下伴你入梦，
你不留侬到底想清楚了没？

自从皇上到达扬州之后，宫里的人都开始学说吴语，所以诗里会有"侬"（即我）这种词。

皇上越来越沉湎酒色，脑子也越来越糊涂，常常被妖魔鬼怪迷住心神。他曾经到吴公宅的鸡台上游玩，恍惚之间碰到了陈后主，陈后主还称呼他为殿下。陈后主戴着轻薄的黑色纱帽，衣服有着宽大的黑色袖子和长长的衣襟，穿着绿色锦缎包边的紫色花纹方平鞋。有几十个舞女在他身边伺候，其中一个的美貌远远超过了其他人，皇上看了她好多次。后主说："殿下不认识这个人吗？就是丽华呀。我常常回忆起在桃叶山前跟她乘坐战舰渡河去往北方的事情。那时候丽华最恼恨的，就是她刚刚在临春阁里试着用东城狡兔毛制成的紫毫笔在磨光的红纱上写上对尚书令江总'璧月'句的应答之作，诗词还没写完呢，只见韩擒虎跨着青骢马，带着数万个穿着铠甲的士兵径直向人冲过来，根本就没有什么礼貌，我们便落到了今天这个下场。"过了一会儿，后主取来绿色花纹的可以测量海水的瓠瓢，倒上新酿成的红高粱酒，来请皇上喝。皇上喝得很高兴，就请丽华跳《玉树后庭花》舞。丽华推辞说自己很多年不跳了，从井里出来，腰肢已经硬了，跳不到从前的样子。皇上再三要求，丽华才慢慢地站起身来，把这支乐曲的舞跳完了。后主问皇上："萧妃比起她来怎么样？"皇上说："春天的兰花和秋天的菊花，都是各自时节里出众的花朵。"

后主又吟诵了十几首诗，皇上大部分都没记下来，唯独喜欢《小窗》和《寄侍儿碧玉》这两首诗。《小窗》是这样的：

我在午时睡觉醒来的时候晚了，
没人吵闹是我自己从梦中惊醒。
夕阳好像有心眷恋着不肯离去，
偏要倚在小窗上照得一片光明。

《寄碧玉》是这样的：

离别的时候肝肠寸断，
相思的时候骨肉都消。
忧愁虽像云一样飞散，
招招手它又将人围绕。

丽华向皇上下拜，求他写一篇。皇上推辞说不会写，丽华笑着说："我曾经听到过'此处不留侬，会有留侬处'的句子，怎么能说自己不会写呢？"皇上勉强在纸上写下：

跟你见面后也没有过多接触，
听说你的名字倒有蛮长时间。
坐在这里有千娇百媚的姿态，
你实在是个极好的知己红颜。

丽华拿着诗看，皱起眉头不太高兴。陈后主问皇上说："乘坐龙舟游玩开心吗？我开始还以为殿下治理国家的成绩会在古代明君尧和舜之上，现在你却到这里来寻欢作乐。每个人活在世上，大概都是来寻求快乐的，以前你为什么那么严厉地怪罪我呢？三十六封隋兵渡江的告警文书，当现在都让我很不开心。"皇上忽然醒悟过来，大声呵斥说："为什么你到现在还叫我殿下，还把过去的事情拿出来问我？"身边的这些人随着他这声呵斥恍惚之间就消失了。

隋遗录卷下

颜师古

帝幸月观，烟景清朗。中夜，独与萧妃起临前轩。帘掩不开，左右方寝。帝凭妃肩，说东宫时事。适有小黄门映蔷薇丛调宫婢，衣带为蔷薇罥结，笑声吃吃不止。帝望见腰肢纤弱，意为宝儿有私。帝披单衣亟行擒之，乃宫婢雅娘也。回入寝殿，萧妃诮笑不知止。帝问曰："往年私幸妥娘时，情态正如此。此时虽有性命，不复惜矣。后得月宾，被伊作意态不彻。是时侬怜心，不减今日对萧娘情态。曾效刘孝绰为《杂忆》诗，常念与妃。妃记之否？"萧妃承问，即念云："忆睡时，待来刚不来。卸妆仍索伴，解珮更相催。博山思结梦，沉水未成灰。"又云："忆起时，投签初报晓。被惹香黛残，枕隐金钗袅。笑动上林中，除却司晨鸟。"帝听之，咨嗟云："日月遄逝，今来已是几年事矣。"妃因言："闻说外方群盗不少，幸帝图之。"帝曰："侬家事，一切已托杨素了。人生能几何？纵有他变，侬终不失作长城公。汝无言外事也！"

帝尝幸昭明文选楼，车驾未至，先命宫娥数千人升楼迎侍。微风东来，宫娥衣被风绰，直拍肩项。帝观之，色荒愈炽。因此乃建迷楼，择下俚稚女居之，使衣轻罗单裳，倚槛望之，势若飞举。又爇名香于四隅，烟气霏霏，常若朝雾未散，谓为神仙境不我多也。楼上张四宝帐，帐各异名：一名散春愁，二曰醉忘归，三曰夜酣香，四曰延秋月。妆奁寝衣，帐各异制。

帝自达广陵，沉湎失度，每睡，须摇顿四体，或歌吹齐鼓，方就一梦。侍儿韩俊娥尤得帝意，每寝必召，命振耸支节，然后成寝，别赐名为“来梦儿”。萧妃尝密讯俊娥曰：“帝常不舒，汝能安之，岂有他媚?”俊娥畏威，进言：“妾从帝自都城来，见帝常在何妥车。车行高下不等，女态自摇。帝就摇怡悦。妾今幸承皇后恩德，侍寝帐下，私效车中之态以安帝耳，非他媚也。”他日，萧后诬罪去之，帝不能止。

暇日登迷楼，忆之，题东南柱二篇云：“黯黯愁侵骨，绵绵病欲成。须知潘岳鬓，强半为多情。”又云：“不信长相忆，丝从鬓里生。闲来倚楼立，相望几含情。”

殿脚女自至广陵，悉命备月观行宫，由是绛仙等亦不得亲侍寝殿。有郎将自瓜州宣事回，进合欢水果一器。帝命小黄门以一双驰骑赐绛仙，遇马急摇解。绛仙拜赐私恩，附红笺小简上进曰：“驿骑传双果，君王宠念深。宁知辞帝里，无复合欢心。”帝省章不悦，顾黄门曰：“绛仙如何？何来辞怨之深也?”黄门惧，拜而言曰：“适走马摇动，及月观，果已离解，不复连理。”帝意不解，因言曰：“绛仙不独貌可观，诗意深切，乃女相如也。亦何谢左贵嫔乎？”

帝于宫中尝小会，为拆字令，取左右离合之意。时杳娘侍侧。帝曰：“我取杳字为十八日。”杳娘复解羅字为四维。帝顾萧妃曰：“尔能拆朕字乎？不能当醉一杯。”妃徐曰：“移左画居右，岂非渊字乎？”时人望多归唐公，帝闻之不怿，乃言：“吾不知此事，岂为非圣人耶？”于是奸蠹起于内，盗贼生于外。值阁裴虔通、虎贲郎将司马德勤等，引左右屯卫将军宇文化及将谋乱，因请放官奴分直上下。帝可奏，即宣诏云：“门下！寒暑迭用，所以成岁功也。日月代明，所以均劳逸也。故士子有游息之谈，农夫有休劳之节。咨尔髡众，服役甚勤，执劳无怠。埃壒溢于爪发，虮虱结于兜鍪。朕甚悯之，俾尔休番从便。噫哦！无烦方朔滑稽之请，而从卫士递上之文。朕于侍从之间，可谓恩矣。可依前件事！”是有焚草之变。

右《大业拾遗记》者，上元县南朝故都，梁建瓦棺寺阁。阁南隅有双阁，闭之，忘记岁月。会昌中，诏拆浮图，因开之。得筍笔千余头，中藏书一帙，虽皆随手靡溃，而文字可纪者，乃《隋书》遗藁也。中有生白藤纸数幅，题为《南部烟花录》，僧志彻得之。及焚释氏群经，僧人惜其香轴，争取纸尾拆去。视轴，皆有鲁郡文忠颜公名，题云手写。是录即前之筍笔，可不举而知也。志彻得录前事，及取《隋书》校之，多隐文，特有符会，而事颇简

脱。岂不以国初将相，争以王道辅政，颜公不欲华靡前迹，因而削乎？今尧风已还，德车斯驾，独惜斯文湮没，不得为辞人才子谈柄，故编云《大业拾遗记》。本文缺落，凡十七八，悉从而补之矣。

【译文】

皇上来到月观，烟雾缭绕的景致分外清新明朗。夜半时分，单独和萧妃两个人起身到前面的房间里观景。放下的帘子并没有掀开，身边伺候的人都刚刚睡下，皇上和萧妃靠在一起，说着自己做太子时候的事情。正好有个太监的身影投映过来，他在蔷薇丛中调戏一个宫女，衣带被蔷薇枝缠挂住了，只听见吃吃不停的笑声。皇上远远看去，发现那个宫女腰肢纤细，怀疑是宝儿有了私情。他穿着单衣快步走出去，抓住一看，原来是宫女雅娘。回到卧室里，萧妃讥笑他，笑个不停。皇上问她说："前几年我私自宠幸妥娘，当时的情景就跟今天一样。这种时候虽然知道性命要紧，也不再爱惜了。后来得到月宾，她没完没了地跟我耍脾气，那时候我怜惜她的心思，并不比今天我对萧娘你的少。我以前效仿刘孝绰写过《杂忆》诗，经常念给妃子你听，妃子还记得吗？"萧妃被他问到，就念出来说：

想起入睡的时候，
等她过来偏不过来。
卸去妆容还要人陪，
解下玉佩更得人催。
想在博山炉的香烟里共同入梦，
趁着沉水香还没烧成灰。

又说：

想起起床的时候，
更签刚刚投掷报告早晨的到来。
被子沾上了隔夜眉粉的香气，

枕头缝里夹着掉落的金钗。
笑声震动了皇家的园林，
只有报晓的雄鸡并不受妨碍。

皇上听了，叹着气说："日子过得好快啊，现在看来已经是多少年前的事了。"萧妃接着说："听说外面叛贼不少，希望皇上想想办法。"皇上说："我们家的事情，都拜托给杨素了。人生能有几年？就算有什么变故，我最多就是像陈后主那样当个长城公。你不要说外面那些事！"

皇上曾经来到昭明文选楼，自己乘坐的车还没到，就让几千名宫女先到楼上等着迎接他。微风从东面吹来，宫女们的衣服被风吹起，拍打着她们的肩膀和脖颈。皇上看到这情景，心中的欲火熊熊燃烧。于是就建造了迷楼，挑选下等人家的小女孩住在里面，让她们穿着轻薄的丝罗单衣，靠在栏杆上向外望去，那样子就好像要随风飞去一般。又在房间四周点燃有名的香料，烟气迷濛，就好像早晨的雾气没有散尽，就是将那里叫做神仙境也并不过分。楼上架设着四顶宝帐，每顶帐子都有不同的名字，第一顶叫"散春愁"，第二顶叫"醉忘归"，第三顶叫"夜酣香"，第四顶叫"延秋月"。每顶帐子里的化妆用品和睡衣都是不一样的。

皇上自从到了扬州之后，沉溺酒色过度，每到睡觉的时候，一定要猛烈地摇动四肢，或者让人伴着奏乐歌唱给他听，才能睡得着。侍女韩俊娥特别让皇上中意，每天睡觉都要把她找来，让她摇撼振动自己的四肢和关节，然后才能入睡，皇上另外赏了她个名字叫"来梦儿"。萧妃曾经私底下问俊娥说："皇上常常觉得不舒服，你能安抚他，难道你另外有什么媚术吗？"俊娥怕她发怒，报告说："我跟着皇上从京城过来，看到皇上总是乘坐何妥车。那车子行驶起来前后高低不一样，待在里面的女人自然身体就会摇动，皇上因此碰到摇动的身体就觉得舒服满意。我现在幸运地受到皇后的恩德，在皇上身边陪他入睡，就暗暗效仿车中人的姿态来安抚皇上，并没有其他媚术。"后来有一天，萧皇后诬陷韩俊娥有罪，将她逐走，皇上也不能阻止。

闲下来的时候，皇上登上迷楼，想起了她，在东南边的柱子上写了两首诗，说是：

心情沮丧忧愁侵入骨髓，
一点点累积就快要得病。
要知道潘岳会白了鬓发，
一多半是因为他太多情。

另外一首说：

不相信长久的相思相忆，
就看看鬓发里长出了多少白发。
闲暇时靠在楼上站着，
有多少回含情脉脉地望着梦中的她。

自从皇上到达扬州之后，殿脚女都被打发到月观行宫里做事，从此绛仙等人也就不能在卧房里伺候皇上了。有位郎将从瓜州宣布皇上的旨意回来，带来一篮子双生的合欢水果献给皇上。皇上派小太监骑马将其中一对送给绛仙，正好马跑得太快，把两只连体的水果给摇开了。绛仙拜领恩赐，在红色的信笺上写了首诗，让回去的太监呈给皇上看，诗是这样的：

驿站的马匹传递双生的水果，
君王对我的宠爱和思念很深。
您可知道离开了皇上的宫殿，
我就不再有与人合欢的念头。

皇上看到这诗很不开心，对那个太监说："绛仙怎么样？为什么话里头的怨恨这样深？"太监很害怕，跪在地上报告说："刚才马儿奔走颠簸，到月观的时候，水果已经分开，不再连在一根枝条上。"皇上心里很郁闷，接着说道："绛仙不仅人长得漂亮，而且作诗意思深切，真是女中相如啊，哪里比不上晋武帝那文采出众的左贵嫔呢？"

皇上曾经在宫里组织小型聚会，让大家拆字行令，就是将一个字各部分拆开重新组合成有意义的词汇。当时杳娘在他身边伺候，皇上就说："我将'杳'字拆成'十八日'。"杳娘又将"羅"字拆成"四维"。皇上回头看着萧妃说："你能拆'朕'字吗？要是不能就得喝一杯酒。"萧妃缓缓地说："将左边一笔移到右边，不是个‘渊’字吗?”当时唐公李渊呼声很高，皇上听了不太高兴，于是说:“我要是连这种事都不知道，难道还称得上是圣人吗?”这以后，朝廷内部是奸邪小人开始掌权祸国，而全国各地则是起义军风起云涌。值阁裴虔通、虎贲郎将司马德勤①等人挑动左右屯卫将军宇文化及发动叛变，于是请求皇上允许将没入官府的奴仆分作两班轮流值勤。皇上批准了他的奏请，立即发布命令说:“门下省听着:寒冷和暑热交替出现，一年因此而完整;太阳和月亮轮番照亮天空，既不过分劳苦也不过分安逸。所以读书人有出外游历和在家闲居的说法，农夫有日出而作与日入而息的调节手段。可怜啊你们这些有罪的奴才，工作起来很是勤奋，任劳任怨不曾懈怠。指甲和头发里积满了灰尘，头盔里长出了虱子和虱卵。我很怜悯你们，让你们可以自行安排休息和值勤的时间。哎呀!不需要东方朔用巧妙的言语来请求，我就批准了卫士们递上来的文书。我对于你们这些侍从，算得上有恩了。就照前面说的办。”因此就有了“焚草之变”②。

以上是《大业拾遗记》。上元县是以前南朝的都城，梁代时在那里建造了瓦棺寺阁。瓦棺寺阁的南边角落里有两间阁子，一直关闭着，不知道关了多久了。唐武宗会昌年间，皇帝下令拆掉佛寺，所以这两间阁子被打开了。里面找到一千支上好的羊毫笔，还有藏书一套，虽然在手指的触碰之下随即溃烂，但是文字依然可以记录下来，那是《隋书》的遗稿。其中有几幅白藤生宣纸，上面文字的题目叫《南部烟花录》，被志彻和尚拿到了。到焚烧佛教群经的时候，和尚们觉得香木轴烧了很可惜，抢着将宣纸末端的木轴拆掉。再看那木轴时，发现上面都刻有鲁郡文忠颜公真卿的名号，写着这文卷是他亲手写的。《南部烟花录》就是前面说的葥笔书写的，这不需要问人就可以知道了。志彻将这部文卷前面的内容记录了下来，等到

---

① 司马德勤:“勤”为“戡”之误，应为隋将领司马德戡。

② 焚草之变:据《隋书·宇文化及传》载，宇文化及等人发动兵变时，司马德戡曾集兵城内，点燃火把与城外响应。隋炀帝听到声音问是什么事，裴虔通骗他说是草坊被焚，外面人正在救火，所以吵闹。炀帝信以为真，未加提防，于是被杀。史称此次兵变为“焚草之变”。

取来《隋书》对照，发现里面有很多被正史隐去的文字，严重附会曲解史料，而且事情记叙得很简略，像是有脱漏。这难道不是因为国初的文武高级官员争相用王道来辅佐政治，颜公不想把前人这些奢侈浮华的事情写进史书里，所以才删掉的吗？现在圣君尧那样的清明政治已经回归，皇上用德政来治天下，政治影响既然不必考虑，就只可惜这些文字可能会埋没掉，无法成为文人才子谈话的资料，所以编写了这部《大业拾遗记》。本文缺文脱字的地方有十七八处，都已经顺着文意补上了。

隋炀帝海山记上

缺　名

余家世好蓄古书器，惟炀帝事详备，皆他书不载之文。乃编以成记，传诸好事者，使闻其所未闻故也。

炀帝生于仁寿二年，有红光竟天，宫中甚惊，是时牛马皆鸣。帝母先是梦龙出身中，飞高十余里，龙堕地，尾辄断。以其事奏于帝，帝沉吟默塞不答。帝名广，三岁，戏于文帝前。文帝抱之临轩爱玩，亲之甚久，曰："是儿极贵，恐破吾家。"文帝自兹虽爱而不意于广。帝十岁，好观书，古今书传，至于药方天文地理伎艺术数，无不通晓。然而性偏忍，阴默疑忌，好用钩赜人情深浅焉。时杨素有战功，方贵用，帝倾意结之。

文帝得疾，内外莫有知者。时后亦不安，旬余日不通两宫安否。帝坐便室，召素谋曰："君，国之元老。能了吾家事者，君也。"乃私执素手曰："使我得志，我亦终身报公。"素曰："待之。当自有谋。"素入问疾。文帝见素，起坐，谓素曰："吾常亲锋刃，冒矢石，出入死生，与子同之，方享今日之贵。吾自惟不免此疾，不能临天下。倘吾不讳，汝立吾儿勇为帝。汝背吾言，吾去世亦杀汝。此事吾不语人。汝立吾族中人，吾之死目不合。”帝因愤懑，乃大呼左右曰：“召吾儿勇来！”力气哽塞，回面向内不言。素乃出语帝曰：“事未可，更待之。”有顷，左右出报素曰：“帝呼不应，喉中呦呦有不足。”帝拜素：“愿以终身累公。”素急入，帝已崩已，乃不发。

明日，素袖遗诏立帝。时百官犹未知，素执圭谓百官曰：“文帝遗诏立帝。有不从者，戮于此！”左右扶帝上殿，帝足弱，欲倒者数四，不能上。素下，去左右，以手扶接帝。帝执之，乃上。百官莫不嗟叹。素归，谓家人辈曰：“小儿子吾已提起，教作大家。即不知了当得否？”

素恃有功，见帝多呼为郎君。侍宴内殿，宫人偶覆酒污素衣，素怒，叱左右引下殿，加挞焉。帝颇恶之，隐忍不发。一日，帝与素钓鱼于池，与素并坐，左右张伞以遮日色。帝起如厕，回见素坐赭伞下，风骨秀异，堂堂然。帝大疑忌。帝多欲，有所不谐，为素请而抑之，由是愈有害素意。会素死，帝曰：“使素不死，夷其九族！”先，素欲入朝，出，见文帝执金钺，逐之曰：“此贼！吾不欲立广，汝竟不从吾言。今必杀汝！”素惊呼入室，召子弟二人而语之曰：“吾必死，以见文帝出语也。”不移时，素死。

帝自素死，益无惮，乃辟地，周二百里，为西苑，役民力常百万数。苑内为十六院，聚土石为山，凿池为五湖四海。诏天下境内所有鸟兽草木，驿至京师。

铜台进梨十六种：

黄色梨　紫色梨　玉乳梨　脸色梨　甘棠梨
轻消梨　蜜味梨　堕水梨　圆　梨　木唐梨
坐国梨　天下梨　水全梨　玉沙梨　沙味梨
火色梨

陈留进十色桃：

金色桃　油光桃　银　桃　乌蜜桃　饼　桃
粉红桃　胭脂桃　迎冬桃　昆仑桃
脱核锦纹桃

青州进十色枣：

三心枣　紫纹枣　圆爱枣　三寸枣　金槌枣
牙美枣　凤眼枣　酸味枣　蜜波枣　（缺）

南留进五色樱桃：

粉樱桃　蜡樱桃　紫樱桃　朱樱桃
大小木樱桃

蔡州进三种栗：

巨　栗　紫　栗　小　栗

酸枣进十色李：

玉　李　横枝李　蜜甘李　牛心李　绿纹李
半斤李　红垂李　麦熟李　紫色李　不知熟李

扬州进：

杨　梅　枇　杷

江南进：

银　杏　榧　子

湖南进三色梅：

红纹梅　弄黄梅　二圆成梅

闽中进五色荔枝：

绿荔枝　紫纹荔枝　赭色荔枝　丁香荔枝

浅黄荔枝

广南进八般木：

龙眼木　梭　木　榕　木　橘　木　胭脂木

桂　木　枨　木　柑　木

易州进二十四相牡丹：

赭　红　赭　木　鞓　红　坏　红　浅　红

飞来红　袁家红　起州红　醉妃红　起台红

云　红　天外黄　一拂黄　软条黄　冠子黄

延安黄　先春红　颤风娇　（缺）

天下共进花卉草木鸟兽鱼虫，莫知其数，此不具载。诏起西苑十六院：

景明一　迎晖二　栖鸾三　晨光四　明霞五

翠华六　文安七　积珍八　影纹九　仪凤十

仁智十一　清修十二　宝林十三　和明十四

绮阴十五　绛阳十六

皆帝自制名。院有二十人，皆择宫中嫔丽谨厚有容色美人实之。每一院，选帝常幸御者为之首。每院有宦者，主出入市易。又凿五湖，每湖方四十里。

南曰迎阳湖　东曰翠光湖　西曰金明湖

北曰洁水湖　中曰广明湖

湖中积土石为山，构亭殿，曲屈盘旋广袤数千间，皆穷极人间华丽。又凿北海，周环四十里。中有三山，效蓬莱、方丈、瀛州，上皆台榭回廊。水深数丈，开沟通五湖四海。沟尽通行龙凤舸。帝常泛东湖。帝因制《湖上曲·望江南》八阕：

湖上月，偏照列仙家。水浸寒光铺象簟，浪摇晴影走金蛇。偏称泛灵槎。　　光景好，轻彩望中斜。清露冷侵银兔影，西风吹落桂枝花。开宴思无涯。

湖上柳，烟里不胜垂。宿露洗开明媚眼，东风摇弄好腰肢。烟雨更相宜。　　环曲岸，阴覆画桥低。线拂行人春晚后，絮飞晴雪暖风时。幽意更依依。

湖上雪，风急堕还多。轻片有时敲竹户，素华无韵入澄波。烟水玉相磨。　　湖水远，天地色相和。仰面莫思梁苑赋，朝尊且听玉人歌。不醉拟如何？

湖上草，碧翠浪通津。修带不为歌舞绶，浓铺堪作醉人茵。无意衬香衾。　　晴霁后，颜色一般新。游子不归生满地，佳人远意寄青春。留咏卒难伸。

湖上花，天水浸灵葩。浸蓓水边匀玉粉，浓苞天外剪明霞。只在列仙家。　　开烂熳，插鬓若相遮。水殿春寒微冷艳，玉轩清照暖添华。清赏思何赊。

湖上女，精选正宜身。轻恨昨离金殿侣，相将今是采莲人。清唱满频频。　　轩内好，嬉戏下龙津。玉琯朱弦闻昼夜，踏青斗草事青春。玉辇是群真。

湖上酒，终日助清欢。檀板轻声银线暖，醅浮春米玉蛆寒。醉眼暗相看。　　春殿晓，仙艳奉杯盘。湖上风烟光可爱，醉乡天地就中宽。帝主正清安。

湖上水，流绕禁园中。斜日暖摇清翠动，落花香缓众纹红。蘋末起清风。　　闲纵目，鱼跃小莲东。泛泛轻摇兰棹稳，沉沉寒影上仙宫。远意更重重。

帝常游湖上，多令宫中美人歌此曲。

【译文】

我家世代都喜欢收集古代的书籍和器物，隋炀帝的事情搜集得格外详备，都是别的书里没有记录过的文字。于是我编辑起来写成一篇记，给那些喜欢奇闻异事的人，让他们听听自己从没听说过的事情。

隋炀帝生于仁寿二年①，出生的时候红光通天，宫里的人都很惊讶，那时候牛马也都鸣叫起来。炀帝的母亲在生产之前梦见有条龙从自己身体里飞出来，飞到十几里远的高空中，又掉到地上，折断了尾巴。她将这件事告诉文帝，文帝沉默不语，没有回答。炀帝

① 仁寿二年：隋文帝年号，为公元603年。此处为小说家语，与史实有误，隋炀帝生于北周天和四年（569），仁寿二年隋炀帝已经34岁。

名叫杨广，三岁的时候，在文帝面前玩闹。文帝将他抱在怀里，在殿堂前檐下的平台上逗弄他，跟他亲近了很长时间，说："这孩子的命太尊贵，恐怕会害得我们家家破人亡。"文帝从此之后虽然疼爱杨广，但是不想让他继承自己的皇位。炀帝十岁的时候，喜欢看书，古往今来的典籍和传述，甚至是药方、天文、地理、技能、方术方面的知识，没有什么是他不知道的。然而性格偏执残忍，沉默寡言，疑心重而善妒人，喜欢暗地里耍手段来探查别人情义的浅深。当时杨素在征战上有功劳，正受到皇上的尊崇和重用，炀帝于是费尽心思地去巴结他。

文帝得病，朝廷内外没什么人知道。那时皇后身体也不好，十多天都听不到皇上和皇后是否安好的消息。炀帝坐在便室里，把杨素找来说："您是国家有威望的前辈，能明白我们家事情的，就是您啊。"接着支开旁人，拉着杨素的手说："我要是当了皇帝，终身都会报答您的恩德。"杨素说："等着吧，我自有办法。"杨素进宫探病。文帝看到杨素来了，坐起身来，对他说："我曾经亲自拿着兵器，冒着被箭射中的危险跟你一起出生入死，才能享受到今天尊荣的地位。我自己知道逃不过这场病的折磨，再也不能治理天下了。如果我有什么不测，你要把我的儿子杨勇立为皇帝，你要是违背了我对你说的话，我就是死了也要杀了你。这件事我不会告诉别人，可你要是立了我们家族中的其他人，我死了眼睛也闭不上。"文帝烦闷不平，于是大声对身边伺候的人喊道："叫我儿子杨勇来！"一口气哽在胸口提不上来，转头向里说不出话来。杨素于是出来，对炀帝说："事情还没到成功的时候，再等等吧。"过了一会儿，伺候的人出来报告杨素说："皇上现在叫他已经不会答应，喉咙里发出呦呦的声音，好像不称心似的。"炀帝向杨素下拜说："我这辈子的大事就麻烦先生了。"杨素赶忙进去，文帝已经驾崩了，他于是把这件事按下，没有公布。

第二天，杨素从袖子里拿出遗诏，宣布册立炀帝为皇帝。当时，文武百官还都不知道这件事，杨素手拿朝聘时用的玉器圭，对所有官吏说："文帝留下的诏书册立杨广为皇帝，有谁不服从命令，就杀死在这里！"侍从们扶着炀帝走上大殿，炀帝脚力弱，几次三番要跌倒，走不上去。杨素走过去，撤掉那些侍从，两手搀扶起炀帝来。炀帝握着他的手，这才登上宝座。官吏们没有不叹气的。杨素回到家，对家里的人说："小孩子我已经抬举了他，让他做皇帝，就是不知道他做不做得了?"

杨素仗着自己有功劳，面见炀帝时也只是称他作郎君。到皇宫里陪皇上喝酒宴乐，宫女不小心弄翻了酒瓶，弄脏了杨素的衣服。杨素很生气，大声喊着让身边的人把那宫女带出去，在大殿外面打了她一顿。皇上心里很讨厌他，默默地忍受着没有发难。有一天，皇上和杨素在池塘边钓鱼，皇上与他并排坐着，侍从张着伞为皇上遮挡日光。皇上起身去上厕所，回来看见杨素坐在赤色的伞下，体貌风度奇异不凡，高大壮伟的样子，心里就猜忌起来了。皇上欲望很多，常常无法满足，是因为杨素总是会要求他不要这样做，于是他想杀掉杨素的念头就越来越强烈。正好杨素死了，皇上说："如果杨素不死，我就灭他九族。"在此之前，杨素打算到朝上去，出门来见到文帝拿着金斧头，文帝追着他说："你这坏蛋！我不想立杨广做皇帝，你居然不听从我的话，我今天一定要杀了你!"杨素惊叫着奔到房间里，找来两个后辈，对他们说："我死定了，因为刚才看到文帝，他就这样对我说。"没过多长时间，杨素就死了。

皇上自从杨素死了之后，就更加无所顾忌。他开辟了一块周长为二百里的土地，作为西苑，征来干活的老百姓一直在一百万人以上。西苑里面建造了十六院，将石头土块堆积起来形成山，并挖掘出叫做五湖四海的许多池塘。下令征集天下各个地方的所有鸟兽草木，由驿站传递送到京城来。

铜台进献十六种梨：黄色梨、紫色梨、玉乳梨、脸色梨、甘棠梨、轻消梨、蜜味梨、堕水梨、圆梨、木唐梨、坐国梨、天下梨、水全梨、玉沙梨、沙味梨、火色梨。

陈留进献十种桃子：金色桃、油光桃、银桃、乌蜜桃、饼桃、粉红桃、胭脂桃、迎冬桃、昆仑桃、脱核锦纹桃。

青州进献十种枣子：三心枣、紫纹枣、圆爱枣、三寸枣、金槌枣、牙美枣、凤眼枣、酸味枣、蜜波枣（后有缺文)。

南留进献五种樱桃：粉樱桃、蜡樱桃、紫樱桃、朱樱桃、大小木樱桃。

蔡州进献三种栗子：巨栗、紫栗、小栗。

酸枣进献十种李子：玉李、横枝李、蜜甘李、牛心李、绿纹李、半斤李、红垂李、麦熟李、紫色李、不知熟李。

扬州进献的是：杨梅、枇杷。

江南进献的是：银杏、榧子。

湖南进献三种梅子：红纹梅、弄黄梅、二圆成梅。

闽中进献五种荔枝：绿荔枝、紫纹荔枝、赭色荔枝、丁香荔枝、浅黄荔枝。

广南进献八种木头：龙眼木、梭木、榕木、橘木、胭脂木、桂木、枨木、柑木。

易州进献二十四种牡丹：赭红、赭木、鞓红、坏红、浅红、飞来红、袁家红、起州红、醉妃红、起台红、云红、天外黄、一拂黄、软条黄、冠子黄、延安黄、先春红、颤风娇（后有缺文）。

天下总共进献来的花卉草木和鸟兽虫鱼不知道有多少，这里就不一一地记载了。

皇上下令建造的西苑十六院有：景明、迎晖、栖鸾、晨光、明霞、翠华、文安、积珍、影纹、仪风、仁智、清修、宝林、和明、绮阴、绛阳。都是皇上自己取的名字。每院有二十人，都是挑选宫中美好本分老实，长得又漂亮的美女，让她们住在里面。各院都选择皇上经常宠幸的人作为美女头头。每院都有太监，管理各色人等进出和购买物品的事情。

又开凿了五个湖泊，每个湖泊方圆四十里。南面的叫迎阳湖，东面的叫翠光湖，西面的叫金明湖，北面的叫洁水湖，居中的叫广明湖。湖里堆积石头和土块，垒起山来，又建造亭台殿堂，形成曲折盘旋的宏大建筑带，里面的房子有好几千间，穷尽了人工所能达到的华丽。

又开凿了北海，周长有四十里。海里有三座山，效仿蓬莱、方丈、瀛洲三座仙山，山上都是高台、敞屋和回廊。北海的水有好几丈深，还开凿了沟渠，与五湖四海连通。沟里通行的都是龙舟和凤船。

皇上经常在东湖乘船游玩，于是就创作了八首《湖上曲·望江南》：

湖上的月亮啊，偏偏照到各位仙人的家里。清冷的光辉浸在水中就好像铺开的象牙席子，波浪摇动光亮的影子就好像一条金蛇在蠕动身体。偏偏适合我乘船游玩的幽雅心思。　　景色好极了，月亮的光晕抬眼望去只见微微倾欹。清净的寒露侵入了月里玉兔的影像，西风吹落了月里桂树上的花枝。摆起筵席情思飞荡得没有边际。

湖上的柳树啊，在烟雾里柔弱得仿佛禁不起垂下的枝条的重力。初生的柳叶就好像被昨夜的露水洗净而睁开的明亮眼眸，被东风摇动的枝条就好像纤细迷人的腰肢。迷濛的细雨更能衬托出它的美丽。　　环绕着曲折的水岸，树荫低低地将精美小桥覆盖个严实。枝条在春日傍晚时分拂过路人，柳絮成了随着暖融融的微风飞扬的晴天里的雪粒。更有种深远的情怀眷恋着你。

湖上的雪啊，风刮得猛落得就更多。轻薄的雪片有时敲打着竹制的大门，素白的花瓣或者无声无息地投入清澈的湖波。在烟雾弥漫的湖水上好像玉片在互相琢磨。　　湖水辽远，天地颜色相互融和。仰起脸来不去想汉代人在梁王园林里写作的赋，对着酒杯只听美人所唱的歌。不喝酒又要怎样呢？

湖上的草啊，碧绿一片浪涛般直到渡口。修长如带却并不做歌舞之人的绶带，浓郁如垫倒可以成为醉酒之人的褥头。却并没有衬托香气扑鼻的被子的念头。　　天放晴之后，草的颜色还是像新长出来似的绿油油。出门在外的人不回家思念就长了满地，佳人凭借这无边无际的青草向那人寄去自己年轻孤单的忧愁。就算反复吟诵诗篇这种情思也永远说不够。

湖上的花啊，是天上的水浸润出的仙花。浸水的蓓蕾在水边涂抹脂粉，浓艳的花苞仿佛从天外剪下的明霞。只长在各位仙人家。　　花开烂漫，插在鬓发里似乎就有些遮挡了这美丽的花。在水中的殿堂上春天的寒冷让它带着点冷艳，在殿前的平台上温暖的光照让它的华美增加。静静地看着它就让我思绪飞洒。

湖上的女子啊，精心挑选的好人材。昨天与金殿里的伙伴告别有些恼恨，今天相携相伴来到湖边把莲花采。一首接着一首把歌唱起来。　　还是这里的水台好，玩闹着就把宫门开。

白天夜里都能听到玉管和琴弦染成朱红色的琴瑟的奏乐声，踏青时玩着斗草游戏欢度青春时代。精美的轿子把纯真的女孩们载。

湖上的酒啊，整天帮人们找到清雅的欢乐。檀板打的拍子很轻柔因而弹琴人的手指暖了银筝弦，未滤的酒上漂着残留的谷物和白色的泡沫。喝醉了酒眯着眼睛偷偷地睃。　　殿堂在春天迎来了早晨，仙人般的美女端上酒钵。湖上微风吹拂烟雾中的日光很迷人，醉后去到的那个世界更是万象包罗。帝王正享受着清净安定的快活。

湖上的水啊，曲折地在皇室园林中流动。在偏斜的日光暖融融的照耀下翠绿的水波仿佛在摇动，香花缓缓地落下于是所有的波纹都被染红。青蘋的叶尖扬起了清风。　　悠闲地放眼望去，小小的莲叶东面有鱼在跳动。优雅的船只轻轻地又稳稳地漂荡在水面上，寒水中深沉的倒影让人觉得船仿佛可以飘上仙宫。那种悠远的情致余味无穷。

皇上经常到湖上游玩，那时候总是会让宫中的美人演唱这些曲子。

隋炀帝海山记下

缺　名

大业六年，后苑草木鸟兽繁息茂盛。桃蹊李径，翠荫交合，金猿青鹿，动辄成群。自大内开为御道，通西苑，夹道植长松高柳。帝多幸苑中，无时，宿御多夹道而宿，帝往往中夜即幸焉。一夕，帝泛舟游北海，惟宫人数十辈。帝升海山殿，是时月初朦胧，晚风轻软，浮浪无声，万籁俱息。俄水上有一小舟，只容两人。帝谓十六院中美人。洎至，有一人先登赞道，唱："陈后主谒帝。"帝意恍惚，亦忘其死。帝幼年于后主甚善，乃起迎之。后主再拜，帝亦鞠躬劳谢。

既坐，后主曰："忆昔与帝同队戏，情爱甚于同气。今陛下富有四海，令人钦服。始者谓帝将致理于三王之上，今乃甚取当时乐以快平生，亦甚美事。闻陛下已开隋渠，引洪河之水，东游维扬，因作诗来奏。"乃探怀出诗，上帝。诗曰：

隋室开兹水，初心谋太奢。一千里力役，百万民吁嗟。水殿不复反，龙舟兴已遐。鹢流催白浪，触浪喷黄沙。两人迎客溯，三月柳飞花。日脚沉云外，榆梢噪暝鸦。如今投子欲，异日便无家。且乐人间景，休寻汉上槎。东喧舟舣岸，风细锦帆斜。莫言无后利，千古壮京华。

帝观书，拂然愠曰："死生，命也。兴亡，数也。尔安知吾开河为后人之利？"帝怒叱之。后主曰："子之壮气，能得几日？其终始更不若吾。"帝乃起而逐之。后主走，曰："且去且去。后一年，吴公台下相见。"乃投于水际。帝方悟其死。帝兀坐不自知，惊悸移时。

一日，明霞院美人杨夫人喜报帝曰："酸枣邑所进玉李，一夕忽长，阴横数亩。"帝沉默甚久，曰："何故而忽茂？"夫人云："是夕，院中闻空中若有千百人，语言切切，云'李木当茂'。洎晓看之，已茂盛如此。"帝欲伐去。左右或奏曰："木德来助之应也。"又一夕，晨光院周夫人来奏云："杨梅一夕忽尔繁盛。"帝喜，问曰："杨梅之茂，能如玉李乎？"或曰："杨梅虽茂，终不敌玉李之盛。"帝自于两院观之，亦自见玉李至繁茂。后梅李同时结实，院妃来献。帝问二果孰胜。院妃曰："杨梅虽好，味清酸，终不若玉李之甘。苑中人多好玉李。"帝叹曰："恶杨好李，岂人情哉，天意乎！"后帝将崩扬州，一日，院妃报杨梅已枯死。帝果崩于扬州。异乎！

一日，洛水渔者获生鲤一尾，金鳞赤尾，鲜明可爱。帝问渔者之姓。姓解，未有名。帝以朱笔于鱼额书"解生"字以记之，乃放之北海中。后帝幸北海，其鲤已长丈余，浮水见帝，其鱼不没。帝时与萧院妃同看，鱼之额朱字犹存，惟解字无半，尚隐隐角字存焉。萧后曰："鲤有角，乃龙也。"帝曰："朕为人主，岂不知此意？"遂引弓射之。鱼乃沉。

大业四年，道州贡矮民王义，眉目浓秀，应对甚敏。帝尤爱之。常从帝游，终不得入宫。帝曰："尔非宫中物。"义乃自宫。帝由是愈加怜爱，得出入。帝卧内寝，义多卧榻下；帝游湖海回，义多宿十六院。一夕，帝中夜潜入栖鸾院。时夏气暄烦，院妃牛庆儿卧于帘下。初月照轩，颇明朗。庆儿睡中惊魇，若不救者。帝使义呼庆儿，帝自扶起，久方清醒。帝曰："汝梦中何苦如此？"庆儿曰："妾梦中如常时。帝握妾臂，游十六院。至第十院，帝入坐殿上。俄而火发，妾乃奔走。回视帝坐烈焰中。妾惊呼人救帝。久方睡觉。"帝性自强，解曰："梦死得生。火有威烈之势，吾居其中，得威者也。"大业十年，隋乃亡。入第十院，帝居火中，此其应也。

龙舟为杨玄感所烧。后敕扬州刺史再造，制度又华丽，仍长广于前舟。舟初来进，帝东幸维扬，后宫十六院皆随行。西苑令马守忠别帝曰："愿陛下早还都辇，臣整顿西苑以待乘舆之来。西苑风景台殿如此，陛下岂不思恋，舍之而远游也？"又泣下。帝亦怆然，谓守忠曰："为吾好看西苑，无令后人笑吾不解装景趣也！"左右亦疑讶。帝御龙舟，中道，夜半，闻歌者甚悲。其歌曰：

我兄征辽东，饿死青山下。今我挽龙舟，又困隋堤道。方今天下饥，路粮无些少。前去三十程，此身安可保。寒骨惋荒沙，幽魂泣烟草。悲损闺内妻，望断吾家老。安得义男儿，悯此无主尸。引其孤魂回，负其白骨归。

帝闻其歌，遂遣人求其歌者，至晓不得其人。帝颇徊徨，通夕不寝。扬州朝百官，天下朝贡使无一人至。有来者在路，乃兵夺其贡物。帝犹与群臣议，诏十三道起兵，诛不朝贡者。帝知世祚已去，意欲遂幸永嘉，群臣皆不愿从。

帝未遇害前数日，帝亦微识玄象，多夜起观天。乃召太史令袁充，问曰："天象如何？"充伏地泣涕曰："星文太恶，贼星逼帝坐甚急。恐祸起旦夕，愿陛下遽修德灭之。"帝不乐，乃起，入便殿挽膝俯首不语。乃顾王义曰："汝知天下将乱乎？汝何故省言而不告我也？"义泣对曰："臣远方废民，得蒙上恩，自入深宫，久膺圣泽。又常自宫，以近陛下。天下大乱，固非今日，履霜坚冰，其来久矣。臣料大祸，事在不救。"帝曰："子何不早教我也？"义曰："臣不早言。言，即臣死久矣。"帝乃泣下，曰："卿为我陈成败之理。朕贵知也。"

翌日，义上书云："臣本出南楚卑薄之地，逢圣明为治之时。不爱此身，愿从入贡。臣本侏儒，性尤蒙滞。出入金马，积有岁华，浓被圣私，皆逾素望，侍从乘舆，周旋台阁。臣虽至鄙，酷好穷经，颇知善恶之本源，少识兴亡之所自。还往民间，颇知利害。深蒙顾问，方敢敷陈。自陛下嗣守元符，体临大器，圣神独断，谏诤莫从，独发睿谋，不容人献。大兴西苑，两至辽东，龙舟逾于万艘，宫阙遍于天下，兵甲常役百万，士民穷乎山谷。征辽者百不存十，没葬者十未有一。帑藏全虚，谷粟踊贵。乘舆竟往，行幸无时，兵士时从，常逾万人。遂令四方失望，天下为墟。方今百姓之赋，存者可计。子弟死于兵役，老弱困于蓬蒿，兵尸如岳，饿殍盈郊，狗彘厌人之肉，鸟鸢食人之余。臭闻千里，骨积高山，膏血野草，狐鼠尽肥，阴风无人之墟，鬼哭寒草之下。目断平野，千里无烟。残民削落，莫保朝昏，父遗幼子，妻号故夫。孤苦何多，饥荒尤甚，乱罹方始，生死孰知。人主爱人，一何如此？陛下情性毅然，孰敢上谏？或有鲠言，又令赐死。臣下相顾，钤结自全。龙逢复生，安敢议奏？上位近臣，阿谀顺旨，迎合帝意，造作拒谏。皆出此途，乃逢富贵。陛下过恶，从何得闻？方今又败辽师，再幸东土，社稷危于春雪，干戈遍于四方，生民方入涂炭，官吏犹未敢言。陛下自惟，若何为计？陛下欲幸永嘉，坐延岁月。神武威严，一何消烁？陛下欲兴师则兵吏不顺，欲行幸则侍卫莫从。帝当此时，如何自处？陛下虽欲发愤修德，特加爱民，圣慈虽切救时，天下不可复得。大势已去，时不再来。巨厦将颠，一木不能支；洪河已决，掬壤不能救。臣本远人，不知忌讳。事忽至此，安敢不言？臣今不死，后必死兵，敢献此书，延颈待尽。”

帝省义奏，曰：“自古安有不亡之国，不死之主乎？”义曰：“陛下尚犹蔽饰己过。陛下平日，常言吾当跨三皇，超五帝，下视商周，使万世不可及。今日其势如何？能自复回都辇乎？”帝乃泣下，再三加叹。义曰：“臣昔不言，诚爱生也。今既具奏，愿以死谢也。天下方乱，陛下自爱。”少选，报云：“义已自刎矣。”帝不胜悲伤，特命厚葬焉。

不数日，帝遇害。时中夜，闻外切切有声。帝急起，衣冠御内殿。坐未久，左右伏兵俱起，司马戡携刃向帝。帝叱之曰：“吾终年重禄养汝。吾无负汝，汝何负我！”帝常所幸朱贵儿在帝旁，谓戡曰：“三日前，帝虑侍卫薄衣小寒，有诏：宫人悉絮袍裤。帝自临视之。数千袍两日毕工。前日赐公。第岂不知也？尔等何敢逼胁乘舆？”乃大骂戡。戡曰：“臣实负陛下。但目今二京已为贼据，陛下归亦无路，臣死亦无门。臣已萌逆节，虽欲复已，不可得也。愿得陛下首以谢天下。”乃携剑上殿。帝复叱曰：“汝岂不知诸侯之血入地尚大旱，况人主乎？”戡进帛。帝入内阁自绝。贵儿犹大骂不息，为乱兵所杀耳。

【译文】

大业六年，后苑的草木长得繁茂，鸟兽繁殖旺盛。桃树和李树旁的小路，绿色的树荫交叠在一起，金黄色的猿猴和青色的鹿，到处都可以看到成群结队的。从皇宫大内开辟了一条御道，通到西苑，御道两边种着高大的松树和柳树。皇上经常到西苑里去，没过多久，晚上值勤的侍从就在御道两边设岗值勤了，因为皇上总是半夜就会到西苑去。一天晚上，皇上乘船在北海上游玩，身边伺候的只有几十个宫女。皇上登上海山殿，那时候月亮刚刚显出朦胧的光晕，晚风轻柔，浅浅的浪头没什么声响，四周是一片安静。过了一会儿，水上出现了一只小船，上面只能坐下两个人，皇上以为那上面是十六院里的美人。等到船靠了岸，有一个人率先登岸辅助，高声吆喝道："陈后主拜见皇上。"皇上脑中模糊不清，也忘了陈后主已经死了。皇上小的时候跟陈后主很要好，于是站起身来迎接他。后主拜了两拜，皇上也向他鞠躬，慰问他来访的辛苦。

坐下来以后，后主说："想当初和皇上在一起玩游戏，彼此的感情比兄弟还要深。现在陛下拥有天下，富足极了，让人佩服。之前我还以为皇上会把国家治理得比上古的三王还要好，现在原来就是在用我以前取乐的法子来让自己获得人生少有的快乐，也是不错的事啊。听说陛下已经开凿了隋渠，引来黄河的水，乘船到扬州去游玩过了，所以我写了首诗来念给您听。"他说完从怀里掏出诗作，交给皇上。诗是这样的：

隋代王室开凿了这条水流，
原来的想法太过浪费奢侈。
一千里的水道要征用劳力，
数百万的百姓就唉声叹气。
离开水中的大殿不再回去，
龙舟开动游兴被带到远地。
船头在水上溅起白色浪花，
浪花撞击喷涌出黄沙粒粒。
两个人逆流而来迎接客人，
三月份柳树花絮纷飞天际。
太阳光线沉到了云朵之外，
乌鸦入夜在榆树梢头啾唧。
现在处处投合了你的欲望，
将来有一天你就无家可依。
权且向人间景物中找快乐，
也别想要划船去到天河里。
东边声音嘈杂是有船靠岸，
华丽的帆被微风吹得倾欹。

别说开凿运河以后没好处，
这是京城雄壮的千古好事。

皇上看完诗，脸色变了，生气地说："人的生死是命，国家的兴亡是气数。你怎么知道我开凿运河能够为后人带来好处呢？"皇上气恼地大声呵斥。后主说："你这样气势汹汹，还能够有几天啊？你最后的下场比我还不如。"皇上于是站起身来赶他走。后主一边往外走，一边说："走吧走吧。一年以后，我们在吴公台下相见。"说完跳到了水里，皇上这才想起他已经死了。皇上受到惊吓，独自端坐在那里，自己仿佛意识不到似的，就这样坐了很久。

一天，明霞院的美人杨夫人欢欢喜喜地来向皇上报告说："酸枣城进献来的玉李，一夜之间突然长出许多，树荫相连覆盖了好几亩地。"皇上沉默了很长时间，说："为什么突然间长得这么茂盛？"夫人说："那天晚上，我们院里听到空中好像有千百人，窸窸窣窣地小声说话，说是'李树要茂盛了'。等到早上去看，就已经长得这样茂盛了。"皇上想把那些李树给砍了。身边伺候的人里有人上奏说："这是五行中的木德来帮助我们大隋的兆头。"又有一天晚上，晨光院的周夫人过来报告说："杨梅在一夜之间忽然长得非常繁盛。"皇上很高兴，问道："杨梅的茂盛，比得上玉李吗？"有人回答说："杨梅虽然茂盛，终究比不上玉李。"皇上亲自到两院去看，也发现玉李真是茂盛极了。后来杨梅和玉李同时结出了果实，这两院的妃子拿来献给皇上。皇上问她们，这两种果实哪个长得更好。妃子说："杨梅虽然也很好，但是味道太酸了，终归比不上玉李的甘甜。西苑里的人都喜欢玉李。"皇上叹着气说："讨厌杨而喜爱李，这难道仅仅是人情吗，还是天意呢！"后来皇上在扬州快要驾崩的时候，有一天，院里的妃子报告说杨梅已经枯死了。皇上就真的在扬州驾崩了，真是奇事啊！

有一天，洛水的渔夫捕到一条鲜活的鲤鱼，金色的鱼鳞，赤色的尾巴，色泽鲜艳，非常可爱。皇上问这个渔夫的姓名，他姓解，没有名字。皇上用红色的笔在鱼的额头上写了"解生"两个字记录这件事，然后将鱼投放到了北海中。后来，皇上到北海来，那条鲤鱼已经一丈多长了，浮出水面来看皇上，老是不沉下去。皇上当时和萧妃一起看着，鱼额头上的红字还在，只是"解"字少了一半，只有“角”还隐约留着。萧妃说：“鲤鱼有角就是龙了。”皇上说：“我是皇帝，难道会不知道这种事吗？”于是拉开弓来射鱼，鱼就沉没了。

大业四年，道州进贡矮人王义，浓眉大眼，回答问题十分机敏。皇上特别喜欢他，他经常跟着皇上出去玩，但终究没法进宫。皇上说：“你不是可以待在宫中的人。”王义就阉割了自己。皇上从此更加疼爱他，允许他在宫里出入。皇上睡在内宫的卧房里，王义就睡在他的床下；皇上去五湖四海游玩回来，王义就跟着他睡在十六院中。有天晚上，皇上半夜偷偷溜到栖鸾院。当时正值夏天，天气热得让人心烦，院妃牛庆儿就睡在帘子下面。刚刚升起的月亮照在前台上，四周很明亮。睡着的庆儿做起了噩梦，好像没救了的样子。皇上让王义叫醒庆儿，亲自把庆儿扶起来，她过了很久才清醒过来。皇上说：“你做了什么梦这么痛苦？”庆儿说：“我梦见自己跟平时一样，皇上拉着我的手臂，带我在十六院里游玩。到了第十院，皇上走进去坐在了大殿上。过了一会，火烧起来了，我就来回跑。回头看见皇上您坐在大火里，我惊慌失措地叫人来救您。过了好久，我才醒过来。”皇上个性很要强，解释说：“梦见死就是生。火是雄壮威严的，我坐在火里，说明我能够得到它的威严。”大业十年，隋朝亡了。到第十院，皇上坐在火里，就是灭亡的预兆。

龙舟被造反的杨玄感烧掉了。后来皇上下令让扬州刺史重新建造，规格样式更加华丽，还比原来的龙舟更长更宽。龙舟刚刚进献上来的时候，皇上往东，到扬州游玩，后宫和十六院的女人都跟着一起去。西苑的主管马守忠向皇上告别，说道：“希望陛下早点回到京城来，我把西苑整理收拾好，就等皇上您回来。西苑风景这么美，房舍那么好，陛下难道就不眷恋想念，为什么要抛下这些，到远方去游玩呢？”说完又掉下了眼泪。皇上也很难过，对守忠说：“帮我看好西苑，不要让以后的人笑我，说我不懂得装饰景物的乐趣。”身边伺候的人听了也很惊讶，觉得很奇怪。皇上乘坐龙舟，行到中途，半夜听到有人在悲哀地歌唱。歌词是：

我的哥哥到辽东去打仗，
最终在青山之下被饿死。
现在我又被抓来拉龙舟，

在隋堤这里碰上了麻烦。
如今天下百姓都饿肚子，
我一路的口粮少得可怜。
前面还有三十站路要赶，
我这性命怎么能保平安。
尸骨沙中冷却让人惋惜，
魂魄草丛哭泣无人发现。
闺房里的妻子伤心坏了，
父母总也盼不到我回转。
哪里有好心人能帮帮忙，
可怜我这尸首没有人管。
把孤单的魂灵带回家里，
背着这副白骨回我家园。

皇上听到这首歌，就派人去找唱歌的人，直到早上都找不到。皇上心里很不安定，整个晚上都没有睡觉。在扬州，文武百官朝见皇上，而全国的朝贡使没有一个来了的。有的来了却在半路上被士兵抢走了贡品。皇上还跟群臣商量，要下令让十三道（约等于现在的“省”）派出军队，杀掉那些不来朝贡的官员。皇上知道隋朝的运数到头了，心里想着要到永嘉去一次，所有的大臣都不愿意跟他去。

皇上遇害之前几天，皇上也稍微懂一点星相玄理，总是夜里起来看天。有一次召来太史令袁充，问道：“天象怎么样？”袁充伏在地上，流着泪说：“星相的情况实在太坏了，叛贼的星宿冲到皇上的星宿轨道里，现在情势很危急，恐怕随时会有灾祸发生，希望陛下赶快整治自己的德行，消除这种隐患。”皇上很不高兴，于是站起身来到便殿里，抱着膝，垂着头，不说话。又看着王义说：“你知道天下要动乱了吗？你为什么不愿意说话，不把这种情况告诉我？”王义哭着回答说：“我是来自远方的废人，受到皇上的恩宠，自从进入深宫，托皇上的福已经很长时间了。我又曾经阉割自己，来亲近陛下。天下要大乱的情况，当然不是从今天开始的，从踩到一层霜到结成坚实的冰层，已经有很长时间了。我预料到这场大祸是无法挽救的。”皇上说：“你为什么不早点教导我呢？”王义说：

“我没有早说，要是说了，我早就死了。”皇上于是流下了眼泪，说：“你帮我分析分析成败的道理，我觉得能够知道这些是很有价值的。”

第二天，王义上书说：

我原本来自楚地南部卑微浇薄的地方，正碰到圣明的皇上治理国家的时候。不爱惜身体，愿意将自己献给皇上。我本来就是侏儒，生性愚昧不通。出入宫廷，已经有些年头，受到皇上深厚的恩遇，这些都超出了我原来的期望，还陪伴在皇上身边，到尚书省中办事。我虽然鄙陋之极，却非常喜欢研究经典，算是明白人心善恶的本源，知道朝代兴亡的原因。在民间行走，也知道一些政治的要害问题，因为皇上殷切地询问我的意见，我才敢将心里的话说出来。

自从陛下承接祥瑞，监管国家，凭着自己的想法专断独行，不听从大臣的劝谏，喜欢利用自己的智谋，不愿意别人贡献策略。大兴土木建造西苑，两次征战辽东，制造龙舟超过一万艘，行宫遍布天下，平时征用的士兵有几百万，山谷中都看不到男人。辽东征战的生还者一百个里没有十个，得到安葬的战死者十个里面没有一个。国库空虚，市场上的粮食价格飞涨。皇上要去哪里直接就去，来去没有一定的时节上的考量，平时跟从护卫的士兵就要超过一万人。这就让四方的人民失望，让天下成了废墟。

如今能够从老百姓身上抽到的赋税寥寥可数。年轻男子因为服兵役而死去，老人幼童在草野之中忍饥挨冻。战死者的尸体堆得像山一样高，饿死者的尸首布满城郊地方。猪狗吃人肉都吃得太饱了，鹰鸟就吃着他们吃剩的人的残躯。尸臭传出千里，尸骨堆成高山，在人的血液滋润下，野草疯长，狐狸和老鼠都吃得饱饱的，没人的洞窟里刮着阴风，凄凉的草丛中鬼在哭泣。在平坦的旷野极目远望，几千里地方都看不到一点炊烟。勉强活着的百姓遭到剥削压迫，感觉自己随时都可能丧命，父亲失去幼小的孩子，妻子为丈夫的去世而痛哭。失去亲人的苦人那么多，饥荒却闹得更厉害了，动乱和苦难才刚刚开始，是生是死谁能知道。做皇帝的应当爱惜自己的子民，为什么要把天下弄成这样呢？

陛下性格残酷，谁敢劝谏？就算有忠直的大臣说了实话，又被下令处死。大臣们面面相觑，钳口结舌以求自保。就算是夏代的忠臣关龙逢复活，又怎么敢上奏呢？皇上身边那些位高权重的臣子就知道奉承拍马，顺从您的意思，向上虚报情势，向下拒绝劝谏。只有像这样做官，才能够得到富贵。陛下自己的过错和坏处，又能从哪里听到呢？现在刚刚被辽地的军队第二次打败，皇上又到东边来游玩，国家社稷就像春天的雪一样随时都有化掉的危险，全国各地都是战火，人民生活在极端困苦的境地，官吏还不敢把这种情况告诉您。陛下自己想想，应该怎么办呢？

陛下想到永嘉去，那也只能拖延时间而已，皇帝的神明、威武和威严，为什么突然间就消失了呢？陛下想要带兵镇压，士兵们不会听从；想要去永嘉自守，侍卫们不会跟随。皇上在这种时势之下，要怎么支持下去呢？即使陛下想要奋发振作，整顿自己的德行，特别加意爱护人民。皇上虽然一心要挽救时局，可天下不可能重回您的手中。大势已去，时机不可复得。大厦要倒了，一根木头无法支撑；洪水已经决堤，两手一捧的土块也无法挽救。

我本来是边远地方来的人，不知道什么该说什么不该说。事情已经到了今天这种地步，我怎么还敢不说话呢？我就算现在不死，将来也会死在敌兵手里，因此斗胆献上这份报告，并且伸长头颈等着受死。

皇上看了王义的报告，说：“从古到今，难道说会有不亡的国家，不死的皇帝吗？”王义说：“陛下还在掩饰自己的过错。陛下平日里，经常说我要超过三皇和五帝，俯视商周两代，使以后万世的朝廷都比不上我朝，现在情势发展成什么样了呢？您自己能再回到京城吗？”皇上这才流下了眼泪，连连叹气。王义说：“我以前不说这些话，确实是爱惜自己的生命，现在既然都告诉您了，我希望可以用死来回报您的恩德。天下动乱才刚刚开始，陛下自己保重身体。”过了一会儿，下人报告说：“王义已经割喉自尽了。”皇上悲伤极了，特别命人厚葬了他。

没过几天，皇上就被杀了。当时正是半夜，听到外面有细碎的声音，皇上急忙起身，穿戴好坐在内宫的大殿上。还没坐多久，身边埋伏的士兵就现身了，司马戡（为隋将领司马德戡之误）持剑向皇上走来。皇上大声呵斥说："我一年到头花大钱养你，我没有对不起你，你为什么要对不起我！"皇上经常宠幸的朱贵儿就在皇上身边，对司马戡说："三天前，皇上担心侍卫们的衣服单薄，会有些冷，下令让所有宫女都动手制作棉袍棉裤，皇上亲自去看她们工作，几千件棉袍两天就做完了。前天赐给了你，难道你会不知道吗？你们怎么敢用武力来逼迫皇上？"然后大骂司马戡。司马戡说："我确实对不起皇上，只是现在东西两座京城已经被叛军占领，陛下没有办法回去，我也没有办法战死沙场。我已经走出了谋反的第一步，就算想要回去，也已经不可能了。希望取下陛下的头颅向天下告罪。"说完拿着剑走上殿来。皇上又呵斥他说："你难道不知道诸侯的血流到地上会引起大旱，何况是皇帝呢？"司马戡呈上了一条白绫。皇上走到里面房间里上吊自尽了。朱贵儿还是大骂个不停，被叛乱的士兵给杀死了。

迷　楼　记

缺　名

炀帝晚年，尤沉迷女色。他日，顾谓近侍曰："人主享天地之富，亦欲极当年之乐，自快其意。今天下安富无外事，此吾得以遂其乐也。今宫殿虽壮丽显敞，苦无曲房小室，幽轩短槛。若得此，则吾期老于其中也。"近侍高昌奏曰："臣有友项升，浙人也，自言能构宫室。"翌日，召而问之。升曰："臣先乞奏图。"后数日，进图。帝披览，大悦。即日诏有司，供其材木。凡役夫数万，经岁而成。楼阁高下，轩窗掩映。幽房曲室，玉栏朱楯，互相连属，回环四合，曲屋自通。千门万户，上下金碧。金虬伏于栋下，玉兽蹲乎户旁，壁砌生光，琐窗射日。工巧云极，自古无有也。费用金玉，帑库为之一虚。人误入者，虽终日不能出。帝幸之，大喜，顾左右曰："使真仙游其中，亦当自迷也。可目之曰迷楼。"诏以五品官赐升，仍给内库帛千疋赏之。诏选后宫良家女数千，以居楼中。每一幸，有经月不出。

是月，大夫何稠进御童女车。车之制度绝小，只容一人，有机处于其中，以机碍女子手足，纤毫不能动。

帝以处女试之，极喜。召何稠语之曰：“卿之巧思，一何神妙如此？”以千金赠之，旌其巧也。何稠出，为人言车之机巧。有识者曰：“此非盛德之器也。”稠又进转关车，用挽之，可以升楼阁如行平地。车中御女则自摇动，帝尤喜悦。帝语稠曰：“此车何名也？”稠曰：“臣任意造成，未有名也。愿帝赐佳名。”帝曰：“卿任其巧意以成车，朕得之，任其意以自乐，可名任意车也。”何稠再拜而去。

帝令画工绘士女会合之图数十幅，悬于阁中。上官时自江外得替回。铸乌铜扉八面，其高五尺而阔三尺，磨以成鉴，为屏，可环于寝所，诣阙投进。帝以屏内迷楼，而御女于其中，纤毫皆入于鉴中。帝大喜曰：“绘画得其象耳。此得人之真容也，胜绘画万倍矣。”又以千金赐上官时。

帝日夕沉荒于迷楼，罄竭其力，亦多倦怠。顾谓近侍曰：“朕忆初登极日，多辛苦无睡，得妇人枕而藉之，方能合目。才似梦，则又觉。今睡则冥冥不知返，近女色则惫，何也？”

它日，矮民王义上奏曰：“臣田野废民，作事皆不胜人。生于恩薄绝远之域，幸因入贡，得备后宫扫除之役。陛下特加爱遇，臣尝一自宫以侍陛下。自兹出入卧内，周旋宫室，方今亲信，无如臣者。臣由是窃览殿中简编，反复玩味，微有所得。臣闻精气为人之聪明。陛下当龙潜日，先帝勤俭，陛下鲜亲声色，日近善人。陛下精实于内，神清于外，故日夕无寝。陛下自数年声色无数，盈满后宫，陛下日夕游宴于其中。非元日大辰，陛下何尝御前殿。其余多不受朝。设或引见远人，非时庆贺，亦日晏坐朝，曾未移刻，则圣躬起入后宫。夫以有限之体而投无尽之欲，臣固知其惫也。臣闻古者有野叟独歌舞于盘石之上，人询之曰：‘子何独乐之多也？’叟曰：‘吾有三乐，子知之乎？’‘何也？’叟曰：‘人生难遇太平世。吾今不见兵革，此一乐也。人生难得支体全完。吾今不残疾，此二乐也。人生难得老寿。吾今年八十矣，此三乐也。’其人叹赏而去。陛下享天下之富贵，圣貌轩逸，章龙姿凤，而不自爱重，其思虑固出于野叟之外。臣蕞尔微躯，难图报效，罔知忌讳，上逆天颜。”因俯伏泣涕。帝乃命引起。翌日，召义语之曰：“朕昨夜思汝言，极有深理。汝真爱我者也。”乃命义后宫择一静室，而帝居其中，宫女皆不得入。居二日，帝忿然而出曰：“安能悒悒居此乎？若此，虽寿千万岁，将安用也。”乃复入迷楼。

宫女无数，后宫不得进御者亦极众。后宫女侯夫人有美色，一日，自经于栋下。臂悬锦囊，中有文。左右取以进帝，乃诗也。《自感》三首云：“庭绝玉辇迹，芳草渐成科。隐隐闻箫鼓，君恩何处多？”“欲泣不成泪，悲来翻强歌。庭花方烂熳，无计奈春何。”“春阴正无际，独步意如何？不及闲花柳，翻承雨露多。”《看梅》二首云：“砌雪无消日，卷帘时自颦。庭梅对我有怜意，先露枝头一点春。”“香清寒艳好，谁识是天真。玉梅谢后阳和至，散与群芳自在春。”《妆成》云：“妆成多自惜，梦好却成悲。不及杨花意，春来到处飞。”《遣意》云：“秘洞扃仙卉，雕窗锁玉人。毛君真可戮，不肯写昭君。”《自伤》云：“初入承明日，深深报未央。长门七八载，无复见君王。春寒人骨清，独卧愁空房。飒履步庭下，幽怀空感伤。平日新爱惜，自待聊非常。色美反成弃，命薄何可量？君恩实疏远，妾意徒彷徨。家岂无骨肉，偏亲老北堂。此身无羽翼，何计出高墙？性命诚所重，弃割良可伤。悬帛朱栋上，肝肠如沸汤。引颈又自惜，有若丝牵肠。毅然就死地，从此归冥乡！”帝见其诗，反复伤感。

帝往视其尸。曰：“此已死，颜色犹美如桃李。”乃急召中使许廷辅曰：“朕向遣汝入后宫择女入迷楼，何故独弃此人也？”乃令廷辅就狱，赐自尽。厚礼葬侯夫人。帝日诵诗，酷好其文，乃令乐府歌之。帝又于后宫亲择女百人入迷楼。

大业八年，方士□千进大丹，帝服之，荡思愈不可制，日夕御女数十人。入夏，帝烦躁，日引饮数百杯，而渴不止。医丞莫君锡上奏曰：“帝心脉烦盛，真元太虚，多引饮，即大疾生焉。”因进剂治之。仍乞置冰盘于前，俾帝日夕朝望之，亦治烦躁之一术也。自兹诸院美人各市冰以为盘，望行幸。京师冰为之踊贵，藏冰之家，皆获千金。

大业九年，帝将再幸江都。有迷楼宫人静夜抗歌云：“河南杨柳谢，河北李花荣。杨花飞去去何处？李花结果自然成。”帝闻其歌，披衣起听，召宫女问之云：“孰使汝歌也？汝自歌之耶？”宫女曰：“臣有弟，民间得此歌，曰‘道途儿童多唱此歌’。”帝默然久之，曰：“天启之也，人启之也！”帝因索酒，自歌云：“宫木阴浓燕子飞，兴衰自古漫成悲。它日迷楼更好景，宫中吐艳变红辉。”歌竟，不胜其悲。近侍奏：“无故而悲，又歌，臣皆不晓。”帝曰：“休问。它日自知也。”后帝幸江都。唐帝提兵号令入京，见迷楼，大惊曰：“此皆民膏血所为也！”乃命焚之。经月火不灭，前谣前诗皆见矣。方知世代兴亡，非偶然也。

【译文】

隋炀帝晚年特别沉迷于女色。有一天，他对贴身侍从说：“皇帝享有天上地下所有的一切，也想要穷尽这一辈子的快乐，让自己感到痛快。现在天下安定富庶，没有外来的战事，这就让我可以来成全自己的快乐。如今宫殿虽然壮丽又高广，但就是没有隐秘的房间和小室，没有幽静的平台和窄窄的窗台，要是有这些，那我就可以在这里养老了。”贴身侍从高昌报告说：“我有个朋友项升，是浙江人，他说自己能够建造房屋。”第二天，就把项升找来问话。项升说：“我请求先将图纸拿来汇报。”过了几天，献上了图纸。皇上浏览了一下，非常满意。当天就下令让有关部门给他供应材料木头。服役的劳力共有几万人，用了几年的时间才盖成。楼阁高低错落，平台和窗子隐约映衬，隐秘的房间和小室，玉制的和朱红色的栏杆，相互连接，回环曲折，四通八达，幽秘的房舍因此连通起来。有几千几万间房舍，都是金碧辉煌的，金龙伏在正梁下，玉兽蹲在大门边，墙壁和台阶光滑得发亮，有雕饰的窗子中射进日光来。工艺的巧妙已经达到了极致，古往今来都没有过。花费了许多金银财宝，国库因此一下子空了。不小心走进去的人，即使花上一天的工夫也走不出来。皇上去那里游玩，非常高兴，对身边伺候的人说：“就算是货真价实的仙人来到这里，肯定也会迷路。可以把这里叫做‘迷楼’。”下令将五品的官职赏赐给项升，还把国库里的一千匹丝织品给了他。皇上下旨挑选后宫中几千个好人家的女孩，让她们住在迷楼里。他每次到那里去，有时待上好几个月都不会出来。

这个月里，大夫何稠进献了一种玩小女孩的车子。车子的尺寸非常小，只能坐进一个人，车子中间有机关，机关能够固定住女子的手脚，一点儿也动不了。皇上用处女来试这车的性能，满意极了。找来何稠，对他说：“你的想法，怎么能巧妙到这种地步呢？”送给他一千两黄金，来表彰他设计的巧妙。何稠领赏出来以后，就跟别人讲这车子构造的奇妙。有见识的人说：“这可算不上是很有道德的器具。”何稠又进献了转关车，用绳索牵引，车子上的人可以像在平地上走动那样登上楼阁。在车里玩女人，女人会自己摇动，皇上感到特别高兴和满意。皇上对何稠说：“这车子叫什么名字？”何稠说：“我随意制造成功的，还没有名字，希望皇上给赐个好名字。”皇上说：“你任凭自己的灵巧心思自由发挥，然后制造出了车子，我得到它，又任凭自己的心意玩乐，就叫它‘任意车’吧。”何稠跪拜两次，然后告退了。

皇上命令画工绘制了几十幅男女交合的图画，挂在阁子里。上官时从长江以外的地方受人接替官职而回到朝廷里。他铸了八面乌铜的门扇，有五尺高、三尺宽，将这些门扇磨成了镜面，制作成屏风，可以环绕放置在睡觉的地方，到皇宫里献给皇上。皇上将屏风放在迷楼里，在屏风的环绕之下与女人交合，人的形象与动作一点不漏地反映到了屏风里。皇上非常高兴地说：“绘画只能取得相似的效果，这屏风能够照出真人的样子，比绘画要好一万倍。”就赏赐了上官时一千两黄金。

皇上日夜沉迷在迷楼里，气力也耗尽了，经常感到疲倦。他对贴身侍从说：“我记得刚登上皇位的时候，常常辛苦得睡不着觉，有女人让我靠着，我才能合上眼睛。刚刚好像做起梦来了，就又醒了。现在睡觉都睡得沉沉的，总觉得醒不过来，靠近女色就觉得疲惫，这是为什么呢？”

后来又一天，矮人王义上奏说：

> 我是田野中的一个废人，做什么事都比不过别人，出生在

皇上的恩德较少能覆盖到的遥远的地方，却幸运地被进贡来，充当后宫清扫除灰的劳力。陛下对我特别疼爱优待，我曾经将自己阉割来服侍皇上。自从我在皇上的卧房里出入，在皇宫各处行走，现如今受到皇上亲近信任的，没有比得过我的了。我于是私底下翻阅殿堂里的书籍，反复地阅读体味，稍微有了点心得。

我听说精气就是由人的视听和见闻所决定的。陛下还没有当皇上的时候，先帝勤劳俭朴，陛下很少能接近声乐和美色，每天接触的都是好人。陛下体内精气充实，外表显得神清气爽，所以日夜都不需要睡觉。陛下这几年来，无数的声乐和美色将后宫装得满满的，陛下白天晚上都在这里游玩饮宴。不是正月初一这样重要的日子，陛下什么时候来过前殿呢，其余时间您都是不见官员不听政的。有时如果要接见远道而来的使者，举行并非时令节庆的庆贺活动，您也是天晚了才上朝，还没过一会，您就起身到后宫去了。将精力有限的身体投向无限的欲望，我觉得您当然会疲惫。

我听说古时候有个山野老头，一个人在一块巨石上唱歌跳舞，别人问他说："你为什么一个人那么快乐？"老头说："我有三种快乐，你知道吗？""是什么呢？"老头说："人活着很难碰到太平的时代，现在我没见到战争，这是一种快乐；人活着很难完整保有自己的肢体，现在我并不残疾，这是第二种快乐；人活着很难长寿，我今年八十岁了，这是第三种快乐。"问问题的人赞赏慨叹，然后走了。陛下享有全天下的富贵，人又长得挺拔潇洒，龙凤一般的风采和姿态，却不懂得自爱自重，您的想法念头当然要比山野老头高明多了。我是个低微的小人，难以为您效力，报答您的恩德，也不知道在言语上忌讳，触犯皇上了。

接着他就伏在地上哭泣。皇上于是命人将他拉起来。第二天，皇上将王义召来，对他说："我昨天晚上想着你说的话，觉得有非常深刻的道理，你是真心爱护我的人啊。"于是让王义在后宫里找一间安静的房间，皇上待在里面，宫女都不许进去。待了两天，皇上气愤地走出门来，说："怎么可以闷闷不乐地待在这里呢？像这样过日子，就算能活千岁万岁，又有什么意义呢。”于是又去了迷楼。

宫女多极了，后宫里得不到皇上宠幸的人也非常多。后宫中的女子侯夫人长得很漂亮，有一天，悬梁自尽了。她手臂上系着一只锦囊，里面有文字。侍从们将锦囊拿来给皇上看，那里面装的是诗。《自感》三首说：

庭院里没有车驾的踪迹，
芳草渐渐长得极为繁荣。
隐隐约约听到鼓乐声音，
是哪里得到这许多恩宠？

想要哭泣却哭不出眼泪，
心里悲伤反倒勉强歌唱。
庭院里的花正开得烂漫，
我无法让春天一同悲伤。

春天的树正垂下无边绿荫，
独自散步有什么样的心情？
还比不上无关紧要的花柳，
倒能够受到许多雨露浇淋。

《看梅》二首说：

台阶上的雪总没有融化的时候，
卷起帘子时总让我皱起了眉头。
庭院里的梅花对我还有些怜爱的意思，
率先将一点春天的讯息透露在了枝头。

香气清雅又有寒冷里的美艳姿态，
有谁知道这都是梅花的天性使然。
梅花谢了以后和煦的春气也就来了，
分散到各种花朵上就有了整个春天。

《妆成》说：

化好妆后常常自己觉得很美，
想得很美好现实却只是伤悲。
我这样的人真还比不上杨花，
春天来了它还可以到处飘飞。

《遣意》说：

无人知道的山洞关住了仙花，
雕镂的窗子锁住了美丽的人。
毛延寿这样的人真应该杀掉，
居然不肯画出美貌的王昭君。

《自伤》说：

我刚刚进入皇宫的那天，
恭谨地到前殿朝见皇上。
此后七八年好像在冷宫，
再也没有机会再见君王。
春天寒冷让人身材清癯，
忧愁地一个人睡在空房。
拖着鞋子在院子里散步，
满怀心事又徒劳地感伤。
平日里刚刚爱惜起容颜，
把自己看得其实比人强。
长得漂亮反而遭到抛弃，
我的命薄得怎能够估量？
您的恩宠实在离我很远，
我的心绪徒然游移迷茫。
家里难道没有骨肉亲眷，
寡居的老母亲还在家乡。
我身上又没有一对翅膀，
怎么才能飞出这面高墙？
生命确实是非常重要的，

遭到抛弃却真让人心伤。
将白绫悬挂在朱漆梁上，
我体内好比热水般滚烫。
伸出头颈又为自己惋惜，
好像有根丝线拉扯心肠。
毅然决然我就走向死亡，
从今以后不再活在世上。

皇上看了她的诗，不断地觉得感伤。

皇上去看了她的尸体，说："这人已经死了，容貌还像花朵般美丽。"说完紧急传召宫中办事官许廷辅，说："我从前让你到后宫里选择女子送进迷楼，为什么偏偏没有选中这个人?"于是下令将许廷辅关进监狱，让他自尽。用隆重的仪式安葬了侯夫人。皇上每天吟诵她的诗歌，非常喜欢她的文笔，就让乐府的乐官把这些诗作谱成歌曲。皇上又亲自到后宫里选了一百个女子，送到迷楼里。

大业八年，有个叫□千的研究方术之人进献了大丹这种丸药。皇上吃了以后，心思摇荡，更加无法控制，白天晚上一共要宠幸几十个女人。到了夏天，皇上觉得很烦躁，每天喝几百杯水，还是止不了渴。医官莫君锡向皇上报告说："皇上心脉烦乱旺盛，元气太虚，多喝水，就会生大病。"就献上药方为他治疗。还要求在皇上面前放置冰盘，让皇上每天每晚都看得到，这也是治疗烦躁的一种方法。从此以后，各院的美人都买冰来做成盘子，希望能够得到皇上的宠幸。京城的冰因此突然大涨价，藏有冰的人家都赚到了千两黄金。

大业九年，皇上就要再度动身到江都去。有个迷楼的宫女在安静的夜里高声歌唱，歌词是:

河南杨柳凋谢，
河北李花繁盛。
杨花飞去飞到哪里?
李花结果自自然然就成功。

皇上听到歌声，披着衣服起来听，把那个宫女找来，问她说："谁叫你唱歌的?是你自己唱的吗?"宫女说："我有个弟弟，在民间听到这首歌，说是‘街旁的小孩都唱这首歌’。”皇上沉默了很久，说：“是老天爷的意思，还是有人授意的呢！”皇上于是命人端来酒，自己歌唱道：

宫里的树木盖下浓荫有燕子飞舞，
朝代兴亡从古至今突然让人悲伤。
以后的迷楼会有更好看的景致，
宫中绽放红花有着红日的光辉。

唱完之后，悲伤不已。贴身侍从说：“无缘无故地悲伤，又唱歌，我都不知道为什么。”皇上说：“不要问了，以后自然会知道。”后来皇上就到江都去了。唐朝皇帝带着兵马，下令进入京城，看到迷楼，大吃一惊，说道：“这都是老百姓的油脂血肉建造的。”于是下令焚烧。烧了一个多月，大火还没有熄灭，前文的童谣和诗篇都得到了应验。才知道朝代的兴亡交替，并不是偶然发生的。

开 河 记

缺 名

睢阳有王气出，占天耿纯臣奏后五百年当有天子兴。炀帝已昏淫，不以为信。时游木兰庭，命袁宝儿歌《柳枝词》。因观殿壁上有《广陵图》，帝瞪目视之，移时不能举步。时萧后在侧，谓帝曰："知他是甚图画，何消皇帝如此挂意？"帝曰："朕不爱此画，只为思旧游之处。"于是帝以左手凭后肩，右手指图上山水及人烟村落寺宇，历历皆如目前。谓后曰："朕为陈王时，守镇广陵，旦夕游赏。当此之时，以云烟为美景，视荣贵若深冤。岂期久有临轩，万机在务，使不得豁于怀抱也。"言讫，圣容惨然。后曰："帝意欲在广陵，何如一幸？"帝闻，心中豁然。

翌日与大臣议，欲泛巨舟自洛入河，自河达海入淮，方至广陵。群臣皆言似此程途，不啻万里，又孟津水紧，沧海波深，若泛巨舟，事有不测。时有谏议大夫萧怀静（乃萧后弟）奏曰："臣闻秦始皇时，金陵有王气，始皇使人凿断砥柱，王气遂绝。今睢阳有王气，又陛下意在东南，欲泛孟津，又虑危险。况大梁西北有故河道，乃是秦将王离畎水灌大梁之处。欲乞陛下广集兵夫，于大梁起首开掘，西自河阴，引孟津水入，东至淮口，放孟津水出。此间地不过千里，况于睢阳境内过，一则路达广陵，二则凿穿王气。”帝闻奏大喜，群臣皆默。帝乃出敕，朝堂如有谏朕不开河者，斩之。

诏以征北大总管麻叔谋为开河都护，以荡寇将军李渊为副使。渊称疾不赴，即以左屯卫将军令狐辛达代李渊为开渠副使都督。自大梁起首，于乐台之北建修渠新所署，命之为卞渠（古只有此卞字，开封城乃卞邑），因名其府署为卞渠上源传舍也。（传舍，古驿名。因卞渠此处起首，故号卞渠上源也。）

诏发天下丁夫，男年十五已上者至，如有隐匿者斩三族。帝以河水经于卞，乃赐卞字加水。丁夫计三百六十万人。乃更五家出一人，或老，或少，或妇人等供馈饭食。又令少年骁卒五万人，各执杖为督工吏，如节级队长之类。共五百四十三万余人。叔谋乃令三分中取一分人，自上源而西至河阴，通连古河道（乃王离浸城处），迤逦趋愁思台而至北去。又令二分丁夫，自上源驿而东去。

其年乃隋大业五年，八月上旬建功。畚锸既集，东西横布数千里。才开断未及丈余，得古堂室，可数间，莹然肃净。漆灯晶煌，照耀如画。四壁皆有彩画花竹龙鬼之像。中有棺柩，如豪家之葬。其促工吏闻于叔谋。命启棺，一人容貌如生，肌肤洁白如玉而肥。其发自头而出，覆其面，过腹胸下裹其足，倒生而上，及其背下而方止。搜得一石铭，上有字，如苍颉鸟迹之篆。乃召夫中有识者免其役。有一下邳民，读曰："我是大金仙，死来一千年。数满一千年，背下有流泉。得逢麻叔谋，葬我在高原。发长至泥丸。更候一千年，方登兜率天。"叔谋乃自备棺椁，葬于城西隅之地（今大佛寺是也）。

次开掘陈留。帝遣使持御署玉祝，并白璧一双，具少牢之奠，祭于留侯庙以假道。祭讫，忽有大风，出于殿内窗牖间，吹铄人面。使者退。自陈留果开掘东去，往来负担拖锹者，风驰电激。远近之人，蹂践如蜂屯蚁聚。数日，达雍邱。

时有一夫，乃中牟人，偶患伛偻之疾，不能前进，堕于队后，伶仃而行。是夜月色澄静，闻呵殿声甚严。夫鞠躬俟道左。良久，见清道继至，仪卫莫述。一贵人戴侯冠，衣王者衣，乘白马。命左右呼夫至前，谓曰："与吾言你十二郎，还白璧一双。尔当宾于天（炀帝有天下十二年）。"言毕，取璧以授。夫跪受讫，欲再拜，贵人跃马西去。届雍邱，以献于麻都护，熟视，乃帝献留侯物也。诘其夫，夫具道。叔谋性贪，乃匿璧。又不晓其言，虑夫泄于外，乃斩以灭口。然后于雍邱起工。

至大林，林中有小祠庙。叔谋访问村叟。曰："古老相传，呼为隐士墓，其神甚灵。"叔谋不以为信，将茔域发掘。数尺，忽凿一窍嵌空，群夫下窥，有灯火荧荧。无人敢入者。乃指使将官武平郎将狄去邪者，请入探之。叔谋喜曰："真荆、聂之辈也。"命系去邪腰，下钓，约数十丈，方及地。去邪解其索，行约百步，入一石室。

东北各有四石柱，铁索二条系一兽，大如牛。孰视之，一巨鼠也。须臾，石室之西有一石门洞开。一童子出，曰："子非狄去邪乎？"曰："然也。"童子曰："皇甫君坐来已久。"乃引入。见一人朱衣，顶云冠，居高堂之上。去邪再拜。其人不言，亦不答拜。绿衣吏引去邪立于堂之西阶下。

良久，堂上人呼力士牵取阿麽来（阿麽，炀帝小字）。武夫数人，形貌丑异魁奇，控所见大鼠至。去邪本乃廷臣，知帝小字，莫究其事，但屏气而立。堂上人责鼠曰："吾遣尔暂脱毛皮，为国中主。何虐民害物，不遵天道？"鼠但点头摇尾而已。堂上人益怒，令武士以大棒挝其脑。一击，捽然有声如墙崩，其鼠大叫若雷吼。方欲举杖再击，俄一童子捧天符而下。堂上惊跃，降阶俯伏听命。童子乃宣言曰："阿麽数本一纪，今已七年。更候五年，当以练巾系颈死。"童子去，堂上人复令系鼠于旧室中。堂上人谓去邪曰："与吾语麻叔谋：'谢你不伐吾域，来岁奉尔二金刀，勿谓轻酬也。'"言讫，绿衣吏引去邪于他门出。约行十数里，入一林，蹑石攀藤而行。回顾，已失使者。又行三里余，见草舍，一老父坐土榻上。去邪访其处。老父曰："此乃嵩阳少室山下也。"老父问去邪所至之处。去邪一一具言。老父遂细解去邪。去邪知炀帝不永之事。且曰："子能免官，即脱身于虎口也。"去邪东行，回视茅屋，已失所在。

时麻都护已至宁阳县。去邪见叔谋，具言其事。元来去邪入墓后，其墓自崩。将谓去邪已死，今日却来。

叔谋不信，将谓狂人。去邪乃托狂疾，隐终南山。时炀帝以患脑痛，月余不视朝。访其因，皆言帝梦中为人挝其脑，遂发痛数日。乃是去邪见鼠之日也。

叔谋既至宁陵县，患风痒，起坐不得。帝令太医令巢元方往治之。曰：“风入腠理，病在胸臆。须用嫩羊肥者蒸熟，糁药食之，则瘥。”叔谋取半年羊羔，杀而取腔，以和药，药未尽而病已痊。自后每令杀羊羔，日数枚。同杏酪五味蒸之，置其腔盘中，自以手脔擘而食之，谓曰含酥脔。乡村献羊羔者日数千人，皆厚酬其直。宁陵下马村民陶郎儿，家中巨富，兄弟皆凶狠。以祖父茔域傍河道二丈余，虑其发掘。乃盗他人孩儿年三四岁者，杀之，去头足，蒸熟，献叔谋。咀嚼香美，迥异于羊羔，爱慕不已。召诘郎儿，郎儿乘醉泄其事。及醒，叔谋乃以金十两与郎儿，又令役夫置一河曲以护其茔域。郎儿兄弟自后每盗以献，所获甚厚。贫民有知者，竞窃人家子以献，求赐。襄邑、宁陵、睢阳所失孩儿数百，冤痛哀声，旦夕不辍。虎贲郎将段达为中门使，掌四方表奏事，叔谋令家奴黄金窟将金一埒赠与。凡有上表及讼食子者，不讯其词理，并令笞背四十，押出洛阳。道中死者，十有七八。时令狐辛达知之，潜令人收孩骨，未及数日，已盈车。于是城市村坊之民有孩儿者，家做木柜，铁裹其缝。每夜，置母子于柜中，锁之，全家秉烛围守。至天明，开柜见子，即长幼皆贺。

既达睢阳界，有濠寨使陈伯恭言此河道若取直路，径穿透睢阳城，如要回护，即取令旨。叔谋怒其言回护，令推出腰斩。令狐辛达救之。时睢阳坊市豪民一百八十户，皆恐掘穿其宅并茔域，乃以醵金三千两，将献叔谋，未有梯媒可达。忽穿至一大林，中有墓，故老相传云宋司马华元墓。掘透一石室，室中漆灯棺柩帐幕之类，遇风皆化为灰烬。得一石铭，曰："睢阳土地高，汴水可为濠。若也不回避，奉赠二金刀。"叔谋曰："此乃诈也。不足信。"

是日，叔谋梦使者召至一宫殿上，一人衣绛绡，戴进贤冠。叔谋再拜，王亦答拜。拜毕，曰："寡人宋襄公也。上帝命镇此方，二千年矣。倘将军借其方便，回护此城，即一城老幼皆荷恩德也。"叔谋不允。又曰："适来护城之事，盖非寡人之意。况奉上帝之命，言此地候五百年间，当有王者建万世之基。岂可偶为逸游，致使掘穿王气。"叔谋亦不允。

良久，有使者入奏云："大司马华元至矣。"左右引一人，紫衣，戴进贤冠，拜觐于王前。王乃叙护城之事。其人勃然大怒曰："上帝有命，臣等无心。叔谋愚昧之夫，不晓天命。"大呼左右，令置拷讯之物。王曰："拷讯之事，何法最苦？"紫衣人曰："铜汁灌之口，烂其肠胃，此为第一。"王许之。乃有数武夫拽叔谋，脱去其衣，惟留犊鼻，缚铁柱上，欲以铜汁灌之。叔谋魂胆俱丧。殿上人连止之曰："护城之事如何？"叔谋连声言："谨依上命。"遂令解缚。与本衣冠。王令引去。将行，紫衣人曰："上帝赐叔谋金三千两，取于民间。"叔谋性贪，谓使者曰："上帝赐金，此何言也？"使者曰："有睢阳百姓献与将军，此阴注阳受也。”忽如梦觉，但觉神不住体。睢阳民果赂黄金窟而献金三千两。叔谋思梦中事，乃收之。立召陈伯恭，令自睢阳西穿渠，南北回屈，东行过刘赵村，连延而去。令狐辛达知之，累上表，亦为段达抑而不献。

至彭城，路经大林中，有偃王墓。掘数尺，不可掘，乃铜铁也。四面掘去其土，唯见铁。墓旁安石门，扃锁甚严。用酂阳民计，撞开墓门。叔谋自入墓中，行百余步，二童子当前云：“偃王颙候久矣。”乃随而入。见宫殿，一人戴通天冠，衣绛绡衣，坐殿上。叔谋拜，王亦拜，曰：“寡人茔域，当于河道。今奉与将军玉宝，遣君当有天下。倘然护之，丘山之幸也。”叔谋许之。王乃令使者持一玉印与叔谋。又视之，印文乃“百代帝王受命玉印”也。叔谋大喜。王又曰：“再三保惜，乃刀刀之兆也。”（刀刀者，隐语，亦二金刀之意也。）叔谋出，令兵夫日护其墓。

时炀帝在洛阳，忽失国宝，搜访宫闱，莫知所在，隐而不宣。帝督功甚急。叔谋乃自徐州，朝夕无暇，所役之夫已少一百五十余万，下寨之处，死尸满野。帝在观文殿读书，因览《史记》，见秦始皇筑长城之事，谓宰相宇文述曰：“始皇时至此已及千年，料长城已应摧毁。”宇文述顺帝意，奏曰：“陛下偶然续秦皇之事，建万世之业，莫若修其城，坚其壁。”帝大喜。乃诏以舒国公贺若弼为修城都护，以谏议大夫高颎为副使，以江淮吴楚襄邓陈蔡并开拓诸州丁夫一百二十万修长城。诏下，弼谏曰："臣闻始皇筑长城于绝塞，连延一万里，男死女旷，妇寡子孤，其城未就，父子俱死。陛下欲听狂夫之言，学亡秦之事，但恐社稷崩离，有同秦世。"帝大怒，未发其言。宇文述在侧，乃掇曰："尔武夫狂卒，有何知，而乱其大谋?"弼怒，以象简击宇文述。帝怒，令囚若弼于家，是夜饮鸩死。高颎亦不行。宇文述乃举司农卿宇文弼为修城都护，以民部侍郎宇文恺为副使。

时叔谋开汴渠盈灌口，点检丁夫，约折二百五十万人。其部役兵士旧五万人，折二万三千人。工既毕，上言于帝。遣决汴口，注水入汴渠。帝自洛阳迁驾大渠。诏江淮诸州造大船五百只。使命至，急如星火。民间有配盖造船一只者，家产破用皆尽，犹有不足，枷项笞背，然后鬻货男女，以供官用。

龙舟既成，泛江沿淮而下。至大梁，又别加修饰，砌以七宝金玉之类。于吴越间取民间女年十五六岁者五百人，谓之殿脚女。至于龙舟御艥，即每船用彩缆十条，每条用殿脚女十人，嫩羊十口，令殿脚女与羊相间而行，牵之。时恐盛暑，翰林学士虞世基献计，请用垂柳栽于汴渠两堤上。一则树根四散，鞠护河堤；二乃牵船之人，护其阴凉；三则牵舟之羊食其叶。上大喜，诏民间有柳一株，赏一缣。百姓竞献之。又令亲种，帝自种一株，群臣次第种，方及百姓。时有谣言曰："天子先栽，然后万姓栽。"栽毕，帝御笔写赐垂杨柳姓杨，曰杨柳也。时舳舻相继，连接千里，自大梁至淮口，联绵不绝。锦帆过处，香闻千里。

既过雍丘，渐达宁陵界。水势渐紧，龙舟阻碍。牵驾之人，费力转甚。时有虎贲郎将鲜于俱罗为护缆使，上言水浅河窄，行舟甚难。上以问虞世基。曰："请为铁脚木鹅，长一丈二尺，上流放下。如木鹅住，即是浅。"帝依其言，乃令右翊将军刘岑验其水浅之处。自雍丘至灌口，得一百二十九处。帝大怒，令根究本处人吏姓名。应是木鹅住处，两岸地分之人皆缚之，倒埋于岸下，曰："令教生为开河夫，死作抱沙鬼。"又埋却五万余人。

既达睢阳，帝问叔谋曰："坊市人烟，所掘几何？"叔谋曰："睢阳地灵，不可干犯。若掘之，必有不祥。臣已回护其城。"帝怒，令刘岑乘小舟根访屈曲之处，比直路较二十里。帝益怒，乃令擒出叔谋，囚于后狱。急使宣令狐辛达询问其由。辛达奏：自宁陵便为不法，初食羊脔，后啖婴儿；养贼陶郎儿，盗人之子；受金三千两，于睢阳擅易河道。乃取小儿骨进呈。帝曰："何不达奏？"辛达曰："表章数上，为段达扼而不进。"帝令人搜叔谋囊橐间，得睢阳民所献金，又得留侯所还白璧及受命宝玉印。上惊异，谓宇文述曰："金与璧皆微物。寡人之宝，何自而得乎？"文述曰："必是遣贼窃取之矣。"帝瞪目而言曰："叔谋今日窃吾宝，明日盗吾首矣。"辛达在侧，奏曰："叔谋常遣陶郎儿盗人之子，恐国宝郎儿所盗也。"上益怒，遣荣国公来护儿、内使李百药、太仆卿杨义臣推鞫叔谋，置台署于睢阳。并收陶郎儿全家，令郎儿具招入内盗宝事。郎儿不胜其苦，乃具事招款。又责段达所收令狐辛达奏章即不奏之罪。

案成进上，帝问丞相宇文述。述曰："叔谋有大罪四条：食人之子，受人之金，遣贼盗宝，擅移开河道。请用峻法诛之。其子孙取圣旨。"帝曰："叔谋有大罪。为开河有功，免其子孙。"只令腰斩叔谋于河侧。

时来护儿受敕未至间，叔谋梦一童子自天而降，谓曰："宋襄公与大司马华元遣我来，感将军护城之惠意，往年所许二金刀，今日奉还。"叔谋觉，曰："据此先兆，不祥。我腰领难存矣。"言未毕，护儿至，驱于河之北岸，斩为三段。郎儿兄弟五人并家奴黄金窟，并鞭死。中门使段达免死，降官为洛阳监门令。

【译文】

睢阳有王气出现，观察天象的官员耿纯臣报告说，五百年后会有天子在那里起家。隋炀帝已经糊涂荒淫，不相信这话。那时皇上到木兰庭游玩，让袁宝儿唱《柳枝词》，就看到大殿墙上挂着一幅《广陵图》。皇上睁大眼睛看着这幅画，过了很长时间都不能走开。当时萧皇后在他身边，对皇上说："到底是什么样的图画，为什么需要皇上这么放在心上？"皇上说："我不是喜欢这幅画，我只是想念曾经游玩过的地方。"于是皇上将左手搭在皇后肩上，右手指着画中的山水、人家、村落和寺庙，分明就在眼前，对皇后说："我做陈王的时候，镇守广陵，早晚都在那里游玩观赏。在那个时候，我将山巅的云气烟雾视作美景，对待荣华富贵好像有深仇大恨似的，谁能想到做皇帝久了，要处理繁杂的事务，就让我不能敞开自己的怀抱了。"说完，面色悲戚。皇后说："皇上的心既然在广陵，为什么不去游玩一下呢？"皇上听到这话，心里豁然开朗。

第二天，皇上跟大臣们商议这件事，想要乘坐大船，从洛水开到黄河，从黄河开到大海，再进入淮水，最后来到广陵。大臣们都说像这样的路线，算起来简直有一万里，再说孟津那里河水很急，大海波涛深广，如果乘坐大船航行，也许会有不测。当时有谏议大夫萧怀静（萧皇后的弟弟），他向皇上报告说："我听说秦始皇的时候，金陵出现了王气，秦始皇叫人把王气砥柱凿断，王气就没有了。现在睢阳出现了王气，陛下又想往东南方去，想要航行过孟津，又担心太危险。再说大梁西北面原来就有河道，是秦朝将领王离挖出来引水浇大梁所形成的。我想请求陛下大量征集士兵和役夫，从大梁起头开始挖掘，河渠西到河阴，将孟津的水引进水渠，向东通到淮水口，将孟津的水放出去，这一路只有一千里，而且能从睢阳境内通过，一来水路可以通到广陵，二来可以将王气凿穿。"皇上听到这番话后非常高兴，大臣们都沉默不语。皇上于是发布命令，朝廷上如果有谁劝谏我，不让我开河，就把他斩首。

皇上下令让征北大总管麻叔谋担任开河都护，让荡寇将军李渊担任副使。李渊自称有病，不去赴任，皇上就让左屯卫将军令狐辛达代替李渊，担任开渠副使都督。从大梁开始挖掘，在乐台北面建造修渠官署，将这条河道命名为卞渠（古代只有这个"卞"字，开封城就是"卞邑"），也就把这个官署称作卞渠上源传舍（传舍，古代驿站的名称。因为卞渠从这里开始，所以就叫做卞渠上源）。

下令征发天下男丁，年纪在十五岁以上的男子要来挖河，如果有隐瞒藏匿的，就要砍掉此人三族的脑袋。皇上考虑到黄河水流经卞地，就赐"卞"字加"水"为"汴"。征集到的劳力共有三百六十万人。于是又让每五家出一个人，或者老人，或者少年，或者女人，来供应开河工人的饭食。又命令五万年轻的禁军士兵拿着棍棒充当督工的官差，像是低级武职官吏的队长那样。总计有五百四十三万多人。麻叔谋于是将这些人一分为三，其中三分之一从上源向西挖到河阴，连通古时的河道（就是王离挖河道淹城的地方），曲折挖到愁思台然后再往北去。又命令其余三分之二的工人从上源驿站向东边挖去。

这一年是隋朝大业五年，八月上旬开始挖掘。畚箕和铁锹已经收拢起来，东西横向摆放了好几千里。才开挖没有一丈多远，就挖到了古代的堂屋。大约有几间的样子，室内明亮整洁。漆面的灯具闪亮辉煌，将四周照耀得像图画一般。四面的墙上挂着彩绘的图画，描绘的是花、竹和一些怪诞之物。房室中间有一具棺材，像是富贵人家安葬在这里的。督工的官差将这件事告诉了麻叔谋，叔谋让他们打开棺材，里面躺着一个人，容貌就像活人一样，肌肤像玉一般洁白，而且很丰腴。头发从头上披散下来，覆盖了他的面庞，经过他的胸口和腹部，披散到下面裹住了他的脚，然后又在后面倒长上去，直到他背后为止。找到一块石头铭牌，上面有字，像是仓颉创造的那种鸟迹篆书。于是在开河工人里寻找能够看懂的人，答应免除他的劳役。有个下邳人念道："我是大金仙，死了一千年。命定满千年，背下有流泉。得逢麻叔谋，葬我在高原。发盘上丹阳。再等一千年，才登兜率天。"叔谋于是亲自准备棺材，将仙人安葬在城西角的地方（就是现在的大佛寺）。

接着到陈留开掘河道。皇上派使者拿着自己亲自书写的玉制祭词版，以及一对白璧，准备了少牢祭品的猪和羊，在留侯庙里祭祀，向留侯之灵借道。祭祀完毕，大殿内窗户和门扇中突然起了大风，猛烈地吹向人脸上。使者退了下去。动手开始从陈留向东挖掘之后，担着担子、拖着铁锹来来往往的人，像电和风一般迅疾。远远近近的工人都被折磨得好像聚集起来的蜜蜂和蚂蚁。几天之后，就挖到了雍丘的郊外。

当时有个工人，他是中牟人，不当心得上了驼背的毛病，不太能走路，落在队伍后面，孤单单一个人走着。那一晚月色明朗安宁，他听到了某位官员仪仗队非常威严的吆喝声，于是弯身在路边等这队伍过去。过了很长时间，看到仪仗队中肃清路上闲杂人等的清道人员跟着走了过来，护卫人员多得数不清。有个贵人戴着王侯的帽子，穿着皇帝的服装，骑在白马上。他让身边的人把那个工人叫到面前，说道："帮我告诉你们十二郎：一对白璧还给你，你应该要归天了（炀帝享有天下十二年）。"说完，拿出白璧来交给他。工人跪在地上接下了，想要叩拜两次，贵人已经策马往西边去了。到了雍丘，工人将白璧献给麻叔谋，麻叔谋仔细地察看，原来是皇上献给留侯的东西。问那个工人，工人把事情的来龙去脉都告诉了他。麻叔谋个性贪婪，就把白璧藏了起来。他又不明白贵人的那番话，担心工人将这件事泄露出去，就将他斩首来灭口。然后就在雍丘开工挖掘。

来到一片大树林，林中有个小祠庙。麻叔谋去向村里的老头询问，老头说："这里的老人们传下来，说是隐士墓，里面供奉的神仙非常灵验。"叔谋不相信这话，将墓穴掘开。挖了几尺，忽然挖到一个小巧玲珑的洞穴，工人们往下面看，有微弱的灯光，没人敢进去。麻叔谋于是调动做将官的，有个武平郎将狄去邪自愿进洞察看。叔谋高兴地说："真是荆轲、聂政那样的人物啊。"让人将绳索系在去邪腰部，放钓绳般垂下洞去，大概放了几十丈，去邪才落到地面。他解开身上的绳索，走了大约一百步，到了一间石室里。石室的东面和北面各有四根石柱，有两条铁索拴着一只野兽，个头有牛那么大。仔细看去，是一只大老鼠。片刻之后，石室西面有扇石门打开了，一个童子走出来，说："你不是狄去邪吗?"去邪说："是啊。"童子说："皇甫先生已经坐了很久了。"于是带他进去，只见一个穿着正红色衣服、戴着高帽子的人坐在屋顶很高的堂屋里。去邪叩拜了两次，那个人不说话，也不答礼。绿衣服的差役带去邪站到堂屋西边的台阶下。

过了很长时间，坐在堂屋里的人叫大力士把阿麽牵过来（阿麽是炀帝的小字）。几个长得奇异丑陋、身材格外魁梧的武夫将刚才看见的那只大老鼠拉了过来。去邪原来是朝廷里做官的，知道皇上的小字，不明白这是怎么回事，只是屏气凝神地站在那里。堂屋里的人责骂老鼠说："我派你暂时脱掉毛皮，当一国之主，你为什么虐待百姓，残害生灵，不遵守天道?"老鼠只是点头、摇尾巴而已。堂屋里的人更生气了，命令武士用大棒敲他的脑袋。敲了一下，发出一种撞到硬物好像墙面倒塌的声音，那只老鼠放声大叫，像打雷一样。武士正准备举起棒来再打下去，忽然有个童子捧着天上的符书降落。堂屋里的人吃惊地跳了起来，走下台阶来伏在地上听命。童子于是宣读道："阿麽注定有十二年的时间，现在已经过去七年了，再等五年，他脖子上会绕上白绫死去。"童子离开后，堂屋里的人又让人把老鼠拴到原来的房间里。堂屋里的人对去邪说："帮我告诉麻叔谋：'谢谢你不侵入我的墓穴，来年送你两把金刀，不要嫌我的礼太轻啊。'"说完，绿衣服的差役带去邪从别的门里出去了。大概走了十几里，到了一片树林里，只能脚踩着石块、手攀着藤条前进。回头一看，带他出来的那个人已经不见了。又走了三里多路，见到一间草屋，有个老伯坐在土床上。去邪问他这是哪里。老伯说："这是嵩阳少室山的山下。"老伯问去邪去了什么地方，去邪把自己经历的事都告诉了他。老伯于是详细地将这件事解释给他听，去邪就知道炀帝寿命不会长久。老伯又对他说："你能够不再做官，就可以从虎口脱险了。"去邪向东走去，回头看那间草屋，已经找不到了。

那时候麻都护已经到了宁阳县。去邪见到麻叔谋，将整件事详细地说给他听。原来去邪进入墓穴之后，那座墓就崩塌了。他们以为去邪已经死了，现在却又出现了。麻叔谋不相信他的话，以为他是个疯子。去邪于是假装得了疯病，隐居到终南山去了。那时炀帝因为头痛，一个多月都不上朝听政。有人询问宫里的人炀帝为何得病，他们都说皇上梦里被别人打了脑袋，所以痛了好几天。皇上做梦的日子原来就是去邪看到老鼠的那天。

麻叔谋到了宁陵县以后，得了风痒病，连起身坐着都不能够。皇上派太医令巢元方赶过去为他医治。巢元方说："风邪侵入皮肤纹理，病在胸口那里。要将比较肥的嫩羊蒸熟，将药均匀涂抹在肉上吃掉，才能痊愈。"叔谋将半岁的羊羔拿来杀掉，砍下身段来配药，药还没有吃完，病就好了。从此以后，他常常叫人杀羊羔，每天要杀掉好几头。将羊肉加上杏酪和各种调味品一起蒸制，这些东西都放在羊被掏空的身段里，然后直接用手掰扯来吃，称之为"含酪脔"。各乡各村进献羊羔的人每天都有好几千，麻叔谋都付给他们很多钱。宁陵县下马村的村民陶郎儿家里非常有钱，但是兄弟几个都很残忍。因为他们祖父的坟墓距离河道只有两丈多，担心坟墓会被挖掘，于是他们偷来人家三四岁的小孩，将孩子杀了，砍去手脚，蒸熟之后再献给麻叔谋。麻叔谋感到这肉吃起来很香，很美味，跟别的羊羔肉很不一样，喜欢得不得了。找来郎儿询问，郎儿喝醉酒后将事情说了出来。等到酒醒之后，麻叔谋给了郎儿十两黄金，又命令役夫将河道挖出个弯曲的地方，来保护郎儿家的坟墓。陶郎儿兄弟在这之后，常常偷来孩子献给麻叔谋，受到丰厚的回报。

有些没有产业的贫民知道了这件事，争着将别人家的孩子抓来献给麻叔谋，希望得到赏赐。襄邑、宁陵、睢阳有几百个孩子失踪，老百姓委屈难过，痛苦的声音日夜不停。虎贲郎将段达担任中门使，掌管各地呈送上来的表文奏章。麻叔谋叫家奴黄金窟拿着黄金去送给段达，凡是有为孩子被吃掉的事情上书或者要求申冤的人，不问他说得有没有道理，就命人用竹棒在背上打四十下，然后押送出洛阳。在路上死掉的，十个里面就有七八个。那时令狐辛达知道了，私下里叫人收集死去的孩子的尸骨，几天不到，就堆满了一辆车子。于是城市和村庄里有孩子的人家，每家每户都做只木柜，木柜的接缝处用铁包裹起来。每天晚上，将孩子和母亲放在木柜里，锁起来，全家人提着蜡烛在旁边守着。直到天亮了，打开柜子又见到孩子，老老少少就都互相庆贺。

到了睢阳境内之后，有个濠寨使陈伯恭说这条河道如果照直挖过去，就会直接穿过睢阳城，如果要保护睢阳城的完整，就应该马上去求皇上的旨意。麻叔谋听到他说保护睢阳城的完整，觉得很生气，命人将他拖出去腰斩。令狐辛达把他救了下来。当时睢阳城里有一百八十家有钱人家，都怕自己家的宅第和坟墓会被掘穿，于是各自拿出钱来，筹集了三千两，想要献给叔谋，就是找不到门路。开河的队伍突然挖掘到了一片大树林，林中有座坟墓，从年老的人们口中流传下来，说是宋国司马华元的坟墓。掘穿了一间石室，石室里有漆面的灯具、棺材和帐幕之类的物件，风吹过去都变成了灰尘。找到一块石质铭牌，上面写着："睢阳土地高，汴水可为濠。如果不回避，送你二金刀。"叔谋说："这是骗人的，不值得相信。"

这一天，麻叔谋梦见一位使者将他召到一座宫殿里，面前有个穿着深红色纱衣、戴着进贤冠的人。叔谋叩拜两次，那位君王也回了礼。行完礼，他说："我是宋襄公。上帝命令我镇守在这里，有两千年了。如果将军能够行个方便，保护这座城市完整，那么一城的老人小孩都会感激您的恩德。"叔谋不同意。他又说："刚才我说的保护城市完整的话，并不是我自己的意思。再说我接到上帝的命令，说这地方在五百年以后会有王者建立万世基业，怎么可以因为一时游玩的兴致，就要掘穿王气呢？"叔谋还是不同意。

过了很长时间，有位使者进来报告说："大司马华元来了。"侍从们带着一个穿着紫色衣服、戴着进贤冠的人进来，跪拜朝见君王。君王就说起了保护城市的事情，那个人勃然大怒，说："上帝有命令，我们都不能有私心，只有遵从。叔谋这个愚蠢的家伙，竟然不明白天命。”大声叫来侍从们，要他们准备拷问的刑具。君王说：“拷问这种事，什么法子最痛苦呢?”紫衣服的人说：“把铜汁从嘴里灌进去，烫烂他的肠胃，这是最痛苦的了。”君王答应他使用这项刑罚。于是有几个武夫架住叔谋，把他的衣服脱光，只剩下一条短裤，再把他绑到铁柱上，准备用铜汁灌他的嘴。叔谋吓得魂飞魄散。大殿上的人连忙制止行刑，对他说：“保护城市的事情怎样?”叔谋连声说：“遵从上帝命令。”于是大殿上的人命人给他松绑，把原来的衣服和帽子还给他。君王让人带他回去。要走的时候，紫衣服的人说：“上帝赐给叔谋三千两黄金，是从民间拿来的。”叔谋个性贪婪，对使者说：“上帝赏赐黄金，这是怎么话说?”使者说：“睢阳的百姓会献给将军的，这是在阴间积了德，到阳世领受回报。”麻叔谋忽然间就像梦醒一般，只是觉得神魂不在体内。睢阳百姓果然贿赂了黄金窟，让他献上三千两黄金。叔谋想到梦里发生的事，就收下了。马上把陈伯恭找来，让他从睢阳城西面开掘河渠之后，往南北两边曲折行进，往东经过刘赵村，再合流而去。令狐辛达知道了，几次呈送表文，也都被段达压下，没有上报。

到了彭城，河道经过一片大树林，林中有偃王的坟墓。挖掘了几尺之后，就挖不下去了，下面都是铜铁。将旁边的泥土挖去，发现周边也都是铁。坟墓旁边安装了一扇石门，锁得非常严密。大家用了一个鄜阳人出的主意，将墓门撞开了。叔谋亲自来到坟墓里，走了一百多步，两个童子出现在面前，说：“偃王伸着头等了你很久了。”于是跟着他们走进去。看见一座宫殿，有一个人戴着通天冠，穿着深红色的纱衣，坐在宫殿上。叔谋向他跪拜，偃王回了礼。偃王说：“我的坟墓挡在河道当中，现在将玉宝送给将军，您就可以拥有天下。如果能够保住坟墓，那真是极大的幸运。”叔谋答应了。偃王于是让使者将一块玉印交给他。叔谋看了又看，上面的印文是“百代帝王受命玉印”，他非常高兴。偃王又说：“多加保护爱惜，这是刀刀的兆头。”（“刀刀”是隐语，就是“二金刀”的意思。）叔谋从坟墓里出来后，派士兵整天保护坟墓。

当时炀帝在洛阳，忽然丢失了国宝，寻遍了整座皇宫，也不知道国宝在哪里，就将这件事隐瞒起来，没有公开。皇上对工期催得很急。因此麻叔谋自从来到徐州以后，日夜都不让工人休息，工人的人数已经少了一百五十多万，工人临时居住的地方，到处都是死尸。皇上在观文殿里读书，翻到《史记》，读到了秦始皇建造长城的事情，对宰相宇文述说："秦始皇那时到现在已经快有一千年了，长城大概已经毁塌了吧。"宇文述顺着皇上的意思，禀报说："陛下随随便便就可以继续秦始皇的事业，建立万世不变的业绩，再没有比整修长城，加固墙体更便宜的事了。"皇上非常高兴。于是下令让舒国公贺若弼担任修城都护，让谏议大夫高颎担任副使，让江、淮、吴、楚、襄、邓、陈、蔡几个地方的州政府再征发一百二十万男丁来充当修长城的劳力。圣旨颁布之后，贺若弼劝谏说："我听说秦始皇在极远的边塞修筑长城，绵延长达一万里，使得男人死去，女人嫁不出去，妇女成为寡妇，孩子失去父亲，长城还没建成，秦始皇父子俩就都死了。陛下打算听从狂妄无知的人的见解，学做这种让秦朝灭亡的事情，只怕国家政治会因此垮掉，就像秦朝一样。"皇上非常生气，还没来得及说话，宇文述就在旁边，抢着说道："你这个狂妄粗鄙的小子，知道些什么，就来破坏这宏大的计划？"贺若弼被激怒了，拿手里的象牙板来打宇文述。皇上很生气，下令将贺若弼关在他自己家里。这天晚上，贺若弼喝毒酒死了。高颎也不去赴任。宇文述于是举荐司农卿宇文弼担任修城都护，让民部侍郎宇文恺担任副使。

那时麻叔谋正在开凿汴渠的灌水口，统计开河工人的人数，大约损失了二百五十万人。他的部下和士兵原来有五万人，现在损失了二万三千人。开河工程完成之后，麻叔谋报告了皇上。然后让工人们挖通汴渠口子，引水注入汴渠。皇上从洛阳来到大梁，下令叫江淮各州建造五百只大船。这道命令一下，催促得十万火急。民间有人被分配到建造一只船的任务，把全部家产都贴光，还嫌不够，于是被官府治罪，头颈上戴了刑枷，背脊上遭到鞭打，家里的男女被卖掉，卖来的钱又被官府拿去使用。

龙船造成以后，沿着江淮地方的河道往下游行驶。到了大梁，又另外加以修饰，将各种宝石、金玉之类的珍宝镶嵌在上面。在吴越地方选了五百个年纪十五六岁的民间女子，称之为殿脚女。至于龙船的船桨，就是每只船上那十条彩色的缆绳，每条缆绳由十个殿脚女和十头小羊来拉，殿脚女和羊相互间隔着排列，拉拽缆绳使船前进。当时担心大热天会给拉船造成麻烦，翰林学士虞世基贡献好办法，请求在汴渠两岸的堤坝上栽种垂柳。一来树根发散生长，可以养护河堤上的土地；二来是考虑到拉船的人，能够为她们带来凉爽；三来拉船的羊可以吃到柳树的叶子。皇上非常高兴，下令说民间谁家有一株柳，就赏赐一匹双丝的细绢。老百姓争先恐后地来进献柳树。又命令人们亲自种柳，皇上自己种了一棵，大臣们接着种，然后才轮到老百姓。当时有民谣说："天子先栽，然后万姓栽。"种完树，皇上亲笔写下，赐垂柳姓杨，叫做杨柳。当时后船跟着前船，互相衔接，足有一千里那么长，从大梁到淮口，连绵不绝。华丽的船帆经过的地方，千里之内的人都闻得到香气。

过了雍丘之后，慢慢地就到了宁陵县。水流变得很急，龙船行驶受阻，拉船的人需要花费更大的力气。皇上就这件事来询问虞世基。虞世基说："请皇上下令制作铁脚木鹅，这种木鹅长一丈二尺，从上流放下去，如果木鹅停住了，就说明这个地方的河水很浅。"皇上听从了他的话，命令右翊将军刘岑去测试河道，找出水浅的地方。从雍丘到灌口，一共检测到了一百二十九个水浅的地方。皇上非常生气，下令彻查在这些地方挖掘河道的工人和差役的姓名。凡是木鹅停住的地方，将河道两岸有开挖责任的人都抓起来，埋在堤岸之下，说是："让他们活着的时候做开河工人，死了以后成为抱住泥沙的鬼魂。"又埋掉了五万多人。

到了睢阳以后，皇上问麻叔谋说："街坊和人家，被挖掘掉了多少？"麻叔谋说："睢阳城这块地方有灵气，不可以冒犯，如果挖掘的话，肯定很不吉利。因此我弯折河道来保护这座城市。"皇上很生气，命令刘岑坐着小船到河道弯曲的地方进行彻底的调查，发现曲路比直路要多出二十里。皇上更加生气了，于是下令将叔谋抓出去，关在监狱里。紧急传召令狐辛达询问原因。辛达报告说："他从宁陵县开始就做违法的事，开始吃的是羊肉，后来就吃婴儿；豢养坏蛋陶郎儿，偷盗别人的孩子；拿了三千两黄金，就在睢阳城这里擅自改变河道。"于是把孩子的骨头拿来给皇上看。皇上说：

“为什么不报告我?”辛达说:“我呈递了好几份表文奏章，都被段达压下，没有献上。”皇上派人搜查麻叔谋的行李物品，发现了睢阳百姓进献的黄金，还找到了留侯还回来的白璧和受天命的宝玉印玺。皇上大吃一惊，对宇文述说:“黄金和白璧都没什么了不起的，我的宝玉印玺，他是从哪里得到的呢?”宇文述说:“肯定是派盗贼来偷走的。”皇上瞪大眼睛说:“叔谋现在能够偷我的国宝，将来就可以偷我的人头。”辛达还在边上，就报告说:“叔谋经常派陶郎儿去偷人家的孩子，恐怕国宝就是陶郎儿偷的。”皇上更加愤怒，派了荣国公来护儿、内廷使官李百药、太仆卿杨义臣审讯叔谋，在睢阳设置了审理案件的机构。还把陶郎儿全家抓来，叫郎儿把进入皇宫偷盗国宝的事情从实招来，郎儿受不了审讯的严酷折磨，就详详细细地招认了这件事。又对段达收到令狐辛达奏章却不上报皇上的行为治罪。

案子审理明白之后，呈了上来。皇上问宰相宇文述。宇文述说:“麻叔谋有四条大罪:吃别人的孩子，接受别人的黄金，派盗贼来偷国宝，擅自移开河道。希望皇上严厉制裁，将他杀死，他的子孙就要看皇上的决定了。”皇上说:“叔谋有大罪，因为他开河有功劳，就赦免他子孙的罪过吧。”于是就只是命人将麻叔谋拖到河边腰斩了。

当时来护儿接到了皇上的命令，还没到监狱里的时候，麻叔谋梦见一个童子从天而降，对他说:“宋襄公和大司马华元派我来，感念将军保护城市的恩惠，前几年答应要给你的二金刀，今天就送给你了。”叔谋醒过来，说道:“从这个兆头看来，很不吉利，我的腰和头颈是难以保全了。”话还没说完，来护儿就到了，将麻叔谋赶到黄河北岸，斩成了三段。郎儿兄弟五个和麻叔谋的家奴黄金窟都被鞭打至死。中门使段达免于死罪，官职被降为洛阳监门令。

卷　七

绿　珠　传

乐　史

绿珠者，姓梁，白州博白县人也。州则南昌郡，古越地，秦象郡，汉合浦县地。唐武德初削平萧铣，于此置南州；寻改为白州，取白江为名。州境有博白山、博白江、盘龙洞、房山、双角山、大荒山。山上有池，池中有婢妾鱼。绿珠生双角山下，美而艳。越俗以珠为上宝，生女为珠娘，生男为珠儿。绿珠之字，由此而称。

晋石崇为交趾采访使，以真珠三斛致之。崇有别庐在河南金谷涧。涧中有金水，自太白源来。崇即川阜置园馆。绿珠能吹笛，又善舞《明君》。（明君，昭君也。避晋文帝讳，改昭为明。）明君者，汉妃也。汉元帝时，匈奴单于入朝，诏王嫱配之，即昭君也。及将去，入辞，光彩射人，天子悔焉，重难改更。汉人怜其远嫁，为作此歌。崇以此曲教之，而自制新歌曰：

我本良家子，将适单于庭。辞别未及终，前驱已抗旌。仆御流涕别，辕马悲且鸣。哀郁伤五内，涕泣沾珠缨。行行日已远，遂造匈奴城。延伫于穹

> 庐，加我阏（于连切）氏（音支）名。殊类非所安，虽贵非所荣。父子见陵辱，对之惭且惊。杀身良不易，默默以苟生。苟生亦何聊，积思常愤盈。愿假飞鸿翼，乘之以遐征。飞鸿不我顾，伫立以屏营。昔为匣中玉，今为粪上英。朝华不足欢，甘与秋草并。传语后世人，远嫁难为情。

崇又制《懊恼曲》以赠绿珠。

崇之美艳者千余人，择数十人，妆饰一等，使忽视之，不相分别。刻玉为倒龙佩，萦金为凤凰钗，结袖绕楹而舞。欲有所召者，不呼姓名，悉听佩声，视钗色。佩声轻者居前，钗色艳者居后，以为行次而进。

赵王伦乱常，贼类孙秀使人求绿珠。崇方登凉观，临清水，妇人侍侧。使者以告，崇出侍婢数百人以示之，皆蕴兰麝而披罗縠。曰："任所择。"使者曰："君侯服御，丽矣。然受命指索绿珠。不知孰是？"崇勃然曰："吾所爱，不可得也。"秀因是谮伦族之。收兵忽至，崇谓绿珠曰："我今为尔获罪。"绿珠泣曰："愿效死于君前。"崇因止之，于是坠楼而死。崇弃东市。时人名其楼曰绿珠楼。楼在步庚里，近狄泉。狄泉在王城之东。绿珠有弟子宋祎，有国色，善吹笛。后入晋明帝宫中。

今白州有一派水，自双角山出，合容州江，呼为绿珠江。亦犹归州有昭君滩、昭君村、昭君场；吴有西施谷、脂粉塘。盖取美人出处为名。又有绿珠井，在双角山下。耆老传云："汲此井饮者，诞女必多美丽。里闾有识者以美色无益于时，因以巨石镇之。尔后虽有产女端妍者，而七窍四肢多不完具。”异哉！山水之使然。昭君村生女皆炙破其面，故白居易诗曰：“不取往者戒，恐贻来者冤。至今村女面，烧灼成瘢痕。”又以不完具而惜焉。

牛僧孺《周秦行记》云：“夜宿薄太后庙，见戚夫人、王嫱、太真妃、潘淑妃，各赋诗言志。别有善笛女子，短鬟窄衫具带，貌甚美，与潘氏偕来。太后以接坐居之，令吹笛，往往亦及酒。太后顾而谓曰：‘识此否？石家绿珠也。潘妃养作妹。’太后曰：‘绿珠岂能无诗乎？’绿珠拜谢，作曰：‘此日人非昔日人，笛声空怨赵王伦。红残钿碎花楼下，金谷千年更不春。’太后曰：‘牛秀才远来，今日谁人与伴？’绿珠曰：‘石卫尉性严忌。今有死，不可及乱。’”然事虽诡怪，聊以解颐。

噫！石崇之败，虽自绿珠始，亦其来有渐矣。崇常刺荆州，劫夺远使，沉杀客商，以致巨富。又遗王恺鸩鸟，共为鸩毒之事。有此阴谋，加以每邀客宴集，令美人行酒，客饮不尽者，使黄门斩美人。王丞相与大将军尝共访崇，丞相素不能饮，辄自勉强，至于沉醉。至大将军，故不饮以观其变，已斩三人。君子曰：“祸福无门，惟人所召。”崇心不义，举动杀人，乌得无报也！非绿珠无以速石崇之诛，非石崇无以显绿珠之名。

绿珠之坠楼，侍儿之有贞节者也。比之于古，则有曰六出。六出者，王进贤侍儿也。进贤，晋愍太子妃。洛阳乱，石勒掠进贤渡孟津，欲妻之。进贤骂曰：“我皇太子妇，司徒公女。胡羌小子，敢干我乎?”言毕投河。六出曰：“大既有之，小亦宜然。”复投河中。

又有窈娘者，武周时乔知之宠婢也。盛有姿色，特善歌舞。知之教读书，善属文，深所爱幸。时武承嗣骄贵，内宴酒酣，迫知之将金玉赌窈娘。知之不胜，便使人就家强载以归。知之怨悔，作《绿珠篇》以叙其怨。词曰：“石家金谷重新声，明珠十斛买娉婷。此日可怜无复比，此时可爱得人情。君家闺阁未曾难，尝持歌舞使人看。富贵雄豪非分理，骄矜势力横相干。辞君去君终不忍，徒劳掩面伤红粉。百年离别在高楼，一旦红颜为君尽。”知之私属承嗣家阍奴传诗于窈娘。窈娘得诗悲泣，投井而死。承嗣令汲出，于衣中得诗，鞭杀阍奴。讽吏罗织知之，以至杀焉。悲夫！二子以爱姬示人，掇丧身之祸。所谓倒持太阿，授人以柄。《易》曰：“慢藏诲盗，冶容诲淫。”其此之谓乎！

其后诗人题歌舞妓者，皆以绿珠为名。庾肩吾曰：“兰堂上客至，绮席清弦抚。自作《明君辞》，还教绿珠舞。”李元操云：“绛树摇歌扇，金谷舞筵开。罗袖拂归客，留欢醉玉杯。”江总云：“绿珠含泪舞，孙秀强相邀。”绿珠之没已数百年矣，诗人尚咏之不已。其故何哉？盖一婢子，不知书，而能感主恩，愤不顾身，其志烈懔懔，诚足使后人仰慕歌咏也。至有享厚禄，盗高位，亡仁义之性，怀反复之情，暮四朝三，惟利是务，节操反不若一妇人，岂不愧哉！今为此传，非徒述美丽，窒祸源，且欲惩戒辜恩背义之类也。

季伦死后十日，赵王伦败。左卫将军赵泉斩孙秀于中书，军士赵骏剖秀心食之。伦囚金墉城，赐金屑酒。伦惭，以巾覆面曰：“孙秀误我也。”饮金屑而卒。皆夷家族。南阳生曰：“此乃假天之报怨。不然，何枭夷之立见乎！”

【译文】

绿珠姓梁，是白州博白县人。白州就是南昌郡，古时候越国的地方，秦朝时属于象郡，汉代是合浦县的地界。唐代武德初年，削平了萧铣的割据势力，在这里设置了南州，没多久又改为白州，是用那里的白江来命名的。白州境内有博白山、博白江、盘龙洞、房山、双角山、大荒山。山上有池，池里有种鱼叫做婢妾鱼。绿珠出生在双角山下，容貌美丽，姿态冶艳。越地的风俗，将珍珠视为最珍贵的宝物，生下女儿就叫做珠娘，生下儿子就叫做珠儿。绿珠的名字，就是这样得来的。

晋朝的石崇做交趾采访使的时候，用三斛珍珠将绿珠买了来。石崇在洛阳黄河南面的金谷涧另外有房子。金谷涧里有金水，是从太白山的源头流过来的。石崇依着涧水在岸边建造了园林和馆舍。绿珠会吹笛，又擅长跳《明君》舞。（明君就是昭君，因为要回避晋文帝的名讳，所以将“昭”改为“明”。）明君是汉代的妃子，汉元帝时，匈奴单于王进宫来朝见，皇上下令将王嫱配给单于做妻子，王嫱就是昭君。快要离去的时候，王嫱走进来向皇上告辞，那容貌光彩照人，皇上后悔了，但是要想反悔就太难了。汉代的人可怜王嫱嫁到遥远的地方，为她写了这首歌。石崇将这歌曲教给了绿珠，自己创作了新的歌词，说是：

我是好人家的女孩，
将要嫁到单于家里。
还没有跟君王告辞，
前行马队已举起旗。
仆人流泪与我告别，

驾车的马哀声鸣啼。
悲痛郁结催伤心肺，
珠络帽带泪下沾湿。
走啊走一天天走远，
于是来到匈奴城里。
长久站在毡帐之中，
单于加封我为阏氏。
不是同类无法安心，
虽说富贵不荣反耻。
父亲儿子互相欺凌，
看到这些羞愧惊异。
残杀自身并不容易，
忍气吞声苟活人世。
就算活着有何寄托，
想想只觉怒气满溢。
但愿借来飞鸟翅膀，
乘风上天远远逃离。
飞鸟并不将我顾念，
我在原地彷徨无依。
从前我是盒里宝玉，
现在我是粪上花枝。
早晨花开又有何欢，
情愿便同秋草枯死。
把这话告诉后来人，
嫁得远可真没意思。

石崇还编写了《懊恼曲》送给绿珠。

石崇家的美女有一千多个，他选了几十个人，将她们打扮得一模一样，乍一看根本没有什么分别。将玉石雕刻为倒龙佩，将黄金盘绕为凤凰钗，让她们戴着这些饰物，拉着手绕着厅堂前部的柱子跳舞。石崇想让谁过来的时候，也不喊名字，只听那人玉佩的声音，看那人金钗的成色。玉佩声音轻的排在前面，金钗成色不够纯正的排在后面，按照这个顺序来见面。

赵王司马伦败坏纲常，依附于他的孙秀派人来索取绿珠。石崇正登上纳凉的楼观，面对着清澈的流水，并且有女人在身边伺候。使者将孙秀的话告诉他，石崇叫出几百个侍女来给他看，这些女人都穿着轻薄的丝织衣衫，香气扑鼻。石崇说："随你挑选。"使者说："伺候先生您的人都漂亮极了，不过我领受别人的命令，专门要来讨绿珠，不知道是哪个？"石崇勃然大怒，说："那是我心爱的人，你们是得不到的。"孙秀于是在司马伦面前说石崇坏话，司马伦下令将石崇家族的所有人都杀掉。抓人的士兵突然间来了，石崇对绿珠说："我现在因为你而有了罪过。"绿珠哭着说："我愿意在您前面为您效力至死。"石崇制止了她，于是她跳楼死了。石崇的刑罚是被砍头然后将尸体扔在东面的市集里。当时的人将绿珠丧命的那栋楼叫做绿珠楼。这栋楼位于步庚里，靠近狄泉。狄泉在洛阳王城的东面。绿珠有个徒弟叫宋祎，长相很出众，擅长吹笛子，后来被选到了晋明帝的后宫里。

现在白州有一条水流，源起双角山，与容州的江水合流，叫做绿珠江。就好像归州有昭君滩、昭君村、昭君场，吴地有西施谷、脂粉塘，都是因为美女出生在那里而命名的。又有绿珠井，在双角山下。上了年纪的人口耳相传说："到这口井里打水来喝，生下的女儿肯定会很美丽。乡里有见识的人觉得，容貌美丽对人对己并没有好处，所以用一块大石头压在了那口井上。这以后，即使有人生下容貌秀丽的女孩，也都是五官或四肢有残疾的。"奇异啊！这都是山上的水造成的。昭君村的人生下女儿都会将她的面孔烫伤毁损，所以白居易写诗说："不懂得吸取前人的教训，后来的人恐怕就要受冤吃亏。到现在昭君村女孩的脸庞，都被烧伤灼烫得疤痕累累。"这里又因为女孩们被伤残而感到惋惜了。

牛僧孺的《周秦行纪》说："夜里住在薄太后庙里，看到戚夫人、王嫱、太真妃、潘淑妃，每人都作诗说了自己的志向。另外有个擅长吹笛子的女子，留着短短的鬓发，穿着紧窄的衣衫，腰间围着饰有黄金的匈奴腰带，容貌很美丽，跟潘妃一道来的。太后让她坐在自己边上，叫她吹笛，还频频给她酒喝。太后回过头来对我说：'认识她吗？这是石家的绿珠，潘妃收养她做了妹妹。'太后说：'绿珠怎么能不作诗呢？'绿珠下拜告罪，作诗说：'今天的这个人已经不是从前的那个人，笛声里只是徒然地怨恨着赵王伦。精美的楼台下金钿已碎好花不再，金谷园此后千年不再有春天让人憾恨。’太后说：‘牛秀才远道而来，今天谁跟他作伴？’绿珠说：‘石卫尉妒忌心极重，今天让我死可以，让我跟人发生关系是不行的。’”这件事虽然诡异离奇，但也可以写出来供大家笑笑。

哎！石崇之所以会败亡，虽说是因为得到绿珠而种下祸根，但也是一点点积累而成的。石崇曾经做过荆州刺史，当时他抢劫远道而来的使节传递的财物，将出门经商的人沉到河里淹死，因此才变得非常有钱。又送给王恺鸩鸟，想一起用鸩鸟做成的毒药来害人。他有这样的坏心，再加上每次邀请客人参加宴席，都会让美女为他们倒酒，要是有谁不把杯中的酒喝完，就让阉官将这个美女砍头。丞相王导和大将军王敦曾经一起来拜访石崇，丞相从来就不能喝酒的，只好勉强自己，最后喝得醉醺醺的。至于大将军，他就故意不喝酒来观察事态的变化，石崇很快就杀了三个美女。有道德的人说：“灾祸和福气是不会固守门第派别的，都是人们自己招来的。”石崇心里没有道义，动不动就杀人，怎么可能没有报应呢！如果不是绿珠，石崇也不会那么快就遭到杀身之祸；如果不是石崇，绿珠也不会有那么大的名声。

绿珠跳楼这件事，说明她是个品格高尚、讲究节操的侍女。如果要说有哪个古时候的人有她一样的节操，那就是六出了。六出是王进贤的侍女，王进贤是晋愍帝做太子时的妃子。洛阳被乱军攻入后，石勒掳来王进贤，要带她渡过孟津，想要霸占她做老婆。王进贤骂道：“我是皇太子的妻子，司徒公的女儿，你这个野蛮民族的小子，怎么敢冒犯我？”说完就投河自尽了。六出说：“主人既然已经这样做，那我这个小婢女也应该这样做。”也跳进了河水中。

又有个窈娘，是武则天的周朝时乔知之宠爱的婢女。她容貌非常美丽，特别擅长唱歌跳舞。知之教她读书，她擅长写文章，知之非常疼爱她。那时候武承嗣身份尊贵，为人傲慢，参加皇宫里的宴席，喝酒喝醉了，一定要知之和他用金玉财宝来赌窈娘。知之赌输了，武承嗣就派人到他家里强行将窈娘带走了。知之心里又怨愤又后悔，写了首《绿珠篇》来诉说怨怒，诗是这样的：

石家的金谷园看重新鲜的声音，

用十斛明珠买来了这个美娇娘。
这一天她惹人怜爱无人比得上，
这时候她让人疼爱恩情一身享。
在你家的女人堆里生活并不难，
可你却曾让我唱歌跳舞给人看。
富贵有权势的人是不会讲理的，
傲慢的家伙凭借权力蛮横抢占。
要告别你离开你我绝对不忍心，
徒劳地掩面哭泣脂粉都已花掉。
就在高楼这里跟你永久地别离，
今天有个美丽女人她为你送命。

知之偷偷地拜托武承嗣家一个阉割过的奴仆将这首诗交给窈娘。窈娘拿到诗以后，痛苦地流下了眼泪，跳到井里自杀了。可悲啊！这两个人将自己心爱的女人给别人看，结果害得那女人丧命。这就是人家说的倒拿着宝剑，将手柄交给别人啊。《易经》说："财物没有收藏好就是在教人盗窃，容貌过于美艳就是在教人淫乱。"就是说的这样的事啊！

后来的诗人写到歌舞妓的时候，都会把诗中的妓女叫做绿珠。庾肩吾的诗说：

美好的厅堂里来了尊贵的客人，
华美的坐席上弹起清妙的弦乐。
我亲自写作了《明君辞》，
还叫来绿珠舞蹈一阕。

李元操的诗说：

美人绛树摇着歌舞时用的扇子，
金谷园的酒筵伴随着舞蹈开始。
丝罗袖子拂过打算离去的客人，
请他留下来喝那玉杯里的酒直到喝醉为止。

江总的诗说：

绿珠含着眼泪跳舞，

因为孙秀坚持要她跳。

绿珠去世已经有几百年了，诗人们还是一直在吟咏她，这是为什么呢？她这样一个没读过书的侍女，却因为有感于主人的恩德，愤愤然全不顾及自己的生命，品性刚烈端正，确实能够让后来的人觉得仰慕而去歌颂她。至于说，有那种享受着丰厚的俸禄的人，以不正当的手段坐上了高官的位子，没有仁义的品德，却有反复无常的性格，一会儿这样一会儿那样，利益在哪里他就在哪里，操行反倒比不上一个女人，怎么能不让人惭愧呢！我现在写了这篇传记，并不只是讲述美人的事迹，让人明白灾祸要从小处防范，也想要给那些忘恩负义的人敲敲警钟。

石崇死后十天，赵王司马伦就被打垮了。左卫将军赵泉在中书省中斩杀了孙秀，军士赵骏还把他的心挖出来吃了。司马伦被囚禁在金墉城，被赐金屑酒。司马伦感到很羞愧，将手巾盖在脸上，说："孙秀害了我啊。"将金屑酒喝了，就死了。这两人的家族都被杀光。南阳生说："这是石崇借老天的手来进行报复，要不然，为什么这两人这么快就被杀死和灭族了呢！"

杨太真外传卷上

乐　史

杨贵妃小字玉环，弘农华阴人也。后徙居蒲州永乐之独头村。高祖令本，金州刺史；父玄琰，蜀司户。贵妃生于蜀。尝误坠池中，后人呼为落妃池。池在导江县前。（亦如王昭君生于峡州，今有昭君村；绿珠生于白州，今有绿珠江。）

妃早孤，养于叔父河南府士曹玄璬家。开元二十二年十一月，归于寿邸。二十八年十月，玄宗幸温泉宫，（自天宝六载十月，复改为华清宫。）使高力士取杨氏女于寿邸，度为女道士，号太真，住内太真宫。天宝四载七月，册左卫中郎将韦昭训女配寿邸。是月，于凤凰园册太真宫女道士杨氏为贵妃，半后服用。

进见之日，奏《霓裳羽衣曲》。（《霓裳羽衣曲》者，是玄宗登三乡驿，望女几山所作也。故刘禹锡诗有云："伏睹玄宗皇帝《望女几山诗》，小臣斐然有感：开元天子万事足，惟惜当时光景促。三乡驿上望仙山，归作《霓裳羽衣曲》。仙心从此在瑶池，三清八景相追随。天上忽乘白云去，世间空有《秋风词》。"又《逸史》云：

“罗公远天宝初侍玄宗。八月十五日夜，宫中玩月，曰：‘陛下能从臣月中游乎？’乃取一枝桂，向空掷之，化为一桥，其色如银。请上同登，约行数十里，遂至大城阙。公远曰：‘此月宫也。’有仙女数百，素练宽衣，舞于广庭。上前问曰：‘此何曲也？’曰：‘《霓裳羽衣》也。’上密记其声调，遂回桥，却顾，随步而灭。旦谕伶官，象其声调，作《霓裳羽衣曲》。”以二说不同，乃备录于此。）是夕，授金钗钿合。上又自执丽水镇库紫磨金琢成步摇，至妆阁，亲与插鬓。上喜甚，谓后宫人曰：“朕得杨贵妃，如得至宝也。”乃制曲子曰《得宝子》，又曰《得鞛（方孔反）子》。

先是，开元初，玄宗有武惠妃、王皇后。后无子。妃生子，又美丽，宠倾后宫。至十三年，皇后废，妃嫔无得与惠妃比。二十一年十一月，惠妃即世。后庭虽有良家子，无悦上目者，上心凄然。至是得贵妃，又宠甚于惠妃。有姊三人，皆丰硕修整，工于谑浪，巧会旨趣。每入宫中，移晷方出。宫中呼贵妃为娘子，礼数同于皇后。

册妃日赠其父玄琰济阴太守，母李氏陇西郡夫人。又赠玄琰兵部尚书，李氏凉国夫人。叔玄珪为光禄卿银青光禄大夫。再从兄钊拜为侍郎，兼数使。兄铦又居朝列。堂弟锜尚太华公主。是武惠妃生，以母，见遇过于诸女，赐第连于宫禁。自此杨氏权倾天下，每有嘱请，台省府县若奉诏敕。四方奇货、僮仆、驼马，日输其门。

时安禄山为范阳节度，恩遇最深，上呼之为儿。尝于便殿与贵妃同宴乐，禄山每就坐，不拜上而拜贵妃。上顾而问之："胡不拜我而拜妃子，意者何也？"禄山奏云："胡家不知其父，只知其母。"上笑而赦之。又命杨铦以下，约禄山为兄弟姊妹，往来必相宴饯。初虽结义颇深，后亦权敌，不叶。

五载七月，妃子以妒悍忤旨。乘单车，令高力士送还杨铦宅。及亭午，上思之不食，举动发怒。力士探旨，奏请载还，送院中宫人衣物及司农米面酒馔百余车。诸姊及铦初则惧祸聚哭，及恩赐寖广，御馔兼至，乃稍宽慰。妃初出，上无聊，中官趋过者，或笞挞之，至有惊怖而亡者。力士因请就召。既夜，遂开安兴坊，从太华宅以入。及晓，玄宗见之内殿，大悦。贵妃拜泣谢过。因召两市杂戏以娱贵妃。贵妃诸姊进食作乐。自兹恩遇日深，后宫无得进幸矣。

七载，加钊御史大夫，权京兆尹，赐名国忠。封大姨为韩国夫人，三姨为虢国夫人，八姨为秦国夫人。同日拜命，皆月给钱十万，为脂粉之资。然虢国不施妆粉，自炫美艳，常素面朝天。当时杜甫有诗云："虢国夫人承主恩，平明上马入宫门。却嫌脂粉涴颜色，淡扫蛾眉朝至尊。"又赐虢国照夜玑，秦国七叶冠，国忠锁子帐，盖希代之珍，其恩宠如此。铦授银青光禄大夫鸿胪卿，列棨戟，特授上柱国，一日三诏。与国忠五家于宣阳里，甲第洞开，僭拟宫掖，车马仆从，照耀京邑。递相夸尚，每造一堂，费逾千万计。见制度宏壮于己者，则毁之复造，土木之工，不舍昼夜。上赐御食，及外方进献，皆颁赐五宅。开元已来，豪贵荣盛，未之比也。

上起动必与贵妃同行，将乘马，则力士执辔授鞭。宫中掌贵妃刺绣织锦七百人，雕镂器物又数百人，供生日及时节庆。续命杨益往岭南。长吏日求新奇以进奉。岭南节度张九章、广陵长史王翼，以端午进贵妃珍玩衣服，异于他郡，九章加银青光禄大夫，翼擢为户部侍郎。

九载二月，上旧置五王帐，长枕大被，与兄弟共处其间。妃子无何窃宁王紫玉笛吹。故诗人张祜诗云："梨花静院无人见，闲把宁王玉笛吹。"因此又忤旨，放出。时吉温多与中贵人善，国忠惧，请计于温。遂入奏曰："妃，妇人，无智识。有忤圣颜，罪当死。既尝蒙恩宠，只合死于宫中。陛下何惜一席之地，使其就戮？安忍取辱于外乎？"上曰："朕用卿，盖不缘妃也。"初，令中使张韬光送妃至宅，妃泣谓韬光曰："请奏：妾罪合万死。衣服之外，皆圣恩所赐，唯发肤是父母所生。今当即死，无以谢上。"乃引刀剪其发一缭，附韬光以献。妃既出，上怃然。至是，韬光以发搭于肩上以奏。上大惊惋，遽使力士就召以归，自后益嬖焉。又加国忠遥领剑南节度使。

十载上元节，杨氏五宅夜游，遂与广宁公主骑从争西市门。杨氏奴挥鞭误及公主衣，公主堕马。驸马程昌裔扶公主，因及数挝。公主泣奏之，上令决杀杨家奴一人，昌裔停官，不许朝谒。于是杨家转横，出入禁门不问，京师长吏，为之侧目。故当时谣曰："生女勿悲酸，生男勿喜欢。"又曰："男不封侯女作妃，君看女却是门楣。”其天下人心羡慕如此。

上一旦御勤政楼，大张声乐。时教坊有王大娘，善戴百尺竿，上施木山，状瀛州、方丈。令小儿持绛节，出入其间，而舞不辍。时刘晏以神童为秘书省正字，十岁，惠悟过人。上召于楼中，贵妃坐于膝上，为施粉黛，与之巾栉。贵妃令咏王大娘戴竿，晏应声曰：“楼前百戏竞争新，唯有长竿妙入神，谁谓绮罗翻有力，犹自嫌轻更着人。”上与妃及嫔御皆欢笑移时，声闻于外，因命牙笏黄纹袍赐之。上又宴诸王于木兰殿，时木兰花发，皇情不悦。妃醉中舞《霓裳羽衣》一曲，天颜大悦，方知回雪流风，可以回天转地。

上尝梦十仙子，乃制《紫云回》（玄宗尝梦仙子十余辈，御卿云而下，各执乐器，悬奏之。曲度清越，真仙府之音。有一仙人曰：“此神仙《紫云回》。今传授陛下，为正始之音。”上喜而传受。寤后，余音犹在。旦，命玉笛习之，尽得其节奏也。）并《梦龙女》，又制《凌波曲》。（玄宗在东都，梦一女，容貌艳异，梳交心髻，大袖宽衣，拜于床前。上问：“汝何人?”曰：“妾是陛下凌波池中龙女。卫宫护驾，妾实有功。今陛下洞晓钧天之音，乞赐一曲以光族类。”上于梦中为鼓胡琴，拾新旧之曲声，为《凌波曲》。龙女再拜而去。及觉，尽记之。会禁乐，自御琵琶，习而翻之。与文武臣僚，于凌波宫临池奏新曲，池中波涛涌起，复有神女出池心，乃所梦之女也。上大悦，语于宰相，因于池上置庙，每岁命祀之。）二曲既成，遂赐宜春院及梨园弟子并诸王。

时新丰初进女伶谢阿蛮，善舞。上与妃子钟念，因而受焉。就按于清元小殿，宁王吹玉笛，上羯鼓，妃琵琶，马仙期方音，李龟年觱篥，张野狐箜篌，贺怀智拍。自旦至午，欢洽异常。时唯妃女弟秦国夫人端坐观之。曲罢，上戏曰："阿瞒（上在禁中，多自称也。）乐籍，今日幸得供养夫人。请一缠头！"秦国曰："岂有大唐天子阿姨，无钱用耶？"遂出三百万为一局焉。

乐器皆非世有者，才奏而清风习习，声出天表。妃子琵琶逻逤檀，寺人白季贞使蜀还献。其木温润如玉，光耀可鉴，有金镂红文，蹙成双凤。弦乃末诃弥罗国永泰元年所贡者，渌水蚕丝也，光莹如贯珠瑟瑟。紫玉笛乃姮娥所得也。禄山进三百事管色，俱用媚玉为之。诸王、郡主、妃之姊妹，皆师妃，为琵琶弟子。每一曲彻，广有献遗。妃子是日问阿蛮曰："尔贫，无可献师长，待我与尔为。"命侍儿红桃娘取红粟玉臂支赐阿蛮。妃善击磬，拊搏之音泠泠然，多新声，虽太常梨园之妓，莫能及之。上命采蓝田绿玉，琢成磬。上方造簴，流苏之属，以金钿珠翠饰之，铸金为二狮子，以为趺，彩绘缛丽，一时无比。

先，开元中，禁中重木芍药，即今牡丹，（《开元天宝花木记》云："禁中呼木芍药为牡丹"也。）得数本红紫浅红通白者，上因移植于兴庆池东沉香亭前。会花方繁开，上乘照夜白，妃以步辇从。

诏选梨园弟子中尤者，得乐十六色。李龟年以歌擅一时之名，手捧檀板，押众乐前，将欲歌之。上曰："赏名花，对妃子，焉用旧乐词为？”遽命龟年持金花笺，宣赐翰林学士李白立进《清平乐》词三篇。承旨，犹苦宿酲，因援笔赋之。第一首：“云想衣裳花想容，春风拂槛露华浓。若非群玉山头见，会向瑶台月下逢。”第二首：“一枝红艳露凝香，云雨巫山枉断肠。借问汉宫谁得似？可怜飞燕倚新妆。”第三首：“名花倾国两相欢，长得君王带笑看。解释春风无限恨，沉香亭北倚栏干。”龟年捧词进，上命梨园弟子略约词调，抚丝竹，遂促龟年以歌。妃持玻璃七宝杯，酌西凉州葡萄酒，笑领歌，意甚厚。上因调玉笛以倚曲。每曲遍将换，则迟其声以媚之。妃饮罢，敛绣巾再拜。上自是顾李翰林尤异于他学士。会力士终以脱靴为耻。异日，妃重吟前词，力士戏曰：“始为妃子怨李白深入骨髓，何翻拳拳如是耶？”妃子惊曰：“何学士能辱人如斯？”力士曰：“以飞燕指妃子，贱之甚矣。”妃深然之。上尝三欲命李白官，卒为宫中所捍而止。

上在百花院便殿，因览《汉成帝内传》，时妃子后至，以手整上衣领，曰：“看何文书？”上笑曰：“莫问。知则又殢人。”觅去，乃是“汉成帝获飞燕，身轻欲不胜风。恐其飘翥，帝为造水晶盘，令宫人掌之而歌舞。又制七宝避风台，间以诸香，安于上，恐其四肢不禁”也。上又曰：“尔则任吹多少。”盖妃微有肌也，故上有此语戏妃。妃曰：“《霓裳羽衣》一曲，可掩前古。”上曰：“我才弄，尔便欲嗔乎？忆有一屏风，合在，待访得，以赐尔。”屏风用虹霓为名，雕刻前代美人之形，可长三寸许。其间服玩之器、衣服，皆用众宝杂厕而成。

水精为地，外以玳瑁水犀为押，络以珍珠瑟瑟。间缀精妙，迨非人力所制。此乃隋文帝所造，赐义成公主，随在北胡。贞观初，灭胡，与萧后同归中国，因而赐焉。（妃归卫公家，遂持去。安于高楼上，未及将归。国忠日午偃息楼上，至床，睹屏风在焉。才就枕，而屏风诸女悉皆下床前，各通所号，曰："裂缯人也。""定陶人也。""穹庐人也。""当垆人也。""亡吴人也。""步莲人也。""桃源人也。""斑竹人也。""奉五官人也。""温肌人也。""曹氏投波人也。""吴宫无双返香人也。""拾翠人也。""窃香人也。""金屋人也。""解佩人也。""为云人也。""董双成也。""为烟人也。""画眉人也。""吹箫人也。""笑躄人也。""垓中人也。""许飞琼也。""赵飞燕也。""金谷人也。""小鬟人也。""光发人也。""薛夜来也。""结绮人也。""临春阁人也。""扶风女也。"国忠虽开目，历历见之，而身体不能动，口不能发声。诸女各以物列坐。俄有纤腰妓人近十余辈，曰："楚章华踏谣娘也。"乃连臂而歌之，曰："三朵芙蓉是我流，大杨造得小杨收。"复有二三妓，又曰："楚宫弓腰也。何不见《楚辞别序》云：'绰约花态，弓身玉肌'？"俄而递为本艺。将呈讫，一一复归屏上。国忠方醒，惶惧甚，遽走下楼，急令封锁之。贵妃知之，亦不欲见焉。禄山乱后，其物犹存，在宰相元载家。自后不知所在。）

【译文】

杨贵妃小字玉环，祖籍是弘农郡华阴县人，后来移居到蒲州永乐的独头村。她的高祖杨令本做过金州刺史，父亲杨玄琰做过蜀州司户。杨贵妃在蜀州出生。她曾经失足掉进了池子里，后人就把那个池子叫做落妃池，池子在导江县的前面。（就好比王昭君在峡州出生，现在就有昭君村；绿珠在白州出生，现在就有绿珠江。）

贵妃很小的时候就失去了父亲，寄养在叔父河南府的士曹参军杨玄璬家里。开元二十二年十一月，她嫁给了寿王。开元二十八年十月，唐玄宗来到温泉宫（从天宝六载十月开始，这座宫殿又改名为华清宫），派高力士把杨家的这个女孩从寿王府里接出来，让她出家做女道士，法号太真，住在大内的太真宫。天宝四载七月，发布诏书将左卫中郎将韦昭训的女儿封为寿王妃。同月，在凤凰园里册封太真宫女道士杨氏为贵妃，服饰用度都参照皇后待遇减半。

贵妃觐见皇上的那天，演奏了《霓裳羽衣曲》。（《霓裳羽衣曲》，是玄宗登上三乡驿站的高处眺望女几山而创作的乐曲。因而刘禹锡有诗说："恭敬地阅读了玄宗皇帝的《望女几山诗》，小臣我有很多感想，诗兴大发：开元天子万事都满足，只觉得时光过得太快很可惜。他在三乡驿上眺望仙山，回来创作了《霓裳羽衣曲》的调子。求仙问道的心从此便不曾停止，天神所居的仙境和八彩光影就是他追寻的目的。忽有一日乘着白云飞上了天，就只有《秋风词》空留人世。"又《逸史》说："罗公远天宝初年侍奉玄宗。八月十五日晚上，宫中人正在观赏月亮，罗公远说：'陛下能跟着我一起到月亮里游玩吗？'说完，他拿出一根桂树枝，抛到空中，树枝变成了一座桥，色泽就像银子一样。罗公远请皇上跟他一起走上去，大概走了几十里路，来到了一座大宫城里。罗公远说：'这是月宫。'有几百个仙女，穿着宽大的白绸衣服，正在宽敞的庭院里跳舞。皇上走上前问道：'这是什么曲子？'她们说：'《霓裳羽衣曲》。'皇上偷偷地把这曲子的旋律记了下来，接着两人就走回到了桥上，回头去看，随着他们往前走，那些移到他们身后的景物都随即消失了。早上起来，皇上就传旨给乐官，让他们模仿那种旋律，创作出了《霓裳羽衣曲》。"因为这两种说法不一样，所以都写在这里。）当天晚上，皇上送了贵妃金钗和钿盒。皇上还亲自将国库镇库之宝丽水紫磨金琢磨成头饰步摇，来到贵妃的妆楼，亲自帮她插在发髻里。皇上高兴极了，对后宫的人说："我得到杨贵妃，就好像得到了最珍贵的宝贝。”于是创作了一个曲子，叫做《得宝子》，又叫《得鞛子》。

在这以前，开元初年的时候，玄宗有武惠妃和王皇后，皇后没有儿子，武惠妃生了个儿子，本人长得又漂亮，皇帝对她的宠爱后宫无人能及。到了开元十三年，皇后被废，无论哪个妃嫔都比不上惠妃的荣宠。二十一年十一月，惠妃去世。后宫虽然有许多好人家的女儿，但是没有皇上看得上眼的，皇上心里很悲伤。直到这时候有了杨贵妃，他对贵妃的宠爱又超过了惠妃。贵妃有三个姐妹，都长得身材高大健美，体格丰满匀称，擅长说笑调情，很能猜度别人的心意。她们每次进宫来，都要待很长时间才走。皇宫里的人称呼贵妃为娘子，对待她的礼节就跟皇后一样。

册封贵妃的那天，皇上还追赠她父亲杨玄琰为济阴太守，她母亲李氏为陇西郡夫人。又封杨玄琰为兵部尚书，李氏为凉国夫人。她的叔叔杨玄珪被封为光禄卿、银青光禄大夫，还有堂兄杨钊被封为侍郎，身兼几种使节的职务。哥哥杨铦也身居朝官之列。堂弟杨锜娶了太华公主。太华公主是武惠妃生的，因为母亲的缘故，待遇要比皇帝其他的女儿好得多，皇上赏赐给她的府第是和皇宫连在一起的。从此以后，杨家的权势天下难比，杨家人只要有什么要求，三省一台和州府县的官吏都像接到圣旨一样去办，四面八方的珍奇玩意、奴仆和马匹，整天都在往他们家里送。

那时候安禄山做着范阳节度使，皇上最是宠爱信任他，将他叫做自己的儿子。皇上曾经在便殿的宴席上与贵妃喝酒玩乐，安禄山每次入座前，不拜皇上而拜贵妃。皇上看着他问道：“你为什么不拜我而拜妃子，有什么意思吗？”安禄山报告说：“我们少数民族的人不认识父亲，只认得母亲。”皇上笑了，赦免了他的罪过。皇上还命令杨家比杨铦辈分低的，都跟安禄山结为兄弟姐妹，互相走动都要举行宴会迎送。开始的时候，杨家虽然跟安禄山建立起了较深的情义，可是后来也就成了争夺权力的敌人，关系并不和睦。

天宝五载七月，妃子因为吃醋发脾气，顶撞皇上，皇上命令她乘坐单车，让高力士把她送回杨铦家里。到了中午，皇上想念贵妃，吃不下饭，随随便便就要发火。高力士探察到皇上的意思，上奏请求皇上允许将贵妃接回来，又将院中宫女、衣物和司农寺的米、面、酒和吃食送去，装了一百多辆车子。贵妃刚被送回来的时候，几个姐妹和杨铦还因为担心大事不好而聚在一起哭泣，直到皇上赏赐了比平常更多的东西，御厨做的菜都送来了，这才稍稍宽解了心中的担忧。贵妃刚刚出宫去的时候，皇上心情烦乱，情思没有寄托，从他面前疾步走过的太监，有的受到了用竹条鞭打的处罚，甚至有人因为害怕而被吓死。高力士于是来请贵妃应诏回宫。当时已经是晚上了，于是打开了安兴坊的门，从太华公主的宅第进入了皇宫。到了早上，玄宗在内宫的大殿里见到了贵妃，非常开心。贵妃哭着下拜，为自己的过错道歉。皇上于是将长安东西两市的杂耍艺人叫来，让他们表演节目来逗贵妃开心。贵妃的几个姐妹陪他们一起吃饭，帮着他们取乐。这以后，皇上对贵妃的宠爱一天天地都在加深，后宫除了贵妃再没人能亲近皇上了。

天宝七载，加封杨钊为御史大夫，代理京兆府府尹的工作，赐他“国忠”两字作为名字。封大姨子为韩国夫人，三姨为虢国夫人，八姨为秦国夫人。三个人同一天跪拜接受册封的诏命，每人每月都可得到十万钱，是作为买胭脂花粉的花销给她们的。可是虢国夫人并不涂脂抹粉，她要炫耀自己的美貌，常常连妆都不化就去面见天子。当时杜甫有首诗，说道：

虢国夫人有着君王的恩典，
大早上骑上马就进了宫墙。
嫌弃脂粉妨碍自己的美貌，
淡淡地描个眉就去见皇上。

皇上还赏赐给虢国夫人夜明珠，秦国夫人七叶冠，杨国忠锁子帐，这些东西都是世所罕见的珍宝，可见皇上对他们的恩宠有多深。皇上封杨铦为银青光禄大夫、鸿胪卿，出行可以排布手执木戟的仪仗队，还特别授予他上柱国的官位，在一天里发布了这样三道命令。杨铦和杨国忠等五家人家住在宣阳里，他们的府第又大又深，没有遵从尊卑有序的规定，房屋的规格竟然模仿宫廷，家里车马仆人一大堆，家族的荣光照耀京城。他们还互相攀比，每建造一间厅堂就要花费几千几万两以上的钱款，看见规格样式比自家宏大雄壮的，就把自家的房屋推掉重造，因此土木营造的工程总是不分日夜地进行着。皇上将御用的食物赏赐给他们，其他地方进贡来的东西，也都会拿来赏赐给这五家人家。开元以来，要说权势大、富贵荣耀，没有哪个家族能够比得上杨家。

皇上出行一定会把贵妃带在身边，如果要骑马，就由高力士来拉着马笼头，并把马鞭子递给皇上。宫里负责贵妃衣物的刺绣和织锦的有七百人，负责雕刻制作器物的又有好几百人，用于贵妃过生日或是节日庆典活动。又不断地派杨益到岭南去，于是那里的官吏整天搜求新奇的玩意来进贡。岭南节度使张九章、广陵长史王翼因为端午节进贡给贵妃的宝物和衣服不同于其他各郡进贡的，九章得到了银青光禄大夫的进封，而王翼被提拔为户部侍郎。

天宝九载二月，皇上原来就准备好了五王帐，里面有长长的枕头和宽大的被子，他就和兄弟们一起待在里面。没有多久，妃子偷了宁王的紫玉笛来吹。所以诗人张祜有两句诗说：

在没人看见的开满梨花的安静院子里，
百无聊赖地拿起了宁王的玉笛来吹奏。

妃子因此又惹恼了皇上，被逐出宫来。那时，吉温与宫中有权势的太监关系比较好，杨国忠很害怕，请吉温帮他想想办法。跟着就上奏皇上说："贵妃就是个女人，没有头脑，也没有见识，触怒了皇上，死也是应该的。既然她曾经受到皇上的宠爱，那她就只应该死在宫里。陛下为什么吝惜这么一块小小的地方，不让她在宫里被处死呢？您怎么忍心让她在宫外屈辱地死去呢？"皇上说："我重用你，并不是因为妃子，你不需要费心为她开脱。"妃子刚被逐出宫的时候，皇上命令内廷办事员张韬光将妃子送回杨家，妃子哭着对张韬光说："请帮我告诉皇上：我罪该万死。包括我身上穿的衣服在内，我的一切都是皇上给的，只有头发和皮肉是父母生养出来的。如今我确实应该去死，没什么好用来答谢皇上的。"说着，就拿起剪刀铰下一把头发来，交给张韬光，要他献给皇上。妃子出宫以后，皇上感到很惆怅失落。到了这个时候，张韬光就将妃子的头发搭在肩膀上，将妃子的话报告给皇上听。皇上非常惊讶，也替妃子觉得十分惋惜，马上派高力士将妃子接回来。这以后，皇上对妃子就更宠爱了，还让杨国忠遥领剑南节度使的官职，让他不用去遥远的剑南，而可以在京城办公。

天宝十载的元宵节，杨氏五家人家夜里在街市游玩，接着就跟骑马的广宁公主和随从争抢起西市门口的地盘。杨家的一个奴仆不小心挥鞭打中了公主的衣服，害得公主从马上跌下来。驸马程昌裔过来扶公主，于是跟那个奴仆发生了拳脚冲突。公主哭着将这件事告诉皇上，皇上下令杀掉杨家的那个奴仆，同时把程昌裔停职，不许他上朝觐见。杨家因为这件事变得骄横起来，出入皇宫大门，也不打招呼，京城里的官吏都很害怕，见到他们不敢正视。所以当时民间的歌谣说："生了女儿别难过，生了儿子别开心。"又说："儿子封不了侯女儿却能做贵妃，你看女儿倒能为全家增添光彩。"天下人竟对杨家羡慕到这种地步。

皇上有一天早上来到勤政楼，命令乐官大奏音乐。当时负责宫廷音乐的机构教坊里有位王大娘，擅长将百尺的竹竿顶在头上，竿头架设木山，模拟成瀛洲、方丈两座仙山的样子，还让小孩子拿着红色的符节，在木山之间穿行，王大娘自己却能不受影响地持续舞蹈。那时刘晏因为有神童的称号被封为秘书省正字，年纪才十岁，聪明出众。皇上召他来到楼里，贵妃抱他坐在自己膝上，帮他涂脂抹粉，为他梳头、戴上头巾。贵妃让他将王大娘顶竹竿这件事写成诗篇，刘晏接口就说：

楼前杂技争相呈现新颖的表演，
只有顶长竿跳舞这项巧妙入神。
谁能想到女人家会那么有力气，
还嫌竿子轻而要在上面加个人。

皇上、贵妃和其他宫女妾侍都开心地笑了很长时间，楼外面都能听到他们的声音，皇上于是命人将象牙笏和黄纹袍赏赐给刘晏。皇上又在木兰殿设宴，请各位王爷来喝酒，那时候木兰树正开花，可是皇上心情并不好。贵妃喝醉了，伴着《霓裳羽衣曲》跳了一支舞，皇上看了非常高兴。原来回雪流风的美妙舞姿是可以将事态完全扭转过来的。

皇上曾经梦见十位仙子，然后创作了《紫云回》（玄宗曾经梦见十几位仙女乘着彩云下降，手里各自拿着乐器，悬在空中演奏。

那乐曲清雅脱俗，真的是仙境里才有的音乐。有一位仙女说："这是神仙的曲子《紫云回》，现在传授给陛下，是非常纯正的音乐。"皇上高兴地领受了。醒来之后，音乐还回荡在他脑中。到了早上，他命人取来玉笛试奏，那乐曲的节奏完全被保留了下来）和《梦龙女》这两支曲子，又创作了《凌波曲》。（玄宗在东都洛阳的时候，梦见一个女子，容貌艳丽非凡，梳着交心髻，穿着大袖子的宽大衣服，在床前向他下拜。皇上问道："你是什么人？"女子说："我是陛下凌波池里的龙女，保卫宫廷和皇室，我实在是有功劳的。如今陛下您对天上的音乐都那么精通，我请求您赐我一首曲子，这样我们家族也有光彩。"皇上在梦里为她弹奏胡琴，将新的曲子和以前的音乐掺杂在一起，创作出《凌波曲》来。龙女拜了两次才离去。等他醒来的时候，他还完全记得那音乐的曲调。他将宫中乐队集中了起来，自己拿起琵琶来弹奏，试着将曲调弹了出来并且加入了变奏。皇上带着文武百官来到凌波宫的池子边，将这新编的音乐弹奏出来，池子里波涛翻滚，池子中央有神女浮出水面，就是他梦里见到的那个女子。皇上非常高兴，将这件事告诉了宰相，就在水池边上建了座庙，每年都会派人祭祀神女。）这两首曲子编成之后，皇上就把它们赐给了宜春院和梨园的乐师，以及各位王爷。

那时新丰刚刚进贡来一名女艺人叫谢阿蛮，她擅长跳舞。皇上和妃子一直都想要这么个跳舞艺人，就收下了。于是让她到清元小殿里随着节拍跳舞，并由宁王吹玉笛，皇上打羯鼓，妃子弹琵琶，马仙期击方响，李龟年吹觱篥，张野狐弹箜篌，贺怀智拍板。从早上排演到中午，气氛欢乐融洽极了。当时只有贵妃的妹妹秦国夫人坐着观看。一曲演奏完毕，皇上开玩笑说："阿瞒（皇上在宫中经常这样自称）这个乐户，今天有幸能够为夫人表演，请夫人给点赏钱吧！"秦国夫人说："难道我这个大唐天子的小姨子会没有钱用吗？"于是拿出三百万来作为他们一轮演出的赏钱。

他们用的乐器都是世所罕见的，刚刚开始演奏就觉得仿佛有阵阵清风吹拂，奏出的音乐好像来自天外。妃子的琵琶用的是西藏产的逻逤檀木，是太监白季贞到蜀地出使后带回来进献的，木质像玉石一样温润，像镜子一样光亮可照，有金丝红纹，集拢起来的纹理形成了两只凤凰。琵琶弦是永泰元年末诃弥罗国进贡的①，是渌水蚕丝做成的，光亮得就像用一颗颗明珠串成的。紫玉笛是嫦娥弄来的，安禄山送来三百种样式的笛管，都是用上好的玉材制成的。几位王爷、郡主和妃子的姐妹，都拜妃子为师，向她学习琵琶。他们每次学成一个曲子，都会献上许多礼物。妃子这天就对阿蛮说："你很穷，没什么可以送给我这个当老师的，那就让我来送你东西吧。"她让侍女红桃娘将红粟玉臂支拿来，赐给了阿蛮。妃子擅长击磬，敲击出来的声音清越悠扬，大多是新编的曲调，即使是太常寺梨园中的乐妓，也没人比得上她的技艺。皇上命人开采蓝田的绿玉，将这种玉石雕琢成磬。皇上那时还刚刚命人制造出了悬挂钟磬的木架，用金钿、珍珠和翡翠装饰，铸造出两只金狮子作为架脚的底座，架子上还点缀着繁复绚丽的彩绘，当时根本没有哪件器物能够比得上这个架子。

之前还是开元中的时候，皇宫里的人看重木芍药，就是现在的牡丹，（《开元天宝花木记》说："皇宫里将木芍药叫做牡丹。"）皇上得到了红紫、浅红和全白的几株牡丹，于是将它们移植在兴庆池东边的沉香亭前。正碰上牡丹花开得很盛，皇上骑着照夜白（马名，产于古代西域，雪白而高大）去看花，妃子乘坐轿子在后面跟着。

皇上下令挑选梨园乐班里最出众的艺人，选出了演奏十六种乐器的乐师。李龟年因为歌唱得好，当时最富盛名，他手里拿着檀木制成的拍板，带着那些乐师走上前来，准备要开始歌唱了。皇上说："观赏名花，面对妃子，要那些旧歌词来干嘛?"随即让李龟年手拿金花笺，去叫翰林学士李白马上写出《清平乐》词三首送进来。李白接到圣旨，虽然昨晚喝醉了酒，现在还有些不舒服，他马上拿起笔来写好了词。第一首说：

> 云儿希望有她那样的衣裳，
> 花儿希望有她那样的容貌，
> 春风拂过亭台的栏杆，

---

① 译者按：永泰元年（675）贵妃已死，此处有误。

只见花朵上露水浓重。
如果不能在群玉山这样的仙山看到这些花，
那也会在月色照耀下的仙宫瑶台与之相逢。

第二首说：

艳丽的红花上的露水饱含着芬芳，
为巫山神女断肠的楚襄王不过是没见过她而已。
要问汉代宫廷里有谁能够像她一般美艳，
赵飞燕也得靠着美丽的妆容才能比得上。

第三首说：

名花和倾国美人她们相得益彰，
经常能让君王面带笑容地赏看。
想要消解春风带来的无限怨恨，
就到沉香亭北靠着栏杆看一看。

李龟年将这三首词捧到皇上面前，皇上让乐师们定好词的调子，将乐器摆弄起来，然后就让李龟年赶快开唱。妃子拿着玻璃七宝杯，喝着西凉州的葡萄酒，笑着听这献给她的歌曲，感到很是满意。皇上于是调整玉笛的声调，跟着那曲子演奏起来。每当一曲结束，要换调的时候，皇上就故意吹得慢些，来讨妃子的欢心。妃子喝完酒，整理好绣巾，向皇上拜了两拜。皇上从此以后对李白更要比其他学士好些，而高力士始终将李白让他为自己脱靴一事视作自己的耻辱。以后的一天，妃子再次吟诵起之前的那三首词，高力士开玩笑说："我还以为妃子你应该对李白恨入骨髓，却为什么对他那么倾慕呢？"妃子惊讶地说："学士怎么会像你说的那样侮辱人呢？"高力士说："他用飞燕来指代妃子，把你看得多么低贱啊。"妃子觉得高力士说得很对。皇上曾经有三次想封李白官职，最终都因为妃子劝阻而没有封成。

皇上来到了百花院的便殿，于是开始翻看《汉成帝内传》，那次妃子晚到了，伸出手来帮皇上整理衣领，说道："在看什么书呢？"皇上笑道："别问了，你知道了又缠杂不清。"妃子自己看去，原来是"汉成帝得到了飞燕，她体态轻盈，简直像要被风吹倒的样子。因为害怕她会飘走，汉成帝为她制造了一个水晶盘，让宫女将盘子放在手掌中，然后飞燕就可以在盘上跳舞。又建造了七宝避风台，里面放上各种香料，安放在盘子上，是因为怕她的四肢禁不起风吹”。皇上又说：“要是你，风怎么吹都没关系。”因为妃子比较丰满，所以皇上说着话来打趣她。妃子说：“我随着《霓裳羽衣》这个曲子舞蹈，可以盖过古人了。”皇上说：“我才逗了你一句，你就要生气吗？我记得有面屏风，应该在的，找到就送给你。”屏风名为虹霓，上面雕刻着以前朝代美人的形象，人像大约有三寸多长。上面那些戴在身上的和用来赏玩的器物以及衣服都是用各种珍宝拼缀而成的。水晶的底子，外部用玳瑁和水犀角来压住，还成串地缀上珍珠。镶嵌和点缀的技艺非常精妙，简直就不是人工可以做成的。这屏风是隋文帝制作的，赏赐给了义成公主，跟随公主来到了北地的突厥。唐朝贞观初年，灭掉了突厥，屏风就跟隋炀帝皇后萧氏一起回到了中国，这时候玄宗就把它赐给了杨贵妃。（贵妃到她堂兄卫国公杨国忠家里去，就将屏风也一块带去，安放在高楼上，没来得及带回宫。杨国忠大白天去楼上睡午觉，走到床边的时候，看到屏风还在那里，刚刚靠到枕头上，屏风上的所有美女都跳下来，走到他床前，通报各自的名号，说：“我是裂缯人。”“我是定陶人。”“我是穹庐人。”“我是当垆人。”“我是亡吴人。”“我是步莲人。”“我是桃源人。”“我是斑竹人。”“我是奉五官人。”“我是温肌人。”“我是曹氏投波人。”“我是吴宫无双返香人。”“我是拾翠人。”“我是窃香人。”“我是金屋人。”“我是解佩人。”“我是为云人。”“我是董双成。”“我是为烟人。”“我是画眉人。”“我是吹箫人。”“我是笑躄人。”“我是垓中人。”“我是许飞琼。”“我是赵飞燕。”“我是金谷人。”“我是小鬟人。”“我是光发人。”“我是薛夜来。”“我是结绮人。”“我是临春阁人。”“我是扶风女。”杨国忠虽然眼睛睁开着，一个个美人都看得很清楚，但是身体不能动，嘴巴不能出声。这些女子不知道在什么物件上排开来坐下了。不久，来了将近十几位细腰的妓女，说道：“我们是楚国章华台上的踏谣娘。”说完拉着手，唱起歌来，歌词说：“三朵芙蓉是我流，大杨造好小杨收。”又来了两三个妓女，说：“我们是楚国宫廷里的弓腰娘。没见过《楚辞别序》说‘绰约花态，弓身玉肌’吗？”没过多久，她们各自开始表演自己的拿手技艺。快要表演完的时候，又一个个回到了屏风上。杨国忠这才醒过来，惊慌害怕极了，急忙走下楼来，赶快叫人把楼给锁起来。贵妃知道了这件事，也不想再看见那扇屏风了。安禄山叛乱以后，那东西还被保存了下来，在宰相元载家里。后来就不知道到哪里去了。)

杨太真外传卷下

乐 史

初，开元末，江陵进乳柑橘，上以十枚种于蓬莱宫。至天宝十载九月秋，结实。宣赐宰臣，曰："朕近于宫内种柑子树数株，今秋结实一百五十余颗，乃与江南及蜀道所进无别，亦可谓稍异者。"宰臣表贺曰："伏以自天所育者，不能改有常之性；旷古所无者，乃可谓非常之感。是知圣人御物，以元气布和；大道乘时，则殊方叶致。且橘柚所植，南北异名，实造化之有初，匪阴阳之有革。陛下玄风真纪，六合一家。雨露所均，混天区而齐被；草木有性，凭地气以潜通。故兹江外之珍果，为禁中之佳实。绿蒂含霜，芳流绮殿；金衣烂日，色丽彤庭。云云。"乃颁赐大臣。外有一合欢实，上与妃子互相持玩。上曰："此果似知人意，朕与卿固同一体，所以合欢。"于是促坐，同食焉。因令画图，传之于后。

妃子既生于蜀，嗜荔枝。南海荔枝，胜于蜀者，故每岁驰驿以进。然方暑热而熟，经宿则无味。后人不能知也。上与妃采戏，将北，唯重四转败为胜。连叱之，骰子宛转而成重四，遂命高力士赐绯，风俗因而不易。

广南进白鹦鹉，洞晓言词，呼为雪衣女。一朝飞上妃镜台上，自语："雪衣女昨夜梦为鸷鸟所搏。"上令妃授以《多心经》，记诵精熟。后上与妃游别殿，置雪衣女于步辇竿上同去。瞥有鹰至，搏之而毙。上与妃叹息久之，遂瘗于苑中，呼为鹦鹉冢。交趾贡龙脑香，有蝉蚕之状，五十枚。波斯言老龙脑树节方有。禁中呼为瑞龙脑，上赐妃十枚。妃私发明驼使，（明驼使腹下有毛，夜能明，日驰五百里。）持三枚遗禄山。妃又常遗禄山金平脱装具，玉合，金平脱铁面碗。

十一载，李林甫死。又以国忠为相，带四十余使。十二载，加国忠司空。长男暄，先尚延和郡主，又拜银青光禄大夫，太常卿，兼户部侍郎。小男朏，尚万春公主。贵妃堂弟秘书少监鉴，尚承荣郡主。一门一贵妃，二公主，三郡主，三夫人。十三载，重赠玄琰太尉，齐国公。母重封梁国夫人。官为造庙，御制碑，及书。叔玄珪又拜工部尚书。韩国婿秘书少监崔珣女为代宗妃；虢国男裴徽尚代宗女延光公主，女为让帝男妻；秦国婿柳澄男钧尚长清县主，澄弟潭尚肃宗女和政公主。

上每年冬十月，幸华清宫，常经冬还宫阙，去即与妃同辇。华清宫有端正楼，即贵妃梳洗之所；有莲花汤，即贵妃澡沐之室。国忠赐第在宫东门之南，虢国相对。韩国秦国，甍栋相接。天子幸其第，必过五家，赏赐燕乐。扈从之时，每家为一队，队着一色衣。五家合队相映，如百花之焕发。遗钿，坠舄，瑟瑟，珠翠，灿于路岐，可掬。曾有人俯身一窥其车，香气数日不绝。驼马千余头疋。以剑南旌节器仗前驱。出有饯饮，还有软脚。远近饷遗珍玩狗马，阉侍歌儿，相望于道。及秦国先死，独虢国、韩国、国忠转盛。虢国又与国忠乱焉。略无仪检，每入朝谒，国忠与韩、虢连辔，挥鞭骤马，以为谐谑。从官嬿妪百余骑。秉烛如昼，鲜装袨服而行，亦无蒙蔽。衢路观者如堵，无不骇叹。十宅诸王男女婚嫁，皆资韩、虢绍介；每一人约一千贯，上乃许之。

十四载六月一日，上幸华清宫，乃贵妃生日。上命小部音声，（小部者，梨园法部所置，凡三十人，皆十五已下。）于长生殿奏新曲，未有名。会南海进荔枝，因以曲名《荔枝香》。左右欢呼，声动山谷。其年十一月，禄山反幽陵，（禄山本名轧荦山，杂种胡人也。母本巫师。禄山晚年益肥，垂肚过膝，自秤得三百五十斤。于上前胡旋舞，疾如风焉。上尝于勤政楼东间设大金鸡障，施一大榻，卷去帘，令禄山坐。其下设百戏，与禄山看焉。肃宗谏曰："历观今古，未闻臣下与君上同坐阅戏。"上私曰："渠有异相，我禳之故耳。"又尝与夜燕，禄山醉卧，化为一猪而龙首。左右遽告帝。帝曰："此猪龙，无能为。"终不杀。卒乱中国。）以诛国忠为名。咸言国忠、虢国、贵妃三罪，莫敢上闻。上欲以皇太子监国，盖欲传位，自亲征。谋于国忠，国忠大惧，归谓姊妹曰："我等死在旦夕。今东宫监国，当与娘子等并命矣。"姊妹哭诉于贵妃。妃衔土请命，事乃寝。

十五载六月，潼关失守，上幸巴蜀，贵妃从。至马嵬，右龙武将军陈玄礼惧兵乱，乃谓军士曰："今天下崩离，万乘震荡。岂不由杨国忠割剥甿庶，以至于此？若不诛之，何以谢天下！”众曰：“念之久矣。”会吐蕃和好使在驿门遮国忠诉事。军士呼曰：“杨国忠与蕃人谋叛！”诸军乃围驿四合，杀国忠，并男暄等。（国忠旧名钊，本张易之之子也。天授中，易之恩幸莫比。每归私第，诏令居楼，仍去其梯，围以束棘，无复女奴侍立。母恐张氏绝嗣，乃置女奴嫔姝于楼复壁中。遂有娠，而生国忠。后嫁于杨氏。）上乃出驿门劳六军。六军不解围，上顾左右责其故。高力士对曰：“国忠负罪，诸将讨之。贵妃即国忠之妹，犹在陛下左右，群臣能无忧怖？伏乞圣虑裁断。”（一本云：“贼根犹在，何敢散乎？”盖斥贵妃也。）上回入驿。驿门内傍有小巷，上不忍归行宫，于巷中倚仗欹首而立。圣情昏默，久而不进。

京兆司录韦锷（见素男也）进曰：“乞陛下割恩忍断，以宁国家。”逡巡，上入行宫。抚妃子出于厅门，至马道北墙口而别之，使力士赐死。妃泣涕呜咽，语不胜情，乃曰：“愿大家好住。妾诚负国恩，死无恨矣。乞容礼佛。”帝曰：“愿妃子善地受生。”力士遂缢于佛堂前之梨树下。才绝，而南方进荔枝至。上睹之，长号数息，使力士曰：“与我祭之。”祭后，六军尚未解围。以绣衾覆床，置驿庭中，敕玄礼等入驿视之。玄礼抬其首，知其死，曰：“是矣。”而围解。瘗于西郭之外一里许道北坎下。妃时年三十八。上持荔枝于马上谓张野狐曰：“此去剑门，鸟啼花落，水绿山青，无非助朕悲悼妃子之由也。”

初，上在华清宫日，乘马出宫门，欲幸虢国夫人之宅。玄礼曰：“未宣敕报臣，天子不可轻去就。”上为之回辔。他年，在华清宫，逼上元，欲夜游。玄礼奏曰：“宫外即是旷野，须有预备，若欲夜游，愿归城阙。”上又不能违谏。及此马嵬之诛，皆是敢言之有便也。先是，术士李遐周有诗曰：“燕市人皆去，函关马不归。若逢山下鬼，环上系罗衣。”“燕市人皆去”，禄山即蓟门之士而来。“函关马不归”，哥舒翰之败潼关也。“若逢山下鬼”，嵬字，即马嵬驿也。“环上系罗衣”，贵妃小字玉环，及其死也，力士以罗巾缢焉。又妃常以假髻为首饰，而好服黄裙。天宝末，京师童谣曰：“义髻抛河里，黄裙逐水流。”至此应矣。初，禄山尝于上前应对，杂以谐谑。妃常在座，禄山心动。及闻马嵬之死，数日叹惋。虽林甫养育之，国忠激怒之，然其有所自也。

是时虢国夫人先至陈仓之官店。国忠诛问至，县令薛景仙率吏人追之。走入竹林下，以为贼军至，虢国先杀其男徽，次杀其女。国忠妻裴柔曰：“娘子何不借我方便乎？”遂并其女杀之。已而自刎，不死。载于狱中，犹问人曰：“国家乎？贼乎？”狱吏曰：“互有之。”血凝其喉而死。遂并坎于东郭十余步道北杨树下。

上发马嵬，行至扶风道。道傍有花，寺畔见石楠树团圆，爱玩之，因呼为端正树，盖有所思也。又至斜谷口，属霖雨涉旬，于栈道雨中闻铃声隔山相应。上既悼念贵妃，因采其声为《雨霖铃》曲，以寄恨焉。

至德二年，既收复西京。十一月，上自成都还，使祭之。后欲改葬，李辅国等不从。时礼部侍郎李揆奏曰：“龙武将士以杨国忠反，故诛之。今改葬故妃，恐龙武将士疑惧。”肃宗遂止之。上皇密令中官潜移葬之于他所。妃之初瘗，以紫褥裹之。及移葬，肌肤已消释矣。胸前犹有锦香囊在焉。中官葬毕以献，上皇置之怀袖。又令画工写妃形于别殿，朝夕视之而歔欷焉。上皇既居南内，夜阑登勤政楼，凭栏南望，烟月满目。上因自歌曰：“庭前琪树已堪攀，塞外征人殊未还。”歌歇，闻里中隐隐如有歌声者。顾力士曰：“得非梨园旧人乎？迟明，为我访来。”翌日，力士潜求于里中，因召与同去，果梨园弟子也。其后，上复与妃侍者红桃在焉。歌《凉州》之词，贵妃所制也。上亲御玉笛，为之倚曲。曲罢相视，无不掩泣。上因广其曲。今《凉州》留传者益加焉。

至德中，复幸华清宫。从官嫔御，多非旧人。上于望京楼下命张野狐奏《雨霖铃》曲。曲半，上四顾凄凉，不觉流涕。左右亦为感伤。新丰有女伶谢阿蛮，善舞《凌波曲》，旧出入宫禁，贵妃厚焉。是日，诏令舞。舞罢，阿蛮因进金粟装臂环，曰：“此贵妃所赐。”上持之，凄然垂涕曰：“此我祖大帝破高丽，获二宝：一紫金带，一红玉支。朕以岐王所进《龙池篇》，赐之金带。红玉支赐妃子。后高丽知此宝归我，乃上言‘本国因失此宝，风雨愆时，民离兵弱’。朕寻以为得此不足为贵，乃命还其紫金带。唯此不还。汝既得之于妃子，朕今再睹之，但兴悲念矣。”言讫，又涕零。

至乾元元年，贺怀智又上言，曰：“昔上夏日与亲王棋，令臣独弹琵琶，（其琵琶以石为槽，鹍鸡筋为弦，用铁拨弹之。）贵妃立于局前观之。上数枰子将输，贵妃放康国猧子上局乱之，上大悦。时风吹贵妃领巾于臣巾上，良久，回身方落。及归，觉满身香气。乃卸头帻，贮于锦囊中。今辄进所贮幞头。”上皇发囊，且曰：“此瑞龙脑香也。吾曾施于暖池玉莲朵，再幸尚有香气宛然。况乎丝缕润腻之物哉！”遂凄怆不已。自是圣怀耿耿，但吟：“刻木牵丝作老翁，鸡皮鹤发与真同。须臾舞罢寂无事，还似人生一世中。”

有道士杨通幽自蜀来，知上皇念杨贵妃，自云：“有李少君之术。”上皇大喜，命致其神。方士乃竭其术以索之，不至。又能游神驭气，出天界、入地府求之，竟不见。又旁求四虚上下，东极，绝大海，跨蓬壶。忽见最高山，上多楼阁。洎至，西厢下有洞户，东向，阖其门，额署曰“玉妃太真院”。方士抽簪叩扉，有双鬟童女出应门。方士造次未及言，双鬟复入。俄有碧衣侍女至，诘其所从来。方士因称天子使者，且致其命。碧衣云：“玉妃方寝，请少待之。”逾时，碧衣延入，且引曰：“玉妃出。”冠金莲，帔紫绡，佩红玉，拽凤舄。左右侍女七八人。揖方士，问皇帝安否，次问天宝十四载以还。言讫悯然，指碧衣女取金钗钿合，折其半授使者曰：“为我谢太上皇，谨献是物，寻旧好也。”

方士将行，色有不足。玉妃因征其意，乃复前跪致词：“请当时一事，不闻于他人者，验于太上皇。不然，恐金钗钿合，负新垣平之诈也。”玉妃茫然退立，若有所思，徐而言曰："昔天宝十载，侍辇避暑骊山宫。秋七月，牵牛织女相见之夕，上凭肩而望。因仰天感牛女事，密相誓心：'愿世世为夫妇。'言毕，执手各呜咽。此独君王知之耳。"因悲曰："由此一念，又不得居此，复堕下界，且结后缘。或为天，或为人，决再相见，好合如旧。"因言："太上皇亦不久人间，幸唯自爱，无自苦耳。"使者还，具奏太上皇。皇心震悼。

及至移入大内甘露殿，悲悼妃子，无日无之。遂辟谷服气。张皇后进樱桃蔗浆，圣皇并不食。常玩一紫玉笛，因吹数声，有双鹤下于庭，徘徊而去。圣皇语侍儿宫爱曰："吾奉上帝所命，为元始孔升真人，此期可再会妃子耳。笛非尔所宝，可送大收。"（大收，代宗小字。）即令具汤沐。"我若就枕，慎勿惊我。"宫爱闻睡中有声，骇而视之，已崩矣。妃子死日，马嵬媪得锦袎袜一只。相传过客一玩百钱，前后获钱无数。

悲夫！玄宗在位久，倦于万机，常以大臣接对拘检，难徇私欲。自得李林甫，一以委成。故绝逆耳之言，恣行燕乐。衽席无别，不以为耻，由林甫之赞成矣。乘舆迁播，朝廷陷没，百僚系颈，妃王被戮，兵满天下，毒流四海，皆国忠之召祸也。

史臣曰：夫礼者，定尊卑，理家国。君不君，何以享国？父不父，何以正家？有一于此，未或不亡。唐明皇之一误，贻天下之羞，所以禄山叛乱，指罪三人。今为外传，非徒拾杨妃之故事，且惩祸阶而已。

【译文】

当初，在开元末年的时候，江陵进贡乳柑橘，皇上在蓬莱宫种了十个。到了天宝十载九月的秋天，柑橘树结出了果实。皇上下令将柑橘送给品位最高的几位官员，说："我近年来在宫中种了好几棵柑橘树，今年秋天结出了一百五十多个果实，发现这些柑橘跟江南和蜀道进贡来的没有什么差别，也可以说是比较奇异的事情。"高官们上表祝贺说："臣等以为，由上天所生养的东西，不能改变自己常见的习性；而从遥远的古代到现在都没有过的事，就可以算是受到不同寻常的感召而发生的。这才知道圣人对于万事的控制，是用自己的生命力来覆盖和协调；只要运行的法度是顺应天地变化的规律的，那么不同的地域也可以达到相同的效果。再说橘柚这两个不同的名字，是根据种植的地域在南在北而有区别，实在是因为上天最初将它们安排在不同的地方，并不是说两者像阴阳那样决然裂而为二。在陛下深幽玄妙的品德和正统有理的纲纪影响之下，天地四方都成了一家。享受到一样的雨露，上天的分界被混同所以灌溉等同；草木也有性灵，地气流转使得不同的地方的环境能够相通。因此这种长江以外的好果子，成了宫廷里的美味。绿色的果蒂含着霜花，芳香飘扬在华丽的殿堂；金黄的橘皮与太阳辉映，颜色照亮了丹漆涂饰的庭院。"等等。皇上于是赏赐了这些大臣。还有一只合欢橘子，一张橘皮里包着两只橘子。皇上和妃子将它拿在手里把玩。皇上说："这橘子好像知道人的心意，我跟你情同一体，所以它就长成了合欢橘子。"于是两人紧挨着坐下，一起把那只橘子给吃了。还让人画成图画，流传于世。

妃子因为出生在蜀地，特别喜欢吃荔枝。南海的荔枝要比蜀地的好，所以每年都有人长途跋涉送来荔枝。但是荔枝成熟的时候正是大热天，隔了一个晚上就没什么味道了，这个后人就不知道了。皇上和妃子掷骰子比输赢，就快要输了，只有掷出两个四才能转败为胜。皇上连番吆喝，那骰子转了很久，终于转出了两个四，于是命高力士将骰子上"四"的颜色赐为红色，民间承袭这个风俗，"四"的颜色就固定为红色了。广南进贡来一只白鹦鹉，能听说人话，给它取名叫雪衣女。有一天早上，它飞到贵妃的梳妆台上，自言自语说："雪衣女昨天晚上梦见被凶猛的鸟袭击。"皇上让妃子教会它《多心经》，它记得很牢，背诵熟练。后来，皇上和妃子到别殿游玩，将雪衣女放在轿子的杆子，带着一起去。突然间有老鹰飞来袭击，将雪衣女啄死了。皇上和妃子为它叹息了很久，将它葬在园林里，把那地方叫做鹦鹉冢。交趾进贡来龙脑香，形状有像知了的，也有像蚕的，一共有五十颗。波斯人说只有老龙脑树的节瘤处才有这香。宫里把这香叫做瑞龙脑，皇上赐给了妃子十颗。妃子私自发动驿站里负责传递边塞军机的明驼使（明驼使腹部下面有毛，夜里能发光，一天能行五百里），给安禄山送了三颗。妃子常常送安禄山东西，还送过金平脱装具、玉盒和金平脱铁面碗等物件。

天宝十一载，李林甫死。皇上又封杨国忠为宰相，身兼四十多种职务。十二载，加封杨国忠为司空。他的大儿子杨暄，先是让他娶了延和郡主，然后又给了他银青光禄大夫、太常寺卿，兼户部侍郎的官职。小儿子杨朏，娶了万春公主。贵妃的堂弟秘书少监杨鉴娶了承荣郡主。杨氏一门有一位贵妃，两位公主，三位郡主，三位夫人。十三载，重新追赠杨玄琰为太尉、齐国公，贵妃的母亲也被重封为梁国夫人。官府为他们造了庙，皇上亲自为他们创作并书写了碑文。贵妃的叔叔杨玄珪又被拜为工部尚书。韩国夫人的夫婿是秘书少监崔珣，女儿嫁给代宗，做了王妃；虢国夫人的儿子裴徽娶了代宗的女儿延光公主，女儿嫁给了让皇帝李宪的儿子为妻；秦国夫人的夫婿是柳澄，儿子柳钧娶了长清县主，柳澄的弟弟柳潭娶了肃宗的女儿和政公主。

皇上每年冬天十月，会到华清宫去，常常经过一个冬天才回宫，去的话就带着贵妃乘坐一顶轿子同去。华清宫有端正楼，是贵妃梳头洗脸的地方；有莲花汤，是贵妃洗澡沐浴的地方。皇上赐给杨国忠的府第在皇宫东门的南面，虢国夫人的府第在他对面。韩国夫人和秦国夫人的府第互相连着。天子要去杨家，一定会到五家都去走走，赏赐东西，并开宴玩乐。出行护卫的时候，每家人家组成一队，每队穿着一个颜色的衣服。五家人家的队伍相互辉映，好像百花齐放。掉下的头饰金钿、鞋子、珍珠和翡翠在路边闪闪发光，大家可以随意去捡。曾经有人探身到车里去窥探，染到身上的香气好几天都没有散去。跟从的马匹更是有千匹。队伍的前面则是象征剑南节度使的仪仗队。出门的时候要开宴饯行，进门的时候还要设宴接风。远的近的地方送到杨家来的珍宝、狗马、阉割过的侍从和歌女，多得后面送礼的人在路上都可以望见前面送礼的人。直到秦国夫人第一个死去，就只有虢国夫人、韩国夫人和杨国忠三家的权势越来越大。虢国夫人还跟杨国忠私通了。他们心里都没有一点礼节和理法的概念，每次上朝面见皇上，杨国忠都跟韩国和虢国两夫人骑马并行，还挥鞭让马快跑，这样来开玩笑取乐。跟从的官吏和妇人也骑着马，有一百多人。晚上出行，侍从举着无数蜡烛，照耀得如同白昼一样，他们穿着艳丽的服装，毫无遮掩。大街小巷来看他们的人把路都给堵住了，一个个都看得惊叹极了。十户王爷家里的男女要婚嫁，都需要通过韩国和虢国两位夫人介绍，介绍费每人一千贯左右，皇上听到两位夫人来说就会点头同意。

十四载六月一日，皇上来到华清宫，这天是贵妃的生日。皇上叫来小部的音乐班子（小部是梨园中的法部设置的一个机构，有三十个人，年纪都在十五岁以下），让他们在长生殿里演奏新编曲子，这曲子还没有名字。当时恰好南海进贡来荔枝，因此给这曲子取名为《荔枝香》。身边伺候的人听到后就开始欢呼，声音响彻山谷。这一年的十一月，安禄山在幽陵造反，（安禄山本名轧荦山，是个杂种突厥人。他的母亲原来是个巫师。安禄山到了晚年的时候比年轻时更胖了，肚子上的肉垂过了膝盖，他自己秤了一下，有三百五十斤重。曾经在皇上面前跳胡旋舞，动作迅疾得像风一般。皇上曾经在勤政楼东面的房间安放一个大金鸡帐子，里面放一张大床，将帐子的帘子卷起来，让安禄山坐在床上。楼下是杂技歌舞表演，皇上就和安禄山一起在楼上观看。肃宗劝谏说："从古代看到现代，没听说过臣子可以跟君王一起坐着看戏的。"皇上私下里对他说："那个人长相奇异，我只是想用祭祀的方法消除他可能带给我们的灾祸。"皇上又曾经和安禄山在夜里宴饮，安禄山喝醉酒睡着了，变成了一只长着龙头的猪。侍从们赶忙跑来告诉皇上，皇上说："这是猪龙，没有什么本事的。"最终还是没有杀他。而安禄山终于还是祸乱了中国。）将诛杀杨国忠作为自己起兵的口号。人人都在说杨国忠、虢国夫人和贵妃三个人有罪，但是谁也不敢把这话说给皇上听。皇上想让皇太子管理国事，其实是想将皇帝的位子传给他，自己亲自带兵打仗。他跟杨国忠商量这件事，杨国忠非常害怕，回来对杨家姐妹说："我们就快死了。现在让太子管理国事，我只好跟着娘子你们几家人家一起送命了。"杨家姐妹向贵妃哭诉。贵妃口含土块，以死哀求，这件事才没有办成。

十五载六月，潼关被攻陷，皇上动身逃到巴蜀去，贵妃也跟着。来到马嵬，右龙武将军陈玄礼担心发生兵变，对军士们说："现在天下分崩离析，皇上的宝座颠簸震荡，可能不保，这难道不是因为杨国忠剥削普通老百姓，国家才弄到今天这个地步的吗？如果不把他杀掉，怎么能够向天下人谢罪呢！"大家都说："我们想杀他已经很久了。"正好吐蕃派来表示友好的使节在驿站门前拦住杨国忠，在跟他说事。军士们喊道："杨国忠跟吐蕃人阴谋造反！"各路军队于是将驿站团团围住，杀掉了杨国忠和他的儿子杨暄等人。（杨国忠原来名叫杨钊，是张易之的儿子。天授年间，武则天对张易之的宠爱无人能比。他每次回到自己的宅第，皇上都会下令让他待在楼上，把楼梯给搬走，用荆棘将那幢楼围起来，不让女性的奴仆去伺候他。张易之的妈妈怕张家会绝后，将女奴嫔姝藏在楼上的墙壁夹层中，这样嫔姝才有了身孕，生下了杨国忠。她是后来嫁到杨家的。）皇上于是走出驿站大门犒劳六军。围住驿站的六军却并没有散去，皇上回头看身边伺候的人，责问他们这是什么缘故。高力士回答说："杨国忠有罪，各位将士将他正法。贵妃就是国忠的妹妹，还在陛下身边，大家怎么能不担心害怕呢？希望皇上您能做出圣明的决定。"（有一个版本写作："坏蛋的根基还在，他们怎么敢散去呢？"这说的就是贵妃。）皇上回身进入驿站。驿站大门边有条小巷，皇上不忍心回到行宫面对贵妃，就在小巷里拄着拐杖站着，耷拉着脑袋，情思消沉，沉默了很长时间也不做出决定。

京兆府司录韦锷（韦见素的儿子）上前说道："请陛下狠心割爱，这样国家才能太平。"迟疑了一会儿，皇上走进行宫，安抚着妃子从厅门走出来，来到走马的通道北面的墙口，跟她诀别，让高力士处死她。妃子哭得很伤心，言语根本无法表达她此时的心情，然后说："希望大家都好好的。我实在辜负了皇上对我的恩德，现在要死了，我心里也没有怨恨。请你们让我再拜拜佛祖。"皇上说："希望妃子你能投胎到好地方。"高力士于是将她吊死在佛堂前的梨树上。贵妃刚死，南方进贡的荔枝送到了。皇上看到荔枝，长叹数声，对力士说："帮我祭奠她。"祭完之后，六军还没有解除包围。只好用绣被盖住床，将尸体陈列在驿站的庭院里，叫陈玄礼等人进来看。陈玄礼将贵妃的头抬起来，知道她确实死了，说："是了。"包围的军士就散去了。贵妃被埋葬在西城墙外一里地左右的路北坑穴之中，那年她三十八岁。皇上骑在马上，手里拿着荔枝对张野狐说："从这里到剑门，一路上鸟啼花落，水绿山青，不过是成为我更加悼念妃子，更加悲伤的理由而已。"

当初，皇上在华清宫的某天，骑马出了宫门，想去虢国夫人家里。陈玄礼说："没有发布命令报告臣子，天子不可以随意来去。"皇上因此调转马头回去了。另外有一年，在华清宫，元宵节快到了，皇上想夜晚出去游玩。陈玄礼上奏说："华清宫外就是空旷的野地了，要有准备才可以去，如果真打算夜游，请皇上回宫以后再去吧。"皇上也不好违背他的劝谏。直到这时在马嵬杀了杨国忠和贵妃，都是陈玄礼敢于谏言所带来的好处啊。之前，有个研究方术的人李遐周有诗说：

燕国之地的那个人已经离去，
函谷关的骑马人也没再回来。
如果碰到山下的那个鬼，
环上系着件绮罗衣服。

"燕国之地的那个人已经离去"，安禄山就是从范阳节度使旗下的蓟门地方的军士起家的。"函谷关的骑马人也没再回来"，说的是哥舒翰在潼关战败。"如果碰到山下的那个鬼"，隐含"嵬"字，指的就是马嵬驿站。"环上系着件绮罗衣服"，贵妃小字玉环，她死了以后，高力士用罗巾包裹并埋葬了她。还有，贵妃经常用假发髻来做头饰，而且喜欢穿黄色的裙子。天宝末年，京城里的童谣说："假发髻抛到河里，黄裙子随水流去。"这时候也应验了。当初，安禄山曾经在皇上面前回答问题，话里夹杂着打趣逗乐的成分。那时候贵妃常常在场，安禄山对她很心动。等到听说贵妃在马嵬身亡，安禄山哀叹了好几天，觉得很可惜。虽说李林甫培养过他，杨国忠激怒了他，不过他之所以会造反，还是有自身的原因的。

这时，虢国夫人一行走在前面，已经来到了陈仓招待官员的客店里。杨国忠被杀的消息传来后，县令薛景仙带着差役去追捕他们。他们逃到竹林里，还以为是安禄山叛军来了，虢国夫人先杀了她的儿子裴徽，又杀了她的女儿。杨国忠的妻子裴柔说："娘子为什么不行个方便给我呢？"于是虢国夫人将她和她女儿都杀了，然后自己抹脖子，没有死。被抓到监狱里，她还问人说："你们是国家的人，还是叛贼？"狱吏说："都有点吧。"虢国夫人喉头切口处的鲜血凝结住了，她就死了。他们在出东城十几步的路北杨树下把她给挖坑埋了。

皇上从马嵬出发，来到扶风的路上，路边有花。在一座寺庙边上，皇上看到一丛长得圆滚滚的石楠树，很喜欢，赏玩了一会，将这棵树叫做端正树，也是心里想到了什么的缘故。又来到斜谷口，正碰上阴雨缠绵，下了快十天了，皇上在雨中的栈道里听着驼马上的铃声隔着山远远地呼应。皇上因为悼念贵妃，就将这种铃声记录下来，编成《雨霖铃》的乐曲，用来寄托自己的憾恨。

至德二年，政府军收复了西京长安。十一月，玄宗从成都回来，派人祭祀贵妃。后来，他想将贵妃改葬，李辅国等人不同意。当时礼部侍郎李揆上奏说："龙武军的将士们因为杨国忠要谋反，所以杀掉了他们，现在改葬已故的贵妃，只怕要让龙武军的将士们害怕生疑。"肃宗于是制止了改葬这件事。太上皇偷偷地让太监们把贵妃改葬到了别的地方。贵妃当初下葬的时候，是用紫色的被褥包裹的。到现在挖开改葬，皮肉已经腐烂了，胸前还留着一只锦香囊。太监们把她葬好后，将香囊献给了太上皇，太上皇就将它放在怀中或是袖里。又命画工画了贵妃的画像，挂在别殿，早早晚晚都要看，一边看一边叹气。太上皇住到南边的兴庆宫之后，有天晚上登上勤政楼，靠着栏杆向南边望去，满眼都是迷蒙的月光。太上皇于是唱起了歌，歌词是："庭院里种的玉树垂下枝条已可攀折，边塞之外出征的人还没有回来。"唱完了，听到里坊中隐隐约约有像歌声一样的声音传来，回头对高力士说："这难道不是从前梨园里的人吗？等天亮了，你帮我去把人找来。"第二天，高力士到里坊中暗暗寻找这个人，带他一同进宫去，这个人果然是梨园里的人。后来，太上皇还跟贵妃的侍女红桃坐在一起。红桃演唱《凉州》词，这是贵妃创作的。太上皇亲自吹奏玉笛，帮她伴奏。一曲终了，两人看着对方，都哭起来了。太上皇于是将这首曲子推广开来，现在演奏《凉州》的就更多了。

至德年间，太上皇又来到华清宫，那里的官吏、侍从、嫔妾，大多数都不是从前的人了。太上皇让张野狐在望京楼下演奏《雨霖铃》，奏到一半，太上皇环顾四周，觉得很凄凉，不知不觉地掉下了眼泪。侍从们也觉得很伤感。新丰女艺人谢阿蛮，擅长跳《凌波曲》之舞，从前常在皇宫里出出进进的，贵妃对她很好。这天，下令让她跳舞。跳完了，阿蛮将金粟装臂环拿给皇上看，说："这是贵妃赏赐给我的。"皇上拿着那臂环，伤心地哭着说："这是我祖父大皇帝打败高丽，获得的两个宝物，一个是紫金带，一个就是红玉支（金粟装臂环，即《杨太真外传卷上》之红粟玉臂支）。我因为岐王进献了《龙池篇》，将紫金带赐给了他。红玉支给了妃子。后来高丽知道这两件宝贝在我这里，上奏说'我们国家因为失去这两件宝贝，风雨不再符合时节的特征，人民离散士兵体弱'，我不久以后觉得拥有这些也算不上什么，就命人把紫金带还给了他们，只是这件宝贝没有还。你是从妃子那里得到的，我今天再次看到它，心里只能泛起悲伤的感觉而已。"说完，又掉下了眼泪。

到了乾元元年，贺怀智又来对太上皇说："从前皇上在夏天的时候跟亲王下棋，让我一个人弹奏琵琶（那部琵琶用石头做琴床，鹍鸡筋做弦，用铁做的琴拨来弹奏），贵妃站在棋局旁观看。皇上数棋盘上的棋子不占优势，就快要输了，贵妃就放出那只康国进贡的哈巴狗，让它跳到棋盘上搅乱了棋子，皇上非常高兴。当时，贵妃的围巾被风吹到了我的头巾上，过了很久，贵妃回过身去，围巾才落下来。等我回家，只觉得满身香气。将头巾解下来，收藏在了锦囊里。现在我把这块头巾献给您。"太上皇打开锦囊，一边说："这是瑞龙脑的香气。我曾经将它涂抹在暖池的玉制莲花朵上，下次过去时，香气还是很浓郁，何况头巾是丝织的，质地润泽细腻呢！"于是悲伤得无法抑制。从此以后，皇上总是想念着贵妃，只好吟诗说：

将木头刻成老头样子并连上丝线，
皮肤苍老头发苍白跟真人都一样。
一会儿演完便静悄悄地没了下文，

就好像人生一世到头来总是虚妄。

有个道士杨通幽从蜀地来，知道太上皇想念杨贵妃，自称有李少君的道术①。太上皇非常高兴，命他将贵妃的神魂召来。这位习练道术的方士于是倾尽自己的技艺来召唤，但是没有召来。他还能让自己元神出体乘着空气来去，于是上至天界，下到地府都找过了，却都没有找到。又向四面八方辽远的地方去找，到了东边极远的地方，越过大海，跨过蓬壶仙山，猛然间发现了一座极高的山，山上有许多楼阁。等到了那里，发现西侧房屋后有一件朝东的大房子，门关着，上面的匾额写的是“玉妃太真院”。方士拔下头上的簪子来敲门，有个梳着两个发髻的小女孩出来应门。方士急切之间没有说上话，那小女孩又进去了。过了一会儿，有个穿着绿衣服的侍女出来，问他是从哪里来的。方士就说自己是天子使者，并告诉了她天子寻人的命令。绿衣侍女说：“玉妃刚刚睡下，请你稍微等一会儿吧。”过了一段时间，绿衣侍女请他进去，一边指点他说：“玉妃出来了。”玉妃戴着金莲冠和紫纱的佩巾，佩戴红色的玉石，穿着凤头鞋子，身边跟着七八个侍女。她向方士作揖，问他皇帝现在好吗，又问天宝十四载以后的事情。说完郁郁不乐，示意绿衣侍女取来金钗和钿盒，折下一半交给使者说：“帮我谢谢太上皇的眷顾，我恭谨地将这些东西献给他，让他不要忘了我们从前的情意。”

方士准备要走，脸上有不满足的神色。玉妃就问他有什么想法，他于是又上前跪下说道：“我请求您告诉我一件过去的事情，别人都不知道的，让太上皇相信我真来见过您。要不然，恐怕就算有金钗和钿盒，我也会担上新垣平那样造假的罪名②。”玉妃猛然退后站着，好像想着什么事，然后慢慢地说：“天宝十载的时候，我陪着皇上在骊山宫避暑。那是七月的秋天，牛郎和织女相见的夜晚，皇上和我紧挨着眺望天空。因为看天而为牛郎织女的故事感触，我们两人悄悄立下誓言：希望生生世世做夫妻。说完，握着彼此的手都哭了。这件事就只有皇上知道。”说完，又悲伤地说：“因

---

① 李少君是汉武帝时候的方士，受到武帝的宠信。

② 新垣平：汉文帝时人，以能望气闻名，后来因为找人在玉杯上镌刻“人主延寿”四字冒充灵物，事发后被灭三族。

为起了这个念头，我不能再住在这里，要重新堕落到凡人世界了，让我和他再结后缘吧。或者在天上为仙，或者在地上为人，我们一定要再相见，像从前那样恩爱。”然后又说：“太上皇在人世也不会太久了，希望他爱护自己，不要自寻烦恼。”使者回来后，原原本本地都告诉了太上皇，太上皇心里又震动又感伤。

等到移居皇宫大内的甘露殿，太上皇悼念妃子，没有一天不在想她，于是开始不吃五谷，修习呼吸养生的方法。张皇后进献樱桃甘蔗汁，太上皇也没有吃。常常拿着一支紫玉笛玩赏，有一次吹了几声，有两只仙鹤飞落到庭院中，待了一会才飞走。太上皇对侍女宫爱说：“我奉上帝的命令，要做元始孔升真人，现在到了可以再见妃子的时候了。玉笛不是你喜欢的，你可以把它送给大收（大收是代宗的小字）。”然后就让她准备洗澡水。“我要是睡着了，注意不要吵到我。”宫爱听到太上皇睡着的时候发出了声音，吃惊地跑去看，太上皇已经驾崩了。妃子死的那天，马嵬的一个老妇捡到一只锦制的长筒袜。据说，经过的人要赏玩一次那只袜子，需要付一百钱，因此那个老妇陆续获得了许许多多钱。

可悲啊！玄宗在皇帝位子上时间很长，纷繁的国家事务让他觉得很疲倦，常常因为大臣的接待应对中包含对他的拘束和要求，他很难满足自己的欲望。自从得到李林甫，对方完全顺应他的想法，因此不好听的谏言就没有了，他可以任意地取乐。与后妃在生活上不注意礼仪，并不把这看做是耻辱的事，这都是因为李林甫的认可而造成的。皇帝自己离京逃难，朝廷陷落，百官成为叛军的俘虏，妃嫔和亲王被杀死，天下都是打仗的士兵，人民生活在苦难之中，都是杨国忠带来的祸患啊。

记录历史的臣子说：礼仪是用来安排清楚尊卑贵贱，让家庭和国家都能有秩序可循的。君王没有君王该有的样子，怎么能够享有国家呢？父亲没有父亲该有的样子，怎么能够让家庭风气纯正呢？两者之中但凡有一样，就没有不败亡的。唐明皇犯了这个错误，让天下人都蒙受羞辱，所以安禄山叛乱，就把矛头指向有罪的三个人。现在写了这篇外传，并不只是将杨贵妃的故事拿来说说，而是希望执政者能将这件事作为警示，知道大祸是会从小错演变出来的。

卷　八

流　红　记

张　实

唐僖宗时，有儒士于祐，晚步禁衢间。于时万物摇落，悲风素秋，颓阳西倾，羁怀增感。视御沟，浮叶续续而下。祐临流浣手。久之，有一脱叶，差大于他叶，远视之，若有墨迹载于其上。浮红泛泛，远意绵绵。祐取而视之，果有四句题于其上。其诗曰：

流水何太急，深宫尽日闲。殷勤谢红叶，好去到人间。

祐得之，蓄于书笥，终日咏味，喜其句意新美，然莫知何人作而书于叶也。因念御沟水出禁掖，此必宫中美人所作也。祐但宝之，以为念耳，亦时时对好事者说之。祐自此思念，精神俱耗。一日，友人见之，曰："子何清削如此？必有故，为吾言之。"祐曰："吾数月来，眠食俱废。"因以红叶句言之。友人大笑曰："子何愚如是也，彼书之者，无意于子。子偶得之，何置念如此？子虽思爱之勤，帝禁深宫，子虽有羽翼，莫敢往也。子之愚，又可笑也。"祐曰："天虽高而听卑，人苟有志，天必从人愿耳。吾闻牛仙客遇无双之事，卒得古生之奇计。但患无志耳，事固未可知也。”祐终不废思虑，复题二句，书于红叶上云：

曾闻叶上题红怨，叶上题诗寄阿谁？

置御沟上流水中，俾其流入宫中。人为笑之，亦为好事者称道。有赠之诗者，曰：

君恩不禁东流水，流出宫情是此沟。

祐后累举不捷，迹颇羁倦，乃依河中贵人韩泳门馆，得钱帛稍稍自给，亦无意进取。久之，韩泳召祐谓之曰：“帝禁宫人三十余得罪，使各适人。有韩夫人者，吾同姓，久在宫。今出禁庭，来居吾舍。子今未娶，年又逾壮，困苦一身，无所成就，孤生独处，吾甚怜汝。今韩夫人箧中不下千缗，本良家女，年才三十，姿色甚丽。吾言之，使聘子，何如？”祐避席伏地曰：“穷困书生，寄食门下，昼饱夜温，受赐甚久。恨无一长，不能图报，早暮愧惧，莫知所为。安敢复望如此。”泳令人通媒妁，助祐进羔雁，尽六礼之数，交二姓之欢。

祐就吉之夕，乐甚。明日，见韩氏装橐甚厚，姿色绝艳。祐本不敢有此望，自以为误入仙源，神魂飞越。既而韩氏于祐书笥中见红叶，大惊曰：“此吾所作之句，君何故得之？”祐以实告。韩氏复曰：“吾于水中亦得红叶，不知何人作也。”乃开笥取之，乃祐所题之诗。相对惊叹，感泣久之。曰：“事岂偶然哉？莫非前定也。”韩氏曰："吾得叶之初，尝有诗，今尚藏箧中。"取以示祐。诗云：

> 独步天沟岸，临流得叶时。此情谁会得，肠断一联诗。

闻者莫不叹异惊骇。一日，韩泳开宴召祐洎韩氏。泳曰："子二人今日可谢媒人也。"韩氏笑答曰："吾为祐之合，乃天也，非媒氏之力也。"泳曰："何以言之？"韩氏索笔为诗，曰：

> 一联佳句题流水，十载幽思满素怀。今日却成鸾凤友，方知红叶是良媒。

泳曰："吾今知天下事无偶然者也。"

僖宗之幸蜀，韩泳令祐将家僮百人前导。韩以宫人得见帝，具言适祐事。帝曰："吾亦微闻之。"召祐，笑曰："卿乃朕门下旧客也。"祐伏地拜，谢罪。帝还西都，以从驾得官，为神策军虞候。韩氏生五子三女。子以力学俱有官，女配名家。韩氏治家有法度，终身为命妇。宰相张濬作诗曰：

> 长安百万户，御水日东注。水上有红叶，子独得佳句。子复题脱叶，流入宫中去。深宫千万人，叶归韩氏处。出宫三十人，韩氏籍中数。回首谢君恩，泪洒胭脂雨。寓居贵人家，方与子相遇。通媒六礼具，百岁为夫妇。儿女满眼前，青紫盈门户。兹事自古无，可以传千古。

议曰：流水，无情也。红叶，无情也。以无情寓无情而求有情，终为有情者得之，复与有情者合，信前世所未闻也。夫在天理可合，虽胡越之远，亦可合也；天理不可，则虽比屋邻居，不可得也。悦于得，好于求者，观此，可以为诫也。

【译文】

唐僖宗时候，有个读书人叫于祐，傍晚时分在皇城的街道上散步。那时候正是万物飘零、凄风阵阵的秋天，西面的太阳正在落下，于祐心里泛起离家在外的愁怀，在这番景物面前更是增加了感伤。他看到皇家城墙边的沟渠里有许多红叶漂浮在水面上，而且接连不断地随水流漂了下来。于祐蹲在沟渠边上洗手。过了很长时间，有一片落叶漂过来，比别的叶子要大一些，远远地看去，好像叶子上面有笔墨的痕迹，红叶漂浮在水上，似乎带来了远处的消息。于祐将叶子拿起来细看，上面果然题了四句诗。诗是这样的：

水为什么流得这样急，
深宫里倒是整日无事。
将深情寄托在红叶上，
希望你把它带回尘世。

于祐有了这张红叶，将它存放在书箱里，整天吟咏品味上面的文字，喜欢这几句诗意思新颖而且美好，只是不知道是谁写了这首诗，又把诗写在叶子上的。他想着皇城沟渠中的水是从皇宫里流出来的，那么这诗肯定是宫中的美人写的。于祐珍藏着红叶，将它作为自己的一个念想，也常常对那些喜欢听奇事轶闻的人说起这件事。而于祐从此之后总想着这件事，精神也由此耗损了。有一天，朋友来看他，说：“你怎么瘦成这样了？这一定有原因，快告诉我。”于祐说：“我这几个月来，吃也吃不下，睡也睡不着。”于是将红叶题诗的事情告诉了这位朋友。朋友大笑着说：“你怎么这么笨呢，在红叶上写字的人，对你并没有意思，你偶然得到这张叶子，为什么就想念到这种地步呢？就算你思念得很深，爱得也很深，可是深宫是皇帝的住所，你就是长了翅膀，也没有胆量进去。你这人真笨，而且滑稽可笑。”于祐说：“天虽然很高，但是能够听见地上的人的心声，一个人如果有坚定的志向，那么天也一定会顺从他的心意。我听说过牛仙客与无双相遇的事情，最终得到古押衙的妙计的帮助。只怕没有志向而已，人世间的事情是无法预料的。”于祐最终也没有放弃想念，而且又在一张红叶上题了两句诗，说道：

之前听到红叶上题写的愁怨，
在叶子上写诗是要寄给谁呢？

他将叶子放进皇城沟渠的流水中，让它漂进宫里去。别人知道了就笑话他，也有喜爱奇事轶闻的人赞赏他的行为。有人写了诗送给他，诗是这样的：

皇上的恩典也没办法阻止流水向东面流去，
宫里人的深情就是从这条沟渠里流出来的。

于祐后来多次参加科举考试，都没有考中，老是待在异乡，感到有些厌倦，于是就做了河中府的显贵韩泳的门客，有了收入，就能够自己负担自己的生活，也没心思再去考试了。过了很长时间，韩泳把于祐叫来，对他说：“皇宫里有三十几个宫女做了错事，皇帝让她们出宫来嫁人。有位韩夫人，她跟我同姓，在宫里很长时间了。如今从深宫里出来，住到了我家里。你现在还没有娶妻，年纪也过三十了，一个人生活很苦恼，又没有什么成就，孤零零地独来独往，我很同情你。这位韩夫人的箱笼中总有几千贯钱，她本来是好人家的女儿，年纪才三十岁，长得很漂亮，我跟她说，让她下定礼来跟你结婚，怎么样？”于祐将身体从席子上挪开，伏在地上说：“我是个穷困潦倒的书生，在您的门下靠您生活，白天吃得饱，夜晚睡得暖，受您的恩赐有很长时间了，只恨自己没有才能，不能报答您的恩德，整天都觉得惭愧惶恐，不知道应该做些什么，又怎么敢再奢望这样的好事。”韩泳派人请媒人做媒，资助于祐送了彩礼，完成了结婚六礼的礼数，让两人缔结了婚姻。

结婚的前一天晚上，于祐快活极了。第二天，看到韩氏带过来的嫁妆非常丰厚，本人也长得美艳出众，这样的事于祐根本连想都不敢想。他还以为不小心来到了仙人居住的地方，整个人飘飘然的，像失了魂魄一般。婚后，韩氏在于祐的书箱里发现了那张红叶，大吃一惊，说："这是我写的诗，怎么会在你这里？"于祐将实情告诉了她。韩氏又说："我也在沟水中捡到了红叶，不知道上面的诗句是谁写的。"于是打开箱子，将红叶拿出来，原来就是于祐题的诗句。两人惊讶地看着彼此，感叹得流下了眼泪，哭了很长时间。于祐说："这件事难道是偶然的吗？说不定是命中注定的。"韩氏说："我第一次捡到叶子的时候，那叶子上就有诗，现在那张叶子还收藏在小箱子里。"她把叶子拿出来给于祐看。那首诗是这样的：

一个人在皇家的沟渠边散步，
面对流水就发现了那张叶子。
那诗中的感情有谁能够体会，
因为两句诗而让人肠断魂迷。

听说这件事的人没有不因为此事的奇异而惊讶感叹的。有一天，韩泳举办酒宴，叫于祐和韩氏过来参加。韩泳说："你们两个人今天可以来谢谢我这个媒人了。"韩氏笑着回答说："我跟于祐能够在一起，是老天的安排，不是媒人的功劳哦。"韩泳说："为什么这样说呢？"韩氏向主人家要了笔来，写了首诗，诗是这样的：

浮在流水上的红叶里题着两句好诗，
我心里充满了这十年来难说的心思。
今天我们两个人却成了一对好夫妻，
才知道红叶这好媒人让我们在一起。

韩泳说："我现在才知道天底下没有什么事是偶然的。"

唐僖宗逃到四川来的时候，韩泳派于祐带领家中一百名仆人充当皇帝车驾的前导。韩氏因为做过宫女，所以见到了皇帝，她把自己和于祐的故事一五一十地告诉了皇帝。皇帝说："我也有点听说了。"他把于祐召来，笑着说："你是我家门外的老客人了。"于祐伏在地上叩拜，向皇帝请罪。

皇帝回到西都长安之后，于祐因为跟随皇帝而受封官职，成了禁军神策军的长官。韩氏生了五个儿子和三个女儿。儿子们努力学习，后来都做了官，女儿们都嫁入了名门。韩氏将家里管理得井井有条，受封为命妇，封号伴她终身。宰相张濬写了首诗说：

长安城里有几百万户的人家，
皇家沟渠水天天都向东流去。
沟水上漂着一张红色的叶子，
只有你发现了上面的好诗句。
你于是也将诗句题在落叶上，
随着沟水让叶子漂到宫里去。
幽闭的后宫里有几千几万人，
叶子还是来到了韩氏的住处。
有三十名宫女同时被逐出宫，
韩氏的名字赫然在名册登录。
临走时回头感谢君王的恩典，
流着眼泪好像下起了胭脂雨。
她住到了达官显贵韩泳的家，
这才能与同住韩家的你相遇。
媒人走动又完成了六礼仪式，
两人成为了白头偕老的夫妇。
如今眼前儿子和女儿一大堆，
家里来往的高官显爵有无数。
这样的事情从古以来没有过，
可以写下来长久地流传下去。

议论说：流水是没有感情的，红叶也是没有感情的。将无情的东西放在无情的东西上，去追求有感情的人，最终真的被有感情的人拿到，还能够和原来那个有感情的人走到一起，真是从前的时代里没有听说过的事。如果从天理上来说是可以在一起的，那么就算隔着非常遥远的距离，也可以在一起；如果从天理上来说不可以在一起，那么就算是隔壁邻居，也不会有可能。热切地想要得到的人，努力去追求的人，看到这个故事，可以当作一种警示。

赵飞燕别传

秦 醇

余里有李生，世业儒术。一日，家事零替，余往见之。墙角破筐中有古文数册，其间有《赵后别传》，虽编次脱落，尚可观览。余就李生乞其文以归，补正编次以成传，传诸好事者。

赵后腰骨尤纤细，善踽步行。若人手执花枝，颤颤然，它人莫可学也。生在主家时，号为飞燕。入宫复引援其妹，得幸，为昭仪。昭仪尤善笑语，肌骨秀滑。二人皆天下第一，色倾后宫。自昭仪入宫，帝亦希幸东宫。昭仪居西宫，太后居中宫。后日夜欲求子，为自固久远计，多用小犊车载年少子与通。帝一日惟从三四人往后宫。后方与人乱，不知。左右急报，后遽惊出迎帝。后冠发散乱，言语失度，帝固亦疑焉。帝坐未久，复闻壁衣中有人嗽声，帝乃出。由是帝有害后意，以昭仪隐忍未发。

一日，帝与昭仪方饮，帝忽攘袖瞋目，直视昭仪，怒气怫然不可犯。昭仪遽起，避席伏地，谢曰："臣妾族孤寒下，无强近之爱。一旦得备后庭驱使之列，不意独承幸御，浓被圣私，立于众人之上。恃宠邀爱，众谤来集，加以不识忌讳，冒触威怒。臣妾愿赐速死以宽圣抱。”因泪交下。帝自引昭仪曰：“汝复坐，吾语汝。”帝曰：“汝无罪。汝之姊，吾欲枭其首，断其手足，置于溷中，乃快吾意。”昭仪曰：“何缘而得罪?”帝言壁衣中事。昭仪曰：“臣妾缘后得备后宫。后死，则妾安能独生？陛下无故而杀一后，天下有以窥陛下也。愿得身实鼎镬，体膏斧钺。”因大恸，以身投地。帝惊，遽起持昭仪曰：“吾以汝之故，固不害后，第言之耳。汝何自恨若是。”久之，昭仪方就坐。问壁衣中人，帝阴穷其迹，乃宿卫陈崇子也。帝使人就其家杀之，而废陈崇。

昭仪往见后，言帝所言，且曰：“姊曾忆家贫饥寒无聊，姊使我与邻家女为草履，入市货履市米。一日得米归，遇风雨无火可炊。饥寒甚，不能成寐，使我拥姊背，同泣。此事姊岂不忆也？今日幸富贵，无他人次我，而自毁如此。脱或再有过，帝复怒，事不可救，身首异地，为天下笑。今日，妾能拯救也。存没无定，或尔妾死，姊尚谁攀乎?”乃涕泣不已，后亦泣焉。

自是帝不复往后宫，承幸御者，昭仪一人而已。昭仪方浴，帝私视。侍者报昭仪，昭仪急趋烛后避。帝瞥见之，心愈眩惑。他日昭仪浴，帝默赐侍者，特令不言。帝自屏罅觇，兰汤滟滟，昭仪坐其中，若三尺寒泉浸明玉。帝意思飞荡，若无所主。帝语近侍曰：“自古人主无二后，若有，则吾立昭仪为后矣。”

赵后知帝见昭仪浴，益加宠幸，乃具汤浴，请帝以观。既往，后入浴。后裸体，以水沃帝，愈亲近而帝愈不乐，不终幸而去。后泣曰："爱在一身，无可奈何。"

后生日，昭仪为贺，帝亦同往。酒半酣，后欲感动帝意，乃泣数行。帝曰："它人对酒而乐，子独悲，岂不足耶?"后曰："妾昔在后宫时，帝幸其第。妾立主后，帝时视妾不移目，甚久。主知帝意，遣妾侍帝，竟承更衣之幸。下体尝污御服，妾欲为帝浣去。帝曰：'留以为忆。'不数日，备后宫。时帝齿痕犹在妾颈。今日思之，不觉感泣。"帝恻然怀旧，有爱后意，顾视嗟叹。昭仪知帝欲留，昭仪先辞去。帝逼暮方离后宫。

后因帝幸，心为奸利，上器主受，经三月，乃诈托有孕，上笺奏云："臣妾久备掖庭，先承幸御，遣赐大号，积有岁时。近因始生之日，复加善祝之私，特屈乘舆，俯临东掖，久侍宴私，再承幸御。臣妾数月来，内宫盈实，月脉不流，饮食甘美，不异常日。知圣躬之在体，辨天日之入怀。虹初贯日，应是珍符；龙据妾胸，兹为佳瑞。更期蕃育神嗣，抱日趋庭，瞻望圣明，踊跃临贺。谨此以闻。"帝时在西宫，得奏，喜动颜色，答云："因阅来奏，喜庆交集。夫妇之私，义均一体；社稷之重，嗣续其先。妊体方初，保绥宜厚。药有性者勿举，食无毒者可亲。有恳来上，无烦笺奏，口授宫使可矣。"两宫候问，宫使交至。后虑帝幸见其诈，乃与宫使王盛谋自为之计。盛谓后曰："莫若辞以有妊者不可近人，近人则有所触焉，触则孕或败。"后乃遣王盛奏帝。帝不复见后，第遣使问安否。

而甫及诞月，帝具浴子之仪。后召王盛及宫中人曰："汝自黄衣郎出入禁掖，吾引汝父子俱富贵。吾欲为自利长久计，托孕乃吾之私意，实非也。言已及期。子能为我谋焉？若事成，子万世有后利。"盛曰："臣为后取民间才生子，携入宫为后子。但事密不泄，亦无害。"后曰："可。"盛于都城外有生子者，才数日，以百金售之。以物囊之，入宫见后。既发器，则子死。后惊曰："子死，安用也？"盛曰："臣今知矣。载子之器气不泄，此子所以死也。臣今求子，载之器，穴其上，使气可出入，则子不死。"盛得子，趋宫门欲入，则子惊啼尤甚，盛不敢入。少选，复携之趋门，子复如此，盛终不敢入宫。后宫守门吏严密。因向壁衣事，故帝令加严之甚。盛来见后，具言惊啼事。后泣曰："为之奈何？"时已逾十二月矣。帝颇疑讶。或奏帝曰："尧之母十四月而生尧。后所妊当是圣人。"后终无计，乃遣人奏帝云："臣妾昨梦龙卧，不幸圣嗣不育。"帝但叹惋而已。

昭仪知其诈，乃遣人谢后曰："圣嗣不育，岂日月不满也？三尺童子尚不可欺，况人主乎？一日手足俱见，妾不知姊之死所也。"时后庭掌茶宫女朱氏生子。宦者李守光奏帝。帝方与昭仪共食，昭仪怒，言于帝曰："前者帝言自中宫来。今朱氏生子，从何而得也？"乃以身投地，大恸。帝自持昭仪起坐。昭仪呼宫吏祭规曰："急为取子来！"规取子上。昭仪语规曰："为我杀之。"规疑虑。昭仪怒骂曰："吾重禄养汝，将安用也？不然，吾并戮汝！"规以子击殿础死，投之后宫。宫人孕子者尽杀之。

后帝行步迟涩，颇气惫，不能御昭仪。有方士献大丹。其丹养于火百日，乃成。先以瓮贮水，满，即置丹于水中，即沸，又易去，复以新水。如是十日，不沸，方可服。帝日服一粒，颇能幸昭仪。一夕，在大庆殿，昭仪醉进十粒。初夜，绛帐中拥昭仪，帝笑声吃吃不止。及中夜，帝昏昏，知不可，将起坐，夜或仆卧。昭仪急起，秉烛自视帝，精出如泉溢。有顷，帝崩。太后遣人理昭仪且急，穷帝得疾之端。昭仪乃自绝。

后居东宫，久失御。一夕后寝，惊啼甚久，侍者呼问，方觉。乃言曰："适吾梦中见帝。帝自云中赐吾坐。帝命进茶。左右奏帝：'后向日侍帝不谨，不合啜此茶。'吾意既不足。吾又问：'昭仪安在?'帝曰：'以数杀吾子，今罚为巨鼋，居北海之阴水穴间，受千岁冰寒之苦。'"乃大恸。后北鄙大月王猎于海，见一巨鼋出于穴上，首犹贯玉钗，颙望波上，惓惓有恋人之意。大月王遣使问梁武帝，武帝以昭仪事答之。

【译文】

我们里中有个李姓的书生，家里世代都是读书人。有一天，他家业败落了，我于是去看看他，发现墙角的破筐里有好几本古书。其中有本《赵后别传》，虽说次序有些错乱，还有脱落的文字，不过还是可以阅读的。我问李生讨了这本书回来，补充了内容，整理了顺序，传记完好了，就可以交给那些喜爱故事的人了。

赵皇后腰肢特别纤细，擅长弯曲身体走路，就好像有些人手里拿着的花枝，一颤一颤的，其他人根本没办法模仿。她生长在公主家里的时候，名号叫做飞燕。进宫以后，又将她妹妹也举荐给皇帝，妹妹得到了宠幸，被封为昭仪。昭仪特别喜欢说笑，身材秀丽，肌肤滑嫩。两个人都是天下第一的美人，后宫无人敌得过她们的美色。自从昭仪进宫以后，皇帝也很少到皇后所住的东宫来了。昭仪住在西宫，太后住在中宫。皇后整天就想着生儿子，这是为长远打算，希望自己的地位能够永远稳固，因此老是用小牛车载着年轻男子进宫来，与她私通。皇帝有一天只带着三四个人来到皇后的宫殿，皇后当时正和别人淫乱，并不知晓皇帝来了。身边伺候的人急忙进来通报，皇后慌慌张张地跑出来迎接皇帝，头发蓬乱，发饰歪斜，说出来的话也很没有分寸，皇帝当然就起了疑心。皇帝坐下没有多久，又听到墙上挂着的帷幕中有人咳嗽的声音，于是就走了。从此，皇帝就有了杀掉皇后的念头，只是碍着昭仪而忍着没有动手。

有一天，皇帝正和昭仪喝酒，他忽然捋起袖子，瞪大眼睛逼视着昭仪，脸色大变，怒气冲冲，让人不敢冒犯。昭仪马上站起来，走到席子外面，扑倒在地上认罪说："臣妾出身低微，家族势力单薄，没有权势强大、亲近皇室的人愿意怜惜我。某天忽然间进入后宫，得以为皇室效力，想不到得到皇上的专宠，承受了极为深厚的皇恩，地位高居许多人之上。得到那么多的宠爱，其他人的毁谤一定也会集中在我身上，再加上我不知道顾忌和避讳，因此就惹恼了皇上，臣妾希望皇上赶快让人处死我，这样皇上的心情就能变好了。"说完眼泪就流个不停。皇帝亲自将昭仪拉起来，说："你还是坐下吧，我告诉你。"皇帝说："你没有罪。你的姐姐，我想要砍掉她的头，砍断她的手脚，把她扔到厕所里，这样才能让我感到痛快。"昭仪说："她怎么得罪皇上了？"皇帝说了帷幕中有人的事情。昭仪说："臣妾是靠皇后才能进宫来的，如果皇后死了，那臣妾怎么可能独自活在人世呢？陛下无缘无故杀掉一位皇后，天下就会有人因此来窥探陛下的隐私。与其这样，我希望自己能被扔进大锅里烹煮，能被放到刀斧下砍斫。"说完就放声大哭，扑到了地上。皇帝大吃一惊，赶忙拉住昭仪说："我因为你的缘故，肯定不会杀掉皇后，只是说说而已，你为什么要烦恼到这种地步？"过了很长时间，昭仪才又坐下。她问皇帝帷幕中的人是谁，皇帝私下里查出了那人的底细，原来是宿卫官陈崇的儿子。皇帝已经派人到他家里把他给杀了，还罢了陈崇的官。

昭仪跑去见皇后，将皇帝说的话告诉了她，又说："姐姐还记得以前我们家里穷，又饿又冷，没有人能依靠的时候吗，你让我和邻居的女孩一起做草鞋，然后到市场上卖了鞋子买米。有一天买了米回来，却碰上刮风下雨，生不起火，煮不了饭，我们又饿又冷，难受得睡也睡不着，我只好搂着姐姐你的脊背，一起哭了起来。这件事姐姐你难道记不得了吗？现在幸运的是，我们富贵了，没有人比得上我们俩，可你却这样糟蹋自己。如果又有别的过错，皇帝再度发火，事情到了无法挽回的地步，那我们脑袋就保不住了，成为天下人的笑柄。今天，还有我可以救你。死生的事情说不定的，如果我死了，姐姐你又去靠谁呢？"说完就哭个不停，皇后也哭了起来。

从此以后，皇帝不再到皇后宫里去了，能够侍奉皇帝的，只有昭仪一个人。有次昭仪正在洗澡，皇帝偷偷去看。侍从报告说皇上来了，昭仪急忙跑到烛光照不到的地方躲避。皇帝看到了，更加意乱情迷。又一天昭仪洗澡的时候，皇帝不动声色地赏赐了侍从，特别嘱咐那人不要声张。皇帝从屏风的缝隙里看过去，只见水波荡漾，昭仪坐在里面，就好像是一块洁白的玉石浸在三尺深的寒泉中。皇帝心猿意马，难以把持住自己。他对自己亲近的侍从说："古往今来的皇帝从没有立过两个皇后的，如果有的话，那我就立昭仪为皇后。"

赵皇后知道皇帝看见昭仪洗澡，然后更加宠幸昭仪，于是准备了洗澡水，请皇帝过来观看。皇帝来了以后，皇后开始洗澡。她身上一丝不挂，用洗澡水来浇皇帝，可任凭她做出再怎么亲密的举动，皇帝还是不高兴，最后没有宠幸她就走了。皇后哭着说："皇帝的爱都在一个人身上，我一点办法也没有。"

皇后过生日，昭仪前去祝贺，皇帝也跟着一起去。喝到半醉的时候，皇后想要打动皇帝的心意，于是流下了几行泪。皇帝说："其他人喝着酒都很高兴，你却悲伤，难道你对现在的生活有什么不满足吗？"皇后说："我以前到当时的皇后宫里来的时候，皇帝驾临了那间房间。我站在公主身后，皇帝那时盯着我不放，看了好长时间。公主明白皇帝的心意，将我送过来侍奉皇帝，我竟然在皇帝更衣的时候受到了您的宠幸。我下体的秽物弄脏了皇帝的衣服，我想要为皇帝洗去，皇帝说：‘留着作为纪念吧。’没过几天，我就进了宫，那时皇帝的牙印还在我的脖子上呢。今天想到这些事，不知不觉就感伤地流下了眼泪。”皇帝很难过，想着从前的事，有些怜爱皇后的意思，看着她叹起气来了。昭仪明白皇帝想要留下来，于是先告辞离去了。皇帝直到天快黑的时候才离开皇后的宫殿。

皇后因为皇帝宠幸了自己，动了坏脑筋，希望可以再受到皇帝的宠爱，过了三个月，谎称自己怀了身孕，上书报告皇帝说：“臣妾进宫已经很长时间，很早就受到皇上的宠幸，皇上派人赐我皇后的封号，到现在也有好些年了。最近在我出生的日子，皇上又对我有了祝贺的恩德，特别劳动他乘了轿子，到东宫来看望我，我陪他喝酒玩乐了很长时间，终于再度获得皇上的宠幸。臣妾这几个月来，子宫那里有充满的感觉，月经也停止了，吃的东西都觉得很美味，跟平常没有分别。我知道自己身体里有了皇上的血脉，天上的星宿掉落到了我的腹中。看到虹光从太阳中穿过，梦见祥龙盘踞在我胸口，这都是吉祥的征兆。我现在更期望能够养育下这个超凡的孩子，抱着他走到大厅上，让他瞻仰圣明的父亲，让群臣争先恐后地来恭喜我们和国家。谨将此事告诉陛下。”皇帝那时候正在西宫，拿到这份报告，高兴得眉飞色舞，答复道：“我看到你写来的报告，觉得既高兴又幸福。夫妇恩爱，为的就是孕育合一的生命；社稷重大，首要大事就是延续皇族的命脉。你现在刚刚怀孕，应该好好保养。力道猛烈的药物不要去吃，没有毒性的食物才可食用。有什么要求就说，不用写报告那么麻烦，你直接告诉传信的人就可以了。”中宫和西宫都派人来问候，传信的人前脚有人走，后脚就又有人来了。皇后担心皇帝来跟她亲近，会知道她怀孕是装的，于是就跟传信的使者王盛商量，问他怎么保守这个秘密。王盛对皇后说：“不如就说怀孕的人不能靠近别人，靠近了别人就会触碰到身体，触碰到身体就可能导致流产。”于是皇后派王盛将这件事报告皇帝。皇帝就不再去见皇后，只是派使者来询问情况而已。

到了要生孩子的那个月，皇帝准备了为孩子洗浴的仪式。皇后召来王盛和她宫里的人，说：“你自从当上黄门郎、出入后宫起，是我帮着你父子俩享受到荣华富贵的。我要为自己长远的利益打算，因此假装怀孕是我自己的意思，其实并没有这回事。现在生孩子的时间已经到了，你能帮我想个办法吗？如果这件事能够办成，你们家世世代代都能获得好处。”王盛说：“我可以帮皇后找来民间刚刚出生的孩子，带进宫里充当皇后您的孩子，只要事情做得隐秘，不让人知道，就不会有什么害处。”皇后说：“好的。”王盛到都城外找那种刚生过孩子的人家，有个孩子才出生几天，他用一百两金子买了下来，用东西装了，进宫来见皇后。把那盒子打开后，却发现孩子已经死了。皇后惊慌地说：“孩子死了，怎么办呢？”王盛说：“我知道怎么回事了。装孩子的盒子不通气，孩子因此就死了。我现在再去找个孩子，放在盒子里，在盒子上面打个洞，让空气可以进去，那孩子就不会死了。”王盛买到孩子之后，疾步走到宫门口，正要进去，孩子突然放声大哭，王盛不敢走进去了。过了一小会，他又带着孩子到宫门口，孩子又大哭起来，王盛终于没能走进去。皇后宫殿外守门的差役检查得特别严格，这是因为出过帷幕中人的那件事，所以皇帝下令要特别严格检查的缘故。王盛来见皇后，把孩子突然大哭的事情一五一十地告诉了皇后。皇后哭着说：“那该怎么办呢？”当时皇后怀孕的日子已经超过十二个月了。皇帝觉得很奇怪，因此起了点疑心。有人上奏皇帝说：“圣人尧的母亲怀胎十四个月才生下尧，皇后怀的肯定是个圣人。”皇后最终也没有想到办法，只好派人报告皇帝说：“臣妾昨天梦见龙在睡觉，很不幸，皇上的孩子死了。”皇帝只能惋惜地叹气。

昭仪知道皇后是假装怀孕，于是派人来问皇后，说：“皇上的孩子死了，难道是因为怀孕的时间不够导致的吗？这种谎话小孩子也不会相信，何况是皇上呢？如果有一天真相大白，我真不知道姐姐你会死在哪里啊。”当时后宫有个管理茶水的宫女朱氏生了个儿子，太监李守光来报告皇帝。皇帝正和昭仪一起吃饭，昭仪听了很生气，对皇帝说：“以前皇帝说过那次是去了中宫，现在朱氏生下了儿子，这孩子是从哪里来的？”说完扑倒在地上，放声大哭。皇帝亲自将昭仪拉起来，扶她坐下。昭仪把自己宫里的差役祭规叫过来，说道：“快帮我把孩子带过来！”祭规带了那孩子上殿来。昭仪对祭规说：“帮我杀了他。”祭规犹犹豫豫地不敢杀。昭仪生气地骂道：“我花那么多钱养你，有什么用处？你要是不杀他，我就连你也一起杀了!”祭规将孩子推到大殿柱子底下的石墩上，撞死了以后就扔到后宫里，还把所有怀孕的宫女都杀了。

后来，皇帝开始迈不动步子，走路很慢，没什么气力，不能再和昭仪发生房事。有个讲究神仙方术的方士将一种大药丸进献给皇帝。这种药丸要在火里培育一百天，才能够制造出来，而且要先在一个酒坛里装满水，然后把药丸放在水中，水就沸腾了，然后倒掉这坛水，再换一坛新水，像这样过了十天，水不再沸腾了，这药丸才可以服用。皇帝每天吃一颗，还可以跟昭仪上床。有一天晚上，皇帝在大庆殿，昭仪喝醉了，让皇帝吃了十颗药丸。夜幕刚刚降临，皇帝在深红的床帐里抱着昭仪，吃吃地笑个不停。到了夜半时分，皇帝昏昏沉沉的，自己感到大事不好，想要起身来坐一会，却在黑夜里摔倒了。昭仪急忙起身，拿着蜡烛去看皇帝，只见他的精液像泉水一样流出来。过了一段时间，皇帝驾崩了。太后派人来向昭仪问话，急着要问清楚皇帝为什么会突然得病，昭仪于是自杀了。

皇后住在东宫，长久都没再受到皇帝的宠幸。有一天晚上，皇后正在睡觉，突然哭喊了很长时间。侍从将她叫醒，问她原因，她才醒来，说道:“刚才我在梦里见到了皇帝。皇帝人在云里，赏赐我座位让我坐，命人端来了茶。他身边的人上奏说:‘皇后从前侍奉皇帝，行为不够检点，她不配喝这杯茶。’我心里就不大高兴。我问皇帝说:‘昭仪在哪里?’皇帝说:‘因为她屡次杀掉我的孩子，如今罚她变作大王八，待在北海的阴水洞里，经受千年冻成的冰块寒冷的痛苦。’”说完就放声大哭。后来，北方的大月氏国国王去海里捕鱼，看见一只大王八从洞穴里钻出来，头上还插着玉钗，浮在海面上昂头仰望，情意绵绵地，好像对人很眷恋的样子。大月氏国国王派人去问梁武帝，梁武帝就把昭仪的故事告诉了他。

谭意歌传

秦 醇

谭意歌小字英奴，随亲生于英州。丧亲，流落长沙，今潭州也。年八岁，母又死，寄养小工张文家。文造竹器自给。一日，官妓丁婉卿过之，私念苟得之，必丰吾屋。乃召文饮，不言而去。异日复以财帛贶文，遗颇稠叠。文告婉卿曰："文廛市贱工，深荷厚意。家贫，无以为报。不识子欲何图也？子必有告，幸请言之。愿尽愚图报，少答厚意。"婉卿曰："吾久不言，诚恐激君子之怒。今君恳言，吾方敢发。窃知意哥非君之子，我爱其容色。子能以此售我，不惟今日重酬子，异日亦获厚利。无使其居子家，徒受寒饥。子意若何？"文曰："文揣知君意久矣，方欲先白。如是，敢不从命。"

是时方十岁，知文与婉卿之意，怒诘文曰："我非君之子，安忍弃于娼家乎？子能嫁我，虽贫穷家，所愿也。"文竟以意归婉卿。过门，意哥大号泣曰："我孤苦一身，流落万里，势力微弱，年龄幼小。无人怜救，不得从良人。"闻者莫不嗟恸。

婉卿日以百计诱之。以珠翠饰其首，轻暖披其体，甘鲜足其口，既久益勤，若慈母之待婴儿。辰夕浸没，则心自爱夺，情由利迁，意哥忘其初志。未及笄，为择佳配。肌清骨秀，发绀眸长，荑手纤纤，宫腰搦搦，独步于一时。车马骈溢，门馆如市。加之性明敏慧，解音律，尤工诗笔。年少千金买笑，春风惟恐居后，郡官宴聚，控骑迎之。

时运使周公权府会客，意先至府。医博士及有故至府，升厅拜公。及美髯可爱，公因笑曰："有句，子能对乎？"及曰："愿闻之。"公曰："医士拜时须拂地。"及未暇对答，意从旁曰："愿代博士对。"公曰："可。"意曰："郡侯宴处幕侵天。"公大喜。意疾既愈，庭见府官，多自称诗酒于刺。蒋田见其言，颇笑之。因令其对句，指其面曰："冬瓜霜后频添粉。"意乃执其公裳袂，对曰："木枣秋来也着绯。"公且惭且喜，众口噏然称赏。魏谏议之镇长沙，游岳麓时，意随轩。公知意能诗，呼意曰："子可对吾句否？"公曰："朱衣吏，引登青障。"意对曰："红袖人，扶下白云。"公喜，因为之立名文婉，字才姬。意再拜曰："某，微品也。而公为之名字，荣逾万金之赐。"

刘相之镇长沙，云一日登碧湘门纳凉，幕官从焉。公呼意对。意曰："某，贱品也，安敢敌公之才。公有命，不敢拒。"尔时迤逦望江外湘渚间，竹屋茅舍，有渔者携双鱼入修巷。公相曰："双鱼入深巷。"意对曰："尺素寄谁家。"公喜，赞美久之。他日，又从公轩游岳麓，历抱黄洞望山亭吟诗，坐客毕和。意为诗以献曰：

真仙去后已千载，此构危亭四望赊。
灵迹几迷三岛路，凭高空想五云车。
清猿啸月千岩晓，古木吟风一径斜。
鹤驾何时还古里，江城应少旧人家。

公见诗愈惊叹，坐客传观，莫不心服。公曰：“此诗之妖也。”公问所从来，意哥以实对。公怆然悯之。意乃告曰：“意入籍驱使迎候之列有年矣，不敢告劳。今幸遇公，倘得脱籍为良人箕帚之役，虽死必谢。”公许其脱。异日，诣投牒，公诺其请。意乃求良匹，久而未遇。

会汝州民张正字为潭茶官，意一见谓人曰：“吾得婿矣。”人询之，意曰：“彼风调才学，皆中吾意。”张闻之，亦有意。一日，张约意会于江亭。于时亭高风怪，江空月明。陡帐垂丝，清风射牖，疏帘透月，银鸭喷香。玉枕相连，绣衾低覆，密语调簧，春心飞絮。如仙葩之并蒂，若双鱼之同泉，相得之欢，虽死未已。翌日，意尽挈其装囊归张。有情者赠之以诗曰：

才识相逢方得意，风流相遇事尤佳。
牡丹移入仙都去，从此湘东无好花。

后二年，张调官，复来见。意乃治行，饯之郊外。张登途，意把臂嘱曰：“子本名家，我乃娼类，以贱偶贵，诚非佳婚。况室无主祭之妇，堂有垂白之亲。今之分袂，决无后期。”张曰：“盟誓之言，皎如日月，苟或背此，神明非欺。”意曰：“我腹有君之息数月矣。此君之体也，君宜念之。”相与极恸，乃舍去。意闭户不出，虽比屋莫见意面。既久，意为书与张云：

阴老春回，坐移岁月。羽伏鳞潜，音问两绝。首春气候寒热，切宜保爱。逆旅都辇，所见甚多。但幽远之人，摇心左右，企望回辕，度日如岁。因成小诗，裁寄所思。兹外千万珍重。

其诗曰：

潇湘江上探春回，消尽寒冰落尽梅。
愿得儿夫似春色，一年一度一归来。

逾岁，张尚未回，亦不闻张娶妻。意复有书曰：

相别入此新岁，湘东地暖，得春尤多。溪梅堕玉，槛杏吐红，旧燕初归，暖莺已啭。对物如旧，感事自伤。或勉为笑语，不觉泪冷。数月来颇不喜食，似病非病，不能自愈。孺子无恙（意子年二岁），无烦流念。向尝面告，固匪自欺。君子不能违亲之言，又不能废己之好，仰结高援，其无□焉。或俯就微下，曲为始终，百岁之恩，没齿何报。虽亡若存，摩顶至足，犹不足答君意。反覆其心，虽秃十兔毫，罄三江楮，亦不能□兹稠叠，上浼君听。执笔不觉堕泪几砚中。郁郁之意，不能自已。千万对时善育，无或以此为至念也。短唱二阕，固非君子齿牙间可吟，盖欲摅情耳。

曲名《极相思令》一首：

湘东最是得春先，和气暖如绵。清明过了，残花巷陌，犹见秋千。　　对景感时情绪乱，这密意、翠羽空传。风前月下，花时永昼，洒泪何言。

又作《长相思令》一首：

旧燕初归，梨花满院，迤逦天气融和。新晴巷陌，是处轻车轿马，禊饮笙歌。旧赏人非，对佳时，一向乐少愁多。远意沉沉，幽闺独自颦蛾。　　正消黯无言，自感凭高远意，空寄烟波。从来美事，因甚天教两处多磨？开怀强笑，向新来宽却衣罗。似恁地人怀憔悴，甘心总为伊呵。

张得意书辞，情悰久不快，亦私以意书示其所亲，有情者莫不嗟叹。张内逼慈亲之教，外为物议之非，更期月，亲已约孙贳殿丞女为姻。定问已行，媒妁素定，促其吉期，不日佳赴。张回肠危结，感泪自零。好天美景，对乐成悲，凭高怅望，默然自已。终不敢为记报意。逾岁，意方知，为书云：

妾之鄙陋，自知甚明。事由君子，安敢深扣。一入闺帏，克勤妇道，晨昏恭顺，岂敢告劳。自执箕帚，三改岁□。苟有未至，固当垂诲。遽此见弃，致我失图。求之人情，似伤薄恶；揆之天理，亦所不容。业已许君，不可贻咎。有义则合，常风服于前书；无故见离，深自伤于微弱。盟顾可欺，则不复道。

稚子今已三岁，方能移步。期于成人，此犹可待。妾囊中尚有数百缗，当售附郭之田亩，日与老农耕耨别穰，卧漏复毳，凿井灌园。教其子知诗书之训，礼义之重。愿其有成，终身休庇妾之此身，如此而已。其他清风馆宇，明月亭轩，赏心乐事，不致如心久矣。今有此言，君固未信，俟在他日，乃知所怀。

燕尔方初，宜君子之多喜；拔葵在地，徒向日之有心。自兹弃废，莫敢凭高。思入白云，魂游天末。幽怀蕴积，不能穷极。得官何地，因风寄声。固无他意，贵知动止。饮泣为书，意绪无极。千万自爱。

张得意书，日夕叹怅。

后三年，张之妻孙氏谢世，湖外莫通信耗。会有客自长沙替归，遇于南省书理间。张询客意哥行没。客抚掌大骂曰："张生乃木人石心也。使有情者见之，罪不容诛。"张曰："何以言之?"客曰："意自张之去，则掩户不出，虽比屋莫见其面。闻张已别娶，意之心愈坚，方买郭外田百亩以自给。治家清肃，异议纤毫不可入。亲教其子。吾谓古之李住满女，不能远过此。吾或见张，当唾其面而非之。"张惭忸久之，召客饮于肆，云："吾乃张生。子责我皆是，但子不知吾家有亲，势不得已。"客曰："吾不知子乃张君也。"久乃散。

张生乃如长沙。数日，既至，则微服游于肆，询意之所为。言意之美者不容刺口。默询其邻，莫有见者。门户潇洒，庭宇清肃。张固已恻然。意见张，急闭户不出。张曰："吾无故涉重河，跨大岭，行数千里之地，心固在子。子何见拒之深也？岂昔相待之薄欤？"意云："子已有室，我方端洁以全其素志。君宜去，无浼我。"张云："吾妻已亡矣。曩者之事，君勿复为念，以理推之可也。吾不得子，誓死于此矣。"意云："我向慕君，忽遽入君之门，则弃之也容易。君若不弃焉，君当通媒妁，为行吉礼，然后妾敢闻命。不然，无相见之期。"竟不出。

张乃如其请，纳彩问名，一如秦晋之礼焉。事已，乃挈意归京师。意治闺门，深有礼法，处亲族皆有恩意，内外和睦，家道已成。意后又生一子，以进士登科，终身为命妇。夫妇偕老，子孙繁茂。呜呼，贤哉！

【译文】

谭意歌小字英奴，父亲流落到英州，因此她也在英州出生。父亲死之后，她又流落到长沙，也就是今天的潭州。八岁的时候，母亲也死了，她被寄养在小工匠张文家里。张文是靠制作竹器来养活家里的。有一天，官妓丁婉卿上门拜访，私心里想着要是得到了谭意歌，一定可以为自家的妓馆带来丰厚的利润。于是请张文喝酒，也没说什么就走了。后来又给张文送钱送东西，送了很多次。张文对婉卿说："我是集市里低贱的工匠，对你这样深厚的好意我十分感激。家里穷，没什么可以回报的，不知道你究竟有什么想要的？你一定要说出来，麻烦你告诉我吧。但愿我可以尽我有限的力量来回报你深厚的好意。"婉卿说："我一直都没有说，实在是害怕惹您生气。现在您这样诚恳地问我，我才敢说的。我知道意歌并不是您的孩子，我喜欢她美丽的容貌，如果您能把她卖给我，别说是现在给您那么多钱物了，就是以后也会有大把的钱可以拿。您就不要让她住在你家里，白白地忍受饥寒了，您觉得怎么样?”张文说：“那么长时间以来，我想着你就是这个意思，刚才我还想先说的。既然是这样，我怎敢不从命呢。”

谭意歌当时才十岁，知道了张文和婉卿的意思，气愤地质问张文说：“我虽然不是你的孩子，你怎么忍心把我卖到妓院里去呢?如果你能让我好好地嫁人，就算是嫁给贫穷人家，我也会觉得心甘情愿。”张文最终还是将意歌交给了婉卿。走进妓院的大门，意歌大声哭喊着说：“我孤苦伶仃一个人，漂泊到离家乡几万里的地方，没有什么权势，年纪又那么小，没有人可怜我，救我离开这里，我没办法好好地嫁人。”听见她哭声的人没有不叹息难过的。

婉卿每天千方百计地来劝诱意歌，将珠花翠玉戴在她头上作为装饰，将轻柔温软衣料做成的衣服穿在她身上，用味道甘甜鲜香的食物来供给她的饮食，时间长了侍奉得却更加勤谨，就像慈母照顾婴孩一般。意歌日夜处在这样的境地中，受到了潜移默化的影响，宠爱夺去了她的心志，利益转变了她的感情，她忘了自己最初的志向。还没有完全成年的时候，婉卿就开始为她挑选优秀的伴侣。意歌出落得身材纤秀，皮肤清洁，乌黑的头发，长长的眉眼，茅草嫩芽般纤细的手指，仿佛一把可以揽住的细腰，成为当时顶尖的妓女。妓馆门前于是车马拥堵，像市集一样热闹。再加上她天性聪慧机敏，懂得乐理，尤其是写诗写得很好，于是年轻人愿意付出千两黄金买她一笑，还唯恐落在别人后面，州郡长官开宴聚会，都要驾车请她过去相伴。

当时，转运使权知府周公宴客，意歌先期来到周府。有个医博士及君因为有事来到府上，走上厅堂拜见周公。及君的长胡子很精神，让人喜爱，周公于是笑着说：“我有一句话，你能对上来吗?”及君说：“请说来听听。”周公说：“医士拜时须拂地。”及君还没来得及回答，意歌在旁边说：“我希望能代替博士回答。”周公说：“可以。”意歌说：“郡侯宴处幕侵天。”周公听了非常高兴。意歌生病痊愈后，正式场合拜见州府长官，在名帖上都会说自己擅长作诗饮酒。有个叫蒋田的官员看到这话，觉得她这样自夸有些可笑。于是让她来对句，指着她的脸说：“冬瓜霜后频添粉。”意歌就拉着他公服的衣袖，对答说："木枣秋来也着绯（大红色，官服之色）。"这位官员又惭愧又喜欢，大家都不约而同地发出了赞赏声。谏议大夫魏公镇守长沙时，到岳麓山来游玩，意歌就跟随在轿子后面。魏公知道意歌能作诗，把她叫来说："你能对上我的句子吗?"魏公说："朱衣吏，引登青障。"意歌对句说："红袖人，扶下白云。"魏公很高兴，于是为她取名叫文婉，字才姬。意歌跪拜两次说："我是个品流低下的人，先生您却给我取名字，这种荣耀胜过赏赐我万两黄金。"

刘丞相镇守长沙时，说是有一天登上碧湘门的城墙乘凉，幕僚从官都跟在他身后。刘公叫来意歌对句。意歌说："我是个品流下贱的人，怎么能够比得上先生您的文采呢？但先生有这样的命令，我不敢拒绝。"那时候远远地望去，长江以外湘水边有片竹屋和茅舍，有个渔夫拎着两条鱼走进了长长的巷子。刘公对意歌说："双鱼入深巷。"意歌对句说："尺素（即书信）寄谁家。"刘公很高兴，不停地夸赞意歌。

又有一天，意歌又跟在刘公轿子后面去岳麓山游玩，依次来到了抱黄洞、望山亭这两处景点吟诗，同行的人都写作了唱和的诗篇。意歌做了首诗献给刘公，诗是这样的：

这地方从仙人离去到现在已经过了千年，
建造在极高处的亭子把四面风光看个遍。
神仙留下的遗迹让人误以为身在蓬莱岛，
徒然想着仙人云车的我身靠高处的栏杆。
月下猿猴悠远的叫声带来了千山的早晨，
枝叶在风中歌唱的老树旁有条小路弯弯。
驾鹤而去的仙人什么时候才会回到家乡，
城中应该没多少旧时的人家还留在江边。

刘公看了诗，对意歌的才华感到更加吃惊，同行的人传看了这首诗，都觉得输得心服口服。刘公说："这人是个诗妖。"刘公问她怎么就当了妓女，意歌据实回答。刘公感到很难过，很同情她的遭遇。于是意歌对他说："我入了官妓的籍，服侍接待大人们，已经有好几年了，不敢说自己很辛苦。现在碰到了先生您，我觉得很幸运，如果能够让我脱离妓籍去嫁人，就算是死我也会感激万分。”刘公答应让她脱籍。后来某天，意歌上门呈递文书，刘公批准了她的请求。意歌从此开始寻找丈夫，很长时间都没有遇到合适的人。

正好有汝州人张正字到潭州来做茶官，意歌见了他一面就对别人说：“我找到丈夫了。”别人问她原因，她说：“那个人的品格才学，都是我理想中的样子。”张正字听说了这件事，也对意歌有意思。有一天，张正字约意歌在江亭见面。那时候，筑在高处的亭子有不一般的风吹来，江上什么船都没有，月亮明亮极了，挂得高高的帐幕垂下丝绦，清风丝丝缕缕地吹进窗户里来，疏朗的门帘中透进月亮的光辉，银制鸭形香炉中喷出香气，两个玉制的枕头并列，绣花被子严密地覆盖着，调弄舌头说着悄悄话，春心就像柳絮般飞扬。就像仙境里的花朵并蒂开放，又像两条鱼在同一汪泉水中，那种互相契合的欢乐，即使是死也无法终止。第二天，意歌把东西都打包了，跟张正字住到了一起。有情的人写了首诗送给他们，说是：

> 碰到了才华和识见都相仿的人真是得意，
> 才子佳人成双成对更是让人羡慕的好事。
> 就好比牡丹花被移栽到了美丽的仙境里，
> 不过从此湘水东面就没有好花供人品味。

过了两年，张正字调到别处做官，又来与意歌相见。意歌为他整理行装，在郊外饯别。张正字要上路了，意歌拉着他的手臂叮嘱说：“你本来出身名家，我却是出身妓馆，下贱的人跟你这样尊贵的人成为伴侣，确实不是一桩般配的婚事。再说你家中没有主持祭祀的主妇，却有两鬓斑白的双亲。今天我们分手，绝没有再见的可能了。”张正字说：“山盟海誓的话像日月一样鲜明，我如果违背誓言，神明报应的话可不是骗人的。”意歌说：“我肚子里有了你的孩子，已经几个月了。这是你的骨肉，你要想着这孩子。”两人放声痛哭，然后分开了。意歌闭门不出，就连隔壁邻居也见不到她。过了很长时间，意歌写信给张正字，说道：

> 冬去春来，又过了一年。传书的鱼雁没了踪迹，我们有好久没有联络了。初春的天气冷热不定，你要注意保养爱惜身

体。你客居京都，碰到的事情五花八门，一定很多，只是我这个住在偏远之地的人，见不到你心就无法安定，盼望你回来，一天对我来说就像一年那么漫长。我写了首小诗，寄给思念的你。此外希望你千万珍重。

她的诗是这样的：

我从潇湘江岸边探春回来，
寒冰完全消融梅花也落光。
真希望我丈夫像春天一样，
一年总有一次回到我身旁。

过了一年，张正字还没有回来，也没有听见说他娶妻。意歌又写了封信：

跟你分别到如今又是新的一年，湘水东部地气和暖，春天的气息格外浓厚。溪边的梅花坠下的花瓣玉一般洁白，窗边杏花绽开了红色的花朵，从前来过的燕子刚刚飞回来，感觉到暖气的莺鸟开始啭鸣了。看到旧日的景物，想到那些往事，我觉得悲伤不已。有时候勉强说些欢笑的话，不知不觉就泪水涟涟。几个月来不太想吃东西，好像生病了又查不出什么病，也没办法正常康复。孩子挺好的（意歌的儿子两岁了），你不需要老是记挂着。以前我曾经当面跟你讲过，看来并不是没有道理的话。你不能违背双亲的意思，又不能舍弃自己喜欢的人。去攀一门高亲，你心里不会不内疚，要不就来和我这样低微的人过日子，委屈自己做到有始有终，跟我白头偕老，那你的恩德我这辈子都报答不了，就算你不在的时候我也像你在的时候那样将所有事情都做好，吃再大的苦也不足以报答你的情意。我重复向你剖明心迹，可即使写秃了十支毛笔，写光了三江地区生产的纸，也没办法写尽我的情意，也没办法请求你将我的话听进去。我拿着笔，眼泪不知不觉就掉到了案几上和砚台里，苦闷郁结的心情根本无法控制住。你千万要按照时节好好照顾自己，不要太把我的话放在心上。有两首短歌，当然不是您这样的大丈夫可以哼唱的东西，我只是用它们来抒发自己的感情而已。

叫做《极相思令》的曲子一首：

湘东地区最早得到春天的眷顾，温和的气候像棉絮一般暖和。清明过了，花都开残了的巷道，还可以见到秋千。　　看到景物感叹时光流逝心绪烦乱，这不为人知的心意、青鸟帮我传信去也是徒然。风前月下，花开的时候及长长的白天，我一个人流着眼泪就算有话又去对谁说。

又写了《长相思令》一首：

旧时的燕子刚刚飞回，梨花落得满院都是，天气渐渐地和暖起来。才放了晴的巷道，这里有轿子和轻便的马车，有人修禊饮酒奏乐歌唱。还是旧日的玩乐人却不同了，在这美好的时节，总是感到快乐少而忧愁多。远去的人没有消息，闺阁中的女子独自皱着眉头。　　消沉愁闷得说不出话来，倚着高楼栏杆想象那远去的人，寄去信件也只是石沉大海。美好的事从来如此，为什么老天要让两个人都遭到磨折呢？努力开怀大笑，这些日子以来衣服却显得更宽大了。我为什么这样憔悴不堪，都是因为他我也心甘情愿。

张正字接到意歌的书信和曲子，心情久久无法畅快，也偷偷地将意歌的信给自己亲近的友人看，有情的人都叹息不已。张正字一方面受到双亲的逼迫，一方面又经受着外界的非议。又过了一整个月，父亲为他与殿丞孙贯的女儿订了亲。送礼求婚和问名等礼节都已完成，媒妁之言也早就议定，而迎亲的那天也就快到来，不久新娘就要嫁进门了。张正字愁肠百结，难过得直流眼泪。结婚这种好日子本是良辰美景，可是他却在大喜的时候悲伤不已，惆怅地登上高楼望着远方，一句话也没说，只能默默忍受一切，最终都没勇气写信将这件事告诉意歌。过了一年时间，意歌才知道这件事，写信说：

我的庸俗浅薄，我自己知道得很清楚。这件事本来就是由您来决定的，我怎么敢过多地去询问呢。我自从入了你家的门，勤勤恳恳地做好妇人该做的事，从早至晚谦恭顺从，并不敢说自己很辛苦，自从帮你打点家务以来，已经有三年了。如果有什么没有做好的地方，自然应当得到你的教训，而你就这样突然抛弃我，使我不知道以后应该怎么办。从人情上来说，似乎有些薄情可恶；从天理上来说，也是天理不容的行为。既然人家已经许身于你，你就不该做出这样的错事。你若有情有义我便会跟从，在之前的书信中我也表达了顺从的意思，而现在无缘无故被你抛弃，我对自己身份的低微和势力的弱小深深感到悲哀。既然你都可以背叛我们的盟誓，那我也就不必再跟你说什么了。

孩子如今已经三岁了，刚刚开始能够走路。想要等他长大成为自己的依靠，那也是可以期待的事情。我身边还有几百贯钱，我会买来城墙边上的田地，每天跟老农们到那里去耕种和收获，盖着粗毛毯睡在漏雨的屋子里，亲手凿井来浇园。我会教儿子懂得《诗经》和《尚书》里的道理，知道礼义是非常重要的。希望儿子将来有出息，那我这个人这辈子也就有依靠了，只要这样就够了。其他什么吹着清风的精美房舍，照着明月的亭台小室，享受什么让人快意的事情，我很久以来都不再放在心上了。我今天说这样的话，你当然不会相信，等以后就明白了。

刚开始的时候我们非常恩爱，你那样喜欢我也是自然的；现在我是被你采摘又扔在地上的向日葵，我再怎么一心向太阳也没有任何意义了。从你抛弃我之后，我再也不敢登上高楼远眺了，害怕思绪会飘到白云之中，魂魄会飞到你居住的地方。忧愁的心绪在我心里积压着，根本没办法消除。你以后做到了怎样的高官，不要忘记写信告诉我。我没有其他的意思，只是想知道你的情况。我忍着眼泪写了这封信，心里说不尽的忧愁纷乱。你千万要爱惜自己。

张正字收到意歌的信以后，整天惆怅地叹气。

过了三年，张正字的妻子孙氏去世了，却得不到湖南那边的消息。正好有人在长沙被人替了官回朝述职，张正字在尚书省处理公文的地方遇见了他，问他意歌现在的情况，那人拍手大骂道：“张生真是个石头心肠的木头人啊。但凡有感情的人看到意歌的作为，都会觉得张生的罪过连死也无法抵过。”张正字说：“为什么这么说?”那人说：“自从张生走了以后，意歌闭门不出，连隔壁邻居都见不着她。听说张生娶了别人，意歌的心意却更加坚定了，她买了百亩城外的田地来耕种，自己也就有了生活开销。她管家很严格清明，乱七八糟的话是一点也入不了她的耳朵的，还亲自教导自己的儿子。我觉得就算是古代李住满的女儿，也不怎么能比得上意歌的作为，我要是看到张生，一定要冲他脸上吐口水，好好骂骂他不可。”张正字觉得很羞愧，很长时间都无法平复。他请那人到酒店里喝酒，说道：“我就是张生。你骂我的话都说得对，只是你不知道我家里的双亲不同意，我也是情势所迫没有办法啊。”那人说：“我不知道你就是张先生啊。”他们谈了很长时间，然后就分手了。

张正字于是去了长沙。过了几天，到那里以后，他换了便服来到酒馆里，向当地人打听意歌的所作所为，那些人说起意歌美好的品德来都不许别人插嘴。他又悄悄地去向她的邻居打听情况，都没人见过她。意歌家门前没有闲杂人等，居所非常清静安宁。张正字到此时已经很感动，很难过了。意歌看到他来了，急忙关上门，不出来。张正字说：“我无缘无故地渡过好几条河，翻过一座大山，赶了好几千里的路，说明我的心全在你身上，你为什么这样坚决地不肯见我呢？难道是因为我从前对你太坏吗?”意歌说：“你已经有老婆了，我现在正在清白做人，端正自己的行为，成全自己高洁的志向。你还是走吧，不要坏了我的名声。”张正字说：“我妻子已经死了，以前的事，你不要再记在心上，从情理上来理解我就好了。我要是得不到你，发誓就死在这里了。”意歌说：“我从前爱慕你，匆匆忙忙就进了你家门，所以你抛弃我也很容易。你要是现在还要我，就叫媒人来做媒，举行正式的结婚仪式，那我才能听从你。要不然，我们就再也不用见面了。”她最终也没有出来。

于是张正字就像她说的那样送了彩礼，然后问名，按照正式的仪式娶了她。成亲以后，张正字带着意歌回到京城。意歌管家里的事，都按照礼法的规定，处理亲族中的关系和事务时，对别人也很好，所以全家内外和睦，有礼有节，形成了大家族的风范。意歌后来又生了一个儿子，长大后考中了进士，她自己也受封为命妇，一辈子都享受这样的荣衔。夫妻俩白头偕老，儿子、孙子很多，人丁兴旺。哎呀，她品德多好啊！

王幼玉记

柳师尹

王生名真姬，小字幼玉，一字仙才，本京师人。随父流落于湖外，与衡州女弟女兄三人皆为名娼，而其颜色歌舞，甲于伦辈之上。群妓亦不敢与之争高下。幼玉更出于二人之上，所与往还皆衣冠士大夫。舍此，虽巨商富贾，不能动其意。

夏公酉（夏贤良，名噩，字公酉）游衡阳，郡侯开宴召之。公酉曰："闻衡阳有歌妓名王幼玉，妙歌舞，美颜色，孰是也?"郡侯张郎中公起乃命幼玉出拜。公酉见之，嗟吁曰："使汝居东西二京，未必在名妓之下。今居于此，其名不得闻于天下。"顾左右取笺，为诗赠幼玉。其诗曰：

> 真宰无私心，万物逞殊形。嗟尔兰蕙质，远离幽谷青。清风暗助秀，雨露濡其泠。一朝居上苑，桃李让芳馨。

由是益有光。但幼玉暇日，常幽艳愁寂，寒芳未吐。人或询之，则曰："此道非吾志也。"又询其故，曰：

"今之或工或商或农或贾或道或僧，皆足以自养。惟我侪涂脂抹粉，巧言令色，以取其财。我思之愧赧无限。逼于父母姊弟，莫得脱此。倘从良人，留事舅姑，主祭祀，俾人回指曰：'彼人妇也。'死有埋骨之地。"

会东都人柳富字润卿，豪俊之士。幼玉一见曰："兹吾夫也。"富亦有意室之。富方倦游，凡于风前月下，执手恋恋，两不相舍。既久，其妹窃知之。一日，诟富以语曰："子若复为向时事，吾不舍子，即讼子于官府。"富从是不复往。一日，遇幼玉于江上。幼玉泣曰："过非我造也，君宜以理推之。异时幸有终身之约，无为今日之恨。"相与饮于江上。幼玉云："吾之骨，异日当附子之先陇。"又谓富曰："我平生所知，离而复合者甚众。虽言爱勤勤，不过取其财帛，未尝以身许之也。我发委地，宝之若金玉，他人无敢窥觎，于子无所惜。"乃自解鬟，剪一缕以遗富。富感悦深至，去又羁思不得会为恨，因而伏枕。幼玉日夜怀思，遣人侍病。既愈，富为长歌赠之云：

紫府楼阁高相倚，金碧户牖红晖起。其间燕息皆仙子，绝世妖姿妙难比。偶然思念起尘心，几年谪向衡阳市。阳娇飞下九天来，长在娼家偶然耳。天姿才色拟绝伦，压到花衢众罗绮。绀发浓堆巫峡云，翠眸横剪秋江水。素手纤长细细圆，春笋脱向青云里。纹履鲜花窄窄弓，凤头翘起红裙底。有时笑倚小栏杆，桃花无言乱红委。王孙逆目似劳魂，东邻一见还羞死。自此城中豪富儿，呼僮控马相追随。千金买得歌一曲，暮雨朝云镇相续。皇都年少是柳君，体段风流万事足。幼玉一见苦留心，殷勤厚遣行人祝。青羽飞来洞户前，惟郎苦恨多拘束。偷身不使父母知，江亭暗共才郎宿。犹恐恩情未甚坚，解开鬟髻对郎前。一缕云随金剪断，两心浓更密如绵。自古美事多磨隔，无时两意空悬悬。清宵长叹明月下，花时洒泪东风前。怨人朱弦危更断，泪如珠颗自相连。危楼独倚无人会，新书写恨托谁传。奈何幼玉家有母，知此端倪蓄嗔怒。千金买醉嘱佣人，密约幽欢镇相误。将刃欲加连理枝，引弓欲弹鹣鹣羽。仙山只在海中心，风逆波紧无船渡。桃源去路隔烟霞，咫尺尘埃无觅处。郎心玉意共殷勤，同指松筠情愈固。愿郎誓死莫改移，人事有时自相遇。他日得郎归来时，携手同上烟霞路。

富因久游，亲促其归。幼玉潜往别，共饮野店中。玉曰：“子有清才，我有丽质。才色相得，誓不相舍，自然之理。我之心，子之意，质诸神明，结之松筠，久矣。子必异日有潇湘之游，我亦待君之来。”于是二人共盟，焚香，致其灰于酒中，共饮之。是夕同宿江上。翌日，富作词别幼玉，名《醉高楼》。词曰：

人间最苦，最苦是分离。伊爱我，我怜伊。青草岸头人独立，画船东去橹声迟。楚天低。回望处，两依依。　　后会也知俱有愿，未知何日是佳期。

心下事，乱如丝。好天良夜还虚过，辜负我，两心知。愿伊家，衷肠在，一双飞。

富唱其曲以沽酒，音调辞意悲惋，不能终曲。乃饮酒，相与大恸。富乃登舟。

富至辇下，以亲年老，家又多故，不得如约，但对镜洒涕。会有客自衡阳来，出幼玉书，但言幼玉近多病卧。富遽开其书疾读，尾有二句云：

春蚕到死丝方尽，蜡烛成灰泪始干。

富大伤感，遗书以见其意，云：

忆昔潇湘之逢，令人怆然。尝欲拏舟，泛江一往，复其前盟，叙其旧契，以副子念切之心，适我生平之乐。奈因亲老族重，心为事夺，倾风结想，徒自潇然。风月佳时，文酒胜处，他人怡怡，我独惚惚如有所失。凭酒自释，酒醒，情思愈徬徨，几无生理。古之两有情者，或一如意，一不如意，则求合也易。今子与吾，两不如意，则求偶也难。君更待焉，事不易知，当如所愿。不然，天理人事，果不谐，则天外神姬，海中仙客，犹能相遇，吾二人独不得遂，岂非命也！子宜勉强饮食，无使真元耗散，自残其体，则子不吾见，吾何望焉。子书尾有二句，吾为子终其篇。云：

临流对月暗悲酸，瘦立东风自怯寒。

湘水佳人方告疾，帝都才子亦非安。

春蚕到死丝方尽，蜡烛成灰泪始干。
万里云山无路去，虚劳魂梦过湘滩。

一日，残阳沉西，疏帘不卷。富独立庭帏，见有半面出于屏间。富视之，乃幼玉也。玉曰："吾以思君得疾，今已化去。欲得一见，故有是行。我以平生无恶，不陷幽狱。后日当生兖州西门张遂家，复为女子。彼家卖饼。君子不忘昔日之旧，可过见我焉。我虽不省前世事，然君之情当如是。我有遗物在侍儿处，君求之以为验。千万珍重。"忽不见。富惊愕，但终叹惋。异日有过客自衡阳来，言幼玉已死，闻未死前嘱侍儿曰："我不得见郎，死为恨。郎平日爱我手发眉眼。他皆不可寄附，吾今剪发一缕，手指甲数个，郎来访我，子与之。"后数日，幼玉果死。

议曰：今之娼，去就狥利，其他不能动其心。求潇女霍生事，未尝闻也。今幼玉之爱柳郎，一何厚耶？有情者观之，莫不怆然。善谐音律者广以为曲，俾行于世，使系于牙齿之间，则幼玉虽死不死也。吾故叙述之。

【译文】

王家姑娘名叫真姬，小字幼玉，又字仙才，原来是京城人，跟随父亲流落到洞庭湖以南，住到了衡州，与姐姐和妹妹三个人都是有名的娼妓，美貌和歌舞技艺在当时的歌妓里是第一流的，别的妓女也不敢跟她们来较量高下。幼玉的美貌和才艺更是超过了她的姐姐和妹妹，跟她来往的都是世族人家的读书人。除此之外，就算是特别有钱的大商人，也不能打动她的心。

夏公酉（制举进士夏噩，字公酉）在衡阳游玩，州长官设宴请他来。公西说："听说衡阳有个歌妓名叫王幼玉，歌唱得好，舞跳得好，人也长得漂亮，是哪一个？"州长官郎中张公起于是让幼玉出来拜见。公西见了她，赞叹着说："你要是住在东西两座京城里，你的名气不一定会输给那些名妓。如今你住在这里，就不能使天下人都知道你的名字了。"他示意身边伺候的人取来纸笺，写了一首诗送给幼玉。诗是这样的：

造物主不会有偏私的念头，
世间万物却各有各的样子。
你容貌美好仿佛蕙兰一般，
远离幽谷却依然青翠欲滴。
清风无意中平添你的秀丽，
雨露润泽衬托你幽静气息。
若有一天被移入皇室园林，
你的香气桃花李花也难敌。

从此以后，幼玉的名声就更响了。可是她闲暇的时候常常忧愁苦闷，像是冷艳的花朵不愿轻易绽放。有时别人询问她为什么这样，她就说："这种工作不是我的志向。"再问她原因，她说："当今做工匠、开店售货、务农、四处贩货，还有出家当道士或者和尚的人，都能够自己养活自己。只有我们这种人涂脂抹粉，说好听话，看人脸色吃饭。我想想都觉得难为情得不得了，然而受到父母姐妹的逼迫，我想要脱离这一行却没有办法。如果能够跟着一个人过日子就好了，侍奉公公婆婆，主持家族祭祀的事情，人家看到我会指着我说：'那是某人的妻子。'那我死后也就有埋葬我尸骨的地方了。"

正好东都开封有个人叫柳富，字润卿，是个豪爽俊朗的读书人。幼玉见了他一面就说："这人是我的丈夫。"柳富也有心要娶她。那时柳富刚刚厌倦了交游，两人总是在风前月下拉着手，情意绵绵地不愿意分开。时间长了，幼玉的妹妹暗地里知道了他们的关系。有一天，她对柳富破口大骂，说道："你要是再敢做以前做过的那些事，我一定不会放过你，马上就把你拉到官府去告你。"柳富从此以后就不再到幼玉那里去了。一天，柳富在江边遇见了幼玉。幼玉哭着说："过错并不是我犯下的，跟我没关系，你应该从情理上去推断，就可以知道了。以后如果能够订下终身的约定是我们的福气，请不要因为今天的事情而留下遗憾。"两人一起在江边饮酒。幼玉说："我的尸骨，以后要葬在你家先人的坟墓后面。"还对柳富说："我这辈子所知道的，分开以后又在一起的非常多，然而就算嘴里不停地说爱，那些女人也不过只是想拿对方的钱财，从来没有将自己整个人都交给对方。我的头发长得垂到地上，我珍爱这长发就好比金玉一般，别人看一眼我都不愿意，但是对你，我是一点儿也不会吝惜的。"她于是将自己的发髻解下来，剪了一缕头发送给柳富。柳富感动极了，高兴极了，分开以后却又因为老是想着见不到面而非常愁苦，于是就病倒在了床上。幼玉日夜想念着他，派人去照顾他的病。痊愈之后，柳富写了首长诗送给幼玉，诗是这样的：

神仙居住的地方巍峨的高楼是一幢连着一幢，
金碧辉煌的门窗上映出了升起的太阳的光芒。
在这里面悠闲地住着的都是仙女，
她们有着无与罕见的美艳的模样。
无意中心念转动起了凡心，
几年里被贬到了人间的衡阳。
明艳动人的美女从天上飞来，
生长在娼妓人家也是没有想到的事。
天生的美貌出色的才艺估计无人能过，
花街中所有的美女一个都赶她不上。
那盘起来的浓密的乌发就像巫峡的云朵，
翠绿色的眼眸仿佛是凭空剪下的一幅秋江水。
洁白的双手纤细修长而且圆润，
就像脱去箨皮的春笋直指向青云之上。
窄小的绣花鞋弯弯地像把弓，
翘起的鞋头从红裙底下探出来。
有时她会倚着小栏杆笑，
羞煞的桃花无言以对地撒下了凌乱的花瓣。
王孙公子看见她就失了魂魄，

邻里的其他女子看见她就羞愧自伤。
有她以后城里那些有权有钱的人们，
带着仆人骑着马跟在她身边。
付出一千两黄金只为听她唱首歌，
整天都是你情我爱没有一刻休歇。
东都京城里有个姓柳的年轻人，
人长得挺拔英俊各方面都没有欠缺。
幼玉见了他一面就对他格外注意，
不断地派人传达自己的关切。
传信的使者来到深宅门前，
受到许多拘束的柳郎感到苦恼不迭。
幼玉瞒着父母偷偷出去相会，
在江边的亭子里私自同才郎共宿一夜。
还害怕没有表现出十分坚定的情意，
她在情郎面前解开发髻。
她用金剪刀剪下了云一般的一缕头发丝，
两颗心靠得更近情意更为浓密。
古往今来好事总是多磨，
两人的心意没有着落无法在一起。
清冷的夜里在明月下长长地叹气，
花开的时候对着东风只能够流泪。
愁怨的人儿弹起琴来音调偏高终于折断弦丝，
哭起来眼泪就像珠子一样一颗颗连在一起。
孤单单地倚靠在高楼上没人理会，
刚刚用苦痛写成的书信又找谁去传递。
要知道幼玉家里有位母亲，
探知了他们的来往心里怒不可遏。
千两黄金买酒叮嘱佣人将女儿灌醉，
同情郎的幽会因此都无法去赴约。
这是用刀要来砍断连理枝，
拿起弹弓要弹落比翼的鸟雀。
幸福就好比仙山是在海的中央，

四周风大浪急而且没有船根本渡不得。
又像是隔着重重烟云的桃花源，
不过咫尺之外就是凡尘根本无法探得。
柳郎和幼玉都是情深意重，
指着情操坚贞的松竹心意更加坚定了。
希望柳郎拼死都不要改变你的心意，
人世间的事情有的时候自己会解决。
等到柳郎以后再回来时，
两个人拉着手一同把幸福找寻。

柳富因为一直在外面游历，双亲催促他回去。幼玉偷偷地跑去和他告别，两人一起在乡野小店里喝酒。幼玉说："你有清雅的文才，我有美丽的容貌，我们郎才女貌碰在一起，绝对不会离弃对方，这是自然的道理。我和你两个人的心意，神明都是知道的，而且有松竹作为我们的见证，也有很长时间了。你以后肯定还会到潇湘地区来，我也会等你回来。"于是两人立下盟誓，焚香，将香灰放在酒里，一起把酒给喝了。当天晚上，就一起住在江边。第二天，柳富写了首词，作为与幼玉分别的纪念，词的名字叫《醉高楼》。词是这样的：

人间最苦，最苦是别离。她爱我，我爱她。青草岸边孤零零站着一个人，画船向东驶去听声音船桨摇得特别慢。楚地的天空低垂。回头相看，依依不舍。　以后的相会是我俩共同的心愿，不知道哪一天才会是那美好的日子。心里有事，纷乱如丝。美好的白昼和夜晚对我来说也是白过，老天辜负我们的情意，只有我们心里清楚。希望你啊，衷情不变，等着比翼双飞的那一天。

柳富唱着这首曲子买来了酒，曲子的音调和意思都悲伤凄婉，唱到后来就唱不下去了。两人于是开始喝酒，都伤痛极了。柳富这才登船而去。

柳富回到京城以后，因为双亲年老，家里又有许多想不到的事情发生，没有能够像约定的那样回去，只好对着镜子落泪。正好有认识的人从衡阳过来，将幼玉的书信交给柳富，这人只是说幼玉最近老是生病，躺在床上。柳富急忙拆信阅读，信的末尾有两句说：春蚕到死丝方尽，蜡炬成灰泪始干。柳富觉得非常难过，写信让他带过去表明心意，信里是这么说的：

> 想起从前我们在潇湘相遇的往事，真是让人伤悲。我曾经想乘船，沿着江河去找你，实践我们的誓约，诉说我们的情意，这可以满足你迫切想念我的心意，也可以带给我平生最大的欢乐。只可惜我父母年老，家族事务繁多，我要照应这些就不能顺从自己的心意，吹着风想念你，却只能孤零零地留在这里。气候好的时候，在环境优雅、可以吟诗喝酒的地方，别人都很开心地玩乐，只有我，恍恍惚惚就像失落了什么似的。我也想用酒来缓解自己的痛苦，可是酒醒之后，心情更加难过，简直感到要活不下去了。古往今来的有情人，有的是一个人的感情没有遭到反对，只是另外一个人遭到了反对，那么他们要在一起也很容易。现在你和我两个人的感情都遭到了周围人的反对，我们想在一起就难了。你再等等吧，世上的事说不定的，我们应该可以达成心愿的。如果不能够，天理和人事都不能让我们在一起，那么天外的神女和海中的仙人还可以相遇，我们两人却不能相伴左右，这难道不是命吗！你应该努力吃点东西下去，不要弄得元气损伤，坏了身子，那样的话你就见不到我了，那我还有什么指望呢。你写来的信末尾有两句话，我替你写出了完整的一首诗，是这样的：
>
> 在水边看着月亮我暗自悲伤心酸，
> 瘦骨伶仃地站在东风里不由畏寒。
> 刚刚得知湘水边的佳人罹患疾病，
> 皇城里的才子因此也便无法心安。
> 春天的蚕要到死时才会停止吐丝，
> 蜡烛要烧成灰烬才能把泪水流干。
> 面前有遥远的程途我没办法启程，
> 只有梦魂辛劳地飘过了湘水河滩。

一天，是太阳西沉的时候，门口的帘子没有卷起来，柳富独自站立在厅堂里的帐幕旁，看见屏风之间露出了半张脸。柳富定睛看去，那原来是幼玉。幼玉说："我想你想得得了病，现在已经不在人世。想要见见你，所以来到这里。我平生没有做过坏事，所以不用被抓到地狱里受苦。后天我会出生在兖州西门张遂家里，还是女子。他家是卖饼的。你要是没忘记我们往日的恩情，可以到他家看我。即使我不记得前世的事情，凭你对我的情意你也应当这么做。我有遗物留在侍女那里，你去问她要来，作为相见的凭证。千万要珍重。"忽然间就不见了。柳富惊讶极了，但更多的还是感到惋惜。之后有过路的熟人从衡阳过来，告诉柳富说，幼玉已经死了，还听说幼玉在死之前叮嘱侍女说："我没有能够见到柳郎就死掉，真是我的遗憾。柳郎平常喜爱我的双手、头发和眉毛眼睛，其他也没办法留存下来了，我现在就剪下一缕头发和几个手指甲，以后柳郎来找我，你就把这些给他。"这以后没几天，幼玉果然就死了。

议论说：现在那些妓女，跟谁在一起完全是看钱，其他都不能打动她们的心。要想找到像潇湘神女或者霍小玉那样的故事，再是没有听说过了。如今幼玉爱上柳郎，情意怎么就那么深厚呢？有情之人听说这样的故事，都没有不感到伤心难过的。擅长作曲的人为这个故事配上了音乐而广为流传，让世上的人都听到，故事在人们的口齿间保存，那么幼玉虽说是死了，也就像没有死一样。因此我就为大家讲了这个故事。

王 榭 传

缺 名

唐王榭，金陵人，家巨富，祖以航海为业。一日，榭具大舶，欲之大食国。行逾月，海风大作，惊涛际天，阴云如墨，巨浪走山。鲸鳌出没，鱼龙隐现，吹波鼓浪，莫知其数。然风势益壮，巨浪一来，身若上于九天，大浪既回，舟如堕于海底。举舟之人，兴而复颠，颠而又仆。不久，舟破，独榭一板之附，又为风涛飘荡。开目则鱼怪出其左，海兽浮其右，张目呀口，欲相吞噬。榭闭目待死而已。

三日，抵一洲。舍板登岸。行及百步，见一翁媪，皆皂衣服，年七十余，喜曰："此吾主人郎也。何由至此?"榭以实对，乃引到其家。坐未久，曰："主人远来，必甚馁。"进食，□肴皆水族。月余，榭方平复，饮食如故。翁曰："□吾国者，必先见君。向以郎□倦，未可往。今可矣。"榭诺。翁乃引行三里，过阛阓民居，亦甚繁会。又过一长桥，方见宫室台榭，连延相接，若王公大人之居。至大殿门，阍者入报。不久，一妇人出，服颇美丽，传言曰："王召君入见。"王坐大殿，左右皆女人立。王衣皂袍，乌冠。榭即殿阶。王曰："君北渡人也，礼无统制，无拜也。"榭曰："既至其国，岂有不拜乎?"王亦折躬劳谢。

王喜，召榭上殿，赐坐，曰："卑远之国，贤者何由及此?"榭以风涛破舟，不意及此，惟祈王见矜。曰："君舍何处?"榭曰："见居翁家。"王令急召来。翁至，□曰："此本乡主人也，凡百无令其不如意。"王曰："有所须，但论。"乃引去，复寓翁家。

翁有一女甚美色。或进茶饵，帘牖间偷视私顾，亦无避忌。翁一日召榭饮。半酣，白翁曰："某身居异地，赖翁母存活，旅况如不失家，为德甚厚。然万里一身，怜悯孤苦，寝不成寐，食不成甘，使人郁郁。但恐成疾伏枕，以累翁也。"翁曰："方欲发言，又恐轻冒。家有小女，年十七，此主人家所生也。欲以结好，少适旅怀，如何?"榭答："甚善。"翁乃择日备礼。王亦遗酒肴采礼，助结姻好。成亲，榭细视女，俊目狭腰，杏脸绀鬓，体轻欲飞，妖姿多态。榭询其国名。曰："乌衣国也。"榭曰："翁常目我为主人郎，我亦不识者。所不役使，何主人云也?"女曰："君久即自知也。"后常饮燕，衽席之间，女多泪眼畏人，愁眉蹙黛。榭曰："何故?"女曰："恐不久睽别。"榭曰："吾虽萍寄，得子亦忘归。子何言离意?"女曰："事由阴数，不由人也。"

王召榭宴于宝墨殿，器皿陈设俱黑，亭下之乐亦然。杯行乐作，亦甚清婉，但不晓其曲耳。王命玄玉杯劝酒，曰："至吾国者，古今止两人，汉有梅成，今有足下。愿得一篇，为异日佳话。”给笺。榭为诗曰：

基业祖来兴大舶，万里梯航惯为客。今年岁运顿衰零，中道偶然罹此厄。巨风迅急若追兵，千叠云阴如墨色。鱼龙吹浪洒面腥，全舟尽葬鱼龙宅。阴火连空紫焰飞，直疑浪与天相拍。鲸目光连半海红，鳌头波涌掀天白。桅樯倒折海底开，声若雷霆以分别。随我神助不沉沦，一板漂来此岸侧。君恩虽重赐宴频，无奈旅人自凄恻。引领乡原涕泪零，恨不此身生羽翼。

王览诗欣然，曰：“君诗甚好。无苦怀家，不久令归。虽不能羽翼，亦令君跨烟雾。”宴回，各人作□诗。女曰：“末句何相讥也？”榭亦不晓。

不久，海上风和日暖。女泣曰：“君归有日矣。”王遣人谓曰：“君某日当回，宜与家人叙别。”女置酒，但悲泣不能发言，雨洗娇花，露沾弱柳，绿惨红愁，香消腻瘦。榭亦悲感。女作别诗曰：

从来欢会惟忧少，自古恩情到底稀。
此夕孤帏千载恨，梦魂应逐北风飞。

又曰：“我自此不复北渡矣。使君见我非今形容，且将憎恶之，何暇怜爱。我见君亦有疾妒之情。今不复北渡，愿老死于故乡。此中所有之物，郎俱不可持去。非所惜也。”令侍中取丸灵丹来，曰：“此丹可以召人之神魂，死未逾月者，皆可使之更生。其法用一明镜致死者胸上，以丹安于项，以东南艾枝作柱灸之，立活。此丹海神秘惜，若不以昆仑玉盒盛之，即不可逾海。”适有玉盒，并付以系榭左臂，大恸而别。王曰：“吾国无以为赠。”取笺，诗曰：

昔向南溟浮大舶，漂流偶作吾乡客。
从兹相见不复期，万里风烟云水隔。

榭辞拜。王命取飞云轩来。既至，乃一乌毡兜子耳。命榭入其中，复命取化羽池水，洒之其毡乘。又召翁妪，扶持榭回。王戒榭曰：“当闭目，少息即至君家。不尔，即堕大海矣。”榭合目，但闻风声怒涛。既久，开目，已至其家，坐堂上。四顾无人，惟梁上有双燕呢喃。榭仰视，乃知所止之国，燕子国也。

须臾，家人出相劳问，俱曰：“闻为风涛破舟，死矣。何故遽归？”榭曰：“独我附板而生。”亦不告所居之国。榭惟一子，去时方三岁，不见，乃问家人。曰：“死已半月矣。”榭感泣，因思灵丹之言，命开棺取尸，如法灸之，果生。至秋，二燕将去，悲鸣庭户之间。榭招之，飞集于臂。乃取纸细书一绝，系于尾，云：

误到华胥国里来，玉人终日重怜才。
云轩飘去无消息，泪洒临风几百回。

来春燕来，径泊榭臂，尾有小柬。取视，乃诗也。□有一绝，云：

昔日相逢真数合，而今睽隔是生离。

来春纵有相思字，三月天南无燕飞。

榭深自恨。明年，亦不来。

其事流传众人口，因目榭所居处为乌衣巷。刘禹锡《金陵五咏》有《乌衣巷》诗云：

朱雀桥边野草花，乌衣巷口夕阳斜。
旧时王榭堂前燕，飞入寻常百姓家。

即知王榭之事非虚矣。

【译文】

唐代的王榭，是金陵人，家里非常有钱，世代以航海作为职业。有一天，王榭准备好一条大船，要到大食国去。航行了一个多月，海上狂风大作，波涛都翻腾到天上去了，乌云像是墨汁染成的，而一个个巨大的浪头像是起伏的山峦一般。海里可以看见鲸鱼和龟鳖的身影，水中的奇异动物也时隐时现，它们兴风作浪，不知道究竟数量有多少。而海风刮得是越来越猛烈了，巨浪打过来的时候，整个人就像被送上了极高的天空，而浪头回过去的时候，船身又像掉进了海底。船上的所有人都是站起来了又跌跤，跌了跤就直接趴在了地上。没过多长时间，船身碎裂开来，只有王榭依附在一块木板上活了下来，却又被狂风巨浪弄得到处漂荡。他只要张开眼睛，就看见身边布满鱼怪和海兽，瞪着眼睛，张着嘴巴，一副就要把他给吞掉的样子。王榭也只有闭上眼睛等死而已。

三天之后，王榭漂到了一个海岛上。他扔掉木板上岸去，走到一百步的时候，看到一个老爷爷和一个老婆婆，都穿着黑衣服，七十多岁的样子，欢欢喜喜地说："是我们的小主人啊。你怎么到这里来了？"王榭将事情经过告诉了他们，于是他们把他带到了家里。坐下没多久，他们说："主人远道而来，一定很饿了。"将饭菜端上，都是水里的生物做的菜。过了一个多月，王榭的身体终于恢复了健康，饭量也变得同往常一样了。老爷爷说："到我们国家来的人，一定要先面见我们的国君。之前都是因为您身体不好，所以没能去见，现在可以了。”王榭答应了。老爷爷于是带着他走了三里路，路上密密匝匝地都是市区里的民房。又过了一座长桥，才看到连绵相接的各式精美房屋，像是王公贵族居住的地方。到了大殿门口，守门人进去通报。没过多久，有位妇女走出来，穿的衣服很漂亮，传话说：“国王召您进去见面。”国王坐在大殿上，周围站着的都是女人。他穿黑袍，戴黑帽。王榭走到了大殿的台阶上，国王说：“您是北面渡海过来的人，我们这里的礼仪规范约束不到您头上，就不用跪拜了。”王榭说：“已经来到这个国家了，怎么可能不跪拜呢？”于是国王也弯腰慰问了他。

国王很高兴，让王榭走到大殿上，赐给他座位，让他坐下，说道：“我们国家那么偏远渺小，您这样贤能的人怎么会来到这里呢？”王榭告诉他，自己的船被风浪折断，是意外地来到这里的，希望国王能够怜悯他的处境。国王说：“您住在哪里？”王榭说：“现在住在老爷爷家里。”国王命人赶快将老爷爷召来。老爷爷来了，说道：“他是我原来家乡的主人，不管什么事，我都不会让他不称心的。”国王说：“有什么需要，只管说。”于是王榭又被带了回去，还是住在老爷爷家里。

老爷爷有个女儿，长得很漂亮。有时候端茶送菜，走出房门后会在帘外或者窗子那里往里偷看王榭，也没有什么避讳的。老爷爷有一天跟王榭喝酒。喝到半醉的时候，王榭告诉老爷爷说：“我现在居住在异乡，靠您老夫妇而得以活下来，就算住在外地也像在家里一样，你们对我真是好极了。然而我一个人离家万里远，可怜我孤单苦闷，睡也睡不着，吃也吃不香，实在很郁闷，就怕因此而得病，连累您老爷爷了。”老爷爷说：“我刚想说的，又怕轻率冒失。我女儿今年十七岁，是我在主人家里的时候生下来的。我想让她和您结成伴侣，宽慰您人在异乡的苦闷心情，您觉得怎么样？”王榭回答说：“太好了。”于是老爷爷就开始挑选好日子，准备婚礼需要的东西了。国王也送来了酒菜和彩礼，帮助王榭缔结婚姻。成亲之后，王榭仔细地端详那个女孩，美丽的眼睛，细长的腰，杏仁般的脸蛋，深青色的鬓发，身体轻飘得好像可以飞起来，姿容妖娆，仪态万方。王榭问她，她们国家叫什么名字。她说：“乌衣国。”王榭说："老爷爷平常总将我当作小主人看待，我根本就不认识他。没有使唤过的人，为什么要叫我主人呢？"女孩说："时间长以后你自己就会知道的。"后来经常饮酒作乐，枕席之间，女孩总是眼里含着泪，不太愿意同他亲近，皱着眉头发愁。王榭说："为什么这样？"女孩说："我害怕过不了多久，你就会离开我。"王榭说："我虽然不是这里的人，但有了你，我也就不想回去了。你为什么要说我要离开的话呢？"女孩说："这都是命中注定，由不得人的。"

国王召来王榭，在宝墨殿享用酒宴。那里的器皿和陈设都是黑色的，连亭子下面那些乐工手里的乐器也是黑色的。国王和王榭随着音乐开始饮酒，那乐声也很清雅悠扬，只是不知道曲子叫什么名字。国王命人用玄玉杯劝王榭酒，说："来到我们国家的，古往今来只有两人，汉代有梅成，如今又有了先生您。希望您写点东西，也好让这件事成为日后人们口中的美谈。"有人送上了纸张。王榭于是写了首诗，诗是这样的：

祖上的基业就是乘大船出海，
我已经习惯离开家航行到遥远的所在。
今年的运气突然变得很差，
航行途中不小心碰上了这种祸灾。
急速如追兵的大风猛烈地刮，
乌黑如笔墨的云彩重重地来。
海兽吹起的浪头带着腥味往脸上洒，
船上所有人都在海底世界埋葬。
黑云中雷电如火翻飞紫色火焰，
直教人怀疑浪头拍到了天上。
鲸鱼眼中凶光将一半海水映红，
龟鳖头拱波浪煞白了整片天光。
在海底折断的是桅杆和船桨，
那巨响好比雷响又可以区分。
我仿佛得到神仙帮助没有沉入海底，
一块木板让我漂到了这里的岸边来。
国王经常赐宴对我实在很好，

只可惜人在异乡难免会悲哀。
转过头去面向家乡的方向满眼泪花，
要是有翅膀可以让我飞回去该多好。

国王看了这首诗很满意，说："你的诗写得很好。不要因为思念家乡而苦闷，过不了多久我就会让你回去。虽然不能让你插上翅膀，也可以帮你腾云驾雾。"酒宴回来，每个人都写了应和的诗。女孩说："你的诗的最后一句为什么要这样讽刺我们呢？"王榭不知道她的话是什么意思。

没过多久，海上风和日暖。女孩哭着说："没几天你就要回去了。"国王派人来说："先生某天可以回家，最好先和家人道别。"女孩准备了酒为他饯行，哭得很伤心，根本不能说话。那样子像是雨水洗过的娇弱花朵，又像露水沾湿了的柔弱杨柳，不管是花朵还是杨柳，都是凄惨的姿态，整个人看起来憔悴瘦弱不堪。王榭也觉得很难过。女孩写了首别离的诗，是这样的：

相爱的人在一起从来只担心时间少，
恩爱到头不断的古往今来能有几人。
今晚我独自在床帐里有那不尽的怨恨，
睡梦中的魂魄肯定会随着北风去找你。

女孩又说："我从此不再渡海去北边。要是你看到我，发现我不再是现在这样的容貌，甚至会厌恶我，怎么可能爱我呢。我要是看到你，也一定会有嫉妒的心思。现在决定不再渡海去北边，我希望在故乡老死。家里所有的物件，你都不用带走，那些都不是值得你珍惜的东西。"她让下人从房内取出一颗灵丹来，说："这丹药可以召回人的神灵魂魄，死去还没到一月的人，丹药都可以让他再活过来。方法是将一块明镜放在死者的胸口上，把丹药放在头颈上，用东南地区的艾枝做成香柱炙烤，死者就会活过来。这丹药是海神珍藏的宝物，如果不用昆仑玉盒来装，是没办法带着它渡过海去的。"正好家里有玉盒，女孩就一起交给王榭，绑在了他左手手臂上，然后悲痛万分地和他告别了。国王说："我们国家没有什么好送给你的。"拿纸来写了首诗说：

当初你乘坐大船要往南海去，
随波漂流没想到成了我乡客。
以后要相见没有确定的日期，
隔着飘渺的海水路途远极了。

王榭跪拜辞别。国王命人将飞云轩抬过来。抬来之后，发现就是一个黑毡面的轻便轿子。他让王榭坐到轿子里，又命人把化羽池水取来，将水洒在了轿子上。然后又把老爷爷和老奶奶召来，要他们抬王榭回家。国王告诫王榭说："你要把眼睛闭起来，一会儿工夫就到家了。如果不这样的话，你会掉到海里的。"王榭闭上了眼睛，耳边只听到大风声和狂涛声。过了一段时间，他睁开眼睛，发现已经到家了，正坐在自家的大厅里。四面看看没有人，只有两只燕子在屋梁上呢喃低语。王榭抬头去看，这才知道他待过的那个国家就是燕子国。

不一会儿，家人走了出来，慰问他别来的辛苦，他们都说："听说因为起大风，大浪把船给打沉了，你也因此而死了，怎么现在突然回来了？"王榭说："我一个人抓住木板活了下来。"他并没有将居住在燕子国的事情告诉家人。王榭只有一个儿子，他离开的时候儿子才三岁，这时候没见儿子，于是问家人。家人说："死了已经有半个月了。"王榭感伤地流下了眼泪，想到了女孩告诉他的灵丹的妙用，于是命人打开棺材，将尸体搬出来，依照女孩说的法子用香炙烤，儿子果然活了过来。到了秋天，两只燕子就要离去，它们在王榭家的庭院中悲哀地鸣叫。王榭招手让它们过来，它们就飞过来停在了他的手臂上。王榭于是取出一张纸，用小字写了一首绝句，将纸系在了燕子的尾巴上。诗是这么说的：

我一不小心来到了神奇的王国，
美丽的人儿时刻都那么爱怜我。
飞云轩载我飞走就失去了联络，
吹着风总有几百次我泪眼婆娑。

第二年的春天，燕子飞回来，直接就来到了王榭的手臂上，尾巴上有封短小的信函。王榭打开来看，里面写着一首诗，是一首绝句，说的是：

以前我们在一起是注定，
如今我们分两地是生离。
来年春天就算再有情书，
已经没有燕子三月南来。

王榭自己觉得难过不已。到了第二年，燕子就不来了。

这个故事流传得很广，许多人知道，于是大家就把王榭住的地方叫做乌衣巷。刘禹锡《金陵五咏》中有《乌衣巷》这首诗，说：

朱雀桥边的野草开了花，
乌衣巷口的夕阳正西斜。
当时王榭①家厅前的燕子，
飞到了普通老百姓人家。

从这首诗中就可以知道王榭的故事是真实的。

① 王榭：原诗作“王谢”，王、谢是六朝时候两大望族，后以“王谢”为高门世族的代称，此处为附会。

梅妃传

缺名

梅妃，姓江氏，莆田人。父仲逊，世为医。妃年九岁，能诵《二南》，语父曰：“我虽女子，期以此为志。”父奇之，名之曰采蘋。开元中，高力士使闽粤，妃笄矣。见其少丽，选归，侍明皇，大见宠幸。长安大内大明兴庆三宫，东都大内上阳两宫，几四万人，自得妃，视如尘土。宫中亦自以为不及。

妃善属文，自比谢女。淡汝雅服，而姿态明秀，笔不可描画。性喜梅，所居阑槛，悉植数株，上榜曰梅亭。梅开赋赏，至夜分尚顾恋花下不能去。上以其所好，戏名曰梅妃。妃有《萧兰》、《梨园》、《梅花》、《凤笛》、《玻杯》、《剪刀》、《绮窗》七赋。是时承平岁久，海内无事，上于兄弟间极友爱，日从燕间，必妃侍侧。上命破橙往赐诸王，至汉邸，潜以足蹑妃履，妃登时退阁。上命连宣，报言：“适履珠脱缀，缀竟当来。”久之，上亲往命妃。妃拽衣迓上，言胸腹疾作，不果前也。卒不至，其恃宠如此。后上与妃斗茶，顾诸王戏曰：“此梅精也。吹白玉笛，作惊鸿舞，一座光辉。斗茶今又胜我矣。”妃应声曰：“草木之戏，误胜陛下。设使调和四海，烹饪鼎鼐，万乘自有宪法，贱妾何能较胜负也。”上大喜。

会太真杨氏入侍，宠爱日夺，上无疏意。而二人相嫉，避路而行。上方之英皇，议者谓广狭不类，窃笑之。太真忌而智，妃性柔缓，亡以胜。后竟为杨氏迁于上阳东宫。后上忆妃，夜遣小黄门灭烛，密以戏马召妃至翠华西阁，叙旧爱，悲不自胜。继而上失寤，侍御惊报曰：“妃子已届阁前，当奈何？”上披衣，抱妃藏夹幕间。太真既至，问：“梅精安在？”上曰：“在东宫。”太真曰：“乞宣至，今日同浴温泉。”上曰：“此女已放屏，无并往也。”太真语益坚，上顾左右不答。太真大怒曰：“肴核狼籍，御榻下有妇人遗舄，夜来何人侍陛下寝，欢醉至于日出不视朝？陛下可出见群臣，妾止此阁俟驾回。”上愧甚，拽衾向屏假寐曰：“今日有疾，不可临朝。”太真怒甚，径归私第。

上顷觅妃所在，已为小黄门送令步归东宫。上怒斩之。遗舄并翠钿命封赐妃。妃谓使者曰：“上弃我之深乎？”使曰：“上非弃妃，诚恐太真恶情耳。”妃笑曰：“恐怜我则动肥婢情，岂非弃也？”

妃以千金寿高力士，求词人拟司马相如为《长门赋》，欲邀上意。力士方奉太真，且畏其势，报曰：“无人解赋。”妃乃自作《楼东赋》，略曰：

> 玉鉴尘生，凤奁香殄，懒蝉鬓之巧梳，闲缕衣

之轻练。苦寂寞于蕙宫，但凝思乎兰殿。信摽落之梅花，隔长门而不见。况乃花心飏恨，柳眼弄愁，暖风习习，春鸟啾啾。楼上黄昏兮，听风吹而回首；碧云日暮兮，对素月而凝眸。温泉不到，忆拾翠之旧游；长门深闭，嗟青鸾之信修。忆昔太液清波，水光荡浮，笙歌赏燕，陪从宸旒。奏舞鸾之妙曲，乘画鹢之仙舟。君情缱绻，深叙绸缪，誓山海而常在，似日月而无休。奈何嫉色庸庸，妒气冲冲，夺我之爱幸，斥我乎幽宫。思旧欢之莫得，想梦着乎朦胧。度花朝与月夕，羞懒对乎春风。欲相如之奏赋，奈世才之不工。属愁吟之未尽，已响动乎疏钟。空长叹而掩袂，踌躇步于楼东。

太真闻之，谓明皇曰："江妃庸贱，以廋词宣言怨望，愿赐死。"上默然。

会岭表使归，妃问左右："何处驿使来，非梅使耶？"对曰："庶邦贡杨妃荔实使来。"妃悲咽泣下。上在花萼楼，会夷使至，命封珍珠一斛密赐妃。妃不受，以诗付使者，曰："为我进御前也。"曰：

柳叶双眉久不描，残妆和泪湿红绡。
长门自是无梳洗，何必珍珠慰寂寥。

上览诗，怅然不乐。令乐府以新声度之，号《一斛珠》，曲名始此也。

后禄山犯阙，上西幸，太真死。及东归，寻妃所在，不可得。上悲谓兵火之后，流落他处。诏有得之，官二秩，钱百万。搜访不知所在。上又命方士飞神御气，潜经天地，亦不可得。有宦者进其画真，上言似甚，但不活耳。诗题于上，曰：

忆昔娇妃在紫宸，铅华不御得天真。
霜绡虽似当时态，争奈娇波不顾人。

读之泣下，命模像刊石。后上暑月昼寝，仿佛见妃隔竹间泣，含涕障袂，如花朦雾露状。妃曰："昔陛下蒙尘，妾死乱兵之手，哀妾者埋骨池东梅株傍。"上骇然流汗而寤。登时令往太液池发视之，不获。上益不乐。忽悟温泉池侧有梅十余株，岂在是乎？上自命驾，令发视。才数株，得尸，裹以锦裀，盛以酒槽，附土三尺许。上大恸，左右莫能仰视。视其所伤，胁下有刀痕。上自制文诔之，以妃礼易葬焉。

赞曰：明皇自为潞州别驾，以豪伟闻，驰骋犬马鄠、杜之间，与侠少游。用此起支庶，践尊位，五十余年，享天下之奉，穷极奢侈，子孙百数，其阅万方美色众矣。晚得杨氏，变易三纲，浊乱四海，身废国辱，思之不少悔。是固有以中其心，满其欲矣。江妃者，后先其间，以色为所深嫉，则其当人主者，又可知矣。议者谓或覆宗，或非命，均其媢忌自取。殊不知明皇耄而忮忍，至一日杀三子，如轻断蝼蚁之命。奔窜而归，受制昏逆，四顾嫔嫱，斩亡俱尽，穷独苟活，天下哀之。《传》曰："以其所不爱及其所爱。"盖天所以酬之也。报复之理，毫发不差，是岂特两女子之罪哉？

汉兴，尊《春秋》，诸儒持《公》《穀》角胜负，《左传》独隐而不宣，最后乃出。盖古书历久始传者极众。今世图画美人把梅者，号《梅妃》，泛言唐明皇时人，而莫详所自也。盖明皇失邦，咎归杨氏，故词人喜传之。梅妃特嫔御擅美，显晦不同，理应尔也。此传得自万卷朱遵度家，大中二年七月所书，字亦媚好。其言时有涉俗者。惜乎史逸其说，略加修润而曲循旧语，惧没其实也。惟叶少蕴与余得之。后世之传，或在此本。又记其所从来如此。

【译文】

梅妃，姓江，福建莆田人。父亲江仲逊，家里世代行医。梅妃九岁的时候，就能诵读《诗经》的《周南》和《召南》里的诗，对父亲说："我纵然是个女子，也希望以这些诗中赞颂的精神作为自己的目标。"她父亲觉得这孩子与众不同，给她取名叫做采蘋。开元中，高力士出使来到福建、广东一带，那时候梅妃十五岁，已经成年了。他发现梅妃年轻漂亮，将她选为妃子，带她入宫伺候唐明皇，极受唐明皇的宠爱。位于京师长安的大内、大明和兴庆三座宫殿，以及位于东都洛阳的大内和上阳两座宫殿，里面住着将近四万宫人，自从有了梅妃之后，在唐明皇眼里，那些人就好比尘土一般。那些宫中的女人也自认为比不上梅妃。

梅妃擅长写文章，将自己比作才女谢道韫。她化淡妆，穿雅致的衣服，然而丰姿明艳，举止秀丽，那种美用笔是画不出来的。她喜欢梅花，住所的每扇窗外都种着几棵梅花，皇上为她的住处题名叫做"梅亭"。梅花开的时候，她赏花赋诗，直到半夜时候，还留连在花下，不愿离去。皇上因为她有这样的爱好，所以开玩笑地称呼她为"梅妃"。梅妃写下了《萧兰》、《梨园》、《梅花》、《凤笛》、《玻杯》、《剪刀》、《绮窗》七篇韵体散文。那时候天下已经太平了很长时间，全国并没有什么重要的国事，而皇上跟自己的几个兄弟互相友爱，每天出去同他们喝酒欢宴的时候，一定要让梅妃在自己的身边伺候。皇上命令梅妃剥开橙子，拿去赏赐给各位王爷。来到汉王府里，汉王偷偷地用脚踩梅妃的鞋子，梅妃马上退出了当时宴会的房间。皇上叫人几次三番地去传召她，那人回来时向皇上报告梅妃的话是这么说的："刚才鞋子上的珠子掉了线，等我串好了就会回来的。"过了很长时间，皇上亲自去叫梅妃，梅妃两手拉着衣裙迎上来，说胸口痛、肚子痛，因此没有能够再过去。最终她也没有再回到宴会厅，她仗着皇帝的宠爱竟然任性到这种地步。后来皇上和梅妃比赛各自茶的好坏，他回头看着几位王爷说："这个人是梅花精。她吹白玉笛，跳惊鸿舞，能让整个宴会厅都生气勃勃，现在比赛茶的好坏又赢我了啊。"梅妃紧接着说道："花花草草之类的玩闹游戏，我不过是不小心赢了陛下。如果要说到处理国事，让天下的政治调和太平，皇上您有自己的法度政策，贱妾又怎能跟您较量胜负呢？"皇上听了非常高兴。

适逢太真妃杨玉环进宫侍奉皇上，梅妃受到的宠爱就逐渐地被太真夺去了，皇上虽然并没有要冷落她的意思，但是这两个人相互憎恶，在路上走都会故意避开对方。皇上将她们比作共事一夫的娥皇和女英，别人议论说就气量大小来说是不好比的，私底下将这件事当作笑柄。太真善妒而又聪明，梅妃性格柔软和缓，从来没有斗胜过她，后来竟然因为杨玉环排斥她而迁居到了上阳东宫。后来皇上想念梅妃，晚上让小太监不要点灯，以驰马取乐为名偷偷地将梅妃传召到翠华西阁来，两个人说到旧日的恩爱情状，悲伤得无法控制自己的感情。第二天皇上睡过了头，伺候的人慌慌张张地跑进来报告说："妃子已经来到阁子门前，要怎么办呢？"皇上披上衣服，抱起梅妃，将她藏到了帷幕之中。太真来到之后，问道："梅花精在哪里？"皇上说："在东宫。"太真说："请求皇上传旨将她召过来，今天我们一起到温泉那里洗澡。"皇上说："那个女人已经遭到我的放逐，我不再与她见面，不要让她跟我们一起去了。"太真的口气越来越坚决，皇上环顾左右，不再答话。太真非常生气，说："桌上吃剩的杯碟还没有收拾，皇上的床下有女人落下的鞋子，晚上是谁陪陛下过夜的，竟然欢闹酒醉，到了日出时候还不上朝听政吗？陛下可以出去会见群臣了，我就在这个阁子里等你回来。"皇上惭愧得很，拉起被子转头向里假装要睡觉，说：“我今天不舒服，不能上朝听政。”太真生气极了，掉头就回自己私人的府第去了。

皇上过了一小会就起来找梅妃，原来小太监已经送她步行回到东宫去了。皇上生气地砍了那个人的脑袋。落下的鞋子和翡翠头饰，他命人包好给梅妃送去。梅妃对皇上派来的人说：“皇上这样坚决地要抛弃我吗？”那人说：“皇上并没有抛弃妃子，实在是害怕太真发火啊。”梅妃笑道：“害怕疼爱我就会惹那个胖丫头生气，这难道不是抛弃吗？”

梅妃用黄金千两作为寿礼送给高力士，想请他找词人像司马相如为陈皇后写《长门赋》那样为自己写作词赋，希望能够得到皇上的注意。高力士这时候正捧着太真，而且他也忌惮太真的权势，回报梅妃说：“找不到懂得写赋的人。”于是梅妃自己写作了《楼东赋》，内容大致是这样的：

> 饰玉的镜子蒙了尘埃，雕凤的梳妆盒没了香气。懒得将头发梳成巧妙的蝉翼发式，也闲置了用柔软轻薄的布料做成的贵重衣物。待在精美的房间里捱着寂寞，坐在美好的大厅里只是沉思怀想。我真是已经掉落的梅花啊，你隔着一道长门便看不见我了。更加上花蕊在风里飘扬而引来不平之意，早春初生的柳叶逗弄出许多忧愁，温暖的微风一阵阵地吹着，春天的鸟儿一声声地叫着。人在小楼上迎来黄昏，听到凤箫的声音就回头去寻；看着青碧的云彩直到夜晚降临，对着素净的月亮而无法将眼光移开。温泉不再踏足，只能回忆旧日的嬉戏游乐；长门紧紧关着，因而嗟叹皇上的车驾不到。想起从前，太液池那清澈的水波，荡漾在池水上的日光，丝竹乐器伴奏的歌曲，而我正陪在帝皇身边享受酒宴的欢乐。演奏鸾凤起舞的美妙乐曲，乘坐雕镂鸟首的华美小舟。他对我的情意绵长，说不尽的温柔话，发誓他的感情像山海一般持久，像日月一样无穷。怎知道有人小心眼，嫉妒眼红，怒气冲冲，抢走了皇上对我的宠爱，将我赶到了见不到皇上的地方。想到旧日的欢娱再也无法得到，仿佛做了一场迷蒙的美梦。一个人度过这繁花盛开的清晨和明月当空的夜晚，简直没有颜面再去迎接春风的吹拂。希望有司马相如一样的人可以为我献赋，怎知道世上竟没有写赋写

得好的人才。这忧愁悲叹的文字还没有写完，寥落的晨钟已经响了起来。枉自深深地叹息，抹去眼角的泪水，在小楼东面走走停停。

太真听说这件事，对明皇说："江妃这个人鄙陋下贱，她用这些隐语来发泄自己内心的怨恨情绪，希望陛下将她赐死。"皇上没有说话。

正值被派到岭南办事的人回来了，梅妃问身边伺候的人说："这是哪里来的传递公文的人，是送梅花来的吗？"身边人回答说："是外省专门给杨妃送荔枝的使者。"梅妃伤心地掉下了眼泪。皇上在花萼楼的时候，恰好外国进贡的使者来了，就命令包一斛珍珠偷偷赏赐给梅妃。梅妃不肯接受，将一首诗交给使者，说："帮我拿给陛下看吧。"诗是这么说的：

柳叶般的双眉很久不画了，
眼泪和着残留的脂粉弄湿了红色的丝帕。
冷宫里的人本来就不用梳洗打扮，
就不必用珍珠来安慰我这寂寞的人了吧。

皇上看完这首诗，闷闷地很不开心。他让乐工给诗配上了新编的音乐，取名叫《一斛珠》，这乐曲的名字就是这样来的。

后来安禄山起兵攻打皇城，皇上往西边逃，太真死了。等到重新回到东边来的时候，皇上开始寻找梅妃的下落，但是找不到。皇上伤心地觉得，她可能是在战争结束之后流落到了其他地方。颁布诏书，只要有人找到她，就加官两级，赏钱百万。派人四处寻访她，还是不知道她在哪里。皇上又命令懂得神仙方术的人神灵出窍，随着气流各处飞翔，天上地下跑了个遍，也还是找不到。有个太监将梅妃的画像进献给皇上，皇上说像得很，只是不是活人而已。题了一首诗在那幅画上，说道：

想当初娇艳的妃子与我在皇宫居住，
不需脂粉装饰就有种天然的美丽。
素绢上画出的模样虽然同当时的她很像，
只可惜画中人的眼光再也看不到我这里。

皇上念着这首诗，落下了眼泪，命人将梅妃的这幅画像原样刻在石头上。后来的一个夏天，皇上在白天睡觉，隔着几竿竹子，朦胧中看见梅妃在窗外哭泣。她眼里含着泪，用衣袖捂着脸，像蒙着雨雾露水的花朵一般。梅妃说："当初陛下逃难，我死在了乱兵手里，可怜我的人把我的尸骨埋在了池东一棵梅树旁边。"皇上浑身是汗地被惊醒了。他立刻派人到太液池那里挖土验看，却没有找到。皇上更加不开心了，忽然想到温泉池旁有十几棵梅树，难道是在那里吗？皇上亲自命人驾车，到那里挖土查看，才挖了几棵，就找到了梅妃的尸体，那尸体包裹在双层锦缎床垫里，用榨酒时的承酒容器装着，上面还盖着三尺多厚的土。皇上悲痛万分，身边伺候的人都不敢抬头看他。检查梅妃所受的伤，发现她胁下有被刀砍伤的痕迹。皇上亲自写文章哀悼她，用妃子的礼仪来为她改葬。

议论道：唐明皇自从当上潞州别驾之后，就以作风豪放壮伟闻名，在陕西的鄠县与杜县之间的地方骑马纵犬游猎，跟侠义的年轻人做朋友。他靠着这个从皇帝庶子的身份发迹，登上了皇帝的宝座，在位五十多年，享受着全天下供奉给他的财货，奢侈得没有节制，儿子孙子有一百多个，见过的美女形形色色，数不胜数。晚年得到杨玉环，为了她变乱君臣、父子、夫妇的社会伦常，做出让天下人都觉得耻辱的事情，以至于使得国家蒙受战祸，连自己皇帝的宝座差点都保不住，他自己回头去想却毫无悔恨，这是因为杨玉环本身合乎他内心所好，满足了他的欲望。江妃出现在他们中间，因为美色而遭到杨玉环的嫉恨，做皇帝的那个人的品行原则，从这里就可以知道了。议论这件事的人认为不管是国家社稷覆灭，还是个人失去性命，都是杨玉环自己善妒在先，咎由自取。却不知道唐明皇年老时狠毒残忍，甚至在一天内杀掉自己的三个儿子，就像让昆虫送命一样容易。他逃亡到西部，又狼狈地赶回来，受到各方面的挟制不能自主，精神涣散，头脑糊涂，看到宫中原来的那些妃嫔宫女都被杀光了，自己一个人孤单单地活在世上，过一天算一天，天下的人都可怜他。经传里说："将这个人对不爱的人的做法施加到他爱的人身上。"这也是上天对他的回报。因果报应是不会有一丝一毫的差错的，这件事难道就是两个女人的罪过吗？

汉代立朝，尊崇《春秋》，读书人们拿着各自信奉的《春秋公

羊传》或者《春秋穀梁传》来较量两书的高低优劣，只有《春秋左传》被埋没，无人知晓，最后才出现而成为经典。古书经过长时间的埋没才最终流传于世的例子很多。当今画那种拿着梅花的美人图的人，将画中人称为“梅妃”，泛泛地谈到她是唐明皇时候的人，却没人知道她具体的来历。因为唐明皇失去天下，罪在杨玉环，所以写故事的人喜欢写这件事，而梅妃只是皇帝后宫中最漂亮的妃嫔之一，比起杨玉环的人人皆知，知道她的事迹的人很少，从道理上来讲也应当是这样的。这篇《梅妃传》是从人称“朱万卷”的藏书家朱遵度家里得来的，是大中二年七月被抄写下来的，抄写的人字写得很漂亮。文中偶尔有比较庸俗的话语。可惜的是，正史没有记录梅妃的故事，我稍微做了些修饰润色，尽量沿用原来的文字，生怕真相因为我的修改而隐没了。只有我和叶少蕴知晓了这篇文字的内容。后世再有传说，或许就是从这篇文字生发出来的。我再把这篇文字的来历写在了这里。

李师师外传

缺 名

李师师者，汴京东二厢永庆坊染局匠王寅之女也。寅妻既产女而卒，寅以菽浆代乳乳之，得不死，在襁褓未尝啼。汴俗，凡男女生，父母爱之，必为舍身佛寺。寅怜其女，乃为舍身宝光寺。女时方知孩笑。一老僧目之曰："此何地，尔乃来耶？"女至是忽啼。僧为摩其顶，啼乃止。寅窃喜，曰："是女真佛弟子。"为佛弟子者，俗呼为师，故名之曰师师。师师方四岁，寅犯罪系狱死。师师无所归，有倡籍李姥者收养之。比长，色艺绝伦，遂名冠诸坊曲。

徽宗帝即位，好事奢华，而蔡京、章惇、王黼之徒，遂假绍述为名，劝帝复行青苗诸法。长安中粉饰为饶乐气象。市肆酒税，日计万缗，金玉缯帛，充溢府库。于是童贯、朱勔辈复导以声色狗马宫室苑囿之乐。凡海内奇花异石，搜采殆遍。筑离宫于汴城之北，名曰艮岳。帝般乐其中，久而厌之，更思微行，为狎邪游。内押班张迪者，帝所亲幸之寺人也。未宫时为长安狎客，往来诸坊曲，故与李姥善。为帝言陇西氏色艺双绝，帝艳心焉。

翼日，命迪出内府紫茸二匹，霞氎二端，瑟瑟珠二颗，白金廿镒，诡云大贾赵乙，愿过庐一顾。姥利金币，喜诺。暮夜，帝易服杂内寺四十余人中，出东华门，二里许，至镇安坊。镇安坊者，李姥所居之里也。帝麾止余人，独与迪翔步而入。堂户卑庳。姥出迎，分庭抗礼，慰问周至。进以时果数种，中有香雪藕，水晶苹婆，而鲜枣大如卵，皆大官所未供者。帝为各尝一枚。姥复款洽良久，独未见师师出拜，帝延伫以待。时迪已辞退，姥乃引帝至一小轩。棐几临窗，缥缃数帙，窗外新篁，参差弄影。帝翛然兀坐，意兴闲适，独未见师师出侍。少顷，姥引帝到后堂。陈列鹿炙、鸡酢、鱼脍、羊签等肴，饭以香子稻米，帝为进一餐。姥侍旁，款语移时，而师师终未出见。帝方疑异，而姥忽复请浴，帝辞之。姥至帝前，耳语曰："儿性好洁，勿忤。"帝不得已，随姥至一小楼下湢室中浴竟。姥复引帝坐后堂，肴核水陆，杯盏新洁，劝帝欢饮，而师师终未一见。良久，姥才执烛引帝至房，帝搴帷而入，一灯荧然，亦绝无师师在。帝益异之，为倚徙几榻间。

又良久，见姥拥一姬珊珊而来。淡妆不施脂粉，衣绢素，无艳服。新浴方罢，娇艳如出水芙蓉。见帝意似不屑，貌殊倨，不为礼。姥与帝耳语曰："儿性颇愎，勿怪。"帝于灯下凝睇物色之，幽姿逸韵，闪烁惊眸。问其年，不答。复强之，乃迁坐于他所。姥复附帝耳曰："儿性好静坐，唐突勿罪。"遂为下帷而出，师师乃起，解玄绢褐袄，衣轻绨，卷右袂，援壁间琴，隐几端坐而鼓《平沙落雁》之曲。轻拢慢捻，流韵淡远。帝不觉为之倾耳，遂忘倦。比曲三终，鸡唱矣。帝亟披帷出。姥闻，亦起，为进杏酥饮、枣糕、饦饦诸点品。帝饮杏酥杯许，旋起去。内侍从行者皆潜候于外，即拥卫还宫。时大观三年八月十七日事也。姥私语师师曰："赵人礼意不薄，汝何落落乃尔？"师师怒曰："彼贾奴耳。我何为者？"姥笑曰："儿强项，可令御史里行也。"而长安人言籍籍，皆知驾幸陇西氏。姥闻大恐，日夕惟涕泣。泣语师师曰："洵是，夷吾族矣。"师师曰："无恐。上肯顾我，岂忍杀我？且畴昔之夜，幸不见逼，上意必怜我。惟是我所窃自悼者，实命不犹，流落下贱，使不洁之名，上累至尊，此则死有余辜耳。若夫天威震怒，横被诛戮，事起佚游，上所深讳，必不至此。可无虑也。"

次年正月，帝遣迪赐师师蛇蚹琴。蛇蚹琴者，琴古而漆黦，则有纹如蛇之蚹，盖大内珍藏宝器也。又赐白金五十两。三月，帝复微行如陇西氏。师师仍淡妆素服，俯伏门阶迎驾。帝喜，为执其手令起。帝见其堂户忽华敞，前所御处，皆以蟠龙锦绣覆其上。又小轩改造杰阁，画栋朱阑，都无幽趣。而李姥见帝至，亦匿避，宣至，则体颤不能起，无复向时调寒送暖情态。帝意不悦，为霁颜，以老娘呼之，谕以一家子无拘畏。姥拜谢，乃引帝至大楼。楼初成，师师伏地叩帝赐额。时楼前杏花盛放，帝为书"醉杏楼"三字赐之。少顷置酒，师师侍侧，姥匍匐传樽为帝寿。帝赐师师隅坐，命鼓所赐蛇蚹琴。为弄《梅花三叠》。帝衔杯饮听，称善者再。然帝见所供肴馔皆龙凤形，或镂或绘，悉如宫中式。因问之，知出自尚食房厨夫手，姥出金钱倩制者。帝亦不怿，谕姥今后悉如前，无矜张显著。遂不终席，驾返。

帝尝御画院，出诗句试诸画工，中式者岁间得一二。是年九月，以"金勒马嘶芳草地，玉楼人醉杏花天"名画一幅赐陇西氏。又赐藕丝灯、暖雪灯、芳苡灯、火凤衔珠灯各十盏；鸬鹚杯、琥珀杯、琉璃盏、镂金偏提各十事；月团、凤团、蒙顶等茶百斤；饦饦、寒具、银饺饼数盒。又赐黄白金各千两。时宫中已盛传其事，郑后闻而谏曰："妓流下贱，不宜上接圣躬。且暮夜微行，亦恐事生叵测。愿陛下自爱。"帝颔之。阅岁者再，不复出。然通问赏赐，未尝绝也。

宣和二年，帝复幸陇西氏。见悬所赐画于醉杏楼，观玩久之。忽回顾见师师，戏语曰："画中人乃呼之竟出耶？"即日赐师师辟寒金钿，映月珠环，舞鸾青镜，金虬香鼎。次日，又赐师师端溪凤咮砚，李廷珪墨，玉管宣毫笔，剡溪绫纹纸。又赐李姥钱百千缗。迪私言于上曰："帝幸陇西，必易服夜行，故不能常继。今艮岳离宫东偏有官地袤延二三里，直接镇安坊。若于此处为潜道，帝驾往还殊便。"帝曰："汝图之。"于是迪等疏言："离宫宿卫人向多露处。臣等愿捐赀若干，于官地营室数百楹，广筑围墙，以便宿卫。"帝可其奏。于是羽林巡军等，布列至镇安坊止，而行人为之屏迹矣。

四年三月，帝始从潜道幸陇西，赐藏阄双陆等具。

又赐片玉棋盘，碧白二色玉棋子，画院宫扇，九折五花之簟，鳞文蓐叶之席，湘竹绮帘，五采珊瑚钩。是日，帝与师师双陆不胜，围棋又不胜，赐白金二千两。嗣后师师生辰，又赐珠钿金条脱各二事，玑琲一箧，毳锦数端，鹭毛缯翠羽缎百匹，白金千两。后又以灭辽庆贺，大赉州郡，加恩宫府。乃赐师师紫绡绢幕，五采流苏，冰蚕神锦被，却尘锦褥，麸金千两，良酝则有桂露、流霞、香蜜等名。又赐李姥大府钱万缗。计前后赐金银钱、缯帛、器用、食物等，不下十万。

帝尝于宫中集宫眷等宴坐，韦妃私问曰："何物李家儿，陛下悦之如此?"帝曰："无他，但令尔等百人，改艳妆，服玄素，令此娃杂处其中，迥然自别。其一种幽姿逸韵，要在色容之外耳。"

无何，帝禅位，自号为道君教主，退处太乙宫。佚游之兴，于是衰矣。师师语姥曰："吾母子嘻嘻，不知祸之将及。"姥曰："然则奈何?"师师曰："汝第勿与知，唯我所欲。"时金人方启衅，河北告急。师师乃集前后所赐金钱，呈牒开封尹，愿入官，助河北饷。复赂迪等代请于上皇，愿弃家为女冠。上皇许之，赐北郭慈云观居之。

未几，金人破汴。主帅闼懒索师师，云："金主知其名，必欲生得之。"乃索之累日不得。张邦昌等为踪迹之，以献金营。师师骂曰："吾以贱妓，蒙皇帝眷，宁一死无他志。若辈高爵厚禄，朝庭何负于汝，乃事事为斩灭宗社计？今又北面事丑虏，冀得一当，为呈身之地。

吾岂作若辈羔雁贽耶?”乃脱金簪自刺其喉，不死；折而吞之，乃死。道君帝在五国城，知师师死状，犹不自禁其涕泣之汍澜也。

论曰：李师师以娼妓下流，猥蒙异数，所谓处非其据矣。然观其晚节，烈烈有侠士风，不可谓非庸中佼佼者也。道君奢侈无度，卒召北辕之祸，宜哉！

【译文】

李师师是北宋都城汴京东二厢永庆坊染衣局里匠人王寅的女儿。王寅的妻子刚生下女儿就死了，王寅用豆汁代替乳汁来喂养李师师，李师师因而活了下来，整个婴孩时期都没有啼哭。汴京有个风俗，男孩或女孩生下来，父母若是喜爱这孩子，必定要让孩子作为出家人寄名在佛寺内。王寅很疼爱自己的女儿，便将她作为出家人寄名在宝光寺里。那女孩这时候刚刚会笑。一个老和尚看着她说：“这是什么地方，你怎么到这里来了?”女孩听到这话忽然哭了起来。和尚抚着她的头颈，她便不哭了。王寅暗暗地觉得高兴，心想：“这女孩真是佛的弟子啊。”人们习惯将做佛弟子的人称作“师”，因此王寅便给女儿取名叫做“师师”。师师刚满四岁的时候，王寅因为犯罪被关进了监狱，然后在监狱里死了。师师成了无家可归的孩子，有个在歌妓籍中的李婆婆收养了她。师师长大之后，容貌和技艺都超越旁人，成了所有妓馆中最拔尖的人才。

徽宗皇帝即位以来，凡事追求铺张奢华，而蔡京、章惇、王黼之类的人，又借口承继先帝所实行的新法，劝皇帝重新颁行青苗法等法令。京城中处处粉饰太平，呈现出虚有其表的富饶安乐气象。市井酒馆里抽的税款，每天都有上百万文，金银、玉器和丝织品把国库装得满满的。就在这个时候，像童贯、朱勔这样的人又用歌舞女色、走狗跑马、修房盖楼、园林池泽之事给人带来的那种快乐来引诱皇帝。天底下奇异的花卉和石头几乎都让他们搜罗尽了。他们还在汴京城的北面造了一座行宫，将它命名为“艮岳”。皇帝在行宫中游乐，日子长了也就厌倦了，于是想着要微服出行，到妓馆里去玩玩。朝会时的内廷领班张迪是皇帝身边得宠的太监。他被阉割之前是京城中的嫖客，往来于各妓馆间，与李婆婆是老相识了。他告诉皇帝陇西李氏怎样美貌出众，又兼技艺超群，皇帝于是产生了倾慕之心。

第二天，皇帝吩咐张迪从内廷的府库里取出紫貂毛皮两匹、丽色细棉布两端、碧珠两颗、白金四百两，送往李婆婆处，谎称自己是大商人赵乙，希望能够到府上拜访。李婆婆见对方出手阔绰，欢欢喜喜地答应了。入夜时分，皇帝换了衣服，混在四十多个太监的队伍中，出了东华门，行了二里有余，来到了镇华坊。镇华坊就是李婆婆居住的地方。皇帝让其余人止步，自己与张迪二人拱手而入。那院内房屋低矮，李婆婆走出来迎接，在庭中与宾客行礼，不见卑颜，寒暄了一番，言语很是周到。李婆婆用几种时令水果来招待他们，其中有香雪藕和水晶苹婆，还有像鸡蛋那么大的新鲜枣子，都是大官家里都尝不到的东西。皇帝每样都吃了一个。李婆婆又极为殷勤地照应了很长时间，却总是不见李师师出来拜见，皇帝左等右等不愿离去，等那李师师出来。那时候张迪已经告辞，婆婆于是将皇帝带到了一间小室。那里榧木案几靠窗放着，上面堆放着几卷书籍，窗外是新长出来的数竿嫩竹，在风中摇曳着，投下了纵横交错的影子。皇帝一个人端坐在其中，感觉到清闲安适，非常自在，可是师师还是没有出来招待。过了一会儿，婆婆将皇帝带到了后面的堂屋里，在他面前摆上烤鹿肉、腌鸡肉、细切鱼片和羊肉串等菜肴，搭配的主食则是香子稻的米饭，皇帝因此用了一餐。婆婆就在旁边招呼着，亲亲热热地说了许久的话，师师却始终没有出来见客。皇帝正觉得奇怪，婆婆突然又说请他沐浴，于是他推辞不用。婆婆走到皇帝跟前，耳语说："我女儿素性爱好清洁，请不要违背她的意愿。"皇帝不得已，只好跟着婆婆来到一栋小楼底层的浴室里洗了个澡。婆婆又带着皇帝回到后堂屋里坐着，面前的菜肴有水里游的，也有地上走的，杯碗都是崭新清洁的，婆婆请皇帝尽情喝酒，然而师师却终究没有出现。过了很长时间，婆婆这才拿着蜡烛，带领皇帝到卧房里去。皇帝拨开帘子进去，房内的一盏灯发出幽微的光芒，根本就没有师师的影子。皇帝心里觉得更奇怪了，一会儿倚在几案边，一会儿踱到床榻前，简直坐立难安。

又过了很长时间，只见婆婆搂着一个女郎缓缓地走了进来。那女郎化着淡妆，没有涂抹脂粉，穿着素色绢纱衣衫，也没有任何艳丽服装。刚刚洗完澡，娇美艳丽得就像出水芙蓉。她看见皇帝，脸上的表情似乎很不屑，样子特别傲慢，也不施礼。婆婆对皇帝耳语说："我女儿个性很强，请别见怪。"皇帝在灯下凝神端详着她的容貌，姿态幽雅，韵致超逸，双眸闪烁，流转不定。问她的年纪，她不回答。再逼问她，她坐到了别的椅子上去了。婆婆又附在皇帝耳边说："我女儿喜欢静静地坐着，要是冒犯了您，请别怪罪。"跟着她出去放下了门帘，走了。师师这才站起来，解下黑绢短袄，穿着一件轻滑的丝衫，将右手的袖子卷起来，取下挂在墙上的琴，凭着几案，端坐着开始演奏《平沙落雁》这首曲子。她的指法从容不迫，曲子的意境悠远绵长，皇帝不知不觉地被音乐打动，忘记了疲倦。等到几首曲子奏完，公鸡也开始啼叫了。皇帝急忙掀开帘子出去。婆婆听到他出门的声音，也起来了，端来杏酥饮、枣糕和汤饼等点心来让他享用。皇帝喝了一杯左右的杏酥，就起身离去了。内廷派来的侍从人员都已经偷偷地在屋外守候着，见到皇帝出来就立即卫护着他回宫了。这是大观三年八月十七日的事情。婆婆私下里对师师说："这个姓赵的人送来的礼物和待你的情意都不轻，你为什么对他这么冷淡呢？"师师生气地说："他不过是个生意人，我为什么要热情招待他呢？"婆婆笑着说："我女儿真是倔强，都可以去做谏诤的御史了。"然而京城里流言四起，都说皇帝去看过陇西李氏了。婆婆听到这话，非常恐惧，整日整夜地啼哭。她哭着对师师说："如果真是这样，我们就要被灭族了。"师师说："不要害怕。皇上肯来看我，又怎么忍心杀了我呢？而且那天晚上，他并没有逼我，这是好事，说明皇上心里必定是喜爱我的。只是我替自己感到惋惜，我的命不好，沦落成了风尘女子，让这种不干不净的名声连累到了皇上，就算处死刑也抵偿不了我的罪过。至于说皇上会发火，会杀了我们，事情的起因本就是皇上出宫来妓院里游玩，这是皇上非常忌讳、担心公开的事情，所以皇上一定不会这样处罚我们。你可以不用再担心了。"

第二年的正月里，皇帝派张迪将蛇蚹琴赏赐给了李师师。蛇蚹琴很古老，漆着黄黑色的漆，琴上的纹路就像蛇腹下的横鳞纹，是皇宫中珍藏的宝物。除此之外，还赏赐了李师师白金五十两。三月里，皇帝再次微服出行，来到了陇西李氏家里。师师还是化着淡妆，穿着素淡衣服，跪伏在门口台阶上迎接皇帝。皇帝很高兴，牵着她的手让她站起身来。皇帝发现这里的房屋已经变得华丽宽敞，之前他坐过的地方、用过的器物，都已经用蟠龙纹的锦绣覆盖起来了。那间小室被改造成了高阁，栋梁是雕镂过的，栏杆是涂成朱红的，再没有那种幽雅的情趣了。李婆婆知道皇帝来了，更是藏起来躲避见面，皇帝发令让她过来了，她却浑身颤抖，跪倒在地上，简直无法站起身来，再也没有当初嘘寒问暖的亲昵样子了。皇帝心里很不高兴，勉强装出和颜悦色的样子，称呼婆婆为老娘，告诉她，都是一家人，不要拘束畏惧。婆婆拜谢了，然后将皇帝带到了一栋大楼里。这栋楼刚刚建成，师师跪伏在地上，请求皇帝赏赐一个楼名匾额。当时楼前的杏花开得很盛，于是皇帝写了“醉杏楼”三个字赐给了她们。过了一会儿，她们安排下酒具让皇帝饮酒，师师在边上服侍着，婆婆匍匐在地上举起酒杯给皇帝，祝愿皇帝长寿。皇帝让师师在角落里坐下，要她用赏赐给她的蛇蚹琴来演奏曲子。师师为他演奏了《梅花三叠》。皇帝一边喝酒一边听曲，不止一次地赞美师师弹得好。可他发现端上来的菜肴都做成了龙凤的形状，要么是雕刻出来的，要么就是描绘出来的，就跟宫里的菜品一样。于是他问这是怎么回事，得知这些菜都是皇宫厨房的厨子做的，是婆婆出钱请人代做的。皇帝又不高兴了，告诉婆婆说，以后要都像从前那样，不要故意铺张显摆。为此，他没有待到酒席结束，就回宫了。

皇帝曾经到画院里去，用诗句来考画工，让他们按照诗句作画，一年里有时有一两个人能够画得合乎皇帝的心意。这年九月，皇帝将一幅按照诗句“金勒马嘶芳草地，玉楼人醉杏花天”画成的画赏赐给了陇西李氏。又赏赐了藕丝灯、暖雪灯、芳苡灯和火凤衔珠灯，每样十盏；鸬鹚杯、琥珀杯、琉璃盏和镂金偏提，每样十个；月团、凤团和蒙顶等品种的茶叶一百斤；汤饼、馓子和银饼好几盒。还赏赐了一千两黄金和一千两白金。当时皇宫里，关于皇上钟情妓女的事情已经传开了，郑皇后听到了，劝皇帝说：“妓女之流是下贱的人，不应当与皇上您有接触。而且您这样在夜晚时分微服出宫，也恐怕会碰到意外。希望陛下爱惜自己。”皇帝点头表示同意。就这样过了两年，没有再出宫与李氏见面，但是派人问候、赏赐物品，却从来没有断过。

宣和二年，皇帝又去看陇西李氏。他见到自己赏赐的画被挂在了醉杏楼上，观赏回味了很长时间。蓦然间回头，看到李师师站在身后，于是玩笑着说道：“画中的人居然呼之而出了吗？”就在这一天，赏赐李师师避寒金钿、映月珠环、舞鸾青镜和金虬香鼎。第二天，又赏赐师师端溪的凤嘴砚、李廷珪的墨、玉制笔管的宣毫笔和剡溪的绫纹纸。还赏赐了李婆婆十万贯钱。张迪私下对皇上说：“皇上您去陇西李氏那里，都得换了衣服，在夜间出行，所以不能经常去。艮岳行宫东边略偏的地方现在有方圆二三里的皇家土地，一直通到镇安坊，如果能够在那里打通一条暗道，那么皇上往返就方便多了。”皇帝说：“你去办吧。”借此张迪等人上疏说道：“行宫的警卫人员向来都是露宿在外，我们这些臣子愿意捐出一些钱来，在皇家土地上建造几百间房子，修筑长长的围墙，以便警卫人员守卫行宫。”皇帝批准了他们的奏请。从那时起，皇宫里的禁卫军等军队就遍布于宫殿与镇安坊之间，那里再也见不到路人的踪迹了。

宣和四年三月，皇帝开始经过暗道到陇西李氏那里去，赏赐了她藏阄和双陆等游戏用具。还赏赐片玉棋盘和绿、白两种颜色的玉制棋子，画院里绘制的宫扇，九折五花的竹席，鱼鳞纹复生草叶做成的席子，湘妃竹制成的帘子，五色的珊瑚帘钩。这一天，皇帝跟师师玩双陆游戏输了，下围棋又输了，给了她白金二千两。后来师师生日，又赏赐她两只珠钿、两副金手镯、一盒玉珠、几端兽毛织成的锦缎、一百匹鹭鸟毛织成的丝料和翠鸟羽毛织成的缎子，以及一千两白金。

后来又为庆祝灭掉辽国，重赏各州郡官僚，对皇宫内廷人员也施加恩惠。于是赐给李师师紫色的绢纱帐幕、五色的流苏、冰蚕丝织成的锦被、不染尘埃的锦褥、碎金千两，还赐了美酒，酒有桂露、流霞、香蜜等不同的名称。又赏赐给李婆婆大府钱万贯。赏赐给李家的金银钱币、丝织品、器物和食物等，前前后后算起来，总有十万两不止。

皇帝曾经召集皇室眷属，大家在宫中一起享用酒宴。韦妃小声问他说："李家的那个女人究竟有什么能耐，陛下对她竟然这样喜欢？"皇帝说："也没什么，只是你们这几百号人，如果舍弃艳丽的装饰，穿上素色的衣服，让那女子来到你们当中，就算别人不知道哪一个是她，也会觉得这个人与其他人是不一样的。她身上那种幽雅的姿态和超逸的风韵，根本是单纯的美貌所不能包括的。"

没过多久，皇帝让位给了赵桓，自己取了个道君教主的封号，退位居住在太乙宫。游乐的心思从这时候起也就淡了。师师对婆婆说："我们母子俩嘻嘻哈哈的，却不知道灾祸即将降临了。"婆婆说："如果是这样，那该怎么办呢？"师师说："你只要记住不要过问这件事就可以了，让我按照自己的想法去做。"当时金国刚刚挑起战争，河北地区情势危急，已经快被攻占。师师于是将皇帝前后所赏赐的金钱都收集起来，写公文给开封府的府尹，愿意将这些钱上交官府，用以增加河北抗金军队的饷银。她又贿赂张迪等人，让他们为她向太上皇请求，希望能够出家做女道士。太上皇答应了，赐给她城北的慈云观，让她居住。

不久，金兵攻破了汴京。主帅闼懒派人搜寻李师师，说："我们金国首领听到了她的名声，一定要活捉到她。"然而找了好多天都没有找到。张邦昌等人为金人打听到了师师的下落，将她献到了金兵的军营里。师师骂道："我是一个下贱的妓女，受到皇帝的眷顾，宁肯去死也不愿意跟从其他人。你们这些人有崇高的爵位，享受着丰厚的俸禄，朝廷哪里亏待你们了，你们想尽办法，就是不让皇家的宗脉能够延续下去？现在你们又俯首称臣地去服侍野蛮的敌人，想以此来获取一个机会，成为自己进身的阶梯。我难道会做你们这些人奉献给敌人的礼物吗？"于是她拔下头上的金簪刺向自己的喉咙，没有死；又将金簪折断吞了下去，这才死了。道君皇帝在五国城，听说师师死时的情形，还情不自禁地痛哭流涕呢。

议论说：李师师是个低贱的娼妓，却碰上了不该属于她的好运气，可以说是站在了并不应当站的位置。然而看她临死之前的行事作为，豪迈刚烈，像侠客一般，不能说不是平凡人里的道德表率了。道君皇帝奢侈浪费，不懂得节制，最后招来了被俘虏到北方五国城的灾祸，也是罪有应得啊！

中国古代名著全本译注丛书

周易译注
尚书译注
诗经译注
周礼译注
仪礼译注
礼记译注
大戴礼记译注
左传译注
春秋公羊传译注
春秋穀梁传译注
论语译注
孟子译注
孝经译注
尔雅译注
考工记译注

国语译注
战国策译注
三国志译注
贞观政要译注
吕氏春秋译注
商君书译注
晏子春秋译注
入蜀记译注·吴船录译注

孔子家语译注
孔丛子译注
荀子译注
中说译注
老子译注
庄子译注
列子译注
孙子译注
鬼谷子译注
六韬·三略译注
管子译注
韩非子译注
墨子译注
尸子译注
淮南子译注
说苑译注
近思录译注
传习录译注
齐民要术译注
金匮要略译注
食疗本草译注
救荒本草译注
饮膳正要译注
洗冤集录译注
周髀算经译注
九章算术译注
茶经译注（外三种）修订本

酒经译注
天工开物译注
人物志译注
颜氏家训译注
山海经译注
穆天子传译注·燕丹子译注
博物志译注
搜神记全译
世说新语译注
梦溪笔谈译注
历代名画记译注

楚辞译注
文选译注
六朝文絜译注
玉台新咏译注
唐贤三昧集译注

唐诗三百首译注
花间集译注
绝妙好词译注
宋词三百首译注
古文观止译注
文心雕龙译注
文赋诗品译注
人间词话译注
唐宋传奇集全译
聊斋志异全译
子不语全译
闲情偶寄译注
阅微草堂笔记全译
陶庵梦忆译注
西湖梦寻译注
板桥杂记译注
浮生六记译注